Erin Young

The Fields – Was vergraben bleibt

ERIN YOUNG

THE FIELDS

WAS VERGRABEN BLEIBT

Thriller

Aus dem amerikanischen Englisch von Elisabeth Mahler

PIPER

Mehr über unsere Autorinnen, Autoren und Bücher:
www.piper.de

Wenn Ihnen dieser Thriller gefallen hat, schreiben Sie uns unter Nennung des Titels »The Fields – Was vergraben bleibt« an *empfehlungen@piper.de*, und wir empfehlen Ihnen gerne vergleichbare Bücher.

Unser Versprechen für mehr Nachhaltigkeit
• Klimaneutrales Produkt
• FSC®-zertifiziertes Papier
• Hergestellt in Europa

FSC www.fsc.org MIX Papier | Fördert gute Waldnutzung FSC® C083411

ISBN 978-3-492-06308-1

Titel der amerikanischen Originalausgabe: »The Fields«,
Hodder & Stoughton, London 2022

Redaktion: Sven-Eric Wehmeyer
Satz: Eberl & Koesel Studio, Kempten
Gesetzt aus der Quadraat
Druck und Bindung: CPI Books GmbH, Leck
Printed in the EU

1

Ohne nachzudenken, ohne Orientierung rannte sie los. Die Verzweiflung trieb sie tief in die Felder hinein. Die endlosen Maisreihen waren wie ein beklemmendes Labyrinth, die reifen Ähren beugten sich schwer über sie und verfingen sich in ihrem Haar. Eine Warnung aus ihrer Kindheit blitzte grell in ihrem Gedächtnis auf: Verirr dich nicht im Maislabyrinth! Wie Klingen peitschten ihr die Halme gegen die Handflächen, als sie durch die hoch aufragenden Stängel stürmte, ohne sich umzusehen.

Sie stolperte über den zerfurchten Boden, und die trockene Erde zerfiel unter ihren Füßen. Ein Turnschuh, der bereits die halbe Ferse entblößte, rutschte ihr vom Fuß. Sie schüttelte ihn ab, und Erde drang in ihre Socke. In ihren Ohren pochte es dumpf. Die Nacht war wolkenverhangen, und die tiefe Dunkelheit schien sie zu erdrücken. Sie spürte die Pollen um sich herum, wie sie ihr in den Augen brannten und ihr die Kehle zuschnürten, mit dem beißenden Geruch von Chemikalien. Die Stimme ihrer Mutter ertönte: Vergiss deine Medikamente nicht! Zwischen den Atemzügen stieß sie ein Schluchzen hervor.

Ihre Lunge brannte. Das Dröhnen in ihren Ohren wurde lauter. Es war nicht das Pochen ihres Bluts – da war etwas anderes. Dort draußen. Es kam näher. Entsetzen durchfuhr sie, als grelles Licht die Schatten durchschnitt und das verknotete Blätterdach über ihr grün schimmern ließ. Sie warf sich zu Boden und krümmte sich um die Stützwurzeln einiger Halme, die Augen zusammengekniffen. Die Drohne kreiste über ihr und heulte wie ein Zahnarztbohrer.

Langsam flog sie weiter und leuchtete die Felder gnadenlos aus. Was war das, was sie unter dem leiser werdenden Surren hörte? Das Brummen eines Motors in der Ferne? Bewegungslos lag sie auf dem Boden, eins mit den Wurzeln und der trockenen Erde. Wie eine Maus, die sich vor einem Falken versteckt.

Als sich ihre Atemzüge verlangsamten, setzte der Schmerz ein, den das Adrenalin bisher in Schach gehalten hatte. Ihr ganzer Körper schmerzte. Der Hinterkopf, der so hart getroffen worden war, dass sie Sterne gesehen hatte, zwei Finger ihrer linken Hand, die sich mit einem ekelerregenden Knacken zurückgebogen hatten, als sie gefallen war, ihr Oberschenkel, wo die dünne Baumwolle ihrer Kleidung zerrissen war. Am schlimmsten aber schmerzte ihr Hals, der zu brennen schien.

Sie wollte sich an die Kehle fassen, hielt aber inne, als ihre Finger etwas Glitschiges und Feuchtes ertasteten. Ihr T-Shirt war durchnässt. Sie hatte gedacht, es sei Schweiß, die Nachtluft war so drückend, dass sie kaum atmen konnte. Aber jetzt roch sie Blut. Warm und metallisch. Erinnerungsfunken: der Sturz vom Fahrrad, glühender Asphalt und aufgeschürfte Knie. Der Schlachthof ihres Onkels in Fayette, das Quietschen halb betäubter Schweine, das Sirren bogenförmiger Klingen. Rote Perlen auf ihrer Handfläche, die unter dem Rasiermesser aufquollen, der heiße Druck einer anderen Hand auf ihrer.

Sie zitterte am ganzen Körper. Sie wusste, dass sie aufstehen musste, aber ihre Glieder waren wie Blei. Ihr Atem ging schneller. Die Dunkelheit vor ihr schien zu schwanken, ein Windhauch ließ das Korn erzittern. In ihren Gedanken war jetzt ein Lachen zu hören. Hüfthohe Getreidefelder wogten vor ihr, während sie rannte. Er war hinter ihr und kam näher. Der köstliche Schock, als sich seine Arme um ihre Taille legten und ihr Lachen in einem Schrei endete, als sie in die Luft gehoben wurde. Seine Lippen auf ihren; Salzschweiß und Maisstaub. Das Verlangen, das sie warm durchströmte.

James.

Ihre Gedanken blieben bei ihm hängen. Wie er an ihrem Hochzeitstag Konfetti aus seinem Haar schüttelt. Wie er auf dem Weg zur Arbeit seine Krawatte im Spiegel zurechtrückt, ihr an der Haustür einen Kuss zuwirft, den sie mit der Hand auffängt und zu ihm zurückhaucht. Die Nächte in dem schönen Haus, das sie zusammen gebaut haben, das Zirpen der Zikaden durch die Fenster seines Arbeitszimmers, seine konzentriert hochgezogene Stirn, der Bildschirm, der sich in seiner Brille spiegelt, und die Gleichungen, die darauf hinaufgleiten. Das Knarren ihres Betts, als er zu ihr unter die Decke kriecht und eine Entschuldigung murmelt, als sie aufwacht.

»Wo bist du so lange gewesen?«

»Arbeiten.«

»Wie spät ist es?«

»Zeit zum Schlafen.«

Ihr Nacken pochte. Die Nässe breitete sich aus. Sie spürte ein seltsames Flattern tief in ihrem Inneren und erkannte, dass es ihr eigenes Herz war, das schnell und schwach wie kleine Flügel gegen ihre Brust schlug.

Sie sah sich selbst im Küchenspiegel, einige Stunden zuvor, die Augen rot, das blonde Haar zerzaust, als sie die Schlüssel nahm und das Haus verließ. Dann die Fahrt: die Klimaanlage, die ihre Augen trocknete, die ruhig gesprochenen Anweisungen des GPS. Raus aus den gepflegten Wohnvierteln und die Hinweisschilder des Einkaufszentrums entlang, vorbei an *Wendy's* und einem Beerdigungsinstitut, vorbei an einer Bob's-Lube-Autowerkstatt und einer Zahnarztpraxis samt Werbetafel mit einer Frau darauf, ihr Neonlächeln von Insekten umschwirrt. Vorbei an der Kum-&-Go-Tankstelle, über die Bahngleise, den ölschwarzen Fluss entlang, die Straßenlaternen in der Ferne. Vor ihr ein Wasserturm, der über die weite Dunkelheit der Maisfelder wacht. Sie war diese Strecke schon einmal gefahren, in Gedanken bei ihm, aber die Angst hatte sie umkehren lassen. Motten, die gegen die Windschutzscheibe klatschten. Rücklichter, die wie rote Schlieren in die Dunkelheit bluteten.

Das Flattern in ihrer Brust wurde schwächer. Sie spürte die Erde vor sich an ihren trockenen Lippen. Sie war noch nie so durstig gewesen. James, der sich an ihrem Hochzeitstag dicht an sie lehnt, während der Champagner in seinem Glas sprudelt. O Gott! James? Ihre Gedanken verebbten, die Erinnerungen verblassten wie ein ferner Güterzug, der einsam durch die Prärie fährt.

So durstig. So müde.

Zeit zum Schlafen.

2

Riley Fisher blickte erneut auf den Bildschirm. Das GPS wollte immer noch, dass sie rechts abbog, der Pfeil blinkte beharrlich. Ihr Blick wanderte zur Uhr. Dreiundzwanzig Minuten, seit die Zentrale angerufen hatte. Sie trommelte mit den Fingern auf das Lenkrad und hoffte, dass die Ampel endlich umschalten würde. Der morgendliche Stoßverkehr – Pick-ups und Trucks – donnerte über den Highway.

»Von hier aus kann ich laufen.«

Im Rückspiegel sah Riley, dass Madison von ihrem Handy aufschaute.

»Ist schon gut, Süße.«

Ihre Nichte hielt ihrem Blick einen Moment lang stand, dann widmete sie sich wieder dem, womit sie beschäftigt war, seit Riley sich den Rucksack des Mädchens geschnappt und es aus dem Haus ins Auto gejagt hatte. Das Leuchten des Bildschirms betonte die scharfen Konturen von Maddies Wangen.

Das Hupen eines Pick-ups verriet ihr, dass die Ampel umgeschaltet hatte. Riley bog links ab. Sie fuhr die Lafayette hinunter und an der Polizei vorbei – in die entgegengesetzte Richtung, in die sie eigentlich fahren sollte –, als sie Logan Wood auf dem Parkplatz sah, dessen goldenes Dienstabzeichen im Sonnenlicht glänzte.

Er entdeckte sie und lief mit erhobener Hand auf den Bürgersteig. Als sie anhielt, öffnete Logan die Tür und steckte seinen

Kopf in den Wagen. Er hatte eine Pilotenbrille auf. Unter seinem khakifarbenen Hemd trug er ein schwarzes T-Shirt mit dem weißen Schriftzug der Polizeibehörde: BHCSO. Black Hawk County Sheriff's Office. »Bist du auf dem Weg zum Tatort? Ich habe gerade den Anruf bekommen, aber Carter hat noch nicht Feierabend, und wir haben zu wenig Streifenwagen.«

»Steig ein.«

Logan schwang sich auf den Beifahrersitz, wobei er das mobile Datenterminal so zur Seite rücken musste, dass seine breite Statur in den niedrigen Sitz des Dodge Charger passte. Dann entdeckte er das Mädchen auf dem Rücksitz. »Oh. Hey, Maddie!«

»Hi«, sagte sie, ohne aufzusehen.

Logan blickte zu Riley. Seine gebräunte Stirn legte sich in Falten. »Ethan«, murmelte sie und fädelte sich in den Verkehr ein. »Ich muss sie nur noch nach Hause bringen.«

Sechs Blocks weiter hielt Riley vor einem heruntergekommenen Haus am Rande eines der ärmeren Viertel von Waterloo. Die Straße war mit Schlaglöchern übersät, zwischen den Rissen wucherte Unkraut. Die Häuser standen dicht beieinander, in den kleinen Vorgärten hingen amerikanische Flaggen schlaff in der drückenden Morgenluft. Verrostete Grills und durchhängende Gartenliegen ragten aus wild gewachsenem Gras. Vor dem Haus ihrer Schwägerin stand ein großer roter Abschleppwagen halb auf dem Bordstein. An der Tür war die Aufschrift *Mason Lee's Auto Repairs* zu lesen, unterstrichen mit einem Schraubenschlüssel.

Maddie kletterte aus dem Auto, das Handy noch immer in der Hand. Auf dem Gehäuse war ein weißer Totenkopf zu sehen, schwarze Augenhöhlen starrten zwischen ihren Fingern hindurch. Riley wusste nicht, wann Maddie das glitzernde rosa Gehäuse, das sie ihrer Nichte zum vierzehnten Geburtstag geschenkt hatte, ausgetauscht hatte.

»Wir sehen uns bald wieder!«, rief sie durch das runtergekurbelte Seitenfenster.

Maddie drehte sich zum Haus, schüttelte ihr dunkles Haar und schwang sich den Rucksack über die Schulter.

»Hey! Ich liebe dich.«

Das Mädchen blickte zurück. Ein Lächeln erhellte kurz ihr Gesicht. »Ich liebe dich auch.« Dann war sie weg, verschwand hinter dem roten Abschleppwagen und ging die Stufen zur Veranda hinauf.

Riley wartete, bis sich die Fliegengittertür geschlossen hatte, dann fuhr sie los.

»Ungefähr so gesprächig wie Jake und Callie frühmorgens«, bemerkte Logan.

Riley antwortete nicht. Sie hatte Logans Nichte und seinen Neffen schon ein paarmal getroffen und fand sie aufgeweckt und eher redselig. Ein kleines Wunder, wenn man bedachte, was sie durchgemacht hatten.

So war auch Madison gewesen, noch vor einem Jahr: Sie hatte viel gelacht und sich Riley gegenüber stets zugewandt gezeigt. Ein Beweis dafür war das ausgefranste Freundschaftsarmband an ihrem Handgelenk, das das Mädchen stundenlang für sie geflochten hatte, in ihren Lieblingsfarben – Pfauenblau und Ozeangrün. *Die sind so in dem Alter*, hatte Tante Rose gesagt. Aber Riley war sich nicht so sicher, ob Maddies Alter das Problem war. Ihr Blick ging zum Rückspiegel, in dem der Abschleppwagen immer noch zu sehen war. Dann bog sie um die Ecke und setzte den Fuß aufs Gaspedal.

Wenige Augenblicke später überquerten sie den Cedar River, der wie ein Stahlblech glänzte und sich durch endlose Meilen Ackerland und Prärie schlängelte, bis er in den Iowa River mündete, der schließlich in den mächtigen Mississippi strömte. Die Abgase der Fabriken an den Flussufern bedeckten den Himmel, und bald verschwand der Cedar hinter ihnen. Er lief in die Bäche aus, die sich ihren Weg durch die dichten Wälder des State Park bahnten. Alle Wasserläufe waren wie Adern miteinander verbunden und die Oberflächen der zahlreichen Tümpel mit Algen bedeckt.

Logan kippte den Bildschirm des Bordcomputers so weit, dass er die Angaben neben der GPS-Karte lesen konnte. Die Zielflagge stand mitten im Nirgendwo. »Ein Bauer hat Meldung gemacht?«

»Vor knapp einer Stunde.«

»Wer ist vor Ort?«

»Schmidt und Nolan sind da. Cole hat den Anruf entgegengenommen.«

Riley versuchte, ihren Tonfall neutral zu halten, aber sie bemerkte, wie Logan sie von der Seite ansah, und wusste, dass er die Schärfe in ihrer Stimme zur Kenntnis genommen hatte.

Sie bog vom Highway ab, ehe sie Cedar Falls erreichten, wo sie die Fahrt begonnen hatte, und endlich waren sie auf dem richtigen Weg, fuhren auf leeren Nebenstraßen nach Norden. Maisfelder erstreckten sich bis in die Ferne, an den Straßenrändern waren Schilder mit den Namen der verschiedenen Maissorten und ihrer Herkunft angebracht. Die meisten Schilder zeigten das Firmenlogo von Agri-Co – einem der größten Agrarunternehmen Amerikas, das für einen Großteil der Saatgutentwicklung des Landes verantwortlich war und zu den wichtigsten Lieferanten von Agrochemikalien gehörte. Es gab nicht viele Farmen im Corn Belt, die noch keine Produkte von Agri-Co verwendeten, welche entweder in den Boden gesät oder aufgesprüht wurden.

Logan schlug sich auf den Nacken. »Verdammtes Ungeziefer!« Er betrachtete seine Hand, dann fischte er ein Fläschchen Handdesinfektionsmittel aus der Ledertasche an seinem Gürtel, die neben seiner Waffe hing. Er drückte einen Klecks in seine Handfläche, rieb die Hände aneinander und erfüllte das Auto mit einem chemischen Geruch. »Ungeziefer, Scheiße und Mais.« Er deutete mit seinen desinfizierten Händen auf die schnurgerade Straße, die sich hinter der staubverhangenen Windschutzscheibe scheinbar endlos vor ihnen erstreckte. »Es hört nicht mehr auf, verdammt!«

Vor fast einem Jahr war Logan mit seinen Eltern aus Flint hergezogen. Sein Vater und die Kinder seiner Schwester waren von der Katastrophe schwer getroffen worden – Blei war in die Wasserversorgung von Flint gesickert, nachdem die Stadtverwaltung das Abwassersystem umgebaut hatte, um Geld zu sparen. Danach hatten die Verantwortlichen versucht, die verheerenden Folgen zu vertuschen. Logans Mutter beschloss, dass ein Neuanfang in der grün-goldenen Prärie von Iowa für sie alle gut sein würde. Aber Logan, der bei seiner Familie wohnte, um Geld zu sparen, schien sich nur schwer anpassen zu können, nicht zuletzt, weil er in Flint Detective gewesen und mit der Versetzung hierher zum Deputy degradiert worden war. Zudem kannte er sich im Streifendienst kaum aus.

»Man kann es auch Heimat nennen«, sagte Riley und blickte auf die Soja- und Maisfelder, die sich vor ihnen in sanften Wellen wie ein großes, ruhiges Meer erstreckten. Hier und da durchbrachen rote Scheunen die Felder wie die Bugspitzen graziler Schiffe, und die Flügel der Aermotor-Windmühlen, die Wasserpumpen antrieben, ragten wie Masten über ihnen auf. In der Ferne sahen sie Windräder und Getreidesilos wie silbern schimmernde Türme, die einige der größeren Bauernhöfe im Landkreis markierten. Die Luft war staubig. Ein Wasserturm, dessen bauchige Schale auf spindeldürren Stahlbeinen wippte, stand ganz in der Nähe. Nur ein paar weiße Wolkenfetzen zogen über den blauen Himmel. Ein »perfekter Baumwolltag«, hätte ihre Mutter gesagt.

»Und so verdammt flach«, murmelte Logan. »Als ob Gott darauf rumgetrampelt wäre.«

»Vermisst du die Berge von Michigan?«

»Wir haben Hügel. Hügel, wie du sie noch nie gesehen hast, Flatlander.«

»Für dich bin ich Sergeant Flatlander, du Hügeljunge.« Riley wählte ihre Worte sehr vorsichtig. In den sechs Monaten, als sie noch Streifendienst geschoben hatte und er ihr als Partner zugeteilt worden war, hatten sie sich immer auf diese Weise gegenseitig aufgezogen. Logan hatte sich über alles in Iowa lustig gemacht, meistens über die Absolventen der Hawkeye Law Enforcement Academy; sie hatte ihn wegen seiner Fitnessbesessenheit, seiner Proteinshakes und Vitaminkuren aufgezogen. Und wegen seines Hygienefimmels.

Aber jetzt war alles anders.

Logan grinste, die weißen Zähne hoben sich von seiner übertriebenen Bräune ab. *Verstrahlte Bräune*, hatte sie einmal gescherzt und die Worte schon bereut, als sie ihren Mund verlassen hatten. Logans Familie litt noch immer unter den Folgen des vergifteten Wassers – sein Vater wäre beinahe an der Legionärskrankheit gestorben, seine Nichte und sein Neffe kämpften mit Lernschwierigkeiten und Verhaltensauffälligkeiten. Und Logan hatte nicht gelacht über die Bemerkung.

Vor ihnen, am Straßenrand, hatte jemand ein Schild an einen Strommast genagelt. Riley sah die rot, weiß und blau aufgemalten Buchstaben aufblitzen.

WÄHLT REGIONAL! WÄHLT COOK!

»Vielleicht hat sie eine Chance«, sagte Logan.

»Vielleicht.«

Am Morgen hatten die Nachrichtensender über den Vorsprung von Senatorin Jess Cook vor Gouverneur Bill Hamilton berichtet, den die letzten Umfragen zur Gouverneurswahl ergeben hatten. Cook, eine Bauerntochter und überzeugte Umweltschützerin sowie Verfechterin von nachhaltiger regionaler Landwirtschaft, schien gut auf den kleinen, aber heftigen Protestwellen zu reiten, die Hamiltons Wahlkampf begleiteten. Erst gestern war das Auto des Gouverneurs in Des Moines von Demonstranten mit Eiern beworfen worden, aus Protest gegen dessen Verbindungen zu großen Agrarunternehmen, deren Unterstützung ihm geholfen hatte, sich drei Amtszeiten lang an der Macht zu halten, deren Praktiken aber Familien aus dem Geschäft gedrängt und ganze Ökosysteme geschädigt hatten.

»Meine Stimme kriegt sie«, fügte Logan hinzu und blickte über die Felder. »Es wird Zeit, dass wir jemanden bekommen, der das Wohl der Gemeinschaft über sein Eigeninteresse stellt.« Er blickte zu Riley. »Was ist mit dir?«

»Ich habe noch nicht wirklich darüber nachgedacht.«

»Hal Edwards hat mir erzählt, dass du ihn kennst. Hamilton?«

»Mein Vater kannte den Gouverneur. Er hat für ihn in Des Moines gearbeitet.«

»Dein Vater war Anwalt, richtig?«

»War er.«

Eine Plakatwand mit einem Logo tauchte auf – drei gelbe Ähren vor einer aufgehenden Sonne. Der Schriftzug wurde deutlicher, als sie sich ihm näherten:

ZEPHYR FARMS. *KNOWIN' WHAT'S BLOWIN' IN THE WIND.*

Das GPS zeigte eine Rechtskurve an.

»Sie wurde auf Zephyr-Land gefunden?«

Riley bemerkte, wie Logan die Stirn runzelte und auf die Werbetafel starrte. »Du kennst diese Leute?«

»Carol und ich waren mit den Kindern letztes Jahr zu Halloween auf einer Veranstaltung, die sie organisiert haben. Eine Art Spukfarm – mit Geisterbahnen und so, und man konnte sich einen Kürbis aussuchen. Zephyr ist eine Genossenschaft.«

»Richtig.« Riley nickte.

Dank der Genossenschaften konnten einige kleinere Farmen in Iowa den unerbittlichen Vormarsch der großen Agrarunternehmen überleben, die den Staat überrollt hatten. Indem sie den Markt für Hybridsaatgut, Düngemittel und Pestizide – die heilige Dreifaltigkeit der Pflanzenproduktion – durch aggressives Markenrecht beherrschten, die Landwirte zur Verwendung ihrer Produkte zwangen, die Konkurrenz schluckten und taktische Lobbyarbeit auf höchster Regierungsebene betrieben, hatten Unternehmen wie Agri-Co einen Großteil des landwirtschaftlichen Reichtums des Landes unter ihre Kontrolle gebracht. Einige nannten sie ein notwendiges Übel. Fortschritt, sagten andere. Aber für diejenigen, deren Vorfahren dieses Land seit den Tagen der ersten Siedler aus New York, Philadelphia und Virginia bewirtschaftet hatten, die sich hier nach dem Black-Hawk-Krieg niedergelassen hatten, als die Ioway nach Westen vertrieben worden waren, stellten diese Giganten Geier, Umweltverschmutzer und Diebe dar.

»Über Zephyr war letztes Jahr im *Courier* ein Bericht«, fuhr Logan fort. »Sie sind von der Bürgermeisterin dafür gelobt worden, dass sie ihr Maismehl an örtliche Obdachlosenhilfswerke spenden.«

In letzter Sekunde sah Riley den Feldweg, der von dichtem Maisbewuchs verdeckt wurde. »Scheiße!« Sie wendete scharf, die Räder rutschten im Kies, ihr Sicherheitsgurt spannte sich vor ihrer Brust. Erschrocken fasste Logan nach dem Türgriff.

Dann bahnte sich der Wagen einen Weg zwischen den grünen Maisreihen hindurch und holperte über den zerfurchten Boden. Jeder Stoß fuhr Riley durch die Hände, mit denen sie das Lenkrad fest umklammerte. Überhängende Halme bogen sich vom Kühlergrill zurück, Maiskolben prallten vom Dach ab. Ein Vogel flog plötzlich vor ihnen auf.

»Hast du den Besitzer von Zephyr kennengelernt, als du hier warst?« Riley suchte auf dem Bildschirm des Bordcomputers nach dem Namen. »John Brown?«

»Ich glaube nicht. Es waren so viele Leute da. Hast du wirklich noch nie was von Zephyr gehört?« Logan hielt inne. »Aber eigentlich überrascht mich das nicht. Zephyr steht für Bioprodukte. Vom Bauernhof auf den Tisch. Du weißt schon, richtiges Essen. Nicht dieses künstliche Zeug, das du futterst, Sergeant Flatlander.«

Riley wandte sich wieder dem Bildschirm zu, als das GPS anzeigte, dass sie am Zielort waren. Das Funkgerät knisterte, durch statisches Rauschen ertönte eine Stimme. Jemand funkte die Zentrale an und verlangte mehr Beamte vor Ort.

»Ich habe vor einer halben Stunde angerufen. Wo zum Teufel bleibt die Verstärkung?«

Diese Stimme, voller Kraft und Arroganz, war unverkennbar. Jackson Cole.

Riley brachte den Wagen vor einer Gruppe von Fahrzeugen zum Stehen, die den schmalen Ablaufkanal zwischen zwei hohen Maiswänden blockierten. Ein John-Deere-Traktor überragte wie ein grüner Riese einen Cruiser und einen schwarzen Dodge Charger, der älter und ramponierter war als ihr eigener – der Wagen von Cameron Schmidt. Als sich der Staub gelegt hatte, öffnete Riley die Tür. Die Hitze umschloss sie wie eine Faust.

3

Die Männer standen direkt hinter den Fahrzeugen, im Schatten von Maisähren, unter ihnen der riesige Deputy Cameron Schmidt. Inzwischen war der Mann so alt, dass seine Körpergröße irgendwie merkwürdig wirkte – und niemand in der Dienststelle wusste, ob es seine gebeugten Schultern waren oder seine mehr als zwanzig Jahre als Detective, die ihm den Spitznamen Hunch eingebracht hatten.

Cam Schmidt sprach mit einem Mann, den Riley nicht kannte. Er war etwa so alt wie Cam – Ende sechzig –, spindeldürr und hatte ein braunes Gesicht, faltig wie eine Rosine. Der Farmer, nahm sie an. Er trug eine abgekippte Schrotflinte über dem Arm. An Schmidts Seite stand Jackson Cole. Die Arme des Hilfssheriffs waren vor der Brust verschränkt und zerknitterten das khakifarbene Hemd, das feucht an seiner Haut klebte.

Cole war der Erste, der sich nach Riley umsah. »Dachte schon, Sie hätten sich verfahren, Sarge.«

Sein Grinsen entblößte den schiefen Vorderzahn, den sie einst charmant gefunden hatte, als sie beide als Neulinge beim Department angefangen hatten – ein bescheidener Makel an diesem ansonsten perfekten Mann aus Iowa, die Statur breit wie die eines Linebackers, mit goldblonden Haaren und jeansblauen Augen. Im Laufe der Jahre hatte sie festgestellt, dass der Zahn nicht sein einziger Makel war.

Coles Augen verengten sich, als Logan hinter dem Traktor hervorkam. Offenbar fragte er sich, warum der Deputy zusammen mit ihr ankam.

»Sarge«, grüßte Schmidt, dessen Stimme von unzähligen Marlboros tief und rasselnd klang, obwohl er das Rauchen schon vor zehn Jahren aufgegeben hatte. Er wies mit einer Hand auf den Farmer. »Das ist John Brown. Er hat uns angerufen.«

»Mr Brown.« Riley streckte die Hand aus. »Sergeant Riley Fisher, Ermittlungsleiterin, Field Services Division.« Sie bemerkte, wie Jackson Coles Mundwinkel bei diesen Worten zuckten, und verspürte eine kurze Welle der Genugtuung.

»Es ist mir eine Ehre, Ma'am.« Brown sprach tief und lang gezogen. Iowa pur.

Riley war überrascht von seinem ernsten Tonfall und seinem festen Händedruck. Sie konnte die Schwielen an seiner Handfläche spüren. Er trug ein altes Hawkeyes-T-Shirt. Das Falkenkopf-Logo war vom vielen Tragen und Waschen verblasst. In den Schaft seines Gewehrs war ein Schriftzug geritzt: *God Bless America*.

»Ich kannte Ihren Großvater, Ma'am. Sheriff Joe Fisher war ein Freund, auch nachdem er das Department verlassen hatte. Er hat mit dem Bürgermeister und dem Stadtrat zusammengearbeitet. Hat dafür gesorgt, dass wir unser Land behalten haben, obwohl diese Hurensöhne mit allen Tricks versucht haben, es uns wegzunehmen. Ich habe ihn seit Jahren nicht mehr gesehen. Wie geht's ihm?«

Riley ließ Browns Hand los, und in ihrem Kopf tauchte das Bild ihres Großvaters auf, wie er vor sich hin starrend auf dem abgewetzten Sessel im Altersheim saß und ihm Speichel aus dem verzogenen Mund rann. Der Besuch letzte Woche war brutal gewesen. Sie wollte nicht über ihn sprechen, schon gar nicht mit einem Fremden. »Mit allen Tricks? Meinen Sie Agri-Co?« Sie hatte solche Beschwerden schon öfter gehört. Brown nickte. Er schürzte die Lippen, und Riley dachte, er würde ausspucken. »Wie viel von diesem Land gehört Ihnen, Sir?«

»Also, alle Zephyr-Farmen zusammen haben wir fünfzehnhundert Morgen.« Man konnte hören, wie stolz er darauf war. »Von den Ufern des Cedar bis zur Bezirksgrenze.«

»Das ist ziemlich groß.«

»Die Browns sind in einer Genossenschaft mit den Farmen von Garrett, Davis und Wilson, Sarge«, sagte Schmidt.

Brown nickte. »Wir bauen Gemüse und Soja an, aber der größte Teil unserer Ernte besteht aus Dentmais.«

»Dentmais?«, fragte Logan.

Brown lächelte und zog die Augenbrauen zusammen. »Du bist nicht von hier, Junge, oder?« Er zeigte auf das grüne Feld neben ihnen. »Das meiste, was man in Iowa sieht, ist Dentmais – also Dellenmais. Er heißt so, weil die Körner zur Erntezeit eingedellt sind.«

»Er wird hauptsächlich als Viehfutter verwendet«, fügte Riley für Logan hinzu. »Und für die Ethanolproduktion.«

»Richtig, Ma'am. Aber hier in Zephyr verwenden wir ihn nur für Maismehl. Trocken gemahlen schmeckt er richtig gut.«

»Meine Schwester hat eine Tüte bekommen, als wir an Halloween hier waren«, sagte Logan. »Meine Mutter hat geschworen, dass sie noch nie besseres Maisbrot gebacken hat.«

Auf Browns breites Lächeln hin verfinsterte sich Jackson Coles Miene.

»Ja, das ist eine neue Sorte. Wir haben über drei Jahre daran gearbeitet. Sie ist für den Iowa Food Prize nominiert.« Brown musterte die Gesichter reihum nach einer Reaktion. »Das ist einer der wichtigsten landwirtschaftlichen Preise des Landes. Der Gewinner wird auf der State Fair im August bekannt gegeben. Es gibt fast neunzigtausend Farmen in Iowa, und die meisten von ihnen werden dort vertreten sein. Wenn wir diesen Preis gewinnen, ist das ein Riesenschritt nach vorne für Zephyr. Dann haben wir es geschafft. Soll Agri-Co nur versuchen, uns aufzukaufen.«

Plötzlich hielt er inne, sein Blick schweifte über die Maishalme. »Aber wenn sich herumspricht, dass …«

»Sie haben die Leiche gefunden?«, fragte Riley.

»Jawohl, Ma'am. Ich war heute Morgen mit dem Adler unterwegs.«

»Adler?«

»So nennen wir unsere Erntedrohne. Sie kontrolliert die Felder. Stellt sicher, dass alles so wächst, wie es soll. Ich habe gesehen, dass einige Halme im Norden dieses Felds beschädigt waren.« Er deutete aufgeregt hinter sich. »Das wollte ich mir genauer anschauen und …« Er brach ab, sein Blick glitt zurück über die dichten Maisreihen.

Riley studierte sein Gesicht, um zu überprüfen, ob er vielleicht log. »Wir müssen uns die Drohnenaufnahmen ansehen.«

»Alles vorbereitet, Sarge«, warf Schmidt ein. »Mr Brown sagt, er war vor drei Nächten auf dem Heimweg, als er eine fremde Drohne über seinen Feldern gesehen hat.«

»Ich war mit Ed Wilson bei den Getreidesilos unterwegs«, erklärte Brown. »Wir haben die Lichter von der Straße aus gesehen. Ich wusste, dass unser Vogel nicht in der Luft war – der war in meinem Truck. Wir dachten, es könnte einer der Verräter sein.« Er wandte den Kopf erst nach Osten, dann nach Westen.

»Verräter?«

»Davon gibt es jetzt eine Menge hier in der Gegend – Farmen, die sich Agri-Co angeschlossen haben.« Browns Stimme wurde fester. »Früher wussten die Menschen, was sie anbauten. Seit der Siedlerzeit haben sie ihr Saatgut geteilt. Mein Vater hat immer gesagt: Wenn du auf das Feld von deinem Nachbarn gehst, mach dir die Hosentaschen voll. Aber dann hat Agri-Co ein Markenrecht auf alles erhoben und uns das gottgegebene Recht genommen, Saatgut zu sparen, Hybriden zu entwickeln und dieses Wissen mit unseren Nachbarn zu teilen. Jetzt wissen die meisten Leute nicht mal mehr, was sie in den Boden stecken. Sie lassen sich ihr Saatgut einfach von Agri-Co-Laboren liefern, unterschreiben die Verschwiegenheitserklärungen und nehmen ihren Anteil in Empfang, wenn die Ernte eingebracht ist. Diese Farmen sind nichts weiter als …« Er runzelte die Stirn. »Gebärmaschinen. Damit Agri-Co ihre Pflanzen testen und die Daten für sich selbst verwerten kann. Daten im Wert von Milliarden. Verdammt, ich kann manche Farmer ja verstehen. Wenn wir Zephyr nicht gegründet hätten, stünde ich jetzt nicht hier. Man geht unter oder schwimmt, man wird groß oder verkauft. Aber unsere Nachbarn haben dazu beigetragen, Agri-Co zu dem Monopol zu verhelfen, das sie heute hat. Zu mächtig, als dass man es angreifen könnte. Zu groß, um zu scheitern. Maiszüchtung und Gentechnik, Pestizid- und Düngemittelherstellung – sie hat bei allem ihre Finger im Spiel. Eine Handvoll Firmen kontrollieren Amerikas Lebensmittelversorgung. Sie bestimmen die Preise für die Verbraucher und die Löhne in der Industrie.«

Riley bemerkte, wie Logan bei Browns Worten nickte.

»Sie werden durch Versicherungen und staatliche Subventionen geschützt, von denen wir kleinen Leute nur träumen können«, fuhr Brown fort. »Und sie schnappen sich vor allem die armen Bauern, die ums Überleben kämpfen, die nicht mehr so stolz sind, dass sie ihren eigenen Boden nicht für die Saat eines anderen opfern würden, wenn sie dadurch eine weitere Ernte einfahren können.«

»Und Sie glauben, die fremde Drohne könnte zu einer dieser Farmen gehört haben?«, unterbrach Riley ihn, ehe Brown seinen Vortrag fortsetzen konnte.

»Also, ich bin mir ziemlich sicher, dass es einer der Schoßhunde von Agri-Co war, der Frank Garret vor vier Jahren sabotierte, bevor er dann zu uns kam. Fünf Hektar Soja, kurz vor der Ernte, besprüht mit dem Herbizid Dicamba. Ein Unfall, haben sie gesagt. Eine technische Panne. Das Sprühflugzeug sei mit den falschen Koordinaten programmiert worden. Alles Lüge. Hat die ganze Ernte vernichtet.« Browns Blick kehrte zu Riley zurück.

»Die Drohne, die ich gesehen habe, ist tief über meine Felder geflogen und abgehauen, als Ed und ich versucht haben, ihr in meinem Truck zu folgen. Ich hätte sie ausgeknipst, wenn wir sie erwischt hätten.« Er rüttelte die Schrotflinte an seinem Arm.

Riley ignorierte für den Moment, dass Brown offenbar bereit war, ein Bundesgesetz zu brechen. »Sie sind also nicht hergekommen, als Sie die Aufnahmen gesehen haben?«

»Nicht nötig.« Brown rümpfte die Nase. »Ich wusste, was ich vor mir hatte. Habe es sofort gemeldet und bin nur hergekommen, um Ihre Männer hier zu treffen.«

Riley blickte zu Schmidt. Er nickte. Mit etwas Glück hatten sie einen sauberen Tatort. Zumindest so sauber, wie es bei dieser Hitze möglich war.

»Und Mr Wilson wird bezeugen, dass Sie bei ihm waren? In der Nacht, als Sie diese Drohne gesehen haben?«

John Brown nickte, dann erkannte er die Tragweite von Rileys Frage. »Oh, natürlich, Ma'am«, sagte er schnell. »Und meine Söhne waren später am Abend mit mir auf der Farm. Auch die Frauen und Enkelkinder. Wir haben rund um die Uhr gearbeitet. Wir bereiten uns auf die State Fair vor.«

»Wir brauchen eine Liste Ihrer Kollegen und Angestellten in der Genossenschaft. Mit jedem, der Zugang zu Ihrem Land hat.«

Brown fuhr sich mit einer Hand durch das schüttere Haar. Er sah gequält aus, nickte aber. »Alles, was Ihnen hilft.« Er zögerte. »Wird das denn alles publik, Ma'am? Wird die Öffentlichkeit erfahren, dass es unser Land ist, auf dem sie gefunden wurde? Ich meine, Gott weiß, es tut mir leid für sie. Aber da unser Mais den Preis gewinnen könnte ...« Er schob seine Daumen in die Taschen der verblichenen Jeans. »Die Frau hatte hier draußen nichts zu suchen, soweit ich das beurteilen kann.« Brown schüttelte den Kopf. »Überhaupt nichts.«

»Wir werden tun, was wir können«, sagte Riley, wobei ihr ruhiger Tonfall nicht verriet, ob sie das wirklich ernst meinte.

Der *Courier* würde innerhalb weniger Stunden darüber berichten. Aber schon vorher würden die Einheimischen es wie einen Flächenbrand verbreiten, die Nachricht von dem Verbrechen würde von der Farm zum Laden, von der Autowerkstatt zur Bar getragen werden und überall ihre Spuren hinterlassen. Ernste Gesichter, betroffene Nachbarn und Kneipengäste, die sich ein Bud bestellten, *aus Respekt*. Jugendliche würden schon bald Selfies vor den Absperrbändern am Tatort machen und dann auf Instagram posten.

Riley wandte sich Schmidt zu. »Nolan ist also bei der Leiche. Ich seh's mir mal an. Hast du die Gerichtsmedizinerin angerufen?«

»Wollte ich gerade.«

Riley nickte Cole und Logan zu. »Sperrt den Tatort ab und fangt mit dem Protokoll an. Ich will nicht, dass noch jemand diese Felder betritt, bevor wir den Tatort gesichert haben.«

Nachdem sie sich ein Paar Schutzüberschuhe angezogen hatte, bahnte sie sich einen Weg durch den Mais und folgte Schmidts Weisungen. Die letzten Worte des Detectives gingen ihr durch den Kopf.

Sie sieht übel aus, Sarge.

Der Mais umschloss sie engmaschig, die Seidenfäden hingen wie schlaffes Haar an den Kolben. Sie erinnerte sich an die Stimme ihres Großvaters. *Knee-high by Fourth of July*. Die alten Sprichwörter schienen nicht mehr zu gelten. Diese Pflanzen reichten weit über ihren Kopf, und es war erst Ende Juni.

Die Halme spendeten zwar etwas Schatten vor der grellen Sonne, aber die Hitze auf dem Feld war erdrückend. Der Anfang des Sommers war feucht gewesen, nach einem wilden, nassen Frühling waren Tornados über den Staat hinweggezogen, acht schlimme Stürme seit April.

Es dauerte nicht lange, bis sie ihn roch – den faulig-süßen Gestank des Todes. Ein paar Meter weiter hörte sie den Piepton einer Kamera. Fliegen umschwirrten ihr Gesicht. Weiter vorne konnte sie Bob Nolans massige Gestalt ausmachen. Der Tatortermittler hockte zwischen den Maiswurzeln, die Kamera im Anschlag. Sein grünes Polohemd mit der gelben Aufschrift CSI war hoch-, seine Cargohose hingegen heruntergerutscht und enthüllte unglücklicherweise viel blasse Haut, Flaum und die Pospalte. Mit den blauen Handschuhen über den sommersprossigen Armen hatte er etwas Clownhaftes.

Nolan erhob sich, als Riley sich näherte, und schob die scharfen Halme beiseite. Mit der Kamera in einer Hand zog er sich die Hose hoch. Sein Ausrüstungskoffer lag offen auf dem Boden. Er trug Überschuhe und eine Gesichtsmaske, aus der sich sein kastanienbrauner Bart büschelte. »Da drin ist eine Ersatzmaske, Sarge.« Er deutete auf den Koffer. »Sie ist überreif.«

Riley hatte in ihrer zwölfjährigen Karriere in Black Hawk County schon viele Leichen gesehen. Opfer von Erntemaschinen, zerhackt von verbogenem Metall. Tote, die aus Seen gezogen und von gefrorenen Feldern geborgen wurden. Landwirte, die in ihren eigenen Getreidesilos ertranken, und vor ein paar Jahren zwei Jungen, die von einem Mähdrescher zerfetzt worden waren. Sie hatte Todesopfer von Tornados gesehen, die zwischen den zertrümmerten Überresten ihrer Häuser verstreut lagen, Opfer einer Überdosis und Selbstmörder. Aber es war trotzdem ein Schlag in die Magengrube, als sie über Nolans Schulter blickte, um zu sehen, was der Kokon aus Wurzeln vor ihm umschloss.

Die Frau lag auf der Seite, das Gesicht verdeckt von blonden Haaren, die ihr über die Wangen fielen und von getrocknetem Blut verfilzt waren. Ihre Beine waren angewinkelt, die Arme lagen neben ihrem Kopf, als hätte sie sich im Schlaf zusammengerollt. Ein Turnschuh fehlte, die weiße Socke am Fuß war verdreckt. Ihre Kleidung – eine Baumwollhose und ein T-Shirt – war an einigen Stellen zerrissen und entblößte grau-grün gesprenkelte Haut. Sie war vor Fäulnis geschwollen und hier und da mit dunklen Wunden gezeichnet, das Blut schwarz und geronnen, das Fleisch an vielen Stellen zerfetzt. In ihren Eingeweiden wimmelten weiße Maden.

Riley verzog das Gesicht, während sie nach einer Maske griff und versuchte, nicht durch die Nase zu atmen, aber der Gestank – ein giftiger Geruch aus stechendem Methan und beißendem Ammoniak – schien alles zu durchdringen.

»Sie ist schon mindestens ein paar Tage hier draußen. Und bei diesen Temperaturen …« Nolan schüttelte den Kopf.

»Haben Sie eine ungefähre Todeszeit?«

»Zum jetzigen Zeitpunkt würde ich sagen, dass sie seit drei oder vier Tagen tot ist. Die Maden befinden sich noch im Anfangsstadium ihrer Entwicklung, und ein Großteil des Gewebes ist noch intakt.«

»Also ist sie etwa zu der Zeit gestorben, als Brown die fremde Drohne gesehen hat?«

»Könnte sein. Webb wird uns hoffentlich eine genauere Zeitangabe machen können, wenn sie die Autopsie durchgeführt hat. Hat Hunch sie schon angerufen?«

»Er ist gerade dabei. Und die Todesursache?« Riley sah an Nolan vorbei auf die Leiche. Diese Wunden. So etwas hatte sie noch nie gesehen. Die Frau sah aus, als hätte etwas an ihr gezerrt und gerissen.

Eine Fliege landete auf Nolans Maske. »Es ist zu früh für eine verlässliche Aussage. Diese Kratzer an ihren Armen …« Vorsichtig machte er einen Schritt, seine eingehüllten Füße setzten weich auf dem Boden auf. Trotz seiner Größe war er an Tatorten bemerkenswert feinfühlig. »Sieht aus, als hätte sie sich diese Wunden bei ihrer Verteidigung zugezogen. Zwei Finger scheinen gebrochen zu sein, auch die Nägel sind abgerissen, und auf der Rückseite ihres Schädels ist eine ziemlich große Beule. Ich denke, das hier ist wahrscheinlich von unserem Täter.« Nolan deutete auf eine gezackte Wunde am Hals der Frau, die teilweise von ihrem Haar verdeckt wurde. »Der Blutverlust war wohl beträchtlich.«

»Hat der Täter eine Waffe benutzt?«

Nolan runzelte die schweißnasse Stirn. »Keine Ahnung. Es ist auf jeden Fall eine merkwürdige Wunde. Für ein Messer ist die Haut zu sehr aufgerissen – es sei denn, es handelt sich um eine gezackte Klinge.« Er hielt inne. »Was auch immer es war, es war ein extrem brutaler Angriff. Die Wunde reicht bis auf den Muskel.«

Riley spürte ein Ziehen in ihrem Bauch, wie ein Knoten, der straff gezogen wird. Ihr Blick wanderte zu den Händen der Frau, die diese sich vors Gesicht hielt. Sie konnte den rosafarbenen Schimmer des Lacks auf einem abgebrochenen Nagel sehen, schwarze Erde darunter. Riley stellte sich vor, wie sich diese Hände im Dreck abstemmten. Etwas hatte auf der Frau gelegen. Hatte an ihr gezerrt.

Halt still, oder ich tue dir weh!

»Sergeant?«

Riley wurde klar, dass Nolan mit ihr gesprochen hatte. »Wie bitte?«

»Ich werde jetzt ihr Haar zur Seite schieben. Ich will ihr Gesicht sehen. Vielleicht können wir mit der Identifizierung beginnen.«

Riley nickte und sah zu, wie Nolan das Haar der Frau scheitelte, sanft, als wäre sie eine Geliebte. Sie betrachtete das graue Gesicht der Leiche. Hohe Stirn und Stupsnase, kleiner Mund und weicher Kiefer. Die Züge verschoben sich in ihrem Kopf, definierten sich neu zu einer lebendigen Frau. Lebendig und viel jünger. Ein Schock durchzuckte Riley. »Mein Gott!«

»Was ist los?«, fragte Nolan. »Sergeant?«

»Chloe«, murmelte Riley.

Mädchenhaftes Lachen, ein Kopf, der sich dicht an ihren schmiegte, feines blondes Haar, das ihren Arm kitzelte. Ein Flüstern in ihrem Ohr und ein warmer Atemzug, der nach Zuckerwatte roch.

Er schaut dich an, Ri!

Rileys Hand ballte sich zur Faust, die Finger gruben sich in ihre Handfläche, die von einer winzigen weißen Narbe gezeichnet war. Einer Narbe, von der sie wusste, dass sie auch auf der Handfläche der toten Frau unter all dem Blut und Schmutz zu sehen sein musste. »Chloe Clark«, wisperte sie, ohne ihren Blick von der Leiche zu nehmen. »Wir waren ...« Sie zögerte bei dem Wort, stieß es dann aber hervor. »... Freundinnen.«

4

Sie trafen im Laufe des Tages ein, und der Staub der Autos legte sich über den Feldweg. Sheriff Reed, zwei Hilfssheriffs der K-9-Einheit und weitere Streifenpolizisten wurden gerufen, um beim Durchkämmen der Felder zu helfen, oder sie kamen einfach vorbei, um mit ihren Kollegen zu plaudern und sich in der brütenden Nachmittagshitze den Schweiß von der Stirn zu wischen. Gelbe Absperrbänder säumten die Felder. Im Westen zogen Gewitterwolken auf.

Mit der Dämmerung kamen die Insekten, gefolgt von Reportern des *Courier* und einem Team der Lokalnachrichten, die sich am Rande der Absperrbänder aufhielten und die Beamten, die sie kannten, um Informationen baten. So etwas passierte in Black Hawk County nicht, wo die Geschäfte am Sonntag noch geschlossen waren und Fremde auffielen.

Der vermisste Turnschuh wurde in einiger Entfernung von der Leiche gefunden, dann Teile von Reifenabdrücken auf einem schmalen Weg, der nördlich des Feldes entlanglief und schließlich auf die Straße mündete. Der ganze Staat war von solchen Wegen durchzogen: namenlose Arterien, die unzählige isolierte Farmen mit der Welt verbanden.

Bob Nolans Kamera klickte weiter im trüben Abendlicht, jeder Blitz enthüllte einen neuen Aspekt des Körpers. Jede fleckige Wunde. Jeden Zentimeter verwesendes Fleisch. Bodenproben wurden genommen, Maden eingesammelt. Die Tagesschicht wechselte, die Deputys gingen, darunter Logan Wood und Jackson Cole, andere kamen an, meldeten sich bei Riley, bevor sie in das Tatortprotokoll eingetragen wurden.

Es war schon spät, als Riley schließlich die Felder von Zephyr verließ und die wenigen Meilen nach Cedar Falls fuhr, wo die Lichter der Stadt sie aus der tiefen Dunkelheit der Maisfelder befreiten. Sie überquerte die Bahngleise und bog in die Straße zu ihrem Haus ein, das am Rande eines Bachs in den schattigen Ausläufern des State Park lag. Das Licht auf der Veranda brannte; ein matter Stern, der zwischen den Platanen schimmerte. *Unser viktorianisches Fräulein*, so hatte ihr Großvater das Haus genannt, dessen blassblaues Türmchen hoch wie eine Haube über der weiß getünchten Veranda thronte.

Riley hielt auf dem Hof neben dem grünen Pick-up ihres Großvaters – einem alten Dodge, der halb vom Rost zerfressen war. Er war vor dem alten Lagerschuppen geparkt, der nahe beim Haus stand, wo der hochgewachsene Rasen zum Bach hin abfiel. In dem verrotteten Gebäude stapelte sich der Kleinkram von Generationen der Familie Fisher. Berge von Dingen, die gelagert, ausrangiert oder vergessen wurden – kaputte Möbel, Halsbänder von toten Hunden und Fähnchen vom vierten Juli, die sich in alter Weihnachtsbeleuchtung verhedderten, schimmlige Zelte und Jagdausrüstung.

Als sie den Motor abstellte, hörte Riley Musik, die durch die offenen Fenster des Hauses drang. Ethan war daheim.

Sie blieb einen Moment lang sitzen und spürte, wie der Tag in ihr weiterarbeitete. Den Geruch der Leiche – *Chloes Leiche* – hatte sie immer noch in der Nase. Sie wusste, es würde Tage dauern, bis er sie verließ. Riley raffte sich auf und stieg aus dem Auto. Die Nacht war erfüllt vom Zirpen der Zikaden. Scrounger bellte an der Fliegengittertür. Im Licht auf der Veranda schwirrten Motten, und ihre Schatten flatterten über den leeren Stapel Holzscheite vom letzten Winter und die von der Sonne ausgebleichten Kissen des Schaukelstuhls. Zerdrückte Bierdosen lagen verstreut neben einem überquellenden Aschenbecher.

Riley schob Scrounger zurück, als sie eintrat. Scrounger war ein ehemaliger K-9-Hund aus Bremer, der eigentlich eingeschläfert werden sollte. Riley hatte in der Zeitung über ihn gelesen, und bevor sie richtig nachdenken konnte, war sie über die Bezirksgrenze zum Tierheim gefahren, in dem der Hund nach einer langen, erfolgreichen Karriere gelandet war. Traurige Augen hinter den Käfigstäben, eine struppige Schnauze, die hoffnungsvoll gegen ihre Hand drückte.

»Was ist los mit dir?«, fragte sie, als Scrounger an ihrer Seite durch die Küche und in den Flur – das Herz des Hauses – hechelte, von dem aus das selten genutzte Esszimmer der Familie, das Wohnzimmer, ein Schlafzimmer und das Bad abgingen. Die Musik war hier lauter, sie drang aus dem Schlafzimmer, wo Licht unter der Tür hindurchschien. Irgendein Countrysong, Gitarren und Melancholie. Riley kauerte sich neben den Safe unter der Treppe, zog ihre Glock 19 aus dem Halfter und tippte den Code ein. Sie verstaute die Waffe, zog ihre staubigen Stiefel aus und ging zurück in die Küche, wo sie von Scrounger beäugt wurde.

Als sie das Hauptlicht anknipste, sah sie, dass die Wasser- und Futternäpfe des Hundes leer waren und offenbar seit dem Morgen nicht mehr aufgefüllt worden waren. Riley unterdrückte die Wut, die heiß und plötzlich in ihr aufstieg. Dafür hatte sie heute Abend keine Kraft mehr.

Nachdem sie Scrounger gefüttert hatte, starrte sie in den halb leeren Kühlschrank, ohne zu wissen, was sie wollte, und griff dann nach ein paar Käsescheiben und einem Bier. Sie öffnete die Bierdose und trank, dann zog sie das Zellophan vom Käse ab und stellte sich an die Theke, um die Ecken der Plastikverpackung aufzureißen.

Riley nahm sich noch eine Dose und wollte gerade zur Treppe gehen, als Ethan aus seinem Zimmer kam. Sie standen sich gegenüber, mehrere Meter wurmzerfressene Dielen und ein fadenscheiniger Teppich zwischen ihnen. Sie hätte mit einem oberflächlichen Hallo weitergehen können – kein Wort über diesen Morgen oder über Scrounger –, wenn da nicht die süßliche Rauchwolke gewesen wäre, die ihr Bruder mitbrachte.

»Verdammt noch mal, Ethan!« Sie presste die Worte mit einer Heftigkeit hervor, die sie beide überraschte. »Wie oft denn noch?«

»Lass mich in Ruhe, Ri. Es ist genauso mein Haus wie deins.«

Sie hasste es, wenn er sie so nannte – so, wie ihre Freunde sie einst genannt hatten. Viel zu vertraut, als dass irgendjemand es benutzen sollte, geschweige denn er. »Ja, und es ist mein Job, der dafür sorgt, dass wir es behalten können. Ein Job, den ich verliere, wenn dieser Mist hier gefunden wird.«

Ethan schüttelte den Kopf und ging an ihr vorbei in die Küche. Bartstoppeln verschatteten sein Gesicht. Seine blauen Augen waren rot umrandet, sein T-Shirt schmuddelig. Vierzig Jahre alt war er – fünf Jahre älter als sie –, und es war, als würde man mit einem Teenager zusammenleben. »In Kalifornien kann man sein eigenes Gras anbauen, verdammte Axt.«

Sie hatte keine Lust, sich in eine weitere sinnlose Debatte über die Drogengesetze der verschiedenen Bundesstaaten verwickeln zu lassen. Ethan beklagte sich andauernd über die drakonischen Vorschriften in Iowa und den Rückstand gegenüber dem Rest der USA. »Es geht nicht nur um das Gesetz.« Riley folgte ihm in die Küche. »Was ist, wenn Maddie es gefunden hätte?«

»Glaubst du, sie hat noch nie Gras gesehen?« Er drehte sich zu ihr um. »Ihre Mutter und dieses Stück Scheiße rauchen es vor ihren Augen! *Schlampe*«, zischte er und riss den Kühlschrank auf.

Riley war sich nicht ganz sicher, ob das Schimpfwort für die Ex-Frau ihres Bruders, Sadie, oder für sie bestimmt war. »Ich musste sie heute Morgen nach Hause fahren. Schon wieder. Ich kam zu spät zu einem Einsatz.«

Er nahm sich ein Bier und stieß den Kühlschrank zu. »Ich habe lange gearbeitet. So wie du früher auch.«

Riley starrte ihn an. Sie hätte fast gelacht. Wie konnte ihr Bruder glauben, dass ihre Nachtschichten auf Streife das Gleiche waren wie sein Job in einer Spelunke, wo er für seine nichtsnutzigen Kumpels Drinks ausschenkte? Sie hatte vorgehabt, ihn auch auf den vernachlässigten Hund anzusprechen, aber jetzt verließ sie der Wille. Der Kampf war für sie vorbei. Nur die Sinnlosigkeit ihres ewigen Streits und der Geruch einer toten Frau auf ihren Kleidern blieben. »Fick dich, Ethan!«

Kurze Zeit später brannte die Hitze des Duschstrahls auf ihrer Haut. Das Wasser, das in den Abfluss gurgelte, war grau vom Schmutz der Felder. Riley schloss die Augen und gab sich den Erinnerungsbildern hin. Die Leiche zwischen den Wurzeln. Der Schock des Wiedererkennens. Sheriff Reeds Stirnrunzeln, als sie ihm sagte, dass sie die Tote gekannt hatte. Seine Fragen. Wann hatte sie Chloe Clark zuletzt gesehen? Was wusste sie über die Familie? Wo hatte Chloe gewohnt?

Riley hatte nicht viel für ihn. Es war achtzehn Jahre her, dass sie mit Chloe und Mia und dem Rest ihrer Schulclique befreundet gewesen war. Als sie die Cedar Falls High damals verlassen hatte – in jenem Sommer –, hatte es kaum einen Tag gegeben, an dem Riley nicht an ihre Freunde dachte oder sich fragte, ob ihre Freunde an sie dachten. Aber die Zeit hatte ihre Erinnerungen verdunkelt, und sie kehrten nur zurück, wenn Riley im Laufe der Jahre unerwartet einem von ihnen begegnete, im Einkaufszentrum oder an einer Tankstelle. Wäre die Stadt kleiner gewesen, wäre Riley vielleicht nicht zurückgekehrt, aber bei siebenunddreißigtausend Einwohnern in Cedar Falls und fast doppelt so vielen in der Nachbarstadt Waterloo – der sechstgrößten Stadt in Iowa – waren solche Begegnungen glücklicherweise selten.

Gott, warum musste es ausgerechnet sie sein?

Nachdem sie geduscht hatte, zog Riley ein T-Shirt aus ihrer Studienzeit an, mit dem Aufdruck *Go Panthers* über der Brust. Sie saß auf dem Bett, und die Nähte der Patchworkdecke, die ihre Großmutter geschneidert hatte, kitzelten ihre nackten Beine. Ihr nasses Haar wurde von den Umdrehungen des Deckenventilators zerzaust. Das Zimmer mit seinen gelben Wänden, welche die Morgensonne in Butter verwandelte, hatte vier Generationen ihrer Familie miterlebt. Es war das Zimmer, in dem ihr Großvater geboren worden war und ihr Urgroßvater, George Fisher, seine Frau und seinen Sohn zum Abschied geküsst hatte, bevor er mit der 34. Infanterie-Division nach Italien zur Winterfront musste. Hier hatten sie um ihn getrauert, als er nicht zurückkehrte, einer der vielen, die es nicht mehr aus Europa nach Hause schafften, und das Blue-Star-Banner vor dem Haus wurde zum Gedenken an die Gefallenen durch einen goldenen Stern ersetzt, wie es militärischer Brauch war. Dieses Zimmer wurde zum Zimmer ihres Vaters, drei Jahre bevor Eisenhower die ersten Truppen nach Vietnam entsandte.

Später gehörte das Haus Rileys Eltern, als ihr Vater mit der Familie aus Des Moines wegzog, um seine sterbende Mutter zu pflegen. Er arbeitete weiterhin unter der Woche in der Stadt und fuhr an den Wochenenden zwei Stunden nach Hause. Die elfjährige Riley hatte in den ersten Monaten nur mit ihrer Mutter hier geschlafen, und beide waren entnervt von der absoluten Dunkelheit, dem Sirren der Insekten und den gewaltigen Stürmen, von den unbekannten Dingen, die sich im Bach bewegten und im Wasser verbargen.

Riley lehnte sich ans Kopfende des Bettes, überflog die Nachrichten auf ihrem Handy und versuchte, sich auf den Bericht von Cam Schmidt zu konzentrieren, um ihre Gedanken für das morgendliche Briefing zu ordnen, zu dem Sheriff Reed sie einberufen hatte. Doch schon bald wanderte ihr Blick zu den Fotos, die um den Waschtisch gruppiert waren. Joe Fisher in der Uniform des Sheriffs. Ihre Mutter und ihr Vater bei der Hochzeit. Michael

Fisher, ein angesehener Anwalt, aufrecht und stolz, Jenny Fisher, die Anwaltssekretärin, die lächelnd zu ihm aufblickte. Sie selbst und Ethan auf einem John-Deere-Traktor, Grimassen ziehend. Tante Rose und ihre Partnerin Lori Bell im Krankenhaus mit dem kleinen Benjamin. Maddie, vor zwei Jahren, mit geflochtenem Haar und einem Mädchengrinsen.

Das waren die einzigen Fotos, die sie aufgestellt hatte, alle anderen waren in Alben im Arbeitszimmer verschlossen. Aber im Grunde war dieses Haus ein einziges großes Album – jede schattige Ecke schien vor Erinnerungen zu strotzen. Die Veranda, auf der sie zum ersten Mal mit Chloe und Mia gesessen hatte, als sie zwölf Jahre alt war und vor Stolz anschwoll, weil sie Kekse für ihre neuen Freundinnen brachte und ihre Mutter sie dafür mit einem Lächeln belohnte. Das Bett in ihrem alten Zimmer am Ende des Flurs – jetzt das von Maddie –, in dem sie sich zu dritt in Schlafsäcken zusammengekauert hatten, um Süßigkeiten zu teilen, während der Schnee ans Fenster tupfte. Das düstere Grün, ein Spätsommerabend am Bach, die Heuschrecken im Gras. Das Blut, das sie sich bei einem Schwur gegenseitig auf die Handflächen schmierten.

Sagen Sie nichts.

Riley stieß sich vom Bett ab und ging zum Kleiderschrank, wobei die Dielen knarrten. Sie knipste das Licht an, griff zum obersten Regal und schob einen Tennisschläger, Schlittschuhe und Decken beiseite. Dahinter befand sich ein alter Karton, dessen Gewicht sie überraschte, als sie ihn herunterhob. Sie stellte ihn auf den Boden und setzte sich im Schneidersitz davor. Ihre Hände durchwühlten das Innere des Kartons und holten Schmuck- und Erinnerungsstücke heraus. Eintrittskarten für die Iowa Cubs und Buttons von Popstars, Karten für Geburtstage und Weihnachten, die in ihren Fingern glitzerten. Patronen vom Schießen mit ihrem Großvater, eine Jagdtrophäe und ein Arnold's-Freizeitpark-T-Shirt. *Ich habe die Achterbahn überlebt!* Eine Kopie der Gottesdienstordnung von der Beerdigung ihrer Eltern.

Die Jahrbücher der Cedar Falls High lagen ganz unten. Es waren die letzten Dinge, die sie ausgrub. Sie legte die Ausgaben der späteren Jahre beiseite und nahm das erste Jahrbuch zur Hand. Ihre Augen flirrten über die Bilder, und mit jedem Foto von den Tribünen, den unmöglichen Frisuren und den von Akne gezeichneten Gesichtern, den Homecomings und Schulaufführungen wurden Erinnerungen wach. Plötzlich entdeckte sie Chloe. Chloe, Mia und sie selbst, alle auf derselben Seite. Vierzehn Jahre, an der Schwelle zu fünfzehn. Beste Freundinnen seit der Mittelstufe. Sie spürte einen Stich. Bedauern? Sehnsucht? Sie hätte sich wieder mit ihnen in Verbindung setzen sollen.

Jetzt ist es zu spät.

Als Riley das Buch anhob, um es genauer zu betrachten, fiel ihr etwas in den Schoß. Es war ein Foto, das all die Jahre wie eine Spinne zwischen den Seiten eingeklemmt gewesen war; längst tot, aber immer noch erschreckend.

Das Foto zeigte sie auf der Iowa State Fair, zusammen mit Mia und Chloe, Arm in Arm. Mikro-Jeans-Shorts. Gebräunte, schlanke Beine, knallenge Oberteile und Lipgloss. Mädchen, die Frauen spielten. Ihr stockte der Atem, als sie die goldene Sternenhalskette sah. Ein Geschenk ihres Großvaters zu ihrem vierzehnten Geburtstag.

Für meine kleine Stellvertreterin.

Ihre Mutter hatte geflüstert, dass ihr Großvater viel Geld von seiner Rente dafür bezahlt hatte und sie die Kette sicher aufbewahren sollte. Hinter ihr, auf dem Foto, verdichtete sich der blaue Himmel, und die Fahrgeschäfte waren mit Lichtflecken übersät. Das Foto war zerrissen. Eine Seite fehlte.

Der fehlende Teil des Fotos war wie ein Geist in ihrem Kopf, der aus der Vergangenheit auf sie zustürmte. Der Geruch von Corndogs und Zuckerwatte. Hartes Rattern von Fahrgeschäften. Dröhnende Musik und sich drehende Lichter. Eine Hand an ihrer Hand. Finger, die sich fest verschränken.

5

Am nächsten Morgen hielt Riley auf dem Heimweg an der Sweet-Tooth-Bäckerei in der Main Street, um Gebäck und Kaffee zu kaufen. Hetty, die sie bediente, überschüttete sie mit Fragen zum Mord, errötete über ihre eigene Unverschämtheit, wollte aber unbedingt mehr wissen.

Die Schlagzeile prangte auf der Titelseite des *Courier* über einer dramatischen Aufnahme von Maisfeldern unter düsterem Himmel. Die *junge Frau, die man tot auffand*, wurde nicht namentlich genannt. Streifenbeamte hatten sich gestern Abend auf den Weg gemacht, um Chloes Eltern und ihren Ehemann zu informieren. Laut einer SMS von Schmidt waren sie noch immer bei ihnen.

Die Fahrt von Cedar Falls nach Waterloo dauerte auf der Autobahn nur zehn Minuten, aber da sie sich auf halber Strecke der Main Street befand, nahm Riley den etwas längeren Weg durch die Vororte, entlang der Nabelschnur aus Tankstellen, Motels und Fast-Food-Läden, welche die beiden Städte miteinander verband. Der Übergang war jedes Mal aufs Neue abrupt – von den baumbeschatteten Alleen, malerischen Geschäften, Restaurants und Schankwirtschaften von Cedar Falls zu den verlassenen Lagerhäusern und verfallenden Vierteln von Waterloo. Wäre da nicht die University of Northern Iowa – wo sie Kriminologie studiert hatte – mit ihrem jährlichen Zustrom von Studenten und Geld gewesen, wäre Cedar Falls vermutlich in die gleiche Depression verfallen wie Waterloo.

In den letzten Jahren hatte es einige mutige Wiederbelebungsversuche gegeben – Mikrobrauereien, die auf mit Unkraut bewachsenen Grundstücken entstanden, Kajakverleih auf dem Cedar River und ein jährliches Pride-Festival, gegen das die örtlichen Kirchen Sturm liefen. Aber diese Neuankömmlinge kämpften mit einem starken Abwärtssog. Waterloo war einst eine blühende Industriestadt gewesen, gegründet 1845, aufgebaut auf Mais, Fleisch und Patriotismus, verbunden mit Chicago und Omaha durch die alte Illinois Railroad und durch den Fluss Cedar, der in den Mississippi mündete. Doch der Niedergang der Landwirtschaft in den Achtzigerjahren hatte eine Rezession ausgelöst und die Landschaft verändert. Danach waren nur noch die größten Unternehmen in der Lage, zu überleben und zu florieren – gefördert von den jeweiligen Regierungen.

Seitdem waren viele Städte in Amerika zu Orten geworden, in denen man nur mit zwei Jobs überleben konnte, aber in Waterloo war es nicht ungewöhnlich, dass man drei Jobs hatte. Sogar einige von Rileys Kollegen nahmen Schichten bei der Feuerwehr oder als Ranger für den Staatspark, um über die Runden zu kommen. Sie dachte über John Browns Klagen über Agri-Co nach. *Zu mächtig, als dass man es angreifen könnte. Zu groß, um zu scheitern.* Es stimmte, je größer diese Unternehmen wurden, desto mehr konnten sie für sich beanspruchen – Land und Forschungsgelder, staatliche Subventionen und politische Unterstützung. Aber es gab noch mehr, was diese Giganten aufsaugten.

Überall im Land wurden ganze Gemeinden zu Geisterstädten, da lokale Unternehmen und Familien, die nicht mehr konkurrenzfähig waren, gezwungen wurden, zu schließen. Der Lebensnerv des ländlichen Amerikas wurde ausgelaugt und hinterließ leere Hüllen von Städten, in denen Armut und Kriminalität rasch zunahmen. Dieses Erbe war nur allzu deutlich in den verrammelten Fabriken und Verarbeitungsbetrieben zu erkennen, die wie zerstörte Gräber um die einst stolze Stadt herumstanden, in der sich Landstreicher, Dealer und Nutten herumtrieben und nachts die Streifenwagen der Polizei von Waterloo unterwegs waren.

Riley dachte an Logan, wie er über Senatorin Jess Cook gesprochen hatte, die die Macht wieder in die Hände von Kleinunternehmen legen und Investitionen in Gemeinden statt in Unternehmen tätigen wollte. Vielleicht sollte sie Logans Beispiel folgen und für Cook stimmen? Aus reiner Gewohnheit hatte sie in der Vergangenheit immer Bill Hamilton gewählt. Sie war dem Gouverneur keine Loyalität schuldig. Es war Jahre her, dass ihr Vater für diesen Mann gearbeitet hatte.

Nachdem sie in die East Sixth eingebogen war, fuhr sie auf den Parkplatz der Behörde. Das braune Backsteingebäude mit seinen Kastenfenstern war an das Bezirksgefängnis angebaut und von Büros von Kautionsjägern und Anwälten umgeben. Insgesamt waren im Sheriffbüro und im Gefängnis einhundert vereidigte Beamte und vierzig Zivilisten tätig, die das gesamte Black Hawk County abdeckten. Riley parkte den Dodge neben der Reihe von Cruisern und den Harley Road Kings der Motorradstreife. Die Motoren einiger Fahrzeuge liefen im Leerlauf und hielten die Innenräume arktisch kalt. Die Gewitterwolken der letzten Nacht hatten nur gedroht, und die Luftfeuchtigkeit blieb hoch.

Sie grüßte den Schalterbeamten und passierte die Sicherheitskontrolle mit einem geistigen Gruß an ihren Großvater, dessen Bild einen Ehrenplatz an der Wand der Helden einnahm. Mit dem Gebäck in der Hand betrat sie die von Neonröhren beleuchteten Treppen und Korridore der Field Services Division. Hier roch es nach Reinigungsmittel und Kaffee.

Im Büro herrschte mehr Hektik als sonst, Telefone klingelten, Kollegen riefen sich gegenseitig etwas zu, Kopierer surrten. Der *Courier* lag auf mehreren Schreibtischen. Auf einem anderen lag eine Ausgabe von *USA Today*, aufgeschlagen auf einer Seite, die über einen Cyberangriff auf ein petrochemisches Unternehmen in Polk County berichtete. Riley hatte einen Teil der Geschichte im

Radio mitbekommen. Man hatte Ökoterroristen im Verdacht. Es war das zweite Mal in den letzten Monaten, dass die Gruppe, die sich selbst Mission Erde nannte und vermutlich in Iowa ansässig war, landesweit Schlagzeilen machte. Das Bild neben der Schlagzeile zeigte den Slogan der Gruppe, der an eine Wand gesprüht war. *Wie die Meere ansteigen, so werden auch wir aufsteigen.* Das FBI ermittelte.

Logan saß an seinem Schreibtisch und war in seinen Computermonitor vertieft. Sein dunkles Haar war glatt, zweifellos frisch gewaschen unter der Dusche im Fitnessstudio. Über ihm an der Wand neben der Dartscheibe, an der noch ein abgerissener Fetzen eines Bildes von Hillary Clinton klebte, hing ein Poster des vermissten Teenagers Gracie Foster. Bei der Sechzehnjährigen, die vor zehn Tagen spurlos aus ihrem Haus in Waterloo verschwunden war, hatte es sich um den größten Fall der Behörde gehandelt. Bis gestern.

Sergeant Hal Edwards, Leiter der Streife, dicklich und Ende fünfzig, mit buschigem Schnurrbart, der zuletzt in den Achtzigern in Mode gewesen war, stand in der Tür und sprach mit Jackson Cole und einem anderen Deputy. Sie bemerkten Riley, als sie vorbeiging. Edwards nickte, unterbrach sein Gespräch aber nicht. Cole sah ihr kurz in die Augen, bevor er seine Aufmerksamkeit wieder dem Sergeant zuwandte. Riley vermutete, dass sie inzwischen alle von ihrer Bekanntschaft mit der toten Frau wussten. Die Erinnerungen, die gestern mit Chloes Leiche aufgetaucht waren und sie bis tief in die Nacht wach gehalten hatten, kratzten an den Rändern ihres Geistes. Aber sie verdrängte sie.

Konzentrier dich auf die Arbeit. Tu einfach das, was du auch in jedem anderen Fall tun würdest.

Der nächste Raum, viel kleiner als der der Streife, gehörte dem Ermittlungsteam. Durch die Innenfenster sah Riley Cam Schmidt am Telefon. Seine Anzugjacke lag zerknittert über der Stuhllehne, die Hemdsärmel waren hochgekrempelt, und unter den Achseln bildeten sich feuchte Ringe. Auf seinem Schreibtisch standen mehrere Styroporbecher, Manila-Ordner und eine fettverschmierte Take-away-Box von *Wok and Roll*. Gerahmte Fotos zeigten seine Kinder, die inzwischen beide eigene Kinder hatten. Ein anderes zeigte Schmidt und seine Frau Sue, eine zierliche, weißhaarige Frau, deren Kopf kaum die Brust ihres Mannes erreichte. Sie standen mit rosigen Wangen und grinsend neben ihren Fahrrädern. Riley hatte die Karten auf Schmidts Schreibtisch gesehen, auf denen die Radwege eingezeichnet waren, die sie auf ihrer nächsten Tour nehmen wollten, rote Linien, die nach Norden über die Grenze nach Kanada führten. Wilde Prärie und Berge, Seen und Kiefern. *Es gibt nichts Vergleichbares, Riley. Als ob man wirklich in der Welt wäre. Ein Teil von ihr.*

Vier weitere Schreibtische standen im Raum – ihrer und der von Bob Nolan, der die meiste Zeit zwischen den Tatorten, dem Labor und der Asservatenkammer hin und her pendelte. Die anderen waren leer. Die Abteilung hatte in den letzten sechs Monaten, seit Riley zum Sergeant ernannt worden war, zwei Detectives verloren – Carl Kramer durch eine Darmkrebsdiagnose und Eric Hansen durch Frühpensionierung. Hansen hatte irgendeinen Blödsinn darüber erzählt, dass er mehr Zeit mit seinen Enkeln verbringen wollte, aber sie wusste, dass nicht familiäre Verpflichtungen der Grund für seinen Weggang gewesen waren. Sowohl er als auch Schmidt hatten sich um die Stelle des Sergeants beworben, zusammen mit einem halben Dutzend Deputys der Streife. Schmidt hatte ihre Beförderung hingenommen und war einer der Ersten gewesen, die ihr ein Bier spendiert hatten. Andere waren nicht ganz so bereitwillig gewesen, sich von einer Frau anführen zu lassen, vor allem nicht von einer jüngeren Frau, die den Posten vielleicht nur aufgrund des Rufs ihres Großvaters bekommen hatte.

Mindestens eine der Stellen müsste neu besetzt werden, aber da die Budgetplanung für die Abteilung noch anstand und weitere

Kürzungen bei der bereits stark beanspruchten Dienststelle zu befürchten waren, wollte Sheriff Reed erst mal abwarten. Fürs Erste hatte er eine Anfängerin, Deputy Amy Fox, abgestellt, die bei der täglichen Fallarbeit, dem Beantworten von Telefonanrufen und dem Abheften von Papierkram helfen sollte. Schmidt und Nolan schienen sehr zufrieden mit der aufgeweckten Zweiundzwanzigjährigen zu sein, die durch den Laden wirbelte und für jeden ein Lächeln und einen Kaffee übrig hatte.

»Morgen!«, sagte Riley zu Schmidt und hielt ihm die Schachtel mit dem Gebäck hin.

»Das ist großartig, Kristen«, sagte Schmidt am Telefon und fingerte mit einem dankbaren Nicken nach einem Plunderteilchen.

Das war gut. Er sprach bereits mit der Gerichtsmedizinerin. Hoffentlich hatte er Neuigkeiten, wann der Autopsiebericht zu Chloe zu erwarten war.

Riley warf ihre Jacke über ihren Stuhl, schluckte den Rest ihres Kaffees hinunter, nahm das übrig gebliebene Gebäck und überließ Hunch das Feld.

Den Flur entlang, vorbei am Zimmer des Kaplans, erreichte sie das Büro des Sheriffs. Als sie klopfte, rief seine schroffe Stimme sie herein.

Sheriff Robert Reed saß hinter seinem Schreibtisch, einen Stapel Akten neben und eine aufgeschlagene Ausgabe des *Courier* vor sich. An der Wand hinter ihm hingen Auszeichnungen lokaler Organisationen und Wohltätigkeitsvereine sowie ein Kreuzstich seiner Frau mit dem Motto des Departments: *Das Gesetz liegt fest in unserer Hand*, um den herum ein paar Blumen gestickt waren.

Nach dem Nachmittag auf dem Feld hatte Reeds Gesicht die Farbe eines gebratenen Steaks. Sein weißes Haar war so dünn, dass Riley seine leuchtend rote Kopfhaut sehen konnte. »Sergeant«, begrüßte er sie und nickte zu dem freien Stuhl. Mit einer hochgezogenen Augenbraue betrachtete er die rosafarbene Schachtel, die sie vor ihn stellte. »Wollen Sie mir die Angelegenheit versüßen?«

Riley lächelte, sagte aber nichts. Sie wollte sich nicht so schnell aus der Deckung wagen.

»Haben Sie das gesehen?« Er tippte auf die Zeitung.

»Ja, Sir.«

»Ich hatte heute Morgen schon den Bezirksstaatsanwalt in der Leitung. Weniger als zwei Monate vor der State Fair und mit der bevorstehenden Gouverneurswahl. Sie wissen, wie wichtig der nächste Haushalt für die Abteilung ist. Ich möchte, dass dieser Fall schnell bearbeitet wird. Effizient.« Reed griff nach seinem Kaffee und fuhr mit den Fingern über die Worte auf dem Becher. *Ein goldener Stern für den besten Sheriff der Welt.* Er behauptete, er sei ihm von Kindern einer der örtlichen Grundschulen überreicht worden, aber im Büro galt er selbst als Hauptverdächtiger.

»Ich verstehe, Sir.«

Reed stellte die Tasse ab, behielt sie aber in der Hand. »Ich wollte es gestern nicht vor den anderen besprechen. Aber ich möchte sicher sein, dass Ihre Vergangenheit mit der Verstorbenen Ihre Arbeit nicht beeinträchtigt.«

»Nein, Sir. Ich kannte sie kaum.« Die Lüge fiel ihr leicht; Riley war entschlossen, persönlichere Fragen zu vermeiden. Es gab keinen Grund für Reed, mehr über ihre Vergangenheit zu erfahren, als er musste.

Einen Moment später strich Reed seine grüne Krawatte über seinem khakifarbenen Hemd glatt, das am Ärmel mit vier goldenen Chevrons bestückt war. »In Anbetracht der Schwere dieses Falles bin ich bereit, einen Deputy vorübergehend von der Streife zu den Ermittlungen zu versetzen.«

Darauf hatte Riley gewettet. Und deshalb hatte sie das Gebäck mitgebracht. »Ich will Logan Wood, Sir.«

»Das habe ich erwartet«, antwortete Reed und betrachtete die rosa Schachtel mit zusammengepressten Lippen. »Ist das eine kluge Entscheidung? Er ist noch keine fünf Minuten hier.«

»Er war Detective in Flint. Drei Jahre lang. Er wird eine Bereicherung darstellen.«

»Das mag ja sein. Aber es gibt Leute in der Truppe, die für eine solche Beförderung ihre Mutter verkaufen würden, selbst wenn es nur vorübergehend wäre. Wood könnte sich ziemlichen Ärger einhandeln.«

Sie wussten beide, von wem Reed sprach. »Er kann auf sich selbst aufpassen, Sir.«

»Nun gut. Ich werde Sergeant Edwards benachrichtigen. Wood kann heute anfangen. Aber ich möchte regelmäßig informiert werden.«

»Danke, Sir.«

»Fisher«, fügte Reed hinzu, als Riley aufstand, um zu gehen. »Die ganze Stadt wird ein Auge auf Sie haben. Das ist Ihnen klar?«

»Ja, Sir.« Riley hielt seinem Blick stand, und nach einem kurzen Moment nickte er.

Riley zog die Tür hinter sich zu. Sie kannte die unausgesprochene Frage genau. Sie hatte exakt diesen Zweifel schon in vielen Augen gesehen, seit sie zum ersten weiblichen Sergeant in Black Hawk County ernannt worden war.

6

»Zuerst die gute oder die schlechte Nachricht?«, fragte Schmidt, als Riley zum Ermittlungsteam zurückkehrte. Ihre Antwort wartete er allerdings nicht ab. »Kristen Webb hofft, dass sie heute Morgen einen vorläufigen Autopsiebericht vorlegen kann.« Auf Rileys überraschten Blick hin hob er die Hand. »Das ist die schlechte Nachricht. Das staatliche Labor kommt nicht mehr hinterher. Webb sagt, es wird Monate dauern, bis wir die DNA bekommen.«

Riley fluchte. So viel zu Reeds Beharren auf einer schnellen Lösung. Bis jetzt hatten sie keine Verdächtigen. Auch keine Zeugen. Die Chancen, Chloes Mörder zu fassen, standen nicht gut.

»Guten Morgen, Sergeant Fisher!« Amy Fox kam herein, einen Laptop und eine Akte unter einen Arm geklemmt und ein Tablett mit heißen Getränken in der Hand. »Guten Morgen, Deputy Schmidt!«

»Du bist ein Engel, meine Liebe«, strahlte Schmidt, als Fox ihm einen Kaffee auf den Schreibtisch stellte.

Auch Riley nahm sich einen Kaffee. Ihre ersten drei Tassen hatten nicht ausgereicht, um den Schlafmangel auszugleichen. Ihre Gedanken waren bis tief in die Nacht um Chloe gekreist.

Chloe lebend und lachend, den Arm um sie gelegt, als sie sich an der Ecke auf dem Weg zur Schule trafen. Chloe im Maisfeld, ihr misshandelter, toter Körper. Nein. Reed hatte unrecht. Sie war die Richtige für diesen Fall.

Riley zwang sich zurück in die Gegenwart. »Hat Nolan die Fotos geschickt?«

»Ja, Sergeant.« Fox legte den Laptop und die Akte auf Hansens alten Schreibtisch. »Und wir haben die Drohnenaufnahmen von dem Farmer in Zephyr, John Brown. Willst du sie sehen?«

»Zuerst die Bilder vom Tatort.« Riley erzählte ihnen, dass Logan zum Team stoßen würde.

»Dann haben wir die Minderheitenquote voll erfüllt!« Schmidt runzelte die Stirn. »Zwei Frauen, ein alter Sack und ein verdammter Veganer.«

Riley nippte an ihrem Kaffee, während Fox sich an die Arbeit machte und vorsichtig ein Vermisstenplakat von Gracie Foster an der Korkwand an eine andere Stelle heftete. Gracie lächelte auf dem Bild, aber ihre Augen waren traurig. Riley hatte ihre Mutter in ihrem baufälligen Haus befragt. Die Frau umklammerte ein Glas Alkohol mit der einen Hand, während sie mit der anderen Hand nervös die Zigarette zwischen ihre rissigen Lippen klemmte. Armut, Alkoholismus, Drogen und eine Reihe von nichtsnutzigen Männern. Riley hatte der Frau versprochen, alles in ihrer Macht Stehende zu tun, um ihre Tochter zu finden, aber das hatte sie nicht von ihrer Vermutung abgebracht, dass das Mädchen – eine notorische Schulschwänzerin – bereits auf der anderen Seite des Landes sein könnte. Sie war als *mutmaßliche Ausreißerin* in die Akte aufgenommen worden, obwohl die Vermisstenplakate in der Stadt eine deutliche Sprache sprachen.

In ihrer Vorstellung sah Riley einen Lastwagen, der an einer leeren Autobahn anhielt. Ein Mann, der das Mädchen angrinste. *Steig ein, Schätzchen.* Das ungute Gefühl, als das Mädchen die Beifahrertür zuzog und der Truck dann losrumpelte und die Kilometer fraß. Dann das Bild eines Mädchengesichts, blass und verhärmt, im Außenspiegel. Nicht das von Gracie Foster, sondern ihr eigenes.

Riley konzentrierte sich auf Nolans ersten Bericht, während Fox damit begann, die Tatortfotos an die Tafel zu heften.

Der Ermittler hatte nur eine Handvoll der Hunderten von Fotos geschickt, die er am Tatort gemacht hatte, aber sie waren mehr als genug: Chloes verwesender Körper, der zwischen den Maisstängeln lag. Es gab auch Fotos von einem Teil der Reifenspuren auf der unbefestigten Straße nördlich des Feldes, von denen ein Abdruck genommen worden war, und von Chloes Turnschuh, den man in einiger Entfernung von ihrer Leiche gefunden hatte.

Fox war fast fertig mit dieser grausigen Collage, als Logan Wood in der Tür erschien.

»Sergeant Fisher?«

»Hat Edwards dich informiert?«

»Das hat er.« Logan sah aus, als wollte er noch etwas hinzufügen, aber sein breites Lächeln sagte genug.

»Willkommen im Team, Deputy! Logan, du kannst Kramers Schreibtisch nehmen. Ich sorge dafür, dass du einen neuen Ausweis bekommst.«

Logan ging zu seinem neuen Schreibtisch. Er betrachtete ihn einen Moment lang misstrauisch, als ob er voller Bakterien sein könnte, dann setzte er sich und nahm Block und Stift aus seiner Hemdtasche.

»Okay.« Riley lehnte sich an ihren Schreibtisch und schlürfte ihren Kaffee. »Schmidt, was haben wir bisher über die Verstorbene?«

Schmidt nahm eine der Akten und befeuchtete einen Finger, um die Seiten durchzublättern. »Unsere Verstorbene ist Chloe Miller, fünfunddreißig. Ehemals Chloe Clark. Ehefrau von James Miller, achtunddreißig.« Schmidt blickte auf, nachdem er ihre Adresse vorgelesen hatte. »Sie stammen also aus einer der wohlhabenderen Gegenden von Cedar Falls. Miller arbeitet für GFT – Green Fields Technology. Das Unternehmen ist in der Nähe von Elk Run Heights ansässig. Auf der Website steht, dass sie sich auf die Maiszucht spezialisiert haben. Bis vor etwa zwei Jahren arbeitete Chloe zweimal pro Woche ehrenamtlich in einem Gebrauchtwarenladen. Seitdem hat sie anscheinend nicht mehr gearbeitet. Wenn man den Job ihres Mannes betrachtet und den Stadtteil, in dem sie wohnte, muss man annehmen, dass sie das nicht nötig hatte.«

»Wie lange waren sie schon verheiratet?«, warf Logan ein.

»Es wären bald zehn Jahre«, antwortete Schmidt und las weiter. »Im September wäre ihr Jahrestag gewesen.« Im Raum war es still. Nach einer Pause fuhr er fort. »Beide haben keine Einträge bei uns. Keine Verhaftungen. Keine Haftbefehle. Nicht einmal Strafzettel. Sie sind beide in dieser Gegend geboren. Haben immer noch Familien hier. Die älteste Schwester von James Miller, Margaret, ist Krankenschwester im Waterloo City Hospital. James und seine Schwestern sind in Waterloo zur Schule gegangen. Chloe besuchte die Holmes Junior High und die Cedar Falls High.« Schmidt sah Riley an.

Riley verkrampfte sich unter seinem Blick. Wusste Hunch etwa mehr als nur die Tatsache, dass sie und Chloe zusammen zur Schule gegangen waren? Er hatte unter ihrem Großvater hier gearbeitet. Bestimmt hatte Joe Fisher ihm nichts erzählt. Aber was war mit Jackson Cole? Konnte man bei ihm sicher sein? Was könnte einer von ihnen jetzt im Umkleideraum über sie tuscheln?

Wenn Reed über ihre Vergangenheit Bescheid wüsste – über Kalifornien –, würde er ihr die Polizeimarke wegnehmen, da hatte sie keine Zweifel. Die Marke, die sie wieder zurück ins Leben gebracht hatte. Den Job, der ihr Leben *war*.

Riley verlagerte das Gewicht und verbarg ihr Unbehagen mit einem Schluck Kaffee.

Schmidt fuhr fort. »Sieht aus, als wäre James Miller ein schlaues Kerlchen. Er hat ein Stipendium für Cornell CALS erhalten.«

»CALS?«, fragte Fox.

»College of Agriculture and Life Sciences«, erwiderte Schmidt.

Riley dachte nach. Wenn James Miller es bis zu einer Ivy-League-

Universität in New York geschafft hatte, was hatte ihn dann in diese sterbende Stadt zurückgebracht? Die Familie? Der Job bei GFT? Chloe? Sie erinnerte sich nicht an seinen Namen in ihrer Schulzeit, aber bei siebzehn Grundschulen, sechs weiterführenden Schulen und drei Highschools in Cedar Falls und Waterloo war das auch nicht verwunderlich.

»Das ist alles, was wir haben, Sarge.«

Riley ging zu der Tafel mit den Fotos hinüber. Chloes Gesicht war jetzt über ihr, bedeckt mit Staub und Blut. Sie dachte an Chloes sanfte Stimme, ihr Kichern, wie sie es mit ihrer Hand halb verdeckte. Riley straffte sich. »Also, wir haben eine junge Frau, die tot aufgefunden wurde, Meilen außerhalb der Stadt. Wir wissen noch nicht, warum sie dort war oder mit wem sie zusammen gewesen sein könnte. Wir erwarten den Autopsiebericht von Kristen Webb, aber nach Nolans erster Einschätzung war es mit ziemlicher Sicherheit Mord. Chloe Miller erlitt zahlreiche Verletzungen, einschließlich Abwehrverletzungen. Und diese hier.« Riley zeigte auf die von Maden befallenen tiefen Fleischwunden, die durch die Risse in Chloes Kleidung und an ihrem Hals sichtbar waren. »Nolan ist sich nicht sicher, woher sie stammen. Hoffentlich kann Webb uns mehr darüber sagen, ebenso wie über die Ursache und den Zeitpunkt des Todes. Aus dem Grad der Verwesung schließt Nolan, dass das Opfer vor etwa vier Nächten gestorben ist, also vermutlich in dem Zeitraum, in dem der Farmer John Brown die unbekannte Drohne über seinen Feldern gesichtet hat. Wurde diese Drohne von jemandem gesteuert, mit dem sie zusammen war? Oder von jemandem, der nach ihr gesucht hat? Auf der Jagd nach ihr war?« Riley tippte mit dem Finger auf das Bild des einsamen Turnschuhs. »Sie war eindeutig auf der Flucht vor etwas.«

»Was ist mit den Reifenspuren?«, fragte Logan und blickte auf das Foto, auf dem eine zerfurchte Linie zum Rand des Feldes hin- und dann wieder vom Feld wegführte.

»Nolan lässt sie analysieren. Brown sagte uns, dass der Feldweg etwa eine Meile weiter auf den Highway trifft, aber von den Zephyr-Mitarbeitern nur selten benutzt wird. Es ist möglich, dass Chloe mit einem Fahrzeug zum Feld gekommen ist, wo sie dann flüchtete. Oder jemand könnte sie dorthin verfolgt haben.«

»Ich würde sagen, Ersteres«, meinte Schmidt. »Wie ist sie sonst da draußen hingekommen? Es ist ein weiter Weg von ihrem Zuhause. Nichts als Farmen, Felder und Highway. Nachts ist es stockdunkel. Nicht die Art von Ort, an dem man spazieren geht. Nicht für eine Frau wie sie.«

»Wir sollten uns vorerst mit Urteilen über sie zurückhalten«, warnte Riley.

»Zeig uns das Filmmaterial«, sagte Riley zu Fox.

Fox klappte den Laptop auf und positionierte ihn so, dass alle ihn sehen konnten. Ein Kasten erschien auf dem Bildschirm und zeigte ein Stück Gras auf Bodenhöhe. Fox tippte auf die Maus, und das Video startete. Riley sah, wie die Kamera der Drohne nach dem Start über den Maisfeldern schwebte. Das Bild blieb ruhig und wackelte kaum, was ihr verriet, dass John Brown es gewohnt war, die Drohne zu steuern. Riley verstand jetzt, warum er sie seinen *Adler* nannte, mit dieser perfekten Vogelperspektive.

»Ich und Sue haben darüber nachgedacht, uns so ein Ding zu besorgen«, murmelte Schmidt. »Für unsere nächste Reise.«

Nach einiger Zeit schwenkte die Drohne zur Seite und sank tiefer über die Felder. Riley sah, was John Brown entdeckt hatte: abgebrochene Maisstängel im Norden des Feldes. Wenige Meter weiter tauchten noch mehr auf und bildeten eine gezackte Linie durch das Feld. Die Drohne kam näher an das Feld. Plötzlich tauchte Chloes Körper zwischen den beschädigten Halmen auf. Die Drohne zuckte weg – John Browns Hände verrieten den Schock. Riley machte sich eine mentale Notiz. Noch hatte sie niemanden der Verdächtigen ausgeklammert, aber diese Reaktion sprach für seine Unschuld. Die Drohne kreiste, schwebte zögernd über der Leiche, drehte sich dann nach oben und kehrte zu ihrem Meister zurück – einer winzigen Gestalt, die allein in der Ferne neben einem Pick-up Truck stand. Das Filmmaterial brach ab, bevor es ihn erreichte.

»Brown wirkte erschüttert«, sagte Logan und sprach damit Rileys Gedanken aus. »Oder hat er die Drohne hochgeschickt, um sich zu entlasten? Und den Schock simuliert?«

»Warum sollte er die Leiche dortgelassen haben?«, fragte Schmidt. »Wenn Brown etwas mit ihrem Tod zu tun hatte, warum hat er nicht versucht, sie zu entsorgen? Warum hat er uns angerufen?«

Logan zuckte mit den Schultern. »Ich halte mir nur alle Optionen offen.«

Riley nickte. »Zurück zu unseren Aufgaben. Schmidt, ich möchte, dass du mit Fox die Zephyr-Farmen übernimmst. Ich möchte, dass alle befragt werden, die mit Zephyr zu tun haben. Die vier Familien, ihre Angestellten, Auftragnehmer, Landarbeiter. Alle. Stellt sicher, dass Ed Wilsons Geschichte mit der von John Brown übereinstimmt. Findet heraus, ob Wilson sich an weitere Details bezüglich der Drohne erinnern kann. In welche Richtung flog sie davon? Und prüft, ob in dieser Nacht möglicherweise ein Fahrzeug gesichtet wurde. Deputy Wood und ich werden uns James Miller und Chloes Eltern vornehmen«. Sie musterte die anderen, Reeds Warnung über ihren Ruf im Hinterkopf. »Ich muss euch wohl nicht daran erinnern, wie hoch der Prozentsatz der ungeklärten Morde in diesem Land ist. Lasst uns mit diesem Fall gegen diesen Trend angehen, okay?«

»Alles klar, Sergeant.«

Riley schnappte sich ihre Jacke und die Akte und winkte Logan zu sich, der eine letzte Notiz in seinen Block kritzelte und diesen dann in seine Hosentasche steckte. Während sie den Raum verließ, formte sich in ihrem Kopf die Antwort auf die rhetorische Frage, die sie gerade gestellt hatte. *Vierzig Prozent und steigend.*

»Danke für diese Chance, Sarge«, sagte Logan, der neben ihr den Korridor entlanggging.

Bevor Riley antworten konnte, wurde sie von Jackson Cole unterbrochen, der aus seinem Büro kam.

»Auf ein Wort, Sergeant?«

»Nicht jetzt, Deputy.«

»Wie ich höre, sind Glückwünsche angebracht?«, sagte Cole und blickte zu Logan. »Ich schätze, du bist der neue Mitarbeiter des Monats?«

Riley ging auf Cole zu und zwang ihn, zur Seite zu treten.

»Vorsichtig«, murmelte Cole, als Logan an ihm vorbeiging. »Sergeant Fisher hat ein ziemliches Temperament.« Er deutete mit zwei Fingern eine Pistole an und richtete sie auf Riley. »Peng, peng, was, Sarge?«

»Du solltest zurück an deinen Schreibtisch gehen, Cole«, stieß Riley hervor. »Da ich einen der Besten abgezogen habe, hast du vielleicht jetzt endlich Gelegenheit zu glänzen.« Sie drehte sich nicht um, um seine Reaktion zu sehen, aber ihr Herz klopfte wild, als sie durch die Türen der Dienststelle in die weiße Morgensonne hinausging.

»Was ist das zwischen euch beiden?«, fragte Logan, der mit ihr Schritt hielt, als sie den Parkplatz zum Dodge überquerte. »Ich weiß, ich habe schon mal gefragt, aber ... hey ... wenn ich mich in etwas einmische ...?«

»Du bist es nicht«, sagte sie scharf und begegnete seinem Blick über die Motorhaube des Autos hinweg.

Logan hob beschwichtigend eine Hand. »Sicher. Keine Sorge.«

Riley rutschte ins Auto, zog den Sicherheitsgurt runter und ließ ihn einschnappen. Einen Moment lang konnte sie die Erinnerung fast schmecken – das saure Aroma von Fireball-Shots, den Geruch von Zigarettenrauch und billigem Parfüm. Sie drehte die Klimaanlage voll auf.

7

Das Haus von James und Chloe Miller lag abseits der von Bäumen gesäumten Straße in einem wohlhabenden Teil von Cedar Falls. Ein von orangefarbenen Calla und blauen Kapastern eingefasster Weg führte durch den gepflegten Rasen zu einer Treppe, über die man zur umlaufenden Veranda gelangte.

Es entsprach der gleichen Epoche und dem gleichen Stil wie das Fisher-Haus, aber Riley konnte die deutlichen Unterschiede nicht übersehen: die hellen Farbtöne – leuchtendes Weiß und Taubengrau –, das wetterfeste Holz, die sauberen Dachrinnen und Fenster sowie die modernen Terrassenmöbel mit passenden Kissen. Den Bezirksunterlagen zufolge hatte James Miller das Haus vor sechs Jahren gekauft. Green Fields Technology bezahlte offensichtlich gut.

Am Straßenrand stand ein Streifenwagen. Riley parkte dahinter und stellte den Motor ab. Auf der Straße war alles ruhig, bis auf ein paar Kinder weiter unten, die auf Fahrrädern herumfuhren. Als sie aus dem Auto stieg, zuckte ein Vorhang im Fenster des Nachbarhauses. Sie sah, wie ein rundlicher Mann mit Brille herausschaute.

Riley nahm ihr Jackett vom Rücksitz und zog es über ihr Hemd. Das schwarze, praktische Kostüm, zu dem die Jacke gehörte, hatte sie zuletzt bei der mündlichen Prüfung für die Beförderung getragen und davor bei der Beerdigung ihrer Eltern. Immerhin saß sie gut und war dem Anlass entsprechend trist, wenn auch zu heiß für den heutigen Tag. Außerdem verdeckte sie die Glock. Riley wollte nicht, dass Miller verunsichert wurde. Noch nicht.

Riley ging den Weg hinauf zur Veranda, wo Windspiele die Luft versilberten. Ehe sie die Stufen erreichte, öffnete sich die Tür, und Chad Becker trat heraus.

Becker war von der gleichen Sorte wie Jackson Cole. Typen, die zur Arbeit kamen, als würden sie in den Krieg ziehen: Stahlkappenstiefel, Sonnenbrille und Kurzhaarschnitt. Die Art, die bei den Deeskalationssitzungen auf der Akademie nicht wirklich aufgepasst hatte, die den Schießstand und die Vorbereitung auf Unruhen, Kameradschaft und schnelle Autos bevorzugte.

Beckers khakifarbenes Hemd war zerknittert, und er war blass vom Schlafmangel. Der Dienst hatte ihn bis weit in die nächste Schicht in Anspruch genommen. Zweifelsohne würde er sich aber über die Überstunden freuen.

Er traf sie auf dem Weg und sah Logan stirnrunzelnd an. »Sarge«, grüßte er mit fragendem Ton.

»Wie geht es Miller?«, fragte Riley.

Ihre forsche Art lenkte seine Aufmerksamkeit von Logan ab. »Er ist in einem Schockzustand.« Becker warf einen Blick zurück zur Tür. »Er ist allein, aber seine Mutter und seine Schwestern werden in Kürze eintreffen.«

»Kein Vater?«

Becker zuckte mit den Schultern.

Riley sah sich das Haus mit einem Nicken an. Sie wollte Miller allein haben. Allein und verletzlich. Ihrer Erfahrung nach starben die meisten ermordeten Frauen durch die Hand ihres Ehemannes oder Freundes. Der Tatort und die Art des Verbrechens passten nicht zu dem, was sie bisher gesehen hatte, aber das machte James Miller nicht weniger verdächtig, zumal Chloe drei Nächte lang vermisst worden war, bevor man sie fand, ohne dass er sich gemeldet hatte.

Ihr Handy klingelte in ihrer Tasche. Als sie es herauszog, sah

Riley Kristen Webbs Namen auf dem Display. Sie nahm den Anruf an und wandte sich von Becker und Logan ab.

»Dr. Webb.«

»Sergeant Fisher. Ich habe meine erste Einschätzung für Sie.«

Riley schätzte Webbs sachliche und direkte Art, aber sie wollte, dass die Ärztin wusste, dass sie für die Geschwindigkeit in diesem Fall dankbar war. »Zwölf Stunden. Das muss ein Rekord sein.«

»Warten Sie noch mit Ihrem Dank. Hat Deputy Schmidt Ihnen von dem Rückstand im Labor erzählt?«

»Hat er.«

»Gut, ich habe noch mehr.«

»Mehr?«

»Erledigen wir erst mal die Basics.«

»Schießen Sie los.«

»Okay. Bob Nolans Einschätzung der Leiche am Fundort entspricht ziemlich genau dem, was ich denke. Ich schätze den Todeszeitpunkt auf den Abend des 21. Juni, irgendwann zwischen sieben und Mitternacht. Die Geschwindigkeit der Verwesung aufgrund der Feuchtigkeit verunmöglicht genauere Angaben. Ich kann Ihnen aufgrund der Totenflecken sagen, dass sie an dem Ort gestorben ist, an dem sie gefunden wurde. Natürlich ist das nicht unbedingt der Ort, an dem der Angriff stattgefunden hat.«

»Nein«, stimmte Riley zu. »Im Moment glaube ich, dass sie wahrscheinlich auf der Flucht war oder sich vor ihrem Angreifer versteckt hat.«

»Todesart – Mord. Daran habe ich keinen Zweifel. Sie hat mehrere Wunden erlitten. Frakturen des kleinen, Ring- und Mittelfingergliedes der linken Hand. Stumpfes Trauma an der Schädelbasis. Tiefe Risswunden am rechten Oberschenkel, rechten Arm und Hals. Halsschlagader und Oberschenkel sind intakt, aber es gab erhebliche Weichteilverletzungen.«

Riley hörte zu, als Webb die Wunden aufzählte, von denen sie die meisten selbst gesehen hatte, als sie mit Nolan auf dem

Feld zwischen den Maiswurzeln gehockt hatte. Sie hatte schon viele Autopsieberichte gehört, aber dieses Mal war es unmöglich, sich von dem Schrecken zu lösen. Sie spürte jede der Verletzungen – kleine Zuckungen in ihrem eigenen Körper – so, wie sie sich vorstellte, dass Chloe sie erlebt hatte. Ihren Schrecken. Ihren Schmerz.

»Einige davon könnten auf einen Sturz hindeuten. Ich fand vier Glassplitter in ihrer linken Handfläche. Ich werde sie zur Untersuchung einschicken. Die anderen Wunden sind mit Sicherheit defensiv. Irgendwann hat sie ihre Arme hochgehalten, um sich zu schützen. Die Haut an beiden Unterarmen war so stark eingekerbt, dass sie blutete. Ich habe Proben von den Risswunden und unter ihren Nägeln entnommen. Aber wie ich schon sagte – es wird noch eine Weile dauern, bis wir mögliche DNA-Ergebnisse erhalten. Die Ergebnisse der Toxikologie und Mikrobiologie sollten bis Ende der Woche vorliegen.«

»Die Todesursache?«

»Hämorrhagischer Schock. Blutverlust – hauptsächlich, aber nicht nur durch die Wunde am Hals. Es ist wahrscheinlich nicht schnell gegangen. Mit diesen Verletzungen hätte sie bis zu einer Stunde überleben können, vielleicht auch weniger, wenn man die Hitze, die Anstrengung und gegebenenfalls die Einnahme von Medikamenten, die das Ausbluten beschleunigen, berücksichtigt. Ich habe ihre medizinischen Berichte angefordert.«

Riley warf einen Blick über ihre Schulter zu Becker und Logan, die sich unterhielten und Millers Haus im Auge hatten. Sie spannte sich an, um die nächste Frage zu stellen. »Irgendwelche Anzeichen eines sexuellen Übergriffs?«

»Auf dem UV-Bildschirm war nur Blut zu sehen. Keine Spur von Sperma. Auch keine Anzeichen eines genitalen Traumas. Und natürlich war sie vollständig bekleidet. Allerdings waren ihre Kleidungsstücke zerrissen, und ich würde sagen, dass der Schaden höchstwahrscheinlich während des Angriffs entstanden ist.«

»Eine Vergewaltigungsabsicht kann also nicht ausgeschlossen werden?«

»Ich kann Ihnen nur sagen, was ihr Körper mir sagt, Sergeant.« Webb hielt inne. »Aber genau da lässt sie sich nicht in die Karten schauen. Todesursache: die Risswunden an ihrem Hals, dem rechten Oberschenkel und dem rechten Arm, entsprechend hoher Blutverlust. An einigen Stellen wurde ihr das Fleisch weggerissen. Aber ich kann nicht mit Sicherheit sagen, wie diese Wunden entstanden sind. Ehrlich gesagt habe ich so etwas noch nie gesehen.«

Riley bemerkte das Zögern in ihrem Tonfall. »Irgendwelche Vermutungen?«

Webb atmete nachdenklich aus. »Wie ich schon sagte, es gibt erhebliche Gewebeschäden, und die Madenaktivität hat noch mehr zerstört ... «

»Doktor.«

»Na gut. Wenn man mich fragt, würde ich sagen, sie sehen wie Bisse aus.«

»Bisse?« Riley hatte von Berglöwen und Bären gehört, die sich von South Dakota und Minnesota hierher verirrt hatten, und auch Wölfe waren in den strengen Wintern keine Seltenheit. Sie hatte einmal einen gesehen, als sie mit ihrem Großvater auf der Jagd gewesen war – sein grauer Körper war im Wald verschwunden, zu schnell, als dass sie ihn hätten verfolgen können. Aber solche Tiere waren normalerweise in der Wildnis zu finden, an den nördlichen und westlichen Rändern Iowas.

»Vielleicht ein Hund?«, bot Webb an. »Aber da bin ich mir nicht sicher. Ein alter Freund von mir, Bruce Bain, ist forensischer Odontologe. Einer der besten. Er hält sich im Moment in Florida auf, um vor Gericht auszusagen – ein Fall von Kindesmissbrauch, schlimme Sache –, aber ich weiß, dass Bruce helfen wird, wenn er kann.«

Riley bemerkte eine seltene Sanftheit in Webbs Tonfall, die darauf hindeutete, dass Bruce Bain mehr als nur ein Freund sein könnte. Einige ihrer männlichen Kollegen hatten darüber spekuliert, ob Webb homosexuell sei; eine Annahme, die auf nichts weiter beruhte als der Tatsache, dass die Frau Anfang fünfzig war, nie geheiratet und keine Kinder hatte. Zweifellos würde so mancher das in fünfzehn Jahren auch bei ihr selbst vermuten. Vielleicht taten sie es bereits. »Könnten diese Bisse – diese *möglichen* Bisse«, korrigierte Riley sich, bevor Webb es tat, »könnten sie ihr post mortem zugefügt worden sein? Auf den Feldern? Ein Hund, wie Sie sagten? Oder ein Kojote?«

»Ich fürchte nicht. Was auch immer diese Verletzungen verursachte, sie wurden ihr beigefügt, als sie noch lebte. Ich stimme mit Bob Nolans Einschätzung überein. Es war ein bösartiger Angriff.« Eine Stimme ertönte im Hintergrund. »Danke, Juan«, sagte Webb mit gedämpfter Stimme. »Ich bin gleich da.« Ihre Stimme wurde wieder klar. »Es tut mir leid, Sergeant, ich muss los. In der verfallenen Kirche am Dry Run Creek wurde ein weiterer Landstreicher gefunden. Der zweite diesen Monat. Im Winter holt sie die Kälte. Im Sommer Dehydrierung.« Sie seufzte. »Und wir nennen dies ein Land der ersten Welt?«

Riley beendete das Gespräch, steckte das Telefon in die Tasche und kehrte zu den Männern zurück. Nachdem sie Becker auf den Weg geschickt hatte, machten sie und Logan sich auf den Weg zum Haus. Riley gab ihm die Kurzversion von Webbs Bericht, bevor sie die Tür erreichten.

»Bisse?«, sagte Logan. »Wovon zum Teufel?«

»Ein Hund vielleicht. Webb kennt jemanden – einen Spezialisten. Sie hofft, dass er uns mehr sagen kann.« Riley drückte auf die Türklingel, die laut im Haus schrillte. An der Seite der Tür befanden sich farbige Glasscheiben.

»Moskitos?«

Riley starrte ihn an. »Die sind nicht von Moskitos.«

»Ich meine dich«, sagte Logan mit einem kurzen Lachen.

»Haben sie dich erwischt? Die kleinen Biester fressen meinen Neffen bei lebendigem Leib.«

Während sie sich unterhielten, hatte sich Rileys Hand auf ihren Nacken verirrt, ohne dass sie es bemerkt hatte. Sie ließ sie schnell sinken. »Ja«, sagte sie und wandte sich ab, um die rosa Narbe zu verbergen, die ein perfektes Oval auf ihrer Haut bildete.

Hinter der Tür näherten sich Schritte. Eine Gestalt erschien im Glas.

8

James Miller war grau vor Kummer. Sein Gesicht wirkte wie ausgehöhlt, der von Stoppeln überschattete Kiefer war angespannt, die blauen Augen glasig. Millers Haut schien völlig ausgetrocknet, dehydriert von zu wenig Schlaf und zu vielen Tränen.

»Mr Miller.« Riley zeigte ihm ihren Ausweis. »Ich bin Sergeant Riley Fisher, Leiterin der Ermittlungen, Black Hawk County Sheriff's Department.« Sie wartete, aber er zeigte kein Zeichen des Erkennens bei ihrem Namen. Sie vermutete, dass Chloe ihm gegenüber nicht über sie gesprochen hatte. Das war gut so. Aber es tat weh. Sie steckte den Ausweis weg. »Hat Deputy Becker Ihnen gesagt, dass ich komme?«

»Ja.« Millers Stimme klang mehr als müde. »Ja, kommen Sie rein.«

Riley ging an ihm vorbei in den Flur und wischte sich die Schuhe an der Fußmatte ab. »Ihr Verlust tut uns sehr leid, Mr Miller. Ich weiß, Sie müssen erschöpft sein. Aber wir müssen Ihnen ein paar Fragen stellen, die uns bei unseren Ermittlungen zum Tod Ihrer Frau helfen. Haben Sie verstanden?«

»Natürlich.« James schloss die Tür und winkte sie in den Flur.

Riley bemerkte die Kunstwerke an den Wänden – grelle Farbspritzer in hastigen Farbwirbeln, wie Tatorte auf Leinwand. Ganz anders als die Bilder, die bei ihr hingen: dunkle Ölgemälde, Blumen und Früchte in Schalen, Stickereien mit Gebetssprüchen und die von ihrer Mutter geliebten Grant-Wood-Drucke: *American*

Gothic, Mistgabeln und Maisfelder. Riley konnte sich nicht daran erinnern, dass Chloe sich für Kunst interessiert hatte.

»Unsere Innenarchitektin«, sagte James, als hätte er ihre Gedanken gelesen. »Sie hat die Bilder für uns ausgesucht.«

Eine Innenarchitektin? Chloes Lebensstil hatte sich sichtlich verändert. Riley erinnerte sich an Verabredungen zum Spielen nach der Schule und an Übernachtungen bei den Clarks; an klumpige Schaumstoffmatten auf dem Schlafzimmerboden, auf denen sie und Mia unter kratzigen Decken geschlafen hatten, an Chloes rotwangige Mutter in verwaschenen Sommerkleidern und bis auf die Zehenspitzen abgenutzten Hausschuhen, an eine rostige Schaukel im Hinterhof, an Chloes Vater, einen Postboten, der pfeifend seine morgendliche Runde drehte und eine Lucky Strike wegschnippte, die bis zu seinen vergilbten Fingern runtergequalmt war.

Am Ende des Flurs erblickte Riley eine helle Küche, Türen, die auf die Veranda hinausführten, einige Terrassenmöbel und einen Garten dahinter. James Miller wies den Weg ins Wohnzimmer. Die Vorhänge waren teilweise zugezogen und tauchten den Raum in ein dumpfes Zwielicht. Es gab eine Feuerstelle mit einem eingebauten Glaskamin, keine staubigen Holzstapel. An der Rückwand stand eine Couch, daneben zwei passende Sessel und davor ein Couchtisch mit ordentlich ausgelegten Zeitschriften.

Es war alles sehr aufgeräumt, sehr schön – und so seelenlos wie ein Fertighaus. Wie ein Ort, an dem eigentlich niemand lebte. Szenen aus dem richtigen Leben konnte man sich hier kaum vorstellen, keine Spieleabende auf einer durchgesessenen Couch, keine Fernsehabende mit Popcornkrümeln, keine Haustiere, die durch die Wohnung rannten, kein Kindergeschrei. Kinder? Riley fragte sich, warum James und Chloe keine bekommen hatten. Fruchtbarkeitsprobleme oder was anderes? Immerhin saß jetzt kein Kind hier, das sich tröstend an sein Lieblingsspielzeug klammerte, während es erfuhr, dass seine Welt gerade zusammenbrach. Riley war dreiundzwanzig gewesen, als sie einen solchen Anruf bekommen hatte. Trotzdem war es ein schwerer Schlag gewesen.

»Bitte.« James deutete auf die Couch.

»Danke.«

Auf dem Couchtisch standen zwei Tassen. Eine war voll, mit Milchschaum auf der Oberfläche. Die andere war leer und stand nicht mehr auf dem Untersetzer. Sie hatte einen Ring auf dem Glas hinterlassen. Becker, vermutete sie.

»Kann ich Ihnen etwas zu trinken anbieten?«, fragte James und folgte ihrem Blick.

»Vielleicht kann Deputy Wood sich darum kümmern«, sagte sie lächelnd.

Logan hielt inne, auf halbem Weg zur Couch. Er straffte sich. »Kein Problem.«

James sah verunsichert aus. »I...«

»Ich komme schon zurecht, Mr Miller«, sagte Logan zu ihm. »Sie möchten einen Kaffee, nicht wahr?«

»Ja, gerne.«

Riley bemerkte Logans Blick und wusste, dass er sie verstanden hatte. Das war die Gelegenheit, sich im Haus umzusehen, während sie mit Miller sprach.

James saß auf der Kante eines der Sessel, die Schultern gebeugt, die Ellbogen auf den Knien, die Finger fest ineinander verschränkt.

Riley nahm ihr Notizbuch aus der Jackentasche und schob den Stift aus dem Buchrücken. »Deputy Becker sagte mir, Ihre Mutter und Ihre Schwestern seien auf dem Weg hierher?«

Er nickte. »Mom war völlig hysterisch. Konnte nicht einmal sprechen. Sie musste Maggie mitnehmen.«

»Maggie?«

James sah zu, wie sie schrieb. »Margaret – meine älteste Schwester.«

»Sie arbeitet als Krankenschwester, richtig? In Waterloo City?«

James nickte. Er lehnte sich zurück, wobei ein Sonnenstrahl durch den Vorhang seitlich in sein Gesicht fiel.

Riley bemerkte, dass er trotz seiner Blässe ein attraktiver Mann war. Starke Wangenknochen und kräftiges Kinn. Sein kurz geschnittenes schwarzes Haar wies an den Schläfen erste graue Strähnen auf, aber das ließ ihn nicht alt wirken, sondern verlieh ihm eine Aura von Würde und Selbstvertrauen. »Mr Miller, wissen Sie, warum Ihre Frau dort draußen gewesen sein könnte? Auf den Feldern, die Zephyr gehören?«

James schüttelte den Kopf. Aus der Küche ertönte das Klappern von Tassen. Sein Blick huschte zur Tür.

Riley beugte sich vor, um seine Aufmerksamkeit zu erlangen. »Kennen Sie oder Ihre Frau jemanden bei Zephyr? Vielleicht jemanden, der dort arbeitet?«

Er sah sie wieder an. »Nein.«

Riley wechselte ihre Taktik. »Sie müssen sich Sorgen gemacht haben, als Chloe nicht nach Hause gekommen ist.«

James' Schultern sanken herab, und er stützte seinen Kopf in die Hände.

»Mr Miller«, sagte sie sanft, »ich möchte herausfinden, wer das getan hat.« Diese Worte waren immer ernst gemeint, bei jedem Fall, aber in diesem Moment wogen sie für Riley schwerer denn je. »Bitte helfen Sie mir herauszufinden, was mit Chloe geschehen sein könnte.«

James hielt ihrem Blick stand. »Ich dachte, sie hätte eine Affäre, okay?« Seine Stimme wurde hart, trotzig. »Ich ... ich dachte, sie hätte mich verlassen.«

Riley hielt ihren Blick auf ihn gerichtet. Sie vermutete, dass er Becker nichts davon erzählt hatte. Welcher Mann würde einem anderen Mann erzählen wollen, dass seine Frau ihm Hörner aufsetzte? Dass er offenbar nicht gut genug für sie war? »Wissen Sie, wer ihr Liebhaber gewesen sein könnte? Können Sie mir einen Namen geben?«

»Ich wusste nichts Genaues. Ich hatte einen Verdacht.«

»Wann haben Sie erstmals Verdacht geschöpft?«

Seine Schultern hoben sich und sanken dann wieder herab. »Vor Monaten. Ich weiß es nicht mehr genau.« James zuckte zusammen, als Logan eintrat; als hätte er vergessen, dass der Deputy im Haus war.

Logan hatte drei Becher in der Hand. Er stellte einen vor James ab und reichte Riley einen weiteren.

»Kann ich noch einen Schuss Sahne haben?«, fragte Riley und lächelte ihn an.

»Sicher, Boss«, sagte Logan, der den Wink verstanden hatte.

»Haben Sie Ihre Frau jemals zur Rede gestellt, Mr Miller?«

James warf ihr einen Blick zu, als Logan aus dem Zimmer ging. »Nein. Ich schätze, ich hatte Angst davor. Ich *wollte* die Wahrheit nicht wissen.«

»Warum?«

»Ich habe zu viel gearbeitet. Ich weiß, dass Chloe das gestört hat.«

»Ihre Arbeit bei Green Fields Technology?«

James nickte, sagte aber nichts.

»Was machen Sie dort?«

»Ich bin darauf spezialisiert, die Produktivität von Mais zu verbessern und ihn an schwierige Umgebungen anzupassen.« James bemerkte ihr fragendes Kopfschütteln. »Ich entwickle Pflanzen, die Trockenheit und Krankheiten widerstehen können.«

»Ich verstehe. Wann haben Sie bei GFT angefangen?«

»Nach meinem Studienabschluss.«

»Sie sind also wegen des Jobs nach Iowa zurückgekehrt?«

James schnaubte genervt. »Hören Sie, was spielt das für eine Rolle? Herrgott! Ich will nur sagen, dass ich zum Ärger meiner Frau zu viel gearbeitet habe!«

»Haben Sie sich deswegen gestritten?«, fragte Riley ihn vorsichtig, beobachtete sein Gesicht, seine Körpersprache. Er war ein schlanker Mann, aber groß und sehnig. Chloe war klein und leicht gewesen. Er hätte sie mühelos überwältigen können. Sie auf den Boden drücken. Sie verletzen. Chloe dachte an diese schrecklichen Wunden. Vielleicht Bisswunden, hatte Webb gesagt.

Die Bisse waren erfolgt, als Chloe noch am Leben war. Ein bösartiger Angriff.

James sah sie an. »Kein wirklicher Streit. Nur Sticheleien, verstehen Sie?«

»Natürlich.«

»Aber wenn Chloe sich mit jemandem getroffen hat, dann war es meine Schuld. Nicht wahr?« James' Stimme veränderte sich. »Meine Schuld, weil ich zu viel Zeit mit Arbeit verbracht habe. Weil ich sie vernachlässigt habe. Was ihr passiert ist, ist meine Schuld.« Er ballte die Hände zu Fäusten und schlug sich auf die Knie. »O Gott! *Chloe.*«

Riley konnte die Qual in seiner Stimme hören. Es war schwer, dergleichen vorzuspielen. »Mr Miller, was mit Ihrer Frau geschehen ist, ist nicht Ihre Schuld. Ich verspreche Ihnen, dass wir alles in unserer Macht Stehende tun werden, um den Täter zur Rechenschaft zu ziehen.« Sie wartete, damit er sich sammeln konnte. »Sie sagten, Sie dachten an jenem Abend, Chloe habe Sie verlassen. Hatte sie etwas mitgenommen?«

»Ihr Auto war weg. Und ihre Handtasche, glaube ich.«

Ein Auto? Warum hatte Becker es nicht geschafft, wenigstens das aus ihm herauszubekommen? Könnte es das Fahrzeug gewesen sein, das die Abdrücke auf dem Feldweg hinterlassen hatte? Hatte es jemand gestohlen, nachdem er Chloe angegriffen hatte? *Scheiße*, sie hätten längst eine landesweite Fahndung rausgeben können. Riley unterdrückte ihre Frustration. »Sie haben nicht versucht, Ihre Frau anzurufen? Haben sie nicht als vermisst gemeldet?«

»Ich habe tausendmal angerufen! Auf ihrem Handy ging immer die Mailbox an.«

»Haben Sie versucht, das Telefon zu orten? Hatte Ihre Frau vielleicht eine App?«

»Das hat nicht funktioniert.«

Wenn jemand das Handy gestohlen hätte, vermutete Riley, hätte er die SIM-Karte sicherlich entfernt. Aber vielleicht könnten die Spezialisten noch etwas herausfinden. »Wenn Sie uns die Nummer und den Anbieter Ihrer Frau nennen würden ...?«

James schien nicht zuzuhören. »Ich habe ihre Familie und Freunde angerufen. Jeden, der mir einfiel. Ich bin in der Nacht in mein Auto gestiegen und durch die ganze Stadt gefahren. Nichts. Ich dachte ...« Er holte tief Luft. »Ich dachte, vielleicht würde sie alles hinter sich lassen. Nach Hause kommen, wenn sie bereit war. Ich hätte nie gedacht, sie wäre ...« Seine Stimme wurde wieder heiser. »Dort *draußen*.«

Riley hörte ein Auto vorfahren.

James wandte sich ab, um durch den Vorhang zu schauen. »Meine Familie.«

»Mr Miller, wir brauchen die Daten des Wagens Ihrer Frau und eine Beschreibung ihrer Handtasche und der darin befindlichen Gegenstände. Würden Sie das für mich tun? Jetzt können wir Ihre Familie reinlassen.« Riley erhob sich zusammen mit ihm. »Außerdem brauchen wir alle Tagebücher, Kalender oder Adressbücher, die Ihre Frau geführt hat, sowie Zugang zu ihren Geräten, zu ihrem Rechner; alles, was uns einen Hinweis darauf geben könnte, mit wem sie sich getroffen hat.«

James schwankte und sah mitgenommen aus. Draußen klappten die Autotüren zu.

»Beginnen wir mit den Fahrzeugpapieren und ihren Telefondaten, Mr Miller. Und, wenn möglich, den Kontaktdaten der Freunde und Familie Ihrer Frau. Ich kann später einen Kollegen schicken.«

Miller verließ das Zimmer, und sie hörte das Knarren der Treppe. Logan erschien mit ihrem Kaffee in der Tür.

»Die Familie ist da«, sagte Riley, nahm die Tasse und stellte sie auf den Tisch. Die Türglocke läutete. »Halt sie für einen Moment hin.«

Als Riley allein war, sah sie sich in dem penibel aufgeräumten Wohnzimmer um. An einem Ende befand sich eine Kommode. Darauf standen eine Lampe und unbenutzte Kerzen in Windlichtern. Außerdem mehrere Fotos. Eines zeigte James und Chloe an ihrem Hochzeitstag. Sie waren ein sehr hübsches Paar – er dunkel und groß, sie blond und schlank. Ein anderes Foto zeigte ein älteres Paar, das Riley als Chloes Eltern erkannte, grauer und faltiger, als sie sie in Erinnerung hatte. Chloe war ihr einziges Kind gewesen. Riley fühlte einen Anflug von Trauer, als sie sich vorstellte, was Chloes Tod mit ihnen machen würde. Sie hatte sie als warmherzige, zärtliche Menschen in Erinnerung. Das hatten sie nicht verdient. Riley streckte die Hand aus und berührte Chloes Bild. Chloes strahlendes Lächeln, hinter dem noch das unbeschwerte Mädchen zu erahnen war. In Rileys Kopf wurde das Lächeln zu einem furchtbaren Schrei.

Ein drittes Bild war körnig, die Farben begannen zu verblassen. Es zeigte eine Frau und einen Mann auf den Stufen eines baufälligen Bauernhauses. Vor ihnen standen drei magere Kinder – ein schlaksiger, dunkelhaariger Junge in verblichenen Jeans und zwei Mädchen in schlecht sitzenden Kleidern. Im Hintergrund war eine rote Scheune mit beschädigtem Dach zu sehen. Darüber ragte eine alte Windmühle mit verrosteten Flügeln auf.

Draußen auf dem Flur waren Frauenstimmen zu hören.

»Hier.«

Riley zuckte zusammen, als die Stimme direkt hinter ihr erklang. Sie hatte nicht gehört, dass James eintrat. Er brachte einen Plastikordner mit Dokumenten. Obenauf lag ein kleines ringgebundenes Buch mit aufgedruckten Blumen. Riley deutete auf den schlaksigen Jungen auf dem körnigen Foto. »Sind Sie das?«

James nickte. »Chloes Telefonnummer steht vorne drauf.« Er hielt ihr das Buch und den Ordner hin, ließ sie aber nicht los, als

Riley danach griff. »Werden Sie unsere Freunde kontaktieren? Ihnen erzählen, was ich Ihnen anvertraut habe? Über die Affäre, meine ich?« Der trauernde Mann war verschwunden. James Miller war jetzt ganz bei der Sache.

Eine laute Frauenstimme ertönte neben Logans ruhigem Tonfall. »Wo ist er? Ich will meinen Sohn sehen!«

»Wenn Ihre Frau an diesem Abend jemanden getroffen hat, müssen wir wissen, wer es war, Mr Miller.«

James blickte zur Tür, als die Stimme immer lauter wurde. »Chloe hätte niemandem davon erzählt.«

»Von der Affäre?«

»Sie war sehr diskret, Sergeant.«

Das stimmte durchaus. Zumindest war es so gewesen, als sie noch Kinder waren. Chloe war die Schüchterne gewesen. Zögernd und wachsam, begierig zu gefallen und darauf bedacht, andere nicht zu verletzen. Für diese Eigenschaften hatte Riley sie geliebt, als Gegengewicht zu Mias Frechheit. Aber später – nach jener Nacht – hatte diese Verschlossenheit Riley wütend gemacht. Riley erinnerte sich an Chloe, wie sie sie nervös beobachtete. Da war etwas, das ihr auf der Zunge lag. Worte, die sie halb formte, aber nie aussprach.

»Sie hätte niemandem etwas gesagt«, wiederholte James. Damit gab er die Dokumente frei und verließ den Raum.

Draußen auf dem Flur sah Riley, wie er eine ältere Frau tröstete, die unkontrolliert weinte. Zwei jüngere Frauen standen um sie herum und weinten ebenfalls. Riley erkannte alle drei von dem Foto vor dem Bauernhaus, obwohl die Frauen jetzt ganz anders aussahen – schicke Kleidung und teure Schuhe, frisiertes Haar und Schmuck. Logan wurde von der schluchzenden Gruppe an die Wand gedrückt.

Als Riley auf sie zuging, blickte James' Mutter auf. Trotz der teuren Kleidung konnte Riley die Spuren vergangener Armut bei ihr erkennen. Die Jahre der schlechten Ernährung und des Überlebenskampfes schienen sich in ihre Haut und die Gesichtszüge eingegraben zu haben.

»Sie müssen das Monster finden, das das getan hat!«

»Mom«, flüsterte die ältere der beiden Frauen und sah Riley an.

Riley begegnete James' Blick. »Ich melde mich bald wieder, Mr Miller.«

Sie würde ihm etwas Zeit mit seiner Familie geben, Zeit, um Trauer und Tröstungen zu verarbeiten. Dann würde sie zurückkommen.

Im Dodge, bei laufender Klimaanlage, setzte sich Riley mit der Zentrale in Verbindung, um eine Fahndung nach Chloes verschwundenem Auto rauszugeben, dann rief sie Bob Nolan an und hinterließ eine Nachricht mit den Fahrzeugdaten. Danach stellte sie eine Verbindung zu Hal Edwards her und fragte ihn, ob er einen Deputy entbehren könne, um die restlichen Gegenstände, die sie aus dem Haus der Millers benötigte, abzuholen und sicherzustellen, dass die Kollegen den Ehemann im Auge behielten. Er durfte die Stadt nicht verlassen. Logan setzte sich derweil mit den Datenspezialisten in Verbindung, um Chloes Handynummer weiterzugeben, in der Hoffnung, dass sie das Handy aufspüren könnten.

Riley schaute zurück zum Haus, während sie auf Logan wartete. Sie dachte an die Veränderung in Millers Verhalten.

Sie hätte niemandem etwas gesagt.

Er hatte ihr nicht gedroht. Aber offenbar wollte Miller sie davon abhalten, den Freunden und seiner Familie von seinem Verdacht zu erzählen. Stolz? Scham? »Gab es was Interessantes in der Küche?«, fragte Riley, als Logan kam.

»Sieht aus, als hätte er ein paar Tage lang nicht aufgeräumt. Teller in der Spüle. Der Müll quillt über. Ansonsten ist das Haus makellos.« Logan klang beeindruckt.

»Hast du mitgehört?«

»Wegen der Affäre?« Logan nickte. »Aber es war ja nur ein Verdacht. Er hatte keine Beweise.«

»Wie auch immer, das wäre ein Motiv. Es spielt keine Rolle, ob Chloe tatsächlich etwas mit einem anderen hatte. Solange er glaubte, sie würde …?« Rileys Blick fiel wieder auf das Haus. Was hatte sie unter der Oberfläche von James Miller gespürt, unter all seiner Qual? Wut? Verzweiflung? »Okay, nehmen wir einmal an, dass es einen Liebhaber gab. Vielleicht jemanden, der wollte, dass sie ihren Mann verlässt und wütend wurde, als sie sich weigerte?«

Sie stellte sich Chloe in ihrem Auto vor, mit einem anderen Mann – einem Schatten neben ihr –, in der Nacht, wie zwei Teenager. Kornfelder im Scheinwerferlicht, Insekten, die im Lichtkegel der Scheinwerfer umherschwirrten. Hände, die streichelten. Gierige Küsse. Dann ein Streit. Handgreiflichkeiten? Chloe krabbelt aus ihrem Auto. Verletzt? Lässt ihre Handtasche und ihr Handy zurück. Sie rennt in die Maisfelder. So verängstigt, dass sie immer weiterläuft, selbst als sie ihren Schuh verliert.

Aber was war mit der Drohne?

»Was denkst du?«, fragte Logan, nachdem Riley ihm ihre Überlegungen mitgeteilt hatte. »Ich frage mich, wie die Drohne da reinpasst.«

»Was meinst du?«

»Vielleicht wollte jemand die Ernte begutachten?«

»In der Nacht?«

Logan zuckte mit den Schultern. »Oder vielleicht wollte jemand Zephyrs Mais sabotieren, wie Brown es vermutet? Die Ähren besprühen?«

»Das klingt nach Paranoia.«

»Du solltest seine Ängste nicht so einfach abtun, Sarge. Ich weiß, wozu Menschen fähig sind, wenn es darum geht, Profit zu machen.«

Riley sah ihm in die Augen. »Okay.«

»Außerdem ist der Mais auf der State Fair für einen Preis nominiert, wie Brown uns erzählt hat. Den Iowa Food Prize. Ich habe recherchiert. Das ist eine große Sache. Viel Prestige. Frühere

Gewinner haben sich zu mächtigen Stimmen im Agrarsektor entwickelt. Könnte das Zephyr zu einer unwillkommenen Konkurrenz machen? Brown sagte, dass Agri-Co hinter seinem Land her war, nicht wahr? Bevor die vier Familien die Genossenschaft gründeten.«

Riley erinnerte sich daran, wie sehr sie es genossen hatte, mit Logan an einem Fall zu arbeiten, als sie noch Partner bei der Streife gewesen waren. Sie mochte die Art, wie er dachte, methodisch und detailliert, jeden Winkel ausleuchtend. Sie war froh, dass sie sich bei Reed für ihn starkgemacht hatte. »Aber dann sind da noch die Glasscherben, die Webb in Chloes Handfläche gefunden hat. Diese schrecklichen Wunden.« Ein Bild von Chloes Körper zuckte vor ihr auf. »Und ihre Kleidung …«

»Was ist mit der Kleidung?«

»Nicht gerade das, was man anziehen würde, um einen Liebhaber zu treffen. Alte Turnschuhe, T-Shirt. Kein Make-up.«

Logan sah nachdenklich aus. »Es sei denn, sie sind schon eine Weile zusammen.« Er zuckte mit den Schultern und lächelte halb. »Das kann ich nicht beurteilen. Wann hören Frauen auf, sich schick zu machen, um jemanden zu beeindrucken?«

Riley antwortete nicht.

Ein knappes schwarzes Kleid, dessen Saum die Oberschenkel umspielt. Absätze, die die Beine länger erscheinen lassen. Die Lippen rot geschminkt. Das Haar, warm vom Föhn, in einer goldenen Welle über eine Schulter gelegt. Zurücktreten und in den Spiegel starren. Nicht mit ihren eigenen Augen, sondern mit den Augen all der Männer, nach denen sie gesucht hatte. Sie wusste, was sie sehen wollten.

»Wie lauten die ersten Namen im Adressbuch?«

Logan blätterte das Buch durch. »Hm, ihr Arzt. Dann ihre Eltern. Das hier könnte eine Freundin sein.« Er zeigte Riley die in Chloes sauberer Handschrift verfasste Liste.

Mia Collins.

9

Mia wohnte in der Iowa Street, an einer Kreuzung mit Blick auf einen *McDonald's*-Drive-in und Red Bubba's Car Wash and Lube. Ein altes Eisenbahngleis durchzog die Nachbarschaft, überquerte die Straße und schlängelte sich an den Rasenflächen der Häuser entlang. Es diente dem Transport von Kohle zu den eine Meile entfernten Cedar Falls Utilities. Als Kinder hatten Riley und ihre Freundinnen hier als Mutprobe darum gerungen, wer am längsten auf den Gleisen bleiben würde, wenn das Warnsignal ertönte und der Zug mit blinkenden Lichtern an den Bahnübergängen vorbeirumpelte.

Sie stieg allein aus dem Dodge. Logan hatte sie bei Chloes Eltern abgesetzt und ihm gesagt, dass sie angesichts der vielen Befragungen, die sie durchzuführen hatten, effizient arbeiten mussten. Das stimmte zwar, aber das war nicht der Grund, warum sie diesmal allein sein wollte. Chloe war tot und würde ihre Geheimnisse für sich behalten. Aber Mia war eine Tür in eine Vergangenheit, durch die sie mit niemandem aus ihrer Gegenwart treten wollte.

Das bescheidene Haus war einstöckig, mit eingebauter Garage, der Vorgarten mit Spielzeug übersät. Wen auch immer ihre frühere Freundin geheiratet hatte, der aus Mia Adams eine Mrs Collins gemacht hatte, er spielte nicht in James Millers Liga. Nebenan wässerte ein Mann seinen Rasen. Mitten im Garten war eine Tafel mit dem Gesicht von Gouverneur Bill Hamilton angebracht. *Ihre*

Stimme für die Zukunft! Der Mann beobachtete sie, als sie den Weg zu Mias Haustür hinaufging.

Riley machte sich bereit und läutete. Ihr Herz klopfte wie wild.

Die Tür öffnete sich, und da stand Mia, barfuß und verschwitzt, ein Kleinkind mit fleckigem Gesicht auf dem Arm, das an einem Schnuller nuckelte. »Riley? O mein Gott ...« Mia nahm den hochgehaltenen Ausweis in Augenschein, ohne sich überrascht zu zeigen. »War sie das? Die Frau, die gefunden wurde? War das Chloe?«

Rileys Stirn legte sich in Falten. In den Nachrichten war Chloes Name nicht erwähnt worden.

Mia antwortete, bevor sie fragen konnte: »James hat angerufen. Vor vier Tagen. Spätabends. Er hat die Kinder geweckt. Dan war sauer.«

Dan. Ihr Mann?

»Er war völlig verzweifelt. Er sagte, Chloe sei verschwunden.«

Millers Geschichte stimmte also. Aber die Frage, warum er darauf bestanden hatte, dass Chloe mit niemandem über eine Affäre sprechen würde, beschäftigte Riley immer noch. Bestimmt würde er wollen, dass sie bei der Jagd nach dem Mörder seiner Frau jedem Aspekt nachging, besonders dann, wenn ein Liebhaber involviert war. Es sei denn, er selbst war derjenige, der sie umgebracht hatte.

»Ich war gestern mit Chloe auf einen Drink im *Soprano's* verabredet«, fügte Mia hinzu.

Riley kannte das *Soprano's* – den Italiener in der Main Street, wo die Kellner mit Fliegen Opern sangen, während sie servierten. Ihr Vater hatte ihre Mutter an ihrem Hochzeitstag dorthin ausgeführt, als sie nach Cedar Falls gezogen waren.

»Ich habe sie angerufen und ein halbes Dutzend Nachrichten hinterlassen. Aber sie hat nicht zurückgerufen. Ich ging trotzdem hin, in der Hoffnung, sie würde doch noch kommen. Ich dachte, sie hätte sich vielleicht mit James gestritten. Dass sie mit mir darüber reden wollte. Aber sie ist nicht aufgetaucht.« Mia presste sich die Handfläche auf die Brust. »O Gott!«

Als sie das Zischen des Schlauchs von nebenan näher kommen hörte, steckte Riley ihren Ausweis weg. »Darf ich reinkommen?«

»Ja. Sicher.«

Mia führte sie durch einen schummrigen Flur, wobei sie Spielzeug aus dem Weg schob. Sie passierten ein unordentliches Wohnzimmer, in dem ein Fernseher dröhnte. Zwei Jungen saßen auf der Couch. Sie sahen sich nicht um.

Mia ging weiter in die Küche. In einer Ecke stand ein Laufstall, in der Nähe einer Waschmaschine, die vor sich hin brummte. Sie setzte das Kleinkind in den Laufstall, wo es den Schnuller ausspuckte und zu wimmern begann. »Hey, AJ«, sagte Mia, riss den Kühlschrank auf und holte ein Eis aus dem Eisfach. »Schau mal!«

Ihr ausgefranster Jeansrock hob sich, als sie sich bückte, und entblößte die Orangenhaut ihrer Oberschenkel sowie einen grellen Hauch von Tanga. Riley sah weg.

Mia packte das Eis aus und legte es in die ausgestreckte Faust des Kindes. »Setz dich. Einen Kaffee? Etwas Stärkeres? Mein Gott, ich zittere.« Zur Demonstration streckte sie die Hand aus.

»Nein danke.« Riley setzte sich auf einen der Hocker an der Küchentheke, die klebrig von Müslikrümeln war. Sie sprach ruhig und professionell, wie sie es mit jedem Gesprächspartner tun würde, aber innerlich kochte sie vor Emotionen.

Mia hatte sich verändert. Ihr Haar, früher goldblond, war mehrmals gebleicht worden und nun aschblond. Ihr Gesicht war gerötet, ihre Stirn glänzte, Schweißflecken zeichneten sich unter den Armen ihres T-Shirts ab. Ihre jugendliche Figur war verschwunden, ihre Brüste und ihr Bauch von den Babys gedehnt. Aber trotz der Verwandlung konnte Riley immer noch das Schulmädchen sehen, das sie so gut gekannt hatte, mit dem sturen Kinn und den tief liegenden Augen, grün wie ein Sommerbach.

Die Augen in jener Nacht so glasig vom Alkohol, dass sie sie kaum wahrgenommen hatten. In der Ecke des Wohnwagens von Mias Eltern kauernd, verschmiert mit Blut und Erde. Chloe starrte sie an, vor Schock auf einen Schlag nüchtern. Mia stolperte aus dem Wohnwagen, um sich zu übergeben. After Shock und Corndogs.

Mia füllte zwei Becher mit Wasser und stellte sie in die Mikrowelle. »Ist es Chloe?«

»Ihre Familie muss sie noch offiziell identifizieren. Ja. Es ist Chloe.«

Mia lehnte sich vor und stützte die Ellbogen auf den Tresen. Sie atmete tief ein und aus. Ihr Kopf hing nach unten, Haarsträhnen fielen ihr in die Augen. Sie blieb so stehen, bis die Mikrowelle piepte, dann richtete sie sich auf und wandte sich ab. Ihre Wangen waren feucht. Sie löffelte Kaffee und Kaffeesahne in die Becher. »Oh«, murmelte sie. »Du wolltest ja keinen.«

»Ich nehme ihn trotzdem. Danke.«

Mia drückte sich die Handballen in die Augen. »Was ist passiert? Im *Courier* steht, die Frau sei ermordet worden.« Sie schüttelte den Kopf. »Wie? Von wem?«

»Im Moment versuchen wir, ihr Bewegungsprofil an diesem Abend zu ermitteln. Jeden, den Chloe getroffen haben könnte. Orte, an denen sie gewesen sein könnte.« Riley hob ihren Kaffee an. Die Kaffeesahne hatte sich nicht ganz aufgelöst. Weiße Klumpen schwammen auf der Oberfläche. »Wann hast du zuletzt mit ihr gesprochen?«

»Vor ein paar Wochen. Nur eine SMS. Um uns zu verabreden.«

»Habt ihr euch regelmäßig getroffen?«

»Ja, seit der Schule.«

Das versetzte Riley einen Stich. Die engsten Beziehungen in ihrem Erwachsenenleben waren die zu ihren Kollegen in der Polizeiwache. Natürlich lag das in der Natur des Jobs – Bindungen, die während der langen Nachtschichten entstanden und im Angesicht der Gefahr geschmiedet wurden, waren, wenig überraschend, stark. Aber das war nicht der Grund, warum ihr Leben aus wenig mehr als ihrem Beruf bestand.

Was, wenn alles anders gewesen wäre? Was, wenn Mia in jener Nacht keinen Alkohol aus dem Wohnwagen ihrer Eltern gestohlen hätte? Was, wenn sie selbst die Flasche nicht angenommen hätte, als sie ihr gereicht wurde? Wenn sie am nächsten Morgen in der Schlafkoje des Wohnwagens mit ihren beiden besten Freundinnen aufgewacht wäre, immer noch ein aufgewecktes und sorgloses Kind? Wie könnte ihr Leben jetzt aussehen? Vielleicht wie das von Mia? Spielzeug und Windeln. Oder das von Chloe? Gut aussehender Ehemann und makelloses Haus. Tanzbälle und Hochzeiten, Kinder und Familienessen, Drinks mit Freunden am Wochenende, Streitereien wegen der Arbeit. Nichts davon perfekt. Aber alles normal. Wenn sie sich das Leben ihrer Freundinnen ansah, fühlte sich Riley wie eine andere Spezies.

»Ich meine, es war manchmal schwierig, mit den Kindern und allem. Aber wir haben versucht, uns regelmäßig zu treffen.« Mia sah ihr in die Augen und wandte dann den Blick ab.

Waren das Schuldgefühle in ihrem Gesicht? »Kennst du James Miller gut?«

»Ich und Dan sind ein paarmal mit Chloe und James ausgegangen, als sie frisch verheiratet waren, aber Dan ist beruflich viel unterwegs – als Spediteur«, fügte sie hinzu. »Und James ist nicht der gesellige Typ. Er war immer schwer von seiner Arbeit wegzubekommen. Ich meine, Gott weiß, wie hart es ist, wenn Dan so viel unterwegs ist, aber wenigstens *ist* er hier, wenn er hier ist, verstehst du?«

»James hat viel gearbeitet?«

Mia stieß ein humorloses Lachen aus. »Ja. Er hat viel *gearbeitet.*«

»Was meinst du?«

»Ach, keine Ahnung. Ich will mir nichts anmaßen. Sie waren ein sehr verschlossenes Paar.«

»Wenn es etwas gibt, das uns weiterhelfen könnte, muss ich es wissen.«

Mia atmete aus. »Chloe dachte, James könnte eine Affäre haben.«

Riley beugte sich vor. Jeder hatte den anderen im Verdacht? »Wie kam sie darauf?«

»Er kam immer später nach Hause, immer öfter. Sie sagte, dass er zu merkwürdigen Zeiten Anrufe bekam und jedes Mal das Zimmer verließ, wenn er dranging.«

»Hat sie ihn jemals zur Rede gestellt?«

»Er sagte ihr, dass er sich ehrenamtlich engagiert.«

»Ehrenamtlich?«

»Eine Suppenküche in der West Fourth Street.«

»Du glaubst, er hat gelogen?«

Mia saugte an ihrer Unterlippe. Diese Angewohnheit kannte Riley noch aus der Schule. »Ich weiß es nicht. Vielleicht, vielleicht auch nicht.« Sie zuckte energisch mit den Schultern. »Um ehrlich zu sein, steht er auf solchen Kram. Suppenküchen, Tafeln, Spendenläufe. James hat die Vision, der nächste Henry A. Wallace zu werden. Die ganze Welt ernähren.«

Bei dem Namen klingelte es leise. »Wallace?«

»Du weißt schon, dieser Mais-Samen-Typ. Wir mussten in Naturkunde einen ganzen Aufsatz über ihn schreiben.« Mia wedelte mit einer Hand in der Luft herum. *»Iowas größter Sohn*, so hat ihn das Schweinsgesicht Petersen genannt. Wurde Vizepräsident unter Roosevelt.«

Die Erinnerung flackerte auf. Kreidestaub auf Tafeln. Bilder von Maispflanzen und ihren Bestandteilen. Spangenwurzeln. Blattspreite. Seidenfäden. Die dröhnende Stimme von Petersen. Ein Schwarz-Weiß-Foto von Henry A. Wallace – dem weltweit ersten Entwickler von Hybridsaatgut, geboren in Orient, Iowa. Riley dachte an Millers Job bei GFT, die Entwicklung von Nutzpflanzen. »Weißt du, wie die Suppenküche heißt, in der James angeblich ehrenamtlich tätig ist?«

»Eine Kirche. Ich glaube, es ist die in der Nähe des Schwimmbads auf der Campbell. West Fourth, wie ich schon sagte.«

Riley blickte von ihrem Notizbuch auf, als sie die nächste Frage stellte, um Mias Reaktion zu sehen. »Könnte es sein, dass Chloe sich selbst mit einem anderen Mann getroffen hat?«

»Gott, nein!«

»Warum bist du dir da so sicher?«

»Das hätte Chloe mir gesagt. Ich hätte es gewusst.« Mia schüttelte vehement den Kopf, als Riley ihr von Millers Verdacht erzählte. »Nein. Sie war unsterblich in James verliebt, trotz seiner Fehler. Sie hätte ihn nie betrogen.« Ihre Stirn legte sich in Falten. »Ich kann gar nicht glauben, dass er so was denken würde.«

Riley fuhr mit ihren Fragen fort, erkundigte sich nach Chloes Freunden und Familie, nach Anzeichen dafür, dass sie irgendwelche Schwierigkeiten gehabt hatte, nach neuen Menschen in ihrem Leben und nach Orten, an denen sie an diesem Abend gewesen sein könnte. Aber abgesehen davon, dass Mia darauf beharrte, dass, wenn jemand in der Ehe eine Affäre hatte, es James und nicht Chloe war, konnte sie Riley keine Informationen liefern, die auch nur ansatzweise hätten erklären können, warum ihre Freundin tot in diesem Maisfeld gefunden worden war.

Das Kleinkind hatte sein Eis aufgegessen und begann zu weinen. Mia hob es hoch. »Hör auf«, sagte sie und versuchte, ihm den Schnuller in den rot verschmierten Mund zu schieben. »AJ!«

»Ein süßer Kerl.«

»Niedlich wie eine Tarantel«, seufzte Mia und rang mit dem Kind, das in ihren Armen zappelte.

»Was meinst du, warum Chloe und James keine Kinder haben?«

»Sie haben es versucht. Vor ein paar Jahren hatte Chloe von einer künstlichen Befruchtung gesprochen, aber James war dagegen.« Mia setzte den Jungen auf den Boden, wo er zu einem Spielzeugtraktor kroch und anfing, ihn auf das Linoleum zu schlagen. »Wie gesagt, er redete ständig davon, die Welt zu ernähren oder den Planeten zu retten. So ein Blödsinn! Weißt du, was er einmal zu Chloe gesagt hat? Er sagte ihr, Kinder zu haben sei mit das Schlimmste, was man für die Umwelt tun könne. Sie war tagelang außer sich.«

Riley dachte an Logans Predigten über Plastik. Sie hatte mal gesehen, wie er einen Mülleimer im Büro durchwühlte und den Müll trennte, während Jackson Cole und die anderen höhnisch lachend zusahen. In der Woche darauf hatten sie nicht gelacht, als Sheriff Reed eine neue, von Logan angeregte Recyclingaktion ankündigte, bei der jeder Beamte, der sich nicht daran hielt, eine Geldstrafe zahlen musste.

»Gott, das ist alles verrückt! Wie kann das nur sein?« Mias Augen hatten sich wieder aufgehellt. Sie atmete schnell aus und schüttelte dann den Kopf. »Hey, das mit deinen Eltern tut mir leid.«

»Was?«

»Ich habe in der Zeitung von dem Autounfall gelesen. Ich habe überlegt, zur Beerdigung zu kommen. Aber ...« Mia strich sich eine Haarsträhne hinters Ohr. »Ich wusste nicht, ob du mich dort haben wolltest. Es ist schon so lange her.«

Rileys Handy klingelte in ihrer Tasche. »Entschuldige.« Dankbar für die Ablenkung zog sie das Telefon heraus und überflog die SMS. Sie war von Logan.

Name durchgesickert. Medienzirkus hier. Bin so weit durch.

»Verdammt!«

»Was ist?«

Riley sah auf. »Ich muss los.« Sie nahm eine Visitenkarte aus ihrer Brieftasche und legte sie auf den Tresen. »Wenn dir noch etwas einfällt – egal was –, das ist meine Handynummer.«

Mia begleitete sie zur Eingangstür. »Wohnst du immer noch in dem alten Haus?«

»Ja.«

»Wir haben in den letzten Jahren oft über dich gesprochen, Ri. Chloe und ich.« Mia stockte und wurde durch das Warnsignal eines Zuges unterbrochen. Sie schlang ihre Arme um sich und fröstelte trotz der Hitze. »Wir haben über – diese Nacht gesprochen. Vielleicht könnten wir mal was zusammen trinken gehen? Du und ich? Es gibt ein paar Dinge, die ich loswerden muss.«

Einen Moment lang hielt Riley auf der Stufe inne.

Diese Nacht gehörte ihnen dreien. Zuerst hatte sie das Gefühl gehabt, dass der Schmerz geteilt war. Sie drei gingen schweigend um das Rasiermesser herum, die Hände über ihrem Geheimnis verschränkt. Aber am Ende war es diese Verbindung, die sie von den beiden anderen weggetrieben hatte. Chloe beäugte sie, stets kurz davor, es anzusprechen. Mia machte munter weiter, als wäre nichts geschehen. *Hast du Mike im Matheunterricht gesehen? Er steht total auf dich, Ri!* Als ihr klar wurde, dass ihre Freundinnen es zwar wussten, aber nie wirklich *verstehen* konnten, hatte sie sich wie der einsamste Mensch der Welt gefühlt. Das hatte das Weglaufen viel einfacher gemacht.

»Das ist eine alte Geschichte, Mia. Denk dran, du hast meine Nummer.«

Als Riley zu ihrem Auto ging und Mia ihr dabei zusah, fuhr der Zug vorüber, rumpelte langsam über die Straßenkreuzungen und sprühte Funken von den Schienen. Der dunkle Koloss schob sich an Häusern vorbei, zwischen weißen Zäunen hindurch, wo Kinder auf dem Rasen spielten.

10

Das Lächeln schien Gouverneur Bill Hamilton wie ins Gesicht gemeißelt, während die Kameras sein ausdauerndes Händeschütteln mit dem Leiter der chinesischen Delegation festhielten, die am Morgen angereist war. Über der Versammlung glühten die vergoldeten Kuppeln des Kapitols in der späten Abendsonne. Etwas mehr als eine Meile entfernt, auf der anderen Seite des Des Moines River, erhellten die Flutlichter des Principal Park das Spielfeld für das Freitagabendspiel. Die Iowa Cubs gegen die Omaha Storm Chasers.

Hamiltons Grinsen verblasste, als er die Sprechchöre bei der Polizeisperre weiter unten auf der Straße vernahm. Er konnte immer noch die Demonstranten sehen, die sich hinter der Absperrung drängten, ein kleiner, aber lautstarker Mob, der Parolen schrie und Plakate schwenkte. *Iowa den Farmen, nicht den Firmen! Uns gehört der Mais, China, bleib beim Reis!*

Hamiltons Gesicht war wie versteinert. Diese Bastarde schienen ihm bei seinem Wahlkampf überallhin zu folgen, mit ihren Totenmasken und den verdammten Slogans. Sein Sicherheitschef Gage Walker hatte seine Leute angewiesen, Fotos von den Demonstranten zu machen. Vielleicht ließen sich Verbindungen zu Mission Erde nachweisen, den Ökoterroristen, die in Iowa bereits mehrere Sabotageakte gegen Chemiewerke begangen hatten. Gegen Unternehmen, die Hamilton unterstützte.

»Gouverneur!«, rief eine weibliche Stimme aus der Journalistenschar, die sich vor ihm gruppiert hatte. Hamilton erkannte die Frau, sie war vom *Des Moines Register.* »Was sagen Sie zu den heutigen Äußerungen von Senatorin Cook? Dass Sie sich China annähern, um von Ihren Misserfolgen abzulenken?«

Bevor Hamilton antworten konnte, ergriff sein Berater Blake Preston das Wort. »Okay, Leute, das war es für heute.«

Hamilton setzte wieder sein Lächeln auf und winkte ein letztes Mal in das Blitzlichtgewitter der Fotografen. Dann ging er die Treppenstufen zum Kapitol hoch.

Nun war es an Blake Preston, die Reporter über die bevorstehende Reise der Delegation durch den Bundesstaat zu informieren – von den alten Industriestädten Muscatine und Davenport am Mississippi über Cedar Rapids nach Sioux City am Missouri. Drei weitere Helfer begleiteten die Delegierten, die schwarze Krawatten trugen, in das Regierungsgebäude, weg von den Sprechchören der Demonstranten. Die Gruppe bestand aus siebzehn Personen: Beamte aus den Provinzen Shandong und Hebei, Geschäftsführer mehrerer chinesischer Agrarunternehmen, potenzielle Investoren für neue Firmen, Assistenten und Übersetzer.

Im Inneren führte Hamilton die Delegation die breite Granittreppe hinauf in den ersten Stock, wo runde Tische für das Galadinner unter der Kuppel aufgestellt waren, die sich hoch wie eine Kathedrale über ihnen erhob. Das Innere der Kuppel wurde von der Bürgerkriegsfahne der Grand Army of the Republic überspannt. Darunter, entlang der gewölbten Wände, waren goldene Statuen zu sehen, die im warmen Schein antiker Lampen glänzten. Zeilen aus Lincolns Gettysburg-Rede waren auf die Wände gemalt, darunter prangte ein Wandgemälde, das die Kultivierung des Mittleren Westens durch die Pioniere darstellte.

Auf dass diese Nation unter Gott eine Wiedergeburt der Freiheit erleben werde – und die Regierung des Volkes, durch das Volk und für das Volk, nicht von der Erde verschwinden möge.

Die Delegierten zeigten sich beeindruckt von der prächtigen Inneneinrichtung und nahmen anerkennend die rote Flagge der Volksrepublik China zur Kenntnis, die neben der amerikanischen Flagge und der Flagge Iowas gehisst worden war. Kellner schwirrten zwischen den Gästen umher, die sich bereits in Smoking und glitzernden Kleidern versammelt hatten und an Champagnergläsern nippten. Ein Streichquartett spielte, und die Musik waberte über dem Stimmengewirr und Lachen.

Hamilton bewegte sich zügig durch die Menge, stellte die Delegierten seinen Anhängern vor, machte Small Talk und Witzchen. Seine Handgelenke und sein Kiefer schienen vom vielen Umarmen und Grinsen schon zu schmerzen. Im November würde er völlig erschöpft sein, nur noch von Kaffeedämpfen und Umfragewerten aufrecht gehalten.

Die meisten Gäste waren einheimische Geschäftsleute: Leiter von Biotech-Unternehmen, Hotelbesitzer und Geschäftsführer von Landwirtschaftsbetrieben. Auch einige Landwirte waren darunter – solche, die seine Botschaft, dass man den Fortschritt nicht fürchten, sondern begrüßen müsse, guthießen. Ihre Unterstützung brauchte Hamilton gerade jetzt, da China kürzlich neue Zölle auf Sojabohnen als Vergeltung für die Haltung des amerikanischen Präsidenten gegenüber ausländischen Importen verhängt hatte. Der Markt war um fast zwanzig Prozent geschrumpft, und die kleinen Farmen, denen das Wasser ohnehin bis zum Hals stand, spürten den Druck und suchten nach einem Schuldigen.

So Gott wollte, würden die Zeitungsbilder von Hamilton Seite an Seite mit den Chinesen in den kommenden Tagen dazu beitragen, die Einwohner von Iowa davon zu überzeugen, dass er ihre beste Chance war, weitere Einbußen zu vermeiden – dass er die Handelsbeziehung zwischen Iowa und China beschützen würde. China, dem es an Kenntnis und Ackerland fehlte, um genügend Getreide für die boomende Mittelschicht anzubauen, war gierig auf amerikanischen Mais. Iowa hingegen war auf die Milliarden angewiesen, die chinesische Firmen in die angeschlagene Wirtschaft pumpten. Ob es einem nun passte oder nicht, man war voneinander abhängig. Hamilton hatte sich immer als pragmatischer Patriot gesehen und war entschlossen, das Beste aus dieser lebenswichtigen Partnerschaft zu machen. Seine Zukunft hing davon ab.

Er hielt inne, um für ein Selfie mit einer Gruppe von Frauen einer örtlichen Kinderhilfsorganisation zu posieren.

»Gouverneur.« Einer seiner Assistenten schlich sich heran, um den Besitzer eines neuen Hotels vorzustellen, das am Fluss gebaut wurde.

Hamilton nickte dem überschwänglichen Hotelier zu, aber seine Gedanken waren bei Jess Cook. Er wusste, dass seine Rivalin versuchen würde, diese Chinatournee irgendwie gegen ihn auszuspielen. Wahrscheinlich würde sie auf die jüngsten Fälle von Diebstahl geistigen Eigentums durch chinesische Staatsangehörige verweisen, die beschuldigt wurden, Saatgut direkt aus dem Boden Iowas zu stehlen, in der Hoffnung, die unbezahlbaren genetischen Codes zu entschlüsseln, die es ihnen ermöglichten, ihre eigenen Pflanzen besser anzubauen und ihre Abhängigkeit von amerikanischem Mais zu beenden. Im ganzen Bundesstaat verteilte das FBI Flugblätter an Landwirte, auf denen sie angewiesen wurden, ihre Felder zu überwachen. Man konnte sicher nicht von einer zweiten »gelben Gefahr« reden, aber die Dinge wurden dadurch nicht gerade einfacher.

Dass Sie sich China annähern ...

»Meine Güte, Herr Gouverneur!« Der Hotelbesitzer, dem er gerade die Hand schüttelte, zuckte zusammen. »Ihr Griff ist wirklich nicht von schlechten Eltern!«

Diese gottverdammten Unterstützer.

Hamilton zwang sich zu einem entschuldigenden Räuspern. Er wollte sich gerade umdrehen, um sein Gegenüber einem der chinesischen Investoren vorzustellen, als Blake Preston an ihn herantrat.

»Da ist ein Anruf für Sie, Sir«, murmelte sein Berater. »Dringend. In Ihrem Büro.«

Hamilton entschuldigte sich und bahnte sich einen Weg durch das Gedränge, den breiten Flur hinab zu seinem Büro. Das Gewirr von Musik und Stimmen verklang hinter ihm und wurde durch das Klacken seiner Schuhe auf dem polierten Marmorboden ersetzt. Als er sich seiner Bürotür näherte, kam er an der Glasvitrine vorbei, in der Dutzende von Porzellanpuppen aufbewahrt wurden, die die Ehefrauen der Gouverneure von Iowa darstellten. Auch seine eigene Frau war darunter: mit großen Augen und ausdruckslosem Gesicht, gekleidet in eine Nachbildung ihres Amtsantrittskleides.

Hamiltons Büro war mit Nussbaum- und Eichenholz vertäfelt, düster-dramatische Ölgemälde hingen an den Wänden, von der Decke warf ein großer Kronleuchter sein Licht. Das Telefon auf dem Schreibtisch seiner Sekretärin blinkte rot.

Hamilton nahm den Hörer ab. »Hier spricht der Gouverneur.« Er erkannte die Stimme am anderen Ende sofort, obwohl sie noch nie so aufgeregt geklungen hatte. »Ich habe doch gesagt, dass ich Sie anrufe. Sie hätten ...« Hamilton verstummte, sein Gesichtsausdruck veränderte sich, während er zuhörte. »Wann ist das passiert? Warten Sie. Stopp! Ich will, dass Sie mir alles ganz genau erzählen.«

11

Der Himmel war düster an diesem Abend, schwer von Hitze. Es drohte zu regnen. Riley wartete vor dem *Hickory Hut* auf ihre Bestellung. Im Lampenlicht des Lokals wimmelte es von Insekten, und wann immer ihm eins der Tiere zu nahe kam, zischten dessen Flügel. Im Fenster hing ein Schild. *Auf Gott vertrauen wir. Alle anderen müssen bar zahlen.* Ein Stück weiter die Straße hinunter schlurften ein paar Landstreicher – die Schlafsäcke auf den Schultern – zu einem Imbisswagen, der an der Ecke stand und Suppe und Maisbrot verteilte. Heutzutage sah man immer mehr davon. Während früher Kriegsveteranen und Suchtkranke auf der Straße lebten, waren es heute nicht selten ganze Familien – Menschen, die vor Kurzem noch Arbeit und ein Zuhause gehabt hatten.

»Sergeant Fisher?«

Riley drehte sich um. Sean Taylor. Der Anblick des Reporters vom *Courier* versetzte ihr einen Stich.

Seitdem die Identität der toten Frau bekannt geworden war, hatten sich den ganzen Nachmittag über Reporter um die Polizeiwache geschart. In den frühen Abendnachrichten war ein Foto von Chloe zu sehen gewesen, aufgenommen an ihrem Hochzeitstag, mit Blumen in ihrem blonden Haar und einem breiten Lächeln für die Kamera. Sheriff Reed hatte geschäumt vor Wut, als er herausgefunden hatte, dass irgendein Neuling bei der Polizei von Waterloo die undichte Stelle war. Er hatte vor einer Kellnerin in einem Diner mit seinem Insiderwissen geprahlt – und am Nebentisch hatte ausgerechnet ein Reporter zu Mittag gegessen.

»Ich bin nicht im Dienst, Sean.«

»Auch inoffiziell?« Taylor grinste und neigte den Kopf. Seine Haut war wächsern und schimmerte grünlich von der Neonreklame, die über ihnen flackerte.

»Ich habe nichts für Sie.«

»Hm, aber ich habe vielleicht etwas für Sie. Falls Sie interessiert sind.«

»Ach?«

Taylors Grinsen wurde breiter. »Kommen Sie, Sergeant. Sie wissen doch, wie das läuft.« Als sie nicht anbiss, trat er noch näher heran. »Ich weiß, dass Hunch heute Nachmittag Leute auf Zephyr Farms befragt hat.«

»Und?«

»Sagen Sie ihm, er soll sich die Familie Garret näher ansehen.«

»Warum?«

Taylor zuckte mit den Schultern. »Nur ein Hinweis. Ich weiß, dass ihr euch da draußen Unmengen von Leuten vornehmen müsst.«

»Das war's?«

»Na ja, das war's, aber eine Hand wäscht die andere, Sergeant.«

Eine Kellnerin kam mit einer prall gefüllten Plastiktüte aus dem *Hickory Hut*. »Hier ist Ihre Bestellung.«

Riley nahm die Tüte und ging zu ihrem Auto.

Taylor folgte ihr. »Nur ein klitzekleiner Tipp, Fisher. Kommen Sie!«

Als sie den Dodge erreichte, drehte sie sich zu ihm um. »Sie wollen einen Tipp, Sean? Schleichen Sie sich nicht an Polizisten heran.«

Riley schaltete das Radio ein, als sie sich in den Highway-Verkehr einfädelte. Sportankündigungen und kurze Werbespots für Schmerzmittel und Antidepressiva, Nachrichten über eine chinesische Delegation, die zu einem Galadinner mit Gouverneur Bill Hamilton in Des Moines eintraf, und eine fröhliche Werbung für die Iowa State Fair.

»Kommen Sie mit auf eine Reise durch Ye Olde Mill!«

Riley stellte sich vor, wie die Fahrgeschäfte aufgebaut wurden, wie die Bierfässer in die Bars rollten, wie die Musikbühnen Soundchecks machten und wie die Heuballen in den riesigen Ställen aufgestapelt wurden, in denen die Tiere ausgestellt und verkauft werden sollten. In ein paar Wochen würden sich Schlangen von Anhängern auf der Interstate bilden, die durch die Tore des vierhundertfünfzig Hektar großen Messegeländes fahren wollten. Farmer, die Tiere und Produkte transportierten, Landwirtschaftsunternehmen, die Traktoren und Geräte verkauften, Bands, die sich auf ihren Auftritt in der Arena vorbereiteten.

Anfang August begannen sich die Campingplätze zu füllen. Fast fünfundachtzig Prozent des Staates reisten zu der zehntägigen Messe an, die seit 1854 stattfand. Die Stellplätze waren so begehrt, dass sie in den Familien über Generationen weitergegeben wurden. Die Messe war der Stolz von Iowa.

»Kommen Sie mit auf eine Reise, die Sie nie vergessen werden!«

Genervt schaltete Riley das Radio aus, als ein Lastwagen mit grellen Scheinwerfern neben ihr herdonnerte. Der Geruch von Rippchen durchdrang das Auto. Ihr Magen grummelte. Sie hatte es nicht geschafft, zu Mittag zu essen, als sie von Mia losgefahren war, um Logan bei Chloes Eltern abzuholen, wo sie Fernsehteams und hingereckten Mikrofonen hatte ausweichen müssen. Mr und Mrs Clark, die von ihrem Kummer überwältigt waren, konnten Logan nur wenig Einblick verschaffen, und auch die beiden älteren Frauen, die den Secondhandladen betrieben, in dem Chloe ehrenamtlich gearbeitet hatte, hatten nur Tränen und Entsetzen gezeigt. Also waren Riley und Logan in die Dienststelle zurückgekehrt, wo einer von Hal Edwards Stellvertretern Chloes Computer und die von James Miller übergebenen Unterlagen vorbeigebracht hatte. Nachdem Riley zu Reed zitiert worden war, der vor Wut über die Veröffentlichung von Chloes Identität schäumte, traf sie auf Cam Schmidt und Amy Fox, die von ihrem Tag auf Zephyr Farms sonnenverbrannt und staubig waren.

Sie hatten es geschafft, die meisten Leute auf der Farm der Familie Brown zu befragen, mit Ausnahme der beiden ältesten Söhne von John Brown, die nach Des Moines gefahren waren, um die Ausstellung ihres neuen Saatguts auf der State Fair vorzubereiten. Schmidt hatte einen Termin mit ihnen nach deren Rückkehr vereinbart. Alle waren hilfsbereit und offen gewesen. Alle waren schockiert über den Fund der toten Frau, aber Schmidt berichtete, dass es eine gewisse, wenn auch nur höflich hinter vorgehaltener Hand artikulierte Sorge gab, dieser schreckliche Vorfall könne dem Ruf der Genossenschaft und ihrer Chance auf diese angesehene Auszeichnung schaden.

Riley hatte den Kollegen von Kristen Webbs Vermutung erzählt, dass es sich bei einigen von Chloes Wunden um Bisswunden handeln könnte, und gefragt, ob es auf der Farm Hunde gebe. Fox hatte zwei gutmütige, in der Küche des Farmhauses fläzende Labrador Retriever gesehen – keine wahrscheinlichen Kandidaten für einen bestialischen Angriff. Die Familien Wilson, Garret und Davis standen als Nächste auf der Befragungsliste.

Als Riley die Ausfahrt nach Cedar Falls nahm, dachte sie darüber nach, was Taylor angedeutet hatte: irgendetwas Verdächtiges bezüglich der Familie Garret. Höchstwahrscheinlich war es nichts von Bedeutung, sondern nur ein Köder, um sie in Versuchung zu führen, aber sie würde Schmidt informieren. Wenn sie nichts Konkretes herausfanden, konnte sie Taylor jederzeit zwingen, die Information rauszurücken. In Iowa gab es kein Gesetz, das ihn davor schützte, seine Quellen preiszugeben, und obwohl sie das nur selten ausprobiert hatte, rechtfertigten die Schwere dieses Falles und Reeds Ungeduld volle Kooperation.

Während sie durch die ruhigen Seitenstraßen fuhr, kam Riley

ihr Treffen mit Mia wieder in den Sinn. Sie hatte ihrem Team mitgeteilt, dass Mia felsenfest davon überzeugt war, nicht Chloe, sondern James sei fremdgegangen. Noch mehr Verwirrung in einem ohnehin schon wirren Fall. Sie würden mit Millers Freunden und Arbeitskollegen sprechen müssen – und mit der Suppenküche, in der er nach seiner Behauptung ehrenamtlich tätig gewesen war –, um zu sehen, ob sie mehr über ihn herausfinden konnten.

Wir haben in den letzten Jahren oft über dich gesprochen, Ri. Chloe und ich. Wir haben über – diese Nacht gesprochen.

Riley ließ das Lenkrad durch ihre Hände gleiten und bog auf die Straße in Richtung ihres Hauses ein, als die ersten Regentropfen auf die Windschutzscheibe prasselten. Der Hof vor dem alten Lagerschuppen war teilweise von einem roten Abschleppwagen blockiert. Sie hörte die Rufe, ehe sie dort ankam.

Im Scheinwerferlicht des Wagens leuchteten zwei Gestalten weiß wie Gespenster. Die eine war Ethan. Die andere war Sadie, seine Ex-Frau. Sie standen sich auf dem Rasen gegenüber. Ethans Gesicht war blass und angespannt vor Wut. Das von Sadie war hektisch und hasserfüllt. Beide schrien und gestikulierten wild.

Riley parkte in der engen Lücke, die ihr blieb, und stieg aus. Sie sah Mason Lee, einen massigen Schatten auf dem Beifahrersitz des Trucks, der die Auseinandersetzung beobachtete. Eine rote Glut glomm zwischen seinen Fingern. Er drückte sie aus, als er Riley entdeckte, und sie vermutete, dass es keine Zigarette war. Der Regen prasselte auf sie ein, als sie den Rasen in Richtung ihres Bruders überquerte. Scrounger stand auf seinen Pfoten am Fenster des Wohnzimmers und bellte wie wild.

»Du bist reine Platzverschwendung!« Sadie, sechs Jahre jünger als Ethan und beinahe nur halb so groß wie er, stand auf den Zehenspitzen und schrie ihm ins Gesicht. Ihre Wut war nicht weniger Furcht einflößend, nur weil sie kleiner war. Von ihrem schwarzen Pony tropfte ihr Regen in die tiefblauen Augen, die zu katzenartigen Schlitzen verengt waren. »Was denkst du, warum ich dich verlassen habe?«

»Ich habe dich verlassen, du Schlampe!«

Sie bemerkten Riley nicht einmal, bis sie direkt zwischen ihnen stand. »Hey! Was zum Teufel ist hier los?«

»Sie will, dass ich Madison nehme. Schon wieder.« Ethan warf einen Blick auf Riley und wandte sich dann an Sadie. »Ich muss arbeiten! Wie soll ich sonst deinen verdammten Unterhalt bezahlen?«

»*Arbeit?* Dass ich nicht lache! Du sitzt nur auf deinem Arsch rum.«

Ethan ruckte mit dem Kopf in Richtung des Trucks. »Wie der Loser da?«

»Mason hat einen Job!« Sadie kreischte. »Er versorgt uns!«

»Ja, er versorgt euch mit Gras.«

»Ich werde bei Tanisha übernachten!«

Beim Klang der hohen Stimme sah Riley, wie Madison die Stufen der Veranda regelrecht herunterflog, den Rucksack auf der Schulter. Sie hatte nicht gesehen, dass das Mädchen sie aus dem Schatten heraus beobachtet hatte.

Maddie zuckte nicht einmal mit der Wimper, als der Regen sie traf. »Ich will sowieso nicht hierbleiben!«

Scrounger erschien an der Gittertür und bellte sie an.

»Herrgott, Ethan, bring sie rein.« Riley warf ihrem Bruder einen finsteren Blick zu, als dieser den Mund aufmachte. Er klappte den Mund wieder zu, ging zu seiner Tochter hinüber und führte sie die Treppe hinauf aus dem Regen. Riley drehte sich um und sah, wie Sadie auf den Lastwagen zustürmte. Der Motor brummte auf. Sie lief ihr hinterher. »Sadie! Komm rein. Wir kriegen das wieder hin.«

Sadie wirbelte auf sie zu. Ihr T-Shirt war völlig durchnässt. Sie trug keinen BH. »Ich verlange nicht viel. Ein lausiges Wochenende! Das ist alles.«

Riley kämpfte gegen den Drang an, die Worte in Sadies hasserfülltes Gesicht zurückzuschleudern. Ethan hatte schon einen Knacks gehabt, bevor er Sadie kennengelernt hatte – jetzt war er ein Wrack. Sie hatte ihr Bestes getan, um ihn am Anfang ihrer Beziehung von dem unberechenbaren Mädchen fernzuhalten, als offensichtlich wurde, dass sie nicht zueinanderpassten. *Zündstein und Zunder*, hatte Tante Rose gewarnt. Aber dann wurde Sadie schwanger, und das war's. Eine Mussheirat, dann ein Umzug in eine enge Wohnung über einem Erotikfilmgeschäft in der Innenstadt von Waterloo.

Die darauf folgende Ehe war für alle in ihrem Umfeld ein Desaster gewesen, aber für niemanden so sehr wie für das kleine Mädchen, das zwischen ihnen aufgewachsen war.

»Nimm Maddie wenigstens in den Arm, bevor du gehst.«

»Du bist doch nicht mehr im Dienst, oder?«, erwiderte Sadie, riss die Tür des Trucks auf und sprang auf den Sitz. »Dann hör auf, ständig die Probleme von anderen lösen zu wollen.«

Mason fuhr rückwärts auf die Straße, und die aufleuchtenden Scheinwerfer blendeten Riley. Sie sah zu, wie der Lastwagen wendete und davonfuhr, und überlegte für den Bruchteil einer Sekunde, das Kennzeichen der State Patrol zu melden. Aber im Moment machte sie sich mehr Sorgen um ihre Nichte.

Als sie zum Haus ging, hörte der Regen so plötzlich auf, wie er gekommen war. Der Boden war matschig unter ihren Füßen. Ehe sie die Veranda erreichte, hörte Riley ein Geräusch unten in der Nähe des Baches. Es klang wie das Flüstern von Gras im Wind, nur dass kein Lüftchen wehte. Sie spähte in die Dunkelheit, sah aber nichts. Vielleicht ein Murmeltier? Wenn es wieder ein Stinktier war, würde sie eine Falle besorgen müssen. Das letzte Stinktier hatte Scrounger in die Augen gespritzt, und das Peroxid, mit dem sie den Gestank von ihm hatte abwaschen müssen, hatte ihm einen weißen Streifen auf den Kopf gebleicht.

Ethan lehnte an der Küchentheke, ein offenes Bier vor sich. Das nasse Haar klebte an seiner Kopfhaut. Er blickte sie an und nahm dann die Dose in die Hand.

»Wo ist Maddie?« Riley kraulte Scroungers Ohr, als er auf sie zukam und sie mit seiner Nase anstupste. Er leckte ihre Hand, als wollte er sie oder sich selbst trösten.

Als Antwort schlug eine Tür im Obergeschoss zu.

Riley überließ ihren Bruder sich selbst, verstaute ihre Waffe im Safe und begab sich nach oben. Sie schnappte sich zwei Handtücher und ging den Flur entlang zu ihrem alten Zimmer. Sie klopfte und trat dann ein.

Madison lag auf dem schmalen Bett, das einmal Rileys gewesen war, mit seinem geschwungenen Kopfteil aus Holz, das Riley an einen Grabstein erinnerte. Nach dem Tod ihrer Großmutter hatte sie sich einige Nächte dort hingelegt, steif ausgestreckt, mit geschlossenen Augen, und sich gefragt, wie es wohl wäre, in einem Sarg zu liegen. Die Nachttischlampe war eingeschaltet und warf gedämpftes Licht auf die Poster an den Wänden. Rapper mit Zöpfen und Ketten, halb nackte Frauen mit lila Haaren.

»Ich habe dir ein Handtuch mitgebracht.«

Maddie, die mit angezogenen Beinen mit dem Gesicht zur Wand lag, rollte sich noch fester zusammen. »Lass mich in Ruhe«, murmelte sie in ihr Kissen, das feucht von ihrem Haar war. Ihre Stiefel hatte sie noch an.

Riley erinnerte sich gut, wie aufdringlich es sich anfühlt, wenn ein Erwachsener kommt, sich auf dein Bett setzt und dich zum Reden auffordert. Stattdessen legte sie ein Handtuch ans Fußende des Bettes und setzte sich dann auf den Boden, das andere Handtuch um die Schultern. »Du weißt, dass die beiden all diese Dinge sagen, um sich gegenseitig zu verletzen, oder? Weil sie wütend aufeinander sind. Nicht auf dich. Ich weiß, das macht es nicht leichter. Aber du sollst wissen, Maddie, dass du hier immer willkommen bist.«

»Vielleicht haue ich ab.«

»Nein!« Der Ausruf kam härter, als Riley es beabsichtigt hatte.

»Warum nicht?« Maddie setzte sich auf und starrte sie durch die dunklen Haarsträhnen an, die an ihren Wangen klebten. »Hast du doch auch gemacht!«

Riley spürte, wie sie ein Schock durchfuhr. »Was?«

»Hat mir mein Vater erzählt. Er sagte, du wärst nach Kalifornien abgehauen. Dass du aus einem Haus am See in Okoboji verschwunden bist, in dem ihr alle gewohnt habt. Einfach abgehauen. Er sagte, du warst *monatelang* verschwunden.«

Die Erinnerungen kamen in Strömen. Der See an jenem Sommermorgen, glitzernd wie Quecksilber, flach wie Glas. Arnold's Freizeitpark auf der anderen Seite des Wassers, ruhig und still, die Spiegelung der Achterbahn, die sich auf der Oberfläche drehte. Alles war so still. Alles außer ihrem Verstand.

In dem Haus hinter ihr waren die Jalousien heruntergelassen – das Ferienhaus eines der wohlhabenden Kunden ihres Vaters in Des Moines, das er ihnen mehrere Sommer lang überließ, nachdem ihr Vater ihn vor dem Gefängnis bewahrt hatte. Die Terrasse war übersät mit platt getretenen Essensresten und abgebrannten Wunderkerzen von einer Party, die ihre Eltern am Abend zuvor veranstaltet hatten.

Sie hatte an diesem Morgen die Wahl gehabt. Sich in den See gleiten und das Wasser lautlos und kalt über sich hinwegspülen zu lassen. Oder davonzugehen, die Straße entlang, vorbei an den imposanten Häusern und Booten auf Anhängern, vorbei an dem Haufen glücklicher Familien, bis hin zum State Highway, der nach Westen führte. Zu Wildheit und Loslassen, zu Vergessen und Vergessenwerden, neben einem großen, tosenden Ozean, der Tausende von Meilen entfernt lag. Ein Sonnenaufgang über einer anderen Stadt. Ein anderes Leben. Sie hatte nicht vorgehabt zurückzukehren.

Riley wurde übel, nicht so sehr wegen der Erinnerung, sondern wegen der Vorstellung, dass Ethan Maddie noch mehr erzählt haben könnte. Den Grund für ihr Verschwinden. Dieses Geheimnis war toxisch – es hatte ihre Familie zerstört. Sie hatte vor Jahren gelernt, es nicht nach draußen dringen zu lassen, niemanden anzustecken.

Maddie schien zu ahnen, dass sie etwas Ernstes gesagt hatte, denn sie kam zu ihr und setzte sich mit großen, besorgten Augen neben sie. »Ist das wahr?«

Riley schluckte das trockene Gefühl in ihrer Kehle hinunter. Vielleicht hatte Ethan doch nicht viel mehr verraten? »Ja. Aber das war keine gute Idee. Ich bin zurückgekommen.« Sie dachte an Gracie Foster. Würde das vermisste Mädchen am Ende als eine der Statistiken einer anderen Polizeibehörde angeschwemmt werden, gestrandet an den rauen Ufern von Drogen, Verzweiflung und männlicher Gewalt? Es war ein Ufer, das sie selbst in Kalifornien gut kennengelernt hatte. »Versprichst du mir, es nicht zu tun, Maddie?«

Das Mädchen nickte nach einer Pause. »Warum bist du zurückgekommen?«

»Grandpa Joe hat mich gefunden.« Riley schloss die Augen und lehnte den Kopf an die Schranktür. Es war ein langer Tag gewesen. James Miller. Der Autopsiebericht. Mia. Sie konnte im Moment nicht an ihren Großvater denken – an diese Zeit.

»Das hier wird bald kaputtgehen.«

»Was?«

Maddie betrachtete das Freundschaftsarmband an Rileys Handgelenk. Sie streckte die Hand aus und berührte es sanft. »Ich mache dir ein neues, wenn du willst.«

»Das würde mich sehr freuen«, sagte Riley und kämpfte gegen eine Gefühlswallung an. »O Mist!«

»Was ist los?«

Riley spürte, wie ein müdes Lachen in ihr hochkam. Sie ließ es heraus. »Ich habe die Rippchen im Auto vergessen.«

»Rippchen?«

»Willst du mit mir teilen? Wir könnten ein Root Beer dazu trinken.«

»Nur wir beide?«

»Aber klar. *Hickory-Hut-Ribs* teile ich schließlich nicht mit jedem!«

12

Er stand allein in dem Chaos und zitterte. Die Küche des alten Bauernhauses lag im Dunkeln, die Fensterläden waren geschlossen, nur ein paar vereinzelte Lichtstrahlen drangen herein.

Fliegen kreisten in der Dämmerung über angeschimmeltem Geschirr, das sich in der Spüle und auf den Arbeitsflächen stapelte, und machten sich über Pfannen her, die mit eingetrockneten Essensresten verkrustet waren. Alles war klebrig, fettverschmiert, und überall lag Müll herum – weggeworfene Gläser und Dosen mit Lebensmitteln, ungespülte Messer, schmutzige Kleidung, ungelesene Exemplare des *Courier*: die Ausgabe vom Vortag, das Foto der vermissten Teenagerin Gracie Foster auf der Titelseite.

Er starrte auf das Gesicht des Mädchens, die großen Augen, die glatte Haut. In seinem Kopf flammte die Erinnerung auf – ein Schlachtruf, der vom Footballfeld herüberschallte, Cheerleader, die ihre schlanken Beine durch einen grellen Wirbel von Pompons blitzen ließen. Er schloss die Augen und erinnerte sich an den Geruch von Schweiß und frisch geschnittenem Gras und von etwas anderem – etwas Fleischigem, Köstlichem.

Touchdown! Ein Pfiff ertönte. Gebrüll auf der Tribüne.

Halbzeit, und er folgte dem verlockenden Geruch, während sich in seinem Magen ein gieriges Loch auftat. Das Essen wurde von Frauen mit Haarnetzen aus der Schulkantine getragen, große Pfannen mit Hotdogs, glänzend, glatt und rosa. Daneben Bleche mit Pizza, aber er war schon immer ein Hotdog-Typ gewesen, auch wenn er wusste, was für ein Mist in den Dingern steckte. Gott, *dieser Geruch!* Spieleabende und Jahrmärkte, der 4. Juli und Grillen im Hinterhof. Tausend saftige Erinnerungen. Er konnte es fast schmecken. Die salzige Süße des Fleisches, die teigige Textur des Brötchens, das ihm am Gaumen klebte, die Schärfe des Senfs.

Er wollte die Erinnerung festhalten, aber sie gerann bereits in seinem Kopf. Der Hotdog wurde in seiner Kehle zu Säure. Die Trommeln und der Jubel verklangen, bis er nur noch das aufgeregte Summen der Fliegen in der abgestandenen Luft der Küche hören konnte. Dann eine andere Erinnerung. Dunkelheit und Schreie. Hände, die ihm verzweifelt das Gesicht zerkratzen.

Er zuckte zusammen, als sein Mobiltelefon auf dem Tresen vibrierte. Stumm starrte er auf den beleuchteten Bildschirm. Eine Textnachricht.

Bin auf dem Weg.

Als er auf die Worte starrte, krampften sich seine Eingeweide zusammen. Furcht und gespannte Erwartung kämpften in ihm. Unbeholfen tippte er auf dem Bildschirm herum, bis eine weitere Nachricht erschien.

Ich weiß, wo sie ist.

Der Bildschirm verriet ihm, dass er diese Worte nur Stunden zuvor geschrieben hatte. Sein Name stand über den Nachrichten, aber er konnte sich nicht daran erinnern. Hatte er sie aus Schuldgefühl geschrieben? Hatte er gestehen wollen? Oder hatte er etwas anderes gewollt? Sein Magen zog sich zusammen, er krümmte sich und ließ das Telefon fallen.

Wochenlang hatte der Hunger in seinem Inneren genagt, hatte ihn nachts wach gehalten, ruhelos war er auf und ab gelaufen, mehrere Tage lang, die sich in ein endloses Zwielicht verwandelt hatten, seit er die Fensterläden vor der Welt verschlossen hatte, nicht mehr fähig, das helle Sonnenlicht zu ertragen. Er hatte zu essen versucht. Die überall herumliegenden Verpackungen und Kartons zeugten davon. Aber das Essen, das er einst genossen hatte, wurde zu Staub in seinem Mund. Nichts schien seinem Körper Kraft zu geben. Nichts schmeckte mehr wie früher. Nichts befriedigte ihn. Außer ...

Nein.

Draußen im Hof bellte sein Hund. Er zuckte zusammen, als er in der Ferne das Rumpeln eines Autos hörte, das sich auf dem zerfurchten Weg näherte. Er taumelte zum Fenster. Als er durch einen Spalt in den zugezogenen Fensterläden blinzelte, schmerzten seine Augen. Im gedämpften Tageslicht sah er, dass seine Arme mit Schorf bedeckt waren. Seine Haut sah aus wie die Schuppen eines Tieres. Sein Kopf pochte. Es fühlte sich an, als würde er gleich platzen wie verfaulte Früchte, und all diese kranken Gedanken würden wie Maden aus ihm herausquellen.

Der Hund bellte lauter. Das Auto kam näher, er hörte die Reifen über den Schotter rollen. Er konnte sein eigenes Herz hören, schnell und laut wie das Trommeln auf dem Footballfeld der Schule. Er konnte das Fleisch wieder riechen. Süß und verlockend.

Sie war auf dem Weg.

13

Riley wurde von ihrem Handy geweckt. Das Klingeln durchdrang die nebligen Tiefen ihres Schlafes und riss sie in den Tag. Rote Morgendämmerung blutete hinter den Rändern der Vorhänge. Das grelle Display des Handys verriet ihr Uhrzeit und Anrufer.

05:18
Cameron Schmidt

»Cam?«, sagte sie müde und hatte Mühe, sich aufzusetzen, während sie das Telefon an ihr Ohr drückte.

»Wir haben noch eine, Sarge.«

»Was?«

»Eine weitere Leiche.«

Riley war in dreißig Minuten aus dem Haus und fasste die Haare zu einem Knoten zusammen, während sie zum Auto ging. Heute trug sie Arbeitsstiefel, Cargohose und schwarzes T-Shirt – für alles andere war es zu schwül und nach Schmidts Angaben zu dreckig. Als sie auf dem Highway war, hatte sich der goldene Glanz der aufgehenden Sonne hinter einer tief hängenden Wolkenbank versteckt, die von Osten heranzog. Der Himmel war mit einem unheilvollen grünen Schimmer gefärbt. Wirbelsturmwetter.

Waterloo wirkte völlig leblos in der abgestandenen Luft. Aus den Schornsteinen der Fabriken quoll der Rauch in giftigen

Schwaden, und der Cedar floss träge dahin, braun im schwachen Licht. Obwohl die Straßen mit Lastwagen und Anhängern verstopft waren, waren kaum Menschen unterwegs, nur ein paar Obdachlose schlurften die ramponierten Bürgersteige entlang, Reinigungskräfte und Krankenhausangestellte waren auf dem Weg zu oder von ihrer Schicht.

Riley folgte den Anweisungen auf dem GPS und nahm die Straße in Richtung Hudson, entlang der Windungen des Black Hawk Creek. Es dauerte nicht lange, bis sie die alte Fleischverpackungsfabrik am Stadtrand sah, nur ungefähr einen Block außerhalb des Zuständigkeitsbereichs der Polizei von Waterloo. Die beiden Schornsteine hoben sich wie dunkle Finger gegen den fahlen Himmel ab, die alten Ziegel hatten die Farbe von Rost und getrocknetem Blut. Die unteren Fenster waren mit Brettern vernagelt, die oberen an einigen Stellen zerbrochen. Ein Maschendrahtzaun umgab das Gelände und war mit Stacheldraht gespickt. Daran hingen Schilder mit der Aufschrift *Cobalt Security* und darunter eine Warnung vor Videoüberwachung. Das Haupttor stand offen. Drei Autos parkten auf dem mit Buschwerk und Unkraut bewachsenen Grundstück dahinter. Cam Schmidts verbeulter Dodge, das Fahrzeug der K-9-Einheit und ein Auto mit demselben Logo, das auf den Schildern am Zaun prangte.

Als Riley einparkte, kam Deputy Peter Hoffman mit seinem K-9, einem Deutschen Schäferhund namens Bear, aus dem Gebäude heraus. Riley stopfte ein Paar Schuhschützer und Handschuhe neben die Glock in ihren Gürtel und ging ihm über den Beton entgegen, vorbei an Glasscherben und Trümmern, die sich im Laufe der Jahrzehnte, seit das Gebäude dem Verfall preisgegeben worden war, von ihm gelöst hatten.

»Sergeant«, grüßte Hoffman und strich sich mit dem Finger über die Stirn. Er war einer von der alten Garde, die bereits unter ihrem Großvater gedient hatte. Wie Riley und jeder, der länger als ein paar Jahre im Department war, hatte Hoffman in verschiedenen Bereichen gearbeitet – im Gefängnis, sogar bei der Motorradstreife. Aber keine hatte ihm so gut gefallen wie die K-9-Einheit. Er liebte seine Hunde, als wären sie Mitglieder seiner eigenen Familie.

Bear beugte sich vor, um sie zu beschnuppern, und spitzte die Ohren. Einen Moment lang fragte sich Riley, ob das Tier das Cannabis ihres Bruders an ihrer Kleidung riechen konnte. Aber auf ein Ziehen an der Leine setzte sich der Hund gehorsam hin.

»Ich und Bear waren auf dem Heimweg, als wir den Anruf von der Zentrale hörten«, sagte Hoffman. »Wir dachten, wir könnten Hilfe anbieten.«

»Wer hat die Leiche gefunden?«

»Ein Wachmann. Erst seit ein paar Monaten im Job, der arme Junge.« Hoffman nickte in die Dunkelheit hinter der Tür, aus der er gekommen war. »Bin mir nicht sicher, ob er wiederkommt.« Er rümpfte die Nase. »Ich habe in meinem Leben schon einiges gesehen. Aber so was noch nicht. Unsere Schicht wäre jetzt zu Ende, es sei denn, Sie brauchen uns noch?« Er wuschelte den Kopf des Hundes.

»Nein, gehen Sie nach Hause.« Riley hatte auf dem Weg hierher bereits Logan und Nolan angerufen. Die halbe Dienststelle würde in der nächsten Stunde vor Ort sein.

»Sie liegt auf der nördlichen Seite, Sarge. Hinter den Panzern. Hinter der Schlachthalle.«

Nachdem sie sich die Überschuhe und Handschuhe angezogen hatte, tauchte Riley aus dem trüben Morgen in das feuchte Zwielicht der Fabrik ein. Nach einem kurzen Weg, über Müllhaufen und Schrott hinweg, stand sie in einer höhlenartigen Halle. Sie erstreckte sich in die Düsternis und war von den oberen Fenstern aus wie eine Kirche beleuchtet. Metalltreppen führten hinauf zu Portalen, die sich zwischen Säulen und verschlungenen Rohren, Förderbändern, Ketten und Rädern kreuzten. Das Ganze sah aus wie ein komplexes Fahrgeschäft auf dem Jahrmarkt, nur aus

Metall und Rost, zerbrochenem Glas und Haken. Sie stellte sich die Ochsen und Schweine vor, den metallenen Geruch des Blutes, den Dampf der auslaufenden Eingeweide. Teile der Portale hatten sich gesenkt oder waren zusammengebrochen. An manchen Stellen klaffte der Boden in der Dunkelheit auf. Es roch nach Schimmel und oxidiertem Stahl.

Während Riley sich vorsichtig einen Weg hindurchbahnte und dem Knistern des Funkgeräuschs tiefer ins Innere folgte, hörte sie in den gewölbten Schatten ein Flügelschlagen. Von irgendwoher tropfte Wasser. Hier und da, zwischen den Ruinen, gab es Anzeichen jüngeren Lebens: Graffiti auf rissige Kacheln gesprüht, leere Farbkanister auf dem Boden, Zigarettenstummel und zerbrochene Bourbonflaschen, vom Feuer geschwärzte Ölfässer, ein verschimmelter Schlafsack und ein Kondom, das wie ein schmieriger Kokon an einem Nagel hing. Die Wände waren mit Einschusslöchern übersät, und auf dem Boden lagen verbrauchte Patronenhülsen herum. Das würde ein Albtraum für die Spurensicherung werden. Sie würde Hal Edwards anrufen und ein paar Hilfssheriffs herbeordern müssen.

Vor sich sah sie das Aufflackern einer Taschenlampe. Ein unverwechselbarer Geruch drang jetzt zu ihr, unter dem Muff der verlassenen Anlage hindurch. Faulig. Ekelerregend. *Lieber Gott! Was für ein Ort zum Sterben!*

Vorbei an einer Reihe riesiger zylindrischer Tanks, stieß sie auf einen jungen Mann, der auf der untersten Stufe einer Metalltreppe kauerte. Sein Kopf ruckte hoch, seine Augen leuchteten in der Dunkelheit. Nicht weit von ihm entfernt war eine Lache von frisch Erbrochenem. Riley zeigte ihm ihren Ausweis. Er kämpfte sich auf die Beine und hielt sich am Geländer fest. Er sah kaum wie zwanzig aus, ein bisschen pummelig und mit Pausbäckchen. Wahrscheinlich wohnte er noch bei seinen Eltern. An seinem Gürtel hing ein Schlagstock, und er trug eine marineblaue Uniform mit der Aufschrift *Cobalt Security* auf der Brust. Sie stellte sich vor und steckte ihren Ausweis wieder ein. »Wie ist Ihr Name, Sir?«

»Caden Harris, Ma'am«, sagte er mit heiserer Stimme.

»Sie haben die Leiche gefunden?«

Er nickte und schluckte heftig. Sein Blick fiel auf das Erbrochene, und sein Kopf sank herab.

»Wann war das, Mr Harris?«

»Vor einer Stunde? Ich hab's sofort gemeldet. Dann habe ich meinen Chef angerufen. Er ist auf dem Weg«, fügte er hinzu und schaute ihr besorgt über die Schulter.

Der Strahl einer Taschenlampe lenkte Rileys Aufmerksamkeit für einen Moment ab. Sie hob eine Hand, als Schmidt sie entdeckte. Er stand ein Stück weiter vorne im Dunkeln. »Sind Sie jeden Tag hier, Mr Harris?«

»Nein, Ma'am. Wir drehen nur einmal im Monat eine Runde. Ich war vor vier Wochen hier, und da war nichts. Kein Mensch. Ich habe das ganze Gelände abgesucht.«

»Gibt's oft Eindringlinge?«

»Hauptsächlich Kinder. Und ein paar Obdachlose, aber nicht so viele wie in einigen unserer anderen Häuser. Das hier ist ein bisschen zu weit weg von der Stadt für sie.«

Riley nickte. Die Obdachlosen neigten dazu, in der Nähe der Essenswagen und Suppenküchen zusammenzubleiben. Suchten Sicherheit in der Menge.

»Aber es sieht so aus, als hätte hier jemand eine Weile gezeltet.«

»Wie kommen die rein? Das Gelände scheint ziemlich gut gesichert.«

»Hinten gibt es Löcher im Zaun. Wir reparieren sie, aber dann kommen die Schrotthändler und schneiden sie wieder auf.«

»Schrotthändler?«

»Die suchen nach Schrott, Ma'am. Stahl und so.«

»Okay, warten Sie bitte hier, Mr Harris. Wir brauchen eine offizielle Aussage. Und die Aufzeichnungen der Überwachungskameras.«

»Tut mir leid, Ma'am, aber es gibt keine.«

»Aber da draußen sind doch Warnhinweise auf den Schildern?«

Caden Harris blickte etwas verlegen drein. »Mein Chef sagt, das ist ein gutes Abschreckungsmittel. Fast so gut wie echte Kameras.« Er zuckte unbehaglich mit den Schultern. »Sparmaßnahmen, wissen Sie?«

Ja. Das wusste sie.

Als sie sich ihren Weg zu Schmidt bahnte, wurde der Geruch immer intensiver. Ein widerliches Miasma aus faulendem Obst, verwesendem Fleisch und faulen Eiern. Das giftige Parfüm des Todes. In der Luft wimmelte es von Fliegen.

Schmidt schwenkte seine Taschenlampe auf den Boden und leuchtete ihr den Weg. Sie sah mehrere Fußabdrücke, einige ganz, andere unvollständig, die sich im Staub abzeichneten. Sie würde die Schuhe des Wachmanns zum Vergleich nehmen müssen. Sie trat vorsichtig um die Spuren herum.

»Was haben wir?«

»Eine gottverdammte Schweinerei«, antwortete Schmidt grimmig und deutete hinter sich.

Als Riley näher kam, stellte sie fest, dass dort große Kammern mit gekachelten Wänden lagen. Eine Reihe von Rohren, die von Sprinklern durchzogen waren, spannten sich über die Decken. In den Böden befanden sich Rinnen und Abflüsse. Duschen, um die Kadaver zu waschen. Es erinnerte sie an Bilder von den Gaskammern in Auschwitz. Der Ort war von jahrzehntealtem Schmutz gezeichnet. In einer der Kammern befand sich ein Rucksack, der wie ein toter Käfer auf der Seite lag, zusammen mit ein paar verdreckten Kleidungsstücken und einem Schlafsack, aus dem die Füllung quoll.

Dahinter hatte jemand eine Plane über den Raum drapiert, die an zwei Haken aufgehängt war und eine Art Höhle bildete. Die Fliesen waren schwarz gefärbt. Blut, dachte Riley und betrachtete die Spritzer und Flecken. Eine große Schmierspur wurde zum Teil von der Plane verdeckt. Die Schmeißfliegen-Aktivität war hier schlimmer. Die Luft brummte. Wespen und Käfer schwirrten unbeholfen in dem rasenden Schwarm hin und her, Vorboten des späteren Stadiums der Verwesung. Riley trat an die Plane heran, presste sich die Hand auf Mund und Nase und schaute über den Rand.

Aufgrund von Schmidts erstem Bericht wusste sie, dass es sich nicht um schlichten Selbstmord oder eine Überdosis handelte. Dennoch war sie nicht ganz auf das vorbereitet gewesen, was im Licht der Taschenlampe zu sehen war. Die Leiche war teilweise in eine Decke gehüllt, die braun und blutdurchtränkt war. Der größte Teil der unteren Hälfte der Leiche war von den Falten verdeckt, aber den fettigen Strähnen des gebleichten blonden Haars, dem einst rosafarbenen BH und dem goldenen Ohrring nach zu urteilen, handelte es sich um eine Frau. Viel mehr konnte Riley aufgrund des fortgeschrittenen Verwesungszustands nicht erkennen.

Ihre Haut war schwarz und rot marmoriert, mit Blasen an Stellen, an denen das Fleisch zu verrutschen drohte. Ihr Gesicht war aufgedunsen, die Zunge steckte zwischen den Lippen wie ein geschwollener Wurm, die Augen waren geweitet. Ihr Hals war mit etwas umwickelt – einem Gürtel, wie Riley erkannte, so eng, dass die Haut um ihn herum hochgewölbt war. Der Bauch war derart aufgebläht von Gas, dass offenkundig die Gefahr bestand, der Körper könnte explodieren. Bob Nolan würde heute eine Menge zu tun haben. Der ganze Leichnam wirkte auf groteske Weise, als wäre er in Bewegung, was auf die kochende Masse von Maden in und um ihn herum zurückzuführen war. Riley schätzte, dass es sich um mehrere Generationen handelte.

»Seit etwa einer Woche, würde ich sagen«, meinte Schmidt an

ihrer Seite, während er mit der Taschenlampe über den Tatort leuchtete.

Weitere Gegenstände lagen neben der Leiche auf dem Boden verstreut: Bierdosen, etwas, das wie ein Pillenfläschchen aussah, ein glänzendes, blutverkrustetes Oberteil, eine Sandale mit einem gerissenen Riemen. Eine billig aussehende goldene Handtasche, aus der Taschentücher und ein Lippenstift hervorlugten.

»Mindestens«, stimmte Riley zu.

»Stranguliert, wie es aussieht. Einige dieser Risse könnten Wunden sein, aber das ist bei dem Zustand der Haut schwer zu sagen.« Schmidt schwenkte mit der Taschenlampe über die Wände und den Boden. »Das ganze Blut muss aber irgendwoher kommen.«

Das schrille Klingeln eines Telefons ließ sie beide zusammenzucken.

»Tut mir leid«, murmelte Riley und holte ihr Handy hervor. Auf dem Display leuchtete ein Bild ihrer Tante Rose und deren Partnerin Lori, mit dem kleinen Benjamin, der zwischen ihnen kuschelte. Sie drückte auf »Ablehnen« und steckte das Handy zurück in die Tasche. Ihre Tante hatte gestern angerufen und eine Nachricht hinterlassen, Benjamin schreiend im Hintergrund. Rose hatte sich erschöpft angehört. Riley hatte sie zurückrufen wollen, aber sie war in den Ermittlungen versunken und hatte James Millers Bewegungen in der Nacht des Todes seiner Frau verfolgt.

Millers Angaben zu den Personen, die er angerufen hatte, und zu den Orten, die er aufgesucht hatte, als Chloe nicht nach Hause zurückgekehrt war – *Duke's Bar* am Stadtrand, das Cedar Falls Medical Center, Caseys Tankstelle –, stimmten alle, auch wenn die von Kristen Webb angegebene Zeitspanne von fünf Stunden für den Tod von Chloe nicht vollständig abgedeckt wurde.

Schmidt hatte in der Zwischenzeit die Befragung der Familien und Arbeiter von Zephyr Farms fortgesetzt. Nachdem Riley ihm gestern von Sean Taylors Bemerkung vor dem *Hickory Hut* erzählt hatte, konzentrierte sich Schmidt auf Frank Garret und dessen Familie. Frank hatte eine Frau, Maryanne, und vier erwachsene Kinder – Ryan, Jacob und Lizbeth, die in der Nähe wohnten und eigene Familien besaßen, sowie Hoyt, der noch auf der Farm lebte. Doch die Suche nach ihnen allen sowohl in den Akten des Departments als auch in der landesweiten Datenbank NCIC hatte nichts weiter ergeben als Verkehrsverstöße.

James Miller blieb also ihr Hauptverdächtiger, aber ohne DNA gab es keine Beweise, die ihn mit dem Mord an seiner Frau in Verbindung brachten. Alles, was Riley hatte, waren sein lückenhaftes Alibi und sein merkwürdiges Verhalten während der Befragung – ein Verhalten, das jeder Anwalt leicht als Trauer rechtfertigen konnte. Das reichte bei Weitem nicht aus für eine Verhaftung. Heute hatte sie vorgehabt, Millers Arbeitgeber bei GFT und dann die Suppenküche zu besuchen, in der Hoffnung, etwas zu finden, das die Diskrepanz in seinen und Mias Geschichten erklären könnte: warum James so sicher war, dass Chloe eine Affäre gehabt hatte, und Mia so überzeugt war, dass er derjenige war, der sie betrogen hatte.

Doch dann war der Anruf von Schmidt gekommen.

Riley blickte wieder auf den brutal zugerichteten Körper. Erst Chloe und jetzt diese Frau. Die Umstände beider Todesfälle waren, gelinde gesagt, ungewöhnlich. Könnte es einen Zusammenhang geben? Ihr Blick fiel auf den Gürtel, der so eng um den Hals der Frau geschlungen war, dass er ins Fleisch geschnitten hatte.

Sie sah es in Blitzen, wie im Licht eines Stroboskops. Ein Stakkato aus Albträumen. Ein weggerissenes Oberteil. Dann eine Sandale. Der Gürtel wird enger. Sie schnappt nach Luft, verkrampft die Finger zu Krallen. Blut spritzt. War sie gestürzt? Versuchte sie wegzukriechen, verzweifelt um ihr Leben kämpfend? Die breite Blutspur unter der Plane deutete darauf hin.

»Woran denkst du, Sarge?«, fragte Schmidt.

Riley blickte ihn an. »Ich glaube, das wird ein langer Tag.«

14

Es war schon nach Mittag, als Riley den Tatort in der Fabrik verließ. Sie lehnte sich gegen den Dodge und atmete die feuchte Luft genüsslich ein. Es standen jetzt mehr Fahrzeuge auf dem Parkplatz, und am Tor war ein Deputy stationiert, der für das Tatortprotokoll zuständig war.

»Uff«, stöhnte Logan und zog seine Latexhandschuhe mit einem Schmatzen aus. Er starrte auf seine Hose.

Riley war überrascht gewesen, als Logan gestern erstmals ohne Uniform aufgetaucht war. Sie hatte ihn sich viel legerer gekleidet vorgestellt als in dem grauen Anzug, in dem er erschienen war. Der Anzug hatte ihm bei den Gesprächen, die sie geführt hatten, zwar eine gewisse Seriosität verliehen, war aber für die heutige Aufgabe nicht gerade praktisch.

»Bezahlt unser Department die Reinigung?« Logan atmete langsam aus. Er kannte die Antwort bereits. »Verdammt!« Mit diesen Worten ging er zu seinem Dienstwagen, dem grünen Ford Crown Victoria, den Carl Kramer gefahren hatte.

Gestern Morgen, nachdem er den Papierkram unterschrieben und seinen neuen Ausweis erhalten hatte, hatte Riley ihn dabei erwischt, wie er das Lenkrad, die Armaturen und die Türgriffe mit Hygienetüchern säuberte. »Du weißt, dass Krebs nicht ansteckend ist, oder?«, hatte sie ihn halb lächelnd gefragt.

»Bei allem Respekt, Sarge, aber ich habe noch nie einen Polizisten getroffen, der nicht in der Nase bohrt oder sich am Sack kratzt.«

Riley nahm einen Schluck von dem eiskalten Wasser, das Amy Fox ihr gegeben hatte. Fox hatte ihr Mittagessen auf der Motorhaube abgestellt, bevor sie in die Fabrik gegangen war und Getränke für das Team mitgenommen hatte. Der Frischling hatte Riley heute beeindruckt. Fox hatte in diesem Job zwar schon die eine oder andere Leiche gesehen, aber das hier spielte in einer anderen Liga. Sogar Bob Nolan hatte es umgehauen. Er hatte nur den Kopf geschüttelt und *Verdammt!* gemurmelt. Aber Fox hatte die Nerven behalten – und ihr Frühstück bei sich –, obwohl Riley gesehen hatte, wie ihre Hände zitterten, als sie Nolan beim Aufbau seiner Ausrüstung half.

In den vergangenen Stunden hatte die Aktivität um die tote Frau herum zugenommen, so geschäftig wie die Insekten, die sie befallen hatten. Nolan hatte Scheinwerfer aufgestellt, um den Bereich um die Leiche auszuleuchten, und dann eine Kamera auf ein Stativ gesetzt, um den gesamten Tatort festzuhalten: jeden Blutspritzer, jeden Gegenstand und jedes andere Beweisstück, das markiert und eingesackt werden musste. Zwei Labortechniker zogen sich weiße Kapuzenoveralls, Masken sowie doppellagige Hand- und Überschuhe an, bevor sie unter die Plane traten, um den verwesenden Körper genauer zu untersuchen, die heruntergefallenen Gegenstände auf Fingerabdrücke zu überprüfen und Haarsträhnen aus Pfützen geronnenen Blutes zu ziehen.

Weitere Polizisten nahmen die Fabrik unter die Lupe: Sie fanden Bierdosen, Kleidungsstücke und überall Maden.

»Wir brauchen mehr Säcke«, sagte Nolan und begutachtete das Chaos. »Die Labortypen werden ausrasten.«

Der Chef von Cobalt Security war mittlerweile eingetroffen und sah besorgt aus. Logan nahm seine Aussage auf, während Riley noch mal den traumatisierten Wachmann befragte. Dann durften beide gehen. Caden Harris schlurfte mit blassem Gesicht hinaus. Riley befürchtete, dass Hoffman recht hatte. Der Junge würde wahrscheinlich nicht mehr zu seinem Job zurückkehren.

Nachdem sie von allen Seiten fotografiert worden waren, wurden der Rucksack und die Handtasche geöffnet und durchwühlt. Der Rucksack war größtenteils mit Männerkleidung gefüllt, fadenscheinig und stinkend, und es fand sich ein weiteres Pillenfläschchen, gleich denen, die auf dem Boden neben der Leiche lagen, mit mehreren weißen Tabletten darin. Auf dem Etikett fehlte jegliche Patienten- oder Medikamenteninformation, aber Riley notierte sich die Apotheke, aus der das Fläschchen stammte – im Osten von Waterloo, nicht weit von dem Altersheim entfernt, in dem ihr Großvater lebte.

Zudem fanden sie ein zerfleddertes Foto. Es zeigte einen Mann, eine Frau und zwei Jungen, die auf einer Decke an einem Sandstrand saßen. Die Frau, pausbäckig und mit geröteter Haut, trug einen ausgeleierten Sonnenhut und einen gepunkteten Badeanzug. Der Mann hatte kastanienbraune Haare, einen buschigen Schnurrbart und saß lächelnd neben ihr, eine Hand auf die Schulter eines der Jungen gelegt.

Das Portemonnaie brachte weitere Dinge zutage. Neben einer Packung Kondome, einer Puderdose und einem Schlüsselbund mit einem goldenen Schlüsselanhänger in Form eines Blitzes befanden sich darin ein Handy mit zerbrochenem Display und ein Führerschein. Es war unmöglich, das Bild der aufgedunsenen, von Fäulnisblasen übersäten Leiche genau zuzuordnen, aber dem Schnitt des gebleichten blonden Haars nach war es möglich, dass der Führerschein ihr gehörte. Er war auf Nicole Ann King ausgestellt. Der gleiche zweite Vorname wie ihr eigener, stellte Riley unbehaglich fest, als sie das Dokument im grellen Licht von Nolans Scheinwerfern zwischen ihren behandschuhten Fingern hielt. Die Frau war zweiunddreißig Jahre alt und lebte in Waterloo, in der Nähe des Cedar River. Ein Anruf bei der Zentrale und eine Überprüfung von Kings Akte ergaben eine ganze Reihe von Anzeigen wegen Alkoholkonsum in der Öffentlichkeit, Drogenbesitz und Prostitution.

»Die Leiche wird auseinanderfallen, wenn Sie sie bewegen.« Logan kam von seinem Auto mit einem Beutel Putztücher auf Riley zu. Biologisch abbaubare Putztücher. Er schnitt eine Grimasse. »All das Ungeziefer.«

Riley schüttelte den Kopf, als er ihr die Tücher anbot. An einem Ort wie diesem konnte sie Logans Sauberkeitsfimmel fast verstehen. »Du hast wohl eine Menge Leichen in Flint gesehen?«

Logan sah von seiner Hose auf, die er gerade abtupfte. »Sicher. Aber dort erschießen sie sich in der Regel gegenseitig auf der Straße. Die meisten sind noch warm, wenn man sie findet.«

Riley nahm einen neuerlichen Schluck Wasser. Die Chemikalien des Todes – Ammoniak, Schwefelwasserstoff, Indol – brannten ihr immer noch in der Kehle. Die meisten Morde, mit denen sie in ihrer eigenen Karriere zu tun gehabt hatte, waren Schießereien oder Messerstechereien gewesen. Schrecklich, natürlich, aber doch irgendwie – menschlich. Sie hatte Leichen in abscheulichem Zustand gesehen, aufgeschlitzt in Autowracks und zerrissen von Landmaschinen, aber das hier war etwas noch Schrecklicheres. Jemand hatte diese Frau mit viehischer Brutalität angegriffen.

Schweiß rann über Rileys Gesicht, und sie wischte ihn mit dem Armrücken weg. Hinter ihnen zeichnete sich die Fabrik blutschwarz gegen den milchigen Himmel ab. Die Sonne hatte es nicht geschafft, sich durch die tief hängenden Wolken zu brennen, und die Mittagshitze umschloss sie drückend. »Also, was denkst du?«

»Über unser Mädchen?« Logan knüllte das Tuch zusammen. »Nun, wenn sie Nicole King ist, dann würde ich nach ihrer Akte und dem Inhalt ihrer Handtasche sagen, dass sie mit großer Wahrscheinlichkeit wegen eines Jobs hier war.«

»Möglich. Aber es ist ein ziemlich weiter Weg hier raus. Wenn ein Freier sie auf der Straße oder in einer Bar in der Innenstadt aufgabelt, würde er dann nicht was finden, das näher liegt?«

»Es sei denn, sie – oder eher der Freier – hat hier draußen gelebt. Wir haben Männerkleidung gefunden und etwas, das wie die Behausung eines Landstreichers aussieht.« Logan öffnete seine Brotdose und löste die Gabel, die an der Innenseite des Tabletts befestigt war, wobei er darauf achtete, die Zinken nicht zu berühren. »Aber wer auch immer es war, er kann sein Lager erst in den letzten vier Wochen aufgeschlagen haben. Der Wachmann und sein Chef waren sich sicher, dass bei der letzten Durchsuchung niemand in der Fabrik war.« Er begutachtete den Salat, der mit seidig-grauen Tofubrocken bedeckt war. »Ich glaube nicht, dass das hier bio ist.«

Riley warf einen Blick auf das in Folie eingewickelte Sandwich, mit dem Fox sie versorgt hatte. Sie hatte um Fleisch gebeten, und auf dem Etikett stand *Gegrillte Ochsenbrust.* Rote Soße, die aus den Rändern der Folie tropfte. Normalerweise verdarb ihr ein Tatort nicht den Appetit, aber sie musste schon beim Anblick würgen. Es lag nicht so sehr an der Leiche oder an deren Zustand. Auch nicht an diesem düsteren Ort des Todes und der Zerstörung. Es war etwas anderes. Etwas, das in sie hineingekrochen war und an ihr nagte.

»So oder so«, fuhr Logan fort und stocherte halbherzig mit der Gabel im Salat herum, »würde ich sagen, dass derjenige, dem dieser Rucksack und diese Kleidung gehören, ein Verdächtiger ist.«

»Oder ein Zeuge. Wir fangen mit der Apotheke an, aus der die Pillen stammen. Mal sehen, ob jemand die Personen auf dem Foto erkennt. Dann überprüfen wir King.«

»Wenigstens werden ihre Abdrücke im System sein. Ich will nicht, dass die nächsten Angehörigen die Leiche identifizieren müssen. Nicht einmal Webb wird in der Lage sein, sie ausreichend zu säubern. Oh, einen Moment, Sarge.« Logan stellte den Salat auf der Motorhaube ab und zog sein Handy aus der Tasche. Er hielt es hoch, und Riley sah den Namen seines Neffen auf dem

Display. »Macht's dir was aus, wenn ich telefoniere? Jack hatte heute Morgen ein Baseballspiel.«

»Nur zu.« Riley lächelte. Jack war ein kränkliches, schwieriges Kind gewesen, als die Familie Wood ankam – eines von fast dreißigtausend Kindern, die von der Wasserkrise in Flint betroffen waren und deren Bleivergiftung verheerende Auswirkungen auf ihre Gesundheit und ihr Verhalten hatte. In den letzten Monaten schien der Junge die Kurve gekriegt zu haben.

»Jack, Kumpel!«, rief Logan ins Telefon und wandte sich ab. »Wie ist es gelaufen?«

Riley erinnerte sich an den verpassten Anruf ihrer Tante und holte ihr Handy heraus. Ihre Tante hatte auf die Mailbox gesprochen.

»Riley, ich habe es in den Nachrichten gesehen. Deine Freundin von früher? Das tut mir sehr leid. Hör zu, ich weiß, du hast sicher alle Hände voll zu tun, aber ich habe einen Anruf aus dem Heim bekommen. Joe hat nach dir gefragt. Ich dachte, du könntest ihn vielleicht besuchen? Ich kann hier nicht weg. Lori kann nicht schlafen, selbst mit den neuen Pillen, die sie jetzt nimmt.« Ein dumpfes Heulen im Hintergrund. *»O Gott, Ben läuft schon wieder weg. Ruf mich an, okay? Ich liebe dich.«*

Riley spürte, wie sich etwas in ihr löste. Es war schon Monate her, dass ihr Großvater sie überhaupt erkannt, geschweige denn nach ihr gefragt hatte. Sie würde ihn besuchen, sobald sie hier fertig war.

Sie trank das Wasser aus und sah auf die Fabrik, die wie ein blutschwarzer Schatten vor ihr emporragte. Welche Lebenswege hatten Nicole King an diesen Ort geführt?

Prostitution war selbst in Black Hawk County alltäglich. Man fand Prostituierte hier nicht im flackernden Neonlicht, wie in der Innenstadt von Manhattan, oder auf Flyern, wie sie einem auf dem Las Vegas Strip in die Hand gedrückt wurden. Aber wenn man die richtigen Orte kannte, traf man sie. Einsame Gestalten am Straßenrand und in unmittelbarer Nähe von Fernfahrerkneipen, im

Schatten von Schornsteinen und verlassenen Silos, nachts vom Regen durchnässt. Am Ende war es immer die gleiche Geschichte. Missbrauch oder Vernachlässigung, Verzweiflung oder Sucht. Wie hatte es bei Nicole King angefangen?

Dann dämmerte Riley, was das nagende Gefühl in ihr war. Es war weder Abscheu noch Mitleid. Es war Erkenntnis. Ein tiefes Wissen, dass sie diese unglückliche Frau in der Fabrik hätte sein können, wäre ihre Familie nicht gewesen. Sie dachte an Gracie Foster, irgendwo da draußen, ein verlorenes Mädchen in einer gewalttätigen Welt. Sie dachte an Chloe in der erstickenden Dunkelheit des Maisfelds.

15

Seit einem Monat hatte Madison Fisher keine Schule mehr und langweilte sich schon. Es war jedes Jahr das Gleiche. In den ersten Wochen schienen die Möglichkeiten schier endlos: die Freundinnen in der Mall treffen und Lippenstifte aus dem Drogeriemarkt klauen, Popcorn und Cheese Curds bei *Big Daddy's*, über Jungs auf Instagram kichern. Doch dann ebbte die Aufregung ab, und die Monotonie setzte ein. Nein, dachte Maddie – es war nicht jedes Jahr das Gleiche. Dieses Jahr war es schlimmer. Mason Lee wohnte in ihrem Haus.

Wie ein Bulldozer hatte er sich einen Weg in ihr Leben gebahnt, nahm den wenigen Platz, den es gab, mit seinem Gerümpel ein, kommandierte sie herum, als wäre er ihr Vater, drehte Joints für ihre Mutter, wenn sie selbst zu betrunken war, und lachte, wenn er die Flamme bewegte, sodass sie schwankte, um sie zu erwischen. Seine Freunde waren genauso schlimm. Kiffende Loser, die Frauen bei jeder Gelegenheit an den Arsch griffen.

»Fuck, ist das heiß!« Amelia setzte sich plötzlich von der Motorhaube des verrosteten Chevys auf und schlug die Knie lustlos aneinander, während sie träge mit ihrem Handy herumspielte.

Tanisha, die neben Maddie auf dem staubigen Boden saß, verdrehte die Augen. Amelia, deren Mutter eine wiedergeborene Christin war, fluchte bei jeder Gelegenheit, wenn sie außer Haus war.

Amelia richtete sich auf und streckte sich, wobei ihr abgeschnittenes T-Shirt hoch über ihren Bauchnabel rutschte. Sie hatte ihr kariertes Hemd über den Shorts locker um die Taille geknotet, der Saum berührte beinahe die Spitzen ihrer abgewetzten Cowboystiefel. Ihr blondes Haar hatte sich dank der Luftfeuchtigkeit in einen krausen Heiligenschein verwandelt. Sie hatte Tanisha angefleht, es zu flechten, aber die hatte abgelehnt.

Vor etwa einem Jahr war Tanishas dunkle Hautfarbe, die in einer Klasse voller Weißer der Fluch ihrer Kindheit gewesen war, ein Objekt der Neugier, ja sogar des Neides geworden. Die grellen Lidschatten- und Lippenstifttöne, die bei den YouTubern angesagt waren und die meisten Mädchen, die sie kannten, in Clownsgesichter verwandelten, sahen gut auf ihrer Haut aus. Eine ihrer Tanten hatte ihr das Haar, über das unzählige Witze gerissen worden waren, zu kunstvollen Cornrows geflochten, die mit silbernen Perlen verziert waren. Jetzt trug sie ihr Haar mit Stolz, und das wollte sie sich nicht von einem Haufen Möchtegerns in ihrer Klasse wegnehmen lassen.

Hinter Amelia erstreckte sich der Schrottplatz, Autos und Lastwagen stapelten sich übereinander. Einige waren fast neu, nach einem Unfall hierher abgeschleppt worden, mit eingedellten Kotflügeln, zerschlagenen Scheiben und verbeulten Türen. Andere waren verrostete Skelette, die im Schlamm versanken, die Nummernschilder von Unkraut überwuchert und die Reifen wie aufgeblasene Luftballons kurz vorm Zerplatzen.

Maddie fand, es sah aus wie eine Szene aus einem der Zombiefilme, die ihr Vater so mochte. Manchmal kam sie allein hierher, fuhr mit ihrem alten Fahrrad durch die Seitenstraßen, am Bach entlang. Im Schatten wimmelte es von Mücken. Rotschwanzbussarde und Truthahngeier kreisten über den Bäumen. Sie nahm den Zeichenblock und die Stifte mit, die Riley ihr gekauft hatte, und skizzierte die Autos – setzte Monster in die Schatten, grinsende Gesichter, die durch zerbrochenes Glas lugten, Augen in den Außenspiegeln. Sie dachte, wenn Filmemachern dieser Ort bekannt wäre, würden sie hier mit Sicherheit drehen wollen. Obwohl niemand wirklich etwas über Black Hawk County wusste. Bis die Leiche gefunden worden war.

Gestern Abend hatten sie zu dritt bei Tanisha die Nachrichten gesehen. Der Nachrichtensprecher hatte aufgeregt von den neuesten Details, seine Reporter live aus dem Büro des Sheriffs berichtet.

Tanishas Mutter hatte ihnen Essen gebracht, und ihre Stirn hatte sich beim Zuhören vor Sorge zusammengezogen. »Ich will nicht, dass ihr alleine loszieht. Keine von euch. Tanisha, hast du gehört, was ich gesagt habe?«

»Ja, Mama.«

»Ich meine es ernst.« Tanishas Mutter hatte sich vergewissert, dass sie ihr zuhörten, und Maddies Schulter gedrückt, als sie einen Teller mit Rippchen abgestellt hatte, deren Ränder dunkel angebraten waren.

Maddie war gern bei Tanisha daheim. Hier stand immer etwas zu essen auf dem Tisch. Echtes Essen. Kein Vergleich zu den Mahlzeiten bei ihr zu Hause, die mit einem Ping aus der Mikrowelle und unter einer Hülle von Zellophan zum Vorschein kamen. Regelmäßig versengte sich Maddie an dem Dampf die Finger. Manchmal, wenn ihre Mom und Mason geraucht hatten und die enge Bude mit dem speziellen schweren Geruch erfüllt war, aß sie nur Chips oder Popcorn.

Tanisha hatte gewartet, bis ihre Mutter wieder in der Küche verschwunden war. »Deine Tante ist da dran, oder?«

»Ja«, hatte Amelia gesagt und ihren Stuhl näher herangerückt. »Was ist mit ihr passiert? Die tote Frau? Wurde sie, du weißt schon ...?«

»Was?«

»Vergewaltigt?«, hatte Amelia geflüstert. »Mein Bruder meint, sie wurde mit ihrem eigenen Slip erdrosselt.«

»Dein Bruder ist ein Freak«, hatte Tanisha gesagt.

Amelia hatte zustimmend mit den Schultern gezuckt.

Maddie wusste nicht mehr als die anderen – nur das, was sie gemeinsam in den Nachrichten gehört hatten. Riley würde nie Details eines Falles ausplaudern. Aber sie hatte irgendetwas beitragen wollen. »Ich weiß es nicht. Aber wer auch immer sie getötet hat, wurde noch nicht gefasst. Er ist immer noch irgendwo da draußen.«

Die drei hatten einander angestarrt, schweigend und fröstelnd. Dann war Tanishas Mutter wieder aufgetaucht und hatte mit ihnen geschimpft, weil das Essen unangerührt kalt geworden war.

Amelia klopfte mit dem Fuß auf die Motorhaube des Chevys und stemmte die Hände in die Hüften. »Mir ist scheißlangweilig. Gehen wir in die Mall.«

»Ich habe kein Geld«, sagte Maddie.

»Ich auch nicht«, sagte Tanisha, ohne von ihrem Handy aufzublicken.

Amelia schwang die Beine über den rostigen Kühlergrill und sprang herab. »Ich hatte nicht vor, etwas zu *kaufen.*« Grinsend schob sie eine Hand langsam in die Vordertasche ihrer Shorts. »Fünf-Finger-Rabatt!«

Alle drei drehten sich um, als sie das Knirschen von Reifen auf dem Schotter hörten. Ein kirschroter Pick-up rollte auf sie zu, die aufgebockten Räder rumpelten über die Schlaglöcher und ließen schlammiges Wasser aufspritzen. Maddie und Tanisha erhoben sich und klopften ihre Shorts ab.

Ein blonder Lockenkopf schaute vom Beifahrersitz raus, ein breites Grinsen im gebräunten Gesicht. »Hey, Mädchen!«

Tanisha stöhnte auf. Es war Jason, Amelias Bruder. Auch bekannt als *der Perverse*, wie sie ihn nannten, seit Maddie letztes Jahr bei Amelia übernachtet hatte und er ihr ins Badezimmer gefolgt war, um ihr beim Pinkeln zuzusehen. Maddie hatte es geschafft, ihn hinauszustoßen, bevor sie den Riegel vorgeschoben hatte, aber ihr Herz hatte immer noch geklopft, als sie in Amelias Schlafzimmer zurückgekehrt war.

Als der Lastwagen neben ihnen anhielt, sah Maddie, dass Jason drei weitere Personen dabeihatte. Sie erkannte den Fahrer – den fetten Freund vom Perversen, Connor, dessen Vater eine der Bars in der Stadt betrieb und manchmal Alkohol für sie besorgte. Die anderen beiden kannte sie nicht. Der eine war stämmig, hatte ein kantiges Kinn sowie muskelbepackte Arme und trug einen militärisch strengen Haarschnitt. Der andere war schlank und braun gebrannt, hatte gewelltes braunes Haar und blaue Augen. Sein kariertes Hemd wurde vorne von einer Schachtel Zigaretten ausgebeult.

»Woher wusstet ihr, dass wir hier sind?«, wollte Tanisha wissen und sah zu, wie Amelia zu ihnen hinüberschlenderte und dabei den Pfützen auswich.

»Ich hab doch gesagt, dass mir langweilig ist«, antwortete Amelia und winkte mit ihrem Handy. »Hast du uns was mitgebracht?«, fragte sie ihren Bruder.

Als Antwort beugte er sich in den Fußraum und zog eine Flasche Fireball hervor. Er riss sie außer Reichweite, als sie danach greifen wollte. »Immer langsam, Schwesterherz. Die hier ist zum Teilen. Steigt doch erst mal ein.«

Als Jasons Blick zu ihr wanderte, spürte Maddie, wie sie zurückweichen wollte, aber sie blieb standhaft, ermutigt von Tanishas Arm, der mit ihrem verhakt war.

»Wir beißen nicht«, sagte er, immer noch grinsend.

»Sei kein Arschloch«, sagte der Typ mit den Zigaretten und lehnte sich vor, um Jason auf den Hinterkopf zu klatschen. Er schaute zu ihnen heraus. »Wir fahren zum Bibelcamp.« Er sprach mit starkem Südstaatenakzent.

Also nicht von hier, dachte Maddie.

»Da draußen?« Tanisha schüttelte den Kopf und blickte zu Maddie und Amelia. »Meine Mutter würde ausflippen«, murmelte sie.

»Dann erzähl ihr nichts davon«, erwiderte Amelia, stellte einen gestiefelten Fuß auf den dicken Hinterreifen und hievte sich auf die Ladefläche des Pick-ups. Sie verdrehte die Augen, als die anderen beiden sich nicht bewegten. »Was sollen wir denn sonst machen?«

Maddie warf einen Blick auf den Schrottplatz, dessen verrostete Stahlflächen in der Hitze schimmerten. Sie kannte das alte Bibelcamp – Meilen außerhalb der Stadt, die Hütten längst dem Verfall preisgegeben. Die Älteren sprachen davon, aber sie selbst war noch nie dort gewesen. Vielleicht wäre das ein weiterer Ort für ihr Skizzenbuch? In den Wäldern wäre es zudem bestimmt kühler. Und es war noch früh am Nachmittag. An einem Nachmittag, den sie nicht zu Hause verbringen wollte. Selbst der Perverse war eine bessere Gesellschaft als Mason Lee. Sie warf einen Blick auf Tanisha und neigte ihren Kopf in Richtung Truck.

Tanisha zögerte, gab aber nach, als Maddie sie am Arm zog. »Okay, okay«, sagte sie, während Amelia vor Freude johlte und half, sie beide auf den Truck zu ziehen.

»Na, dann ist ja alles klar!« Jason grinste, schraubte den Deckel der Flasche ab und nahm einen tiefen Schluck Fireball, während Connor am Radio drehte und Musik aus den Lautsprechern dröhnte.

Maddie beobachtete, wie die Haufen von verformtem Metall hinter ihnen in den grünen Schatten verschwanden, und klammerte sich an die Seiten des Pick-ups, als dieser in Richtung Highway rumpelte. Durch das verstaubte Rückfenster des Wagens sah sie, wie sich der Zigarettentyp umdrehte und lächelte.

16

Am nächsten Morgen versammelte Riley ihr Team im Polizeirevier. Alle waren müde und bis spät in den gestrigen Abend hinein damit beschäftigt gewesen, die Tatortdaten der Fleischfabrik zu bearbeiten. Als sie endlich fertig geworden waren, hatte Riley ihren Großvater nicht mehr besuchen können, da die Besuchszeit im Altersheim längst abgelaufen war. Hoffentlich klappte es heute Abend. Sie wollte ihn unbedingt sehen.

Letzte Nacht hatte Riley kaum mehr als ein paar Stunden schlafen können. In einer Endlosschleife waren ihr die beiden Fälle durch den Kopf gegangen: Chloes zerfetzter Körper, über den sich das entstellte Gesicht von Nicole King schob. Gab es zwischen den Verbrechen eine Verbindung? Und wenn ja, mit was für einem Mörder hatten sie es zu tun?

Einem Monster, dachte sie und beobachtete, wie Amy Fox die Fotos vom Tatort, die Nolan geschickt hatte, an die Pinnwand heftete.

Seit eine weitere Frau tot aufgefunden worden war, arbeitete das Department unter Hochdruck, und Riley bezweifelte, dass es lange dauern würde, bis die Presse davon Wind bekam. Der Mord an Chloe war schon aufsehenerregend genug gewesen; er beherrschte die Schlagzeilen und hatte das Kopf-an-Kopf-Rennen von Gouverneur Hamilton und Senatorin Cook in den Hintergrund gedrängt. Reed hatte Riley befohlen, die Sache unter Verschluss zu halten, aber der Druck wurde immer größer.

»Okay«, sagte Riley. »Lass uns den Stand der Dinge durchgehen, Schmidt.«

»Wir haben die Browns befragt, mit Ausnahme der älteren Söhne. Sie werden aus Des Moines zurückerwartet ... « Schmidt hielt inne und blätterte in seinem Notizbuch. »Morgen. Ich überprüfe noch die Familie Garret, aber wie du weißt, haben wir bisher nichts Verdächtiges finden können. Trotz der Andeutungen dieses Idioten Sean Taylor.«

Riley lächelte schwach.

»Ed Wilson hat John Browns Version der Ereignisse in der Nacht von Chloe Millers Tod bestätigt. Aber wir haben keine weiteren Meldungen über die Drohne erhalten.«

Riley nickte. »Ich habe heute Morgen mit dem Sonderdienst gesprochen. Auch über den Dienstanbieter von Chloes Handy haben sie nichts rausbekommen. Das scheint eine Sackgasse zu sein. Sie durchsuchen immer noch ihren Computer, aber bisher haben sie nichts gefunden – weder Dateien noch E-Mails –, was darauf hinweist, dass sie eine Affäre hatte. Es gibt auch keinerlei Anzeichen dafür, dass sie ihren Mann verdächtigt hat fremdzugehen. Ich habe gestern Abend bei der Staatspolizei nachgefragt. Keine Berichte über ihr vermisstes Auto. Wir haben einige von James Millers Aktivitäten in der Todesnacht seiner Frau verfolgt – sein Auto auf Überwachungskameras gesehen, mit den Leuten gesprochen, die er angerufen haben will. Es gibt Lücken, aber fünf Stunden sind schwer zu verfolgen, wenn er tatsächlich allein unterwegs war, um seine Frau zu suchen. Wenn er geglaubt hat, dass sie ihn betrog, hätte er ein Tatmotiv. Ich habe das Gefühl, dass er uns etwas verheimlicht. Ich möchte, dass wir an ihm dranbleiben.«

»Hast du was Bestimmtes im Sinn, Sarge?«, fragte Logan.

»Miller hat uns erzählt, seine Frau habe eine Affäre gehabt, aber gleichzeitig beharrt er darauf, dass weder ihre Freunde noch jemand von ihrer Familie dies bestätigen wird. Und Mia Collins erzählt es genau andersrum. Sie behauptet, er habe Chloe angelogen, ihr gesagt, er arbeite freiwillig in der Suppenküche, um eine Affäre zu vertuschen.« Sie erinnerte sich an James während der Befragung: seine Reaktion, als er sie beim Anschauen seiner Fotos erwischt hatte. *Sie hätte ihnen nichts gesagt.* Sie schüttelte den Kopf. »Ich weiß nicht, es ist nur …«

»Eine Ahnung?«, beendete Schmidt den Satz für sie mit einem Augenzwinkern.

»Genau.« Riley spürte, wie ihr Handy in ihrer Tasche summte. Sie ließ die Voicemail übernehmen. »Schmidt, ich möchte, dass du dich auf Miller konzentrierst. Schließ die Befragungen auf Zephyr Farms ab und fahr zu GFT. Sprich mit Millers Chef und seinen Mitarbeitern. Wir müssen herausfinden, was für ein Mensch er ist. Was seine Kollegen über ihn denken. Logan und ich konzentrieren uns auf Nicole King.«

»Glaubst du, dass beide Fälle zusammenhängen?« Schmidt sprach es aus. »Miller und King?«

»Wir müssen unvoreingenommen bleiben. Logan, wir zeigen das Foto, das wir im Rucksack gefunden haben, in der Apotheke, aus der die Pillen stammen.« Riley hielt inne, als ihr Schreibtischtelefon klingelte.

Fox beugte sich vor und ging ran. »Ermittlungszentrale.«

»Mal sehen, ob wir rausfinden können, wem der Rucksack gehört hat und ob …«

»Sarge.« Fox hielt ihr den Hörer hin. »Es ist Dr. Webb.«

Riley nahm den Hörer überrascht entgegen. Die Gerichtsmedizinerin hatte die Leiche von Nicole King erst vor ein paar Stunden bekommen. »Fisher.«

»Sergeant, ich habe etwas Interessantes gefunden.« Webb klang ungewöhnlich aufgewühlt.

»Sie haben die Autopsie durchgeführt?« Riley merkte, wie ihre Kollegen sie beobachteten. Sie wandte sich ab.

»Ich habe gerade mit der Untersuchung der äußerlichen Merkmale begonnen. Ich fürchte, dieser Fall wird mich den ganzen Vormittag in Anspruch nehmen. Aber ich wollte Ihnen sagen, was ich bis jetzt gefunden habe. Die Verstorbene wurde erwürgt, so viel ist klar, obwohl ich die Todesursache erst sicher feststellen kann, wenn ich die anderen Wunden an ihr untersucht habe, die«, Webb seufzte, »extrem zahlreich sind.«

Riley sah Nicoles entstellten Leichnam vor sich, Maden, die sich im Licht der Taschenlampe wanden und in die schwarzen Wunden bohrten.

»Einige scheinen durch ein scharfes Instrument mit einer spitzen Klinge verursacht worden zu sein. Ich würde sagen, eine Art Messer. Später sollte ich Genaueres wissen. Aber sie wurde nicht nur erstochen, Sergeant. Sie wurde regelrecht *zerhackt.* Vor allem um die Oberschenkel herum. Es fehlt eine beträchtliche Menge Fleisch, was ich nicht auf den Madenbefall zurückführe.«

Riley dachte an die Wunden an Chloes Körper ... Risswunden am Oberschenkel und am Arm.

»Etliche Verletzungen scheinen post mortem entstanden zu sein«, fuhr Webb fort. »Obwohl ich auch hier nichts bestätigen kann, bevor ich die Autopsie abgeschlossen habe. Aber ich habe etwas in ihrem Oberschenkel gefunden, tief in dem beschädigten Gewebe. Zuerst dachte ich, es könnte ein Knochensplitter sein, aber es ist ein Zahnfragment. Ein menschlicher Zahn. Da das Ding im Gewebe steckte, würde ich sagen, dass es wahrscheinlich in der Wunde abgebrochen ist.«

»Bisse?« Riley spürte, wie die Narbe an ihrem Hals kribbelte, als würde nicht nur ihre Erinnerung, sondern auch ihr Blut gezielt hindurchströmen.

»Ja.«

»Wollen Sie damit sagen, dass es eine Verbindung zwischen den beiden Morden gibt? Dass die Bissspuren bei Chloe Miller von einem Menschen stammen könnten, nicht von einem Tier? Dass dieselbe Person auch Nicole King getötet haben könnte?«

»Ich weiß es nicht«, antwortete Webb. »Und selbst wenn ich hier fertig bin, bezweifle ich, dass ich es mit Gewissheit sagen kann. Nicht ohne DNA. Die Verwesung beider Leichen ist zu weit fortgeschritten, um die Abdrücke gewissenhaft vergleichen zu können. Außer vielleicht durch einen Spezialisten. Ich rufe Bruce noch mal an. Sage ihm, dass es drängt. Die gute Nachricht ist, dass ein Zahn ein wunderbarer DNA-Träger ist. Die schlechte Nachricht lautet …«

»Das staatliche Labor wird Monate brauchen, um alles zu bearbeiten«, beendete Riley den Satz. »Okay. Danke. Rufen Sie mich an, sobald Sie fertig sind?«

»Selbstverständlich.«

Riley legte auf, holte tief Luft und wandte sich dann wieder ihrem Team zu. Sie lauschten schweigend, als sie erzählte, was die Gerichtsmedizinerin ihr berichtet hatte.

»Mein Gott«, murmelte Logan.

Amy Fox sah blass aus. Schmidt rieb sich den Kopf.

»Na schön«, sagte Riley. »Nehmen wir für einen Moment an, dass Chloe Miller und Nicole King von derselben Person getötet wurden.«

»Getötet und *gebissen*«, fügte Logan hinzu, wobei seine Stimme leicht zitterte.

Nun schaltete Schmidt sich ein. »Mag sein, dass sich einige ihrer Verletzungen ähneln, Sarge, und beide Tatorte sind sehr abgelegen. Aber unsere Opfer sind Welten voneinander entfernt. Eine Prostituierte und Drogensüchtige – und die Frau eines reichen Bioingenieurs?«

»Nicole King wäre ein leichtes Ziel gewesen«, antwortete Riley. »Vielleicht hat jemand einen Killer auf sie angesetzt, vielleicht ging es um Geld oder Drogen. Chloe Miller? Vielleicht war ihr Tod nur ein Zufall. Vielleicht hat ihr Mann recht. Vielleicht wollte sie ihren Liebhaber treffen? Irgendwo draußen auf dem Feld oder am Straßenrand. Abgeschieden. Heimlich. Unser Mörder sieht sie dort draußen in der Dunkelheit. Allein. Verwundbar.« *Hände, die sie auf den Boden drücken. Zweige, die sich in ihrem Haar verfangen. Erde in ihrem Mund.* Riley biss die Zähne zusammen und verdrängte die Bilder in ihrem Kopf. »Der Mörder greift sie an, und Chloe flieht in den Mais. Er setzt eine Drohne ein, um sie zu jagen, wird aber abgeschreckt, als er John Browns Fahrzeug sieht. Später entsorgt er ihr Auto und ihr Mobiltelefon. Bäche und Seen gibt es genug.«

»Und der Liebhaber?«, fragte Schmidt.

»Das war jemand anders. Jemand, dessen Date einfach nie aufgetaucht ist.«

»Aber er hätte sie inzwischen in den Nachrichten gesehen.«

»Würdest du dich melden?«, fragte Riley. »Zugeben, dass du eine Affäre mit einer verheirateten Frau hattest? Mit einer Frau, die du in der Nacht treffen wolltest, in der sie ermordet wurde?«

Logan verzog zustimmend das Gesicht. »Wir werden ihn wahrscheinlich nie finden.«

»Wenn er mit dem Angriff nichts zu tun hatte, ist das unerheblich. Dann hat er höchstwahrscheinlich nichts gesehen.«

»Aber was ist mit der Drohne?«, fragte Logan. »Ich meine, ein verrücktes Arschloch, das eine Nutte in eine verlassene Fabrik lockt, sie erwürgt und verstümmelt und sich mitten im Nirgendwo auf eine wohlhabende Frau stürzt und sie in Stücke beißt, scheint mir nicht der Typ zu sein, der solch ein teures Stück Technik besitzt. Dieser Unterschlupf und die Sachen, die wir in der Fabrik gefunden haben, gehören einem Penner, Sarge. Penner besitzen keine Drohnen.«

»Wer auch immer in der Fabrik geschlafen hat, ist nicht unbedingt der Mörder. Dort haben viele Menschen Unterschlupf gesucht. Aber ich will unseren Landstreicher als Zeugen.«

Logan atmete aus. »Was schließen wir also daraus? Dass der Mörder im Fall von King seine Tat sorgfältig plante, Chloe Miller demselben Täter aber per Zufall zum Opfer gefallen ist? Ein Verrückter, ja, aber nicht so verrückt, dass er nicht seine Spuren verwischen, ein Auto verschwinden lassen, vielleicht sogar ausgeklügelte Technik einsetzen könnte? Jemand, der sich in der Gegend auskennt? Moment ... Mir ist klar, dass er Millers Leiche nicht verschwinden lassen konnte. Sie ist ihm im Feld entkommen. Aber Nicole King? Warum lässt er sie in der Fabrik zurück, sodass man sie findet? Warum entsorgt er sie nicht?«

»Vielleicht sollte es eine Botschaft sein?«

»Für wen?«

»Für die Welt? Für uns?« Riley schüttelte den Kopf. »Nicht alle Mörder beseitigen ihre Opfer. Manche wollen, dass sie gefunden werden.«

»Du willst es noch nicht aussprechen?« Logan sah ihr in die Augen.

Riley wusste, was er meinte. »Wir sind noch nicht bei drei.«

»Drei?«, fragte Fox und blickte zwischen ihnen hin und her.

»Lass uns zur Apotheke gehen und sehen, ob wir dort weiterkommen.« Riley hielt inne, als Logan aufstand. »Schmidt, du fährst zu James Miller.«

»Mach ich.«

»Du stattest ihm einen ausführlichen Besuch ab.«

Schmidt runzelte die Stirn. »Wir haben die genaue Todeszeit von Nicole King noch nicht. Wenn es dir um sein Alibi geht ...«

»Ich weiß. Aber lass uns sicherstellen, dass Miller noch alle seine Zähne hat.«

Die Augen des alten Beamten weiteten sich. »Mein Gott!«

Als Riley ihre Autoschlüssel nahm, blieb ihr Blick an dem Poster von Gracie Foster hängen, auf dem das Mädchen sie traurig anlächelte. Zum ersten Mal hoffte sie, dass sie recht hatte – dass die vermisste Gracie jetzt ganz weit weg war.

»Drei. Was bedeutet das, Sarge?«, hakte Fox nach.

»Die Richtlinien des Morddezernats besagen, dass es drei oder mehr Opfer braucht, bevor wir von einem Serienmörder sprechen.«

17

»Meine Damen und Herren, bitte halten Sie Ihre Taschen zur Kontrolle bereit.«

Auf Anweisung des Führers aus dem Besucherzentrum bewegte sich die Gruppe vorwärts.

»Sie müssen weder Schuhe noch Gürtel ausziehen.«

Verhaltene Heiterkeit ging durch die kleine Menge, die sich um einen Tisch drängelte, um dort Hand- und Bauchtaschen abzulegen. Ein Sicherheitsbeamter hatte bereits damit begonnen, sie zu durchsuchen.

Thorne wartete, bis sie an der Reihe war, und ließ sich in der Menge mittreiben. Sie lächelte freundlich, als ein dicker Mann mit einer Kamera um den Hals sie anrempelte, aber die ganze Zeit über beobachtete sie den Wachmann aus dem Augenwinkel. Er war etwas älter, Ende fünfzig vielleicht, das graue Haar strähnig. Trotz seines freundlichen Auftretens kontrollierte er jeden Gegenstand gründlich. Ihr Herz schlug schneller.

In der Kutschenhalle mit den schweren Vorhängen und dicken Teppichen war es stickig, und das Gedränge der Menschen brachte sie ins Schwitzen. Sie warf einen Blick zurück auf die Tür, die der Hausführer für die Außenwelt geschlossen hatte. Sie könnte einfach gehen: eine Entschuldigung vorbringen, sagen, dass sie ein anderes Mal wiederkommen würde. Aber ihre Füße trugen sie weiter. Wenn nicht jetzt, wann dann?

Bei zwei weiteren Personen wurden die Taschen kontrolliert,

dann war sie an der Reihe. Thorne stellte ihren Rucksack auf den Tisch. Der Wachmann lächelte, aber sie bemerkte, wie sich seine Augenbrauen hoben, als er ihren kurzen, kaugummirosa gefärbten Haarschopf betrachtete. Sie fluchte innerlich, ihr Herz raste. Alex hatte ihr gesagt, sie solle *nichts Auffälliges, nichts Einprägsames tun oder tragen*, aber sie hatte seinen Rat ignoriert.

Der Wachmann kicherte und zog den Kapuzenpullover heraus, den sie oben in den Rucksack gestopft hatte. »Ihr jungen Leute. Meine Enkelin hat schon alle Farben des Regenbogens durch.« Er holte einen Notizblock und ein Mäppchen hervor. »Ich könnte sie allerdings auch mit viel Geld nicht dazu bewegen, auf so eine Tour mitzukommen.«

Ihr war klar gewesen, dass allein ihr Alter sie von den anderen Teilnehmern unterscheiden würde, und sie hatte eine Antwort parat: »Ich studiere Geschichte, an der Iowa State.«

Er betrachtete sie mit neuer Aufmerksamkeit. »Oh, das ist schön, Miss. Schön für Sie. Hey, Walter, pass auf. Wir haben hier eine Geschichtsstudentin. Die junge Dame könnte auf deinen Job scharf sein.«

Der Führer unterbrach sein Gespräch mit den anderen, um ihr zuzulächeln.

Dann zog der Wachmann ihren wiederverwendbaren Kaffeebecher heraus. »Und den Planeten wollen Sie auch noch retten, was?«

Sie konnte nicht einmal antworten, als er den Deckel öffnen wollte. Himmel, Scheiße, plante er eine Leibesvisitation? Mit einer derartigen Inspektion hatte sie nicht gerechnet. Sie war kurz davor, ihm den Becher zu entreißen und wegzulaufen, aber dann kramte zwei Leute weiter ein kleiner, dünner Mann mit Baseballkappe in seiner Tasche herum, woraufhin Stifte und Schlüssel über den Tisch flogen.

»Entschuldigung! Tut mir leid!«

»Kein Problem, Sir. Hier, darf ich Ihnen helfen?« Der Wachmann steckte den ungeöffneten Becher zurück in Thornes Rucksack und schob ihn ihr zu.

Thorne stopfte das Notizbuch und den Kapuzenpulli über den Becher und warf sich den Rucksack über die Schulter, während der Wachmann sich bückte, um dem Mann zu helfen, der sich immer noch entschuldigte.

Wenige Augenblicke später geleitete der Hausführer sie einen Gang hinunter und durch eine weitere Tür, die hinaus in den strahlenden Morgen führte. Thorne atmete die grasig frische Luft ein, die Brise trocknete ihr den Schweiß auf der Stirn.

In der Ferne erstreckten sich gepflegte Rasenflächen, die von Bäumen gesäumt waren. Vor ihnen stand das Herrenhaus: drei Stockwerke hoch, ein neunzig Fuß hoher Turm, der das Schrägdach überragte, zahlreiche Fensterpaare, Veranden und ein Balkon. Mit dem braunen Backstein und den weißen Traufen sah es aus wie ein Lebkuchenhaus, das über mehrere kunstvolle Etagen verfügte.

Der Führer geleitete sie durch die Eingangstür in ein prächtiges Vestibül, in dem es nach Politur roch.

»Meine Damen und Herren, willkommen in der offiziellen Residenz der Gouverneure von Iowa!«

Thornes Augen huschten umher und entdeckten die Überwachungskameras, als die Gruppe von einem herrschaftlichen Raum zum anderen geschoben wurde – ein Musikzimmer, in dem ein Steinway-Flügel stand, ein Salon, in dem ein Dienstmädchen staubsaugte, ein Speisesaal, in dem Staatsdinner stattfanden. Kameras blitzten über Schränke voller Glaswaren und Porzellan, während der Führer die Geschichte der einzelnen Räume erklärte.

»Wie Sie sehen, ein schönes Beispiel für die Architektur des Second Empire.« Der Hausführer geleitete sie zurück ins Vestibül, wo sich die Treppe in die oberen Etagen schlängelte. »Obwohl das Haus 1866 gebaut wurde, galt es für seine Zeit als äußerst komfortabel. Es hatte Gasbeleuchtung, fließend warmes Wasser und einen Aufzug. Der Aufzug ist auch heute noch in Betrieb und bedient die Privaträume des Gouverneurs und seiner Familie von ihrem eigenen Eingang im Untergeschoss aus, wo sich auch die Küchen und das Büro der State Police befinden, die die Familie beschützt.«

»Können wir auch die Privaträume des Gouverneurs besichtigen?«, fragte der Mann mit der Baseballmütze, der bei der Taschenkontrolle das Chaos verursacht hatte.

»Nur der erste und zweite Stock sind für die Besichtigung zugänglich. Aber Sie werden sein Amtszimmer und die Gemächer einiger seiner Mitarbeiter in Augenschein nehmen können.« Der Führer deutete auf die Treppe. »Wenn Sie mir bitte folgen würden.«

Die Treppe hinauf, vorbei an einem Buntglasfenster, erreichten sie einen breiten Gang, der sich in zwei Richtungen erstreckte, mit mehreren Türen auf beiden Seiten. Aus einer eilte ein junger Mann mit einem Aktenpaket in der Hand.

»Es ist natürlich im Moment ziemlich viel los, weil eine Wahl ansteht. Vergessen Sie nicht, Ihre Stimme abzugeben«, fügte der Hausführer mit einem Augenzwinkern an die kichernde Menge hinzu.

Die Gruppe versammelte sich um eine Tür zwei Räume weiter und spähte über die Köpfe der anderen hinweg, um einen Blick auf das halbe Dutzend Menschen zu erhaschen, die im Büro des Gouverneurs arbeiteten und mit Telefonen und Computern beschäftigt waren.

Thorne blieb im hinteren Bereich der Gruppe. Der junge Mann mit den Akten war verschwunden und der Gang leer. Er hatte die Tür, aus der er gekommen war, einen Spaltbreit offen gelassen. Thorne trat neben den Guide. »Gibt es hier eine Toilette, die ich benutzen kann?«

Der Mann zögerte. »Können Sie warten, bis wir wieder im Kutschenhaus sind, Miss?«

Sie presste die Lippen aufeinander und schüttelte den Kopf. »Frauenprobleme.«

Er wurde knallrot. »Oh. Verstehe. Sie können die Personaltoilette benutzen.« Er zeigte die Richtung. »Die vierte Tür auf der linken Seite. Wir werden hier auf Sie warten.«

Als Thorne sich auf den Weg machte, spürte sie, wie er sie beobachtete, doch dann schritt der Mann mit der Baseballkappe ein.

»Erledigt der Gouverneur den Großteil seiner Arbeit hier?«

Thorne hörte den Führer antworten, während sie den Korridor hinabeilte.

»Nein, Gouverneur Hamilton verrichtet seine tägliche Arbeit hauptsächlich in seinem Büro im Kapitol. Außerdem besitzt er ein Arbeitszimmer in seinem Privatbereich im Obergeschoss.«

Thorne erreichte die offene Tür, aus der der junge Mann gekommen war. Sie riskierte einen Blick hinein. Perfekt – ein kleineres Büro, wahrscheinlich für Angestellte oder Sekretärinnen. Es gab drei Schreibtische, auf denen Computer und Telefone standen. In ihrem Rücken unterhielt sich der Baseballkappenmann immer noch mit dem Führer, der ihr den Rücken zuwandte. Sie schlüpfte hinein.

Sie verwarf die drei Terminals sofort – dort könnte man es leicht entdecken. Hinter zwei Tischen befanden sich Einbauschränke. Sie kniete sich hin und ließ ihren Rucksack von der Schulter gleiten, um sie zu überprüfen. Darin befand sich nichts Brauchbares. Zu allem Übel knarrte eine der Türen laut, als sie sie schloss. Sie hielt inne, um zu lauschen, ob sich jemand näherte, und der Schweiß brach erneut auf ihrer Stirn aus. Aber sie hörte nur den Führer weiterreden sowie das ferne Klingeln von Telefonen.

Sie ging zum nächsten Schrank, zu dem Kabel vom Schreibtisch und vom Drucker führten, die ordentlich an die Sockelleiste geheftet waren. Sie schaute hinein und grinste, als sie die grünen Lichter des Routers sah, die wie eine Landebahn blinkten.

Sie griff in ihren Rucksack, kramte zwischen den Falten des Kapuzenpullis und holte den Kaffeebecher heraus. Sie öffnete den Deckel. Darin befand sich – in Stoff gewickelt, damit er nicht klapperte – ein WiFi Pineapple Nano. Sie zog das Hacking-Gerät vorsichtig heraus, lehnte sich in den Schrank und steckte es in die freie Buchse des Routers. *Ein Kinderspiel*, wie ihre Großmutter gesagt hätte.

Sie hatte den Schrank geschlossen, ihren Becher wieder im Rucksack verstaut und war schon fast an der Tür, als der junge Mann zurückkam, immer noch mit den Akten im Arm. Er blinzelte sie überrascht an.

»Entschuldigen Sie bitte!« Sie schluckte. »Ich war auf der Suche nach der Toilette.«

»Zwei Türen weiter«, antwortete der Mann und runzelte die Stirn. »Zu Ihrer Linken.«

»Danke.«

»Verdammte Touristen«, hörte sie ihn murmeln, als sie auf den Gang hinaustrat.

Eine Stunde später war die Gruppe zurück im Kutschenhaus und die Führung beendet. Thorne schlich sich davon. Sie war auf halbem Weg die Straße hinunter, als sie Schritte hinter sich hörte. Sie sah sich um.

»Hast du es geschafft?«, murmelte der Mann, der nun neben ihr herlief.

»Klar.«

»Verdammt, Mädchen! Alex wäre stolz auf dich.«

Sie lächelte. »Gute Reaktion mit der Tasche, Leo.«

Der Mann grinste, als er seine Baseballkappe abnahm und sich mit der Hand durch das schweißnasse schwarze Haar fuhr. Er zog sein Karohemd aus, darunter kamen dünne Arme zum Vorschein. Die auf seinen Unterarm tätowierten Worte waren so blau wie seine Adern und so klein, dass man sie kaum lesen konnte, aber Thorne wusste, was dort stand. Dasselbe stand auch auf ihrem Rücken, entlang der Wirbelsäule. Alex – ihr Mentor – hatte ihr die Hand gehalten, als die Buchstaben in ihre Haut gestochen worden waren.

Wie die Meere ansteigen, so werden auch wir aufsteigen.

18

Der Rest von Rileys Tag war ein Reinfall. Als Logan und sie die Apotheke endlich erreichten, war diese bereits für den Nachmittag geschlossen. Also machten sie mit Nicole King weiter.

Den Akten zufolge verschwand Nicoles Vater kurz nach ihrer Geburt, ihre Mutter war vor vier Jahren gestorben. Alles, was die Familie besessen hatte, war von Arztrechnungen verschlungen worden. Die einzige Verwandtschaft, die sie noch gehabt hatte, war eine ältere Schwester, die in Bangkok im Finanzwesen arbeitete und nicht erreichbar war.

Nicole hatte ein Zimmer in einem baufälligen Mehrfamilienhaus bewohnt, am Fluss gelegen und mit Blick auf San Souci Island. Vor dem Haus hing eine Konföderiertenflagge. Riley und Logan saßen in der verlassenen Küche an einem Tisch, der mit Zigarettenstummeln und leeren Pizzakartons bedeckt war, und unterhielten sich, so gut es ging. Im Hof waren einige Hunde angekettet, die ständig bellten, und die bunt gemischten Mitbewohner kamen und gingen in verschiedenen Zuständen von Trunkenheit.

Nicole war zuletzt vor zwölf Tagen gesehen worden. Offenbar war es nicht ungewöhnlich, dass sie in der Gesellschaft eines ihrer vielen Liebhaber wochenlang abwesend war – deren Namen ergaben in den Polizeiakten eine imposante Mischung aus kleineren Vergehen und schwerwiegenderen Straftaten. Sie alle mussten noch befragt werden.

Eine Inspektion des beengten Zimmers im hinteren Teil des Hauses, wo Efeu das Fenster überwuchert hatte und die Fensterbank mit toten Fliegen übersät war, lieferte weitere Beweise für ein Leben im Verfall: leere Schnapsflaschen und halb aufgegessene Schokoriegel, geschmacklose Kleidungsstücke. Die einzige Erinnerung an bessere Zeiten war ein Foto in einem silbernen, herzförmigen Rahmen, auf dem eine viel jüngere Nicole mit einer Frau zu sehen war, deren Ähnlichkeit mit ihr nahelegte, dass es sich um die Schwester handeln musste. Beide grinsten Wange an Wange in die Kamera.

Es war eine Erleichterung, als Kristen Webb mit dem Autopsiebericht anrief und Riley einen Grund gab, in den nachmittäglichen Nieselregen hinauszugehen, während Logan weiter den Raum durchsuchte.

Ihre Erleichterung war nur von kurzer Dauer, denn die Erkenntnisse bezüglich der letzten Stunden von Nicole King waren beklemmend. Nicole King war vor etwa zehn Tagen an dem Ort gestorben, an dem sie aufgefunden wurde. Ihr Körper wies zahlreiche Stichwunden auf.

»Es war eine große, spitz zulaufende Klinge«, meldete Webb. »Ich würde sagen, ein Standardküchenmesser, das man in jedem Haushaltswarengeschäft kaufen kann. Das wirre Muster und die Tiefe der Wunden deuten auf einen wilden Angriff hin. Ganz sicher ist sie dadurch handlungsunfähig geworden. Danach wurde sie mit einem Gürtel erdrosselt.«

»Das ist also die Todesursache?«, fragte Riley.

»Die Verwesung erschwert die Angelegenheit, aber die Gürtelabdrücke, die Blutungen im Halsbereich und die Frakturen des Kehlkopfskeletts geben mir guten Grund zu der Annahme, dass sie stranguliert wurde. Tod durch Ersticken.«

»Und die Wunden an ihren Schenkeln? Wo Sie den Zahn gefunden haben?«

»Nun ja, zuerst dachte ich, sie wären post mortem beigebracht worden. Die Sache ist die, Sergeant: Diese Verletzungen sind erst *nach* der Totenstarre entstanden. Wer auch immer Nicole King ermordet hat, war noch mindestens zwei bis drei Tage bei der Toten. Der Leichnam ist zu stark verwest, um feststellen zu können, ob sie vor oder nach ihrem Tod sexuell missbraucht wurde. Ich werde natürlich alles, was ich noch finde, für weitere Tests einsenden. Bruce kann nicht weg, aber er wird sich die Fotos und den Autopsiebericht ansehen.«

Der Tag zog sich gnadenlos hin. Später setzte Riley Logan in der Dienststelle ab und sagte ihm, er solle ihre Route für morgen planen: von der Apotheke zu den Obdachlosenunterkünften der Stadt und dann zu besagter Suppenküche.

Dann fuhr Riley weiter quer durch die Stadt, rauschte über zwei rote Ampeln und rief ihre Kollegen bei den Polizeidienststellen von Waterloo und Cedar Falls an, mit denen sie die Suche nach Gracie Foster koordiniert hatte. Immer wieder musste sie in Verbindung mit den beiden grausamen Morden an diesen Fall denken. Aber es gab keine neuen Anrufe bei der Such-Hotline. Niemand hatte das Mädchen gesehen.

Schließlich erreichte sie ihr Ziel, das Altenheim. Die Wolkendecke brach auf, und das wässrige Sonnenlicht verwandelte die Pfützen auf dem verlassenen Grundstück in Quecksilber. Am Eingang zum Heim stand ein verwittertes Schild: *Wir schenken Ihnen ein Lächeln.*

Auf dem Fernseher im Empfangsbereich liefen die Morgennachrichten: Gouverneur Bill Hamilton bei der Besichtigung einer Fabrik im Süden von Iowa mit der chinesischen Delegation. Alle trugen Schutzhelme und Warnwesten und waren von einem großen Aufgebot an Journalisten und Sicherheitskräften umgeben. Hamilton hielt eine Rede, in der er die Bedeutung der langjährigen Beziehungen zwischen Iowa und China hervorhob und eine neue Ära der Zusammenarbeit und Chancen ankündigte. Als die Kamera an Hamilton heranzoomte, der bei einer Aussage eines

Delegierten nickte, dachte Riley an das letzte Mal, als sie den Gouverneur persönlich gesehen hatte, vor zwölf Jahren bei der Beerdigung ihrer Eltern.

Hamilton hatte mit seiner Frau in der Kirchenbank hinter ihr gestanden, den Kopf gesenkt. Es war nur wenige Wochen nach seiner ersten Amtszeit gewesen. Seine Hand auf ihrer Schulter am Grab. Sein Atem dampfte in der kalten Luft, als er ihr sagte, dass er das alles ohne ihren Vater nicht geschafft hätte.

Die Nachrichtensendung schnitt auf eine Gruppe von Umweltschützern vor den Toren der Fabrik. Über ihren Köpfen wog ein Meer von Plakaten. Auf mehreren stand: *Agri-Co? Agri-No!* Auf einem großen Plakat war eine Fabrik zu sehen, die Rauch in Form von toten Vögeln ausstieß. Als die Wagenkolonne des Gouverneurs vorbeifuhr, zeigten die Demonstranten ihre Hände, die blutrot gefärbt waren.

»Sie haben nicht viel Zeit«, bemerkte die Empfangsdame und deutete auf ihre Uhr.

Zwei Pfleger warteten am Aufzug mit einer Frau im Rollstuhl. Riley nahm die Treppe in den fünften Stock. Es roch nach Desinfektionsmittel und Essen. In einigen Zimmern waren die Fernseher so laut aufgedreht, dass sie auf den Gang schallten. Riley kam zu dem Zimmer, in dem ihr Großvater lag, und wollte gerade eintreten, als ihr Handy vibrierte. Es war eine Sprachnachricht von Sheriff Reed.

»Fisher, ich will Sie in meinem Büro sehen. Und zwar pronto.«

Er klang nicht erfreut.

Das Zimmer war klein, die weißen Wände wirkten rot im Dämmerlicht. Beherrscht wurde der Raum von einem großen Krankenhausbett, es gab einen Tisch und einen Stuhl, dazu einen Sessel und einen Kleiderschrank. Auf der Fensterbank stand eine Prärierose in einem Topf aus unförmigem Ton, den Maddie in der Schule gebastelt hatte. An den Wänden hingen Drucke von Landschaften aus Iowa, die Riley von daheim mitgebracht hatte, zusammen mit einer Steppdecke ihrer Großmutter. Eigentlich hatten sie Familienfotos aufgestellt, aber Riley hatte sie abgeräumt, da sie ihn verwirrten.

Joe Fisher saß in dem abgewetzten Lehnsessel. Er trug einen gestreiften Pyjama, Morgenmantel und nur einen Pantoffel. Der andere lag vor ihm auf dem Boden. Sein nackter Fuß war blass, die Zehen eingekrümmt. Es war kaum zu glauben, dass dieser eingefallene alte Mann mit dem leeren Blick einmal das goldene Herz von Black Hawk County gewesen war. Damals, als Polizisten noch respektiert wurden. Damals, als ein Sheriff die Namen der meisten Leute in seinem Revier kannte; die Geschichten der Familien, die bis in die Siedlerzeit zurückreichten, die jungen Männer, vor denen man sich in Acht nehmen musste, die Farmen, auf denen Cannabis verkauft wurde. Man sah ihn selten hinter einem Schreibtisch, meist war er unterwegs. Er grüßte die Damen auf der Main Street, scherzte mit den Kellnerinnen im *Maid-Rite*-Diner bei einem Sandwich und unterhielt sich mit den Bauern der Gegend, die fast genauso viel über das Land und das Wetter wussten wie er. Lange bevor Agri-Co alles beherrschte. Von diesem erfüllten Leben voller Anerkennung kehrte er dann zurück in ein leeres Haus. Seine Abschiedsfeier verhallte, und Joe Fisher sah sich plötzlich allein mit seinen Erinnerungen. Ein Jahr zuvor war seine Frau gestorben.

Zunächst ging es ihm gut, er hatte endlich Zeit zum Jagen und Angeln, fuhr mit ihnen an den Okoboji-See und traf sich mit alten Kollegen im Diner. In jenen Jahren gab es genug Familiendramen, die ihn beschäftigten, und Menschen, die ihn brauchten. Doch dann verlor er seinen Sohn und seine Schwiegertochter bei einem schrecklichen Verkehrsunfall. Danach wurde er zunehmend geistesabwesend.

Riley, inzwischen Hilfssheriff, kam von einer Nachtschicht nach Hause und fand ihn in seinem verrosteten Dodge-Pick-up, nur mit seinem Schlafanzug bekleidet, ohne eine Ahnung, wo er gewesen war. Es gab Stürze und Fahrten in die Notaufnahme, einen kleinen Brand in der Küche, weil er den Herd angelassen hatte. Und einmal kam er völlig desorientiert und nackt in Maddies Zimmer. Auf Ethan, dessen Ehe schon lange in die Brüche gegangen war, konnte Riley sich nicht verlassen. Sie baute darauf, dass Rose ihr half. Aber dann erlitt Lori wieder eine Fehlgeburt. Es war eine der schmerzhaftesten Entscheidungen ihres Lebens gewesen, aber am Ende hatte Riley ihren Großvater ins Heim geschickt, in einen Raum ohne Erinnerungen, in dem das, was von ihm übrig geblieben war, sich immer weiter von der Welt entfernte. Das war vor sieben Jahren gewesen.

»Hallo, Großvater!« Riley griff nach unten und zog ihm behutsam den Pantoffel an. »Mit einem Schuh kommst du nicht weit, oder?« Nachdem sie ihm das zerzauste Haar glatt gestrichen und einen Kuss auf die Wange gedrückt hatte, zog sie den Stuhl vom Tisch, setzte sich und nahm seine knorrige Hand. Seine Haut war dünn wie Pergament. »Rose sagte, du hast nach mir gefragt?« Riley suchte sein Gesicht nach einem Zeichen des Erkennens ab. Aber sie konnte sehen, dass er völlig weg war, versunken im Nebel des Vergessens. Es schnürte ihr die Kehle zu. War das das letzte Mal, dass er nach ihr gefragt hatte? »Sie lässt dich grüßen. Lori auch. Und Maddie natürlich ... «

Sie brach ab, konnte dieses Rollenspiel nicht länger aufrechterhalten. Heute wollte sie nicht über Banalitäten reden. Sie wollte über ihren Job sprechen. Über den Fall. Über die Erinnerungen, die sie seit dem Fund von Chloes Leiche in die dunkle Vergangenheit gerissen hatten. Das unbehagliche Déjà-vu-Gefühl, das sie bei der toten Nicole King empfunden hatte. Ihr schmuddeliges Zimmer, das Riley so bekannt vorkam. Es war eine ähnlich heruntergekommene Wohnung gewesen, fast zweitausend Meilen entfernt, wo ihr Großvater sie schließlich gefunden hatte, vor neunzehn Jahren. Der Mann in dem Sessel konnte sich nicht einmal mehr an seinen eigenen Namen erinnern. Aber sie konnte sich glasklar an jedes Detail erinnern, während sie seine Hand hielt.

Sie erinnerte sich an den Geruch der Bettdecke: Patschuli und Cannabis. An die auf dem schmutzigen Teppich verstreuten Kleider, an das Laken, das anstelle eines Vorhangs vor dem Fenster hing. An die warme, salzhaltige Luft, die in das Zimmer wehte, an das Rauschen der Wellen. Sie erinnerte sich daran, wie sich die Tür öffnete und eins der Mädchen vom Flur mit einer gemurmelten Entschuldigung eintrat. Mit jemandem im Schlepptau.

Sie erinnerte sich an den Unglauben, als sie ihren Großvater dort stehen sah, an den Schwall von Liebe, der sich in Scham verwandelte, als er ihre schäbige Kleidung, die Piercings und die gefärbten Haare betrachtete – all das, womit sie versucht hatte, sich in einen neuen Menschen zu verwandeln, all die Dinge, die sie getan hatte, um zu vergessen, wer sie war. Aber Joe Fisher hatte alles durchschaut, zurück bis zu dem Kind, das sie gewesen war – vor jener Nacht auf der State Fair. In der Nacht, in der ihr die goldene Sternenkette, die er mit seinem Geld gekauft hatte, vom Hals gerissen worden war, als sie sich im Dreck wälzte. Die Nacht, in der sie dieses Geschenk und noch viel mehr verloren hatte.

Sie hatte stundenlang in seinen Armen geweint, während draußen der Ozean gegen die Küste schlug und die Möwen über den Köpfen der Muskelprotze, Drogendealer und Kartenleger vom Venice Beach kreischten.

Aber dieser Mann, der sie gerettet, sie nach Hause gebracht, sie auf den rechten Weg geführt, zu einem Kriminologiestudium und dann zur Polizeiausbildung überredet hatte – dieser Mann existierte nicht mehr. Er konnte ihr jetzt nicht mehr helfen. Genauso wenig, wie sie ihm helfen konnte.

Als sich die Tür öffnete und ein Pfleger ihr mitteilte, dass die Besuchszeit vorbei war, stand Riley langsam auf. Sie beugte sich vor, küsste ihren Großvater auf die Stirn, sagte ihm, dass sie ihn liebe, und verließ das Zimmer, während das schrille Gelächter einer Spielshow ihr durch den Flur folgte.

19

»Warum zum Teufel hat Hunch Millers Zähne überprüft?«

Riley fluchte innerlich. Schmidt hatte gestern eine SMS geschickt, um ihr mitzuteilen, dass er ihren Anweisungen gefolgt war. Aber wie hatte Sheriff Reed davon erfahren? »Es tut mir leid, Sir. Schmidt hat nur meine Befehle ausgeführt.«

Reeds Auge zuckte missbilligend. »Aha?«

»Ich habe Ihnen den neuesten Autopsiebericht von Kristen Webb geschickt, Sir. Sie glaubt, dass es eine Verbindung zwischen Chloe Miller und Nicole King geben könnte. Die Bisswunden. Der abgebrochene Zahn, der in Kings Leiche gefunden wurde.«

»Und?«

»James Miller muss als möglicher Verdächtiger für den Mord an seiner Frau in Betracht gezogen werden. Ich wollte prüfen, ob er angesichts der möglichen Verbindung auch ein Verdächtiger im Fall King sein könnte. Ohne DNA war dies der schnellste Weg.«

Reed beugte sich vor. »Ich werde Ihnen eine Verbindung geben, Fisher. Anscheinend ist James Miller ein Bekannter von Bürgermeisterin Angela Roberts. Sie hat heute Morgen mit mir telefoniert und wollte wissen, warum der trauernde Ehemann dieser armen ermordeten Frau in dieser schwierigen Zeit von meinen Beamten belästigt wird.«

Scheiße!

»Ich stimme zu, dass es nicht die subtilste Vorgehensweise war. Aber Millers Alibi ist lückenhaft und seine Geschichte nicht ganz stimmig. Sir, würden Sie Ihre Frau nach drei Nächten nicht als vermisst melden? Selbst wenn Sie glauben, dass sie eine Affäre hat?«

Reed lief bis zu den Ohren dunkelrot an. »Weder das eine noch das andere reicht aus, um einen wasserdichten Fall darauf aufzubauen, und das wissen Sie genau. Verdächtigungen sind schön und gut, Sergeant. Aber wir müssen uns auf Fakten stützen. Und die Tatsache, auf die Sie sich heute und im weiteren Verlauf dieser Untersuchung stützen sollten, ist, dass James Miller ein wohlhabender und angesehener Mann in unserer Gemeinde ist. Ich möchte, dass Sie ab sofort vorsichtiger sind. Es gibt einen Unterschied zwischen gründlich seine Arbeit machen und eine gottverdammte Nervensäge sein.«

»Ja, Sir.«

Reed grunzte und öffnete eine der Akten vor sich. »Und hat er?«

»Sir?«

»Hat er all seine Zähne?«

Laut Schmidt besaß Miller ein vollständiges und glänzend poliertes Gebiss. »Ja.«

Reed nahm seinen Stift in die Hand und fixierte Riley. »Ich habe bereits gesagt, dass ich Maßnahmen ergreifen werde, falls ich den Eindruck gewinne, dass Ihre Beziehung zu Millers Frau in irgendeiner Weise Ihre Arbeit beeinträchtigt.« Er ließ die Drohung im Raum stehen.

»Das wird nicht passieren, Sir.«

Als sie sein Büro verließ, hoffte Riley, dass sie entschlossener geklungen hatte, als sie sich fühlte. Es war ihr nicht gelungen, Chloe aus dem Kopf zu bekommen, und nun hatte sich Nicole King zu ihr in die Dunkelheit gesellt. Der Schrecken der letzten Momente der beiden Frauen war ihr tief unter die Haut gekrochen. Sie fühlte sich mit ihnen auf eine Weise verbunden, die sie nicht in Worte fassen konnte. Vielleicht stimmte es – sie hätte sich besser abgrenzen können, wenn ihre alte Freundin nicht zu den

Opfern gehört hätte. Chloe hing an ihrer Vergangenheit wie ein Anker, und das ganze Durcheinander, von dem Riley dachte, dass sie es hinter sich gelassen hatte, kam bei jeder Wendung der Ermittlungen wieder hoch. Vielleicht hatte Reed recht, wenn er infrage stellte, dass sie geeignet war, diesen Fall zu leiten?

Nein, sagte sie sich. Es war richtig gewesen, James Miller zu überprüfen, und sei es nur, um ihn auszuschließen. Nur weil der Mann wohlhabend war und gute Beziehungen pflegte, hieß das nicht, dass er keinesfalls zu schrecklichen Dingen fähig war. Wenn ihre Vergangenheit sie etwas gelehrt hatte, dann, dass Monster im wirklichen Leben selten so waren wie im Märchen – mit Höckern und Warzen und Masken, die einen warnten. Manchmal waren sie erfolgreich und mächtig. Manchmal waren sie gut aussehend, höflich und zuvorkommend. Jene Art netter junger Mann, die man seiner Familie vorstellte.

Logan war allein im Büro, da Schmidt früher gegangen war, um mit Millers Kollegen von GFT zu sprechen, und Fox die Söhne von John Brown befragen sollte. An diesem Morgen hatte es Neuigkeiten von Bob Nolan gegeben. Die Analyse des unvollständigen Reifenabdrucks, der auf dem Feldweg beim Maisfeld gefunden worden war, lag vor. Es war ein Goodyear-Reifen, ein neueres Modell, ausgelegt für Eis und unwegsames Gelände. Es handelte sich um eine gängige Marke, die auf einen Lieferwagen oder einen Pick-up passen würde, aber der halbe Mittlere Westen besaß ein solches Fahrzeug. Der Reifen war zudem relativ neu, was den Nachteil mit sich brachte, dass ihm individuelle Unterscheidungsmerkmale fehlten, welche die Suche hätten eingrenzen können.

Als Riley ans Fenster klopfte, sprang Logan auf und griff nach seiner Jacke.

»Wie war Reed?«, fragte er, als sie die Treppe hinuntergingen.

»Heiter wie immer.«

»Hey, ich wollte dich fragen – was machst du am 4. Juli?«

Riley war von der Frage überrascht. Sie hatte gar nicht an den Feiertag gedacht. Es war weniger als eine Woche hin.

»Wir machen eine Party«, fuhr Logan fort und ging neben ihr auf den Parkplatz hinaus. »Falls du keine anderen Pläne hast.«

Sie spürte, wie sie errötete. Wann war ihre Familie das letzte Mal zusammengekommen, um einen Feiertag zu begehen? Sie war sich ziemlich sicher, dass Logan genau das geahnt hatte. Gott, war sie wirklich zu einem Objekt des Mitleids geworden? »Ich …? Also, klar – gerne.«

»Bring Maddie mit, und wen du sonst noch willst«, fügte er über das Dach des Dodge hinzu. »Mom und Carol werden genug Essen für den ganzen Staat kochen.«

Zehn Minuten später standen sie in der Apotheke in Waterloo.

Der Apotheker starrte auf das zerknitterte Foto des Mannes, der Frau und der beiden Jungen am Strand, das in einem Plastikbeutel von der Spurensicherung versiegelt war. »Nein, Ma'am. Diese Leute kenne ich nicht.«

Riley hielt ihm einen weiteren Beutel mit den beiden Pillenflaschen hin, die sie bei Nicole Kings Leiche gefunden hatten. In der einen befanden sich noch ein paar weiße Tabletten. »Was ist mit diesen Medikamenten? Die stammen doch von hier, oder?«

Der Apotheker schaute sie an. »Nun, Ma'am, das steht doch auf dem Etikett.«

»Können Sie mir sagen, was das ist?«

Er hielt die Flasche gegen das Licht und las die Buchstaben und Zahlen, die auf den Pillen eingeprägt waren. »Fenozen. Das ist ein Phenobarbital.«

»Wofür würde man das verschreiben, Sir?«

Die Glocke an der Tür der Apotheke läutete, als jemand eintrat. »Das ist ein Barbiturat.« Der Apotheker warf einen Blick über Rileys Schulter auf die Menschenschlange, die sich bildete. »Es wird manchmal als Antikonvulsivum verabreicht, aber meistens wird es als Beruhigungsmittel und Hypnotikum verschrieben, überwiegend für Leute, die unter Angstzuständen oder Schlafstörungen leiden. Drogenabhängige bekommen es manchmal, wenn sie sich in einer Entziehungskur befinden. Es hilft ihnen, den schlimmsten Teil des Entzugs zu überstehen.« Er drehte sich um und ging zu der Theke hinter sich. Er fuhr mit der Hand über das oberste Regal und nahm eine weiße Schachtel heraus. »Fenozen ist relativ neu auf dem Markt. Es macht offenbar etwas weniger süchtig als andere Mittel.«

Als Riley ihm die Schachtel abnahm, hörte sie eine ältere Frau hinter sich demonstrativ seufzen. »Können wir irgendwo ungestört weiterreden?«

Der Apotheker schüttelte den Kopf, das Neonlicht blitzte auf seiner Brille. »Heute ist nur Jeanie hier«, sagte er und nickte in Richtung einer jungen Frau, die Regale einräumte. »Und sie kann nicht an der Ladentheke arbeiten.«

»Okay, dann können Sie mir vielleicht sagen, Sir, ob es normal ist, dass ein Etikett unbeschriftet bleibt, ohne Arzneimittel- oder Patienteninformationen?«

»Nein, Ma'am.«

»Wie kommt diese Flasche dann unter die Leute?«

Auf seiner Stirn hatte sich eine Schweißperle gebildet. Sein Blick schweifte zu den Wartenden.

»Sir?«, drängte Logan und tippte mit einem Finger auf die Arbeitsplatte, um seine Aufmerksamkeit zu erregen.

Der Apotheker lehnte sich näher heran, sodass Riley den Pfefferminzbonbon-Geschmack in seinem Atem riechen konnte. »Hören Sie, ich hatte vor einiger Zeit Probleme mit dem Personal. Ich habe festgestellt, dass Medikamente verschwunden sind.« Seine Stimme war sehr leise. »Fentanyl. Viagra. Fluoxetin.« Er nickte zur Schachtel in ihren Händen. »Aber hauptsächlich Fenozen.«

Riley nickte. »Die Art von Medikamenten, die man auf der Straße verkaufen kann?«

»Richtig, Ma'am. Wir haben nie herausgefunden, wer es war. Zu der Zeit arbeiteten drei Frauen hier, aber keine hat gestanden. Also musste ich sie entlassen. Alle drei.« Seine Stimme wurde jetzt normal, sogar lauter, als ob er zu den anderen in der Schlange sprechen würde. »Seitdem bin ich nicht mehr so recht auf die Beine gekommen.«

»Haben Sie die Diebstähle gemeldet, Sir?« Er errötete, und Riley kannte die Antwort. »In Ordnung, wir brauchen die Namen und Adressen der Angestellten, die Sie gefeuert haben.«

»Ich muss hinten nachsehen.«

»Wir warten.«

Als der Apotheker durch eine Seitentür verschwand und diese mit einem Fuß offen hielt, während er einen Aktenschrank durchwühlte, hustete und scharrte es in der Warteschlange.

Riley las das Etikett auf der Rückseite der Fenozen-Packung. Die Liste der möglichen Nebenwirkungen war lang. *Übelkeit, Kurzatmigkeit, Schwindel, Hautausschläge, Depressionen, Selbstmordgedanken, Stimmungsschwankungen.* Sie klangen schlimmer als die Probleme, gegen die das Mittel verschrieben wurde. Als Riley die Packung auf den Tresen legte, überflog sie die Reihen von Schachteln und Gläsern hinter dem Tresen. Medikamente, die einen wach halten, und solche, die einschläfern. Medikamente, die einen abschirmen und glücklich machen. Sie lassen dich vergessen. Sie dachte an das benommene, chemische Lächeln ihrer Mutter in den letzten Jahren.

Sie hatte die Pillen genommen, als Riley mit ihrem Großvater aus Kalifornien nach Hause gekommen war. Egal, wie erleichtert ihre Mutter war, sie zu sehen, egal, wie sehr sie sich freute, dass sie die Schule abschloss, oder wie stolz sie war, dass Riley es an die University of Northern Iowa schaffte und ihr Studium mit Auszeichnung beendete, bevor sie in die Iowa Law Enforcement Academy aufgenommen wurde, sie kam nie von diesen Drogen los. Riley hatte in einem Zeitschriftenartikel gelesen, dass im vergangenen Jahr in Amerika mehr Menschen durch Fentanyl, Heroin und verschreibungspflichtige Opioide gestorben waren als im gesamten Vietnamkrieg.

Der Apotheker tauchte wieder auf und legte ein gefaltetes Stück Papier auf den Tresen. Logan nahm es.

»Hallo, Mrs Smith«, hörten sie ihn flöten, als sie zur Tür gingen. »Ihr Rezept ist fertig.«

Draußen setzte Riley ihre Sonnenbrille auf. Die Wolken hatten sich über Nacht aufgelöst und einen blitzblauen Himmel hinterlassen. Die Hitze stieg an. Gegen Mittag würde der Teer auf den Straßen aufweichen und an ihren Füßen kleben. Sie ging auf den Dodge zu. »Okay, als Nächstes steht die Lebensmitteltafel in der Dubuque auf der Liste, richtig? Dann die Suppenküche.«

»Sergeant.« Logan war stehen geblieben und betrachtete den Zettel, den der Apotheker ihnen gegeben hatte. »Wie lautet der Name von Gracie Fosters Mutter?«

»Sarah Foster. Warum?«

Logan ging auf sie zu und hielt ihr den Zettel hin. Riley starrte auf den zweiten Namen, gekritzelt in der unansehnlichen Handschrift des Apothekers.

***

»Hey, Fox! Haben sie dich allein rausgelassen?«

Amy Fox blickte auf, als sie den Parkplatz überquerte, und sah Chad Becker und einen weiteren Deputy auf sich zukommen.

»Fährst du heute nicht mit Hunch?«, rief Becker. »Ich wette, der ist völlig fertig.«

»Ja«, lachte der andere. »Der alte Sack ist total hin und weg!«

Sie lachten noch lauter, als sie ihnen einen Vogel zeigte, und Becker stimmte das Lied an, das sie sangen, seit sie ins Büro gekommen war.

»Foxy Lady!«

Becker sang immer noch, als sie in der Polizeiwache verschwanden.

»Arschlöcher«, murmelte Fox und öffnete die Tür des Streifenwagens.

Ein Schatten erhob sich hinter ihr. »Sehr originell, die zwei, stimmt's?«

Sie drehte sich hastig um und sah Sean Taylor vom *Courier*.

Der Reporter hielt eine Hand hoch und schützte seine Augen vor der Sonne. »Auf dem Weg nach Zephyr? Hey, warten Sie«, drängte Taylor, als sie ins Auto stieg. »Ich habe ein paar Informationen für Sergeant Fisher.«

»Die Familie Garret, ich weiß. Keiner von ihnen ist aktenkundig, Mr Taylor. Wenn Sie also nichts ...«

»Es gibt keine Akteneinträge. Nicht für das hier. Ich gebe zu, ich wollte Ihrer Chefin Informationen entlocken. Aber ich habe wirklich was über die Familie Garret. Allerdings war das nichts wirklich Wasserdichtes. Dass eine Frau auf ihrem Land tot aufgefunden wurde, heißt zwar noch lange nicht, dass jemand von dort es getan hat. Aber ich habe eine Quelle in der Gerichtsmedizin, und die hat mir heute Morgen verraten, dass es eine weitere Leiche gibt. Eine Prostituierte, tot aufgefunden in der alten Fleischfabrik? Mit einem Gürtel erdrosselt?«

Fox fluchte innerlich. Sie machte sich in Gedanken eine Notiz, Fisher anzurufen, sobald sie unterwegs war. »Okay«, sagte sie vorsichtig.

»Also, wie sich herausstellt, lag ich vielleicht gar nicht so weit daneben.« Taylor fuhr sich mit der Hand durch sein schütteres Haar.

Fox fand, dass er aufrichtig besorgt aussah. »Schießen Sie los.«

»Ich brauche eine Gegenleistung.« Taylor hob seine Hand, als Fox den Kopf schüttelte. »Sie müssen Ihre Chefin beeindrucken. Und ich meinen Boss. Wir können uns gegenseitig helfen. Erzählen Sie mir von dieser Leiche in der Fabrik. Irgendetwas hat alle im Büro der Gerichtsmedizinerin ziemlich nervös gemacht. Ich hörte, es gebe eine Verbindung zwischen den beiden Leichen. Irgendwas Seltsames. Einiges weiß ich also schon, oder? Den Rest kriege ich bis heute Abend auch noch raus. Oder Sie geben mir jetzt, was ich brauche, und ich gebe Ihnen etwas, das den Durchbruch in diesem Fall bringen könnte.«

Fox dachte nach, aber ihr Kopf war erfüllt von Beckers hämischem Lachen. »Bisswunden«, sagte sie. »Bisswunden an beiden Körpern, und es fehlten Fleischstücke. Wir haben einen Zahn gefunden. Menschlich.«

»Himmel!«, murmelte Taylor, aber seine Augen funkelten wie billige Strasssteine.

»Na schön. Jetzt sind Sie dran.«

»Hoyt Garret. Der jüngste Sohn. Er trug schon in der Schule einen Spitznamen.«

Fox schüttelte irritiert den Kopf. »Einen Spitznamen?«

»Ja. Man nannte ihn Hoyt den Henker.«

20

In der Kirche in der West Fourth Street klapperte das Geschirr, und es roch nach gekochten Eiern und ungewaschener Wäsche. Riley bahnte sich einen Weg durch die wartende Menschenschlange, um zu Logan zu gelangen.

»Hast du Sarah Foster erreicht?«, fragte er.

»Mailbox sprang an. Ich habe eine Nachricht hinterlassen.« Riley neigte fragend den Kopf. Logan stand in der Schlange von Männern und Frauen, die sich mit Tabletts in der Hand langsam auf die Freiwilligen zubewegten, die auf einer Reihe von Tischen vor dem Altar das Essen ausgaben. Christus hing an einem goldenen Kreuz über ihnen. »Hoffst du auf ein Frühstück?«

»Anscheinend müssen wir mit allen anderen in der Schlange warten.« Logan nickte den Freiwilligen zu. »Schau dir mal ihre Schürzen an.«

Riley spähte über die Schultern derer, die vor ihr standen, und stellte fest, dass die Schürzen der Freiwilligen alle das gleiche Logo trugen: drei gelbe Ähren vor einer roten aufgehenden Sonne. Es war das Logo von Zephyr Farms. Sie runzelte nachdenklich die Stirn. »Miller sagte, er kenne niemanden bei der Genossenschaft.«

»Vielleicht tut er das auch nicht. Es ist nur ein Logo, kein Name.«

»Geht's weiter, Miss?«, sagte ein Mann hinter ihnen. Er lispelte die Worte durch seine fehlenden Vorderzähne hindurch. Sein Haar und sein Bart waren strähnig, die Wangen rot geädert. Er trug einen alten Weihnachtspullover, der ihm zu groß war, und der Weihnachtsmann auf der Vorderseite war vor lauter Flusen kaum noch zu erkennen.

»Glaubst du, das ist Zufall?«, fragte Logan, als sie sich vorwärtsbewegten und die Lücke schlossen. »Ich meine, Sarah Foster. Sie wird gefeuert, weil sie möglicherweise Medikamente gestohlen hat. Ihre Tochter verschwindet. Dann tauchen Pillen aus derselben Apotheke bei Nicole Kings Leiche auf?«

»Foster ist Alkoholikerin und süchtig. Wenn sie die Medikamente gestohlen hat, hat sie sie höchstwahrscheinlich verkauft, um ihre Sucht zu finanzieren. Vielleicht hat unser Obdachloser ihr etwas auf der Straße abgekauft? Das könnte die Verbindung sein, wenn es eine gibt. Aber ich mache mir allmählich mehr Sorgen um Gracie.«

Logan nickte.

»Ihr seid nicht wegen des Essens hier, oder?«, fragte die ältere Frau an der Spitze der Freiwilligen und musterte Riley und Logan, die sich durch ihre Kleidung deutlich von der mehr oder weniger zerlumpten Gemeinde abhoben.

»Nein, Ma'am.« Riley zeigte der Frau ihre Marke.

Die Frau schnaufte und lehnte die Schöpfkelle, die sie in der Hand hielt, an den Rand des Topfes. Darin befand sich gelber Schleim, den Riley als Maisbrei identifizierte. Den hatte ihre Großmutter im Winter oft zum Frühstück serviert. Das Maismehl wurde aus getrockneten Maiskörnern hergestellt, die man zu einem groben Pulver mahlte. Ihre Großmutter hatte es immer mit Wasser gekocht und dann mit einer Schicht Ahornsirup bedeckt auf den Tisch gestellt.

»Wir dachten uns schon, dass Sie vielleicht kommen«, sagte sie und nickte den anderen Servierkräften zu, von denen einige zu ihnen herübersahen. »Wir alle haben die Nachrichten gesehen.« Sie berührte ein silbernes Kreuz, das um ihren Hals hing. »Gott segne diese arme Frau. Und was James nur durchmachen muss?«

Riley nahm ihr Notizbuch heraus. »Sie kennen James Miller, Mrs ...?«

»Mrs Allen. Doris Allen.« Sie sah zu, wie Riley ihren Namen notierte. »James ist Freiwilliger hier. So ein netter junger Mann.«

»Können wir irgendwo reden?«

Schnell nahm Doris ihre Schöpfkelle wieder in die Hand. »Ich muss das Essen servieren, solange es noch heiß ist, meine Liebe.«

»Nur ein paar kurze Fragen, Mrs Allen«, drängte Riley. »Wie lange arbeitet James schon ehrenamtlich hier?«

»Er tauchte vor ein paar Monaten zum ersten Mal auf.«

»Wie oft arbeitet er?«

»Normalerweise nur einmal in der Woche. Ich weiß, dass er einen anspruchsvollen Job hat, deshalb kann er nicht öfter kommen. Ich glaube, er engagiert sich auch noch woanders. Er ist ein sehr wohltätiger Mann.«

»Wissen Sie, wo?«

Doris schüttelte den Kopf.

»Könnte sonst jemand hier etwas wissen? Steht er jemandem besonders nahe?« Rileys Blick wanderte die Reihe der Freiwilligen entlang. Sie waren allesamt über sechzig. Keine der Frauen schien eine Kandidatin für eine Affäre zu sein.

»Wir haben nicht viel Gelegenheit, soziale Kontakte zu knüpfen, wenn wir Gottes Arbeit tun«, sagte Doris und rührte den Maisbrei um.

»Natürlich.«

Doris hielt inne und setzte die Kelle wieder ab. »James bleibt für sich. Von Zeit zu Zeit kommen Leute wie er zu uns – Menschen, die es im Leben zu etwas gebracht haben. Manche wollen wirklich etwas geben. Andere haben ein schlechtes Gewissen. Manche denken, dass sie dadurch einen kleinen Bonus erhalten.« Sie ließ ihren Blick zu Christus am Kreuz schweifen. »Wenn ihr Tag gekommen ist.« Sie nickte in Richtung der Warteschlange. »Aber

James nimmt sich immer die Zeit, mit den Leuten unserer Gemeinde zu reden.«

Der bärtige Mann mit dem Weihnachtspullover schnaubte.

»Es geht sofort weiter, Sir«, versicherte Logan ihm.

»Gehört diese Suppenküche zu Zephyr Farms, Mrs Allen?«

Doris blickte auf ihre Schürze hinab. »O nein, das sind unsere Sponsoren.« Ihr Gesicht hellte sich auf. »Sie haben uns in den letzten zwei Jahren ihr überschüssiges Maismehl gespendet, Gott segne sie.« Dann veränderte sich ihre Miene wieder. »Ist das wahr? War es eins ihrer Felder, auf dem sie gefunden wurde?«

Riley nickte. »Wissen Sie, ob es zwischen James oder seiner Frau irgendeine Verbindung zu Zephyr gab? Hat er sie überhaupt je erwähnt?«

Doris schüttelte den Kopf. »Aber wie ich schon sagte, meine Liebe, keiner von uns kennt ihn gut.«

»Nur noch eine Sache, Ma'am. Erkennen Sie jemanden auf diesem Bild?«

Riley nickte Logan zu, der ihr das Foto in der Asservatentüte überreichte.

»Möglicherweise ist der Mann ein Obdachloser«, sagte Logan zu Doris, als sie es entgegennahm. »Vielleicht hat er in der alten Fleischfabrik übernachtet.«

Sie rümpfte die Nase. »Ausgerechnet dort?« Doris sah sich das Bild genauer an. »Nein, tut mir leid.«

Der Mann mit dem verfilzten Bart murmelte etwas.

Riley blickte sich um. »Wir wollten gerade gehen, Sir.«

»Nee …« Der Mann zeigte auf das Bild, das Doris gerade Logan zurückgeben wollte. »Das ist George.«

»George?«, sagte Doris. »George Anderson?« Sie hielt das Foto näher an ihr Gesicht. »Meine Güte, ja, ich glaube, Roger könnte recht haben.« Sie schüttelte den Kopf. »Er sieht jetzt ganz anders aus. Er hat eine Menge Gewicht verloren. Aber ja, ich glaube, das ist George.«

»Wissen Sie, wo wir Mr Anderson finden können?«

»Unten bei den Kriegsjungs«, lispelte der Mann. »Bei den Zementwerken.«

»Kriegsjungs?«

»Diejenigen, die gedient haben – am Golf, in Afghanistan. Die hängen meistens zusammen rum. George war im Irak, gegen diesen Saddam-Wichser.«

»Roger«, murmelte Doris und blickte entschuldigend zu Jesus auf.

Der Mann fuhr fort, ohne den Blick von Riley abzuwenden. »Anderson war dreimal in diesem Höllenloch. Erst als ihm zwei Finger weggesprengt wurden, ist er nach Hause gekommen.«

Riley betrachtete das Bild. Die linke Hand des Mannes lag sichtbar auf einer der Schultern des Jungen, die rechte hingegen war von den Falten der Decke verdeckt. »Wissen Sie, wie er auf der Straße gelandet ist?«

Roger nestelte an dem Weihnachtsmann auf seinem Pullover herum. Seine Hand war rot vor Schorf, seine Haut schälte sich wie Papier. »Du kommst nach Hause und erwartest eine große Parade, Luftballons und Trompeten auf der Hauptstraße. Aber alles, was du kriegst, sind Albträume und Wut. Die Ehefrau kennt dich nicht mehr. Die Kinder sind verängstigt. Man trinkt und nimmt Drogen, und dann hat man alles verloren. Dieses beschissene Land.« Er ignorierte Doris, die zusammenzuckte. »Du spendest ihm dein Blut, aber es ist nicht genug. Es saugt dich komplett aus.«

21

Fliegen summten unter dem Licht. Gelegentlich tauchten sie in rasantem Spiralflug nach unten ab. Die Küche wurde durch den trüben Schein der Glühbirne matt erhellt, deren gelblicher Schimmer sich auf ein Durcheinander aus dreckigen Pfannen auf dem befleckten Küchentresen, leeren Arzneiverpackungen und Flaschen ergoss.

Er wusste nicht mehr, wie spät es war. Er wusste kaum noch etwas. Der Geruch, der aus der Bratpfanne aufstieg, hatte alle anderen Gedanken verdrängt. Das Verlangen war übermächtig, durchströmte sein gesamtes Wesen, berauschte ihn. Das Wasser lief ihm im Mund zusammen. Fett von dem dunklen Stück Fleisch zischte und brutzelte in der Pfanne, kribbelte auf seiner Haut. Er kratzte seinen Arm, seine Nägel rissen den Schorf auf, und Perlen aus frischem Blut traten hervor. Draußen im Hof jaulte sein Hund.

Sein Magen krampfte sich zusammen, ein stechender Schmerz tief in seinen Eingeweiden. Er krümmte sich und kramte nach einer der weißen Pillendosen, die in dem Chaos verstreut lagen. Seine Hände zitterten, als er die Kappe öffnete, und Tabletten verteilten sich auf dem Tresen.

»Scheiße!« Der Fluch klang lallend, mit schwerer, geschwollener Zunge gesprochen.

Er ließ das Fleisch in der Pfanne braten, schob sich eine der Pillen in den Mund und bahnte sich seinen Weg zum Waschbecken. Es war schwarz vor Schmutz, ein fauliger Geruch entstieg dem

Abfluss. Er drehte den Wasserhahn auf und hielt seinen Kopf darunter. Nach Kupfer schmeckendes Wasser rann seine Kehle hinab. Er trank hastig und würgte an der Pille, dann schluckte er sie. Seine Sicht verschwamm, und er klammerte sich an den Rand des Waschbeckens, sobald der Schmerz ihn erneut packte.

Als das quälende Gefühl abklang, sah er durch Tränenschleier, dass das Waschbecken von roten Schlieren durchzogen war. An den Rändern blutrote Abdrücke in der Form seiner Finger. Er drehte seine Hände. Im trüben Licht erkannte er, dass sie blutüberströmt waren. Blut kannte er gut. Er hatte ein halbes Leben lang darin gearbeitet.

Diese großen rauen Hände hatten einst die Kadaver auf die Tische verfrachtet, das Fleisch abgezogen, die Knochen zerhackt, in Nieren gewühlt, noch warm vom Schlachthof. Aber das war, bevor die Tiere in derart engen Käfigen gehalten wurden, dass sie als Krüppel endeten. Bevor man sie mit Medikamenten vollpumpte, damit sie größer und fetter wurden. Bevor ihre kranken Kadaver in Chlor getränkt und für die Ladenregale verpackt wurden. Bevor die lokalen Schlachthöfe und Familienmetzgereien untergingen, mitsamt seinem Job.

Sein Blick huschte zum Küchentresen. Schatten tanzten am Rand seines Sichtfelds. Dort, auf einem dicken Holzbrett, lag das Stück Fleisch, von dem er zuvor eine Scheibe abgeschnitten hatte, die Schnittfläche noch blutig. Er schalt sich, weil er es draußen in der Hitze hatte liegen lassen. Er durfte nichts davon verschwenden. Nicht dieses Fleisch. Der Geruch zog ihn wieder zur Pfanne. Der Schmerz in seinen Eingeweiden war verschwunden. Nur der tiefe, hohle Hunger blieb.

22

»Jawohl, das ist George Anderson.«

Der Mann lehnte sich zurück und wischte sich mit dem Handrücken über die Nase. Er hatte Wunden an den Fingerknöcheln, quer über einer Tätowierung, die unter dem ausgefransten Ärmel seines Flanellhemds verschwand. Die beiden Männer, mit denen er an der Wand saß, nickten angesichts des Fotos. Der rechte hielt eine Flasche in einer Papiertüte in der Hand. Der linke hatte nur ein Bein. Das leere Hosenbein war mit einem Gummiband verzurrt. Ein Paar ramponierte Krücken lagen neben ihm im Dreck.

Die Wand hinter ihnen war mit Graffiti beschmiert, dem sinnlosen Vandalismus von Kids, die sich unbedingt profilieren wollten. In dieser Sackgasse, die zum Zementwerk führte, würden allerdings nicht viele Leute ihre Tags sehen. In der Nähe befand sich eine Überführung, und das Grollen der Lastwagen klang wie ferner Donner. Im Schatten darunter sammelte sich Müll. Aufgespannte Planen wogten im heißen Wind, der Riley Sand in die Augen blies.

Sie nahm das Foto wieder entgegen. »Wann haben Sie ihn zuletzt gesehen, Mr …?«

»Tom«, antwortete der Mann, der zuvor gesprochen hatte. Er blickte zu ihr auf, seine gelblichen Augen blinzelten im Sonnenlicht. Er zupfte nachdenklich an einer Kruste an seinem Hals, Blut perlte. »George war nicht mehr hier seit …?« Er sah die zwei anderen an.

»Ein paar Wochen«, sagte der Mann mit der Flasche, ehe er einen Schluck nahm. »Haben Sie was zu rauchen, Lady?« Er sah zwischen ihr und Logan hin und her.

»Nein, tut mir leid. Wir glauben, dass George in der alten Fleischfabrik in der Nähe des Black Hawk Creek geschlafen haben könnte.«

»Keiner ist verrückt genug, dort zu schlafen.«

»Ich hab auch gehört, dass er da draußen ist«, sagte der Einbeinige. Er nickte, als seine Kameraden ihn ansahen. »Dennis hat's mir erzählt. Er hat auch gesagt, dass ihm George irgendwie seltsam vorgekommen wäre.«

»Dennis Packer?« Tom gluckste. »Der redet viel, wenn der Tag lang ist. Total durchgeknallt, der Typ.«

»Inwiefern kam ihm George seltsam vor?«, fragte Riley.

Der Einbeinige zuckte mit den Schultern. »Keine Ahnung. Fragen Sie Dennis Packer.«

»Wo können wir den finden?«

»Unter der Erde«, antwortete der mit der Flasche. »Er ist letzte Woche gestorben.«

»Scheiße«, sagte der Mann mit dem einen Bein. »Das habe ich nicht gewusst.« Er griff nach der Flasche, hob sie hoch und nahm einen Schluck. »Gott segne den alten Spinner!«

Logan reichte ihnen ein Foto des Rucksacks mit Männerkleidung, den sie am Tatort gefunden hatten. »Kennen Sie den?«

»Ja«, antwortete Tom. »Das sind Georges Sachen. Was wollen Sie eigentlich von ihm?«

»Wir müssen mit ihm über eine Frau sprechen. Eine Prostituierte namens Nicole King.«

Tom brach in schallendes Gelächter aus. »George? Mit einer Nutte? Nie im Leben.«

»Was veranlasst Sie zu dieser Aussage?«, fragte Logan.

»George hat immer von seiner Frau gesprochen.« Tom nickte zu dem Foto in Rileys Hand. »Er hatte das Bild immer bei sich.

Hat es geküsst und ein Gebet gesprochen, bevor er sich schlafen gelegt hat. Das sind seine Frau Abby und seine beiden Jungs. Die sind zu ihrer Familie nach Kansas City gezogen, als das Haus gepfändet wurde. George hat gehofft, dass sie ihn wieder aufnehmen würde, sobald er clean ist. Er würde sich nie mit einer Nutte einlassen.«

»Er hat Drogen genommen?«

Tom zuckte mit den Schultern.

»Fenozen?«, schlug Riley vor.

Tom gluckste. »Ja, er war auf Purple Hearts. Konnte gar nicht genug davon bekommen.«

»Purple Hearts?«

»So nennen wir die«, antwortete der Mann mit dem einen Bein. »Für uns gibt's keine echten Verwundetenabzeichen in Form von Medaillen – nur Drogen, die uns beim Einschlafen helfen. Sie vertreiben die Albträume. Dabei helfen Purple Hearts. Oder Benzos oder Red Birds.«

Tom fuhr fort: »George nahm, was er kriegen konnte, um seine Ängste zu überwinden. Nach seinem dritten Einsatz war er total im Arsch. Er hat nicht nur seine Finger verloren – der Mann hat da draußen fast seinen Verstand verloren.« Er tauschte einen Blick mit den beiden anderen aus. Der mit der Flasche grunzte wissend.

»Hat er jemals verschreibungspflichtige Medikamente von einer Frau namens Sarah Foster bekommen?«

»Foster?«, fragte der Einbeinige. »Ist das nicht der Name des Mädchens, das vermisst wird?«

»Gracie Foster«, sagte Riley. »Sarah ist ihre Mutter. Kennen Sie sie?«

»Nee, hab nur die Plakate überall gesehen.«

»Hm, da frag ich mich, ob zwei Polizisten heute nichts Wichtigeres zu tun haben, als mit uns zu plaudern«, sagte Tom. »Ein vermisstes Mädchen. Ein vermisster George.«

»Warum sollte George vermisst werden?«

Tom deutete auf das Bild. »George hätte das nicht dagelassen. Wenn ein Mann in unserer Lebenssituation so etwas zurücklässt, kommt er nicht mehr wieder. Ich würde an Ihrer Stelle im Fluss nachsehen.«

»Oder haben ihn die Verschwinder erwischt?«, überlegte der Mann mit der Flasche.

»Verschwinder?«, fragte Riley.

»Das geht Sie nichts an«, sagte der Mann und nahm einen weiteren Schluck. Sein Blick wanderte zu Tom. »Was kümmert es die, wenn ein paar von uns verschwinden? Die werden einen Scheißdreck tun.« Er sah wieder zu Riley. »Warum kümmern Sie sich nicht um Ihre Angelegenheiten und lassen uns in Ruhe?«

Riley griff nach ihrer Brieftasche. »Weil es mir wichtig ist«, sagte sie und sah dem Mann in die müden Augen. Sie zog zwei Zwanzigdollarscheine heraus. Die drei Männer beobachteten sie. »Es ist sehr wichtig, dass ich George Anderson finde.« Sie hielt ihnen die Scheine hin. Der Mann mit der Flasche leckte sich über die Lippen, ließ Tom aber das Geld annehmen.

»Keiner von uns hat was gesehen«, sagte Tom und schob das Geld in die Tasche seiner abgetragenen Jeans. »Aber die Leute in den Unterkünften haben davon gesprochen. Ein weißer Lieferwagen, der die Leute von der Straße holt.«

»Ich habe keinen Bericht über etwas Derartiges gehört.«

»Warum sollten Sie? Das sind Menschen, die nichts haben. Nichts und niemanden. Wer würde die als vermisst melden?«

»Ich vermute, das sind Erntehelfer«, sagte der Einbeinige. »Ich habe gehört, dass die Chinesen Gefangene verschwinden lassen und ihnen die Organe stehlen, um sie an reiche Leute zu verkaufen.«

Tom schüttelte den Kopf. »Nee, was sollen die mit den Teilen vom alten George anfangen? Ich vermute, es ist irgendeine Firma, die Experimente anstellt.«

»Oder die US-Armee«, schlug der Mann mit der Flasche vor. »Die rekrutieren.«

»Da bin ich zum Glück raus«, sagte der Einbeinige und grinste.

Riley begegnete Logans Blick. Sie wünschte sich, sie hätte die Scheine nicht so bereitwillig hergegeben. »Okay, also, wenn ...«

»Das ist die Wahrheit, Lady«, sagte Tom mit seinen gelben Augen, ohne zu blinzeln. »Wir haben keine Ahnung, wer die sind, aber wir wissen, dass sie rumfahren und Menschen fangen.«

»Ein weißer Lieferwagen ist kein besonders hilfreicher Ausgangspunkt für uns«, sagte Logan. »Was ist mit der Marke? Modell? Nummernschild?«

»Bieten Sie mir gerade einen Job an?« Tom lachte freudlos und schüttelte den Kopf. »Dann verpiss dich und mach deinen.«

Riley und Logan gingen zurück zu ihrem Wagen und überließen die Männer ihrer sonnenversengten Mauer.

»Verschwinder?«, sagte Riley und zog eine Augenbraue hoch. »Das ist mir neu.«

»Kidnapping? Organhandel?« Logan blickte zu den Männern zurück, als er den Dodge erreichte. »Die Typen haben uns über den Tisch gezogen.«

Riley atmete aus und kam sich dumm vor, weil sie das Geld verschenkt hatte. »Trotzdem, ich werde sehen, ob es irgendwelche Berichte gibt, die diese Geschichte bestätigen. Wir müssen Anderson finden. Falls er da draußen irgendwo rumläuft.« Sie hielt inne und dachte an den toten Mann, von dem die drei gesprochen hatten. »Dieser Dennis Packer, den sie erwähnt haben – Webb sagte, dass in letzter Zeit ein paar Obdachlose bei ihr auf dem Tisch gelandet sind. Ich werde bei ihr nachfragen, ob einer von ihnen identifiziert werden konnte.« Sie holte ihr Handy heraus.

»Hunger, Sergeant?« Logan nickte zum Rücksitz, wo er eine Kühlbox deponiert hatte. »Ich habe genug für zwei eingepackt. Es wird besser sein als dein üblicher Plastikmist, versprochen. Zumindest kein Ranch-Dressing.«

Sie hielt sich das Handy ans Ohr. »Hey. Iowa ist aus einer Ranch entstanden.«

»Weißt du, dass einige der Inhaltsstoffe auch bei der Herstellung von Farbe verwendet werden?«

»Du verdirbst einem wirklich jeden Spaß.« Riley hörte, wie das Telefon klingelte. »Okay, ich esse auch was von deinem Kaninchenfutter.« Sie schlüpfte ins Auto und schaltete die Klimaanlage ein, während Logan sich die Kühlbox schnappte. Webbs Telefon war auf Mailbox gegangen. Riley wollte gerade eine Nachricht hinterlassen, als sie ihn schreien hörte. Es schepperte, und Logan sprang zurück. »Was zum Teufel?« Riley stürzte blitzschnell aus dem Auto. »Logan?«

Logan stand auf dem Bordstein und starrte auf den verstreuten Inhalt der Kühlbox. Zwischen den ordentlich verpackten Folienpaketen und Tupperware-Dosen mit Salat und Obst befand sich ein Stückchen rohes Fleisch. Riley erkannte, dass es die Zunge eines Tieres war. Der Größe nach von einem Schwein. Die leberfarbene Oberfläche war fleckig und rissig, und aus dem abgetrennten Ende ragten schwarze Adern und Knorpel hervor. Sie sah zu Logan, der wirklich schockiert wirkte und sich mit einer Hand durch die Haare fuhr. Als sie wieder auf die Zunge blickte, wusste Riley, wer sie dort platziert hatte. An Logans verhärtetem Gesichtsausdruck erkannte sie, dass auch er es wusste.

»Cole«, murmelte sie.

23

Thorne sah von ihrem Laptop auf, als sie das Geräusch eines nahenden Autos hörte. Es war ein SUV. Eine Frau saß am Steuer, sonst saß niemand im Wagen. Thorne beobachtete sie, aber die Frau blickte nicht einmal in die Richtung des alten Mustang, der am Straßenrand geparkt war. Die Gegend, in der die Villa des Gouverneurs stand, war eine der wohlhabendsten in Des Moines, und Thorne hatte befürchtet, dass ihr verrostetes Vintage-Gefährt ungewollt Aufmerksamkeit erregen könnte, aber es war weitgehend ruhig hier. Zwischen den Bäumen konnte sie die Villa sehen, die sich hinter dem Kutschenhaus erhob. Auf dem Anwesen war niemand zu sehen. Keine Führungen heute.

»Was meinst du?«, fragte Leo und verfolgte den Geländewagen im Rückspiegel. »Maximal ein Kind, oder?«

Thorne tippte wieder auf die Tasten. »Was?«

»Sieben Sitze? Ich wette, sie hat nur ein Kind.«

»Das hier ist auch nicht gerade ein Spritsparmodell«, murmelte sie und versuchte, den GorillaPod, der die Dose hielt, am Türgriff zu befestigen. Die Dosenantenne – die erste Richtfunkwellenleiterantenne, die sie unter Alex' Anleitung gebaut hatte – war mit Aufklebern bedeckt, die das ursprüngliche Pringles-Etikett verbargen. Abermals überprüfte sie den Bildschirm.

»Das ist was anderes. Du hast ihn geerbt.« Leo zuckte mit den Schultern. »Du würdest dir nie einen neuen kaufen.«

Das stimmte. Sie hatte nicht einmal den Mustang gewollt, der seit dem Tod ihres Vaters im Dunkel der Garage ihrer Großmutter gestanden hatte. Er war das Einzige, was er ihr jemals geschenkt hatte – abgesehen vom Leben. Sie hatte mit dem Gedanken gespielt, ihn zu verkaufen, aber Alex hatte gesagt, sie solle ihn behalten, weil er unter Umständen der Sache dienen könne. Das war das Letzte, was er gesagt hatte, bevor er untergetaucht war, denn das FBI war ihm auf den Fersen.

»Wir sind drin!« Sie lächelte triumphierend, als die Antenne ihren Pineapple Nano empfing, der mit dem Router im Schrank verbunden war und sich als Teil des WiFi-Netzwerks auf dem Anwesen ausgab – ein perfektes Medium, das es ihr ermöglichte, die Systeme zu durchsuchen, ohne Firewalls zu durchbrechen. Thorne überprüfte die Liste der Geräte, die aufgetaucht waren – Desktops und Drucker, Laptops, sogar Musikanlagen. Etliche waren wie erhofft schlecht konfiguriert. »Das passiert, wenn ihr eure Türen offen stehen lasst, Leute.«

Leo gluckste über ihrer Schulter.

Thornes Grinsen wurde breiter. »Strategiemeetings für den Wahlkampf. Personalakten.« Sie scrollte durch die Fotos von Mitarbeitern. Stellenbeschreibungen und Zeugnisse glitten über den Bildschirm.

»Hey, geh noch mal zurück. Da.« Er tippte auf dem Bildschirm auf das Porträtfoto eines kantigen, grimmig dreinblickenden Glatzkopfes. »Den hab ich bei ein paar Kundgebungen gesehen. Er sah aus wie ein Security-Typ. Allerdings nicht von der State Police.«

»Gage Walker«, las Thorne aus der Akte vor. »Hier steht, er stieß vor einem Jahr zur Truppe des Gouverneurs. Leiter von Rampart. Rampart?« Sie schaute Leo an. »Alex hat die mal erwähnt, oder?«

Leo hatte sein Handy bereits hervorgezogen und googelte. »Richtig. Rampart. Private Sicherheitsfirma. Ehemalige Polizisten, Ex-Soldaten und Spezialisten für Cyberoperationen. Sind stolz auf ihre Diskretion und Effizienz.« Er hob eine Augenbraue. »Ein

Euphemismus für ›Wir reiten jeden in die Scheiße und sagen es niemandem‹?«

Thorne las weiter in Walkers Akte. War bei den U.S. Special Forces, Einsätze im Irak, in Afghanistan, im Südsudan. HALO- und HazMat-qualifiziert. Was wollte der Gouverneur, der bereits von der State Police gut beschützt wurde, mit einem solchen Team?

Leo las ihre Gedanken. »Vielleicht hat's das Arschloch endlich kapiert? Dass er noch mehr Schutz brauchen wird, wenn er die Wahl gewinnt? Dass wir gerade erst anfangen.«

Thorne nickte, aber als sie Gage Walkers Lebenslauf überflog, erschien ihr Rampart immer noch zu viel des Guten. Sie schloss die Personalakten und scannte das Netzwerk nach weiteren Geräten. Wieder grinste sie. »Schau dir das an.« Sie deutete auf einen Desktop, der als *Gouverneur 1* aufgeführt war. Darunter befand sich ein Laptop mit dem Namen *Gouverneur 2*. »Lauter offene Ports!«

»So ein Trottel!« Leo lachte und wedelte mit den Händen in der Luft. »Hallo, Hacker! Hier bin ich!«

»Okay, wir sollten ... « Thorne hielt inne, ihre Finger verharrten über der Tastatur. Plötzlich trennte sie die Verbindung zum Pineapple und schloss den Bildschirm.

»Hey!«

Sie wandte sich Leo zu. »Sie heuern ein privates Sicherheitsteam an, das auf Cyberoperationen spezialisiert ist, und lassen dann die Tür für jeden offen, der mit einer Pringles-Dose und einem Gerät vorbeikommt, das man bei Amazon kaufen kann?«

»Aber ... « Leo verzog das Gesicht. Sein Protest verstummte.

»Das ist ein Köder«, murmelte sie. »Wenn ich reingehe, können sie mich zurückverfolgen. *Verdammt!*« Sie drosch auf das Armaturenbrett ein.

Leo sackte in seinem Sitz zusammen, während Thorne die Antenne abmontierte. »Cook könnte gewinnen. Sie liegt jetzt in den Umfragen vorn.«

»Bis zur Wahl sind es noch Monate. Da kann alles passieren. Wir müssen *garantieren*, dass sie gewinnt.« Thorne drehte den Schlüssel im Zündschloss. »Wir gehen zu Plan B über.«

»Kacke!«, murmelte Leo und schloss die Augen.

24

Als Riley das Büro betrat, klingelte das Telefon auf ihrem Schreibtisch. Sie setzte ihren Kaffee ab und nahm den Hörer. »Sergeant Fisher, ähm ... Oh, hallo, Dr. Webb, danke für den Rückruf.« Riley blickte auf, da Schmidt eintrat. Der betagte Detective schaute sie ungeduldig an, während er seine Jacke über die Stuhllehne warf.

»Ich habe heute Morgen Antwort von Bruce erhalten«, sagte Webb am Telefon.

»Bruce?«

»Der forensische Kieferorthopäde. Er hat sich die Tatortfotos angesehen, die ich ihm von Miller und King geschickt habe, und sich dabei auf die Verletzungen konzentriert – die Stellen, wo Fleisch fehlt, das Fragment eines Zahns. Er bestätigt meine Vermutung, dass die Bisswunden höchstwahrscheinlich von einem Menschen stammen.«

Rileys Hand wanderte zu ihrem Nacken, dem weißen Oval aus Narbengewebe, aber als sie bemerkte, dass Hunch sie immer noch ansah, griff sie stattdessen nach ihrem Kaffee. »Okay.«

»Bruce meint jedoch, ein eindeutiger Vergleich sei aufgrund der fortgeschrittenen Verwesung von Kings Körper praktisch unmöglich. Er bestätigt, dass wir mit der DNA die besten Chancen haben. Ich habe beim staatlichen Labor einen Antrag auf ein Schnellverfahren gestellt, mache mir allerdings keine allzu großen Hoffnungen.«

»Danke, ich weiß das zu schätzen. Aber das ist nicht der Grund, warum ich gestern angerufen habe.«

»Nein?«

»Verzeihung, ich hätte mich deutlicher ausdrücken sollen. Ich hatte eine Frage zu den beiden Obdachlosen, von denen Sie sagten, sie seien kürzlich eingeliefert worden. Die tot in der Kirche in der Nähe des Dry Run Creek aufgefunden wurden.«

»Ach?«

»Ist einer von ihnen identifiziert worden?«

»Der eine noch nicht, aber der zweite ...« Das kurze Klappern einer Tastatur war zu hören. »Die Polizei von Waterloo hatte ihn als vermisst gemeldet. Ein Familienmitglied hat ihn vor zwei Tagen identifiziert. Dennis Packer. Zweiundfünfzig Jahre alt. Kriegsveteran.«

Zumindest eine der Geschichten der Kriegsjungs stimmte also. Riley hatte bereits überprüft, ob es Berichte über einen weißen Lieferwagen gab, der Menschen von der Straße verschwinden ließ, aber sie hatte – wenig überraschend – kein Glück gehabt. Niemand in den Notunterkünften, die sie und Logan gestern aufgesucht hatten, hatte George Anderson in den letzten Wochen gesehen. Ein Ehrenamtlicher jedoch hatte das Foto erkannt und gesagt, Anderson habe sich in letzter Zeit immer mehr zurückgezogen. Riley hatte die Nummer seiner Ex-Frau Abby in Kansas City ausfindig gemacht, aber die Frau, deren Schmerz in der Stimme zu hören war, hatte seit über einem Jahr nichts mehr von ihm gehört.

Weil Riley schwieg, fragte Webb: »Warum interessiert Sie das, Sergeant?«

»Ich suche nach einem möglichen Verdächtigen im Mordfall Nicole King. Ein Obdachloser namens George Anderson. Wir glauben, dass er in der Fleischfabrik quartierte, in der Kings Leiche gefunden wurde. Ich habe ein Foto von ihm, das sich am Tatort befand. Besteht die Möglichkeit, dass Sie es mit dem zweiten Mann abgleichen?«

»Natürlich.«

Riley drückte den Hörer mit der Schulter an ihr Ohr und kopierte die Datei mit dem Familienfoto in eine E-Mail.

»Es ist seltsam, dass Sie wegen Packer anrufen«, meinte Webb.

»Wieso?«

»Seine Autopsie ergab etwas sehr Merkwürdiges. Er – ah, hier ist Ihre Mail. Ah. Nein, das ist nicht Ihr Mann.«

»Sind Sie sicher? Offenbar hat Anderson seit der Aufnahme viel Gewicht verloren.«

»Das mag sein, aber ich bezweifle, dass er die Hautfarbe gewechselt hat. Mein Mann ist schwarz.«

»Verdammt! Na gut. Sie sagen, bei Packer sei etwas seltsam?«

»Ja, seine Autopsie. Packer starb an Niacinmangel.«

»Niacin?«

»Vitamin B3. Es ist nicht ungewöhnlich, dass Menschen in Packers Lebenssituation unter Vitaminmangel leiden, verursacht durch schlechte Ernährung, Alkoholismus, geschwächtes Immunsystem. Aber in seinem Fall war er so schwerwiegend, dass sich daraus eine Krankheit namens Pellagra entwickelt hatte.«

»Noch nie gehört.«

»Das überrascht mich nicht. Die Krankheit ist heutzutage in den USA extrem selten.«

»Heutzutage?«

»Pellagra war eine amerikanische Epidemie im letzten Jahrhundert. Sie betraf mehr als drei Millionen Menschen und forderte über hunderttausend Todesopfer. Sie wurde im Wesentlichen durch schlechte Ernährung und Armut verursacht. Nach den 1940er-Jahren, als Mehl – die Hauptnahrungsquelle der Menschen – mit Niacin angereichert wurde, verschwand die Pellagra in Amerika und Europa fast völlig, aber in den Entwicklungsländern sind immer noch viele Menschen davon betroffen. Es ist eine ziemlich furchtbare Krankheit.«

»Sie scheinen sich mit diesem Thema gut auszukennen.«

»Um ehrlich zu sein, musste ich es nachschlagen«, gestand Webb und klang verlegen. »Ist also alles noch frisch. Am Anfang war ich ratlos. Wie ich schon sagte, es ist eine furchtbare Krankheit, die Dermatitis, Durchfall und Demenz verursacht. Und die, wenn sie unbehandelt bleibt, tödlich ist.«

»Demenz?« Ein Bild tauchte in Rileys Kopf auf – ihr Großvater stand mitten in der Nacht in seinem Pyjama am Bach und starrte ausdruckslos auf das dunkle Wasser. »Würde diese Krankheit für andere erkennbar sein? Würden sich die Betroffenen irgendwie anders verhalten?«

»Im fortgeschrittenen Stadium schon, ja.«

Riley dachte über ihr Gespräch mit Tom und den Kriegsjungs nach.

Er hat auch gesagt, dass ihm George irgendwie seltsam vorgekommen wäre.

Dennis Packer? ... Total durchgeknallt, der Typ.

Sie dachte an die Pillen, die mit Andersons Habseligkeiten am Tatort des Mordes an Nicole King gefunden worden waren, an die Pillen, die Sarah Foster möglicherweise aus der Apotheke gestohlen und auf der Straße verkauft hatte. Fenozen.

Purple Hearts ... Für uns gibt's keine echten Verwundetenabzeichen in Form von Medaillen – nur Drogen, die uns beim Einschlafen helfen. Sie vertreiben die Albträume.

George Anderson war ein Kriegsveteran. Genau wie Dennis Packer.

»Sie sagten, eine Mangelernährung könne Pellagra verursachen – was ist mit bestimmten Medikamenten? Könnten die ebenfalls den Mangel verursachen?«

»Möglicherweise, ja. Ich müsste mehr Nachforschungen anstellen. Aber das hatte ich ohnehin vor – sowohl aus Neugierde als auch wegen des Berichts.«

Riley drehte sich um, als Gelächter ertönte, und sah Logan und

Fox eintreten. Fox grinste über etwas, das Logan gesagt hatte. Sie verstummten, als sie sie am Telefon sahen. »Haben Sie einen Drogentest bei Packer durchgeführt?«

»Habe ich.«

»Könnten Sie mir das Ergebnis mitteilen, wenn es vorliegt?«

Webb hielt inne. »Nun ja, technisch gesehen war das ein Fall der Waterloo ...«

»Ich möchte nur wissen, ob Packer ein bestimmtes Medikament eingenommen hat. Ein Barbiturat namens Fenozen.«

Webb lenkte ein. »In Ordnung. Ach, und ich wollte noch sagen, dass ich in den nächsten Tagen Ergebnisse zu den Glasscherben erwarte, die ich in Chloe Millers Hand gefunden habe.«

»Danke, Dr. Webb!«

Riley legte den Hörer auf. In ihrem Kopf arbeitete es.

Schmidt wollte etwas sagen, aber Logan kam ihm zuvor. Nach dem gestrigen Vorfall mit der Schweinezunge war er sehr still gewesen, aber jetzt schien er wieder ganz der Alte zu sein und wollte unbedingt loslegen. »Sarge, ich habe gestern Abend einen Anruf von Nicole Kings Schwester erhalten. Sie sagte, sie und Nicole hätten sich entfremdet und seit Jahren keinen Kontakt mehr gehabt.«

»Wie hat sie die Nachricht aufgenommen?«

»Als ob es angesichts des Lebensstils ihrer Schwester unvermeidlich gewesen wäre. Nächstes Wochenende fliegt sie von Bangkok aus rüber, um sich um die Beerdigung zu kümmern. Dann können wir ausführlicher mit ihr sprechen.«

»Was ist mit Kings Freunden?«

»Einer war mit seiner Frau im Ausland im Urlaub. Der andere wurde im County wegen Trunkenheit und einer Ordnungswidrigkeit verhaftet. Ein paar weitere müssen wir noch überprüfen.«

»Hast du Sarah Foster erreicht?«

»Ich habe ihr gestern Abend eine Nachricht hinterlassen und heute Morgen noch einmal angerufen. Ohne Erfolg.«

Es war erst einen Tag her, dass sie sie angerufen hatten, aber Riley war überrascht, dass Sarah nicht am Telefon hing, da ihre Tochter immer noch vermisst wurde. »Versuch es weiter. Wir müssen herausfinden, ob sie für den Diebstahl der Medikamente in der Apotheke verantwortlich ist. Sie soll wissen, dass sie nicht in Schwierigkeiten steckt – dass wir nur wissen wollen, ob sie jemals an George Anderson verkauft hat. Okay, und du, Hunch ...«

Fox hob ihre Hand, bevor Schmidt den Mund aufmachen konnte. »Wie ist es in der Suppenküche gelaufen?«

»James Miller hat tatsächlich dort gearbeitet. Schon seit ein paar Monaten. Anscheinend war er an mehreren Stellen ehrenamtlich tätig, was zu dem passt, was Mia Collins über ihn erzählt hat – den Planeten retten und so. Und es gibt eine Verbindung zu Zephyr Farms. Die beliefern die Suppenküche nämlich mit überschüssigem Maismehl. Allerdings spendet Zephyr an eine Reihe örtlicher Wohltätigkeitsorganisationen.« Riley klappte ihren Laptop auf. »Letztes Jahr stand ein Artikel im *Courier*. Die Bürgermeisterin hat sie gelobt.«

Ihr Team rückte vor dem Bildschirm zusammen, um den Artikel zu lesen, bei dem ein Bild von Angela Roberts zu sehen war, die John Brown eine Plakette überreichte und mit seinen Söhnen um die Wette lächelte. Frank Garret war ebenfalls anwesend, ebenso wie die anderen Mitglieder der Genossenschaft, Ted Davis und Ed Wilson.

»Keine richtig brisante Verbindung«, schloss Riley und klappte den Laptop zu. »Aber ich werde noch mal mit Miller sprechen. Möglicherweise ist er durch seine ehrenamtliche Tätigkeit auf George Anderson gestoßen. Die Frau, mit der wir in der Suppenküche gesprochen haben, meinte, Miller würde mit den Gästen sprechen. Da könnte was dran sein. Vielleicht ist Anderson Chloe in diesem Zusammenhang begegnet? Hatte sie im Visier? Ich gehe der Sache nach.« Riley nickte Schmidt zu. »Okay, Hunch, wie ich sehe, brennt dir was auf der Seele.«

Schmidt richtete sich auf. »Ich war gestern fast den ganzen Tag bei Green Fields Technology, Sarge, und habe Millers Kollegen befragt. Die Aussagen, die ich aufgenommen habe, waren sehr positiv. Alle betonen Millers Leidenschaft für seinen Job und seine harte Arbeit. Es gibt keinerlei Anhaltspunkte für unangemessenes Verhalten oder irgendwelche Aktivitäten, die auf eine Affäre hindeuten könnten, aber ich werde weiter nachforschen.«

Riley nickte. Trotz ihres anfänglichen Gefühls, dass während ihres ersten Gesprächs mit James Miller etwas nicht gestimmt hatte, zeichneten all diejenigen, die ihn kannten, ein rundweg positives Bild von ihm.

Will die Welt retten. Ein sehr wohltätiger Mann. Arbeitet leidenschaftlich und hart.

»Ich muss heute noch mit ein paar Leuten sprechen«, fügte Schmidt hinzu. »Aber ich kann dir jetzt schon sagen, dass Millers Chef ihm ein solides Alibi für den Mord an Nicole King verschafft hat. Am Tag ihres Todes schob Miller eine Doppelschicht im GFT-Labor.«

Riley saugte an ihrer Lippe. Wenn Chloe und Nicole von ein und derselben Person getötet worden waren, wurde es immer wahrscheinlicher, dass James Miller aus dem Schneider war. Das bedeutete, dass der einzige Verdächtige, den sie noch hatte, George Anderson war – ein Phantom. Sie konnte fast hören, wie Reeds Finger auf seinen Schreibtisch trommelten.

»Und noch was habe ich rausgefunden, Sarge«, sagte Schmidt in ihr Schweigen hinein. »GFT ist eine Tochtergesellschaft eines viel größeren Unternehmens.« Er zog eine Augenbraue hoch. »Rate mal, von welchem?«

»Agri-Co«, murmelte Riley.

»Ganz genau.«

Sie nahm ihren Kaffee – er war kalt geworden. »Das ist nicht sonderlich überraschend. Agri-Co ist mit vielen landwirtschaftlichen Unternehmen und Farmen im Mittleren Westen verbunden, und sei es nur durch die Verwendung ihres Saatguts und ihrer Pestizide.«

»Aber weißt du noch, wie wütend John Brown war?«, fragte Schmidt. »Man konnte seinen Hass auf Agri-Co praktisch riechen. Er beschuldigte sie, mit schmutzigen Tricks zu spielen. Möglicherweise Sabotage. Was, wenn Chloe Miller ermordet wurde – nicht von ihrem Mann, sondern seinetwegen? Wegen seiner Verbindung zu Agri-Co? Miller ist Bioingenieur und arbeitet an der Veränderung von Saatgut. Zephyr wiederum hat dieses neue Saatgut, das für den großen Preis auf der State Fair nominiert ist. Könnte es da eine Verbindung geben?«

Riley dachte die Fakten durch. »Das ist weit hergeholt, Cam. Wenn Brown Chloe aus Rache wegen eines Handelsstreits getötet hat, kann ich mir nicht vorstellen, dass er ihre Leiche auf seinen eigenen Feldern zurücklässt und uns dann davon berichtet. Sein Schock, die Drohnenaufnahmen – all das schien authentisch und aufrichtig zu sein. Außerdem: Wenn Menschen aus geschäftlichen oder wirtschaftlichen Gründen ins Visier genommen werden, haben wir es normalerweise mit Entführung, Erschießung und Vertuschung zu tun. Du hast Chloes Verletzungen gesehen. Sie war völlig zerfetzt. Es war barbarisch. Was Persönliches.«

»Okay, dann nicht Brown selbst, sondern vielleicht jemand anders bei Zephyr? Was ist mit Frank Garret? Brown sagte doch, dass dessen Felder von einer der Testfarmen von Agri-Co besprüht wurden?«

»Sarge, ich ...« Fox stockte, als sich alle zu ihr umdrehten. »Tja, da habe ich vielleicht was. Über die Garrets.«

25

Vier Stunden später fuhr Riley über die Nebenstraßen von Waterloo aus der Stadt hinaus in die Weite der grün leuchtenden Maisfelder. Getreidesilos und Windturbinen glitzerten im Sonnenlicht. Staubwolken verfolgten langsam vorankommende Traktoren. Falken kreisten in der Thermik. Sie erinnerte sich an die Zeit, als die Vögel im Frühjahr zu Hunderten den Pflügen gefolgt waren und im Rad die ausgegrabenen Würmer aufgefangen hatten. Heute sah man das kaum noch. Pestizide und synthetische Düngemittel ließen den Mais zwar schnell und hoch wachsen, aber für die Vögel gab es keine Würmer mehr zu fressen.

Riley warf einen Blick auf Amy Fox, die schweigend neben ihr saß. »Von wem, glaubst du, stammt der Tipp bezüglich Hoyt Garret?« In der Ferne konnte sie den Wasserturm neben den Feldern sehen, wo Chloe gefunden worden war.

Fox starrte vor sich hin. »Wie ich schon sagte, Sarge, es war ein anonymer Anrufer. Ich schätze, viele Leute hier wissen, dass wir Zephyr Farms unter die Lupe nehmen. Vielleicht jemand aus seiner Schule? Jemand, der sauer auf ihn ist?«

»Hm.« Riley dachte an die Geschichte zurück, die ihnen einer von Hoyt Garrets ehemaligen Lehrern an der Junior High kürzlich erzählt hatte. Die Geschichte lag zwar schon ein Jahrzehnt zurück, aber sie schien im Kopf des Lehrers nicht verblasst zu sein. Er erinnerte sich empfindlich genau daran, wie Hoyt zu dem widerwärtigen Spitznamen gekommen war – Hoyt der Henker.

»Die Abzweigung ist gleich da vorne, Sarge«, sagte Fox und deutete auf einen Feldweg.

Riley bog auf die schmale Straße ein, die eine Schneise zwischen Maisfeldern in Richtung einer Reihe von Farmgebäuden schlug.

Die Farm der Familie Garret war ein alter zweistöckiger Kastenbau, der neben der gigantischen roten Scheune fast winzig wirkte. Dahinter erhoben sich Getreidesilos. Landwirtschaftliche Maschinen und Geräte standen und lagen verstreut um Pick-ups und einen Pferdetransporter herum. Drei Kinder mit lockigen Haaren spielten in Unterwäsche Fangen durch einen surrenden Rasensprenger und kreischten jedes Mal, wenn sie nass gespritzt wurden.

»Hallo?«, rief ein Mann, der durch die Gittertür trat, als Riley und Fox aus dem Dodge stiegen. Er war kräftig gebaut und hatte lockiges, helles Haar, das von grauen Strähnen durchzogen war. Er starrte sie misstrauisch an.

»Das ist Frank Garret«, murmelte Fox an Rileys Seite.

»Schon gut, Pa, ich mach das!« Ein junger Mann eilte aus der roten Scheune auf sie zu. Er trug eine Baseballkappe mit dem Logo von Zephyr, mit Motoröl verschmierte Jeans und abgewetzte Arbeitsstiefel. Er war erst vierundzwanzig, aber sein goldfarbener Bart ließ ihn älter aussehen. Die blauen Augen waren rund, fast fischartig, und seine Lippen waren dick und rot. »Deputy«, schnaufte er und nickte Fox zu. Sein Blick wanderte zu Riley. »Hoyt Garret, Ma'am«, sagte er, zog sich die Baseballkappe vom Kopf und reichte ihr die Hand.

»Mr Garret«, erwiderte Riley. Hoyts Griff war fest. Die Stimme des Lehrers kam ihr in den Sinn. *Ich musste ihn von ihr losreißen.* Es gelang ihr, ihren Tonfall freundlich zu halten. »Ich bin Sergeant Riley Fisher. Wir haben vorhin miteinander telefoniert. Wir haben nur ein paar Fragen.«

»Gehen wir besser nach hinten«, sagte Hoyt schnell. »Im Haus geht's drunter und drüber. Wir packen für die State Fair.« Beim Schrei eines der Kinder zuckte er zusammen.

»Sind das Ihre?«, fragte Riley, als Hoyt sie vom Haus und der Scheune wegführte.

»O nein, Ma'am, die sind von meiner Schwester, Lizbeth.«

»Aber sie leben hier?«

Hoyt nickte. »Seit Lizbeth sich vor ein paar Jahren von ihrem Mann getrennt hat.« Er räusperte sich. Er klang nervös. »Sie ist, ähm, unterwegs.« Er blieb im Schatten einer Reihe von Eichen stehen, die das Grundstück begrenzten. Fliegen tanzten im Schatten. Schweiß glitzerte auf seiner Stirn. »Wie kann ich Ihnen helfen?«

»Wir würden gerne über Jessica Wright sprechen.«

Der Name trieb die Hitze in Hoyts gebräunte Wangen. »Was ist mit ihr?«

»Sie gingen mit ihr zur Schule?«

»Ja.«

»Und da gab es mal einen Zwischenfall?«

Hoyt ließ den Kopf hängen. »Darüber spreche ich nicht gern.«

»Das kann ich mir vorstellen«, sagte Riley und behielt den ruhigen, mitfühlenden Ton bei. »Das muss hart für Sie gewesen sein ...«

Sein Kopf schoss in die Höhe. »Ja, genau! Ich wollte ihr nie wehtun. Es war ein Fehler. Ein Missverständnis.«

»Erzählen Sie uns doch, was damals passiert ist.«

Hoyt knautschte die Baseballkappe zusammen. Riley bemerkte eine hässliche Narbe an der Seite einer seiner Hände, eine tiefe Wunde, die von seinem kleinen Finger bis zum Handgelenk reichte. Sie war grob genäht worden, die Ränder waren faltig.

»Das sieht übel aus«, sagte sie und nickte zu seiner Hand hin.

»Ein Unfall«, antwortete Hoyt. »Hab mich mit einer Säge geschnitten. Ist ein paar Monate her.« Er schob die Baseballkappe so über seine Hand, dass sie die Narbe bedeckte. »Ist etwas passiert? Mit Jessica?«

»Nein, Mr Garret. Ihr geht es gut. Wir ermitteln nur im Zusammenhang mit dem Tod von Chloe Miller.«

»Ich habe Ihnen doch gesagt, wo ich in der Nacht war, als die Frau auf unseren Feldern gestorben ist«, sagte Hoyt und sah Fox an.

»Sie waren bei Ihren Brüdern«, sagte Riley und lenkte seine Aufmerksamkeit wieder auf sich. »Ryan und Jacob?«

»Genau. Wir waren bis etwa neun Uhr hier bei meinen Eltern. Dann sind wir ins *Thunder Ridge Roadhouse*. Wir haben ein paar Bier getrunken. Haben über unsere Pläne für die State Fair gesprochen.«

Riley nickte. Fox hatte das im *Thunder Ridge* überprüft. Keiner der Angestellten konnte sich daran erinnern, die drei Brüder gesehen zu haben, aber an diesem Abend hatte ein Hawkeyes-Spiel stattgefunden, und der Laden war rappelvoll gewesen. »Wissen Sie, Mr Garret, eine weitere Frau wurde gefunden. Draußen bei der alten Fleischfabrik in der Nähe von Black Hawk Creek. Sie wurde erdrosselt. Mit einem Gürtel.«

Schweiß rann Hoyt über die Wange. »Ja?«

»Warum erzählen Sie uns nicht, was damals in der Schule passiert ist?«

»Jessica hat mich erschreckt, das ist alles. Als sie aus der Kabine kam.«

»Auf der Mädchentoilette«, sagte Fox in scharfem Ton.

Riley blickte sie an. »Fahren Sie fort, Mr Garret.«

»Ich war nur neugierig. So sind Jungs, oder? Ich wollte nur mal schauen.« Sein Gesicht war inzwischen so rot wie die Scheune. »Ich bin in die Kabine neben der, wo Jessica war. Sie hat mich gesehen, ist rausgekommen und hat angefangen zu schreien. Da hab ich Angst bekommen. Sie hat nicht mehr aufgehört zu schreien. Ich dachte, gleich schlägt sie mich!«

»Was ist dann passiert?«

»Auf einem der Waschbecken lag ein Pullover. Vielleicht war es ihrer? Keine Ahnung. Jedenfalls hab ich den Pulli genommen. Ich wollte nur, dass sie aufhört zu schreien, damit ich mit ihr reden kann.« Hoyt wrang die Baseballkappe in seinen Händen, den Blick abgewandt. »Ich ... ich hab ihr den Pullover aufs Gesicht gedrückt, damit sie aufhört zu schreien. Es ging alles so schnell.«

Riley konnte sehen, wie die Adern an seinem Hals pochten. »Einer Ihrer Lehrer sagte, Sie hätten versucht, sie damit zu erwürgen.«

Hoyt zuckte zusammen. »Ich erinnere mich nicht wirklich.«

Riley schwieg. Der Lehrer hatte ihr erzählt, dass Jessica Wright verzweifelt nach Luft rang und Hoyt Garret eine Erektion hatte, als er es endlich schaffte, ihn von dem Mädchen zu lösen.

Hoyt begegnete ihrem Blick. »Ich weiß, dass ich damals was falsch gemacht habe. Aber Jessicas Eltern haben mir verziehen. Wegen ihnen durfte ich auf der Schule bleiben. Ich hab versprochen, jeden Abend für sie zu beten und Gott um Vergebung zu bitten. Und ich hab mein Wort gehalten, Ma'am.«

»Wo waren Sie am 18. Juni, Hoyt?«

»Ich ... ich erinnere mich nicht. Warum?«

»Wir glauben, dass an diesem Tag die Frau in der Fabrik getötet wurde.« Riley beobachtete ihn dabei, wie er sein Handy herauszog.

Er blätterte durch den Kalender. »Ich war draußen bei den Getreidesilos. Da waren auch andere von Zephyr«, sagte er und schaute auf.

»Den ganzen Tag?«

»Bis fünf. Ich bin mir nicht sicher, was ich danach gemacht habe. Ich glaube, ich war noch ein Bier trinken. Ja!« Er nickte. »Ich war in der *Duke's Bar* mit John Junior.«

»Dem Sohn von John Brown?«

»Ja, Ma'am.«

»Okay. Danke, Hoyt!«

»Das war's?«

»Fürs Erste, ja.«

Riley und Fox waren schon auf dem Weg zurück zum Auto, als

Hoyt ihnen hinterherrief: »Sagen Sie Jessica, dass ich noch immer für sie bete!«

Als sie wieder im Dodge saßen, rollte Riley die Schultern und versuchte, die Verspannungen zu lösen, die sich gebildet hatten.

»Glaubst du, dass er die Wahrheit gesagt hat?«, fragte Fox.

»Sein Alibi zu überprüfen wird kein Problem sein, auch wenn die große Spanne, die wir für den Todeszeitpunkt von King haben, die Sache schwierig machen könnte.« Riley atmete tief durch, während sie den Wagen über die Spurrillen des Feldwegs lenkte. »Aber da war was anderes. Er wirkte irgendwie nervös, noch bevor wir ihn nach Jessica Wright gefragt haben.«

»Diesen Effekt haben Polizisten auf manche Leute«, sagte Fox.

»Ja, manchmal auf Leute, die etwas zu verbergen haben. Hast du die Narbe an seiner Hand gesehen?«

»Ja, aber sie sah aus, als wäre sie ein paar Monate alt, wie er gesagt hat. Farmern passieren wahrscheinlich nicht selten Unfälle.«

Riley dachte an die Art und Weise, wie Hoyt mit der Kappe die Narbe verdeckt hatte. Sie seufzte. Vielleicht war er nur verlegen gewesen. »In Anbetracht seiner Vorgeschichte und der Tatsache, dass Chloe auf ihrem Land gefunden wurde, möchte ich, dass wir ihn im Auge behalten.«

Jessicas Eltern haben mir verziehen. Wegen ihnen durfte ich auf der Schule bleiben.

Ihre Eltern? Was war mit Jessica? Hatte sie ihm verziehen, oder wurde sie von all den Erwachsenen zum Schweigen gebracht? Wurde ihr gesagt, sie solle kein Aufsehen erregen?

Riley klammerte die Hände fester ums Lenkrad, als sich Dunkelheit und Erde vor ihr inneres Auge schoben. Seine Hand über ihrem Mund. Ihre Halskette, die reißt, als sie sich wehrt. Sie näherten sich einer dicken Eiche, deren Äste weit in den Himmel ragten. Rileys Blick wanderte weiter zu dem Wasserturm, der sich über die Maisfelder erhob. Die Felder, auf denen Chloe gestorben war. Chloe – ausgestreckt auf dem warmen Gras neben Mia, das Gesicht vom Alkohol gerötet. Wie sie beide den dämlichen Refrain sangen, während er ihre Hand nahm und sie wegführte. *Erst kommt die Liebe! Dann kommt die Ehe!* Wie sein Gewicht in der Dunkelheit auf ihr lastet. Die hässlichen Worte in ihrem Ohr. Der Mund heiß an ihrem Hals, die Zähne, die sich in ihr Fleisch bohren. Das Klicken einer Gürtelschnalle. Einen Moment lang – nur den Bruchteil einer Sekunde – wollte Riley das Lenkrad zwischen ihren Händen zerdrücken und mit dem Wagen geradewegs gegen den Stamm der Eiche rasen. *Halt!*

»Riley?«

Sie bemerkte, dass Fox sie besorgt ansah. Hatte sie das gerade laut gesagt?

In dem Augenblick klingelte ihr Handy über die Freisprechanlage des Autos und ließ sie zusammenzucken. Es war Sheriff Reed. Sie drückte auf den Bildschirm, um den Anruf anzunehmen, und atmete tief durch. »Sir?«

»Haben Sie den *Courier* gesehen? Dieses gottverdammte Schmierblatt hat es auf die komplette Titelseite gedruckt! Sean Taylor, dieser Mistkerl!« Das Rascheln von Papier war zu hören. »*Kannibale terrorisiert Stadt!* Bei diesem Tempo landen wir bald in den landesweiten Nachrichten. Oder gleich den *internationalen!*«

»Sir, ich bin auf dem Rückweg von der Garret-Farm. Ich komme direkt zu Ihnen.«

»Ich werde nicht zulassen, dass unser Bezirk zu einem Magneten für Mitläufer und Freaks wird! Bundy? Dahmer? Solche Abartigkeiten ziehen nur noch mehr Perverse an! Dem will ich zuvorkommen. Ins Fernsehen gehen. Den Leuten zeigen, dass wir entschlossen sind, den Mörder zu schnappen.«

»Das ist eine gute Idee, Sir. Das könnten wir mit einem Aufruf und der Bitte um Informationen verknüpfen. Unsere oberste Priorität ist es, George Anderson zu finden.«

»Ja, gut.« Reeds Tonfall verlor ein wenig von seiner Schärfe. »In der Zwischenzeit gebe ich Ihnen mehr Leute. Ich habe gerade mit Hal Edwards gesprochen und die Sache mit ihm geklärt.«

»Danke, Sir, aber ich …«

»Das ist nur vorübergehend. Keine Beförderung. Die Leute werden Überstunden machen. Ich gebe Ihnen Jackson Cole und Chad Becker.«

»Sir, ich …«

»Wir sehen uns, wenn Sie da sind, Fisher.«

Dann war die Leitung tot.

Scheiße!

Riley schlug mit der Handfläche auf das Lenkrad. »Wie zum Teufel hat Taylor das hinbekommen?« Sie sah Fox an, doch die schwieg.

Die junge Ermittlerin starrte auf ihre Hände. Ihr Gesicht war scharlachrot.

26

»Was hast du gesagt?«

»Ich habe Fox den Arsch aufgerissen.« Riley atmete aus. »Aber Taylor hätte es wahrscheinlich sowieso rausbekommen. Anscheinend hat er eine Quelle im Büro der Gerichtsmedizin.« Sie kämmte sich mit einer Hand durchs Haar. »Mein Gott, es tut mir leid. Ich sollte gar nicht darüber reden. Ich wollte nur ... «

»Ich hole uns mal was Stärkeres«, verkündete ihre Tante.

Rose Fisher war gerade mal einen Meter fünfzig groß und stämmig – eine zähe kleine Frau mit kurzen, dunklen, von weißen Strähnen durchzogenen Haaren. Sie musste sich auf die Zehenspitzen stellen, um die höheren Schränke zu erreichen. Mit ausgestreckten Fingern kippte sie eine Flasche Bourbon herunter.

Riley entdeckte zwischen den Tüten mit Reis und Zucker eine große Tüte Maismehl. Sie erkannte das rote Etikett mit den drei gelben Maiskolben. »Zephyr.«

»Wie bitte?«, sagte Rose und drehte sich um, die Flasche Bourbon in der Hand.

»Zephyr Farms. Verwendest du deren Produkte oft?«

»Ich nicht, aber Lori. Sie backt in letzter Zeit wie verrückt.« Rose nahm zwei Gläser vom Abtropfbrett und stellte sie auf den Tisch. »Sie sagt, das hilft ihr zu entspannen, wenn sie nicht schlafen kann. Schau mal.« Sie öffnete einen Schrank und holte mehrere Tupperware-Boxen heraus. »Maisbrot. Muffins. Hier sieht's aus wie in einer Bäckerei! Bitte, greif zu.« Rose klopfte sich auf den Bauch. »Ich kriege keinen Bissen mehr runter.«

Riley sah zu, wie ihre Tante jeweils zwei Finger breit Bourbon in die Gläser füllte.

Rose schob eins über den Tisch, vorbei am kalt gewordenen Kaffee und einem Karton Babynahrung. »Immerhin hat dein Sheriff dich mit zusätzlichen Leuten versorgt. Ich weiß, dass du pausenlos arbeitest.«

Riley schwieg. Ihre Gedanken wanderten zu Jackson Cole und seinem triumphierenden Lächeln, als er und Chad Becker am Morgen zur Besprechung in ihr Büro geschlendert waren. Cole und Logan hatten sich in die Augen geschaut, aber sie nahm an, dass es keine weiteren Schweinezungen mehr geben würde, jetzt, da Cole genau dort war, wo er schon immer hinwollte. Sie würde allerdings dafür sorgen, dass der Umzug nicht von Dauer sein würde.

Es ging nicht nur um ihre persönlichen Gefühle ihm gegenüber. Cole war einer jener Polizisten, die ihre Position zum eigenen Vorteil nutzten: Er zeigte seine Dienstmarke, um im Diner einen kostenlosen Kaffee zu ergaunern, und er ließ Strafzettel seiner Kumpel verschwinden. Kleinigkeiten, nichts, was man wirklich melden müsste. Aber sie erinnerte sich an die Worte ihres Großvaters über Polizisten, die dachten, sie würden nicht nur das Gesetz durchsetzen, sondern über ihm stehen. *Diese Unart gärt in einer Truppe und macht sich breit, und ehe man sichs versieht, ist die ganze Abteilung korrupt.*

Rose lehnte sich über den Tisch und legte Riley eine Hand auf den Arm. »Ich mache mir bei diesem Fall Sorgen um dich. Deine alte Freundin? Wie geht es dir? Wirklich?«

Riley dachte an das Lenkrad in ihren verkrampften Händen – das plötzliche, überwältigende Verlangen, den Wagen gegen diesen Baum zu steuern. Sich selbst in die Vergessenheit zu stürzen. So hatte sie sich schon lange nicht mehr gefühlt, und das hatte sie erschüttert. Ein Teil von ihr wollte sich Rose anvertrauen, aber sie unterdrückte den Drang. Die Vergangenheit sollte man ruhen lassen. Das Bild ihres Vaters tauchte plötzlich vor ihrem inneren Auge auf, wie er ihr gegenübersaß, die Hände ineinander verschränkt, das Gesicht schneeweiß. *Riley, was ist passiert? Du musst es mir sagen. Was hat er dir angetan?*

»Mir geht es gut.«

Rose seufzte. »Ich muss immer wieder daran denken. Das arme Mädchen.«

Riley hörte Schritte auf der Treppe und blickte sich um. Sie war froh über die Unterbrechung, als Lori eintrat.

Lori Bell sah klein und dünn aus. Trotz der Hitze trug sie einen dicken Morgenmantel über ihrem Nachthemd. Sie war in den späten Vierzigern und damit fast ein Jahrzehnt jünger als Rose, wirkte aber seit der Geburt ihres Sohnes älter. Schatten umrahmten ihre Augen, und das schwarze Haar hing ihr schlaff auf die Schultern hinab. »Hi, Riley! Ich habe gerade Ben runtergeholt«, sagte sie, legte eine Hand auf Rose' Schulter und hauchte ihr mit ihren trockenen Lippen einen Kuss auf die Stirn.

»Setz dich doch zu uns, Liebes.« Rose machte Anstalten aufzustehen.

»Nein, ist schon in Ordnung. Ich muss mich hinlegen.« Lori füllte sich an der Spüle ein Glas Wasser ein. Dann hielt sie inne, nahm sich einen Muffin aus der Box, die Rose hatte stehen lassen, und trottete mit einem benommenen Lächeln zum Abschied zurück zur Treppe.

Rose wartete, bis eine Tür über ihnen leise ins Schloss fiel. »Sie sieht ein bisschen besser aus, oder? Findest du nicht?«

Riley nickte, aber sie fand, dass Lori eher noch schlechter aussah. »Wie geht es ihr mit den neuen Medikamenten?«

»Schritt für Schritt. Sie wird's schon schaffen.«

Rose klang zuversichtlich, aber Riley sah den Schmerz in den Augen ihrer Tante, als sie einen Schluck Bourbon nahm. Der Weg zur Mutterschaft war für sie beide ein langer gewesen. Sie hatten es jahrelang versucht, ihre gesamten Ersparnisse für Hormonbehandlungen und Spender ausgegeben, und Lori hatte vier Fehlgeburten gehabt. Rose hatte aufgeben wollen, aber Lori war zum Äußersten entschlossen. Die einzige Schwangerschaft, die sie je erlebt hatte, war jene gewesen, die ihr von ihrem gewalttätigen Ex-Mann ausgeprügelt worden war. Vor ihm war sie vor langer Zeit auf der Flucht gewesen. Sie hatte ihren Namen, ihr ganzes Leben geändert. Aber bis sie Rose traf, hatte sie nie zu hoffen gewagt, noch ein Kind zur Welt zu bringen.

Lori war im letzten Schwangerschaftsdrittel gewesen, als die Epilepsie einsetzte und ihr erster Grand-mal-Anfall sie in die frühen Wehen trieb. Nach Benjamins Geburt hatte sie eine tiefe postpartale Depression erlitten, in deren Folge sie ihren Beruf – der auch Berufung gewesen war – als Lehrerin an der örtlichen Grundschule verloren hatte. Rose meinte, es sei schwer zu sagen, was schlimmer für sie sei – die Depression oder die Medikamente.

Riley hörte das Knarren einer Bodendiele über ihnen. »Schläft sie immer noch im Kinderzimmer?«

Rose nickte. »Sie will nicht von seiner Seite weichen. Ich verstehe das, aber ...« Sie atmete aus. »Es trägt nicht gerade zur Romantik bei. Ich frage mich manchmal, was wir uns dabei gedacht haben. In unserem Alter?« Sie lächelte. »Aber dann schaue ich Ben an.«

Riley drückte die Hand ihrer Tante.

Rose schwenkte ihren Drink im Glas. »Wie geht's Maddie?«

»Ganz gut. Sie ist meistens mit ihren Freundinnen unterwegs.«

»Ich habe mir Sorgen um sie gemacht. Sadies neuer Freund scheint ein eher unappetitlicher Typ zu sein, stimmt's?«

»Ich habe Mason Lee überprüft, als sie zusammenkamen. Er hat keine Vorstrafen. Er ist ein Idiot, ja. Aber ich denke, für Maddie wäre es nicht gut, wenn wir noch mehr Öl ins Feuer gießen.«

»Du könntest mit Ethan reden. Schauen, ob er sich ein bisschen mehr einbringen kann.«

»Man kann nicht mit ihm reden. Das weißt du doch.«

»Weißt du, was ich im Leben am meisten bedaure, Riley? Dass dein Vater und ich uns nicht wieder versöhnt hatten, als er starb. Ich will nicht, dass dir und Ethan dasselbe passiert.«

Riley trank ihren Drink aus und stand auf. »Ich fahre jetzt besser. Muss morgen früh raus.«

»Ethan war noch so jung, Riley. Ihn hat es genauso mitgenommen wie den Rest von uns. Vielleicht ist es an der Zeit zu vergeben. Zu vergessen.«

»Grüß Lori von mir.«

Riley trat hinaus in die Nachtluft. Eine Brise hatte aufgefrischt und ließ die Fähnchen flattern, die in Vorbereitung auf den 4. Juli an den Häusern entlang der Straße aufgehängt worden waren. Vor dem Dodge blieb sie stehen. Eine Woge unangenehmer Gefühle überrollte sie, und sie legte die Hand flach auf die kalte Motorhaube des Wagens. Der Wind in den Bäumen klang wie Wellen an einem Ufer.

27

In der Ferne heulten Sirenen. In Waterloo hatte es eine Schießerei gegeben. Der 4. Juli rief zwar jedes Jahr die Spinner auf den Plan, aber es war immer noch Jackson Coles Lieblingsfeiertag. Für gewöhnlich besuchte er seine Eltern, wurde mit Lob und selbst gekochtem Essen überhäuft und fuhr dann zu seinem alten Freund Billy. Fahnen und Wunderkerzen, Budweiser und Hotdogs, das Feuerwerk anschauen, während Billys Frau in engen Stars-and-Stripes-Shorts herumstolzierte. Aber nicht dieses Jahr. Dafür hatte Fisher gesorgt.

Cole sah auf die Uhr. Jetzt würde seine Mutter gleich den warmen Apfelkuchen servieren.

»Er ist wieder da.« Chad Becker, der neben ihm in einem Zivilfahrzeug saß, nickte zum Spirituosengeschäft.

Hoyt Garret war aufgetaucht, mit einem Sixpack in der einen und einer Tüte Chips in der anderen Hand. Sie beobachteten ihn, wie er die Straße überquerte, die Tür seines Pick-ups öffnete und die Sachen auf den Beifahrersitz warf. Dann ging er zu Fuß die Straße hinab. Cole ließ ihm einen kurzen Vorsprung, dann legte er den Gang ein und folgte ihm im Schritttempo bis zur nächsten Ampel. Hoyt verschwand in einer Seitengasse und näherte sich einer Saloon-Bar, wo sich Nachtschwärmer mit Fahnen und patriotischen Hüten versammelt hatten. Die Bar war eine echte Spelunke – ausschließlich Rock aus den Achtzigern, und die ersten Gäste des Tages waren oft auch die letzten.

Hoyt verschwand hinter dem Haus. Cole wendete den Wagen auf der holprigen Straße mit den Schlaglöchern, und ein Feuerwerkskörper explodierte über den Dächern – ein verfrühtes Aufblitzen am späten Nachmittagshimmel. Das Grundstück hinter der Kneipe war voller Müllcontainer und gestapelter leerer Bierkästen. Ein verblasstes Wandgemälde mit Cola-Werbung schmückte die kahle Backsteinfassade des Gebäudes. Hoyt stand an einer Feuertür. Sie war angelehnt, und er sprach mit jemandem im Inneren. Cole lenkte den Wagen auf den Vorplatz einer Tankstelle gegenüber und stellte den Motor ab. Die Feuertür schloss sich, aber Hoyt blieb stehen, trat auf den Boden, die Hände in die Taschen gestopft.

»Was erwartet Fisher von ihm?«, überlegte Becker, den Blick auf Garret gerichtet. »Rechnet sie damit, dass er mitten auf der Straße vor unseren Augen ein Mädchen erwürgt?«

»Weiß der Teufel.«

Es war die zweite Nacht in Folge, in der sie Hoyt Garret auf Rileys Befehl hin gefolgt waren, von den Zephyr-Getreidesilos zur *Duke's Bar*, dann heim zur Familienfarm, wo er mit seinen Eltern lebte. Cole vermutete, dass Fisher die Überwachung eingefädelt hatte, um ihn aus dem Weg zu räumen. Er hatte auf eine Chance gewartet, im Ermittlungsteam eingesetzt zu werden – bessere Bezahlung, mehr Chancen auf Ruhm und Anerkennung –, seit Jahren. Seine Hoffnungen waren mit jeder neuen Vakanz gestiegen. Innerlich lächelnd hatte er Carl Kramer auf die Schulter geklopft und ihm gesagt, er solle sich keine Sorgen machen, er werde nach der Chemotherapie bestimmt zurückkehren. Es war ein schwerer Schlag gewesen, als Riley die Beförderung erhielt. Offenkundig hatte man ihr den Posten gegeben, weil sie eine Frau war – ein weiterer Beweis dafür, dass die politische Korrektheit völlig absurde Formen angenommen hatte –, aber das hatte den Schock nicht gemildert. Und dann, als sie Logan Wood für ihr Team ausgewählt hatte? Einen Außenseiter? Einen verdammten *Veganer?*

Aber endlich war Reed zur Vernunft gekommen. Wenn Riley dachte, dass sie ihn jetzt so einfach loswerden konnte ...

»Also los, komm schon.« Becker sah ihn an, den Mund zu einem Grinsen verzogen. »Stimmt es?«

»Stimmt was?«

»Die Gerüchte! Du und Sergeant Fisher. Habt ihr ... Na, du weißt schon.« Beckers Grinsen wurde breiter, während er Daumen und Zeigefinger zu einem engen Kreis formte und den anderen Zeigefinger langsam hindurchführte.

Cole lächelte, sagte aber nichts.

»Wow«, murmelte Becker mit einem Hauch von Ehrfurcht in der Stimme. »Wie war sie denn so? Ich meine, sie wirkt ein bisschen frigide. Aber manchmal sind das die Wildesten, stimmt's?«

Cole beugte sich vor, als sich die Brandschutztür öffnete. Der Mann, der herauskam, um Hoyt Garret zu begrüßen, war groß und hatte dunkles Haar. Er trug ein sonnengebleichtes Nirvana-T-Shirt, das aus seinen Jeans heraushing. Cole reckte den Hals, konnte aber das Gesicht des Mannes nicht erkennen. Die beiden Männer unterhielten sich kurz, wobei Hoyt sich verstohlen umsah. Dann wurde etwas übergeben, als die beiden sich die Hand gaben. Schließlich trennten sie sich, und Hoyt verließ den Parkplatz.

Der Mann ging zurück ins Haus. Er drehte sich um, um die Tür zu schließen, und für einen Moment wurde sein stoppelbärtiges Gesicht vom roten Licht erhellt, das aus den Tiefen der Bar drang.

»Sieh an, sieh an«, murmelte Jackson Cole und hatte das Gefühl, dass es sich heute Abend vielleicht doch lohnen könnte, den Apfelkuchen seiner Mutter zu verpassen.

Die Tür der Spelunke schloss sich, und Ethan Fisher verschwand dahinter.

28

Bereits am frühen Abend erhellte ein Feuerwerk wie ein Luftangriff den Himmel.

Scrounger war aufgeregt, ließ sich neben Riley nieder, die am Esstisch saß, sprang dann auf und bellte bei einer weiteren Salve von Knallern. Riley fiel es schwer, sich zu konzentrieren. Im Raum wurde es immer dunkler, nur Blitze beleuchteten gelegentlich die Wände.

Sie saß schon den ganzen Nachmittag hier und nutzte die relative Ruhe außerhalb des Büros – wo an Feiertagen immer viel los war –, um die Berichte ihres Teams, die Autopsieergebnisse und die Fotos vom Tatort durchzusehen. Sie waren in einem makabren Puzzle auf dem Tisch ausgebreitet und flatterten unter dem Deckenventilator. Ein blutiges Puzzle aus zerstörtem Fleisch.

Sie hatte nur eine Pause eingelegt, um Maddie etwas zu essen zu machen – getoastete Bagel mit den letzten kümmerlichen Resten Erdnussbutter und Marmelade, die kaum in der Lage waren, die Schalheit des alten Brotes zu überdecken. Ihre Nichte war schon vor Stunden verschwunden, war wortlos hinten auf Mason Lees Pick-up geklettert, während Sadie auf dem Beifahrersitz gesessen und ihre Zigarettenkippe auf das trockene Gras geschnippt hatte, die Augen auf Riley gerichtet. Am Abend würde Maddie zu Tanisha gehen. Wenigstens würde sie dort etwas Anständiges zu essen bekommen. Und Ethan arbeitete heute in der Bar und würde bis in die frühen Morgenstunden dort sein.

Riley nahm ihr Bier. Es war warm geworden und hatte einen feuchten Ring auf dem Tisch hinterlassen. Sie rieb mit ihrem Daumen darüber und hörte im Geiste, wie ihre Mutter sie tadelte. Als sie noch eine Familie waren, hatten sie jeden Abend hier gegessen, am Kopfende des Tisches ihr Großvater, am anderen Ende an den Wochenenden ihr Vater. Gott weiß, wann sie diesen Platz zuletzt benutzt hatten. Die Spitzenvorhänge vor den Fenstern waren von der Sonne vergilbt, die Kristallgläser in der Vitrine verstaubt.

Während sie trank, fiel Rileys Blick auf die heutige Ausgabe des *Courier*, in der die Feierlichkeiten zum Unabhängigkeitstag einem Foto von Sheriff Reed hatten weichen müssen, der aufrecht und mit ernstem Blick vor dem Department stand; sein goldenes Sternabzeichen reflektierte das grelle Licht der Nachrichtenkameras. Auf der rechten Seite ein unscharfes Foto von George Anderson – das jüngste, das seine Frau besessen hatte – und eine Telefonnummer, die man anrufen sollte, wenn man Informationen über seinen Verbleib zur Verfügung stellen konnte.

Reed, der die grausamen Enthüllungen von Sean Taylor hartnäckig herunterspielte, hatte den Reportern gesagt, sie wollten Anderson lediglich aus ihren Ermittlungen ausschließen. Aber zumindest in der Dienststelle war er jetzt der Hauptverdächtige: Seine Habseligkeiten waren bei Nicole Kings Leiche gefunden worden. Die Fleischfabrik war nur etwa fünf Meilen von den Maisfeldern entfernt, auf denen Chloe entdeckt wurde. Und sein Verschwinden machte seine Schuld nur noch wahrscheinlicher.

Rileys Augen verweilten auf dem Bild. George Anderson saß in einem Liegestuhl, die Hände im Schoß. Seine rechte endete in einem Stumpf mit zwei Fingern. Selbst mit dieser Behinderung hätte er als ehemaliger Soldat die Technik und die Kraft gehabt, die beiden Frauen zu überwältigen.

Gestern hatte sie mit Andersons Kommandeur telefoniert, der inzwischen im Ruhestand war und seinen ehemaligen Untergebenen als vorbildlichen Soldaten bezeichnete: pflichtbewusst, mutig, aber nicht leichtsinnig. Er und seine Einheit waren in einige der blutigsten Kämpfe in Falludscha verwickelt gewesen, bei denen fast einhundert US-Soldaten ihr Leben verloren hatten. Vier Monate nach seinem dritten Einsatz wurde Anderson während tagelanger schwerer Straßenkämpfe mit Aufständischen in Ramadi angeschossen. Seine Schutzweste rettete ihm das Leben, aber bei seinen Fingern konnten die Sanitäter nichts mehr ausrichten. Anderson wurde nach Hause geschickt und später ärztlich entlassen.

Offenkundig hatten diese Erlebnisse nicht nur körperlich Spuren hinterlassen – die Abwärtsspirale in den Alkoholismus, dann der Verlust seines Jobs als Versicherungsvertreter, das Scheitern seiner Ehe, die Pfändung seines Hauses, die Drogen. Aber obwohl sein Weg unweigerlich auf die Straße geführt hatte, gab es wenig in seiner Vergangenheit oder in den Aussagen seines Vorgesetzten und seiner Frau, was Riley darauf schließen ließ, dass er zu der Art von Gewalt fähig war, die Chloe Miller und Nicole King angetan worden war.

Sie dachte wieder an die Medikamente, die sie gefunden hatten – Fenozen –, und an die Berichte der Obdachlosen und der Ehrenamtlichen, dass Anderson in letzter Zeit nicht mehr er selbst gewesen sei. Hatten ihn die Drogen aus der Bahn geworfen? Veranlassten sie ihn zu diesen Taten? Einen schwachen Moment lang hoffte sie, dass dies der Fall war; etwas, das die Grausamkeit der Angriffe entschuldigen würde. Aber als sie sich die Fotos von den Tatorten ansah, wusste sie, dass nichts – keine Entschuldigung, kein Grund – das Grauen, das den Körpern dieser Frauen zugefügt worden war, schmälern würde. Die Bisswunden, die aufgerissene Haut, das fehlende Fleisch.

Sie ging in die Küche, kippte den Rest des warmen Biers in die Spüle und nahm eine frische Dose aus dem Kühlschrank. Auf dem Tresen neben ihrem Laptop im Sleep-Modus lag die zerknitterte

Ausgabe des *Courier* von vor vier Tagen. *Kannibale terrorisiert Stadt!* Als sie die Zeitung aufhob, um sie in den Müll zu werfen, stieß sie gegen den Laptop, und der Bildschirm erwachte auf jener Seite zum Leben, mit der sie zuvor ein paar unangenehme Stunden verbracht hatte – es war eine Liste der berüchtigtsten kannibalistischen Serienkiller der Welt.

Sie fiel umfassend und reißerisch aus, die Autoren der Website schwelgten in Details, mit Bildern der Mörder und Links zu Tonaufnahmen, auf denen einige von ihnen lässig über ihre Verbrechen parlierten. Riley hatte schon von etlichen dieser Monster gehört, aber sie war nie gezwungen gewesen, sich tiefer als bis zu den Schlagzeilen vorzuarbeiten.

Da gab es natürlich Dahmer, das Aushängeschild der Abartigkeit, der junge Männer in sein Haus gelockt, unter Drogen gesetzt, zerstückelt und in einigen Fällen teilweise gegessen hatte. Der junge Mann aus Florida, der irgendein Ehepaar auf dessen Einfahrt erstochen hatte und über dem Gesicht des Mannes hockend gefunden worden war, kauend und knurrend wie ein Hund. Oder der Mann, der in einem Kannibalen-Chatroom nach jemandem gesucht hatte, der sich verzehren lassen wollte und, was noch schockierender war, auch jemanden gefunden hatte. Da ihm der Penis des Opfers zu zäh vorgekommen war, hatte er ihn an seinen Hund verfüttert, bevor er die Leiche in Stücke schnitt, diese in einer Gefriertruhe lagerte und monatelang davon aß. Da war die Frau, die ihren Ehemann, der sie jahrelang misshandelt hatte, getötet, seine Hände frittiert und seine Rippen nach BBQ-Art verspeist hatte. Der deutsche Menschenfresser aus Duisburg, der sagte, er habe seine Opfer gegessen, um Lebensmittelkosten zu sparen, und befand, Kinder seien die einzige wirklich befriedigende Mahlzeit. Der Graue Mann. Die Bestie von Rostow. Der Armbrust-Kannibale.

In vielen Fällen litten die Täter an extremen psychischen Störungen: Schizophrenie, Paranoia, Psychosen. Einige waren selbst

Opfer von schwerem Missbrauch, andere reine Soziopathen, unfähig, Empathie zu empfinden, fähig, ohne Schuldgefühle oder Gnade zu töten und mit Neugier und Vergnügen die abscheulichsten Taten zu begehen – Kindermord, Nekrophilie, Kannibalismus. Sie waren der böse Mann aus dem Albtraum. Der Wolf im Schafspelz, der das Mädchen fressen will. Die Hexe, die die Kinder mästet. Der Riese, der die Knochen zermahlt, um sein Brot zu backen.

Nur in echt. Und auf der ganzen Welt zu finden.

George Anderson hatte sich vor seinem Eintritt ins Militär sowohl einer psychischen als auch einer physischen Untersuchung unterzogen. Sein ehemaliger Kommandeur hatte zwar zugegeben, dass es sich dabei nicht um das solideste Verfahren handelte, behauptete aber, dass er gewusst hätte, wenn Anderson an einer extremen Persönlichkeitsstörung gelitten hätte. *Ich kenne meine Männer besser als meine eigene Familie, Sergeant,* hatte er ihr knapp gesagt. *Wenn Anderson der Typ zum Morden wäre, hätte ich es bemerkt.*

Wenn sie die Behauptung des Kommandeurs als Tatsache akzeptierte, blieb Riley nur eine Möglichkeit: Anderson war entweder im Irak oder irgendwann danach etwas zugestoßen, das ihn so grundlegend verändert hatte, dass er sich in die Art von Bestie verwandelt hatte, die Chloe ins Maisfeld gejagt und ihren Hals, ihre Arme und ihre Schenkel mit bloßen Zähnen zerfleischt hatte. Die Art von Monster, die Nicole King mehrfach niedergestochen und dann mit dem Gürtel erwürgt hatte, die ihren toten Körper mehrere Tage lang aufbewahrt und nach Webbs Einschätzung so fest in ihr verwesendes Fleisch gebissen hatte, dass ihr ein Zahn abgebrochen war.

Aber die Drohne? Chloes verschwundenes Auto?

Riley verstand, warum Reed und einige ihrer Kolleginnen und Kollegen sich so schnell auf Anderson als Hauptverdächtigen eingeschossen hatten. Es lag nicht nur an den Beweisen. Als Obdachloser und Süchtiger lebte er bereits am Rande, außerhalb der Gesellschaft. Es war einfacher und bequemer, sich einen brutalen

Mörder als jemanden wie ihn vorzustellen – verzweifelt, am Boden, nicht wie man selbst. Außerdem hatten die einzigen anderen Verdächtigen, James Miller und Hoyt Garret, Alibis für einen oder beide Morde.

Trotzdem gingen ihr diese beiden Männer nicht aus dem Kopf: der wütende, trauernde Ehemann, der die Polizei nicht alarmiert hatte, als seine Frau verschwunden war, und der Highschool-Perverse, den ihre Anwesenheit auf seiner Farm völlig verstört hatte. Riley hatte vor, James Miller nach dem Feiertag einen Besuch abzustatten. Sie wollte wissen, ob er George Anderson in der Suppenküche gesehen hatte, aber sie wollte ihn auch noch einmal genauer unter die Lupe nehmen und außerdem ein besseres Gefühl für Chloes Leben bekommen. Der Schock über die Ermordung ihrer alten Freundin hatte beim ersten Besuch möglicherweise ihren Blick vernebelt. Reeds Warnung, bei James Miller vorsichtig zu sein, ploppte in ihren Gedanken auf, aber sie schob sie beiseite.

Vertrau auf deinen Instinkt.

Das war mit das Erste, was ihr Großvater ihr gesagt hatte, nachdem sie die Polizeischule abgeschlossen hatte.

Er ist das beste Werkzeug, das wir in diesem Beruf haben. Er lässt uns den Rauch riechen, lange bevor andere das Feuer gesehen haben.

So jemand war sie selbst einmal gewesen. Blind für die Gefahr.

Ihr Blick wanderte zurück zum Bildschirm. Oben auf der Seite war ein Bild von Ed Gein zu sehen, darüber sein Spitzname – Plainfield Ghoul. Der Farmer aus Wisconsin hatte zunächst Gräber ausgeraubt, um Haut und Knochen als Trophäen zu sammeln, bevor er zwei Frauen aus der Gegend ermordete. In seinem Farmhaus fand die Polizei Korsagen und Masken, die aus menschlicher Haut und Schädeln gefertigt waren, sowie einen Gürtel aus Brustwarzen, einen Schuhkarton voller Vulven und das Herz seines letzten Opfers in einer Bratpfanne. Gein hatte eine schreckliche Kindheit durchlitten, und sein Leben hatte sich schon vor seinen Gräueltaten in einer Abwärtsspirale befunden. Aber die Menschen um ihn herum hatten in ihm einen schüchternen, angenehmen Mann gesehen, freundlich und hilfsbereit gegenüber seinen Nachbarn und deren Kindern.

Das war das Problem mit den Monstern. Wie der Wolf im Schafspelz. Wie die Hexe mit ihrem Haus aus Lebkuchen. Wenn man nicht aufpasste, sah man sie nicht kommen.

Riley dachte an ihn, ihr eigenes Monster, wie er hier in dieser Küche gestanden, mit ihrer Mutter gelacht und gescherzt hatte, die Eiswürfel in seinem gesüßten Tee funkelnd im Sonnenlicht. Sein zurückgekämmtes Haar und die gebräunte Haut, das Jeanshemd mit den hochgekrempelten Ärmeln, die Bartstoppeln an seinem Kinn, die ihn älter aussehen ließen als seine einundzwanzig Jahre. Sie erinnerte sich daran, wie sie sich gefühlt hatte, als diese Augen – eisblau – die ihren trafen. Das Kribbeln in ihrem Magen, wie beim Sturz in einer Achterbahn. Ihre Schultasche auf der Schulter, darin das Notizbuch mit seinem Namen auf der Rückseite, umgeben von dem handgezeichneten Herzen.

Hunter.

Sie konnte immer noch sein Aftershave heraufbeschwören. *Eternity For Men*. Calvin Klein. Jetzt roch man es nur noch selten, aber wenn es ihr doch irgendwo in die Nase stieg, wurde sie direkt in jene Nacht katapultiert. Gezwungen, sie wieder und wieder zu durchleben. Bis in alle Ewigkeit. *Eternity*. Ein kranker Scherz.

Riley nahm ihr Bier mit hinaus auf die Veranda. Der Abend war drückend. Sie hielt die Dose an ihre Wange, das Kondenswasser rann wie kalter Schweiß hinab. Die Nachbarn feierten eine Party, Raketen schossen in den Himmel und glitzerten über der Oberfläche des Baches, wodurch sich die Umrisse der Platanen scharf abzeichneten.

In jener Nacht hatte es auch ein Feuerwerk gegeben. Chloes Arm, der sich bei ihr einhakte, als sie vom Campingplatz in Richtung des Getümmels und der Lichter auf dem Jahrmarkt gingen. Der Atem süß von Zuckerwatte. Ein Flüstern in ihrem Ohr.

Er schaut dich an, Ri!

Sie drehte sich um und sah Hunter, der mit ihrem Bruder und einem weiteren College-Freund hinter ihr herschlenderte, seine Augen auf sie gerichtet. Mia eilte auf sie zu und kicherte, während sie eine Flasche Aftershock, die sie aus dem Wohnwagen ihrer Eltern stibitzt hatte, aus ihrer Tasche zog.

Damit die Party in Gang kommt!

Riley leerte das Bier, dann zerdrückte sie die Dose in ihrer Faust und genoss den stechenden Schmerz in ihrer Handfläche. Ein weiterer Blitz erhellte den Himmel und warf rotes Licht auf das Dach des alten Lagerschuppens. Eine der Doppeltüren des Schuppens stand offen. Sie war sich sicher, dass sie vorhin geschlossen gewesen war, als sie Maddie zum Abschied gewinkt hatte. Vielleicht hatte Ethan dort etwas gesucht? Sie hatte ihm schon so oft in den Ohren gelegen, dass er sie geschlossen halten solle, da sich das Stinktier, das Scrounger besprüht hatte, dort eingenistet hatte. Sie verfluchte ihren Bruder und ging auf die Treppe zu, als sie ihr Handy im Haus klingeln hörte.

Schmidt war in der Leitung. Riley hörte das Prasseln von Feuerwerk und Gelächter im Hintergrund.

»Riley, ich bin bei Sarah Foster vorbeigefahren.«

Riley hatte Foster in den letzten Tagen auf sämtlichen Nummern mehrmals angerufen und nur die Mailbox der Frau erreicht. »Hast du mit ihr gesprochen?«

»Nein. Wie es aussieht, war sie schon eine Weile nicht mehr zu Hause. Ihr Briefkasten quoll über. Ein Nachbar, mit dem ich gesprochen habe, hat sie seit über einer Woche nicht mehr gesehen.« Wieder Gelächter, ein gedämpfter Ruf. »Er meint, sie sei vielleicht weggezogen.« Schmidts Stimme verstummte für einen Moment. »Ich bin am Telefon, Schatz!«

»Weggezogen?« Riley runzelte die Stirn. »Obwohl ihre Tochter immer noch verschwunden ist?«

»Ja, das kommt mir auch seltsam vor.«

»Hm. Ich werde Fox bitten, Fosters Kontakte durchzugehen – Freunde, Familie, Verflossene, all diejenigen, die wir befragt haben, als Gracie als vermisst gemeldet wurde. Vielleicht hat einer von denen was von ihr gehört.«

»Fox hat vorhin angerufen, Sarge. Sie hat alle Personen auf den Farmen von Wilson und Davis befragt – das waren die letzten beiden Zephyr-Farmen auf unserer Liste. Von beiden gibt's nichts zu berichten. Keine Verbindung zu Chloe Miller. Nicht schlecht in nur zwei Tagen, oder?«

»Du kannst aufhören, sie zu loben. Ich werde sie nicht rausschmeißen, weil sie sich bei Taylor verplappert hat.«

»In Ordnung.« Schmidt gluckste, dann wurde er wieder ernst. »Eine Sache noch. Die Eltern von Chloe Miller haben angerufen. Sie wollen wissen, wann sie die Leiche ihrer Tochter abholen können. Für die Beerdigung.«

Riley rieb sich die Stirn. »Wir werden sie hinhalten müssen. Zumindest bis wir weitere Testergebnisse haben.« Sie stellte sich die Qualen der Leute vor, denen verwehrt wurde, um ihr einziges Kind zu trauern, es unter die Erde zu bringen, sich endlich von ihm zu verabschieden. »Drängelt James Miller ebenfalls?«

»Nicht dass ich wüsste.«

»Irgendwelche Reaktionen auf unseren Aufruf wegen Anderson?«

»Die üblichen Spinner. Es gibt ein paar potenziell echte Sichtungen, die aber schon einen Monat oder länger zurückliegen. Wir werden das nach dem Feiertag weiterverfolgen. Aber die Leute haben Angst, Sarge. Ich kann dir gar nicht sagen, wie viele Leute mich auf den Fall angesprochen haben. Taylors Bericht hat sie aufgeschreckt. Wir sind hier nicht in L. A.«

Eine Frauenstimme rief im Hintergrund. »Cam, Schatz, die Hotdogs machen sich nicht von selbst!«

»Tut mir leid, Riley. Man verlangt nach mir. Hey, wolltest du nicht zu Logan?«

Riley fluchte. Sie hatte die Einladung ganz vergessen.

»Na ja, noch einen schönen Vierten, Sarge.«

»Dir auch, Cam.«

Riley steckte das Handy in die Hosentasche und wollte gerade ihren Laptop schließen, als ein weiterer Knall wie ein Pistolenschuss die Luft zerriss. Sie hielt inne. Die gruselige Website war noch immer geöffnet. Konnte sie ihr eigenes Monster nachschlagen? Würde das die Erinnerungen zurück in den Morast schicken, aus dem sie sich zusammen mit Chloes Leiche erhoben hatten? Zurück in die Dunkelheit, wo sie hingehörten, zusammengerollt, nicht ruhend – *niemals ruhend* –, aber auch nicht ganz wach.

Sie hatte es nie gewagt. Sie war nie mutig genug gewesen, die Tür zu öffnen und in sein zwanzig Jahre älteres Gesicht zu schauen, das sie von irgendeiner Social-Media-Seite anstarrte. Irgendein Durchschnittstyp in einer amerikanischen Kleinstadt. Schütteres Haar und etwas rund um die Taille. Unspektakulär. Langweilig. Nicht das, was er gewesen war. Oder das, was sie in ihm gesehen hatte. Etwas Größeres, Dunkleres. Etwas, das vielleicht für den Rest ihres Lebens an ihr zehrte. Vielleicht musste sie ihn verkleinert sehen? Oder wäre das irgendwie noch schlimmer – ihn so zu sehen, wie er wirklich war? Klein und unbedeutend. Ein Niemand. Würde sie sich dadurch nur noch schwächer fühlen? Zu wissen, dass er immer noch so viel Macht über sie hatte?

Was, wenn er im Gefängnis saß? Oder tot war? Würde ihn beides in ihr zur Ruhe bringen? Mein Gott, was, wenn er eine Frau hatte?

Kinder?

Sie hatte nichts als seinen Namen und die Tatsache, dass er zusammen mit Ethan an der Uni gewesen war, eine Art Medizinstudium, soweit sie sich erinnerte. Ihre Mutter war davon beeindruckt gewesen. So wie alle.

So ein netter junger Mann.

Sie konnte ihren Bruder fragen. Er würde wahrscheinlich mehr wissen – vielleicht sogar, wo Hunter lebte. Aber damit würde sie die Granate zünden, die all die Jahre zwischen ihnen gelegen hatte.

Nein, das konnte sie nicht.

Es gab zu viele Menschen um sie herum, die von der Explosion erfasst werden würden. Sie musste nur diesen Fall lösen und dann Chloe – und ihre Vergangenheit – unter die Erde bringen.

Sie klappte den Laptop zu und schnappte sich ihre Schlüssel.

29

Maddie saß auf den Stufen der alten Hütte und blickte auf den Bach hinaus. Bäume säumten das Ufer, Sumpfeichen und Schwarzweiden, deren verknotete Äste wie Haare ins Wasser hingen. Durch das dichte Unterholz, in dem man das Knacken und Summen von Blattläusen und Gelbspöttern hören konnte, war es hier während des schwülen Nachmittags angenehm kühl gewesen, aber jetzt, wo es Abend wurde, hatte sein Schutz etwas Bedrohliches, voller Schatten, die sich zu vermehren schienen.

Die Oberfläche des Baches, dick und grün wie Erbsensuppe, bewegte sich. Ein Otter tauchte auf und dann wieder unter, worauf sich kleine Wellen ausbreiteten. Vorhin hatte sie eine Strumpfbandnatter gesehen, die sich um einen Baumstamm geschlungen hatte. Sie wollte lieber nicht mehr hier draußen sein, wenn noch andere Kreaturen aus den Löchern gekrochen und gekrabbelt kamen, in die sie vor der Hitze des Tages geflüchtet waren. Wahrscheinlich gab es Wolfsspinnen und Wasserratten. Giftige Nattern und Klapperschlangen.

Sie überprüfte erneut ihr Handy. Die letzte Nachricht von Amelia war vor einer halben Stunde gekommen, und jetzt hatte sie keinen Empfang mehr. Es wäre gut, wenn sie bald kämen. Sie wollte den Weg zurück in die Stadt im Dunkeln nicht allein antreten. Außerdem war sie am Verhungern, da sie das Haus ohne einen einzigen Bissen zu essen verlassen hatte. Die alten Bagels hatte sie an Scrounger verfüttert, als Riley nicht hingesehen hatte. Ihre

Mom hatte versprochen, sie bei Tanisha abzusetzen, aber dann waren Mason Lees Freunde gekommen, mit Schnaps und anderem Zeug, und der Plan war ins Wasser gefallen. Also hatte sie sich rausgeschlichen und Tanisha und Amelia eine SMS geschrieben, dass sie sie hier treffen würde.

Sie hatte eine schweißtreibende Stunde gebraucht, um hierherzukommen, mit dem Fahrrad am Fluss entlang, durch den Park, dann weiter über Nebenstraßen durch die Maisfelder, die ganze Zeit im Griff einer gnadenlosen Sonne, mit Blick auf den Wasserturm, der ihr über dem dunklen Geflecht aus Bäumen entgegenragte.

Das Fahrrad hatte sie am Straßenrand stehen lassen. Amelia hatte gesagt, sie könne es später hinten in Jasons Pick-up legen. Als sie in den Wald geschlichen war, hatte sie den herunterhängenden Maschendrahtzaun erreicht, der das Bibelcamp umgab. Die alten Schilder, die Unbefugte vor dem Betreten warnten, hatte sie ignoriert und sich durch den Spalt gezwängt, den die Jungs ihnen gezeigt hatten, als sie vor einer Woche zum ersten Mal hergekommen waren. Brandon hatte den Zaun für sie aufgehalten, damit sie sich nicht mit ihren Kleidern daran verfing.

Brandon. Mit seinem gewellten Haar und dem halben Lächeln, das sich um seine Mundwinkel kräuselte, wo stets eine Zigarette hing. Er war achtzehn Jahre alt, vier Jahre älter als sie, und vor drei Jahren mit seinem Vater aus Memphis hergezogen, einem arbeitslosen Mechaniker, der von seinem Bruder in Waterloo einen Job angeboten bekommen hatte. Beim Gedanken, ihn heute wiederzusehen, kribbelte es in Maddie vor Aufregung.

Sie ließ ihr Skizzenbuch neben ihrem Rucksack auf der Treppe liegen und wanderte durch das Unterholz zu den übrigen Hütten. Beim letzten Mal hatten sie die meisten von ihnen erkundet. Sie, Amelia und Tanisha hatten sich aneinandergeklammert und gekichert vor Nervosität und Neugier, als sie in die verfallenen Hütten gekrochen waren und beim Anblick krabbelnder Insekten gekreischt hatten, während die Jungs auf dem Ast eines umgestürzten Baumes gesessen und sich Zigaretten und Fireball-Shots geteilt hatten. Später hatten sie ein Feuer entzündet und einander bis in die Nacht hinein Geistergeschichten erzählt. Sogar Tanisha hatte den Schnaps probiert, den Jason mitgebracht hatte, und war bei dem scharfen Zimtgeschmack zusammengezuckt. Und Brandons Augen hatten mit den Flammen getanzt.

Maddie stieg die Stufen in die größte Hütte hinauf, deren zerbrochene Fenster mit Spinnweben verhangen waren. Die Rückwand war mit Graffiti bedeckt. Gedichte und Herzen, Obszönitäten und Zeichnungen, Schicht auf Schicht. Sie überflog die Worte in der zunehmenden Dämmerung.

Rachel bläst wie ein Profi.
Ihr könnt mich alle mal.
AJ 4 Lizzie, 4ever

Make America Gay Again!
Wir sind alle Schlangen, die sich selbst fressen

In der Gesäßtasche ihrer Shorts steckte ein Bleistiftstummel, mit dem sie vorhin in ihrem Skizzenblock gekritzelt hatte. Sie war gerade dabei, ihren Namen in das Holz zu ritzen, als sie es hörte.

Zuerst dachte sie, es sei ein Insekt. Als sie sich umdrehte, erwartete sie, eine Biene oder einen Käfer in der Dämmerung zu sehen. Nein. Zu laut. Eher ein Jaulen, wie der Bohrer eines Zahnarztes. Sie ging zum Türrahmen und suchte die Schatten ab. Dort, über dem verworrenen Blätterdach der Bäume – ein schwaches rotes Licht. Es war eine Drohne.

Maddie versteckte sich im Eingang zur Hütte und beobachtete das Licht, das blinkend durch die Bäume hindurch nach Norden flog. Das Ding beunruhigte sie. Sie konnte sich keinen Reim darauf machen, wer so etwas hier draußen einsetzen sollte. Hier gab es nichts außer den Wäldern und den verlassenen Hütten und dahinter nur Maisfelder und vereinzelte Farmen. Vielleicht waren die Warnschilder doch nicht so alt, wie sie aussahen? Vielleicht sollten sich Unbefugte wirklich besser fernhalten.

Als die Drohne weiter nach Norden flog und ihr Heulen im Zirpen der Zikaden und dem Trillern der Vögel unterging, trat Maddie aus dem Schutz der Türöffnung. Der Wald war jetzt noch düsterer. Ein Rascheln im Gebüsch ließ sie herumfahren. Sie stand an der Hütte, wo sie ihren Rucksack abgestellt hatte, und bückte sich, um ihr Handy hervorzuholen und zu sehen, ob sie Empfang hatte, als aus dem Nichts eine Hand auftauchte und sie packte.

30

»Danke!« Riley lächelte, als Carol Wood ihr einen Plastikbecher reichte, gefüllt mit Cola, Eis und einem Schuss Bourbon. Es brannte ihr in der Kehle, als sie einen Schluck nahm.

Die Party im Haus der Woods war in vollem Gange, der Grill qualmte, Springsteen dröhnte durch die Küchenfenster, eine Partie Cornhole wurde gespielt.

»Cheers!« Carols Haare, dunkel wie die von Logan, schwangen ihr um die Schultern, als sie grinsend den Kopf schüttelte. »Mein Bruder hat mir fast den Kopf abgerissen, als er gesehen hat, dass ich die hier gekauft habe.« Sie hielt den roten Becher hoch. »›*Plastik*becher, Carol? Das bedeutet sehr viel *Plastik*müll!‹« Ihr Blick wanderte zu Logan, der sich mit ihrem Vater unterhielt und den Rauch von einer weiteren Runde Hotdogs wegwedelte.

»Er hat auch im Büro ein paar Dinge aufgerüttelt.«

»Davon bin ich überzeugt.« Carols Grinsen verblasste. »Hören Sie, ich frage nur ungern. Aber diese Morde? Ich habe mit den anderen Müttern geredet, und wir sind alle ziemlich beunruhigt. Sollte ich mir Sorgen um meine Kinder machen? Ich will sie nicht im Haus festhalten, aber ich habe Angst, sie allein rauszulassen.« Sie schaute zu ihrem Sohn hinüber, der mit Logan rangelte. Jack schrie auf, als Logan ihn packte und auf den Kopf stellte. »Ich wollte nie Waffen im Haus haben, aber ich habe darüber nachgedacht, Logan zu bitten, mir eine zu besorgen.«

»Das verstehe ich. Wir tun alles, was wir können, um den Mörder zu fassen.« Riley wusste, dass diese Worte so hohl klangen, wie sie sich anfühlten. Sie wollte mehr tun – mehr für die Sicherheit ihrer Stadt, um den Mörder von Chloe und Nicole vor Gericht zu bringen, sodass Chloes Eltern einen Schlussstrich ziehen konnten. Aber ihr Hauptverdächtiger war verschwunden, und bis die DNA-Ergebnisse vorlagen, hatte sie zudem kaum eine Grundlage, auf der sie einen Fall aufbauen konnte.

»Wir sind hergezogen, um neu anzufangen. An einem sicheren Ort.« Carols Blick blieb auf Logan gerichtet. »Es hat ihn wirklich getroffen. Die Krise in Flint. Dass er ein Polizist ist und so – unser Beschützer.« Sie sah Riley an. »Sie haben es bestimmt in den Nachrichten gesehen. Aber es war schlimm. Wirklich schlimm.« Sie stieß mit dem Fuß gegen einen zu Boden gefallenen Partyhut. »Es waren nicht nur die körperlichen Auswirkungen – die Kinder mit ihren Krankheiten und Lernproblemen, unser Vater, der fast an der Legionärskrankheit gestorben wäre. All das war furchtbar. Aber es war das Vertrauen, verstehen Sie? Zu erkennen, dass diejenigen, von denen wir dachten, dass sie uns beschützen, uns sterben lassen, um ihre eigenen Interessen zu schützen.« Sie atmete aus. »Geld. Am Ende war das alles, was diese Arschlöcher interessierte. Vor allem, weil die meisten der Leidtragenden schwarz oder arm waren oder beides. Ich schätze, wir gehören zu denen, die Glück hatten. Wir konnten es uns leisten abzuhauen.«

»Das tut mir leid.«

Carol nahm einen langen Schluck. Nach einem Moment hellte sich ihre Miene wieder auf. »Haben Sie gestern die Debatte zwischen Gouverneur Hamilton und Senatorin Cook gesehen?«

»Hab ich leider verpasst.«

»Gott, sie ist ein Energiebündel! Hamilton war sehr wortgewandt und hat versucht, mit seinem falschen Lächeln von der Tatsache abzulenken, dass unter seiner Regierung die Umweltverschmutzung und die Armut in diesem Bundesstaat enorm zugenommen haben. Aber Cook hat ihn festgenagelt.«

»Ah, okay«, sagte Riley, die sich aufgrund von Carols offener Art ein wenig unbehaglich fühlte. In der Politik ging es nur mehr um Machtkämpfe. Das Ganze war in letzter Zeit derart toxisch geworden, dass sie es nicht mehr gewöhnt war, wenn Leute so frei ihre Meinung äußerten. Aber Carol wog ihre Worte offenkundig nicht mit der Goldwaage ab, und der Bourbon schien ein Übriges dazu beizutragen.

»Um ehrlich zu sein, fand ich sie anfangs ein bisschen crazy. Aber seit gestern Abend ...« Carol blies durch ihre Zähne. »Ich meine, die Hilfspakete für Unternehmen und die nachhaltige Landwirtschaft klingen super, aber sie hat es anscheinend wirklich auf die großen Jungs abgesehen. Agri-Co und so weiter. Sie will ihnen die Privilegien wegnehmen – die Steuererleichterungen und Subventionen. Geldstrafen für Umweltverschmutzung.« Sie schwenkte ihren Drink. »Ich schätze, ich hatte vergessen, wie es ist, wenn sich in der Politik wirklich jemand um sein Volk kümmert. Wenn diejenigen bestraft werden, die einem Schaden zufügen.«

Logan kam auf sie zu, zwei Hotdogs in der einen Hand, ein Bier in der anderen. Er wirkte in seinem Spartans-T-Shirt, den Shorts und den Schlappen ziemlich entspannt und reichte Carol einen Hotdog. »Ich glaube, Pop wird müde. Wir sollten vielleicht bald das Feuerwerk starten.«

Carol nahm den Hotdog und drückte seinen Arm. Sie lächelte Riley noch einmal an und ging dann zu ihren Eltern hinüber.

Logan reichte Riley den anderen Hotdog. »Sorry! Wenn sie was getrunken hat, ist sie nur schwer zu bremsen.«

»Aber nein, deine Schwester ist toll.« Riley stellte ihr Getränk auf den Boden zwischen ihren Füßen. Als sie in den Hotdog biss, merkte sie, wie hungrig sie war. »Gott, ist das gut!« Sie leckte den Ketchup von ihrem Finger ab. »Ist das was von deinem komischen fleischlosen Zeug? Hergestellt aus Dinosaurier-DNA oder so?«

»Nee. Nur die guten altmodischen Reste vom Schlachthofboden. Augäpfel. Hoden. Das ganze Programm.«

»Mmmmm.«

»Und wo ist Maddie?«, fragte er, als er seine Nichte Callie beobachtete, die einen Sieg beim Cornhole mit einem Radschlag feierte.

»Bei einer Freundin.«

»Aber schön, dass du es geschafft hast.«

»Finde ich auch.« Riley meinte es ernst. Allein durch die Tatsache, dass sie aus dem Haus war, weg von dem Karton und den Fotos, fühlte sie sich leichter.

Logan grinste, als seine Nichte erneut ein Tor schoss. »Los, Callie!«

Riley wusste, dass er seine Nichte und seinen Neffen liebte, aber an diesem Abend sah sie, wie sehr. Es war ermutigend, das mitzuerleben, und gleichzeitig sehnte sie sich nach einer solchen Verbindung in ihrer eigenen Familie. Vielleicht wären sie und Ethan und Maddie auch ein bisschen mehr so, wenn ihr Leben anders verlaufen wäre? Es war ein schwindelerregender Gedanke. Wie die Irrungen und Wirrungen des Lebens einen in eine Situation führen konnten, die es für immer verändern würde. Zufällige Begegnungen. Falsche Entscheidungen. Schnelle Entscheidungen. Und plötzlich stand man da: verloren im dunklen Grauen eines Kornfelds oder einer verlassenen Fabrik. Allein und hilflos. Sie schüttelte den Gedanken ab und leerte ihren Drink. »Willst du mal eigene haben? Kinder, meine ich?«

»Das kam jetzt aus heiterem Himmel!« Logan wurde ernst. »Ja, klar. Aber bei dem Job?« Er zuckte mit den Schultern. »Es ist schwer, eine Beziehung aufrechtzuerhalten, geschweige denn sie auf die nächste Stufe zu heben. Wie sieht's bei dir aus?«

Sie dachte an ein dunkles Motelzimmer, ein mit Lippenstift verschmiertes Weinglas auf dem Nachttisch, zerknitterte Laken und die Morgensonne, die durch die Vorhänge lugte; sie vermied es, sich im Badezimmerspiegel selbst in die Augen zu sehen, an denen noch die Reste der Wimperntusche vom Vortag klebten; den Stich, den es ihr versetzte, als das Bett knarzte. »Wahrscheinlich nicht in nächster Zeit.«

Logans Handy klingelte. Er fischte es aus seiner Tasche und schaute stirnrunzelnd auf das Display. »Das ist seltsam.« Er hielt es hoch. »Schmidt.«

Riley betastete ihre Tasche und stellte fest, dass sie ihr Handy im Auto vergessen hatte.

»Hey, Cam, schön ...« Logan verstummte, sein Stirnrunzeln vertiefte sich. »Was? Okay, ja. Sie ist hier.«

»Was ist los?«

Logan sah sie an. »Jackson Cole hat gerade deinen Bruder verhaftet.«

***

Maddies Schrei schallte durch die Bäume, begleitet vom Flügelschlag der Vögel, die sich in den Himmel erhoben.

Sie schlug die Hand weg, die sie gepackt hatte, und drehte sich um. *»Amelia!«*

Amelia lachte atemlos. »Scheiße! Ich hätte nicht erwartet, dass du so laut schreist!«

»Was zum Teufel war das?« Jason bahnte sich einen Weg durchs Gebüsch und kam auf sie zu, in der einen Hand ein Sixpack, in der anderen ein Bündel Feuerwerkskörper.

Hinter ihm folgte Tanisha, ihre Augen katzenartig in der Düsternis und mit Lidschatten dunkel geschminkt. Nach ihr kam Connor, rotgesichtig und verschwitzt, die Arme voll mit Bier und Snacks. Dahinter Brandon.

Maddie errötete, als sie ihn sah, denn sie wollte nicht, dass er sie für ein dummes, verängstigtes Kind hielt. »Nichts«, antwortete sie Jason und behielt Amelia im Auge.

»Wir haben nur herumgealbert«, sagte Amelia zu ihrem Bruder, der den Wink verstanden hatte. »Es ist schon fast dunkel! Lasst uns das Feuer anmachen.« Sie nahm Tanisha am Arm, wobei sie Maddie bedeutungsvoll anschaute, nachdem sie einen kurzen Blick auf Brandon geworfen hatte.

Maddies Herzschlag hatte sich verlangsamt, aber er beschleunigte sich wieder, als Brandon sich näherte. Sie fühlte sich entsetzlich unsicher, was der Kettenölfleck auf ihrem Oberschenkel und ihr von der Fahrt zerzaustes Haar nur noch verschlimmerten.

»Hallo«, sagte er mit seinem typischen trägen Lächeln. »Du hast also den Weg zurück gefunden?«

»Ja«, sagte sie und versuchte, lässig zu klingen, während sie sich auf die Hüttentreppe setzte. Sie schob ihr Skizzenbuch beiseite, um ihm Platz zu machen. Als sein nackter Arm ihren berührte, fühlte sie, wie ein köstlicher Schock sie durchzuckte. »Habt ihr auf dem Weg hierher eine Drohne gesehen?«

»Kacke!«

Beide drehten sich nach Amelias Schrei um und sahen, wie sie von einem Busch zurücksprang, die Zweige, die sie für das Feuer aufgelesen hatte, fallen ließ und sich mit den Händen hektisch durchs Haar fuhr.

»Himmelherrgott«, beschwerte sich Jason und legte das Bier und die Feuerwerkskörper neben der Feuerstelle ab.

»Scheiß Spinnen!«

»Angsthase.«

»Fick dich!«

Brandon sah Maddie an. »Eine Drohne?« Sein Gesicht wirkte kantig, wie gemeißelt in der Dämmerung. »Nein.«

Maddie zeigte durch die Bäume. »Sie flog in diese Richtung, kurz bevor ihr aufgetaucht seid.«

Brandon legte seine Stirn in Falten. Er wandte sich an die anderen. »Hey, Jason. Maddie hat eine Drohne gesehen.«

Jason zuckte mit den Schultern. »Und?«

»Es könnte also jemanden geben, der unsere Gruppe ausspioniert.«

Jason nahm eine Rakete aus einer der Taschen, die sie mitgebracht hatten, und fuchtelte damit herum. »Dann schieße ich den Wichser vom Himmel.«

Brandon senkte seine Stimme. »Das Einzige, worüber wir uns Sorgen machen müssen, ist seine Treffsicherheit.«

Maddie lachte.

»Was ist das?« Er nahm ihr Skizzenbuch in die Hand und schlug es auf, bevor sie ihn davon abhalten konnte. »Ist das von dir?«

»O Gott, nicht!« Maddie versuchte, es ihm wegzunehmen.

»Die sind fantastisch.«

Sie spürte, wie ihr die Röte bis zu den Ohren stieg. »Findest du?«

Er begegnete ihrem Blick. »Ja.«

Etwas fiel aus dem Block auf seinen Schoß. Ein Foto. Maddie hatte vergessen, dass sie es dort hineingesteckt hatte, nachdem sie es vom Esstisch genommen hatte, als Riley das Mittagessen zubereitet hatte. »Nein!«, rief sie, als er es umdrehte.

Zu spät.

Brandons Gesicht veränderte sich, seine Augen wurden groß. »Mein Gott! Was ist das?«

Sie versuchte, ihm das Foto zu entreißen, aber er hielt es außer Reichweite.

»Das ist nichts. Ich habe es von zu Hause mitgenommen. Meine Tante hatte es.«

»Deine Tante, der Sheriff?«

»Sergeant«, korrigierte Maddie, deren Kehle trocken war.

»Ist das die tote Frau, die sie gefunden haben?«, murmelte Brandon, die Augen noch immer auf das Bild gerichtet.

»Hier, Arschgesicht«, sagte Jason und drückte ihm ein Bier in die Hand. »Was ist das? Ein Nackt-Selfie mit deiner Mutter?

Heilige Scheiße!«, rief er aus, als er einen Blick auf das Bild erhaschte.

Jasons Schrei rief die anderen auf den Plan, die sich nun um das Foto drängten und entsetzt und fasziniert auf das Bild von Nicole Kings verfaulter Leiche starrten, die nackt auf dem Stahltisch unter den Autopsielampen lag.

31

Die Scheinwerfer der Streifenwagen erhellten das Innere der Scheune mit blauen und roten Blitzen. Riley stand bei Matt Kruse von der Drogenfahndung und schaute auf die Cannabispflanzen im hinteren Teil des Heubodens. Der Geruch der Blätter war stechend in der stickigen Dunkelheit der Scheune.

»Das ist wohl kaum der Fang des Jahrhunderts«, murmelte Kruse. »Fünf Pflanzen? Ich habe ein verdammt gutes Barbecue zurückgelassen. Was zum Teufel hat sich Cole dabei gedacht, deshalb die ganze Kavallerie zu rufen?«

Dazu sagte Riley nichts. Sie war sich ziemlich sicher, dass sie die Antwort kannte. Und sie hatte wenig mit Hoyt Garret zu tun, der jetzt unten im Büro des Sheriffs in einer Zelle mit ihrem Bruder saß. Frank Garret war anscheinend auch schon da, um seinen Sohn gegen Kaution freizukaufen.

Während Kruse die Pflanzen fotografierte und einpackte, stieg Riley die knarrende Leiter vom Heuboden runter und ging hinaus in die schwüle Nacht. Hoyts Mutter, Maryanne Garret, wartete besorgt auf der Veranda des Bauernhauses, neben ihr drei Kinder mit lockigen Haaren, die in Schlafanzügen im Halbschlaf auf der Hollywoodschaukel saßen. Es waren die Kinder, die Riley hatte spielen sehen, als sie hergekommen war, um Hoyt zu befragen – die Kinder seiner Schwester Lizbeth.

In den meisten Räumen des Bauernhauses brannte Licht. An den Fenstern bewegten sich Gestalten. Zwei Streifenpolizisten durchsuchten das Haus mithilfe von Peter Hoffman und Bear. Riley hatte den Polizeihund nicht mehr bellen hören, seit er sie auf die Pflanzen aufmerksam gemacht hatte, was darauf hindeutete, dass sie alles gefunden hatten, was zu finden war. Zumindest hier.

Sie hatte keine Ahnung, ob Jackson Cole eine Durchsuchung ihres eigenen Hauses angeordnet hatte, nachdem ihr Bruder wegen Drogenbesitzes verhaftet worden war. Sie konnte nur hoffen, dass dies nicht der Fall war, da heute Abend nur wenige Beamte im Dienst waren. Aber sie würde es nicht mit Sicherheit wissen, bis sie auf dem Revier war.

Maryanne Garret ließ die Kinder auf der Hollywoodschaukel zurück und kam näher. Ihr Gesicht glänzte fahl im Scheinwerferlicht der Wagen. »Was ist hier los?«

Riley erzählte ihr, was sie gefunden hatten.

»Und Sie glauben, die sind von meinem Sohn?« Die Frau sah erschöpft aus, abgemagert und gezeichnet, als hätte sie schon viel länger als heute Abend gelitten.

»Also, wie ich schon sagte, Ma'am, zwei Beamte haben ihn heute Abend in Waterloo beim Verkauf von Marihuana erwischt.«

An meinen gottverdammten Bruder.

»Was wird jetzt passieren? Muss Hoyt ins Gefängnis?«

»Die Menge, die Ihr Sohn verkauft hat, war gering. Normalerweise würde das als Ordnungswidrigkeit eingestuft werden, die wahrscheinlich mit einer Geldstrafe geahndet würde, da es sein erstes Vergehen ist. Der Anbau der Droge mit der Absicht, sie zu vertreiben, ist jedoch eine Straftat, die härter sanktioniert wird. Bis zu siebentausend Dollar Geldstrafe und fünf Jahre Haft.«

»O Gott!« Maryanne Garret taumelte.

Riley hielt sie am Arm fest. »Ma'am, ich hole Ihnen ein Glas Wasser.«

»Nein. Ich brauche kein Wasser.« Maryanne ballte ihre Hand zu einer Faust und presste sie gegen ihre Brust. »Ich kann nicht mehr«, hauchte sie und starrte hinaus in die Schwärze der Maisfelder. »Lizbeth? Und jetzt mein Sohn?«

»Lizbeth?«

Maryannes Blick wanderte zu ihr zurück. Sie schüttelte den Kopf, dann winkte sie mit der Hand ab. »Meiner Tochter geht es nicht gut. Sie ist – im Krankenhaus.«

»Wie ich schon sagte, Mrs Garret, das ist Hoyts erstes Vergehen.« Riley biss die Zähne zusammen und dachte an Jessica Wright. »Das wird der Staatsanwalt berücksichtigen.« Sie sah, wie die beiden Streifenpolizisten mit Hoffman aus dem Bauernhaus kamen, Bear dicht an seiner Seite. »Entschuldigen Sie, Ma'am.« Riley ging zu ihnen hinüber. »Haben Sie was?«

»Nichts, Sergeant«, antwortete Hoffman. »Alles sauber.«

»In Ordnung. Ich lasse Sie mit Kruse allein.« Riley nickte den beiden anderen Hilfssheriffs zu. »Und kümmern Sie sich um Mrs Garret.«

Als sie in den Dodge stieg, schaute Riley in den Rückspiegel und sah, wie Maryanne Garret in das Farmhaus geführt wurde, ihre Enkelkinder im Schlepptau. Hatte Hoyt nicht gesagt, seine Schwester sei verreist?

***

Riley bretterte über die Nebenstraßen zurück nach Waterloo, während um sie herum der Mais wucherte und der Himmel über der Stadt mit Feuerwerkskörpern explodierte. Auf dem ganzen Weg rasten ihre Gedanken. Sie hätte härter sein sollen. Sie hätte Ethan aus dem Haus werfen sollen, weil er diesen Mist rauchte. Sie hätte Mason Lee und Sadie auffliegen lassen, sie in die Reha oder ins Gefängnis schicken sollen. Das Sorgerecht für Maddie einklagen. Riley kannte die Gefahr für sich selbst, für ihren Job. Aber sie hatte immer Angst vor dem gehabt, was passieren könnte, wenn sie konsequent handelte. Was würde es für Maddie bedeuten, wenn sie miterleben müsste, wie ihre Eltern wegen Drogenkonsums verurteilt würden? Was würde es mit den Fäden machen, die das zusammenhielten, was von ihrer Familie übrig geblieben war? Ausgefranst wie das Armband, das ihre Nichte ihr geschenkt hatte. Was verband sie eigentlich noch, außer Fetzen von Schuld und Vorwürfen, Angst und Not? Ein Ruck, und sie würden reißen.

Was würde das für Ethan bedeuten? Erst einmal brauchte er einen Anwalt. Auf dem Weg zur Garret-Farm hatte sie einen alten Freund ihres Vaters angerufen und eine Nachricht hinterlassen. Da es sich um ein erstmaliges Vergehen wegen einer geringen Menge handelte, würde ihr Bruder höchstwahrscheinlich eine Bewährungsstrafe kriegen. Aber er könnte durchaus seinen Job verlieren. Es war nicht so, dass das, was er in der Bar verdiente, einen großen Unterschied in ihrem Leben ausmachte, aber wieder einmal würde sie die Verantwortung tragen, für sie beide zu sorgen.

Riley spürte, wie die Wut in ihr aufflackerte. Aber es war nicht nur Ethan, der dieses Feuer entfacht hatte. Sie stellte sich Jackson Coles Schadenfreude darüber vor, dass er ihren Bruder erwischt hatte. Sie wusste, dass er nicht darüber nachgedacht hatte, wie sich die Verhaftungen auf die Ermittlungen auswirken würden. Hier ging es nicht um Hoyt Garret oder die ermordeten Frauen oder Ethan oder Drogen. Nein. Hier ging es um Rache. Für die Beförderung, die sie an seiner Stelle bekommen hatte, und für eine versoffene Nacht, die sie so gern rückgängig machen würde.

Doch die Erinnerungen an diese Nacht waren nichts als blitzlichthaft erleuchtete Einzelbilder, durchsetzt mit Alkohol und dem Pochen von Musik. Sie war erst seit zwei Jahren im Dienst gewesen, ein Deputy wie Cole. Sie waren alle zusammen ausgegangen, um zu feiern – alle von der Streife und aus dem Ermittlungsteam. Ein Mann, den sie wegen des brutalen Angriffs auf ein Schulmädchen verhaftet hatten, war verurteilt und ins Gefängnis gesteckt worden. Die Kollegen hatten triumphiert, einander auf die Schultern geklopft und gegrinst. Aber Riley hatte nur an das lausige Urteil denken können, das der Richter verhängt hatte. Zehn Jahre – fünf bei guter Führung. Die Strafe für das Mädchen würde viel, viel länger ausfallen. Was bedeutete Gerechtigkeit, wenn Verbrecher Bewährung und Opfer lebenslänglich bekamen? Während ihre Kollegen feierten, hätte sie am liebsten die Welt in Brand gesetzt. Und noch so viele Fireball-Shots und Jubelrufe hatten diese Wut nicht gestillt.

Sie war als eine der Letzten aus der Bar getaumelt. Cole hatte den Arm um ihre Schultern gelegt, um sie zu lenken, und die eisige Luft ließ ihren Kopf schwirren. Der Schnee lag wie ein schmutziges Laken am Straßenrand, die Straßenlaternen leuchteten gelb und rot. Sie erinnerte sich vage an den Weg zu seiner Wohnung, einer kargen Junggesellenbude in der Nähe des Flusses. Sie erinnerte sich daran, wie sie in seiner Küche gesessen hatte, die Wut wie Säure in ihrer Kehle, Worte und Tränen und Zigarettenrauch, die aus ihr herausgeströmt waren, und das Zischen der Biere, die Cole geöffnet hatte.

Sie erinnerte sich daran, wie sie über die Vergangenheit gesprochen, wie sie sich ihm gegenüber geöffnet und verzweifelt nach einer Verbindung gesucht hatte. Nach jemandem, der ihr helfen würde, einen Sinn in dem Ganzen zu finden und ihre Wut zu besänftigen. Einem echten menschlichen Kontakt jenseits all der gesichtslosen Männer in all den namenlosen Bars, mit denen sie im Bett gewesen war, um zu vergessen. Einem Freund. Damals war Cole wahrscheinlich derjenige gewesen, der einem solchen am nächsten gekommen war. Sie konnte sich nicht mehr an vieles von dem erinnern, was sie gesagt hatte. Hatte sie ihm von der Nacht auf der State Fair erzählt? Von dem Riss in ihrem Leben, dem Riss in ihrer Familie? Hatte sie ihm von ihrer Flucht nach Kalifornien erzählt? Von dem wilden Mädchen, zu dem sie geworden war? Von den Drogen, die sie genommen hatte, und den Dingen, die sie getan hatte, um zu überleben? Dinge, für die sie sogar jetzt noch gefeuert werden konnte.

Aber sie erinnerte sich an den Morgen danach, als sie nackt in seinem Bett aufgewacht war, mit bohrenden Kopfschmerzen und der brennenden Scham, die in ihr aufstieg, als sie sich umdrehte und ihn neben sich liegen sah, durchströmt vom Gefühl der Eroberung. Sie hatte sich schweigend angezogen und den Kopf geschüttelt, als er ihr Kaffee, Frühstück und eine Mitfahrgelegenheit zur Arbeit anbot.

An der Tür hatte sie nach den Worten gesucht, mit denen sie ihn anflehen konnte, niemandem davon zu erzählen, aber er musste ihr Zögern für etwas anderes gehalten haben, denn er hatte sich zu ihr hinabgebeugt, um sie zu küssen. Sie war vor ihm zurückgeschreckt und hatte zugesehen, wie sein Stolz in sich zusammengefallen war wie ein geplatzter Reifen. Dieser Moment auf seiner Türschwelle hatte eine Kluft zwischen ihnen aufgerissen, sein verletztes Ego auf der einen Seite, ihre stille Scham auf der anderen. Es war eine Kluft, die sie in all den Jahren seither nie hatten überbrücken können. Eine Kluft, die sich mit ihrer Beförderung nur noch vergrößert hatte.

Die Stadt brannte vor Hitze, und der Rauch von Lagerfeuern lag in der Luft, als Riley ihren Wagen auf dem Parkplatz des Departments abstellte. Sie ging durch den Hintereingang, um Begegnungen mit Reportern zu vermeiden. Drinnen war es ruhig, die meisten Kollegen der Nachtschicht waren auf Streife und hielten Ausschau nach betrunkenen Fahrern und Kindern, die mit Feuerwerkskörpern um sich warfen.

Sie spähte durch das Fenster der Tür, die zur Rezeption führte. Dort saß der diensthabende Officer der Nachtschicht, neben ihm ein Stück Kuchen auf einem Teller. Dahinter schritt Frank Garret mit blassem, angespanntem Gesicht auf und ab. Sie klopfte sachte ans Fenster, um die Aufmerksamkeit des Beamten zu erregen.

Er kam ihr entgegen und wischte sich die Krümel von der Uniform. »Sergeant?«

Er sah verlegen aus und hatte Mühe, ihr in die Augen zu schauen. Riley vermutete, dass die meisten der Anwesenden wussten, dass Cole ihren Bruder verhaftet hatte. Am Morgen würden es alle wissen, auch Sheriff Reed. »Ist mein Bruder hier?«

»Deputy Cole erfasst gerade noch seine Daten. Er wird auf eigene Verantwortung freigelassen, bis zur Anklageerhebung. Er wird gleich runterkommen.«

»Irgendwelche Durchsuchungen?«

»Nur von seiner Person.«

Riley verbarg ihre Erleichterung und blickte wieder zur Rezeption. Frank Garret hatte sich auf einen der Plastikstühle gesetzt, die die Wand säumten, die Ellbogen auf die Knie gestützt. »Hat Mr Garret irgendwas gesagt?«

»Nein. Aber er hat seinem Sohn einen Spitzenanwalt besorgt. Max Olson. Er ist vor einer Stunde angekommen.«

Riley war überrascht. Max Olson war Teilhaber einer der renommiertesten Kanzleien der Stadt. »Wegen ein paar Pflanzen?«

»Das hat Cole ein bisschen den Wind aus den Segeln genommen, das kann ich Ihnen sagen.«

Riley sah das leichte Lächeln des Polizisten und spürte einen kleinen Anflug von Dankbarkeit.

Im Büro saßen zwei Hilfssheriffs. Der eine, Chad Becker, lehnte sich auf seinem Stuhl zurück, die Hände hinter dem Kopf, die Füße auf dem Schreibtisch. Neben seinen Stiefeln stand ein mit der amerikanischen Flagge glasierter Kuchen, der angeschnitten war und aus dem Marmelade quoll. Sie drehten sich um, als Riley vorbeiging. Becker nahm seine Füße vom Schreibtisch und sah sie an, als sie in der Tür stehen blieb.

»Wo ist Cole?«

»Befragungsraum fünf.« Riley hielt den Blick des jungen Mannes fest, bis dieser sich aufsetzte und sich räusperte. »Sergeant.«

Als sie sich dem Verhörraum näherte, öffnete sich die Tür, und ein schlanker Mann in einem Nadelstreifenanzug trat heraus. Sie war ihm noch nicht persönlich begegnet, aber sie erkannte ihn. Sein Bild war auf einer Anschlagtafel vor seinem Büro zu sehen. *Max Olson, Rechtsanwalt.* Hoyt Garret war bei ihm. Olson warf ihr einen Blick zu und schürzte die Lippen, als er den Korridor entlangging. Hoyts Augen huschten zu ihr, bevor er den Kopf senkte und dem Anwalt hinterhereilte.

Jackson Cole war noch im Zimmer und murmelte wütend vor sich hin, während er die Unterlagen auf dem Schreibtisch einsammelte. Er bemerkte nicht, wie Riley eintrat, fuhr aber herum, als sie die Tür zuschlug. Er richtete sich auf und schloss die Akte, die er geordnet hatte. Seine blassblauen Augen waren wachsam, doch er lächelte sein schiefes Lächeln. »Sergeant.«

»Was zum Teufel machst du da?«, fragte sie leise, aber als sein Lächeln schwankte, wusste sie, dass er die Wut in ihrer Stimme hörte.

»Meinen Job.«

»Dein *Job* war es, Hoyt Garret zu beschatten. Das war alles.«

»Er hat das Gesetz gebrochen. Was hätte ich denn tun sollen?«

»Das ist Bockmist, und das weißt du genau. Du hast einen möglichen Verdächtigen in einer laufenden Mordermittlung beschattet. Welchen wahrscheinlichen Grund hattest du, ihn nach Drogen zu durchsuchen?«

»Ich habe gesehen, wie er sie verkauft hat.«

»Olsen wird diese Anklage zerkauen und wieder ausspucken. Du hast uns kompromittiert. Garret weiß jetzt, dass wir ihn beobachten.«

Coles Augen wurden hart. »Reden wir doch mal über Bockmist, okay? Dieser Landstreicher, George Anderson, hat die Frauen ermordet. Das glaubt jeder. Du wolltest mich nur aus dem Weg haben. Nur deswegen sollte ich Garret beschatten. Ein absolut sinnloses Unterfangen.«

»Ohne Anderson, ohne DNA haben wir keine Beweise.« Riley bemühte sich, ihre Stimme ruhig zu halten. »Garret hat sich benommen, als hätte er was zu verbergen.«

»Ja. Rauschgift der Kategorie 1. Und wer weiß, was er sonst noch verkauft? Koks? Meth?«

»Da war aber sonst nichts. Nur fünf lausige Pflanzen.« Riley presste die Handflächen auf den Tisch. »Das ist kein Spiel, Cole. Das ist keine Schweinezunge im Mittagessen. Zwei Frauen sind tot. Ich werde nicht zulassen, dass du diese Ermittlung in Gefahr bringst, nur um meinen Ruf zu ruinieren.«

»Deinen Ruf ruinieren? Das würde mir im Traum nicht einfallen, Sarge. Dafür sorgst du schon selbst.«

Sie richtete sich auf und stieß ein verkrampftes Lachen aus. »Gott, genau darum geht es doch, oder? Um dein brüchiges Ego? Ich wette, du hast dir in die Hose gemacht, als du meinen Bruder mit Garret gesehen hast.«

Cole kam um den Tisch herum und hielt die Akte in der Hand. »Wie ich schon sagte, ich habe meinen Job gemacht. Vielleicht ist es an der Zeit, dass du deinen machst. Zeig uns, dass du mehr bist als nur ein Häkchen auf der To-do-Liste des Sheriffs. Mehr als nur ein Schatten deines Großvaters.«

In dem Moment wollte sie auf ihn losgehen. Ihm den schiefen Zahn aus dem Mund schlagen. »Ich sollte ein Disziplinarverfahren gegen dich einleiten, du Scheißkerl.«

»Aber das wirst du nicht tun, oder, Sarge?« Cole kam direkt auf sie zu.

Er beugte sich vor, und für eine schreckliche Sekunde dachte Riley, er werde versuchen, sie zu küssen.

»Ich kenne dich, Fisher«, murmelte er. »Vergiss das nicht!«

Es klopfte an der Tür, und der diensthabende Officer trat ein. Cole wich zurück.

»Ihr Bruder ist am Empfang, Sergeant Fisher.« Er hielt inne und sah zwischen ihr und Cole hin und her. »Er ist entlassen worden.«

Zehn Minuten später schritt Riley über den Parkplatz, Ethan an ihrer Seite. Ihr Bruder setzte sich auf den Beifahrersitz, seine Habseligkeiten – ein paar zerknüllte Dollarscheine, Schlüssel, ein Zippo – auf seinem Schoß in einer versiegelten Plastiktüte gebündelt. Als Riley den Schlüssel im Zündschloss drehte, setzte ihr Bruder zu sprechen an.

»Lass es«, murmelte Riley. »Lass es einfach.«

Als sie zur Ausfahrt fuhr, sah sie Frank Garret in einen Pick-up einsteigen. Hoyt saß bereits mit gesenktem Kopf auf dem Beifahrersitz. Dann schaute er in ihre Richtung. Dem jungen Mann stand die nackte Angst ins Gesicht geschrieben.

32

Die drei hatten sich Bandanas über die Gesichter gezogen. Nur ihre in der Dämmerung glitzernden Augen waren zu sehen, als sie aus dem Aufzug im dritten Stock des Herrenhauses traten.

»Ab hier seid ihr auf euch allein gestellt«, sagte der junge Mann, der sie hochgelassen hatte. Seine weiße Küchenjacke schien in den Schatten zu leuchten. »Ihr habt eine Stunde Zeit.« Er deutete den Korridor entlang. »Sein Büro ist am Ende.«

»Wo ist unser Ausgang?«, murmelte Thorne und schob eine rosa Haarsträhne unter ihr schwarzes Tuch.

Der Mann zeigte in die andere Richtung. »Schlafzimmer. Vierte Tür auf der rechten Seite. Fenster steht offen. Du sagst Alex, dass wir jetzt quitt sind. *Okay?*«

Thorne nickte, als er den Knopf drückte. Die Aufzugtüren schlossen sich und tauchten den Korridor in tiefe Dunkelheit.

Sie eilte den Gang hinunter. Leo und Dex folgten ihr, vorbei an kunstvoll gerahmten Gemälden und Familienporträts. Ihre Turnschuhe trafen weich auf den tiefen Flor des Teppichs. Thorne hielt Ausschau nach Kameras, die sie bei der Besichtigung in den unteren Stockwerken gesehen hatte. Da sie keine entdecken konnte, vermutete sie, dass die First Family hier oben Privatsphäre über Sicherheit stellte.

Sie erreichte die Tür am Ende des Ganges und trat vorsichtig ein. Dahinter lag ein opulentes, holzgetäfeltes Arbeitszimmer. In einer Ecke brannte eine schwache Lampe, die butterweiches Dämmerlicht im Raum verbreitete. Von der Decke hing ein Kronleuchter, und an den Wänden standen Bücherregale. Samtene Vorhänge verdeckten die hohen Fenster.

Leo ging zu einem der Fenster und überwachte die Einfahrt. Auf dem Weg hierher war er nervös gewesen, hatte zuvor tagelang versucht, ihr die Sache auszureden. Aber wenn Hamilton die Wahl gewann, welchen Schaden würde er in vier weiteren Jahren anrichten?

Thorne steuerte direkt auf den Schreibtisch zu, auf dem ein Bildschirm und eine Tastatur warteten. Auf dem Tisch standen mehrere Fotos, daneben lagen ein signierter Baseball in einem abgenutzten Handschuh sowie eine ziemlich zerlesene Ausgabe des *Des Moines Register*. Die Schlagzeile war im Lampenschein zu lesen: *Doppelmord in Cedar Falls. Ist ehemaliger US-Veteran ein Kannibale?*

Thorne nahm ihre Ausrüstungstasche aus dem Rucksack und holte den Collection Key heraus. Sie steckte ein Ende in eine kleine externe Festplatte und das andere in den Rechner unter dem Schreibtisch. Ihre behandschuhten Finger tippten über die Tasten und starteten den Computer, während Dex zu einem Aktenschrank hinüberging.

Leo sah sich um. »Alles in Ordnung?«, fragte er angespannt.

»Ja«, murmelte sie und wartete, als der Computer sich mit dem Key verband und von seinem normalen Startprozess abwich. Sie hatte das Gerät so programmiert, dass es gezielt nach Text suchte – E-Mails, Dokumente, Kalender –, um den Vorgang zu beschleunigen. Sie beobachtete, wie die Daten in rascher Folge auf die externe Festplatte kopiert wurden und eine nach der anderen erschien.

Während sie wartete, wühlte Dex in den Schubladen des Aktenschranks und hielt ab und zu inne, um ein Dokument mit seinem Handy zu fotografieren, dessen Blitz nach den Schatten schnappte.

»Scheiße!«, zischte Leo.

Draußen war ein Motor zu hören.

»Es ist noch zu früh!« Dex durchquerte den Raum und ging zu Leo ans Fenster. »Kacke! Das ist er!«

Thorne behielt weiterhin die Dokumente im Blick, die auf die Festplatte übertragen wurden.

Leo packte ihren Arm. »Wir haben keine Zeit mehr!«

Sie schüttelte ihn ab. »Ich werde nicht ohne *irgendetwas* gehen!«

Draußen wurden hörbar Autotüren zugeschlagen, das Lachen eines Teenagers ertönte. Thorne ignorierte alles und starrte auf den Bildschirm.

Ihre Gefährten waren weg und flohen den Korridor hinunter. Dann ein leises Rumpeln – der Aufzug fuhr nach oben.

»Verdammt!« Sie zog den Key vom Computer ab, während er noch herunterlud, und drückte auf den Ausschaltknopf des Rechners. Dann verstaute sie den Key und die Festplatte in ihrer Tasche und rannte auf den Flur hinaus. Leo und Dex standen vor dem Schlafzimmer, das ihnen ihr Komplize gezeigt hatte. Der Aufzug piepte. Sie würde es nicht schaffen. Also duckte sie sich in die nächstbeste Tür, als der Aufzug sich öffnete und Stimmen herausdrangen.

Der Raum war ein Badezimmer. Ein Marmorwaschbecken und goldene Wasserhähne leuchteten kurz auf, als sie die Tür aufstieß und mit klopfendem Herzen in der Dunkelheit stand. Thorne hatte seit Jahren nicht mehr gebetet, aber jetzt tat sie es.

Vor der Tür ertönte eine Frauenstimme. »Ich gehe gleich ins Bett, Liebling. Mir geht es wirklich nicht gut.«

»Ich werde Charles bitten, dir einen Kamillentee zu machen«, antwortete ein Mann. »Wollt ihr Mädels Kakao?«

»Ja, Daddy!«

Thorne hörte, wie sich Türen schlossen, dann das leise Wummern von Popmusik. Sie wartete noch ein paar Augenblicke in der Dunkelheit, dann spähte sie hinaus. Im Gang brannten jetzt die Lichter. Die Musik kam gedämpft durch eine Tür gegenüber. Eine

Männerstimme drang aus dem Arbeitszimmer in den Flur. Die Tür stand einen Spalt offen. Thorne trat auf den Korridor hinaus. Sie schlug die Richtung ein, in die Leo und Dex gerannt waren, als sich die Tür gegenüber öffnete.

Das Mädchen, das erschien, grinste. Das Grinsen erstarrte, als sie Thorne sah. Ihre Augen weiteten sich. Dann kreischte sie. Als ein Mann alarmiert aufschrie, rannte Thorne den Gang runter und ließ das kreischende Mädchen hinter sich.

Das Schlafzimmer lag im Schatten, die Vorhänge bewegten sich im Wind. Leo und Dex waren längst verschwunden. Als sie zum Fenster lief, konnte sie die Zikaden im Baum draußen hören. Der Stamm wurde von Lichtern erhellt, die drei Stockwerke tiefer eine Einfahrt säumten. Sie kletterte hinaus und hielt auf dem Fenstersims inne. Beim Gedanken an den Sprung schwirrte ihr der Kopf. Sie stählte sich, kippte nach vorne und griff nach dem nächstgelegenen Zweig. Doch ihre schweißnasse Hand rutschte ab.

Sie schrie auf, als sie abglitt, die Blätter entwischten ihren nach Halt suchenden Fingern, und sie stürzte auf den Ast unter ihr. Sie fiel tiefer und schlug mit dem Kopf auf einen Ast, und die Rinde schrappte ihr die Haut von der Wange. Zwei weitere Äste unterbrachen ihren Sturz, dann war sie im freien Fall, und der Boden raste ihr entgegen. Sie landete auf dem Rücken auf dem Rasen, und die Luft blieb ihr weg. Während Thorne noch im Gras lag, ertönte über ihr ein Schrei. Ein Mann stand am Fenster und schaute nach unten. Das Bandana war ihr beim Sturz aus dem Gesicht gerutscht und hing lose um ihren Hals. Gouverneur Bill Hamilton starrte sie direkt an.

Thorne rappelte sich auf ihre Hände und Knie. Dann rannte sie los, über den gepflegten Rasen. Hinter ihr erklangen weitere Rufe. Eine Taschenlampe streifte sie und spießte sie in ihrem Strahl auf. Sie stürzte sich in die Bäume, die die Gärten begrenzten.

33

Der Schwefelgeruch von abgebrannten Feuerwerkskörpern lag noch zwei Tage über der Stadt. Der Himmel war bewölkt, die Temperatur stieg an. Die Stadtbewohner schwitzten zwischen den klimatisierten Häusern, Büros und Autos. Es wimmelte von Insekten, und die Landwirte schickten Sprühflugzeuge, um ihre Felder zu besprenkeln. Die Chemikalien ließen die Luft bitter schmecken.

Lokale Nachrichtensender und Zeitungen wiederholten die Storys über die ermordeten Frauen in Endlosschleife und hoben besonders hervor, dass die Polizei noch niemanden gefasst hatte. Mit jeder Wiederholung wuchs die Angst. In Bars und Friseurläden diskutierten die Menschen, ob ihre Stadt sicher sei. Die Verkäufe in den Waffengeschäften stiegen. Das Foto von George Anderson blieb auf den Titelseiten, während das Bild von Chloe und ein Foto von Nicole, das ihre Schwester geschickt hatte, auf den hinteren Seiten verschwanden, als ob die Frauen ihren Part gespielt hätten und für das Drama nicht mehr relevant wären. Irgendwann, so wusste Riley, würde man sie nur noch als *die Opfer* bezeichnen.

Im Büro wurde sie nach der Verhaftung ihres Bruders selbst zum Gegenstand von Klatsch und Tratsch; es gab Seitenblicke, und Gespräche verstummten, sobald sie einen Raum betrat. Sie vermied jede weitere Konfrontation mit Cole, sprach ihn emotionslos an und drängte ihre Wut ins Innere zurück.

Reed, der nach der Verhaftung von Hoyt Garret und Ethan außer sich vor Wut gewesen war, hatte sie über den Stand der Ermittlungen ausgefragt. Sie wusste, dass er sie brauchte – dass es dem Fall schaden würde, wenn er sie jetzt abziehen würde –, aber die nächste Leistungsbeurteilung stand früher oder später an. Ihre einzige Genugtuung bestand darin, dass Reed von Coles Verhalten alles andere als begeistert war – saß ihm doch nun Max Olson, der Rechtsanwalt, im Nacken.

Reed hatte jegliche Überwachung von Hoyt Garret eingestellt.

»Um Himmels willen, Fisher«, hatte er gesagt, als Riley ihre Entscheidung, Garret im Auge zu behalten, verteidigen wollte. »So sind Jungs nun mal. Bevor wir uns in der politischen Korrektheit verzettelt haben – mit dem ganzen #MeToo-Getöse –, hatte wahrscheinlich jeder Mann in diesem Department irgendwann mal ein Fehlverhalten zu verbuchen.«

Gott, wenn sie nur einen Dollar für jeden Mann bekäme, der diese Bewegung als einen Angriff auf seine Freiheit betrachtete, sich wie ein Arschloch aufzuführen ... »Garret ist nicht einfach nur ein Widerling wie viele andere Jungs, Sir. Er hat ein Mädchen gewürgt. Es hat ihm Spaß gemacht.«

»Ich werde nicht zusehen, wie die wenigen Ressourcen, die wir haben, für die Jagd auf Kleinkriminelle und Spanner verschwendet werden. Nicht mit einem Doppelmord im Nacken.«

Riley hatte seine Entscheidung akzeptiert, aber das hatte sie nicht davon abgehalten, Amy Fox zu bitten, Lizbeth Garret etwas genauer unter die Lupe zu nehmen. Es ärgerte sie, dass Hoyt behauptet hatte, seine Schwester sei verreist, während ihre Mutter gesagt hatte, sie sei im Krankenhaus.

Auf der Hotline für Informationen über den Verbleib von George Anderson kamen weiterhin viele Anrufe rein, aber es wurden immer weniger, und die vereinzelten echten Hinweise führten ins Leere. Anderson schien aus der Welt verschwunden zu sein; nur seine wenigen zerfledderten Habseligkeiten, versiegelt in Asservatentüten, zeugten davon, dass es ihn überhaupt jemals gegeben hatte.

Auch Sarah Foster wurde immer noch vermisst. Schmidt war die Kontakte der Frau durchgegangen – Ex-Ehemänner, Freunde, Familie – und hatte Nachrichten hinterlassen, da viele Leute über den 4. Juli verreist waren. Riley hatte eine Fahndung herausgegeben, aber bislang gab es keine Meldungen. Gracie spukte ihr durch den Kopf. Das vermisste Mädchen grüßte sie mit diesem traurigen Lächeln von dem Poster an der Bürowand, neben den Autopsie- und Tatortfotos. Riley sah die möglichen Verbindungen vor sich: den Diebstahl der Medikamente aus der Apotheke, in der Sarah gearbeitet hatte, das Verschwinden ihrer Tochter, die Pillen aus derselben Apotheke, die neben Nicoles Leiche gefunden worden waren. Aber ohne weitere Fäden, die sie verbinden konnte, blieben die Teile frustrierend unzusammenhängend.

Sie hatte einige Nachforschungen über Fenozen angestellt, aber nichts war ihr aufgefallen. Auch der Apotheker in Waterloo hatte von keinen relevanten Vorfällen bei Patienten berichtet. Im Internet stieß sie auf eine kürzlich erschienene Studie über eine Reihe von Selbstmorden unter Jugendlichen, die ein bestimmtes Aknemedikament einnahmen, auf einen Artikel darüber, warum ein Medikament gegen Parkinson zwanghafte Spielsucht verursachen könnte, und auf ältere Artikel über Antidepressiva, die mit gewalttätigen Morden in Verbindung gebracht worden waren. Aber über Fenozen gab es nichts, was über die aufgelisteten Nebenwirkungen hinausging. Sie wartete immer noch auf den toxikologischen Befund von Kristen Webb über den Obdachlosen Dennis Packer, der an dem seltenen Niacinmangel, der Pellagra, gestorben war. Aber es sah so aus, als ob das Medikament nicht die erhoffte Spur wäre. Also beschloss Riley, dass es nach dem Feiertagswochenende, während sich ganz Iowa auf den Countdown zur State Fair vorbereitete, an der Zeit war, James Miller einen weiteren Besuch abzustatten.

Es war elf Tage her, dass sie und Logan auf dieser Veranda gestanden hatten und die Türklingel im Haus ertönt war. Die Windspiele waren heute still, nicht die leiseste Brise bewegte sie. Der Himmel war wolkenverhangen. Als sich die Tür des Hauses nebenan öffnete, sah Riley, wie sich Millers Nachbar – ein glatzköpfiger Mann mit Brille – auf den Weg zu seinem Briefkasten machte. Der Mann hob die Hand, um zu grüßen.

»Wie läuft's bei deinem Bruder?«, fragte Logan, während sie warteten. »Ich habe gehört, dass seine Anklageerhebung für morgen angesetzt ist?«

»Korrekt.«

»Hast du ihm einen guten Anwalt besorgt?«

Sie nickte. Der alte Freund ihres Vaters, den sie angerufen hatte, hatte einen Anwalt in Waterloo empfohlen, der zuversichtlich war, dass Ethan mit einer Bewährung und einer Geldstrafe davonkommen würde. Allerdings war ihr Bruder aus der Bar gefeuert worden, weil sein Chef befürchtete, Ärger mit der Polizei zu kriegen. Riley hatte Ethan nach seiner Verbindung zu Hoyt Garret befragt und sich eine Bemerkung über seine offenkundige Vorliebe für Freundschaften mit Sexualstraftätern nur schwer verkneifen können. Aber ihr Bruder hatte gesagt, dass Hoyt nicht mal wirklich ein Bekannter sei – nur jemand, den er aus der Bar kenne, in der Hoyt und seine älteren Brüder Ryan und Jacob manchmal verkehrten. Wenn Ethan auf Bewährung entlassen würde, müsste er sich stichprobenartigen Drogentests unterziehen. Und wenn er die nicht bestünde, würde er ins Gefängnis wandern. In den letzten zwei Tagen hatten sie kaum miteinander gesprochen und waren sich im Haus gegenseitig aus dem Weg gegangen. Die Anspannung war unerträglich. Wie die sich langsam aufbauende Hitze vor einem Sturm.

»Vielleicht ist Miller bei der Arbeit?«, überlegte Logan, als Riley erneut auf die Klingel drückte.

Nach ein paar weiteren Augenblicken hörten sie Schritte. Die Tür öffnete sich.

James Miller schien eine Sekunde zu brauchen, um zu erkennen, wer vor ihm stand. Seine Augen waren benommen, die Haare ungekämmt. Seit ihrem letzten Besuch hatte er abgenommen. Er war unrasiert und sah aus, als hätte er nicht geschlafen.

»Sergeant.« Er stieß das Wort mit einem schweren Seufzer aus.

»Können wir reinkommen, Mr Miller?«

James' Augen verengten sich. »Haben Sie was Neues?«

»Nur ein paar Fragen, wenn Sie erlauben?«

James zögerte. Als er über sie hinwegblickte, verzog sich sein Gesicht. Er drehte sich auf dem Absatz um und ging den Flur entlang, wobei er die Tür offen stehen ließ. Riley schaute sich um und sah, wie der Nachbar mit seiner Post langsam den Gartenweg hinaufschlurfte und sie beobachtete.

Drinnen führte James sie ins Wohnzimmer. Er setzte sich auf die Couch, während sie und Logan in den Sesseln Platz nahmen. Die Kissen waren zerknittert, und auf dem Glastisch stand eine leere Wodkaflasche.

»Sie zeigen nur Interesse, wenn die Polizei kommt.« James deutete mit dem Kopf zum Fenster. »Meine Nachbarn.« Er bellte ein Lachen. »Aber nicht einer von ihnen ist vorbeigekommen, um nach mir zu sehen.« Sein Blick wanderte zu Riley. »Wann kann ich meine Frau haben, Sergeant?«, fragte er mit leiser Stimme. »Für die Beerdigung? Ich will das endlich hinter mich bringen.«

»Wir tun, was wir können, Mr Miller. Ich weiß, wie schwer das ist ...«

»Kommen Sie mir nicht so«, unterbrach James sie. »Wie zum Teufel wollen Sie das verstehen? Ich habe jede Frage beantwortet. Habe Ihnen jede Information gegeben, die mir in den Sinn gekommen ist. Meine Familie und meine Freunde sind befragt worden. Meine Kollegen. Was wollen Sie noch von mir?«

Riley zog das Foto von George Anderson aus der Akte, die sie dabeihatte. »Haben Sie diesen Mann schon mal gesehen?«

James' Augen wanderten zu dem Bild, dann wieder zu ihr. »Ja. In der Zeitung.«

»Sein Name ist George Anderson. Wir möchten mit ihm im Zusammenhang mit dem Mord an einer Frau namens Nicole King sprechen.«

»Ich weiß das alles.« James verschränkte die Arme vor der Brust. »Einer Ihrer Detectives – Schmidt – hat mich angerufen und gesagt, dass es eine Verbindung geben könnte. Zu Chloe. Er hat mich gefragt, ob ich ihn kenne. Ich habe ihm bereits gesagt, dass ich ihn nicht kenne.«

»Bis wir die Ergebnisse weiterer Tests haben, können wir nicht mit Sicherheit sagen, ob dieser Mann etwas mit dem Tod Ihrer Frau zu tun hat. Aber er ist jemand, den wir befragen wollen.« Riley hielt das Bild in der Hand. »Können Sie es sich noch mal genauer ansehen, Mr Miller?«

James nahm das Foto zögerlich in die Hand.

»Vielleicht haben Sie ihn gesehen, als Sie freiwillig in der Suppenküche der Kirche tätig waren?«

James' Augen weiteten sich, als wäre er überrascht, dass sie davon wusste. »Also«, sagte er nach einer Pause. »Wenn ja, dann erinnere ich mich nicht an ihn.« Er warf das Bild auf den Couchtisch und lehnte sich zurück.

»Als wir das erste Mal miteinander gesprochen haben, habe ich Sie gefragt, ob Sie wüssten, warum Ihre Frau draußen bei der Zephyr-Farm gewesen sein könnte. Ob Sie dort jemanden kennen.«

»Tue ich aber nicht.«

»Zephyr sponsert die Suppenküche. Sie stellen Maismehl zur Verfügung. Wussten Sie das?«

»Ich ...« James fuhr sich mit einer Hand durch die Haare. »Ich glaube nicht. Nein.« Als Riley schwieg, atmete er aus und beugte sich vor. »Ich habe da nur manchmal ausgeholfen, okay? Ich habe keine Ahnung, woher die ihr Zeug bekommen. Und ich erinnere mich nicht an den.« James' Augen wanderten zu dem Foto und verweilten dort.

»Könnte Chloe Anderson irgendwo begegnet sein?«

»Ich wüsste nicht, wo. Ihr Kollege sagte, der Mann sei ein Obdachloser.«

»Hat sie sich jemals zusammen mit Ihnen ehrenamtlich engagiert?«

»Nein.«

»Sie hat in diesem Gebrauchtwarenladen gearbeitet. Der hat Verbindungen zur örtlichen Wohlfahrt. Ist es möglich, dass sie ihm dort begegnet ist?«

»Sie hat dort seit Jahren nicht mehr gearbeitet. Und woher soll ich wissen, wem sie dort begegnet ist? Warum fragen Sie nicht die Frauen, die den Laden betreiben? Bei Ihnen klingt Wohltätigkeit wie eine Art Verbrechen! Himmelherrgott noch mal, da versucht man, was Gutes in der Welt zu tun, und ...« Er beendete den Satz nicht, sondern schüttelte nur den Kopf.

Riley hatte geahnt, dass dies ein aussichtsloses Unterfangen war. Wenn James irgendetwas von einer möglichen Verbindung zwischen Anderson und seiner Frau wüsste, hätte er Schmidt sicher davon erzählt. Die Verbindung – Chloe, die auf Zephyr-Feldern gefunden worden war, und James, der ehrenamtlich bei einer Wohltätigkeitsorganisation arbeitete, die Mais von Zephyr verarbeitete – war bestenfalls dürftig. Trotzdem war Riley enttäuscht. Ein weiterer Weg war versperrt. Dann fiel ihr die Frage wieder ein, die Schmidt in der Besprechung gestellt hatte, und sie versuchte eine andere Taktik. »Was ist mit dem Unternehmen, für das Sie arbeiten – Green Fields Technology? Das ist eine Tochtergesellschaft von Agri-Co, oder?«

James starrte sie an. »Ja. Und?«

»Agri-Co ist in den letzten Jahren ziemlich unter Beschuss geraten. Ihnen wurde vorgeworfen, Kleinbauern aus dem Geschäft zu drängen.«

James zuckte mit den Schultern, aber seine Augen blieben auf ihre gerichtet. »So läuft das schon immer in Amerika, stimmt's?«

»Einige der Kooperativen von Zephyr behaupten, in der Vergangenheit Probleme mit Agri-Co gehabt zu haben. Sabotage der Ernte und andere Vorwürfe. Könnte jemand dort einen Groll gegen Agri-Co hegen oder gegen ...?«

»Ich habe die Schnauze voll!« James stand plötzlich auf.

Riley war erstaunt über die Heftigkeit seines Tons. »Es tut mir leid, Mr Miller, ich verstehe, dass das schwierig sein muss. Aber ich möchte bei der Suche nach dem Mörder Ihrer Frau nichts unversucht lassen.«

»All diese Fragen? Andeutungen?«

»Mr Miller ...«

»Sie behandeln *mich* wie einen Verdächtigen, dabei sollten Sie nach dem Dreckskerl suchen, der meine Frau umgebracht hat!«

»Nach ebendem suchen wir, das versichere ich Ihnen. Was ist mit der Affäre, die sie Ihrer Vermutung nach hatte? Haben Sie sich weitere Gedanken darüber gemacht, mit wem sie sich in dieser Nacht getroffen haben könnte?«

»Nein!« Irgendwo klingelte ein Telefon und hallte durch das Haus. James zuckte zusammen. Nach einer Pause ging er mit energischen Schritten zur Tür. »Entschuldigen Sie mich!«

Als er den Raum verließ, sah Logan Riley an und hob eine Augenbraue. »Du solltest ihn vielleicht lieber mit Samthandschuhen anfassen. Ich glaube, der steht kurz vor der Explosion.«

Riley schwieg. Sie hatte gesehen, welche unterschiedlichen Auswirkungen Trauer auf unterschiedliche Menschen hatte. Sie hatte gesehen, wie sie sie traurig und neurotisch machte und, ja, auch schuldbewusst und wütend. Aber James Miller schien all diese Emotionen auf einmal zu zeigen. Das machte es schwer, ihn zu verstehen. Sie wollte weiter drängen, aber sie dachte an Reeds Warnung. Ein weiterer Anruf der Bürgermeisterin könnte ihre Karriere gefährden. Die Vorstellung, dass sie und Ethan zusammen in dem Haus gefangen waren, ohne einen Job zwischen ihnen, war ihr ausgesprochen unangenehm.

Sie stand auf und ging durchs Wohnzimmer. Sie konnte James draußen auf dem Flur hören, aber er sprach zu leise, als dass sie die Worte hätte verstehen können. Als sie sich im Zimmer umschaute, blieb ihr Blick an der Kommode hängen. Die gerahmten Fotos, die sie gesehen hatte – das Hochzeitsporträt von James und Chloe, das Bild von Chloes Eltern und das von James und seiner Familie vor dem alten Bauernhaus –, waren verschwunden. Sie ging zu der Kommode hinüber und öffnete die oberste Schublade. Darin lagen die Fotos, neben einem Fotoalbum. Zu schmerzhaft, um sie zu zeigen? Ihre Finger strichen über das alte, in Leder gebundene Album.

»Riley?«

Sie blickte sich nach Logans gemurmelter Warnung um. »Halte Miller für einen Moment hin.«

Logan hielt inne, als wollte er etwas sagen, und verließ dann den Raum.

Das Album gehörte eindeutig Chloe, die ersten Seiten waren mit Fotos von ihr in Windeln gefüllt, wie sie von ihrer Mutter und ihrem Vater im Arm gehalten wurde. Riley blickte sich um und hörte Schritte im Flur – James war nicht mehr am Telefon. Sie hörte, wie er sich in der Küche mit Logan unterhielt und Schränke geöffnet wurden. Sie blätterte weiter durch die Seiten.

Da war Chloe als Kleinkind. Sie hielt eine Blume in der Hand, ihre Mutter kniete neben ihr. Ihr Vater sah zu, wie sie ein Geschenk öffnete. Die erste Fahrt in einem Heuwagen. Das erste Mal planschend in einem Pool. Riley ertappte sich dabei, wie sie lächelte. Ihre Nostalgie wurde von einer Welle der Traurigkeit überrollt. Sie hatten so viel von ihrer Kindheit geteilt, so viele prägende Momente. Wenn die Dinge anders gelaufen wären, wären sie vielleicht immer noch Freundinnen gewesen. Sie und Chloe und Mia, die sich jeden Monat auf einen Martini im *Soprano's* trafen, um über ihre Ehemänner zu lästern, mit den singenden Kellnern zu flirten und ihre Hoffnungen für ihre Kinder auszutauschen. Wie normal war es, fünfunddreißig Jahre alt zu sein und mit dem bekifften älteren Bruder in einem Haus zu leben, das einem Museum glich, mit nichts als einem Hund zur Gesellschaft? Ihr Job war ihr wichtig. Aber er sollte nicht alles sein. Chloes Tod hatte ihr die Leere in ihrem eigenen Leben vor Augen geführt.

Riley holte tief Luft, als sie sich selbst auf den Schulfotos wiederfand. Da war sie mit Mia in einer Schulaufführung, *Rotkäppchen*, beide als Bäume verkleidet. Chloe mit ihrem strohblonden, fliegenden Haar und in einem scharlachroten Mantel hatte die Hauptrolle. Riley dachte an die Bissspuren an Chloe, an den Zahn, der in Nicole gefunden wurde.

Dass ich dich besser fressen kann.

Auf der nächsten Seite waren sie auf einem Angelausflug mit Chloes Vater, knietief in einem Bach. Mia hielt einen Wels hoch, sie selbst und Chloe bogen sich vor Lachen. Halloween – sie alle drei als Hexen verkleidet. Hatte James diese Bilder nie durchgesehen? Hatte er sie wirklich nicht erkannt? Sie sah jetzt zwar anders aus, aber trotzdem ...?

Die Bilder folgten dem Lauf der Zeit. Cheerleader-Pompons und Schlittschuhlaufen auf der College-Eisbahn. Sie drei um eine Torte versammelt, der Schimmer von Geburtstagskerzen. Ein Schulball. Kurze Röcke und Lipgloss. Rileys Atem beschleunigte sich. Sie wusste, was kommen würde, aber sie konnte nicht verhindern, dass sie die Seiten umblätterte. Sie und Chloe und Mia mit zwölf. Dreizehn. Vierzehn.

Und da war es.

Ihr stockte der Atem. Es war das gleiche Foto, das sie zwischen den Seiten ihres alten Schuljahrbuchs gefunden hatte. Nur dass dieses Foto ganz war. Da stand sie mit Mia und Chloe, die Lichter glitzerten am Himmel. Hinter ihnen, an der Stelle, wo ihr eigenes Foto abgerissen worden war, standen zwei junge Männer. Der eine war Ethan, schlaksig und grinsend, die Haare fielen ihm in die Augen. Der andere, der einen Arm locker um die Schultern ihres Bruders gelegt hatte, lächelte ebenfalls. Aber sein Blick war nicht auf die Kamera gerichtet. Er war auf sie gerichtet, die lachend und nichts Böses ahnend im Vordergrund stand.

Riley fuhr mit einem Fingernagel an Hunters Gesicht entlang.

Das Geräusch von Logans Handy in der Küche holte sie in die Gegenwart zurück. Instinktiv zog sie die Klarsichtfolie zurück und riss das Bild von der Seite. Sie steckte es gerade in die Tasche, als sich die Tür öffnete.

»Was machen Sie da?«, verlangte James zu wissen, als er sie an der Kommode mit der geöffneten Schublade sah.

»Ihre Fotos?«, sagte Riley und hielt das Foto von James und seiner Familie vor dem Farmhaus hoch. Sie betete, dass er das Zittern in ihrer Hand nicht wahrnahm. »Sie haben sie weggeräumt?«

James ging mit großen Schritten auf sie zu und entriss ihr das Bild.

Riley wich angesichts der rohen Wut in seinem Gesicht zurück.

James stockte und blickte auf das Foto hinab. Mit zitterndem Atem schien er sich zu sammeln. »Zu viele Erinnerungen«, murmelte er und umklammerte den Bilderrahmen so fest, dass die Knöchel weiß wurden. »Mein Vater hat ein paar Monate nach dieser Aufnahme Selbstmord begangen.«

»Das tut mir leid«, sagte sie, und ihr Herz klopfte wie wild.

»Er war Farmer. Schweine und Sojabohnen.« James blickte sie an. »Er hat sein ganzes Leben lang gekämpft, um uns über Wasser zu halten. Aber am Ende ist er untergegangen.« James berührte das Foto und legte einen Finger auf die verfallene rote Scheune. »Er ging eines Nachts in die Scheune. Schob sich die Pistole in den Mund.« Er legte das Foto vorsichtig zurück in die Schublade, neben das von sich und Chloe an ihrem Hochzeitstag. »Gott, war sie schön!« Seine Stimme überschlug sich vor Schmerz. »Hätte ich sie ...?«

»Hätten Sie …?«, hakte Riley nach. »Mr Miller?«

»Sergeant?« Logan trat ein. Er hielt sein Handy hoch.

»Sind wir hier fertig?«, fragte James schnell. »Ich muss zur Arbeit.«

Sie verfluchte sich innerlich. »Natürlich. Ich melde mich, wenn wir neue Informationen haben. Ich bitte Sie nur, dasselbe zu tun.«

Draußen atmete Riley tief ein. Sie fühlte sich wie ein Faden, der zu straff gespannt war und gleich reißen würde. Das Foto, das sie gestohlen hatte, schien in ihrer Tasche zu brennen. Sie hörte Logan kaum, als er etwas sagte und auf das Auto zuging.

»Riley? Hörst du mir zu?«

»Sorry! Ja. Du sagtest, das war Schmidt?«

»Er hat einen Anruf von den Kollegen in Mercer County erhalten.«

»Mercer? Illinois?«

Logan nickte. »Sie haben vor vier Tagen eine Leiche aus dem Mississippi gezogen. Eine Unbekannte. Sieht aus, als wäre sie schon eine Weile im Wasser gewesen.«

Als sie die Autotür öffnete, kehrte Rileys Blick zurück zum Haus. James Miller stand am Fenster und sah ihnen beim Wegfahren zu. Was hatte er gerade sagen wollen? Wenn er *was* hätte? »Und warum haben die Kollegen aus Mercer *uns* angerufen?«, murmelte sie, ohne nachzudenken.

»Sie haben unsere Morde in den Nachrichten gesehen. Sie vermuten, dass es einen Zusammenhang geben könnte.«

34

Bei Muscatine überquerten sie den Mississippi. Die breite stahlgraue Wasserfläche glitt zwischen den Brückenpfeilern unter ihnen vorbei. Auf der anderen Seite angekommen befanden sie sich in Illinois. Sie fuhren durch endlose Getreidefelder, ehe sie nach Süden abbogen und am Mark Twain National Wildlife Refuge vorbeifuhren. Die Sonne schien wie eine kupferfarbene Scheibe am dunstigen weißen Himmel, bernsteinfarbene Lichtfetzen funkelten in den Wasserläufen und Feuchtgebieten, in denen Rehe und Schildkröten, Biber und Schlangen lebten. Dort hatte man sie gefunden, mit dem Gesicht nach unten in einem Bach, verheddert in zerrissenen Angelschnüren.

Riley behielt den Fluss im Auge und fuhr an den Deichen vorbei in eine kleine Stadt am Flussufer. Im Büro des dortigen Gerichtsmediziners wartete der Hilfssheriff des Mercer County Sheriff's Office auf sie und Logan. Das goldene Abzeichen auf seinem khakifarbenen Hemd passte zu dem auf seinem grünen Filzhut. Der Mann war klein und rundlich, hatte einen Schnauzbart und ein Doppelkinn, über das sich der Riemen seines Hutes spannte.

»Deputy Ron Saker«, grüßte er und streckte Logan die Hand entgegen. »Sergeant ...?«

»Sergeant Fisher«, antwortete Riley und schloss die Tür des Dodge.

»Deputy Wood«, sagte Logan und schüttelte Saker grinsend die Hand.

Sakers Wangen glühten. »Oh, äh, willkommen, Ma'am. Mr Meyer erwartet uns.«

Der Gerichtsmediziner empfing sie in seinem Büro. Jim Meyer war ein drahtiger Mann in den späten Sechzigern. Er trug eine blaue Plastikschürze über seiner Kleidung und eine altmodische Brille auf seiner langen Nase.

»Wurde die Leiche inzwischen identifiziert?«, fragte Riley, während Meyer sie durch einen Korridor führte, der gerade breit genug für eine Bahre war. Leuchtstoffröhren flackerten über ihnen, die Belüftung summte.

»Nein, Ma'am«, antwortete Saker. »Wir haben ihre Fingerabdrücke überprüft, aber in keiner Datenbank war etwas zu finden.«

»Sie konnten Fingerabdrücke nehmen?«, fragte Riley und sah Meyer an. Dem Zustand der Unbekannten nach zu urteilen, den man ihr geschildert hatte, überraschte sie das.

»Gerade so. Die Haut ihrer Hände löste sich wie Handschuhe, als wir sie rausholten.«

»Wie lange, glauben Sie, war sie da drin?«

»Ungefähr dreizehn Tage, würde ich sagen. Sie war aber definitiv schon tot, bevor sie ins Wasser kam. Sie hatte Algen in der Lunge und im Magen. Wenn ihr Herz noch geschlagen hätte, hätte ich das Zeug auch in ihrer Leber oder den Nieren gefunden. Leider kann ich den genauen Todeszeitpunkt nicht angeben. Ich schätze, dass sie vor etwa zwanzig bis zweiundzwanzig Tagen gestorben ist. Also zwischen dem fünfzehnten und siebzehnten Juni.«

Riley sah kurz zu Logan. Nur wenige Tage vor dem Angriff auf Chloe.

»Obwohl sie stark verwest ist, ist sie besser erhalten, als sie sein sollte«, fuhr Meyer fort. »Ich würde vermuten, dass sie nach ihrem Tod eine Zeit lang irgendwo in einem Kühlraum aufbewahrt wurde, zumindest für ein paar Tage. In einer Gefriertruhe vielleicht.«

»Und die Todesursache?«

»Die Wunden, die ich gefunden habe, wurden alle postmortal zugefügt. Ich konnte keine sichtbaren prämortalen Verletzungen ausmachen. Man kann auch nicht sagen, ob es einen sexuellen Übergriff gab, obwohl sie nackt aus dem Wasser gezogen wurde.«

»Drogen?«, spekulierte Riley.

»Ich habe Proben aus den Augen und der Galle zum Screening ins Labor geschickt, aber ich bezweifle, dass wir da viel herausfinden werden. Sie ist schon zu lange tot.«

»Wir haben ein Stück Seil um sie herum gefunden«, meldete sich Saker zu Wort. Seine Schuhe quietschten auf dem Boden, als er sich beeilte, mit Meyers Schritten mitzuhalten. »Und Fetzen von Plastik. Wir vermuten, dass sie eingewickelt und beschwert wurde. Möglicherweise in diesem Bach, nach den Algen zu urteilen.«

»Das Wasser ist um diese Jahreszeit warm«, fügte Meyer hinzu und schob mit seinem Arm eine Doppeltür auf, sodass Riley zuerst durchgehen konnte. »Das beschleunigt den Prozess. Durch die Gasbildung wurden wahrscheinlich ihre Fesseln gelöst, und dann ist sie wie ein Korken an die Oberfläche geschossen.«

»Wer hat sie gefunden?«, fragte Logan. »Das wurde im Bericht nicht erwähnt.«

»Ein paar Kinder«, antwortete Saker. »Die wollten schwimmen gehen und sind auf sie gestoßen.« Er pfiff durch die Zähne. »Die Eltern müssen jetzt bestimmt ein paar Dollar in eine Therapie stecken.«

Der Gerichtsmediziner betrat einen Autopsieraum, in dem ein stählerner Seziertisch stand, der sauber geschrubbt war. Riley roch den vertrauten Geruch von Todeschemikalien. Meyer öffnete eine Tür auf der anderen Seite, die in einen kleinen Kühlraum führte. Darin befanden sich drei Bahren, auf denen jeweils eine Leiche lag.

Deputy Saker hielt an der Tür inne. »Ich warte hier«, sagte er und blickte über sie hinweg in den Raum. »Ich muss sie nicht noch einmal sehen.«

Riley, Logan und Meyer passten gerade noch in die beengte, kühle Kammer. Riley, froh über ihre Jacke, zog die Maske und die Handschuhe an, die Meyer ihr reichte.

»Ich hoffe, Sie haben einen starken Magen«, sagte der Gerichtsmediziner, setzte seine Maske auf und zog eine der Bahren näher heran. Die Leiche lag in einem weißen Sack, der sich an einigen Stellen ungleichmäßig auswölbte.

»Also, wir haben eine Frau. Um die siebzehn.« Meyer begann den Sack zu öffnen. »Ungefähr fünfundfünfzig Kilo. Einen Meter siebzig groß.«

Schon beim Öffnen des Sacks fiel Riley der Geruch auf, ein überwältigender, feuchter Geruch nach verfaultem Fisch, und sie wandte unwillkürlich den Kopf ab. Der Körper, der zum Vorschein kam, war kaum noch menschlich. Es fehlten Teile – ein Fuß, ein Abschnitt des Beins, die Lippen, Nase und Ohren, ein Auge, ein Großteil der Haut und der Haare. Übrig war eine rohe, bleiche Masse aus rotem und geschwärztem Gewebe, aus dem die Knochen hervorlugten. Sie sah eher wie ein Brandopfer aus, dachte Riley, während sie kleine Schlucke Luft durch ihren Mund einatmete.

»Ein Großteil der Schäden, die Sie sehen, wurde durch das Wasser und im Wasser lebende Organismen verursacht, die sich an ihr zu schaffen machten«, erklärte Meyer. »Sie war ein wahres Festmahl für Käfer, Fische und Vögel.« Er zeigte auf ihren Fuß, der in der Nähe des Knöchels abgetrennt war, das Fleisch zerklüftet und lose. »Das könnte eine Schiffsschraube gewesen sein. Aber das hier hat mich überrascht und Deputy Saker sowie das Büro des Sheriffs in helle Aufregung versetzt.« Meyer zeigte auf den Torso der Leiche, wo sich ein sauber genähter Y-Einschnitt befand. »Es ist schwer zu erkennen, aber ein Teil ihres Brustgewebes wurde entfernt.«

»Entfernt?« Riley beugte sich weiter vor und betrachtete das blasige Fleisch. Sie dachte an Ed Gein, der in seinem Farmhaus in Wisconsin einen Gürtel aus Brustwarzen und ein Korsett aus Haut angefertigt hatte. Ein Gewand aus Mädchen.

»Ja, mit einer scharfen Klinge. Sehr sorgfältig gemacht. Sehr ordentlich.« Meyer klang fast beeindruckt. »Und hier«, fuhr er fort. »Sehen Sie diese Stellen an ihren Oberarmen? Und ihren Oberschenkeln? Ihr wurde das Fleisch abgezogen, wieder mit einer Art Klinge. Eine Pobacke weist die gleichen Schnitte auf, obwohl sie wegen der Färbung schwerer zu sehen sind. Es wurde mit fast chirurgischer Präzision gearbeitet.« Er sah Riley an. »Ich würde sagen, dass die Person, die diese Schnitte vornahm, schon einmal mit Fleisch gearbeitet hat.«

»Ein Arzt oder Chirurg?«, fragte Riley.

»Möglicherweise. Oder ein Bestatter? Oder sogar ein Tierarzt?«

»Und Sie glauben, das könnte mit unseren Fällen zusammenhängen?«, fragte Logan.

»Das kann ich nicht sagen«, antwortete Meyer. »Aber ich kann Ihnen sagen, dass ich so etwas in meiner ganzen Karriere noch nie gesehen habe. Jemand hat dieser jungen Frau das Fleisch herausgeschnitten, nachdem sie tot war. Sorgfältig. Absichtlich.«

»Hatte sie irgendetwas bei sich?«, fragte Riley. »Etwas, das uns helfen könnte, sie zu identifizieren?«

»Sie war nackt, wie ich schon sagte. Aber sie trug einen Ring am Mittelfinger ihrer rechten Hand. Einen ziemlich außergewöhnlichen. Er ist im Büro des Sheriffs als Beweismittel hinterlegt, aber ich habe ein Foto in den Akten. Sind Sie mit der Leiche fertig?«

Riley nickte. Sie sah zu, wie Meyer den Leichensack zuzog und die Überreste der jungen Frau in dem weißen Plastik verschwanden. Der Geruch des Todes steckte ihr in der Kehle.

Ron Saker wartete im Autopsieraum auf sie. »Und?«, fragte

er eifrig. »Glauben Sie, dass es eine Verbindung zu Ihren toten Frauen geben könnte?«

»Könnte sein«, antwortete Logan unverbindlich, während Riley Meyer zu einem Computer folgte.

»Hier«, sagte Meyer, tippte auf die Tasten und rief eine Datei auf. Er trat zurück, sodass Riley das Bild auf dem Monitor sehen konnte. »Wie ich schon sagte, ziemlich auffällig.«

Riley spürte, wie ihre Haut vor Schreck kribbelte, als sie den Ring anstarrte: ein silberner Totenkopf mit zwei roten Kristallen als Augen. »Wie weit kann ein Körper im Wasser treiben?«, fragte sie, holte ihr Handy heraus und scrollte schnell.

»Das ist schwer zu sagen. Zwei Leichen könnten zur gleichen Zeit ins Wasser fallen und an völlig unterschiedlichen Orten gefunden werden. Es gibt viele Faktoren, die dafür ausschlaggebend sind. Die Größe des Opfers, was es gegessen hat, bevor es starb, die Tiefe und Temperatur des Wassers, die Strömung …«

»Könnte eine Leiche den ganzen Weg von Waterloo hierhergelangen? Über den Cedar River?«

Meyer setzte einen nachdenklichen Blick auf. »Ich habe von einem Mann gehört, der bei einem Motorradunfall in einen Fluss gestürzt ist und in drei Tagen fast zweihundert Meilen zurückgelegt hat. Also, ja, ich nehme an, das ist möglich.«

»Sarge?«, sagte Logan und runzelte die Stirn.

Riley hielt ihr Handy hoch. Auf dem Display war das Poster zu sehen, das sie für die Suche nach der vermissten Gracie Foster benutzt hatten. Ihre rechte Hand war auf dem Foto zu erkennen. Auf dem Mittelfinger befand sich ein silberner Totenkopf mit funkelnden roten Augen.

***

Die Sonne ging gerade über dem Mississippi unter, und das weite Wasser spiegelte den Himmel wider: bernsteinfarben und scharlachrot an den Ufern von Illinois, kupferfarben und indigoblau auf der Seite von Iowa. Ein Stück Treibholz, an dem ein Fetzen blauen Plastiks hin, trieb vorbei. Bill Hamilton beobachtete es vom Rücksitz des Wagens aus, während Blake Preston ihm die Seiten seiner Rede reichte. Sie waren gerade auf dem Parkplatz der Getreideverarbeitungsanlage vorgefahren. Während sein Assistent die Namen der Fabrikbesitzer aufzählte, blieb Hamiltons Blick auf den Fluss gerichtet.

Vor einer Stunde, als die Wagenkolonne in Richtung Süden gestartet war, hatte er einen Clip von Jess Cook gesehen, die auf einem Biohof über nachhaltiges Wachstum und Strafen für Umweltverschmutzung sprach.

»Wir müssen uns wieder auf den Idealismus und den Ehrgeiz der vergangenen Tage besinnen«, hatte die Senatorin ihren Zuhörern gesagt. »Männer wie Henry A. Wallace, der dieses Land durch die Dust Bowl und die Große Depression geführt hat. Wallace war ein Verfechter der Kleinbauern und schuf lebenswichtige Subventionen, um die ländliche Armut zu lindern. Doch Nixon verschenkte diese Subventionen an die mächtigen Konzerne. Es war die Regierung Nixon, die uns als Erste vor die Wahl stellte: wachsen oder verschwinden. Sie sah in Lebensmitteln eine Waffe im Kampf gegen den Kommunismus und schloss Verträge mit China und den Sowjets, um sie von amerikanischem Mais abhängig zu machen. Aber nur die Giganten konnten um diese Märkte konkurrieren. Als Staat haben wir unsere Familienbetriebe, die Vielfalt unseres Saatguts verloren. Die Politik dieser Regierung hat uns von ausländischem Geld abhängig gemacht und an einen feindlichen globalen Markt ausgeliefert. Dieselbe Politik hat dafür gesorgt, dass diese mächtigen Konzerne weiterhin die Oberhand behalten, und wir alle haben am eigenen Leib zu spüren bekommen, was die zerstörerischen Kräfte der Agrarindustrie unseren

Gemeinden und unserer Umwelt antun können. Wir haben gesehen, dass harte Arbeit nicht belohnt wird, während die Reichen immer reicher und die Rechte und Lebensgrundlagen der Arbeitnehmer ausgehöhlt werden.«

Sie war nicht in der Lage gewesen weiterzusprechen, da der Applaus ihre Worte übertönt hatte. Wie eine Predigerin hatte sie dort oben ihren Sermon gehalten. Aber die Leute kauften ihr ab, was sie verkaufte. Erst gestern hatte Cook in den Umfragen einen weiteren Punkt zugelegt.

»Sir?«

Hamilton bemerkte, dass Blake ihn anstarrte. Sein Assistent sah besorgt aus. Hamilton wusste, dass er unkonzentriert war, sein ganzes Team hatte es bemerkt. Er hatte jedoch keinem von ihnen sagen können, warum: Er hatte seiner Familie und seinem Personal befohlen, nicht über den Einbruch in der Villa zu sprechen. Er hatte gesagt, er wolle nicht preisgeben, dass er zur Zielscheibe geworden sei – dass dies Schwäche zeigen könne. In Wirklichkeit konnte es etwas viel, *viel* Schlimmeres offenbaren. Das Hackergerät, das einer von Gage Walkers Männern bei der Durchsuchung der Villa gefunden hatte, war der Beweis dafür. »Ja, Blake? Was haben Sie gesagt?«

»Ist alles in Ordnung, Sir?«

»Cook«, murmelte Hamilton nach einer Pause. »Sie wird gewinnen, oder?«

Blake beugte sich vor und sprach mit dem Fahrer. »Geben Sie uns einen Moment.« Als der Fahrer ausstieg, wandte er sich wieder zu Hamilton um. »Okay, ich wollte eigentlich noch nichts sagen. Aber ich habe vielleicht was.«

»Gegen Cook?« Hamilton schüttelte den Kopf. »Wir haben die ganze Opposition recherchiert. Die Frau ist sauberer als Bleichmittel.«

»Ein Mitarbeiter ihres Teams wurde letzte Woche gefeuert. Er hat sich nicht an die Vorgaben gehalten. Ich kenne den Typen. Er könnte vielleicht reden. Ich wollte ihn kontaktieren, wenn wir wieder in der Stadt sind.«

»Viel ist das nicht, oder?«

»Sir, ich verspreche, wir werden …« Blake wurde vom Handy des Gouverneurs unterbrochen.

Als Hamilton es in die Hand nahm und den Namen auf dem Bildschirm sah, machte sein Herz einen Sprung. »Ich muss rangehen.«

»Natürlich, Sir. Ich warte hier, bis Sie bereit sind.«

Blake stieg ebenfalls aus und ging über das Fabrikgelände zu der wartenden Menge. Die Lichter der Fabrik waren mit einem Brummen angegangen und beleuchteten die weißen Rauchwolken, die aus den Schornsteinen aufstiegen.

»Haben Sie was für mich?«

»Ich glaube, wir haben sie gefunden, Sir.«

Hamilton schloss die Augen vor Erleichterung. »Habt ihr sie?«

»Noch nicht. Jones hat sie auf einem Foto entdeckt, das wir bei einer von Cooks Kundgebungen gemacht haben – diese Gruppe, von der wir dachten, sie könnte zu Mission Erde gehören. Wir haben es mit den Aufzeichnungen der Überwachungskameras abgeglichen. Ich schicke Ihnen die Bilder jetzt.«

»Glauben Sie, dass Sie sie aufspüren können?«

»Wir sind dabei, Sir.«

Hamilton atmete tief durch. »Auch die Akten, die sie mitgenommen hat? Was auch immer sie gefunden hat …?«

»Wir kümmern uns darum, Sir.«

Hamilton brauchte nicht weiter zu drängen. Er hatte Gage Walker speziell wegen seines Rufs eingestellt.

Er beendete das Gespräch und öffnete die Datei, die Walker ihm geschickt hatte. Es waren zwei Fotos, die nebeneinanderlagen. Das eine hatte er bereits gesehen – jenes körnige Schwarz-Weiß-Bild, das von einer Überwachungskamera auf dem Gelände des Anwesens aufgenommen worden war. Es war so vergrößert, dass man das Gesicht der Frau erkennen konnte. Das zweite Bild war eine Nahaufnahme einer Menschenmenge, gezoomt auf eine Frau mit einem rosa Haarschopf, die ein Banner in der Faust hielt. Es war dieselbe Person. Hamilton tippte mit dem Finger auf das Bild, und der Bildschirm blinkte. »Jetzt haben wir dich.«

Als er die Datei schloss, erschien auf dem Display wieder die Seite, die er sich zuvor angesehen hatte. Es war ein Artikel im *Des Moines Register* über die Morde in Black Hawk County. Er erinnerte sich, dass er Blake vorhin etwas hatte fragen wollen, bevor er durch Cooks Rede abgelenkt worden war. Er verstaute sein Handy und stieg aus dem Auto.

Blake stand bereit, um ihn zu empfangen. »Alles in Ordnung, Sir?«

»Bestens.« Hamilton setzte ein Lächeln auf, als sie sich auf die wartende Menge zubewegten. Hinter ihm hatte der Mississippi im letzten Licht des Tages ein tiefes Weinrot angenommen. »Besorgen Sie mir bitte eine Nummer, Blake. Von der Polizei in Black Hawk County.«

35

Die Menschen drängten sich in die Turnhalle der Highschool: Ladenbesitzer und Bauern, besorgte Väter und ängstliche Mütter, übereifrige Männer, die auf die Jagd gehen wollten. Die Stühle füllten sich schnell, sodass diejenigen im hinteren Bereich der Halle zwischen Kletterstangen und Seilen eingepfercht wurden.

Bürgermeisterin Angela Roberts, eine geradlinige, scharfsichtige Frau in den Fünfzigern, stellte Sheriff Reed vor. Als Reed am Podium stand – in einem frisch gebügelten khakifarbenen Hemd, die goldene Sternenplakette auf Hochglanz poliert –, verstummte das Stimmengewirr. Hinter ihm leuchtete ein Projektionsschirm auf, in dessen Mitte das Logo des Black Hawk County Sheriff's Office flimmerte.

Reed räusperte sich ins Mikrofon, das bei der Rückkopplung wimmerte. »Ich möchte Ihnen allen für Ihr Kommen danken. Wie Sie wissen, wurde unsere friedliche Gemeinde von den schrecklichen Morden an zwei jungen Frauen heimgesucht.«

Drei Frauen, dachte Riley. Es war drei Tage her, dass sie und Logan aus Mercer County zurückgekehrt waren, und sie hatte Gracie Fosters von Vögeln und Käfern zerfressenes Gesicht nicht aus dem Kopf bekommen. Es fiel ihr schwer, sich keine Vorwürfe zu machen, weil sie geglaubt hatte, der Teenager sei weggelaufen. Weil sie nicht weiter nach ihr gesucht hatte, obwohl Gracie bereits tot war, Tage bevor sie Chloe gefunden hatten; bevor sie gewusst hatten, dass in ihrem County etwas Schreckliches vor sich ging.

Sie beobachtete die Menge von ihrem Platz auf der Bühne aus, der sich hinter dem Podium befand. Einige reckten die Hälse, um Reed zu sehen, und runzelten die Stirn, während sie zuhörten. Andere fächelten sich Luft zu, während die rumpelnde alte Klimaanlage darum kämpfte, den überfüllten Raum zu kühlen. Zur Rechten Rileys saß Sergeant Hal Edwards, zu ihrer Linken Bürgermeisterin Roberts, der Bezirksstaatsanwalt und die Polizeichefs von Waterloo und Cedar Falls. Es war eine Demonstration der Stärke, der Einheit. Da sich die Morde an Chloe Miller und Nicole King herumgesprochen hatten und sich damit auch Angst und Misstrauen verbreiteten, mussten sie der wachsenden Unruhe etwas entgegensetzen. *Wir brauchen Wachsamkeit*, hatte Reed zuvor zur Bürgermeisterin gesagt. *Keine Selbstjustiz.*

Riley suchte den Saal ab, aber von James Miller war keine Spur zu sehen. Sie hatte nicht wirklich erwartet, dass er auftauchen würde, aber sie musste seit ihrem letzten Gespräch ständig an ihn denken. Das Foto, das sie aus Chloes Album entwendet hatte, lag in ihrem Spind und begrüßte sie jeden Morgen mit einem unangenehmen Schauer. Sie hatte darüber nachgedacht, es den Special Services zu übergeben, um Nachforschungen anzustellen. Aber im Moment kroch schon genug von ihrer Vergangenheit um sie herum. Vielleicht, wenn dieser Fall abgeschlossen war.

Vielleicht.

Sie dachte daran, wie wütend Miller geworden war, als sie ihn noch einmal befragt hatte und er sie mit den Fotos erwischt hatte. Dieser nicht vollendete Satz: *Hätte ich sie* – was? Es schien ziemlich sicher, dass Miller weder Chloe noch Nicole noch Gracie ermordet hatte, es sei denn, seine Alibis waren gefälscht. Aber irgendetwas stimmte nicht. Ein Teil, das nicht in das Puzzle gehörte. Ihrer Erfahrung nach verbarg sich hinter Wut oft Angst. Aber wovor konnte James Miller Angst haben?

Als Riley sah, wie Reed ihr zunickte, konzentrierte sie sich wieder auf die Gegenwart.

»Unsere Leute arbeiten rund um die Uhr an der Aufklärung dieser Morde. Sergeant Fisher, die Leiterin unseres Ermittlungsteams, wird nun ein paar Worte zu diesem Fall sagen.«

Riley stand auf und ging zum Podium, während Reed sich neben die Bürgermeisterin setzte. Sie spürte, wie ihre Haut kribbelte, als sie all die Augen auf sich gerichtet spürte. Ihr Mund war trocken, aber es gab kein Wasser auf dem Podium. Sie räusperte sich und wollte zu sprechen beginnen.

Noch ehe sie ansetzen konnte, rief jedoch ein Mann im hinteren Teil der Turnhalle: »Warum wurde noch niemand verhaftet?«

Andere schlossen sich an und stimmten zu.

»Unsere Kinder haben Ausgangssperre!«, rief eine Frau, die ein Baby auf dem Arm trug und ein Kleinkind auf ihrem Knie balancierte. »Dieses Monster sollte eingesperrt werden. Nicht sie!«

Ihren Worten folgte kräftiger Beifall. Riley hob eine Hand und bat um Ruhe, aber andere wollten auch etwas sagen.

»Der Ruf von Black Hawk steht auf dem Spiel«, warf ein Mann in einem John-Deere-T-Shirt ein. »Es sind nur noch wenige Wochen bis zur State Fair. Ich habe mit Kunden und Lieferanten im ganzen Bundesstaat gesprochen, aber die Leute reden nur noch über diese Morde. Sie interessieren sich im Moment nicht für unsere Farmen und Produkte. Klatsch und Tratsch sind zu unserem größten Exportschlager geworden!«

Darauf folgten viele zustimmende Rufe.

»Ich verstehe Ihre Sorgen«, sagte Riley und erhob die Stimme über die Proteste. »Aber wenn wir als Gemeinschaft zusammenarbeiten, bin ich zuversichtlich, dass wir diesen Fall zum Abschluss bringen können.« Sie wartete, bis eine unangenehme Stille eingetreten war. »Viele von Ihnen werden dieses Foto in den Nachrichten gesehen haben.« Sie drückte den Klicker auf dem Podium, und das Bild von Anderson erschien auf der Projektionsfläche. »Wir müssen dringend mit diesem Mann – George Anderson – sprechen. Wir glauben, dass er seit einiger Zeit auf der Straße lebt.« Riley wies auf die Türen der Sporthalle, wo ein Schreibtisch aufgebaut war, hinter dem Logan und Fox saßen. »Meine Hilfssheriffs haben Flugblätter mit Andersons Foto und einer Telefonnummer für den Fall, dass ihn jemand von Ihnen sieht. Diejenigen von Ihnen, die ein Geschäft besitzen, nehmen bitte einen Stapel mit. Hängen Sie sie in Ihren Läden und Büros auf. Verteilen Sie sie an Ihre Kunden. Aber sprechen Sie diesen Mann unter keinen Umständen persönlich an. Rufen Sie uns an.« Ihr Blick schweifte durch die Menge. »Lassen Sie uns unsere Arbeit machen.« Sie drückte erneut auf den Klicker, und ein weiteres Bild erschien. Es war eine Frau mit hagerem Gesicht, zu großen und zu hellen Augen, einer von Zigaretten und Alkohol ausgetrockneten Haut. Die blondierten Strähnen sahen aus, als hätte sie sie selbst gemacht. »Wir müssen auch diese Frau finden.«

»Das ist Gracies Mutter!«, rief ein Teenager in der ersten Reihe. »Sarah Foster!«

»Wir haben noch eine weitere Nummer, die Sie anrufen können ...«, sagte Riley und erhob die Stimme über das schockierte Gemurmel. »... wenn Sie irgendwelche Informationen über Sarah Fosters Aufenthaltsort haben.«

Der Lärm nahm zu, als immer mehr Menschen den Namen des vermissten Teenagers erkannten. Riley fragte sich, wie die Stimmung wohl sein würde, wenn sie von Gracies Schicksal erfuhren. Das Mädchen, dem ein Teil seines Fleisches weggeschnitten worden war. Ihr nackter, verstümmelter Körper, der dem Wasser überlassen worden war, bis kaum noch etwas Menschliches übrig geblieben war. Herausgefischt, um auf einem Stahltablett in einem kalten Raum in einem anderen Staat aufgebahrt zu werden. Und bislang noch niemand, der sie abholen wollte.

Die zahnärztlichen Unterlagen hatten ihre Identität bestätigt, aber man wollte sie nicht bekannt geben, bevor man nicht ihre nächsten Angehörigen informiert hatte. Das Problem war, dass es immer noch kein Zeichen von ihrer Mutter gab. Schmidt und Fox arbeiteten sich durch die Liste der Kontakte, die sie hatten, und befragten jeden, der Sarah Foster kannte. Aber Rileys wachsende Sorge um die Frau hatte sich in das Gefühl verwandelt, dass sie inzwischen nach einer weiteren Leiche suchten.

Nicht nur die Bürger des Bezirks waren alarmiert. Auch das Department war beunruhigt. Was als zwei Mordfälle begonnen hatte, hatte sich zu etwas Größerem ausgeweitet, dessen blutige Fäden sich nun über ihre Grenzen hinaus ausbreiteten. Sie hatten drei tote Frauen – allen fehlte Fleisch. Menschen waren verschwunden, Gerüchte brodelten, und Reporter umzingelten eine Gemeinde, in der die Unruhe wuchs. Es gab keine eindeutigen Spuren und ohne Zeugen oder DNA-Ergebnisse auch keinen konkreten Verdächtigen.

Serienmörder. Sie hatten nun begonnen, dieses Wort in leisen Tönen im Büro zu benutzen. Keiner von ihnen hatte zuvor mit derlei zu tun gehabt. Riley war sich ihrer Position noch nie so bewusst gewesen wie jetzt. Ihre Sichtbarkeit – ihre *Verwundbarkeit* – als leitende Beamtin konnte nur eines von zwei Dingen bedeuten. Entweder sie würde diesen Fall lösen und Karriere machen. Oder er würde ihr das Genick brechen.

Nachdem einige der Publikumsfragen beantwortet worden waren, trat Riley vom Podium zurück und überließ es Bürgermeisterin Roberts, die Versammlung mit einem Gebet und der Aufforderung, die Strafverfolgungsbehörden ihre Arbeit erledigen zu lassen, zu beenden. Die Leute verließen die Turnhalle, und die meisten nahmen eines der von Logan und Fox verteilten Flugblätter mit grimmigem Blick entgegen.

Riley ging zu Reed, der seine Unterlagen zusammensammelte. »Jetzt haben wir unsere Botschaft gesendet, Sir. Wenn Anderson noch in der Gegend ist, wird es schwer für ihn, sich weiterhin zu verstecken.«

»Mhm«, grunzte Reed und schob die Papiere in eine Mappe. Nach einer Pause richtete er sich auf. Seine Augen sahen müde aus. »Fisher, es hat sich etwas getan. Ich wollte vorhin mit Ihnen darüber sprechen, aber es blieb keine Zeit.«

»Sir?«

»Ich habe gestern mit der Abteilung für Verhaltensanalyse gesprochen.«

»Verhaltens …? Sie meinen das FBI?«

»Ja, die Behavioral Analysis Unit, kurz BAU. Ich habe Hilfe angefordert.«

Riley spürte, wie ihr Herz schneller schlug. »Sir?«

»Die BAU schickt uns zwei Agenten. Sie fliegen aus Quantico ein. Sie müssten bitte ein Briefing erstellen.«

Riley starrte ihn an. »Sie wollen mir den Fall wegnehmen?« Ihre Stimme überschlug sich, und es entsetzte sie, dass sie den Tränen nahe war. Sie ballte die Hände zu Fäusten und kämpfte gegen eine Welle von Emotionen an.

»Ich nehme Ihnen den Fall nicht weg, Fisher«, sagte Reed nicht unfreundlich. »Ich möchte, dass Sie weiterhin die Ermittlungen leiten. Aber die Kollegen werden Ihnen helfen, ein Profil des Mörders zu erstellen.«

»Sir, ich …«

»Sheriff?«

Reed sah sich um, als der Chef der Polizei von Waterloo ihn begrüßte. »Das ist alles, Fisher. Bereiten Sie bitte das Briefing vor.«

Riley schaute ihm hinterher, gefangen in einem Sturm der Gefühle. Sie wusste, dass dies ein großes Loch in das Budget der Behörde reißen würde, aber wenn der Mörder nicht bald gefasst wurde, bezweifelte sie, dass Reed eine weitere Amtszeit erleben würde. Die Spannungen in ihrer Gemeinde waren der beste Beweis dafür. Das Gesicht zu wahren war ihm jetzt vielleicht wichtiger, als Geld zu sparen. Aber dies war *ihr* Fall. Diese Frauen – Chloe, Nicole, Gracie –, sie kannte sie. Sie gingen ihr unter die Haut, beschäftigten ihre wachen Gedanken und ihre Träume. Sie waren ein Teil von ihr geworden – ihre gewaltsamen Tode und ihre verlorenen Leben. Die Vorstellung, dass Fremde in den Ermittlungen herumtrampeln würden, war unerträglich. Ihre eigene Vergangenheit – mit Chloes Leiche wieder ans Licht gekommen – war geradezu allgegenwärtig. Wenn sie nicht in der Lage war, diesen Fall zu lösen, fürchtete sie, dass sie nie wieder in der Lage sein würde, das alles zu verdrängen.

Sie sprang von der Bühne runter, weil sie so schnell wie möglich Abstand zur Menge gewinnen wollte. Sie war auf dem Weg zu den Türen, als sie Sean Taylor auf sich zukommen sah. Der eifrige Gesichtsausdruck des Reporters legte nahe, dass es nicht nur um den Fall ging, über den er sie befragen wollte. Gegen Ethan war Anklage erhoben worden, während sie sich in Mercer County aufgehalten hatte. Wie erwartet war ihr Bruder mit einer Geldstrafe von eintausend Dollar und sechs Monaten auf Bewährung davongekommen. Aber seine Verhaftung wegen Drogenbesitzes war nun öffentlich bekannt, und sie hatte keinen Zweifel, dass Taylor es kaum erwarten konnte, darüber zu schreiben. *Der Bruder des ersten weiblichen Sergeants im Bezirk ist ein Junkie!* Riley versuchte, in der wogenden Menge zu verschwinden.

Sie war schon fast an der Tür, als jemand sie am Arm packte. Sie drehte sich ruckartig um und war überrascht, eine zierliche Frau mit lockigem blondem Haar zu erblicken, die sie finster ansah. Die Frau trug ein altmodisches weißes Sommerkleid mit blauen Rüschen an den Ärmeln. Ein goldenes Kreuz hing um ihren Hals. Riley erkannte sie nach einem Moment – es war die Mutter von Maddies Freundin Amelia.

»Ich muss mit Ihnen reden, Miss Fisher.« Die Stimme der Frau war kratzig, ihre blauen Augen glühten vor Wut. »Ich will nicht, dass Ihre Nichte weiter Umgang mit meinen Kindern hat.«

»Wie bitte?«

»Das hier habe ich in Amelias Schlafzimmer gefunden.« Die Frau drückte ihr etwas in die Hand. Ein Foto.

Riley nahm es und starrte entsetzt auf das Autopsiebild von Nicole King. »Woher hat sie das?« Noch während sie die Frage murmelte, kannte sie die Antwort. Sie hatte diese Fotos auf dem Esszimmertisch liegen lassen, als Maddie dort gewesen war.

»Das Mädchen bringt nur Ärger. Bei *der* Mutter? Und *dem* Vater – wegen Drogen verhaftet, wie ich höre. Der Apfel fällt nicht weit vom Stamm.« Die Frau neigte den Kopf in Richtung des Fotos. »Das ist ja wohl klar.«

»Es tut mir leid. Ich werde mit ihr reden.«

»Was sie braucht, ist die Kirche. Bringen Sie ihr die Angst vor Gott bei. Aber bis sie gerettet ist, will ich Maddie nicht mehr zusammen mit meinen Kindern sehen.«

***

Riley war zwei Blocks von der Sporthalle entfernt – sie wartete an der Kreuzung zur Lafayette, trommelte mit den Fingern auf das Lenkrad, den Blick auf das Foto von Nicole Kings Leiche auf dem Armaturenbrett gerichtet. Ihre Gedanken sprangen zwischen Maddie und Reeds Ankündigung über die BAU hin und her, als ihr Handy klingelte. Sie erkannte die Vorwahl. Des Moines. Sie dachte, es sei der alte Freund ihres Vaters, der Anwalt, der ihr den Verteidiger für Ethan empfohlen hatte, und ging ran. »Fisher.«

Eine tiefe Männerstimme meldete sich in der Leitung. »Riley, ich bin's. Bill. Bill Hamilton.«

»Gouverneur?« Sie war so überrascht, dass sie das Umschalten der Ampel erst bemerkte, als sie angehupt wurde.

»Hallo?«

»Bleiben Sie dran, Sir.« Sie bog scharf auf den Parkplatz der Dienststelle ein und stellte den Motor ab. »Jetzt, Sir.«

Hamilton lachte. »Dafür kennen Sie mich schon viel zu lange. Bitte, nennen Sie mich Bill.« Sein Tonfall wurde nüchterner. »Hören Sie, Riley, ich wollte mich schon seit geraumer Zeit mal wieder melden. Ich schäme mich, wie lange es her ist. Ich wollte Sie anrufen und gratulieren, als ich hörte, dass Sie Sergeant geworden sind. Sie können sich nicht vorstellen, wie viel Zeit der Wahlkampf verschlingt. Ehrlich gesagt, meine Frau und meine Kinder erkennen mich kaum noch.« Er lachte abermals, klang aber angespannt.

»Verstehe, Si…, Bill.«

»Wie auch immer, ich wollte sehen, wie es mit dem Fall vorangeht. Wir stehen hier alle unter Schock. Ein *Kannibale*? In Black Hawk? Das klingt wie im Film.«

Riley vermutete, dass Hamilton genauso unter Druck stand wie Reed, was die Berichterstattung in der Presse und seine eigenen Aussichten auf eine Wiederwahl betraf. »Ich versichere Ihnen, dass wir tun, was wir können, um den Fall zu lösen.«

»Dieser Veteran? George Anderson? Sie denken, er ist der Mörder?«

»Er ist auf jeden Fall ein Verdächtiger. Aber ohne Testergebnisse oder Zeugen können wir uns nicht sicher sein. Sheriff Reed hat die BAU um Hilfe gebeten. Sie schicken zwei Agenten, die uns beraten sollen.« Sie versuchte, sich nichts anmerken zu lassen, obwohl die Worte wehtaten.

Es entstand eine Pause. »Das ist gut.«

Plötzlich kam ihr ein Gedanke. »Aber tatsächlich gibt es etwas, Sir, das Sie für uns tun könnten.«

»Ach ja?«

»Wir warten auf die DNA aus dem staatlichen Labor. Ich weiß, dass sie dort einen Rückstand haben, aber wenn es eine Möglichkeit gäbe, die Dinge zu beschleunigen …? Also, das würde uns wirklich helfen.«

»Ich werde sehen, was ich tun kann. Was ist mit dem Ehemann des ersten Opfers? James Miller? Ist er auch ein Verdächtiger?«

»Ich …«

»Ich will ehrlich sein, Riley. Ich habe James vor ein paar Jahren in Des Moines kennengelernt. Er nahm mit seiner Firma an einer Landwirtschaftskonferenz teil. Ich war sehr beeindruckt von ihm. Er hatte einige überzeugende Ideen bezüglich der Rolle Iowas in der weltweiten Landwirtschaft. Ich habe gehört, dass er bei GFT interessante Arbeit geleistet hat. Ich halte ihn für einen sehr fähigen jungen Mann. Einen echten Champion für unseren Staat. Unsere Zukunft.«

Riley wusste nicht, was sie sagen sollte. Hamiltons Ton war freundlich, hatte allerdings auch etwas Scharfes an sich. Wollte er sie wegen James Miller warnen? Woher wusste er überhaupt, dass Miller ein Verdächtiger war? »Sir, hat James Miller Sie in dieser Sache kontaktiert?«

Im Hintergrund war eine weitere Stimme zu hören. Ein junger Mann sprach.

Hamiltons Stimme verstummte, als hätte er eine Hand über das Telefon gelegt. Er wurde wieder klar. »Tut mir leid, ich muss mich verabschieden. Ich werde das staatliche Labor anrufen und sehen, was ich tun kann. Aber halten Sie mich bitte auf dem Laufenden. Und, Riley: Ihr Vater wäre stolz auf Sie.«

»Sir, ich ...«

Dann war die Leitung tot.

36

Die Kolleginnen und Kollegen hatten sich in der Ermittlungsabteilung versammelt. Dicht gedrängt hockten sie auf den Schreibtischen – Schmidt und Logan, Amy Fox und Bob Nolan, zwei Techniker aus dem Kriminallabor und Chad Becker. Von Jackson Cole gab es keine Spur. Riley ging ihre Notizen durch, während sich die anderen unterhielten.

An den Pinnwänden im hinteren Teil des Raumes hingen die Tatortfotos von Chloe Miller und Nicole King. Das Poster von Gracie Foster war immer noch da, jetzt aber ergänzt von den Autopsiebildern, die der Gerichtsmediziner aus Mercer County geschickt hatte. Es gab außerdem eine Karte, auf der Black Hawk sowie die östliche Hälfte von Iowa eingezeichnet waren und Illinois entlang des Mississippis gefaltet war. Rote Stecknadeln markierten die Stellen, an denen die drei Leichen gefunden worden waren. Die Maisfelder von Zephyr, die Fleischverpackungsfabrik und der Bach im Mark Twain National Wildlife Refuge.

Riley sah von ihren Notizen auf, als Sheriff Reed mit zwei Männern eintrat. Sie holte tief Luft und machte sich bereit. Der erste Mann war mittelgroß und von schlanker Statur, sie schätzte ihn auf Ende vierzig. Er hatte dunkles, gewelltes Haar, die markante Kieferpartie war glatt rasiert. Sein schwarzer Anzug war gut geschnitten, und seine Schuhe schimmerten wie schwarze Spiegel. Der Mann, der ihm folgte, war fast das komplette Gegenteil von ihm – ein paar Jahre jünger, klein und kräftig gebaut, mit dickem sandblondem Haar, das sich an den feucht geschwitzten Schläfen kringelte. Seine Wangen waren gerötet, und unter den Armen seines karierten Hemdes, das in eine hellbraune Hose gestopft war, hatten sich Flecken gebildet. Seine grünen Augen huschten durch den Raum, ohne sich auf jemanden festzulegen.

»Sergeant, das ist Special Agent Elijah Klein von der BAU.«

Der dunkelhaarige Mann trat auf Reeds Vorstellung hin vor und reichte ihr die Hand. Seine braunen Augen waren fest auf die ihren gerichtet. »Schön, Sie kennenzulernen, Sergeant.« Sein Akzent hatte die kantige Schärfe des Ostens – New York vielleicht.

»Riley Fisher«, sagte sie und schüttelte seine Hand. Kleins Haut war kühl, sein Griff fest, aber nicht übermäßig kräftig.

»Und das ist Special Agent Steven Gooch«, sagte Reed.

Der blonde Mann neigte den Kopf, bot aber nicht die Hand an. Seine Augen glitten an Riley vorbei zu den Fotos an der Rückwand. Der Beschützerinstinkt kribbelte in ihr, als er sie absuchte und all das zerstörte weibliche Fleisch scheinbar teilnahmslos betrachtete.

»Meine Herren, ich überlasse Sie Sergeant Fisher. Ich werde meine Sekretärin bitten, ein Hotel für Sie zu organisieren.«

»Danke, Sheriff«, sagte Klein.

Riley wartete, bis Reed draußen war, dann ging sie durch den Raum und stellte die beiden Agenten dem Rest ihres Teams vor. Ihre Kollegen nickten zur Begrüßung, steif und ohne zu lächeln. Sie wusste, dass es ihre kleine Show war, um ihr zu demonstrieren, dass sie immer noch ihr Boss war, und sie liebte sie dafür.

Klein schüttelte jedem von ihnen die Hand, wiederholte ihre Namen, ruhig und höflich. Gooch schien mehr an den Fotos interessiert zu sein.

Die Tür öffnete sich, und Jackson Cole trat ein.

»Und das ist Deputy Cole«, beendete Riley den Reigen.

Cole setzte sich auf einen der Tische, seine Augen ruhten herausfordernd auf ihr.

»Deputy Cole ist ebenfalls nur vorübergehend im Team«, fügte sie hinzu und hasste sich dafür, kleinlich zu sein, aber sie genoss die Röte, die sich auf seinen Wangen abzeichnete. Sie wandte sich an Klein. »Soll ich gleich mit dem Briefing beginnen?«

»Lassen Sie mich noch kurz was sagen. Wir sind hier, um zu helfen, Sergeant.« Klein lächelte. »Ich weiß, dass sich manche Leute unwohl fühlen, wenn wir kommen, weil sie denken, es wäre wie in den alten Tagen – das große, böse FBI, das Ihnen auf die Füße tritt, Ihre Dienststelle herabsetzt und dann die Lorbeeren einheimst, wenn es zu einer Verhaftung kommt.«

Schmidt lachte ironisch.

»Bitte, lassen Sie mich Ihnen versichern, dass sich die Dinge geändert haben. Stellen Sie sich vor, wir wären Ihr örtlicher Gerichtsmediziner, nur dass wir nicht die Körper Ihrer Opfer sezieren, sondern die Gedanken Ihres Mörders. Wir erstellen ein Profil, das Ihnen helfen kann, ihn zu fassen. Wir sind hier, um Sie zu beraten. Nicht, um Sie zu bevormunden.«

Riley bemerkte, wie sich die Stimmung im Raum bei seinen Worten beruhigte. Schultern sanken, die Mimik wurde weicher. Es war schwer, sich bei Kleins offenem Ton und seinem gleichmäßigen Lächeln nicht zu entspannen.

Während Klein sich auf dem angebotenen Stuhl niederließ und Gooch sich an den Schreibtisch lehnte und ein Notizbuch aus der Hemdtasche zog, ging Riley den Fund der Leiche von Chloe Miller methodisch durch: John Browns Bericht über die Drohne, Chloes verschwundenes Auto und der Teilabdruck eines Pick-ups auf der unbefestigten Straße, James Millers Vermutung, dass seine Frau eine Affäre gehabt hatte, seine panische Suche nach ihr in der Nacht, in der sie verschwand, und Mias Überzeugung, dass es James war, der sie betrogen hatte. Sie ging die Zeugenaussagen der Freunde und Kollegen der Millers durch, die Aussagen von Zephyr Farms und Webbs Autopsiebericht, der die Glasscherben in Chloes Handfläche offengelegt hatte, sowie die Überzeugung der Gerichtsmedizinerin, dass einige der Wunden wie Bisse aussahen, was von Bruce Bain bestätigt worden war.

Während Klein zuhörte, kritzelte Gooch auf seinen Block und leckte sich jedes Mal die Finger, wenn er auf eine neue Seite umblätterte.

Riley wechselte zu Nicole King. Anhand der Bilder erläuterte sie ihnen den Tatort: die Leiche und die Verletzungen, das Zahnfragment, das Webb gefunden hatte, die Kleidung, das Familienfoto und die Pillen, von denen sie glaubten, dass sie dem Irakveteranen George Anderson gehörten, der zu einem Drogensüchtigen und Landstreicher geworden war. Sie berichtete von der möglichen Verbindung zu Sarah Foster, die eventuell Medikamente aus der Apotheke gestohlen hatte, bevor sie entlassen worden war, und deren vermisste Tochter man aus einem Bach in Illinois gezogen hatte. Sie fügte hinzu, dass sie das Medikament Fenozen als möglichen Faktor bei den Morden untersucht, aber keine Beweise gefunden habe. Schließlich ging sie die Obduktion durch, die der Gerichtsmediziner Jim Meyer an Gracie Foster durchgeführt hatte, und seine Feststellung, dass jemand Fleisch aus ihrem Körper geschnitten hatte.

»Sie liegen eng beieinander«, sagte Gooch, nachdem sie geendet hatte. Er schrieb noch immer und sah nicht von seinem Block auf. Er sprach mit dem langsamen, nasalen Tonfall des Südens. Virginia oder einer der Carolina-Staaten.

»Eng?«

Gooch unterstrich etwas mit seinem Stift und blickte dann zu Riley auf. »Ich habe mir notiert, dass Gracie Foster zuerst starb, etwa zwischen dem 15. und 17. Juni. Nicole King wurde um den 18. Juni herum getötet. Und Chloe Miller wurde am 21. Juni angegriffen und getötet. Sie liegen dicht beieinander.«

»Es ist ungewöhnlich«, erklärte Klein, »dass ein Serienmörder in so kurzen Abständen tötet. Aber auch nicht gänzlich unbekannt«, fügte er hinzu und sah Gooch an. Er hielt inne. »Aber seitdem keine Todesfälle mehr. Zumindest keine, die bekannt sind.«

»Wir machen uns Sorgen um Sarah Foster«, fügte Riley hinzu. »Wir sprechen mit allen Leuten, die sie kennt, aber bisher hat niemand etwas von ihr gesehen oder gehört.«

Klein nickte nachdenklich. »Eine Liste mit diesen Kontakten wäre hilfreich.«

»Ihr Hauptverdächtiger ist Anderson?«, fragte Gooch.

»Ja. Alle Polizeibehörden im Bezirk sind auf der Suche nach ihm. In jeder Gemeinde hängen Plakate aus. Wenn Anderson noch in der Gegend ist, bin ich zuversichtlich, dass wir ihn finden werden.«

Gooch grunzte. »Haben Sie sonst niemanden im Visier?«

Riley war irritiert über die schroffe Frage. Trotz ihrer Frustration, als Reed ihr verkündet hatte, er habe die BAU um Hilfe gebeten, hatte sie sich gezwungen, diesem Prozess offen gegenüberzustehen. Was spielte es für eine Rolle, wie sie diesen Fall lösten, solange er gelöst wurde? Aber es war eine harte Pille, die sie hatte schlucken müssen, und ihre insgeheime Befürchtung, Reed traue ihr womöglich nicht zu, dass sie der Aufgabe gewachsen war, wurde durch die Ankunft der beiden Männer nur noch verstärkt. Klein war eindeutig bemüht, die Bedrohung ihrer Autorität zu entschärfen, aber Gooch schien seinen herablassenden Ton nicht zu bemerken.

»Wir haben James Miller zunächst als möglichen Verdächtigen im Zusammenhang mit Chloes Tod befragt. Die angebliche Affäre gab ihm ein Motiv. Aber er hat ein wasserdichtes Alibi für Nicole King. Gracie Foster wird schwieriger zu überprüfen sein, da der Todeszeitpunkt ungewiss ist.«

Riley dachte an den unerwarteten Anruf von Bill Hamilton: das Gefühl, dass er sie vor der weiteren Verfolgung von Miller als Verdächtigem warnte. Sie hatte noch mit keinem aus ihrem Team darüber gesprochen und wollte vermeiden, dass Reed herausfand, dass der Gouverneur jetzt für den Mann bürgte, vor allem nicht, wenn die BAU hier war. Doch anstatt ihren Verdacht zu zerstreuen, hatte Hamiltons Anruf nur noch mehr Fragen aufgeworfen. Vor allem wollte sie verstehen, warum ein Gouverneur, der sich mitten in einem schwierigen Wahlkampf befand, einen möglichen Verdächtigen in einer Mordermittlung unterstützen wollte, wenn sie nur Bekannte waren – wie wichtig James Millers Arbeit auch immer sein mochte.

»Sie erwähnten Hoyt Garret«, hakte Klein nach. »Den, der ein Mädchen in der Schule gewürgt hat.«

»Wir haben ihn von unserer Liste gestrichen«, sagte Riley und mied Coles Blick. »Er hat Alibis für Miller und für King.« Sie sah zu Amy Fox, die in den örtlichen Krankenhäusern angerufen hatte, um zu überprüfen, ob Lizbeth Green in eines davon eingeliefert worden war. Die Diskrepanz, obwohl gering, war Riley im Gedächtnis geblieben.

»Sonst niemand?«, fragte Gooch.

»Nein«, sagte Riley mit gepresster Stimme. »Wir hoffen, dass die DNA dann mehr Licht ins Dunkel bringen wird.«

Klein nickte. »Tja, diesbezüglich können wir Ihnen garantiert helfen. Wenn Sie veranlassen, dass das staatliche Labor sämtliche Proben nach Quantico schickt, sollten wir in der Lage sein, sie im Schnellverfahren zu untersuchen und Ihnen die Ergebnisse in etwa einer Woche zukommen zu lassen.«

Die Atmosphäre im Raum veränderte sich – Rileys Team war die Überraschung anzusehen. Riley spürte es selbst – wie ihre Stimmung sich aufhellte. Vielleicht war es gar nicht so schlecht, die beiden hier zu haben? Zumindest Klein.

»Darüber hinaus sind wir natürlich immer noch auf die gute alte Detektivarbeit angewiesen.« Klein sah Riley an. »Sergeant, können wir Kopien Ihrer Berichte haben? Vernehmungsprotokolle, Hintergrundüberprüfungen, Autopsien, Tatortfotos und Analysen?«

»Ich will außerdem die Tatorte ablaufen«, schaltete sich Gooch ein.

»Wie lange dauert es normalerweise, ein Profil zu erstellen?«, erkundigte sich Riley.

»Für das Profil werden wir nur ein paar Tage brauchen. Danach können wir Ihnen dabei helfen, das USUB aufzuspüren.«

Chad Becker meldete sich. »USUB?«

»Unbekanntes Subjekt. Wir vom FBI lieben unsere Akronyme.«

»Wie spüren Sie denn jemanden auf?«, wollte Fox wissen.

»Je nachdem, mit welcher Art von Mörder wir es zu tun haben, gibt es verschiedene Wege. Manche mischen sich gerne in die Ermittlungen ein. Das ist für sie ein Machtspiel. Aber das kann auch eine gute Möglichkeit für uns sein, ihn in eine Falle zu locken, damit er sich zu erkennen gibt.«

»Genau.« Gooch nickte auf Kleins Worte hin. »Würde mich nicht wundern, wenn Sie schon mal mit ihm gesprochen haben.«

»Haben Sie jemals in einem solchen Fall gearbeitet?«, warf Logan ein. »Ich meine, die Bisse, das fehlende Fleisch? So etwas muss doch ziemlich selten sein, oder?«

»Sie wären überrascht«, sagte Klein. »Seit ich bei der BAU bin, habe ich an fast einem Dutzend Fällen gearbeitet, bei denen es um Bisswunden, das Trinken von Blut oder Kannibalismus ging.«

»Da draußen rennen echt ein paar ziemliche Spinner rum«, bemerkte Schmidt.

»Unterschätzen Sie diesen Killer nicht«, warnte Gooch und steckte seinen Notizblock in die Tasche. »Die Geschwindigkeit, mit der er tötet, zeigt mir, dass Ihr USUB ein starkes Bedürfnis hat, das er unbedingt befriedigen muss. Was auch immer ihn auf diesen Trip gebracht hat – welcher Stressfaktor ihn auch immer ausgelöst hat –, jetzt hat er richtig Lust darauf.«

37

Es war schon dunkel, als Riley nach Hause kam. Sie fuhr in den Hof. Staub wirbelte in den Scheinwerfern auf. Sie war erschöpft und ihre Haut ausgetrocknet vom zweiten Tag, den sie in der Hitze des Nachmittags durch die Gegend gelaufen war.

Agent Gooch hatte die Tatorte schweigend erkundet, grunzte als Antwort auf Fragen, hielt gelegentlich inne, um in sein Notizbuch zu schreiben, bückte sich plötzlich, um etwas aus einem anderen Blickwinkel zu betrachten, oder lief ohne Vorwarnung davon. Klein war entgegenkommender, und Riley fragte sich, ob er als freundliches Gesicht des FBI geschickt worden war: als sanfter Vermittler zwischen den örtlichen Strafverfolgungsbehörden und Goochs stacheliger Unbeholfenheit. Er hatte ihr erklärt, wie man ein Profil eines Mörders erstellte, was ihrer Meinung nach eher nach Kunst als nach Wissenschaft klang. Die BAU, so schien es, stützte sich mehr auf Vermutungen als auf harte Fakten und Daten, aber es war schwer, die Effektivität der Abteilung anzuzweifeln, wenn man Beispiele für die vielen Mörder hörte, die sie gefasst hatten. Es erinnerte Riley an die Tage, die sie mit ihrem Großvater auf der Jagd verbracht hatte: seine unheimliche Fähigkeit, Beute aufzuspüren, die Art und Weise wahrzunehmen, wie sich das Tier bei den kleinsten Wind- und Schattenveränderungen bewegte.

Als sie aus dem Auto ausstieg, bemerkte Riley, dass die Türen des Lagerschuppens offen standen.

»Verdammt noch mal, Ethan!«

Im Inneren des Schuppens war es muffig und dunkel. Eine Kiste stand auf dem Boden. An der Handschrift ihrer Mutter, die mit Filzstift die Seite beschriftet hatte, erkannte sie, dass es sich um eine Kiste mit altem Spielzeug handelte – Brettspiele mit fehlenden Teilen, Stoffpuppen, die zu zerfetzt waren, um sie an die Wohlfahrt zu schicken, Spielzeugsoldaten mit fehlenden Gliedmaßen. Hatte Ethan sie durchwühlt? Sie stellte sich vor, wie ihr Bruder hier in der Dunkelheit hockte und Relikte aus ihrem alten Leben durchstöberte – einem völlig anderen Leben, mit Lachen und Familienwitzen, in dem ihre Mutter und ihr Vater nach zu viel Wein über einen verbrannten Thanksgiving-Truthahn herumalberten und ihr Großvater zu Glen Campbell und Johnny Cash sang, während er sie in seinem Pick-up zur Schule fuhr. Traurigkeit machte sich in ihr breit. Jetzt, wo ihre Eltern tot waren und ihr Großvater nicht mehr wiederzuerkennen war, waren sie und Ethan nichts weiter als zwei Geister, die an dem Ort verweilten, an dem sie einst gelebt hatten. Sie hätten das Haus verkaufen und woanders weiterleben sollen. Von vorne anfangen. Wie hatte sie glauben können, dass einer von ihnen der Vergangenheit entkommen könnte, wenn sie immer noch in ihr steckten?

Sie bückte sich gerade, um die Kiste zu schließen, als sie tiefer im Inneren des Schuppens ein Geräusch hörte – ein leises Rauschen, wie ein Seufzer oder eine Brise in hohem Gras. Sie erhob sich, die Haut an ihrem Hals kribbelte. Als sie in die Dunkelheit starrte, hörte es auf. Sie wartete und lauschte aufmerksam. Das Klingeln ihres Handys ließ sie aufschrecken.

Es war eine Textnachricht von Kristen Webb.

Rufen Sie mich bitte gleich morgen früh an!

Riley versuchte es bei der Gerichtsmedizinerin, in der Hoffnung, dass sie vielleicht noch im Büro war, aber es ging die Mailbox ran. Sie schob das Handy zurück in die Tasche, stand da und lauschte in die Stille. Als das Geräusch ausblieb, hob sie die Kiste auf und stellte sie zurück ins Regal. Bei Tageslicht würde sie sich genauer ansehen, was sich hier wohl eingenistet hatte. Sie verriegelte die Schuppentür fest und machte sich auf den Weg zum Haus.

Dort war es dunkel, nur das Licht auf der Veranda gab ihr Orientierung. Vorhin hatte sie Ethan eine SMS geschrieben und ihn gebeten, Essen mitzubringen. Sie hoffte, dass er nicht in Versuchung gekommen war, in einer Bar einen Zwischenstopp einzulegen. Sie hatten im Moment genug Probleme. Als sie Ethan erzählt hatte, dass Maddie das Autopsiefoto gestohlen und ihren Freunden gezeigt hatte, waren er und Maddie in einen heftigen Streit geraten. Das Mädchen hatte Hausarrest bekommen, aber Riley bezweifelte, dass Sadie oder Mason Lee die Strafe effektiv durchsetzen würden. Da der Fall ihre ganze Zeit in Anspruch nahm, hatte sie Rose gebeten, mit Maddie zu reden, um sicherzustellen, dass das Mädchen verstand, was falschgelaufen war. Ihre Tante hatte gerne geholfen, Riley jedoch die Müdigkeit in ihrer Stimme gehört. Lori schien es nicht besser zu gehen.

Als sie die Treppe hinaufstapfte, kam Scrounger bellend angelaufen. Sie stieß die Fliegengittertür auf und trat ein. Scrounger winselte und schnupperte an ihrer Hand, als sie ihn streichelte. Sie wollte gerade zum Tresor gehen, um ihre Waffe zu verstauen, als sie ihn sah – den weißen Umschlag, der auf dem Küchentisch lag und auf dessen Vorderseite ihr Name stand. Sie fragte sich kurz, ob Ethan ihr eine Nachricht hinterlassen hatte, um ihr mitzuteilen, wo er war, aber ihr Bruder tat so etwas nicht. Als sie den Umschlag anhob, spürte sie, wie etwas im Inneren verrutschte. Neugierig riss sie ihn auf und schüttete den Inhalt in ihre Hand. Zuerst sah sie den Schimmer: mattes Gold im schwachen Küchenlicht. Dann, als es in ihre Handfläche fiel, sah sie, dass es eine Halskette mit einem goldenen Stern war. Die Kette war gerissen.

Es hätte genauso gut eine Bombe sein können, die ihre Welt aus den Angeln hob. Es raubte ihr den Atem. Ihre Beine wurden schwach. Sie ließ die Halskette und den Umschlag fallen, taumelte in die zähe Nachtluft und sah sich hektisch um, während ihr der Kopf schwirrte. Sie trat auf die Veranda, die Augen suchten die Umgebung ab. Die Dunkelheit war voller Bedrohungen: die Platanen, die sich über dem Haus erhoben, der Bach, schwarz wie Teer, der alte Schuppen, der im Hof kauerte, das hohe Zirpen der Zikaden wie ein endloser Schrei. Sie sah überall Schatten. In den Augenwinkeln flackerte eine Bewegung auf – aber es war nur eine Motte, deren Schatten das Licht riesig gemacht hatte. Sie riss die Fliegengittertür auf und rannte zurück in die Küche, während Scrounger alarmiert bellte. Sie stürzte zur gegenüberliegenden Wand und riss ihre Glock an sich. Sie nahm die Waffe in beide Hände und richtete den Lauf in die Dunkelheit jenseits der Tür, die in den Angeln schwang.

So blieb sie stehen, bis ihre Arme zu zittern begannen und der Schaft der Waffe von ihrem Schweiß glitschig wurde. Scrounger winselte und lenkte ihre Aufmerksamkeit auf sich. Der Hund starrte sie an, Ohren und Schwanz gesenkt, die braunen Augen groß vor Angst. Ihr Blick richtete sich wieder auf die zerrissene Halskette, die sie seit einundzwanzig Jahren nicht mehr gesehen hatte – das Geschenk ihres Großvaters – und die wie aus der Zeit gerissen auf dem Küchenboden lag.

Die Übelkeit kam in einem bitteren Rausch. Sie drehte sich um und rannte die Treppe hinauf. Das Familienbadezimmer lag am nächsten. Sie rannte hinein und ließ sich über der alten lindgrünen Toilette auf die Knie sinken, die Waffe auf dem Boden. Sie erbrach sich, und ihre Augen tränten. Als es vorbei war, setzte sie sich auf den Boden, den Rücken an die Wanne gelehnt, kalten Schweiß auf der Stirn. Sie fühlte sich schwach, ihr ganzer Körper flatterte, als bestünde er aus Motten.

Das Badezimmer hatte sich nicht verändert, seit sie mit ihren

Eltern hierhergezogen war: der ovale Spiegel über dem Waschbecken, das rissige Linoleum. Es war das Badezimmer, in dem sie sich an jenem Morgen eingeschlossen hatte, als Mias Eltern sie früher als geplant von der State Fair nach Hause gebracht und draußen in leisen Tönen mit ihrer Mutter gesprochen hatten – *wir wissen auch nicht, was passiert ist.*

Es war das Badezimmer, in dem sie sich mit langsamen, zitternden Händen ausgezogen hatte, die Augen auf die blauen Flecken gerichtet, die ihren Körper übersäten. Es war nicht mehr derselbe Körper, in dem sie wenige Tage zuvor losgefahren war. Voller kindlicher Aufregung hatte sie sich mit Mia und Chloe ins Auto gesetzt und auf dem Weg nach Des Moines Popsongs aus dem Radio gesungen. Die Wagen mit Anhängern, die in langen weißen Reihen auf das Messegelände fuhren, die kilometerlangen Zelte, der aufsteigende Rauch, der Geruch von Pferdemist und Diesel, der vielversprechende blaue Himmel und das Blenden der Messelichter.

Und dann Hunter. Der College-Freund ihres Bruders, in den sie sich verknallt hatte. Der gut aussehende junge Mann, von dem ihre Eltern so angetan waren. Seine Augen. Sein Lächeln. Der Alkohol brannte in ihrer Kehle. Das Kichern verwandelte sich in Schwindelgefühl. Hunters Hand, die sich mit ihrer verschränkte. Chloe, die ihr einen betrunkenen Kuss zuwarf und mit Mia diesen Refrain sang, als er sie wegführte. Wie sie in den dunklen Wald taumelte, weg von den Menschenmassen und Lichtern, und ihr Kopf sich drehte wie ein Karussell. Das ferne Rattern und Dröhnen der Fahrgeschäfte.

Die blauen Flecken hatten im Badezimmerspiegel geleuchtet, jeder einzelne hatte von ihrem Schmerz erzählt. Der harte Grund, auf den sie gefallen war, als er sie gestoßen hatte, eine Baumwurzel, die sich in ihren Rücken gebohrt, der raue Boden, der ihre nackten Arme aufgeschürft hatte. Der Geruch von Tannennadeln und Erde. Unrat in ihrem Haar. Die Haut ihrer Handgelenke, die violett verfärbt war, rote Flecken auf ihrem Bauch und ihren Oberschenkeln.

Der schreckliche Biss an ihrem Hals, seine Zahnabdrücke wie ein fiebriges Oval, von dem Blut in das Pflaster gesickert war, mit dem sie versucht hatte, es zu verbergen. Doch schlimmer waren die Wunden, die sie nicht sehen konnte. Die an den tiefsten Stellen in ihr schmerzten: nicht nur in ihrem Körper, sondern im Herzen und in der Seele. Aufgerissen. Wie die Haut in ihrer Handfläche, die sie Wochen später unten am Bach mit einer Rasierklinge aufgeritzt hatte und aus der das Blut quoll beim Schwur, den sie Chloe und Mia abgenommen hatte.

Kein Wort.

Ein Schwur, den sie erst viele Monate später gebrochen hatte. Die Worte waren in Schluchzern aus ihr herausgekommen, in die erstarrten Mienen ihrer Eltern, und Ethan war mit aschfahlem Gesicht aus dem Zimmer gestolpert. Das Geheimnis, das sie einst geteilt hatten, hatte sie – einmal zur Explosion gebracht – zerstört. Nicht mit dem ersten Knall, sondern langsam, unaufhaltsam. Wie eine Krankheit im Herzen ihrer Familie. Ein Gift, das jahrelang lebte und leise in jedem von ihnen wirkte.

Die Türklingel im Haus katapultierte Riley zurück in die Gegenwart.

38

Das Adrenalin, das sie durchströmte, war wie ein Eimer Eiswasser und machte sie hellwach. Riley schnappte sich ihre Pistole und schlich in den Flur, die Treppe hinab, wobei sie sorgfältig darauf achtete, alle Fenster zu vermeiden. In der Küche bellte Scrounger. Die Beleuchtung an der Eingangstür – die nur der Postbote und Fremde benutzten – war angegangen und beleuchtete die Umrisse einer Gestalt hinter den gewellten Glasscheiben. Die Person war groß und gut gebaut. Ihr Herz hämmerte. Sie lehnte sich gegen die Wand. Die Kette hing zwar vor der Tür, aber ein starker Mann konnte sie wahrscheinlich mit einem kräftigen Tritt zerreißen. Sie könnte ihm jedoch ihre Waffe schon vorher ins Gesicht halten ... Schweiß rann ihr die Wange hinab, als sie mit der linken Hand den Griff langsam drehte, die Glock in der rechten Hand. Sie riss sie auf und zielte.

Vor ihr stand Jackson Cole, sein blondes Haar leuchtete fast weiß im Licht. Riley zog die Waffe weg, aber nicht, bevor er sie gesehen hatte.

Cole runzelte die Stirn und trat überrascht einen Schritt zurück. »Hey!«

Sie zitterte am ganzen Körper, war sich aber nicht sicher, ob sie vor Erleichterung weinen oder Cole schlagen wollte. Sie schluckte die Trockenheit in ihrer Kehle hinunter. »Was machst du denn hier?«

»Ich wollte reden.« Er betrachtete die Kette, die immer noch vor der Tür hing, und die Falten in seiner gebräunten Stirn vertieften sich. Er schaute an ihr vorbei ins Haus. »Was ist los?«

»Nichts.«

»Bullshit. Himmel, du zitterst ja! Lass mich rein.«

Als Cole gegen die Tür drückte, ließ sie ihn ein.

»Was ist passiert?« Als er den Korridor betrat, kam Scrounger ihm entgegengesprungen.

Wie betäubt ließ sich Riley von Cole in die Küche führen. Sie legte ihre Waffe auf den Tresen und schauderte bei dem Gedanken, wie nahe sie daran gewesen war, sie zu benutzen.

»Was ist das?« Cole bückte sich, um die Halskette vom Boden aufzuheben.

Es fühlte sich an, als ob er einen Teil von ihr ergriffen hätte. Sie stürzte sich darauf, um sie ihm zu entreißen. *»Finger weg!«*

»Okay!« Er hob die Hände und starrte sie verwirrt an, als sie sich zurückzog und die Kette in ihrer Faust verschloss. »Ich versuche nur zu helfen.«

»Ich brauche deine verdammte Hilfe nicht!«

»Okay. Schon klar. Und deshalb hättest du mich fast auf deiner Türschwelle erschossen?« Cole steckte die Daumen in die Taschen seiner Jeans und zuckte mit den Schultern. »Ich weiß, du wolltest mich bei diesem Fall nicht dabeihaben, aber verdammt noch mal ... «

Sie starrte ihn an. Das Lachen brach aus ihr heraus, laut und plötzlich.

Nach einem Moment lachte auch Cole. »Du hast mich ganz schön erschreckt, Sarge.« Er nickte in Richtung Kühlschrank. »Hast du ein Bier? Ich muss meine Nerven beruhigen.«

Wieder etwas klarer im Kopf, öffnete sie eine der Küchenschubladen, ließ die Halskette hineinfallen, schloss die Schublade wieder, ging zum Kühlschrank und nahm zwei Dosen heraus. Sie fummelte an der ersten Dose herum und versuchte, den Clip zu öffnen.

Cole nahm die Dose sanft, aber bestimmt an sich. »Hier.« Er öffnete beide Biere und reichte ihr eines. »Also, was ist los?«

Riley nahm das Bier, setzte die Dose aber wieder ab, ohne zu trinken. »Warum bist du hier, Jackson?«

Er seufzte. »Ich dachte, wir könnten vielleicht noch mal neu anfangen, du und ich? Die Dinge wieder ins Lot bringen, jetzt, wo wir zusammenarbeiten?«

»Das ist nur vorübergehend.«

Seine Augen verengten sich. »Wir wissen beide, dass Sheriff Reed neue Leute im Ermittlungsteam braucht.«

Er war also hier, um einen auf gut Wetter zu machen, in der Hoffnung auf eine Beförderung? »Wenn ich das Budget für einen festen Detective bekomme, werde ich Logan nehmen.«

Sein Gesicht verhärtete sich, und der alte Cole tauchte kurz auf. Nur mit Mühe hielt er sich zurück. »Hör zu, das mit deinem Bruder tut mir leid. Du hast jedes Recht, sauer auf mich zu sein. Ich hätte damit zuerst zu dir kommen müssen, ich weiß.« Da sie schwieg, fuhr er fort: »Aber Wood? Der ist doch ganz neu hier! Er ist nicht in Black Hawk geboren und aufgewachsen. Er ist nicht so wie wir. Du und ich.«

»Das ist einer der vielen Aspekte, die ich an ihm mag.«

»Wir hatten unsere Differenzen, ja. Aber wir waren uns doch mal nahe. Das meine ich nicht«, fügte er hinzu, als sie den Blick abwandte. »Ich meine damals, als Frischlinge. Weißt du noch? Du und ich während der Nachtschicht? Dann Pancakes im *Maid-Rite* zum Frühstück? Die Drogenrazzia im *Blue Lagoon*? Die Spinner, die versucht haben, den Fluss in einer Mülltonne zu überqueren? Ja«, sagte er und gluckste, als sie ein wenig lächelte, »du erinnerst dich.«

Sie begegnete seinem Blick. Einen Moment lang fühlte sie sich sicher in dieser Vertrautheit, dieser Vergangenheit, als die Dinge weniger kompliziert gewesen waren. Damals, als sie sich noch näher gewesen waren – wenn auch nicht wirklich nah, wie jetzt mit Logan –, aber sie waren füreinander da gewesen, hatten sich gegenseitig den Rücken frei gehalten und gelernt, wie es läuft.

Cole trat zu ihr, stellte sein Bier ab und legte seine Hand auf ihre. Sie war schwielig vom Schießstand. »Können wir nicht irgendwie dorthin zurück? Ein Waffenstillstand?«

Sie seufzte und nickte, zu müde, um weiter zu streiten. »Ich komme nicht weiter, Cole. In diesem Fall.«

Cole legte seine andere Hand auf ihre Schulter und drückte sie.

»Alle wollen Antworten von mir.« Ihr Blick fiel auf die geschlossene Schublade, in die sie die Halskette gelegt hatte. Hatte Hunter sie möglicherweise hier für sie hinterlegt? Sie fühlte die Narbe an ihrem Hals pulsieren. Dachte an Chloe, die sich zwischen den Pflanzen zusammengerollt hatte. Hatte sie eine solche Verbindung zu diesem Fall gespürt, weil er mit ihr verbunden war? *Vielleicht.* Konnte ein brutaler Vergewaltiger zu einem Serienmörder werden? *Ja.* »Ich weiß nicht mehr weiter.«

Coles Hand glitt von ihrer Schulter hinab auf ihren Rücken. »Es ist okay«, murmelte er und zog sie zu sich.

Sie roch sein Deodorant, vermischt mit Schweiß und Waffenöl. Sie spürte das tiefe Pochen seines Herzens und schloss die Augen. So hatte sie schon lange niemand mehr im Arm gehalten. Auf einmal wollte sie es ihm sagen. Sich ihm anvertrauen. Cole kannte ihre Vergangenheit, zumindest in Teilen. »In dieser Nacht, weißt du? Die Nacht, in der ich …?« Sie zögerte, dann versuchte sie es erneut: »Als ich zu dir in die Wohnung kam?«

»Ja.« Coles Stimme klang angestrengt. Sie spürte, wie ein Muskel in seinem Arm zuckte. »Ich erinnere mich.«

»Weißt du noch, worüber wir gesprochen haben?« Sie wich zurück und sah zu ihm auf, studierte seinen Gesichtsausdruck. »Was ich dir gesagt habe?«

»Ich erinnere mich, dass du in dieser Nacht so einiges gesagt hast, Riley.«

Plötzlich beugte sich Cole vor. Sein Mund lag auf ihrem, die

Lippen öffneten sich, um sie zu küssen. Riley wich zurück und stieß ihn so heftig von sich, dass er gegen den Tresen taumelte.

»Was zum Teufel?«, rief er und rieb sich die Hüfte.

»Was soll das?« Ihr Herz pochte schmerzhaft.

»Du hast von der Nacht gesprochen, in der wir miteinander geschlafen haben! Ich dachte, du wolltest eine Wiederholung!«

»Nein!«

»Was dann, verdammt noch mal?«

»Ich wollte reden!«

»Wow!« Cole schüttelte den Kopf. »Du bittest mich herein, nachdem du eine Waffe auf mich gerichtet hast? Du benimmst dich voll komisch und fängst an, über die Vergangenheit zu reden? Kuschelst dich an mich?«

»Nein, das war nicht ...«

»Was war das? Eine neue Methode, mich zu verarschen?«

»Nein, ich ...«

»Du hast Wood nur ausgewählt, um mir eins auszuwischen, oder? Du hast ihn genommen, obwohl du wusstest, wie sehr ich diesen Job wollte!« Cole ließ sie nicht zu Wort kommen. »Ja, okay, du bist befördert worden, und ja, ich war sauer darüber. Aber *Wood?*« Er stieß sich vom Küchentresen ab und kam auf sie zu.

Ihre Finger griffen instinktiv nach hinten und tasteten nach ihrer Waffe.

»Wir haben zwölf verdammte Jahre zusammengearbeitet, Riley! Eine Nacht mit zu viel Alkohol, und seither lässt du mich links liegen. Das ist der wahre Grund, warum du mich nicht in deinem Team haben wolltest, oder? Weil du immer noch sauer auf dich bist, weil du mit mir geschlafen hast!«

»Nein!« Das Dementi kam zu schnell. »Ich habe Logan genommen, weil er ein guter Cop ist. Zum Beispiel lässt er seine Freunde nicht davonkommen, wenn er sie mit überhöhter Geschwindigkeit erwischt.«

Coles Augen weiteten sich ungläubig. »Im Gegensatz dazu habe ich nicht jahrelang meinen Junkie-Bruder gedeckt!«

Die Röte schoss ihr in die Wangen.

»Ja«, sagte Cole und nickte. »Und ich habe dich in dieser Nacht nicht gezwungen, Riley. Es ist nicht meine Schuld, dass du dich für das schämst, was du getan hast. Und dafür hast du mich all die Jahre bestraft. Frag dich mal, wer hier der böse Cop ist.« Sein Blick fiel auf ihre Hand, deren Finger auf dem Tresen ausgebreitet auf ihre Waffe deuteten. »Und jetzt willst du mich erschießen?« Er schüttelte den Kopf. »Du spinnst total.« Mit großen Schritten ging er den Flur entlang.

Das Zuschlagen der Eingangstür hallte durch das leere Haus.

Zurück im Badezimmer im Obergeschoss, legte Riley ihre Glock auf den Waschtisch und spritzte sich Wasser aus dem Wasserhahn ins Gesicht. Als sie sich aufrichtete, sah sie sich selbst in dem ovalen Spiegel. Wasser lief ihr über die Wangen, ihre Haut war trotz der Bräune blass. Ihre Finger verkrampften sich am Waschbecken, als sie sich daran erinnerte, wie sie in Coles Bett aufgewacht war, wie seine billigen Laken auf ihrer nackten Haut gekratzt hatten.

Andere Bilder flackerten auf. Der Dealer in Venice Beach, nach dem ihr Bett nach Patschuli gerochen hatte, all die fremden Männer in irgendwelchen Spelunken und Motelzimmern – jede Begegnung war irgendwie eine Wiederholung des ersten Mals, als würde sie versuchen, einen Ausweg zu finden. Nur gab es nie eine Tür, nur eine immer tiefere Spirale des Selbsthasses.

Sie spürte Wut in sich hochkochen und dann wie eine Blase zerplatzen. Wut auf Cole und all die gierigen, übergriffigen Männer; Wut auf ihren Bruder, der dieses Monster in ihr Leben gebracht hatte und zusammengebrochen war, als sie ihn am meisten gebraucht hätte; Wut auf ihren Vater – *einen verdammten Anwalt* –, der ihr die Chance auf Gerechtigkeit verwehrt hatte und Gott weiß wie viele andere Mädchen zu einem ähnlichen Schicksal in

Hunters Händen verdammt hatte; Wut auf ihre Mutter, weil sie die Betäubung durch verschreibungspflichtige Medikamente der harten Tatsache vorgezogen hatte, dass ihre Tochter vergewaltigt worden war.

Aber die Wut galt vor allem ihr selbst. Sie riss den Mund auf und schrie ihr Spiegelbild an. Dann schlug sie mit der Faust auf den Spiegel und riss sich mit voller Wucht die Knöchel auf. Blut rann an den Seiten des Waschbeckens hinab, und ein zerklüfteter Krater hatte sich in der Mitte des Spiegels gebildet, von dem aus sich ein Spinnennetz aus Rissen über die ganze Scheibe ausbreitete. Ihr Gesicht im Glas war zerbrochen. Draußen erlosch das Licht und ließ das Haus in Dunkelheit versinken.

39

In dieser Nacht ging Riley mit ihrer Waffe neben sich ins Bett. In der Morgendämmerung, nach einer unruhigen Stunde Schlaf, ging sie die Treppe hinunter und trank drei Tassen starken Kaffee. Sie musste sich ihre Hand verbinden, um die Verletzungen zu verbergen. Ethan war immer noch nicht nach Hause gekommen.

Sie wählte seine Nummer, aber er nahm nicht ab. Riley begann zu befürchten, dass ihm etwas zugestoßen war – etwas, das mit der Halskette zu tun hatte. Sie hinterließ eine weitere Nachricht, in der sie ihn um Rückruf bat. Auch Sadie hinterließ sie eine Nachricht und schärfte ihr ein, Maddie nicht zum Haus zu bringen, danach rief sie Rose an, um ihr dasselbe zu sagen. Als ihre Tante nach dem Grund fragte, sagte sie, es habe mit dem Fall zu tun, aber das trug wenig dazu bei, Rose' Bedenken zu zerstreuen.

»Riley, Schatz, was ist los? Du klingst ganz außer dir.«

Um sieben Uhr verließ Riley das Haus, wachsam und aufmerksam, als sie den Hof zum Dodge überquerte. Nebelschwaden zogen wie Rauch über den Bach. Die bedrückende Dunkelheit war verschwunden, alles schien ganz normal zu sein: Vogelgezwitscher, das Summen der Bienen. Kein Anzeichen dafür, dass etwas nicht stimmte. Riley warf ihre Jacke auf die Rückbank und legte dann einen versiegelten Gefrierbeutel darauf. Darin befanden sich die Halskette und der Umschlag.

Auf dem Weg nach Waterloo rief sie die Zentrale an und sagte, dass sie jemanden gesehen hatte, der sich in der Nähe aufhielt –

höchstwahrscheinlich ein Reporter, der sie zu dem Fall befragen wollte. Sie bat darum, dass ein Kollege diese Person im Auge behielt. Wenn derjenige, der die Halskette zurückgelassen hatte, noch in der Gegend war, würde die Streife ihn beobachten können.

Im Büro ging Riley noch einmal die Ermittlungsunterlagen durch, während sie auf Klein und Gooch wartete, die ein Profil des Mörders erstellen sollten. Es fiel ihr schwer, sich zu konzentrieren. Ihre Gedanken sprangen zwischen dem Streit mit Cole, ihrem vermissten Bruder und der Halskette hin und her, durchzuckt von Erinnerungen an die Nacht, in der sie vergewaltigt worden war. Riley war erleichtert, als Amy Fox mit Kaffee und Gebäck hereinkam, um sie abzulenken.

Fox reichte ihr einen Kaffee, dann stellte sie die Gebäckschachtel auf Schmidts Schreibtisch. Sie hatte dem Detective seine Lieblingsdonuts mitgebracht. »Ich habe gerade mit dem Cedar Medical gesprochen, Sarge. Lizbeth Green ist auch dort nicht eingeliefert worden. Ich habe einen schriftlichen Antrag bei ihrem Arzt gestellt und um Einsicht in ihre Krankenakte gebeten.«

Riley schaute über Fox' Schulter auf die Akte, die sie über Lizbeth Green zusammengestellt hatte. Sie enthielt einige Notizen zu ihrem Lebenslauf und ein Foto, das eine Frau in ihrem Alter mit lockigem blondem Haar und Sommersprossen zeigte. »Nun gut. Lassen wir es dabei bewenden. Ich will nicht, dass Sie sich in eine Spur verrennen, die vielleicht gar keine ist. Vielleicht wusste Hoyt nicht, dass seine Schwester im Krankenhaus war. Oder vielleicht wollte er sie beschützen. Vielleicht ist sie drogensüchtig.«

Eine halbe Stunde später trafen Klein und Gooch ein, danach der Rest ihres Teams. Jackson Cole war heute pünktlich und saß an Hansens altem Schreibtisch. Er würdigte sie keines Blickes, seine Miene war angespannt. Schmidt, Logan, Nolan und Becker schienen ungeduldig darauf zu warten, was die Agenten von der

Verhaltensanalyse über ihren Mörder zu sagen hatten, doch Logans freudiger Eifer schlug in Besorgnis um, als er ihre bandagierten Knöchel sah.

»Alles in Ordnung, Sergeant?«, fragte er leise.

»Ein dummer Unfall. Ich habe versucht, Abendessen zu machen.« Ihr Lachen klang gekünstelt.

Logan lächelte sie an. »Und ich dachte schon, du benutzt nur die Mikrowelle.«

Riley bemerkte, dass Klein ihr Gespräch beobachtete. Sein Blick wanderte von ihrer verletzten Hand zu ihrem Gesicht, und sie wusste, dass er ihre Lüge witterte. »Wir sind bereit, Agent«, sagte sie, schroffer als beabsichtigt.

»Guten Morgen«, sagte Klein und blickte in die Runde, während die Gespräche allmählich verstummten. »Wir haben die letzten zwei Tage damit verbracht, Ihre Berichte durchzugehen. Lassen Sie mich zunächst sagen, dass Sie alle gründlich gearbeitet haben. Wir sind jedoch zu etwas anderen Schlussfolgerungen gekommen.«

»Zu welchen Schlussfolgerungen?«, fragte Riley. Sie war nervös und fühlte sich irgendwie schuldig. Was zum Teufel wollte er sagen? Dass er vermutete, dass einer von ihnen den Mörder kannte? Würde jetzt alles ans Licht kommen? Hunter? Ihre Vergangenheit? Die Halskette?

»Es tut mir leid, Sergeant, ich hatte gehofft, es gestern Abend mit Ihnen besprechen zu können, aber ich habe Sie nicht erreicht.«

Riley erinnerte sich an die verpassten Anrufe, die sie gesehen hatte, nachdem Cole gegangen war. Sie hatte nicht einmal nachgeschaut, von wem sie kamen, als sie wie betäubt in der Küche gesessen hatte, die Pistole neben sich, ein weiteres kaltes Bier gegen ihre verletzte Hand gedrückt. »In meiner Familie gab es einen Notfall.« Riley spürte, wie ihr die Hitze in die Wangen stieg, als sie Coles Blick bemerkte. »Bitte, fahren Sie fort, Agent.«

»Nun denn, es gibt zwar Gemeinsamkeiten, die bei Ihren drei

Opfern höchst ungewöhnlich sind – die Bisswunden, die fehlenden Fleischstücke, all das, was auf Kannibalismus oder Trophäenjagd hindeutet –, aber es gibt auch Abweichungen im Modus Operandi. Dafür haben wir Erklärungen, die wir noch erörtern werden. Ohne die DNA-Analyse können wir nur vermuten, dass ein und derselbe Täter die drei Frauen getötet hat. Apropos DNA«, fügte Klein mit Blick auf Riley hinzu, »ich habe heute Morgen die Bestätigung aus Quantico erhalten. Sie arbeiten mit Hochdruck an den Laborproben. Die Ergebnisse bekommen wir hoffentlich innerhalb der nächsten Woche.«

»Das sind ja tolle Neuigkeiten«, murmelte Riley und fragte sich, was die Ergebnisse zeigen würden. Könnten sie zu Hunter führen? Könnten seine Spuren auch bei diesen Frauen gefunden werden? Sie verdrängte den unangenehmen Gedanken, dass Chloe – sie alle – gestorben sein könnte, weil sie ihn damals nicht angezeigt hatte. Weil ihre Familie das alles verdrängt hatte. *Bin ich an allem schuld?*

»Also«, fuhr Klein fort, »der entscheidende Punkt ist: Aufgrund unserer bisherigen Erkenntnisse glauben wir nicht, dass George Anderson der Mörder ist.«

Die Worte trafen Riley wie eine Ladung Eiswasser.

Klein hob die Hand angesichts der Aufregung, die sich jetzt im Raum breitmachte. »Agent Gooch wird das Profil mit Ihnen durchgehen.«

Gooch holte seinen Notizblock hervor. »Wenn wir davon ausgehen, dass alle drei Frauen von demselben Mann getötet wurden, dann ist das erste Opfer laut Autopsiebericht Gracie Foster.«

Fox hob zögernd ihre Hand. »Wir sprechen immer wieder von einem Er. Können wir sicher sein, dass es sich bei dem Täter um einen Mann handelt?«

Klein ergriff das Wort. »Weibliche Serienmörder sind extrem selten. Wir sind uns immer noch nicht ganz sicher, warum. Testosteron ist ein möglicher Faktor. Nach unserer Erfahrung neigen

Frauen dazu, ihre Probleme nach innen zu richten. Männer rächen sich an ihrer Umwelt.«

Fox nickte zufrieden.

»Gracie Foster wurde von ihrer Mutter am Vierzehnten als vermisst gemeldet.« Gooch zeigte auf das Poster von Gracie. Der Totenkopfring an ihrem Finger wirkte wie ein funkelndes Omen. »Der Todeszeitpunkt wird auf den Fünfzehnten bis Siebzehnten geschätzt, aber der Gerichtsmediziner meint, sie könne erst ab dem Neunzehnten im Wasser gelegen haben. Sie ist also irgendwo festgehalten worden, möglicherweise lebendig, für einen Tag oder länger, dann wurde sie getötet, bevor der Täter sie für ein paar weitere Tage in einer Art Kühlhaus verwahrte. Am Tag bevor er Gracie in den Fluss warf, hat unser Unbekannter Nicole King in der Fabrik getötet. In den nächsten ein oder zwei Tagen ist er dann zu Kings Leiche zurückgekehrt; in dieser Zeit wurden ihr die meisten Verstümmelungen und Bisswunden zugefügt.«

An dieser Stelle schaltete Klein sich ein. »Ein solches Verhalten ist bei Serienmördern nicht ungewöhnlich. Und wenn sie nicht zur Leiche selbst zurückkehren können, kehren sie oft zum Tatort oder zum Grab zurück. Wir konnten schon einige Täter bei Beerdigungen fassen.«

Riley dachte an James Miller. An sein Grabeslachen, seinen Wodka-Atem, seine Wut. Riley bezweifelte, dass so etwas bei ihm funktionieren würde.

»Dann, am einundzwanzigsten, greift der Täter Chloe Miller an.«

»Wie kommen Sie darauf, dass Anderson nichts von alldem getan haben könnte?«, fragte Logan Agent Gooch. »Besonders in Anbetracht seines militärischen Hintergrunds. Seiner zerrütteten Ehe. Dazu hat er Job und Haus verloren. Drogen konsumiert.«

»Ich sagte, wir *glauben* nicht, dass Anderson es getan hat«, korrigierte Klein. »Nicht, dass er es nicht getan hat. Wenn Nicole

King das einzige Opfer wäre, dann würde ich Ihnen zustimmen – dann wäre Anderson der Hauptverdächtige. Aber er passt nicht zu den anderen Morden, zumindest nicht nach dem, was wir zum jetzigen Zeitpunkt wissen.«

»Ich glaube, Ihr Unbekannter ist ein Einheimischer«, sagte Gooch, »oder einer, der sich in der Gegend gut auskennt. Er ist weiß. Dreißig bis fünfzig Jahre alt. Stark und körperlich fit.«

Hunter hatte das gleiche Alter und die gleiche Statur. Riley holte ihr Handy heraus. Immer noch nichts von Ethan. Sie bemerkte, dass Klein sie ansah, und steckte das Handy zurück in ihre Tasche.

»Er fährt entweder einen Pick-up oder vielleicht einen Lkw mit Kühlraum. Mit ziemlicher Sicherheit hat er Zugang zu einem Wohnhaus irgendwo in der Gegend. Es ist gut möglich, dass Sie dort das vermisste Auto von Chloe Miller finden. In der jüngeren Vergangenheit hat er psychische Probleme gehabt, möglicherweise in Verbindung mit Alkohol- oder Drogenmissbrauch. In letzter Zeit ist etwas vorgefallen, das ihn dazu veranlasst hat, mit dem Töten zu beginnen. Das kann der Verlust des Arbeitsplatzes, eine gescheiterte Beziehung oder der Tod einer ihm nahestehenden Person gewesen sein. Er ist eine tickende Zeitbombe.«

Fox hob erneut die Hand. »Aber warum ist Anderson verschwunden? Ist es nicht merkwürdig, dass ihn seit Wochen niemand mehr gesehen hat? Spricht das nicht für seine Schuld?«

»Ich glaube, dass Anderson den Mord an King beobachtet hat«, antwortete Gooch. »Er ist entweder geflohen oder wurde von unserem Unbekannten getötet.«

»Und was machen wir jetzt?«, fragte Schmidt. »Wir lassen die ganze Stadt nach jemandem suchen, von dem Sie sagen, dass es nicht unser Mann ist.«

»Gracie Foster«, antwortete Gooch. »Über sie kommen wir an den Täter.«

»Gracie war das erste Opfer«, sagte Klein und sah Riley an.

»Aber mehr als das, sie war ihm auf irgendeine Weise wichtig. Es gibt keine eindeutigen Anzeichen für eine Strangulation, keine Anzeichen für gewaltsame Verstümmelung. Er schnitt ihr nach ihrem Tod das Fleisch vom Körper, mit Präzision und Sorgfalt. Er bewahrte sie in einem Kühlraum auf, damit die Verwesung verlangsamt wurde. Er ließ ihre Leiche nicht im Freien verrotten, wie er es bei King tat. Er tauchte sie ins Wasser. Er musste ihre Leiche verschwinden lassen. Entweder wegen einer Verbindung zu ihm oder weil er seine Tat bereute – möglicherweise auch beides. Dieser erste Mord scheint bei ihm alle Dämme gebrochen zu haben. Die nächsten Morde an King und Miller waren äußerst brutal, angetrieben von Hass und dem Drang, seine Opfer zu misshandeln, zu besitzen, sie komplett zu zerstören. Ihre Körper spiegeln einen veränderten Geisteszustand wider. Der Killer ist jetzt noch gewalttätiger.«

»Und die Bisse?« Logan wagte einen Vorstoß. »Warum begeht er diese kannibalischen Akte?«

»Kannibalismus kann ein Element sexueller Befriedigung sein. Aber meiner Erfahrung nach geht es vielmehr um ein Bedürfnis nach Macht. Um Kontrolle.«

Die Erinnerung daran, wie Hunters Zähne sich in ihr Fleisch gruben, ließ Riley zusammenzucken.

»Diese Männer haben in ihrem Leben oft einen einschneidenden Kontrollverlust erlebt – ein misshandelndes Elternteil, erfolglose Beziehungen, Probleme mit der Potenz, Misserfolge im Beruf. Das treibt sie dazu, diese Kontrolle zurückzugewinnen. Sie wollen absolute Macht über das Leben – und den Tod – eines anderen Menschen erlangen.«

»Das klingt fast so, als würden Sie die Täter entschuldigen«, sagte Logan.

»Auf keinen Fall«, antwortete Klein. »Wir versuchen vielmehr, sie zu verstehen. Um sie schneller aufzuspüren. Besser noch, wir lernen, sie zu stoppen, bevor sie anfangen können.«

»Was ist mit Gracies Mutter?«, fragte Fox. »Sarah? Glauben Sie, dass ihr etwas zugestoßen ist?«

»Ich fürchte, das ist sehr wahrscheinlich«, antwortete Klein. »Angesichts der Umstände, unter denen sie und ihre Tochter verschwunden sind. Aber auch Sarah Foster könnte eine Spur zum Mörder sein.«

»Und wie finden wir die?«, wollte Cole wissen.

»Wir müssen sämtliche Kontakte von Sarah und Gracie Foster durchgehen«, sagte Klein. »Überprüfen Sie die Hintergründe aller Personen, die mit den beiden Opfern in Verbindung standen, aber mit frischem Blick und unserem Täterprofil im Kopf.«

»Wie ich bereits sagte«, fügte Gooch hinzu, »vielleicht haben Sie während Ihrer Ermittlungen sogar schon mit dem Täter gesprochen.«

Nachdem Riley Schmidt und Logan angewiesen hatte, die Fotos, Kontaktdaten und Hintergründe aller betreffenden Personen zu überprüfen, entschuldigte sie sich. Riley musste unbedingt einen Moment ungestört sein. Sie fühlte sich zerstreut und unkonzentriert.

Klein fing sie auf dem Weg nach draußen ab. »Ist alles in Ordnung?«

Riley warf einen Blick auf ihr emsig beschäftigtes Team. »Mir geht es gut.«

»Sie wirken abgelenkt.«

Vor ihrem inneren Auge sah sie, wie der goldene Stern aus dem Umschlag in ihre Handfläche fiel. »Nein.« Sie hielt seinem Blick stand. »Sie sind wohl kaum hier, um ein Profil von mir zu erstellen, Agent Klein.«

»Keineswegs, Sergeant. Aber ich bin hier, um Ihnen zu helfen.«

Einen Moment lang erfasste sie das Bedürfnis, Klein alles zu beichten – Hunter, ihre Vergangenheit und ihre Befürchtung, ihr eigenes Monster könnte zurückgekehrt sein. Doch sie verdrängte diesen Gedanken. »Ich brauche nur noch ein wenig Zeit für mich.«

Fünf Minuten später saß Riley in der Umkleidekabine. Es roch nach Männersocken und Deo, nach Schuhcreme und abgestandenem Essen. In einer der Duschen tropfte ein Wasserhahn. Das Geräusch wirkte hypnotisierend und beruhigte ihren aufgewühlten Geist.

Riley dachte über das Täterprofil nach. Ja, es passte zumindest teilweise auf Hunter. Aber wenn Klein und Gooch recht hatten und der Mörder irgendwie mit Gracie und Sarah Foster in Verbindung stand, musste Hunter höchstwahrscheinlich vor einiger Zeit nach Black Hawk zurückgekehrt sein.

Riley erinnerte sich an die letzte Nacht: wie sie den Schuppen offen vorgefunden hatte, die Kiste auf dem Boden, das flüsternde Geräusch in der Dunkelheit. Der Schock über die Halskette. Dann die Sache mit Cole.

Sie biss sich kräftig auf die Zähne.

Frag dich mal, wer hier der böse Cop ist.

Diese Worte hatten wehgetan. Vor allem, weil Cole recht hatte. Sie hatte Ethan all die Jahre beschützt, obwohl sie mit gutem Beispiel hätte vorangehen sollen. Das war das Problem der ganzen Fisher-Familie: nie den Mund aufzumachen. Sie verbargen die Wahrheit vor der Welt, vor den anderen, vor sich selbst. Ihr süchtiger Bruder, die Nichte mit ihren Schmerzen, das langsame Abgleiten ihrer Mutter in den Schmerzmitteldunst – ein Weg, auf dem Lori ihr inzwischen zu folgen schien – und ihr Großvater, der seine Demenz zu verbergen versuchte. Und schließlich Hunter – das große, beschämende Geheimnis, das sie alle auffraß.

Wenn die Möglichkeit bestand, dass Hunter zurück war und etwas mit diesen Angriffen zu tun hatte, dann musste Riley es jetzt zur Sprache bringen. Sie war es ihrem Team schuldig, und sie war es Chloe, Nicole und Gracie schuldig. Vielleicht konnte sie ihnen die gerechte Sühne verschaffen, die sie selbst nie bekommen hatte, auch wenn das bedeutete, dass sie sich Fragen und Gerüchten ausgesetzt sah. Selbst wenn sie dafür ihre Karriere riskieren musste.

Riley stand auf, öffnete ihren Spind und nahm den versiegelten Beutel mit dem Umschlag und der Halskette heraus. Bob Nolan könnte alles auf Fingerabdrücke absuchen. Riley nahm das aus Chloes Album entwendete Foto in die Hand, welches in jener Nacht auf der State Fair aufgenommen worden war. Sie hatte einen Namen und ein Gesicht. Es gab eine Spur, die Nolan verfolgen konnte.

40

Langsam drang Licht an den Rändern ihres Blickfelds durch. Es tat weh, und sie wandte das Gesicht ab. Irgendwo in der Nähe hörte sie ein Stöhnen. Sie zwang sich, die Augen einen Spaltbreit zu öffnen.

Sie konnte die Decke sehen, in die sie eingewickelt war, und die Metallstäbe des Bettes. Ein Schlauch baumelte über ihr. Ihr Blick folgte ihm bis zu einem Beutel mit Flüssigkeit, der wie eine schlaffe Lunge in der Luft hing. Im Raum befanden sich weitere Betten, einige waren leer, ohne Bettzeug, andere belegt, mit Körpern unter den gewölbten Decken. Der Raum wurde von Scheinwerfern auf Stativen beleuchtet, die von den blassweißen Wänden reflektiert wurden. Sie blinzelte, als sie den Blick schweifen ließ. Alles schien ihr seltsam vertraut, aber sie hatte keine Ahnung, wie lange sie schon hier war oder warum. Hatte sie einen Anfall gehabt?

Ein weiteres Stöhnen. Sie hob den Kopf und versuchte zu erkennen, woher es kam. Die Gestalt im Bett ihr gegenüber regte sich unter der Decke. Schwach sank sie zurück auf das Kissen. Sie öffnete den Mund, um zu sprechen, und war schockiert, als nur ein hauchdünnes Flüstern herauskam. Sie war völlig ausgedörrt. Ihre Zunge war geschwollen, wälzte sich wie eine trockene Schnecke in ihrem Mund.

Ihre Finger tasteten nach einem Alarmknopf. Als Teenager hatte sie nach einem ihrer schlimmsten Anfälle ein paar Tage im Krankenhaus verbracht, und sie erinnerte sich an den Knopf, den man drücken konnte, damit einem eine lächelnde Krankenschwester ein Glas Wasser oder Schmerzmittel brachte. Ihre Fingerspitzen glitten über die Metallstangen, aber sie konnte nichts finden, und ab einem bestimmten Punkt kam ihre Hand nicht mehr weiter. Sie spürte ein Zwicken in ihrem Arm, als sie sich bewegte, und der Schlauch, der sich zum Beutel hochschlängelte, bewegte sich mit. Man hatte ihr eine Infusion gelegt.

Mit einem Gefühl von Panik hob sie erneut den Kopf. Irgendetwas stimmte hier nicht. Alles wirkte auf bizarre Art unwirklich. Jetzt, da ihre Augen sich an die Scheinwerfer gewöhnt hatten, erkannte sie, dass das, was ihr Gehirn für blassweiße Wände gehalten hatte, in Wirklichkeit Plastikfolie war, von der die Bettenreihen in einen ätherischen Kokon gehüllt wurden. Mit den Augen verfolgte sie die Wölbung der Folie über ihrem Kopf. Es sah aus wie eine Art Gewächshaus aus Polyäthylen. Die Art, in der Farmer Gemüse anbauten. Oder ein medizinisches Rettungszelt. Hinter der Membran war ein schattenhafter Raum auszumachen. Noch merkwürdiger war der Boden – er sah aus wie rissiger Beton.

Die Person im Bett gegenüber stöhnte jetzt lauter. Die Decke war weggerutscht, und sie konnte nackte, schwielige Füße sehen. Eng um die Knöchel des Patienten waren dicke braune Manschetten geschnallt, deren Riemen an den Gitterstäben des Betts befestigt waren. Fesseln, erkannte sie mit wachsender Angst. Die Person litt eindeutig Schmerzen, und es war niemand da, der ihr helfen konnte. Ihr Herz pochte. Wo war ihre Familie? Ihre Kinder? Sie wollte jetzt rufen, aber ihre Stimme versagte wieder und verschwand im Nichts.

Panisch versuchte sie, sich aufzusetzen. Schmerzen durchzuckten ihren Kopf, und ein Katheter, der sich tief in ihrem Inneren drehte, verursachte ein quälendes Stechen. Die Decke verrutschte, und sie zerrte ihren Arm frei. Aber er kam nur ein Stück weit heraus. Ein Streifen verfärbtes Klebeband, das sich an den

Rändern kräuselte, verband ihren Unterarm mit dem Tropf, dessen Nadel in ihrer Vene steckte. Aber es war ihre nackte Haut, die ihren Blick auf sich zog: der ganze Arm war mit rotem Schorf gesprenkelt. Es sah aus, als wäre ihre Haut über Beton geschrappt. Hatte sie einen Unfall gehabt? Vielleicht auf der Farm? Der Gedanke klingelte in ihrem Kopf. Ja, sie *hatte* einen Unfall gehabt. Oder doch nicht?

Sie versuchte, ihren Arm näher heranzuziehen, um die seltsamen Wunden zu untersuchen, aber es gelang ihr nicht. Er war von einer braunen Ledermanschette umschlossen, die am Bett befestigt war. Sie stellte fest, dass sie denselben Druck auch an ihrem anderen Handgelenk und an beiden Knöcheln spürte. Sie war also ebenfalls fixiert. Was war das hier? Eine Anstalt? Hatte ein Anfall bei ihr einen Hirnschaden verursacht? Wellen der Übelkeit stiegen in ihr auf. Einen Moment lang dachte sie, sie müsse sich übergeben, aber ihr Magen fühlte sich leer an. Sie hatte keine Ahnung, wann sie das letzte Mal etwas gegessen hatte. Beim Gedanken an Essen krampfte sich ihr Inneres zusammen. Etwas nagte an ihrem Verstand. Sie schreckte davor zurück, wollte es nicht hereinlassen.

Die Plastikwände kräuselten sich, und ihr Blick huschte zum anderen Ende des weißen Tunnels. Da draußen war jemand – zwei dünne Gestalten, die sich näherten. Sie legte sich ganz still hin, ihr Herz klopfte. Das Surren eines Reißverschlusses ertönte, und die Plastikfolie wurde zur Seite gezogen. Zwei Gestalten duckten sich herein.

»Du musst mit ihm reden.« Das war eine Frau. Ihre Stimme klang müde, und ein Hauch von Hoffnungslosigkeit schwang darin mit. »Wie lange soll das noch weitergehen?«

Das Quietschen einer sich öffnenden Tür. Dann das Rascheln von Verpackungen.

Sie riskierte einen Blick. Die beiden Gestalten standen vor ein paar Kühlschränken, von denen sich Kabel über den Betonboden schlängelten, daneben ein Wagen, auf dem Metallinstrumente lagen. Die Gestalten trugen Kittel und Gesichtsmasken.

Die größere der beiden – ihrer Statur nach ein Mann – zog sich Latexhandschuhe über. »Ich habe es doch schon gesagt – es ist ihm egal.« Der Mann sah die Frau nicht an, als er sprach. »Er weiß das alles.«

»Das ist doch verrückt! Die Sache ist völlig außer Kontrolle geraten.«

Der Mann drehte sich zu der Frau um, seine Stimme wurde durch die Maske hindurch immer lauter. »Glaubst du, das weiß ich nicht?«

Ein lautes Stöhnen ließ beide Gestalten aufschrecken.

»Scheiße!« Der Mann starrte auf das Bett, in dem sich der Patient bewegte. Seine Augen verengten sich. »Kümmere dich um ihn, ja?«

Die Frau bückte sich und holte etwas aus einem der Kühlschränke. Eine kleine Ampulle. Ihre Hände zitterten, als sie eine Spritze aus einer Packung riss. Sie trat vorsichtig an das Bett heran und hielt die Spritze wie eine Waffe. »Er kommt schneller zu sich, als er sollte.«

»Erhöhe seine Dosis. Der Typ sollte überhaupt nicht wach sein. Ich habe genug anderes zu tun.«

Während die Frau sich um den Patienten kümmerte, blieb der Mann am Wagen stehen und packte irgendwelche Sachen aus.

Im Bett gefangen beobachtete sie ihn, bis ihr Blick auf die Stelle fiel, wo die beiden eingetreten waren. Der Reißverschluss war nicht ganz zugezogen, und ein Windhauch strich durch die Plastikfolie. Dahinter erhaschte sie einen Blick auf einen riesigen dunklen Raum. Das Zelt befand sich in einer Art Gebäude, dessen Wände und Dach aus verrostetem Wellblech bestanden. Kleine Lücken ließen hier und da ein wenig Tageslicht herein. Dort, wo das Licht einfiel, sah sie etwas, das wie ein Tierstall aussah, mit zerbrochenen und herabhängenden Gittern. Die letzte Hoffnung, dass dies eine Art Krankenhaus war, schwand. Ein unterdrückter Schrei entrang sich ihren Lippen. Dann bewegte sich etwas in der Nähe. Die Frau im Kittel starrte sie direkt an.

Die Frau trat näher, immer noch mit der Spritze in der Hand. Der Patient im Bett gegenüber hatte aufgehört zu stöhnen.

»Bitte!«

Die Frau beugte sich vor. »Alles gut.«

Als die Frau auf sie herabblickte, regte sich eine Erinnerung in den hintersten Winkeln ihres Gedächtnisses. Als diese immer deutlicher wurde, wimmerte sie vor Angst. Da war Sonnenlicht, dann Schreie. Und Blut. So viel Blut.

O Gott!

»Alles gut, Lizbeth«, murmelte die Frau und griff nach oben, um ein Ventil am Infusionsbeutel zu drehen. »Alles wird gut.«

41

Riley betrat das Zimmer ihres Großvaters ausnahmsweise mit einem Gefühl der Hoffnung. Ein Pfleger, dem sie auf dem Flur begegnet war, hatte erwähnt, dass Joe heute ungewöhnlich gesprächig war.

»Hi, Grandpa!« Sie gab ihm einen Kuss auf die Wange. »Wie geht es dir?«

Er tätschelte ihre bandagierte Hand. »Immerhin sehe ich das Gras noch nicht von unten wachsen, Ann.«

Rileys Hoffnung schwand. Sie war es gewohnt, dass ihr Großvater mit ihr sprach, als wäre sie seine tote Frau oder sonst jemand. Aber heute fühlte es sich noch schlimmer an.

Joe Fisher richtete seine Aufmerksamkeit wieder auf den Fernseher, der hoch oben an der Wand hing. Gerade lief die Wiederholung einer Nachrichtensendung – ein ehemaliger Mitarbeiter behauptete, Jess Cook habe Verbindungen zu der radikalen Ökoterroristengruppe Mission Erde. Eine Blitzumfrage ergab, dass Cook drei Punkte gegenüber Hamilton zurückgefallen war. Da stand sie, beugte sich in ihr Auto, ohne zu lächeln, während die Reporter sie mit ausgestreckten Mikrofonen bedrängten.

»Ich wünschte, du wärst hier, Grandpa.«

»Ich bin doch immer hier, Liebes.«

Tränen traten ihr in die Augen. »Weißt du noch, die Halskette, die du mir geschenkt hast? Die ich damals auf der State Fair verloren habe? Ich glaube, vielleicht hat Hunter, also der Mann, der ...«

Riley hielt inne, immer noch unfähig, diese Worte laut auszusprechen. »Er ist womöglich wieder da. Vielleicht hat er auch andere Frauen angegriffen.« Sie brach ab und schüttelte den Kopf.

Während ihr Team den ganzen Tag damit beschäftigt gewesen war, neue Listen mit Sarah Fosters Kontakten zu erstellen, die neben dem Profil der BAU miteinbezogen werden sollten – Freundinnen, Familie, Ex-Liebhaber –, hatte sie darüber nachgedacht.

Nach dem Übergriff hatte Hunter sie in Ruhe gelassen. Er war nicht mehr zu ihnen nach Hause gekommen. Sie erinnerte sich, dass ihre Mutter – bevor sie ihren Eltern erzählt hatte, was passiert war – Ethan gefragt hatte, wo sein charmanter Freund abgeblieben sei. Warum also sollte er nach all den Jahren zurückkehren, wenn er doch damals bekommen hatte, was er wollte? Warum sollte er sich ihr gegenüber offenbaren? Sich zu einer Zielscheibe machen? Ihr Verstand schwankte wild zwischen Angst und Zweifeln hin und her, und inzwischen war sie so verwirrt, dass sie nicht mehr wusste, wie sie wieder Ordnung in ihren Kopf bekommen könnte.

»Sheriff Reed hat das FBI eingeschaltet. Ich mache mir Sorgen, dass ich meiner Arbeit nicht gut nachkomme. Dass ich diesen Fall nicht mehr unter Kontrolle habe. Diese Frauen, Grandpa? Wie sie umgekommen sind?« Ihre Stimme wurde brüchig. »Du hast mir immer gesagt, ich soll die Fälle im Büro lassen. Aber das geht nicht. Sie verfolgen mich.«

Der Nachrichtensprecher ging gerade die letzte Umfrage durch. Ihr Großvater starrte auf den Fernseher.

»Vielleicht hatte Reed recht?«, murmelte sie. »Vielleicht bin ich zu nah an der Sache dran? Vielleicht ist das der Grund, warum ich es nicht sehe?« Sie seufzte und ließ seine Hand los. Was hatte das für einen Sinn? »Ich muss los, Grandpa. Ethan ist seit gestern nicht mehr nach Hause gekommen. Ich mache mir Sorgen um ihn. Wenn Hunter zurück ist ...«

»Wir hätten den Jungen finden sollen.« Joe Fishers Worte kamen mit einem leisen Knurren. Seine Augen hatten sich zu grimmigen Schlitzen verengt. Mit den Händen umklammerte er die abgenutzten Armlehnen seines Stuhls. »Wir hätten ihn finden müssen, Michael! Und den Dreckskerl erschießen!«

Michael. Ihr Vater? »Ihn erschießen?«, flüsterte sie.

»Ich habe ihn gesucht, aber du hast gesagt, ich soll es vergessen. Hast gesagt, ich soll es lassen, Riley zuliebe. Du hast gesagt, du willst nicht, dass sie einen Prozess durchmachen muss – du hättest zu viele Frauen gesehen, die daran zerbrochen seien.« Der alte Mann konnte kaum sprechen, so aufgewühlt war er. »Verdammt noch mal, Michael! Wir hätten irgendwas tun müssen!«

Rileys Augen brannten.

»Du hattest schon immer eine schlechte Menschenkenntnis, mein Sohn. Wärst besser Anwalt geworden als Polizist, schätze ich. Da ist es einfacher, bei Unrecht ein Auge zuzudrücken.« Joe Fisher zeigte mit einem knorrigen Finger auf den Fernseher. »Ich schätze, deshalb hast du so lange für ihn gearbeitet.«

Riley folgte dem Finger ihres Großvaters auf den Bildschirm. Vor einem neuen Hotel, das gerade in Des Moines gebaut wurde, winkte Bill Hamilton in die Kameras und lächelte breit. »Was meinst du?«, flüsterte sie und schaute zu Joe, dessen Stirn in Falten lag.

»Wie oft hast du für ihn ein Auge zugedrückt, mein Sohn?«

»Sprichst du von Hamilton, Grandpa?« Sie ging neben ihm in die Hocke und sah zu ihm auf, die Hände auf seinen Knien. »Wusste Pop etwas über ihn? Oder *du*?«

Sein Blick wanderte über ihre Schulter hinweg, und sein Gesicht veränderte sich – all die verzweifelte Wut wich aus ihm, die harten Furchen wurden zu Runzeln.

»Grandpa?«

Mit einem Blinzeln kehrte Joes Blick zu ihr zurück. Er tätschelte ihre Hand. »Du gehst jetzt besser zur Schule, meine Süße.«

Riley setzte sich auf die Fersen und starrte auf den Bildschirm.

Da stand Hamilton und schüttelte Unterstützern die Hand. Sie dachte an seinen Anruf, der aus heiterem Himmel gekommen war. Sein Interesse an dem Fall, vor allem aber an James Miller.

Ich halte ihn für einen sehr fähigen jungen Mann. Einen echten Champion für unseren Staat. Unsere Zukunft.

Die Schärfe in seiner Stimme. Die unterschwellige Drohung.

Sie dachte an Millers brodelnde Wut, seine Schuldgefühle und daran, dass er Chloe nicht als vermisst gemeldet hatte. Mit der Bürgermeisterin über den Fall zu sprechen war eine Sache, aber den Gouverneur dazu zu bringen, für ihn zu bürgen? Reed hatte sie davor gewarnt, trotz ihres Verdachts Druck auf Miller auszuüben.

Ein wohlhabender und angesehener Mann in unserer Gemeinde.

Was, wenn das Problem in diesem Fall nicht darin bestand, dass sie etwas nicht sah – sondern dass sie es die ganze Zeit gesehen hatte?

Monster können sich gut verstecken, wenn sie die richtigen Masken tragen. Ed Gein – der nette Mann von nebenan – mit einem Haus, das im Inneren einem Gruselkabinett glich.

So ein netter junger Mann.

Ja, James Miller besaß ein offenbar stichhaltiges Alibi für den Mord an Nicole King, und man hatte keine Beweise dafür gefunden, dass er für Chloes Tod verantwortlich war. Aber was, wenn er auf irgendeine andere Weise involviert war? Vielleicht lag darin der Schlüssel zum Mord an seiner Frau?

Riley erhob sich, den Blick auf Bill Hamiltons glattes, lächelndes Gesicht geheftet. Dann erschien wieder Jess Cook auf dem Bildschirm, die in die Kamera schaute, als sie ins Auto stieg, und Riley traf eine Entscheidung.

Draußen auf dem Flur brauchte sie nicht lange, um die Nummer auf der Wahlkampf-Website zu finden.

Eine Stimme antwortete nach zweimaligem Freizeichen. »Jess Cook für ein besseres Iowa. Was kann ich für Sie tun?«

42

»Logan, ich bin's.« Riley verlangsamte den Dodge, bis sie nur noch kroch. Es herrschte dichter Verkehr auf dem Highway. »Hör zu, ich muss nach Des Moines. Noch heute Abend.«

»Ist was passiert?« Er war sofort besorgt.

»Ich habe eine Spur, der ich nachgehen möchte.« Sie warf einen Blick auf einen Sattelschlepper, der sich im Rückspiegel näherte. »Es ist eine eher vage Theorie, aber ich muss es versuchen.«

»Ich sollte heute Abend auf die Kinder aufpassen, aber Carol hat bestimmt Verständnis, wenn du mich brauchst.«

»Danke, aber ich habe Klein gesagt, dass ich morgen von daheim aus arbeite und Sarah Fosters Kontakte durchforste, ob jemand ins Profil passt. Wenn irgendwer fragt, musst du das bestätigen. Und du müsstest für mich diese Kontakte durchgehen. Ich maile dir meine Dateien.«

»Darf ich fragen, was das für eine Spur ist, Sarge?«

Der Verkehr kam wieder in Gang, und der warme Wind, der durchs Fenster hereinwehte, zerzauste ihr Haar. Der Lastwagen hinter ihr erwachte ruckelnd zum Leben. »Erst wenn ich weiß, ob sie irgendwo hinführt.«

Es entstand eine Pause. »Ist wirklich alles okay?«

Sie seufzte. »Ich muss nur diesen Fall lösen.«

»Verstehe. Aber wenn du was brauchst ...«

Ihr Telefon piepte, ein weiterer Anruf kam rein. Sie kannte die Nummer nicht. »Ich muss auflegen.«

»Wann kommst du zurück?«

»Morgen Abend. Dann erzähle ich dir alles.«

»Gute Reise, Chef!«

»Danke, Logan!« Riley tippte auf den Bildschirm, um den eingehenden Anruf entgegenzunehmen. »Fisher am Apparat.«

»Riley? Ich bin's. Mia.«

Rileys Überraschung löste sich, als sie sich daran erinnerte, dass sie Mia während der Befragung ihre Karte gegeben hatte. »Hi!« Dann herrschte Stille. »Hallo?«

»Hey, also ... tut mir leid, dass ich dich verpasst habe.«

»Mich verpasst?«

»Gestern Abend. Ich bin vorbeigekommen.« Mias Tonfall wurde fragend. »Ich dachte, dein Bruder hätte es dir gesagt. Ich habe ihm einen Umschlag gegeben. Hast du ihn nicht bekommen?«

Riley spürte, wie ihre Hände am Lenkrad zu zittern begannen. Sie bremste scharf, woraufhin der schwere Brummer hinter ihr ein wenig ins Schlingern geriet, um ihr auszuweichen. Der Fahrer drückte auf die Hupe und zeigte ihr den Finger, als er vorbeidonnerte. Sie fuhr auf den Standstreifen, ihre Hände zitterten jetzt noch mehr.

»Riley?«

Der Verkehr rauschte vorbei. Die Luft roch nach Diesel und Staub. »Du warst das?« Sie hatte geglaubt, Hunter sei zurück, hatte eine Nacht und einen Tag lang mit dieser Horrorvorstellung gelebt. Sie hatte Nolan die Halskette und das Foto gegeben und ihn gebeten, Nachforschungen anzustellen.

»Es tut mir leid. Ich schätze, ich hätte warten sollen, bis du da bist. Ich habe nur ...« Mia hielt inne, als im Hintergrund das Weinen eines Babys ertönte. Eine Tür schlug zu, und das Weinen verstummte.

»Warum hattest du sie, Mia? Wie kam das?«

»Chloe. Sie ist am Morgen danach – du weißt schon. Sie ist dorthin gegangen, wo du gesagt hast, dass es passiert ist. Sie hat deine Halskette am Boden zwischen den Bäumen gefunden.« Mia seufzte schwer in der Leitung. »Sie hatte immer vor, sie dir zurückzugeben. Sie wusste, wie viel sie dir bedeutet hat. Aber ich glaube, sie hatte Angst, dass du dich aufregst.«

Chloes Zurückhaltung. Immer lag ihr irgendwas auf der Zunge.

»Irgendwann hat sie mich gefragt, ob ich sie dir geben würde. Aber du bist nach diesem Sommer nie wieder in der Schule aufgetaucht. Wir haben dich so lange nicht mehr gesehen, und dann habe ich mir gedacht, dass du sie vielleicht gar nicht haben willst. Aber nach ... Ich weiß nicht, es fühlte sich einfach richtig an. Chloe wollte immer, dass du die Kette bekommst.«

»Und du hast sie Ethan gegeben?«

»Ja, ich ...«

»Ich muss auflegen, Mia.«

Riley beendete den Anruf und gab Gas. Die Reifen quietschten auf dem Asphalt, als sie auf dem Highway in Richtung Cedar Falls raste.

In der Einfahrt, wo sie in einer Wolke aus Staub zum Stehen kam, sah sie den Pick-up ihres Großvaters. Ethan war also zurück, aber sie fühlte keinerlei Erleichterung. Nur Wut. Ein weiß loderndes Feuer in ihrem Kopf. Die Bäume am Bach brannten im Dämmerlicht.

Ethan stand in der Küche und stach mit einem Messer in die Zellophanfolie eines Mikrowellengerichts. Er blickte auf, und sein Gesichtsausdruck veränderte sich, als er sie ansah.

Riley ignorierte Scrounger, der ihr freudig entgegenhüpfte. »Warum hast du mir nicht gesagt, dass Mia hier war? Warum hast du mich nicht zurückgerufen? Ich habe dir tausendmal auf die Mailbox gesprochen!« Als der Hund wegen ihrer erhobenen Stimme bellte, packte sie ihn am Halsband, führte ihn in den Flur hinaus und schloss die Tür.

Ethan warf das Messer auf den Tresen. »Ich musste nachdenken, okay? Ich brauchte etwas Zeit für mich.«

»Zeit für dich? Klar, denn deine Zeit ist wichtiger als die von jedem anderen.«

»Ich hatte nicht mit ihr gerechnet. Mia. Das hat ... ein paar Erinnerungen aufgewühlt.«

In Rileys Kopf tauchte das Bild der Kiste mit ihren alten Sachen auf, die offen auf dem Boden im Schuppen gestanden hatte. Ein kaltes Lachen entrang sich ihrer Kehle. »Das hat ein paar Erinnerungen aufgewühlt? Was denkst du, was das mit mir gemacht hat?« Sie schlug sich auf die Brust. Der Schmerz fühlte sich gut und richtig an.

»Was meinst du?«

»Du hast nicht gefragt, was in dem Umschlag war? Hast dir nicht die Mühe gemacht nachzusehen?«

»Nein. Ich ... «

»Es war meine Halskette, Ethan! Die Halskette, die mir Grandpa geschenkt hat. Die Kette, die dein bester Freund mir vom Hals riss, als er mich vergewaltigte!« Jetzt war es raus.

Alle Farbe wich aus Ethans Gesicht. »Riley ...« Seine Stimme war kratzig. »Das wusste ich nicht.«

»Du weißt nie etwas! Denkst nie an etwas! An niemanden außer an dich selbst! An mich nicht. Nicht an Maddie. Wann hast du Grandpa das letzte Mal besucht?«

»Ich kann damit nicht umgehen.«

Als er an ihr vorbeigehen wollte, ergriff sie seinen Arm. Er roch nach Zigaretten und Bier. Sie hätte ihm am liebsten eine reingehauen, mit beiden Fäusten auf ihn eingeschlagen. »Du kannst damit nicht umgehen? Wann hast du dich *jemals* damit auseinandergesetzt?«

»Riley ...«

»Du wusstest, dass ich in dieser Nacht betrunken war! Du hast gesehen, wie Hunter mich weggeführt hat!« Ihre Stimme war schrill, kippte von einem Schreien in ein Kreischen. Ein Teil von ihr wollte aufhören – war entsetzt über diesen nackten Schmerz.

Aber sie konnte nicht. Die Worte sprudelten aus ihr heraus wie heiße Galle. »Warum hast du ihn nicht aufgehalten? Ich war *vierzehn!*«

Scrounger bellte vor der Küchentür.

»Aber du warst es, der zusammengebrochen ist.« Sie kochte vor Wut. »Wie immer! Selbst nach dem Tod unserer Eltern warst du nicht da. Hast uns nicht geholfen. Hast *mir* nicht geholfen. Alles bleibt immer an mir hängen. Die Rechnungen. Das Haus. Ein Job. Deine Tochter!«

»Was hätte ich denn tun sollen? Ich konnte dir nicht helfen! Ich konnte nicht ändern, was passiert war! Was hätte ich auch nur ansatzweise versuchen sollen?« Er riss sich aus ihrem Griff los und drängte zur Tür.

Riley folgte ihm. »Das kannst du nicht machen, Ethan! Nicht jetzt! Du kannst jetzt nicht weglaufen wie sonst immer!«

Er wirbelte zu ihr herum. »Du warst diejenige, die weggelaufen ist!« Er stach mit dem Finger in ihre Richtung. »Mom, Dad – wir alle dachten, du wärst tot! Herrgott, Riley, du hast ja keine Ahnung. Dad und Grandpa haben kaum geschlafen, weil sie versucht haben, dich zu finden. Monatelang! Aber Mom kam nicht einmal aus dem Bett raus. Sie haben kaum ein Wort mit mir gesprochen. Keiner von ihnen.« Seine Stimme brach. »Sie haben mir die Schuld gegeben, genauso wie ich mir selbst die Schuld gegeben habe. Sie haben mir die Schuld gegeben für das, was *er* dir angetan hat!« Ethans Knie knickten ein, und er sackte auf den Küchenboden, den Kopf in den Händen. Ein seltsames Geräusch drang zwischen seinen Fingern hervor.

Er weinte. Sie konnte sich nicht erinnern, wann sie ihn zuletzt hatte weinen sehen. Während Riley ihren vierzigjährigen Bruder anstarrte, der in seine Hände schluchzte, dachte sie an ihre Rückkehr aus Kalifornien.

Als sie nach Hause kam, hatte Ethan bereits sein Jurastudium abgebrochen und war damit in die Fußstapfen ihres Vaters getreten. Während sie sich mit der Hilfe ihres Großvaters ein neues Leben aufgebaut, die Highschool abgeschlossen und ein Studium begonnen hatte, war Ethan einfach in den Hintergrund getreten. Seine College-Freunde waren ohne ihn weitergezogen, um Karriere zu machen und ein eigenes Leben aufzubauen, während er zu Hause geblieben war und sich in Drogen und Alkohol, Jobs ohne jede Perspektive und eine toxische Ehe verstrickt hatte.

Sie hatte immer gewusst, dass sie nicht das einzige Opfer von Hunters Verbrechen war. Aber durch das Schweigen in der Familie war es leicht gewesen, Ethans Schmerz zu ignorieren. Vielleicht sollte sie sich mehr darüber freuen und *stolz* darauf sein, dass sie stark genug gewesen war, sich ein Leben aufzubauen, Karriere zu machen. Mehr Verständnis dafür haben, dass es ihm nicht gelungen war.

Sie ging auf ihn zu, streckte eine Hand unbeholfen nach seiner Schulter aus, ließ sie jedoch wieder sinken. Stattdessen setzte sie sich im Schneidersitz vor ihm auf das poröse Linoleum. Scrounger hatte aufgehört zu bellen, scharrte aber an der Tür.

Nach einer Weile hob Ethan den Kopf. Seine Augen waren rot. »Ich habe die alte Puppe gefunden, mit der du immer gespielt hast, draußen im Schuppen. Die, die Grandma dir geschenkt hat. Dieses Raggedy-Ann-Ding?« Er schniefte und lächelte traurig. »Du hast so lange mit ihr gespielt, bis sie völlig hinüber war, hat Mom gesagt. Irgendwann hat sie sie weggeräumt. Hat dir gesagt, sie hätte eine Krankheit oder so.«

»Ich erinnere mich«, murmelte Riley.

»Und du bist sofort los und hast das dreckige alte Ding zurück in dein Zimmer geschleppt.« Sein Lächeln verblasste. »Ich wusste, dass auf dem Jahrmarkt etwas passiert war. Noch bevor du es Mom und Dad erzählt hast. Irgendwas Schlimmes. Als wir zurückkamen, hast du alle deine Spielsachen eingepackt – deine Barbies und deine Teddys und Raggedy Ann. Du hast sie in eine Kiste gepackt und in den Schuppen geräumt. Ich habe dich von meinem

Zimmer aus beobachtet. Es hat mir verdammt noch mal das Herz gebrochen, Riley.« Ethan begegnete ihrem Blick. »Ich kann dir gar nicht sagen, wie leid es mir tut.«

Sie schüttelte den Kopf. Sie hatte das Gefühl, dass sich in ihrem Inneren alles löste und zerbrach. Tränen liefen ihr über die Wangen und tropften auf ihre Jeans. Ihr verkrampft zurückgehaltener Atem brach sich in einem Wimmern Bahn.

Ethan kroch über den Küchenboden und zog sie zu sich heran. »Wenn ich wüsste, wo Hunter ist, würde ich ihn umbringen für das, was er dir angetan hat«, hauchte er. »Ich würde diesen Drecksvergewaltiger mit bloßen Händen umbringen.«

Ein Geräusch an der Fliegengittertür ließ sie aufschrecken.

Riley drehte ihren Kopf aus der Umarmung ihres Bruders und sah ihre Nichte dastehen, das Gesicht käseweiß und mit vor Schreck offenem Mund. »Maddie?«

Das Mädchen rannte die Verandastufen hinunter. Ethan und Riley folgten ihr nach draußen.

»Maddie, warte!«

Das Mädchen ignorierte sie, schnappte sich sein Fahrrad und sprang auf.

»Madison!«

Sie liefen ihm nach, aber das Mädchen war weg, strampelte wie wild über das Gras und die Einfahrt.

Ethan wandte sich zu Riley um und zog die Schlüssel des Pickups aus der Tasche. »Wir holen sie ein.«

Sie zögerte. »Ich muss heute Abend nach Des Moines. Wegen dieses Falls. *Scheiße!*«

»Ist schon okay. Ich kriege das hin. Riley, ich kriege das hin«, wiederholte er, als sie zögerte.

»Ich bin morgen Abend wieder da.« Sie schaute die Einfahrt hinab, wo Maddie verschwunden war, und stellte sich vor, was ihre Nichte gedacht haben musste, als sie sie beide auf dem Küchenboden gesehen und Ethan davon geredet hatte, dass er jemanden umbringen würde. »Lass mich es ihr erklären, okay? Wenn ich wieder daheim bin.«

Er nickte, riss die Tür des Pick-ups auf und stieg ein.

Sie rief ihm nach: »Ich bin auf meinem Handy erreichbar, wenn du mich brauchst!«

Der Motor des Pick-ups startete mit einem Dröhnen. Riley trat vom Wagen weg, als Ethan zurücksetzte, und sah ihm hinterher. Das letzte Tageslicht schimmerte über dem Bach. Sie schloss die Augen und spürte, wie die Emotionen aus ihr herausflossen und sie nackt zurückließen.

Sie war auf dem Weg zum Haus, als sie wieder dieses leise Flüstern hörte. Diesmal sah sie es – unten in der Nähe des Baches: einen goldenen Schimmer, der sich durch das lange Gras bewegte. Ihre Augen erkannten die schwarzen Streifen entlang der Schuppen, den gestreiften Schwanz und den sehnigen Körper, kräftig und muskulös, der sich durchs Gras schlängelte. Es war eine Waldklapperschlange – eine der giftigsten Schlangen des Landes – und eine der größten, die sie je gesehen hatte. Sie bewegte sich vom Bach auf den Schuppen zu. Während Riley wie gebannt zusah, tauchte sie ihren breiten Kopf in den Staub und zwängte ihren massigen Körper langsam unter den alten, verzogenen Türen hindurch.

43

Lizbeth Garret träumte, sie wäre auf der Farm, umgeben von den Gerüchen und Geräuschen ihres Zuhauses: Da waren das dampfende Heu in der Scheune, das süße Gras auf der Weide, die strenge Stimme ihres Vaters, der die Kinder rief, das Klappern der Teller, als die Brüder unbeholfen den Tisch deckten. Ihre Mutter hatte Lizbeths Lieblingsessen zubereitet. Brathähnchen, ganz knusprig.

Ihr Vater zerteilte das Hähnchen, wie immer. Er verbrachte einige Minuten damit, das Messer vorzubereiten, indem er es mit fließenden Bewegungen über die Schleifmaschine gleiten ließ. Das Sirren der Klinge ließ ihren Magen jedes Mal knurren. Als Mädchen wurde von ihr erwartet, dass sie ihrer Mutter beim Servieren half. Die Brüder durften sich immer die Flügel und Beine aussuchen, aber das machte ihr nichts aus. Sollten sie ruhig das bräunliche Fleisch haben, das von kleinen Adern durchzogen war. Sie mochte nur das weiße, makellose Brustfleisch.

Ihr Vater war gerade dabei, das Hähnchen zu tranchieren, und das Fleisch glitt in blassen Stücken von der Klinge. Aber irgendetwas stimmte nicht. Lizbeth konnte sehen, wie plötzlich Blut aus dem Fleisch sickerte, kleine Bläschen, die nach jedem Messerstich abperlten und schließlich zerplatzten. Sie versuchte, es ihrem Vater zu sagen, aber er hörte sie nicht. Sie wandte sich ihrer Mutter zu und wollte sie warnen, aber das Stimmengewirr und das Klirren des Bestecks übertönten sie. Lizbeth geriet in Panik, als sie sah, wie das Blut an der Klinge entlanglief und weiter aus dem toten Tier quoll. Sie würden alle krank werden! Aber keiner hörte sie. Lizbeth blickte auf den Teller, der ihr hingestellt wurde. Auf dem Teller lag eine blutige Masse, klebrig wie Gelee, dunkel wie Wein. Ihr Magen krampfte sich bei diesem Anblick zusammen.

Plötzlich hörte sie von draußen Schreie. Sie verließ den Tisch und trat auf die Veranda hinaus. Es war später Nachmittag, das Sonnenlicht schien durch die Bäume. Es schmerzte ihr in den Augen. Lizbeth bemerkte, dass ihre Haut auf einmal seltsam aussah – rot gesprenkelt. Ein weiterer Schrei ertönte. In der Nähe der Scheune sah sie ihren Bruder, der bei einem Holzstapel zusammengesunken war. Neben ihm im Gras lag eine Säge. Er schrie wie ein Tier und umklammerte sein Handgelenk. Blut spritzte zwischen seinen Fingern hervor. Ihre Mutter rannte auf ihn zu, ihre Schreie vermischten sich mit den seinen. Lizbeths Vater war im Haus und brüllte ins Telefon. Die anderen Brüder pressten ihre Gesichter schockiert gegen die Fensterscheibe. Keiner schien sie zu bemerken, während sie langsam auf ihren Bruder zuging. Ihr Herz hämmerte wild. Sie wollte umkehren, aber ihre Füße trieben sie immer weiter voran. Das Blut war fast schwarz und lief Hoyts Arm hinab, sein Gesicht war vor Schmerz verzerrt. Sie wollte wegschauen, konnte es aber nicht. Ihre Augen waren wie gebannt von der pulsierenden Wunde.

Nein.

Lizbeth drehte sich um. Sie wollte nicht weitergehen.

Ihr Bruder schrie immer noch, ihre Mutter hielt seinen Arm, die Finger rot von Blut. Lizbeth hatte die beiden jetzt beinahe erreicht. Sie nahm einen metallischen Geruch wahr, wie bei Münzen, die warm in der Hand lagen. Es würde alles noch einmal passieren.

»Mein Gott! Wacht sie auf?«

Die Stimme eines Mannes drang durch das Geschrei. Die Welt um sie herum zerbrach mit einem Schlag.

»Wahrscheinlich träumt sie nur. Ich werde die Dosis erhöhen.«

»Sie haben mir versichert, dass sie unter Kontrolle ist! Dass sie von alldem nichts mitbekommt.«

Wieder die erste Stimme. Sie kam Lizbeth bekannt vor, aber sie konnte sie nicht richtig zuordnen. Sie konnte ihre Gedanken nicht sortieren.

»Ich tue mein Bestes.«

»Ihr Bestes?« Ein Aufprall und ein Poltern waren zu hören. »Das ist nicht gut genug, verdammt noch mal!«

Lizbeth öffnete die Augen. Ihre Erleichterung darüber, aus dem Albtraum erwacht zu sein, verblasste, als sie die Bettenreihen und die weißen Wände des Plastikkokons sah. Sie war noch immer an diesem Ort gefangen. Wo auch immer – *was auch immer* – es war.

Am anderen Ende des Raums sah sie zwei Gestalten. Der eine Mann stand mit dem Rücken zu ihr. Er trug ein verblichenes T-Shirt und hatte lockiges graublondes Haar. Er hielt den anderen Mann gegen einen Rollwagen gedrückt und stand drohend über ihm. Der offenbar Unterlegene trug einen grünen Kittel. Sie erinnerte sich flüchtig an einen Mann und eine Frau, die so gekleidet waren. Angespannte Stimmen und müde Augen.

»Sie haben geschworen, dass Sie es in Ordnung bringen! Ich habe alles getan, was Sie von mir wollten. Ich habe meine Familie – mein Leben – für Sie aufs Spiel gesetzt!«

»Ich brauche mehr Zeit!«

Der Lockenkopf schüttelte den Kopf. »Und jetzt schnüffeln die Bullen bei mir herum! Verdammt!«

»Dafür können Sie sich bei Ihrem Sohn bedanken. Aber mir sollten Sie für den verdammten Anwalt danken, für den ich gerade mein Konto gesprengt habe!« Der Mann im Kittel bückte sich, um etwas vom Boden aufzuheben. Es war eine Schere. Er richtete sich auf und schwang sie wie eine Waffe. »Und Sie sind nicht der Einzige, der hier gelitten hat!« Seine Stimme zitterte.

Der andere Mann trat einen Schritt zurück. Nach einer Weile fuhr er sich mit einer Hand durch die Haare. »Und wenn ich sie ins Krankenhaus bringe?«

»Wollen Sie dieses Risiko wirklich eingehen? Ich habe Ihnen gesagt, was er tun würde, wenn das hier rauskäme. Er steckt jetzt zu tief drin.« Ein scharfes Ausatmen. »So wie wir alle.«

»So können wir nicht weitermachen.« Die Stimme des Lockenkopfes wurde leise. »John hat Fragen gestellt. Er weiß, dass etwas nicht stimmt.«

»Haben Sie ihm etwas gesagt?«

»Nein. Aber ich weiß nicht, wie lange Sie das noch vor den anderen geheim halten wollen.« Der Lockenkopf deutete verzweifelt in Richtung der Betten. »Oder vor der ganzen gottverdammten Welt!«

»Was ist mit den Pillen?« Der Mann im Kittel legte die Schere zurück auf den Wagen. »Sie sagten, Sie hätten eine Spur.«

Eine kurze Pause. »Einer meiner Söhne hat den Namen von jemandem, der Fenozen verkauft hat. Charles Moore, ein Obdachloser.«

Diese Stimme. *So vertraut.* Lizbeth versuchte, den Kopf zu heben, aber sie war zu schwach. Die Welt um sie herum verdunkelte sich. Sie versank wieder in der Dunkelheit. Wellen von Müdigkeit überspülten sie.

»Wenn wir das Zeug von der Straße bekommen, können wir die Sache vielleicht aufhalten. Etwas Zeit gewinnen.«

Lizbeth spürte erneut das Sonnenlicht auf ihrem Gesicht, hörte das Schreien in ihrem Kopf. Die Müdigkeit spülte sie zurück in ihren Traum.

Kein Traum. Eine Erinnerung.

»Schwören Sie, dass Sie ihr helfen werden.«

»Wenn der Deal abgeschlossen ist, wird sie die bestmögliche Behandlung erhalten. Sie haben mein Wort.«

Sonnenlicht und Schreie. Sie ging wieder auf Hoyt zu. Das Blut strömte aus der Wunde. Sie hatte ihn fast erreicht. Plötzlich veränderte sich die Miene ihrer Mutter. Angst verwandelte sich in Verwirrung. Ihr Vater schrie auf.

Diese Stimme.

44

Die zweistündige Fahrt von Black Hawk County nach Des Moines führte über endlose Straßen, die sich durch kilometerlange Maisfelder schlängelten, dazwischen Farmen, Silos und Käffer. Nichts änderte sich, abgesehen vom Licht: Aus einem tiefen Rot wurde allmählich Lila, dann leuchtendes Blau. Riley wusste, dass sich in den Weiten des Maisgürtels – der Getreidekammer Amerikas – tagelang nichts änderte. Die Monotonie hatte etwas Beklemmendes.

Sie hatte sich noch nie so frei gefühlt wie damals, als sie von Okoboji aus nach Westen getrampt war, die Prärien von Nebraska hinter sich im Dunst verschwinden sah und die Rockies vor ihr aufragten; durch Colorado und Utah bis zum Pazifik, blutrote Gipfel und Wüsten, die grünen Bergen und hoch aufragenden Mammutbäumen wichen, salz- und kieferngeschwängerte Luft, Straßen, die sich durch goldenen Nebel über Täler schlängelten, die zum Ozean hinabführten.

Gott, es fühlte sich gut an, mit dem Auto zu fahren. Nicht mehr länger in jenem Kreis zu laufen, in den sie dieser Fall eingeschlossen hatte, und eine neue Richtung einzuschlagen. Sie ging ein Risiko ein, aber wenn Logan sie deckte, würde Reed es nicht herausfinden. Wenn sie am Ende etwas Handfestes aus ihrem Treffen mit der Senatorin mitbrächte, etwas, das ihr bei der Lösung des Falles helfen würde – dann wäre es die Konsequenzen der nicht genehmigten Reise allemal wert.

Mit jeder Meile klärte sich ihr Kopf. Sie fühlte tiefe Erleichterung, weil sie wusste, dass Hunter nicht zurückgekehrt war. Sie hatte Bob Nolan bereits eine Nachricht hinterlassen, er solle die Spur vergessen. Auch die Auseinandersetzung mit Ethan erleichterte sie. Die Bombe war geplatzt, der Schock der Explosion überwunden, und jetzt konnten sie vielleicht mit dem Aufräumen beginnen. Ihre einzige Sorge galt Maddie, aber dann rief Ethan an und teilte ihr mit, das Mädchen sei wohlbehalten zu Hause bei seiner Mutter angekommen. Maddie weigerte sich zwar, ihn zu sehen, aber er plante, gleich morgen früh vorbeizufahren. Nachdem Riley ihn vor der Klapperschlange im Schuppen gewarnt hatte, blieb ihr Bruder noch einen Moment länger in der Leitung, als ob er noch etwas sagen wollte, verabschiedete sich dann aber schnell.

Des Moines leuchtete am Horizont, lange bevor sie es erreichte. Zu den Straßenlaternen gesellte sich das grelle Licht von Reklametafeln – *Wendy's* und *Walgreens*, Motels und Fast-Food-Läden. Eine schäbig aussehende Bar warb auf ihrer Leuchttafel für eine Fahrradrallye.

ERKUNDUNGSTOUR IN DIE BADLANDS

Hier hatte es kürzlich geregnet, die Straßen waren glitschig. Überall wiesen Schilder auf die State Fair hin.

SCHAU VORBEI! EIN UNVERGESSLICHER TAG
ERWARTET DICH!

In dieser Stadt hatte sie viele Jahre verbracht, aber sie war schon lange nicht mehr dort gewesen – nicht mehr, seit sie die Polizeiakademie in Camp Dodge besucht hatte. Für sie fühlte sich die ganze Stadt wie der Tatort von Hunters Verbrechen an. Ground Zero.

Seither hatte sich Des Moines allerdings verändert. Teile der Stadt erkannte sie kaum wieder. Im Finanzdistrikt türmten sich neue Wolkenkratzer, während die Backsteingebäude und Lagerhallen, die sich über die rissigen Straßen der Innenstadt erstreckten – Fassaden, die noch immer für Unternehmen warben, die schon vor Jahrzehnten geschlossen worden waren –, nun hippe Bars und betriebsame Restaurants beherbergten. Vor einem Schwulenclub hing eine Regenbogenflagge.

Riley checkte in ein modernes Businesshotel in der Innenstadt mit Tiefgarage ein, am Fuße des Hügels in der Nähe des Kapitols gelegen. Sie bestellte den Zimmerservice – einen labberigen Caesar-Salat und zwei Gläser lauwarmen Weißwein, die sie trank, während sie durch ihr Handy scrollte. Von dem Schädlingsbekämpfungsdienst, dem sie eine Nachricht hinterlassen hatte, war eine Antwort gekommen. Ein Mann namens Bub versprach, sie morgen früh wegen der Klapperschlange anzurufen. Logan hatte gemailt, dass er mit Sarah Fosters Kontakten begonnen hatte. Bisher passte noch niemand ins Profil, aber er hatte vor, morgen zeitig ins Büro zu gehen und weiter nachzuforschen. Danach legte sie sich zwischen die gestärkten Laken und schlief erstaunlich gut.

Am nächsten Morgen wachte sie früh auf. Sie ignorierte die Flasche Mineralwasser für vier Dollar auf dem Nachttisch und trank das nach Metall schmeckende Wasser aus dem Hahn im Bad. Der Himmel über der Stadt war schiefergrau, und der Meteorologe in den Nachrichten meldete, dass sich im Südosten des Bundesstaates eine Sturmfront aufbaute und bis zum Abend eine Superzelle bilden könnte – die Art von Sturm, die Tornados ausspuckt. Der Sturm hatte im Süden bereits Stromleitungen zum Einsturz gebracht, und es wurde davor gewarnt, dass der Mobilfunkempfang im Laufe des Tages lückenhaft sein könnte. Riley hoffte, vor dem Schlimmsten wieder auf dem Heimweg zu sein.

Das Diner, in dem sie verabredet war, lag nur zehn Minuten

Fußweg vom Hotel entfernt, auf dem Hügel, der zum Kapitol hinaufführte. Allerdings hatte sie bis dahin noch zwei Stunden totzuschlagen. Diese verbrachte sie an ihrem Laptop in einem der neuen Cafés in der Innenstadt. Umgeben von quirligen Studenten der Iowa State University, ging sie den Stand ihrer Ermittlungen noch einmal durch. Kurz vor zehn machte sie sich auf den Weg den Hügel hinauf. Die Straße war mit Schildern der State Fair zugepflastert, mit Bildern von wilden Fahrgeschäften und Countrysängern auf der Haupttribüne, der Großen Rutsche und den zahllosen Dingen, die man am Stiel essen konnte. Corn Dogs und gebackene Oreos, frittierter Kirschkuchen und Funnel Cake. Auf mehreren Tafeln wurde auf den Iowa Food Prize hingewiesen, und sie fragte sich, ob John Brown und Zephyr Farms nach all dem Ärger, der auf ihren Feldern ausgebrochen war, noch eine Chance hatten, mit ihrem neuen Mais die prestigeträchtige Auszeichnung zu gewinnen.

Die goldene Kuppel des Kapitols schimmerte unter einem düsteren Himmel. Riley dachte an ihren Vater, der seine letzten Jahre in diesem Gebäude mit Bill Hamilton verbracht und ihn auf seinem Weg zum Gouverneursamt unterstützt hatte.

Wie oft hast du für ihn ein Auge zugedrückt?

Das Diner stammte direkt aus den Fünfzigerjahren, mit rissigen roten Lederhockern um den Tresen, abgewetzten Sitznischen und fleckigen Speisekarten. Das war das Des Moines, das sie kannte. Es gab eine Glasvitrine mit Kuchenplatten, und ein Mann wendete Hamburger-Patties und Spiegeleier über einem brutzelnden Grill, während eine kreidebleiche Kellnerin eine Gruppe von Männern in Denim-Overalls bediente.

Riley wählte eine der Sitzecken, so weit von den anderen Gästen weg wie möglich. Die Kellnerin brachte Kaffee. Es war guter Kaffee. *Stark genug, um einen Motor zu starten,* hätte ihr Großvater gesagt. In dem Moment klingelte ihr Handy und vibrierte auf dem Resopaltisch. Es war Logan. Sie wollte den Anruf annehmen, aber die Tür öffnete sich mit dem Klingeln der Türglocke, und zwei Frauen kamen herein. Die eine war in den Zwanzigern, trug einen Businessanzug und hatte eine Aktentasche in der Hand. Die andere – älter, mit kurz geschnittenem blondem Haar und einer großen dunklen Brille – war Senatorin Jess Cook.

Riley schaltete ihr Handy auf lautlos und stand auf, um sie zu begrüßen. »Sergeant Riley Fisher, Black Hawk County.« Sie hielt ihr ihren Ausweis hin. »Danke, dass Sie sich mit mir treffen, Ma'am.«

»Nennen Sie mich bitte Jess«, antwortete Cook. »Noch sitze ich nicht im Sessel des Gouverneurs.« Sie rutschte auf die Bank, die Augen noch immer hinter der dunklen Brille verborgen. »Das ist meine Assistentin.«

Die junge Frau setzte sich neben ihre Chefin, Riley gegenüber.

Cook kam sofort zur Sache. »Sie sagten in Ihrer Nachricht, dass es mit diesem Fall in Black Hawk zu tun hat. Mit den Morden?«

»In gewisser Weise.« Riley fixierte die Polizeimarke an ihrem Gürtel, während sie wieder Platz nahm. Dann hielt sie inne, als die Kellnerin zu ihnen herüberkam.

»Möchten Sie etwas bestellen?«

»Nur Kaffee«, sagte Cook. Sie wirkte angespannt – ganz anders als die freundliche, lockere Art, die sie im Wahlkampf an den Tag gelegt hatte. Sie wirkte nervös, aufgewühlt.

Riley vermutete, dass die Anschuldigungen über eine Verbindung zu Mission Erde so kurz vor der Wahl schwer auf ihr lasten mussten.

»Ich checke einen unserer Verdächtigen.« Riley sprach leise. »Ich glaube, es könnte eine Verbindung zwischen ihm und Gouverneur Hamilton geben.«

Cook starrte sie an. »Warum sprechen Sie dann nicht mit dem Gouverneur?«, fragte sie nach einer Pause.

Riley blickte zu den männlichen Gästen in Overalls, die sich über ihre Teller hermachten. Die Kellnerin unterhielt sich mit dem Mann am Grill. »Ich bin mir nicht sicher, ob ich dort eine Antwort bekommen würde.«

Cook neigte den Kopf. »Sie wollen doch nicht andeuten, dass der Gouverneur ... dass er in irgendeiner Weise involviert sein könnte?« Cook klang besorgt.

»Ich weiß nichts Genaues«, sagte Riley schnell. »Aber ich möchte den Gouverneur ein wenig besser verstehen. Seine Verbindungen ...«

»Und wen könnte man besser fragen als seine Rivalin?« Cook klang jetzt reserviert. »Sie sind also hinter meinem Wissen über die Regierung her?«

»Ich weiß, dass Sie beschäftigt sind, Ma'am. Aber ich wäre Ihnen sehr dankbar, wenn Sie mir in dieser Sache weiterhelfen könnten.« Riley warf einen Blick aus dem Fenster. Ein Auto fuhr langsam vorbei. Es war ein schwarzer Geländewagen mit getönten Scheiben. »Es stehen Menschenleben auf dem Spiel.«

Cook nahm ihre Kaffeetasse in die Hand, trank aber nicht. Sie schwieg eine Weile. Riley war sich nicht sicher, ob sie antworten würde, doch dann wandte Cook sich an ihre Assistentin. »Gib mir eine Minute, Rebecca.«

Die junge Frau zögerte, schaute zwischen ihr und Riley hin und her, dann erhob sie sich und ging.

»Nicht hier«, sagte Cook und richtete ihre Aufmerksamkeit wieder auf Riley. »Wo sind Sie abgestiegen?« Sie nickte, als Riley ihr den Namen des Hotels nannte. »Meine Assistentin wird Ihnen eine Nachricht an der Rezeption hinterlassen.«

Riley und die Senatorin erhoben sich. Riley winkte der Bedienung, während Cook ihre Brieftasche aus der Tasche zog und Geld auf den Tisch legte. »Sie glauben also, Sie können helfen?«

»Ich glaube, wir können uns gegenseitig helfen, Sergeant Fisher.«

Riley setzte sich wieder hin. Durch das Fenster beobachtete sie, wie die Senatorin mit ihrer Assistentin in einen roten Toyota Hybrid stieg, der Richtung Kapitol davonfuhr.

»Wollen Sie die Rechnung?«, fragte die Kellnerin mit Blick auf die noch immer dampfenden Kaffeebecher auf dem Tisch.

»Ja bitte.«

Rileys Handy vibrierte erneut und erinnerte sie daran, dass sie eine Voicemail abzuhören hatte. Sie war von Logan.

»Hey, Sarge!« Logan klang aufgeregt. »Wir glauben, wir haben einen Treffer für die ...« Die Leitung knisterte, seine Stimme wurde leiser. »... namens Charles Moore. Er ist ein Ex-Freund von Sarah Foster. Die Streife hat vor Wochen mit ihm gesprochen, als Gracie das erste Mal verschwand. Aber er behauptete, sie seit Monaten nicht mehr gesehen zu haben. Schmidt hinterließ letzte Woche zwei Nachrichten für Moore, aber er hat sich nie zurückgemeldet. Laut ihrer Schwester war Sarah Foster ungefähr sechs Monate lang mit ihm zusammen. Sie machte Schluss, kurz nachdem sie von der Apotheke gefeuert wurde. Er ist weiß, dreiundvierzig Jahre alt und fährt einen Pick-up. Er wohnt draußen auf ...« Das Brummen eines Motors übertönte seine Worte. »... sehr abgelegen. Und weißt du was, Boss? Moore ist schon seit einer ganzen Weile arbeitslos, aber er hat viele Jahre lang als – Metzger gearbeitet.« Im Hintergrund war eine gedämpfte Stimme zu hören. Sie klang wie die von Schmidt. »Sarge, wir sind gleich da. Ich rufe zurück.«

Riley bemerkte kaum, dass die Kellnerin an ihren Tisch kam, um zu kassieren. Die Worte von Jim Meyer, dem Gerichtsmediziner in Mercer County, klangen in ihrem Kopf nach. Was er gesagt hatte, während er auf die Schnitte an Gracie Fosters Körper zeigte.

Ich würde sagen, dass die Person, die diese Schnitte vornahm, schon einmal mit Fleisch gearbeitet hat.

45

Der alte Dodge Charger bretterte über die zerfurchte Straße.

Logan fluchte, als ihm das Handy fast aus der Hand geschleudert wurde. »Verdammt, Schmidt, zielst du etwa auf jedes Schlagloch?«

»Tut mir leid.« Schmidt beugte sich weiter nach vorne, umklammerte das Lenkrad und blinzelte durch die Staubwolken.

Die Felder waren ausgedörrt, das Gras mit Unkraut durchsetzt. Es sah aus, als hätte sie seit Jahren niemand mehr bestellt. Ein uralter Traktor stand in einem der Felder, völlig verrottet. In der Ferne, am Ende des Weges, tauchten Farmgebäude auf.

Logan schaffte es, die Ruftaste zu treffen. Er drückte das Handy an sein Ohr und fasste nach dem Türgriff. »Agent Klein? Ja. Wir sind fast da. Nein, Sie müssen *rechts* von der Hawkeye Road abbiegen. Etwa eine Meile hinter der Brewer Stud Ranch. Wie bitte? Agent Klein?« Logan blickte aufs Display. »Verdammt! Ich habe keinen Empfang mehr.«

Schmidt schüttelte den Kopf. »Wir müssen endlich zum Zugriff kommen.«

»Sollen wir weiterfahren?« Logan starrte auf die Gebäude in der Ferne: ein Bauernhaus in Kastenbauweise, eine Scheune und ein bröckelndes Silo, das in den dunklen Himmel ragte. »Oder warten?«

»Wenn Moore zu Hause ist, hat er unsere Staubwolke schon gesehen.« Schmidt nahm den Fuß nicht vom Gas. »Wir sollten nicht riskieren, dass er abhaut.«

Logan schaute wieder auf sein Handy. Immer noch nichts von Riley. Er wünschte, er hätte sie bezüglich der Spur in Des Moines hartnäckiger ausgefragt. Er dachte an den Verband an ihrer Hand. Während der Profilbesprechung hatte er sich etwas aufgerollt, gerade so weit, dass Logan die gespaltene Haut ihrer Fingerknöchel hatte sehen können. Kein Küchenunfall.

Aus der Nähe betrachtet waren die Farmgebäude noch baufälliger. Das Holz des Haupthauses war vielleicht einmal blau gewesen, aber die abblätternden Bretter waren von Sonne, Wind und Regen ausgebleicht worden. Die Fensterläden waren geschlossen. Es sah aus, als hätte hier seit Jahren niemand mehr gewohnt. Die Scheunentore gähnten in der Finsternis, rostige Maschinenkolosse waren zu erahnen. Hinter dem Haus, in der Nähe des Silos, ragten die verfallenen Nebengebäude empor. Auf dem Hof stand ein Pick-up, ramponiert und verdreckt, aber besser in Schuss als seine verfallene Umgebung.

Logan nickte Schmidt zu, als er in den Hof fuhr. »Goodyear-Reifen«, murmelte er.

Sie stiegen aus dem Auto und gingen vorsichtig zum Haus hinüber. Müllreste lagen verstreut herum, Lebensmittelkartons und Plastik waren im Unkraut verknotet.

»Was ist das?« Logan deutete auf etwas, das wie ein Kleidungsstück aussah. Als er den Fund erreichte, blieb er wie angewurzelt stehen. »Mein Gott!« Es war ein toter Hund – ein Schäferhund. Was von seinem Fell übrig war, überzog den von Maden wimmelnden Körper. Etwas Dunkles war im Staub neben dem Kopf des Hundes eingetrocknet.

»Wer zum Teufel würde einen Hund erschießen?«, murmelte Schmidt, und sein Gesicht verzog sich vor Abscheu. »Und ihn einfach so liegen lassen?«

Die Luft war schwer. Aus dem Haus wehte ihnen ein Gestank entgegen, der immer schlimmer wurde, je näher sie kamen.

»Scheiße«, flüsterte Logan. »Was ist hier passiert?«

Die Tür stand einen Spalt offen und führte in die unheilvolle Dunkelheit.

Logan zückte seine Marke, behielt aber die freie Hand in der Nähe seiner Waffe. Er klopfte mit den Fingerknöcheln an die Tür. »Mr Moore?«, rief er in die Schatten. »Mr Charles Moore? Black Hawk County Sheriff's Office. Wir müssen mit Ihnen reden.«

Von irgendwo aus dem Haus war ein Geräusch zu hören. Es klang wie das Zuschlagen einer Tür. Logan steckte seine Dienstmarke weg, zog die Waffe und nickte Schmidt zu, ihm zu folgen. Sie betraten das Haus mit gezückten Waffen. Der Gestank war überwältigend. Logan musste gegen den Drang ankämpfen, sich einen Arm über die Nase zu legen. Er atmete flach durch den Mund.

Der erste Raum war offenbar ein Esszimmer, dominiert von einem großen Tisch, auf dem schmutzige Teller standen. Überall Fliegen. Auf dem Boden waren Schachteln, Kartons und leere Pillenflaschen verstreut, Kleidungsstücke hingen über den Stuhllehnen, Stapel von Zeitschriften behinderten das Durchkommen. Drei Türen führten nach draußen. Zwei waren geschlossen, eine stand offen. Logan und Schmidt gingen auf die offene Tür zu und versuchten, mit konzentriertem Blick die Finsternis zu durchdringen, ihre Atemzüge überlaut in der Stille.

»Mr Moore?« Logan versuchte es noch einmal. »Wir sind Deputys vom Black Hawk County Sheriff's Office. Wir wollen nur mit Ihnen reden.«

Logan konnte in der Dunkelheit eine Küche erkennen, die Luft war voller Fliegen. Er schluckte einen Würgereiz hinunter. Der Gestank wurde noch schlimmer. Auf dem Boden lag zertrümmertes Geschirr, in der Spüle stapelten sich verschimmelte Pfannen in einer dunklen Brühe. Auf der Arbeitsfläche lagen drei schwere Holzschneidebretter und mehrere große Messer, die dunkelbraun verfärbt waren. Weitere Flecken bedeckten den Boden. Logan meinte fast zu spüren, wie die Keime in seinen Mund drangen und unter seine Haut krochen. Als er den Raum betrat, knirschten seine Stiefel auf zerbrochenen Tassen. Schatten huschten in die Ecken. »Ratten«, murmelte er. Überall lag Kot.

Irgendwo unter ihnen war ein Aufprall zu hören, gefolgt von einem erstickten Schrei.

Logan hielt inne. Er nickte in Richtung des Bodens. »Keller.«

In der Ecke befand sich eine Tür. Sie gingen darauf zu und zuckten zusammen, als die Dielen knarrten. Logan stellte sich an den Türrahmen, die Hände fest um den Griff seiner Glock gepresst. Er nickte. Schmidt stieß die Tür auf, und Logan drehte sich in die Dunkelheit und richtete seine Waffe in das Treppenhaus. Staub wirbelte auf; das war das Einzige, was sich im Halbdunkel bewegte.

Logan ging voran, vorsichtig die Treppe hinab, die unter seinen Stiefeln ächzte. Als er unten ankam, gewöhnten sich seine Augen an die Finsternis, und er erkannte Kisten, die sich an den Steinwänden stapelten, Regale mit rostigen Werkzeugen und alten Geräten, die von Spinnweben bedeckt waren. Der Keller war kühl und feucht. Der Gestank war weniger abstoßend, es roch nach Erde. Logan machte eine Tür am anderen Ende des Kellers aus. Unter dem Türspalt drang Licht hervor. Als er darauf zuging, gab es mehrere laute, krachende Geräusche. Das Licht unter der Tür erlosch.

Logan ging schnell durch den Keller, Schmidt folgte ihm. Die beiden Männer brachten sich in Position. Schmidt griff nach der Türklinke. Als er die Tür aufstieß, richtete Logan seine Waffe in den Raum.

»Keine Bewegung!«

Die Kammer lag im Dunkeln. Logan nahm vage wahr, dass sich Regale an den Wänden erhoben. Er starrte in die Schatten, sein Herz hämmerte. Doch nichts bewegte sich. Nach einem Moment nahm Logan eine Hand von seiner Waffe und tastete nach dem Lichtschalter, den er dann drückte. Der Raum erstrahlte im grellen Schein einer nackten Birne.

Es war ein Schutzkeller. An einer Wand standen zwei Gefriertruhen, ein schmales Feldbett mit einer schmutzigen Matratze, Regale mit Dosen und Wasserflaschen. Am anderen Ende des Kellers führten Stufen zu einer Art Falltür. Hier schien gerade eben jemand aufgeschreckt worden zu sein: zerbrochene Gläser lagen auf dem Boden, daneben einige Dosen. Die Glühbirne, die von der niedrigen Decke hing, schwang hin und her.

Logan hörte Schmidt leise fluchen. Als er dem Blick des Detectives folgte, sah er, dass die Matratze mit etwas befleckt war, das wie Blut aussah. Sehr viel Blut. Frauenkleider lagen um das Bett herum verstreut. Am Bettgestell hingen Handschellen.

»Jesus.«

Beide Männer schraken zusammen, als über ihnen ein Motor aufheulte.

***

Riley verließ gerade das Lokal, als ihr Handy klingelte. Als sie es herausnahm, weil sie dachte, es könnte Logan mit weiteren Neuigkeiten sein, sah sie einen schwarzen Geländewagen mit getönten Scheiben auf sich zukommen. Er sah aus wie der von vorhin bei dem Treffen mit Cook. Als er vorbeifuhr, bemerkte sie, wie ein Mann auf dem Beifahrersitz sein Handy in ihre Richtung hielt, als würde er ein Foto machen. Riley sah dem Wagen stirnrunzelnd hinterher, aber ihr Klingelton lenkte ihre Aufmerksamkeit zurück auf ihr Handy.

Als Riley den Namen von Kristen Webb auf dem Display erblickte, erinnerte sie sich daran, dass die Frau ihr gestern Abend eine SMS geschickt hatte. Es kam ihr vor, als wäre das schon eine Ewigkeit her. »Doktor, es tut mir leid. Ich wurde aufgehalten.«

»Ich verstehe. Ich wollte Sie nur wissen lassen, dass ich einige Ergebnisse habe. Die Glasscherben, die ich gefunden habe – die in Chloes Hand waren. Sie sind aus Borosilikat. Das ist ein hitzebeständiges Glas. Man findet es häufig bei medizinischer Ausrüstung oder Laborgeräten – Spritzen, Reagenzgläsern und so weiter.«

Als die Sonne hinter einer Wolke hervortrat, schielte Riley den Hügel hinauf zum Kapitol. »Also nichts, worauf Chloe draußen in den Feldern wahrscheinlich ihre Hand gelegt haben könnte?«

»Eher nicht.« Die Verbindung war schwach und verzerrte Webbs Stimme. »Außerdem wollten Sie wissen, ob Dennis Packer auf Fenozen war. Nun, das war er. Es finden sich erhebliche Spuren des Medikaments in seinem Körper. Allerdings nicht genug, um seinen Tod verursacht zu haben.«

»Glauben Sie, dass Fenozen seinen Zustand verursacht haben könnte?«, fragte Riley und dachte daran, dass Webb als Symptom der Pellagra auch Demenz erwähnt hatte, und an Tom, den Landstreicher, wie er von Dennis Packers und George Andersons gestörtem Geisteszustand sprach.

»Zu Pellagra geführt? Wie ich bereits sagte, könnte das Medikament sicherlich ein Faktor sein, aber ich glaube nicht, dass Fenozen allein die Krankheit verursacht, auch nicht in hohen Mengen. Bei meinen Nachforschungen bin ich auf eine eher unorthodoxe, aber faszinierende Abhandlung gestoßen, in der davon die Rede war, dass Pellagra möglicherweise die Ursache für die Vampirsagen des späten Mittelalters war.«

»Blut trinken?«, fragte Riley hastig. »Die Bisse?«

»Ich habe mich zuerst gewundert. Aber es hat eher mit einem bestimmten Symptom der Krankheit zu tun. Ich habe die Dermatitis erwähnt? Die Haut wird sehr empfindlich gegenüber Sonnenlicht. Die Betroffenen leiden unter starker Blasenbildung und Rissen in der Haut, insbesondere an den Stellen, die der Sonne ausgesetzt sind – also Arme, Hände, Hals und Gesicht. Unter diesem Zustand litt Packer. Aber selbst bei einer schlechten Ernährung ist es höchst ungewöhnlich, dass jemand hier in Amerika an Pellagra erkrankt. Wie ich bereits erwähnt habe, werden die

Grundnahrungsmittel unserer gewohnten Kost – Mehl und Getreide – seit Jahrzehnten mit Niacin angereichert. Niacin findet sich in rotem Fleisch, Leber, Geflügel, Erdnüssen und vielen Gemüsesorten. Es wäre schwierig, Niacin *nicht* zu sich zu nehmen, selbst wenn man sich nur von Suppen ernähren würde. In den ärmeren Teilen der Welt, in Bevölkerungsgruppen, die sich hauptsächlich von Mais ernähren – in den ländlichen Gebieten Südamerikas etwa, in Teilen Chinas und Afrikas –, ist Pellagra jedoch weitverbreitet.«

Riley verfluchte sich innerlich. Noch mehr verstreute Teile des Puzzles. Und jetzt hatten Logan und Schmidt einen ganz neuen Verdächtigen im Visier. *Und du bist hundert Meilen weit weg.* Verschwendete sie hier Zeit, während ihr Team dem Mörder auf der Spur war?

»Es tut mir leid, dass ich nicht mehr für Sie habe, Sergeant«, sagte Webb.

»Nein, es ist alles in Ordnung. Danke für Ihre Hilfe, Doktor.«

***

Logan rannte die Stufen am anderen Ende des Schutzkellers hinauf und stieß gegen die Falltür. Sie rührte sich nicht, selbst als er fest dagegendrückte. Entweder hatte sie jemand von außen verriegelt oder mit etwas verbarrikadiert.

Das Rumpeln eines vorbeifahrenden Fahrzeugs war zu hören.

»Komm schon!«, rief Schmidt. Er rannte den Weg zurück, den sie gekommen waren, aus dem Keller hinaus und die Treppe hinauf.

Logan folgte ihm. Hinauf in die Küche, zurück zum Esszimmer. Auf halbem Weg rutschte er auf verfaulten Essensresten aus. Mit einem Fluch fing er sich wieder und sprintete weiter, rannte durch das Esszimmer, sprang über Unrat und warf einen Stuhl um.

Draußen kreischten Autoreifen. Tageslicht flutete die offene Tür. Es blendete Schmidt, als er mit vorgehaltener Waffe hinausstürmte. Plötzlich schrie er. Logan war beinahe an der Tür, als die Schüsse fielen.

Fünfmal ohrenbetäubendes Krachen. Eins nach dem anderen.

Etwas zersplitterte den Putz in der Wand hinter ihm. Logan warf sich auf den Boden. Wieder quietschten die Reifen. Ein schriller Schrei. Dann ein weißer Blitz, als ein Wagen vorbeiraste.

Logan rappelte sich auf und warf sich keuchend gegen den Türrahmen. Mit der Waffe im Anschlag riskierte er einen Blick nach draußen. Der Hof war von Staubwolken verhangen. Als er hinausglitt, sah er einen weißen Lastwagen, der den Feldweg runter in Richtung Hauptstraße raste. »Hol den Wagen!«, rief er und hielt seine Augen auf den Transporter gerichtet, um das Nummernschild zu erkennen. »Cam!« Logan drehte sich um, als er keine Antwort erhielt. Sein Blick fiel auf die Gestalt auf dem Boden. »O Gott!«

Schmidt lag mit gespreizten Beinen im Staub. Seine Waffe war ihm aus der Hand gefallen. Seine Augen blinzelten in den Himmel. Zwei rote Blüten wuchsen auf seinem Hemd.

Logan rannte zu ihm und ließ sich auf den Boden fallen, den Blick auf die sich ausbreitenden Flecken gerichtet. Einer über der Brust. Einer am Bauch. »Ich hole Hilfe, okay?« Er rannte zum Dodge und griff das Funkgerät. »Polizist verletzt! Brauche Hilfe! Sofort!« Er schrie die Adresse in das Gerät. »Der Verdächtige sitzt in einem weißen Ford-Transporter und fährt Richtung Hawkeye Road. Kennzeichen ...« Logan sah sich um, als Cam stöhnte. Er ruderte mit dem Arm, als versuchte er, nach irgendwas zu greifen. »Kommt her! Schnell!« Logan rannte zurück zu Schmidt. »Ich bin hier.« Er schob seine Waffe ins Holster und ergriff die zitternde Hand des Mannes. »Bleib bei mir, okay? Bleib bei mir, Cam.«

Der Wind blies Logan Staub in die Augen, als er neben dem alten Detective kniete. Schmidt hustete, Blut spritzte aus seinem

Mund. Ein Falke kreiste am grauen Himmel. Das Funkgerät knisterte, Stimmen durchbrachen das Statikrauschen, als die Zentrale Logans Nachricht weiterleitete und die Polizeibeamten überall im County ihre Antworten rausschickten.

46

Riley warf einen Blick auf den GPS-Monitor, um sich zu vergewissern, dass sie auf dem richtigen Weg war. Die Häuser hier am bewaldeten nordwestlichen Rand der Stadt, an einer großen Biegung des Des Moines River, sahen alle gleich aus. Die einstöckigen Wohnstätten aus Holz, die wie Reihen von kleinen bemalten Kästen wirkten, wurden von Weiß-Eichen beschattet. Auf den Rasenflächen standen Schaukelstühle. Wagenräder dienten zur Dekoration. Es hatte die Anmutung einer Rentnersiedlung.

Der Wind war im Laufe des Tages stärker geworden. Die Sonne ging gerade unter, und die Gewitterwolken, die im Laufe des Nachmittags monströse Türme gebildet hatten, leuchteten purpurrot und violett, unheilvoll geschwollen.

Als Riley an ihrem Ziel ankam und ausstieg, wehte ihr der Wind die Haare ins Gesicht. Sie ließ ihre Waffe im Halfter und schob ihr Handy in eine Tasche ihrer Jeans. Seit ein paar Stunden hatte sie keinen Empfang mehr. Davor hatte sie Logan mehrere Nachrichten hinterlassen und ihn gefragt, was mit Charles Moore war. Die Vorstellung, dass man Moore verhaftet hatte und sie nicht vor Ort war, um das Verhör zu leiten, erfüllte sie mit Panik. Reed würde wissen wollen, wo sie steckte.

Trotz des Windes war es brütend heiß. Überall vor den Häusern tanzten die Flaggen. Im Osten waren Blitze zu sehen. Die Fenster des Hauses, das ihr Ziel darstellte, waren dunkel. In einem großen Topf welkten Blumen vor sich hin. Riley klopfte an die Tür und schaute sich um. Kein Auto fuhr vorbei. Auf einem anderen Grundstück trug ein älterer Mann einen Plastikstuhl ins Haus, den Blick auf den düsteren Himmel gerichtet.

Nach einem Moment öffnete sich die Tür. Jess Cook trug ein lockeres Leinenhemd, Jeans und Stiefel. So locker die Senatorin auch gekleidet war – ihr Gesicht wirkte alles andere als entspannt. Sie blickte über Rileys Schulter und suchte die Straße ab. »Ist Ihnen jemand gefolgt?«

»Nein, Ma'am.«

»Sind Sie sicher?«

»Ich bin mir sicher.«

Cook führte sie hinein. »Sie wissen nicht, wo ich bin. Zumindest noch nicht.«

Riley fragte sich, wer *sie* waren. Sie hatte gedacht, dass die Forderung der Senatorin nach einem geheimen Treffen mit ihren sinkenden Umfragewerten zu tun hatte. Jetzt merkte Riley, dass vielleicht mehr dahintersteckte. Sie fühlte sich unwohl und fragte sich, in was sie wohl hineingestolpert war.

Riley folgte Cook durch das Haus in ein Zimmer im hinteren Teil, das an eine kleine Küche grenzte. Sie sah drei ausgefranste Sessel, einen altmodischen, klobigen Fernseher und Regale mit verstaubten Porzellantieren. Eine Lampe brannte schwach, die Vorhänge waren zugezogen. Am Fenster stand eine zierliche junge Frau mit rosa gefärbten Haaren und schaute durch die Vorhänge.

»Lily, das ist Sergeant Riley Fisher.«

Die junge Frau blickte die Senatorin vorwurfsvoll an. Ihr schlanker Oberkörper verschwand in dem schwarzen Kapuzensweater, den sie trug. Sie hatte ein elfenhaftes Gesicht und große braune Augen, mit denen sie Riley musterte, bevor ihr Blick die Waffe an ihrer Hüfte streifte. »Das ist keine gute Idee«, sagte sie und sah dabei Cook an.

Ihr Tonfall war schroff, doch Riley entging die unterschwellige Angst darin nicht.

Dennoch brachte die Senatorin sie mit stummer Miene dazu, sich in einen der Sessel zu hocken. Ihre Finger fummelten an den zerrissenen Ärmelnähten herum.

»Sergeant, das ist Lily.«

Die junge Frau bedachte Cook mit einem schrägen Blick.

»Thorne«, verbesserte Cook sich. »Meine Halbschwester.«

»Hallo, Thorne«, sagte Riley und fragte sich, was zur Hölle das alles sollte.

»Mein Vater hatte gegen Ende seiner Ehe eine Affäre«, erklärte Cook. »Nur wenige Leute wussten davon. Ich selbst habe es erst herausgefunden, als Lil..., ich meine Thorne schon fast im Teenageralter war. Ihre Mutter hatte einige Probleme. Thorne wuchs hier auf, bei unserer Großmutter.«

Riley nickte langsam. »Und weiter?«

»Sie steckt in Schwierigkeiten, Sergeant. Sie hat sich hier versteckt, und wir überlegen, was wir jetzt tun sollen.«

Ein leises Donnergrollen war zu hören. Die Lampe flackerte.

Riley schüttelte den Kopf. Sie war in der Hoffnung gekommen, mehr über Bill Hamilton und seine Verbindung zu James Miller zu erfahren, aber jetzt wollte Cook sie offenbar in eine Art Familiendrama verwickeln. Davon hatte sie weiß Gott genug in ihrem eigenen Leben. »Senatorin, ich ...«

»Die letzten Anschuldigungen gegen mich sind nicht ganz grundlos. Und ich fürchte, das ist nicht das erste Mal, dass meine Schwester in Schwierigkeiten geraten ist.« Cooks Augen waren auf Thorne gerichtet. »Sie hat schon seit einigen Jahren mit einer radikalen Gruppe zu tun.«

»Mission Erde? Die Ökoterroristen?«, murmelte Riley.

»Öko*krieger*«, korrigierte Thorne und begegnete ihrem Blick. »Wir kämpfen für eure Zukunft.«

Rileys Aufmerksamkeit richtete sich wieder auf Cook. »Die Cyberattacke in Polk County? Das petrochemische Unternehmen? Das waren die Terroristen? Mission Erde? Das war ... sie?«

»Ja.«

»Jesus«, hauchte Riley und sah die junge Frau jetzt in einem völlig neuen Licht.

Die Senatorin nickte. »Wie ich schon sagte, sie steckt in Schwierigkeiten.«

»Im Gefängnis müsste sie stecken, Senatorin.«

Thorne sprang ruckartig auf. »Das hier hat keinen Sinn.«

»Lily, setz dich.« Cook beugte sich zu Riley vor. »Hören Sie, Sergeant, ich dulde in keiner Weise, was sie und ihre Mitstreiter getan haben. Ich hatte keine Ahnung davon. Ich weiß, dass Mission Erde meine Kandidatur begrüßt, aber ich habe ihre Machenschaften nie gebilligt. In der Tat könnten die Anschuldigungen gegen mich ernsthafte Konsequenzen für meine Kampagne haben. Aber ich habe die Gruppe nie unterstützt.« Sie sah Thorne an, ihre Miene verhärtete sich.

Die junge Frau senkte ihren Kopf.

»Bis vor Kurzem«, fuhr Cook fort. »Ich hatte keine Ahnung, an welchen Taten Thorne sich beteiligt hat. Aber nun lässt es sich nicht mehr ändern. Und meine Schwester ist in großer Gefahr.«

»Wovon sprechen Sie?«

»Vor elf Tagen drangen sie und zwei ihrer Leute mithilfe eines Kontakts in das Haus des Gouverneurs ein. Sie luden Dateien von seinem persönlichen Computer herunter und ...«

»Senatorin.« Riley richtete sich auf. »Ihre Schwester braucht jetzt einen Anwalt – und Sie, Ma'am, offen gesagt ebenfalls. Und Sie sollten mir das alles nicht erzählen. Nichts davon. Nicht ohne juristischen Beistand.«

»Hamilton hat Thorne gesehen. Der Sicherheitsdienst hat sie aufgespürt. Wir wissen nicht genau, wie. Ein Mitglied meines Wahlkampfstabes, das ich kürzlich gefeuert habe, wusste von meiner Beziehung zu Thorne. Es ist möglich, dass er mit Hamilton gesprochen hat. Dass sie ihn benutzt haben, um an mich heranzukommen. Und an sie.« Cook schüttelte den Kopf. »Ich weiß es nicht. Aber vor zwei Tagen sind einige Männer aus dem privaten Sicherheitsteam des Gouverneurs bei ihr aufgetaucht. Als Thorne floh, haben die Männer auf sie geschossen. Auf eine unbewaffnete junge Frau.«

»Das sind Söldner«, murmelte Thorne. »Ehemalige Special Forces. Ich habe die Akte ihres Anführers gelesen, Gage Walker. Das ist der, der mich erschießen wollte.«

Riley setzte sich. Sie sah die junge Frau an, deren Trotz nun gebrochen war. In ihren Augen stand die nackte Angst. »Warum sind Sie in die Villa des Gouverneurs eingedrungen? Was wollten Sie dort?« Riley bemerkte, wie Cooks Kopf sich bei dieser Frage senkte. »Wollten Sie Schmutz über Hamilton sammeln? Für Ihre Schwester? Für die Kampagne?«

»Dafür gab es einen gerechtfertigten Grund«, sagte Thorne eindringlich. »Seit Jahren gibt es Gerüchte über Hamiltons Verbindungen zur industriellen Landwirtschaft. Gerüchte über Erpressung und Korruption. Gerüchte, dass er unseren Staat zu seinem eigenen finanziellen und politischen Vorteil verhökert.«

Im Geiste sah Riley ihren Vater mit der Aktentasche in der Hand die Verandatreppe hinunter zu seinem Auto gehen.

Wie viele blinde Augen hast du für ihn geöffnet?

»In Iowa werden die Folgen seiner Politik von Jahr zu Jahr deutlicher. In seiner Amtszeit ist die Umweltverschmutzung deutlich gestiegen. Die meisten einheimischen Tierarten – Fische, Vögel, Insekten – stehen kurz vor dem Aussterben.« Thornes Stimme wurde rau. »Unternehmen wie Agri-Co interessiert nur der Profit, nicht der Boden und das Grundwasser, die sie mit ihren Chemikalien verseuchen, oder die Tierwelt, die sie zerstören. Die Krebserkrankungen infolge von Pestiziden steigen, und trotzdem helfen die politischen Verbündeten und Lobbyisten ihnen, ihr Gift weiter zu säen. Hamilton ist dabei das Herzstück. Sie haben recht.« Thorne sah Cook an. »Ich wollte meiner Schwester helfen.

Weil ich glaube, dass sie die einzige Hoffnung ist, die unser Staat hat, um all das rückgängig zu machen. Diese Männer mit ihren Dollars und ihren Geschäften – ihnen gehört dieses Land nicht!« Sie schlug sich mit der Faust auf die Handfläche. »Welches Recht haben sie, es so zu behandeln? Es für uns alle zu ruinieren?« Ihre Augen funkelten.

Draußen war weiteres Donnergrollen zu hören. Irgendwo in der Nachbarschaft begannen Hunde zu bellen.

»Was stand in den Akten, die Sie mitgenommen haben?«

»Überwiegend das übliche Zeug«, sagte Thorne nach einer Pause. »E-Mails, Finanzdaten. Ich musste die Verbindung schnell unterbrechen, deshalb waren einige der übertragenen Daten beschädigt. Aber dann stieß ich auf einen bestimmten Ordner. Er war mit *Red Lance* beschriftet.«

»Red Lance? Rote Lanze?«

»Eine Reihe von Dokumenten und etwas, das wie ein Vertrag aussieht. Alles ist auf Chinesisch, aber wegen der Datenbeschädigung ist das meiste davon unlesbar. Keine Übersetzungssoftware konnte das noch entziffern.«

»Und das soll ein Beweis für Korruption sein?« Riley schaute zwischen den beiden hin und her. »Der Gouverneur hat gerade eine Delegation von chinesischen Funktionären empfangen. Ich bin überzeugt, dass er nicht selten mit China korrespondiert hat.«

Nach einer Weile antwortete Cook. »Das Dokument, das wir für einen Vertrag halten, ist vom Gouverneur unterschrieben und enthält eine Zahl – eine Geldsumme, um genau zu sein. Einhundert Millionen Dollar.« Sie sah Riley an. »Ja, wir tätigen sehr viele legale Geschäfte mit China. Aber die Tatsache, dass einer von Hamiltons Männern versucht hat, meiner Schwester in den Rücken zu schießen, sagt mir, dass er in diesem Fall etwas zu verbergen hat. Um jeden Preis.«

»Warum weihen Sie mich in diese Sache ein, Senatorin?«

»Als Sie heute Morgen sagten, dass Sie der Gouverneur interessiert, im Rahmen Ihres Falles …« Cooks Blick wanderte zu Thorne. »Ich dachte, Sie könnten uns vielleicht helfen. Um ehrlich zu sein – ich weiß nicht, an wen ich mich sonst wenden soll.«

Riley schüttelte den Kopf. »Dies hier liegt weit über meinen Kompetenzen. Falls es wirklich um staatliche Korruption geht. Sie reden hier von FBI-Ebene. Sogar vom Verfassungsschutz.« Sie dachte an Agent Klein. Der Mann schien verlässlich zu sein, aber weder er noch einer ihrer Kollegen wusste, dass sie hier war. Niemand wusste von Hamiltons Anruf und von ihrem Verdacht gegen Miller. »Der Grund für mein Kommen hat, wie ich bereits sagte, mit einem Verdächtigen in meinem Fall zu tun. Es geht nicht um den Gouverneur persönlich. Allerdings kennt Hamilton den Mann, gegen den ich ermittle. Es handelt sich um James Miller, der …«

»James Miller?« Thorne schaute aufgeregt zwischen Riley und Cook hin und her. »Der Name taucht in dem *Red-Lance*-Ordner auf.«

»Was?« Riley beugte sich vor.

»Dieser Name steht in den Dokumenten.«

Riley sah Cook an. »Senatorin, James ist der Ehemann von Chloe Miller. Eines der Opfer in meinem Fall.«

»Mein Gott!« Cook atmete hörbar aus. »Ich habe natürlich die Nachrichten gesehen, aber ich habe keine Verbindung hergestellt, als ich die Dokumente gelesen habe. Miller? Der Name ist ziemlich geläufig. Und die letzten paar Tage waren …« Sie schüttelte den Kopf. »Nun, Sie sagten, es könnte eine Verbindung zwischen Ihrem Verdächtigen und dem Gouverneur geben? Ich würde sagen, die gibt es jetzt offiziell, oder?«

Riley schwieg für einen Moment. »Gibt es irgendetwas in diesem Ordner, der *Roten Lanze*, das mehr Informationen über diese Verbindung liefert?«

»Die Dokumente scheinen wissenschaftlicher Natur zu sein«, sagte Cook. »Gleichungen und Diagramme.«

»Wir dachten, es könnte etwas mit Mais zu tun haben«, fügte Thorne hinzu.

»Allerdings bin ich mir dessen nicht sicher«, sagte Cook mahnend.

»Biotechnik«, murmelte Riley, während ihr der Kopf schwirrte. Sie dachte an James Miller, der bei GFT, einem Zweigunternehmen von Agri-Co, Pflanzen entwickelte, die auch unter schwierigen Bedingungen gediehen. John Brown, der über das neue Maissaatgut von Zephyr sprach, welches für einen Preis nominiert war und das Potenzial hatte, ihre kleine Genossenschaft zum wichtigsten Player in ganz Amerika zu machen. Hamilton, der die Arbeit von James Miller verteidigt hatte. Chloe, tot in den Maisfeldern. Riley hatte das Gefühl, dass die Dinge sich allmählich zusammenfügten. Aber noch fehlten ihr einige Teile des Puzzles.

Thorne langte in die Tasche ihres Kapuzenpullovers. Sie zog einen kleinen Metallstick heraus. »Ich habe alles auf einen USB-Stick gespeichert. Alles, was ich in der kurzen Zeit von Hamiltons Computer kriegen konnte.«

Cook wandte sich an Riley. »Wenn wir Ihnen den Stick geben, Sergeant, was würden Sie damit tun? Wären Sie in der Lage, meiner Schwester zu helfen?«

»Ich weiß es nicht«, antwortete Riley wahrheitsgemäß. Sie hielt inne, als die Lampe in einem Donnergrollen zitterte. »Ich müsste sehen, was drauf ist. Sehen, ob es eine Verbindung zu meinen Ermittlungen gibt.«

»Ich wäre vielleicht bereit auszusagen«, meinte Thorne. »Wenn dadurch Hamilton aus dem Amt entfernt wird.«

»Wir sollten nicht zu weit vorpreschen.«

Thorne zögerte und hielt ihr dann den USB-Stick hin. Sie seufzte erleichtert, als Riley ihn nahm.

Riley erhob sich, das kleine Gerät lag warm in ihrer Hand. Ein Splitter voller Geheimnisse und Gefahr. »Ich sage Ihnen Bescheid, sobald ich mehr weiß.« Sie folgte Cook aus dem Salon, während Thorne sich in den Sessel zurücksinken ließ. Dünn und blass, zwergenhaft in ihrem schwarzen Pulli, erinnerte sie Riley ein wenig an Maddie.

Cook schaute die Straße rauf und runter, als sie die Tür öffnete. »Bitte seien Sie vorsichtig, Sergeant. Ich weiß, dass meine Schwester gegen das Gesetz verstoßen hat. Aber welche Strafe sie auch immer verdient, ich will nicht, dass sie in irgendeiner Gasse erschossen wird.«

Die Tür klappte hinter ihr zu. Es war fast völlig dunkel, der Himmel tiefschwarz. Rileys Haare wehten in den aufkommenden Sturmböen. Sie zog ihr Handy aus der Tasche. Sie hatte wieder Empfang. Riley blieb stehen und wischte sich die Haare aus den Augen. Ein verpasster Anruf nach dem anderen ploppte auf.

Ethan. Logan. Kristen Webb. Amy Fox. Sheriff Reed. Mehrere Nummern, die sie nicht kannte. Wieder Ethan. Wieder Logan. Tante Rose. Sadie. Ihr Unbehagen wuchs mit jeder Nummer. Ein Donner krachte.

Bevor Riley eine der Nachrichten abhören konnte, summte das Handy. Es war ihr Bruder. »Ethan? Was ist …?«

»Wo bist du? Ich versuche schon seit Stunden, dich zu erreichen!«

So hatte sie ihn noch nie gehört – außer sich, verzweifelt. »Ich …«

»Maddie hat sich gestern Abend aus dem Haus geschlichen. Sie ist nicht zurückgekommen. Ihre Freunde, Rose – niemand hat sie seitdem gesehen. Riley, sie ist weg. Maddie ist weg.«

47

Als Riley aus der Stadt nach Norden fuhr, begann es zu regnen. Zuerst waren es riesige Tropfen, die langsam, aber stetig fielen. Sie schaltete die Scheibenwischer ein. Die Stimme ihres Bruders stotterte durch die Freisprechanlage des Autos. Blitze flackerten auf.

»Ethan, hör mir zu. Hast du Maddies Handy überprüft? Versucht, es zu orten?«

»Das klappt nicht. Ich habe alles versucht!«

Sie dachte an James Miller, der so ziemlich das Gleiche über die Nacht erzählt hatte, in der Chloe ermordet worden war. Sie drängte die aufsteigende Panik zurück. »Vielleicht hat Maddie die App zum Standortverlauf nicht aktiviert.« Sie schaute auf den Navigationsbildschirm. Sie war noch zwei Stunden von daheim entfernt, wahrscheinlich noch mehr, wenn der Sturm anhielt. »Bist du zu Hause? In Ordnung, ich möchte, dass du die Leitung frei hältst, falls sie anruft. Ich frage unseren Sonderdienst, ob sie ihr Handy orten können.« Sie beendete das Gespräch und schlug mit der Handfläche gegen das Lenkrad, als sie an einer Kreuzung zum Halten gezwungen wurde. Regen prasselte auf die Windschutzscheibe.

Sie dachte an ihre Nichte, die mit vor Schreck offenem Mund in der Tür stand, während Ethan über Hunter sprach. Sie dachte an Maddie in ihrem Zimmer, vor Wochen, als sie drohte wegzulaufen. Sie dachte an Gracie Foster – an das, was von ihr übrig war –

in einem Leichensack. Riley verdrängte die Bilder. Maddie war noch nicht einmal vierundzwanzig Stunden verschwunden. Sie durfte nicht in Panik geraten.

Rileys Blick glitt zu dem USB-Stick, der in dem Becherhalter neben ihrem Sitz lag und in der Dunkelheit silbern glitzerte. Der Regen prasselte auf das Dach, während sie durch ihre Kontakte scrollte und nach der Nummer des Sonderdienstes suchte. Die Welt jenseits der Windschutzscheibe wurde immer undeutlicher, Schlieren und verschwommene Lichter. Lastwagen fuhren vorbei und spritzten Wasser von der Straße. Die Bäume bogen sich im Wind. Sie wollte gerade die Nummer eingeben, als das Handy summte. Es war Logan. Sie tippte aufs Display, um zu antworten, als die Ampel umschaltete. »Logan, ich kann jetzt nicht reden, ich bin ...«

»Riley.«

Die Verwendung ihres Namens – nicht Sarge oder Boss – alarmierte sie. Ebenso sein Tonfall. Er versetzte sie in die gleiche Angst, wie es bei Ethan gewesen war, nur dass Logan nicht so aufgebracht klang. Er klang verzweifelt.

»Was ist passiert?« Sie schaltete die Scheibenwischer auf maximale Leistung und hatte Mühe, die Straße vor sich zu sehen. Es kam eine weitere Kreuzung. Die Ampel war rot. »Logan?«

»Es geht um Cam, Riley. Er ... er ist tot.«

»Was? Was zum Teufel redest du da?« Ein Teil von ihr registrierte, dass sie wütend klang, wie die vielen Menschen, denen sie einen Todesfall mitgeteilt hatte. Ein Lastwagen hinter ihr hupte, als die Ampel auf Grün schaltete. Riley trat das Gaspedal durch, und der Dodge schoss vorwärts. »Logan! Rede mit mir, verdammt! Was ist passiert?«

»Wir waren heute Morgen auf der Farm von Charles Moore. Um ihn zu befragen.«

»Ja, ich habe deine Nachricht erhalten. Moore, der Ex von Sarah Foster?«

»Sein Haus ... Riley, so etwas habe ich noch nie gesehen. Jemand – wir glauben, es war Moore – ist durch den Keller entkommen. In einem Lieferwagen. Er hat Cam erschossen. Ich habe versucht ...« Logan räusperte sich. »Er war den ganzen Nachmittag in der OP. Sie haben alles versucht, ihn zu retten. Aber ...«

Die Straße vor ihr verschwamm immer stärker, trotz der Scheibenwischer. Riley blinzelte und merkte, dass ihre Augen voller Tränen waren.

O Gott! Cam?

Sie musste sich konzentrieren. Sie musste sich zusammenreißen. »Wo ist Moore? Habt ihr ihn erwischt?«

»Noch nicht. Aber das werden wir.« Logans Stimme wurde fester. »Wir haben eine Fahndung nach dem Mistkerl rausgegeben.«

Riley stellte sich den Aufruhr vor. Polizisten aus ganz Black Hawk würden sich beteiligen. Es war Jahre her, dass ein Polizeibeamter in Ausübung seiner Pflicht ermordet worden war. Außerdem war Cameron Schmidt im ganzen Bezirk bekannt und beliebt. Sie würden Blut sehen wollen.

Ich hätte nicht gehen sollen.

»Da ist noch mehr, Sarge. Wir haben Sarah Foster gefunden. Was noch von ihr übrig war. Sie ist zerstückelt worden. Regelrecht geschlachtet. Moore hatte ihre Leiche in einer Gefriertruhe in seinem Keller gelagert.«

»Mein Gott!« Das Licht der Straßenlaternen schwand, als sie das Stadtgebiet hinter sich ließ. Die Straße war fast leer, nur ein paar Lastwagen rumpelten in der Ferne. Zu ihrer Linken zuckten Blitze in der Dunkelheit und erhellten den monströsen Bauch des Sturmes.

»Wir haben Kleidungsstücke gefunden. Sie passen zu dem, was Gracie Foster trug, als sie verschwand. Nolan und das Laborteam analysieren gerade alles. Es wird einige Zeit dauern. Es ist wie in einem Schlachthaus.«

Scheinwerfer flackerten hinter Riley. Sie blinzelte in den Regen und die Dunkelheit.

»Agent Gooch glaubt zu wissen, warum Nicole King in der Fleischfabrik getötet worden ist. Die Fabrik war seit Jahren geschlossen, aber vielleicht hatte Moore, der als Metzger arbeitete, oder seine Familie irgendeine Verbindung zu diesem Ort. Sobald das FBI die DNA-Ergebnisse hat, erfahren wir mehr. Klein ist heute zum Labor in Quantico gedonnert.«

Die Scheinwerfer hinter ihr kamen schnell näher.

»In seinem Hof stand ein Pick-up. Goodyear-Reifen.«

»Die Spuren bei Chloes Leiche?«, murmelte Riley und schirmte ihre Augen gegen das grelle Licht ab. Sie konnte kaum noch die Straße sehen. *»Verdammt noch mal!«*

»Moore ist in einem weißen Transporter entkommen. Er muss irgendwo außer Sichtweite geparkt gewesen sein.«

»Weißer Lieferwagen?« Riley verlangsamte das Tempo, damit der Idiot hinter ihr sie überholen konnte. »Dieser Landstreicher – Tom? Er sprach von einem weißen Lieferwagen. Die Verschwinder?«

»Scheiße! Das hatte ich ganz vergessen. Was hat er doch gleich gesagt? Dass der Wagen Obdachlose aufgesammelt hat? Himmelherrgott! Wir müssen hier draußen nach weiteren Leichen suchen. Ich sage es Nolan und dem Team.« Logan hielt inne. »Riley. Dieser Ort ... Wie schrecklich müssen Sarah und Gracie gestorben sein!« Seine Stimme zitterte. »Moore ist ein Monster.«

»Ich bin auf dem Rückweg. Logan, Maddie ist verschwunden.«

»Was?«

Das Fahrzeug, das eben noch hinter ihr gewesen war – ein schwarzer Geländewagen –, fuhr jetzt mit hoher Geschwindigkeit auf der Nebenspur. Riley erhaschte einen Blick auf die zwei Gestalten auf den Vordersitzen. Sie hatten das Fenster geöffnet. Die eine Gestalt, ein dickhalsiger Mann mit Glatze, schrie sie an. Sie erkannte, dass er etwas in der Hand hielt. Ein Schock durchfuhr sie. Es war eine Pistole.

»Halten Sie an!«, schrie der Mann.

Instinktiv drückte sie aufs Gaspedal. Der Dodge raste vorwärts und überholte den Geländewagen. *»Scheiße!«*

Die Handyverbindung setzte kurz aus. »Sergeant? Was ist los?«

Der Geländewagen scherte hinter Riley aus, um sie zu überholen, und seine Scheinwerfer blendeten sie. Riley umklammerte das Lenkrad, ihr Atem raste. Sie war schneller als die anderen. Die Scheinwerfer hinter ihr wurden immer kleiner. Riley warf einen Blick in den Rückspiegel.

»Logan! Hör zu, ich bin ...!«

In letzter Minute sah sie den umgestürzten Baum, der über der Straße lag. Riley riss das Lenkrad herum und trat auf die Bremse. Der Dodge drehte sich auf der nassen Straße. Riley spürte, wie die Räder auf der linken Seite die Bodenhaftung verloren.

Plötzlich schien sich alles wie in Zeitlupe zu bewegen. Dann löste sich die Welt in einen Wirbel aus kreischendem Metall und Glassplittern auf. Das Letzte, woran sich Riley erinnerte, als sie wie eine Stoffpuppe in ihrem Sitz herumgeschleudert wurde, war die Explosion des Airbags in ihr Gesicht.

48

Irgendwas fiel klirrend neben Rileys Kopf auf den Boden. Lichtstrahlen schmerzten in ihren Augen. Sie hörte das Geräusch von tropfendem Wasser, und sie konnte Benzin riechen. Als Riley sich über die Lippen leckte, schmeckte sie Blut. Ein seltsamer weißer Ballon hing vor ihrem Gesicht. Als sie die Hand ausstreckte, um dagegenzudrücken, durchzuckte ein Schmerz Brust und Schulter. Sie drehte ihren Kopf zur Seite. Ein weiterer scharfer Schmerz.

Riley sah die nasse Straße, ihrem Gesicht seltsam nahe, jenseits eines zerknitterten Metallwalls und Tausender kleiner Lichter. Nein, keine Lichter – zerbrochenes Glas, das im Scheinwerferlicht funkelte. Das zerknitterte Metall war das Dach ihres Autos. Sie saß immer noch im Dodge, kopfüber auf ihrem Sitz angeschnallt. Das Funkgerät hing von seinem Sockel, die Kabel baumelten vor ihrem Gesicht.

Riley verspürte einen panischen Schock, der sie schwer einatmen ließ, dann keuchte sie angesichts der Schmerzen in ihrer Brust, die vom Gurt eingequetscht wurde. Stimmen kamen näher. Ein Schatten schnitt durch die Scheinwerfer. Schritte knirschten auf Glas. Sie erinnerte sich – der Geländewagen, der sie zu überholen versuchte, der glatzköpfige Mann mit der Waffe, der Baum quer über der Straße.

»Lebt sie noch?«

Riley zuckte zusammen, als ihre Augen von einer Taschenlampe angestrahlt wurden. In der Ferne grollte Donner.

»Ja. Sie bewegt sich.«

»Durchsuch das Auto.«

»*Scheiße!*«

»Was ist?«

»Wir kriegen Besuch.«

Es dämmerte Riley, dass es kein Donner war, den sie auf sich zurollen hörte. Es war ein Lastwagen. Sie versuchte, sich zu bewegen, hatte aber nicht genug Kraft dazu. Riley hörte Reifen quietschen, dann das Zischen von Bremsen. Links von sich konnte sie ein Paar Stiefel sehen, das durch die Pfützen auf sie zukam.

»Was ist passiert?« Die panische Stimme eines Mannes. »Ich habe gesehen, wie sich der Wagen überschlagen hat!«

»Es ist alles in Ordnung. Wir schaffen das schon.«

»Ich habe einen Krankenwagen gerufen.«

»Das ist großartig. Wir machen dann hier weiter.«

»Ich kann helfen.«

»Verpiss dich einfach.« Ein unverkennbares Schnappen.

Riley kannte dieses Geräusch gut. Es war das Geräusch einer Handfeuerwaffe, die entsichert wurde.

»Verdammt, Mann!« Die Stiefel wichen zurück. »Hören Sie, alles kein Problem, okay? Ich hau jetzt ab.« Die Stiefel stolperten zurück in Richtung Truck. Eine Tür wurde zugeschlagen, und der Motor erwachte mit einem dumpfen Brummen zum Leben.

Riley schnappte nach Luft und wollte um Hilfe schreien, aber der Lastwagen raste bereits los, die Räder knirschten über die verstreuten Teile ihres Autos. Es gab ein splitterndes Geräusch, als jemand die Heckscheibe eintrat. Riley versuchte, nach ihrer Waffe zu greifen, aber sie war zu fest eingeklemmt. Sie drehte den Kopf und sah, wie sich ein Arm auf den Rücksitz schob. Eine Hand griff nach ihrer Handtasche.

»Alles rausholen!«

Wieder die Hand, diesmal auf ihrem Körper. Raue Finger bewegten sich über ihre Seite, ihre Hüfte entlang, gruben sich in die

Tasche ihrer Jeans. Sie wehrte sich, schrie hilflos auf. Die Hand zog sich zurück.

»Nichts.«

In der Ferne war jetzt ein anderes Geräusch zu hören, durch das Prasseln des Regens. Sirenen.

»Wo ist es?«

Gegenstände fielen auf die Straße, die sie aus den Tiefen ihrer Handtasche geholt hatten. Kleinkram. Papiertaschentücher. Schlüssel.

»Vielleicht hat sie es gar nicht?« Die Stimmen klangen immer aufgeregter.

»Warum sollte sich Cook sonst mit einem Bullen treffen – ausgerechnet mit *diesem*?«

»Lass uns einfach mitnehmen, was wir haben!«

Ein weiterer gezischter Fluch, dann sich entfernende, schnelle Schritte. Türen öffneten und schlossen sich. Ein Motor heulte auf, und Reifen quietschten, als der Geländewagen davonraste. Riley hing erschöpft in ihrem Sitz, während die Sirenen ihr entgegenheulten. Als sie sich ein wenig zur Seite drehte, sah sie inmitten der Glasscherben direkt vor sich ein kleines Stück Metall silbern funkeln. Unter Schmerzen griff sie danach und schloss ihre Finger um den USB-Stick, während die Sirenen sie anheulten.

49

Es war fast Mitternacht, als Riley in Waterloo ankam. Ihre Wunden – harmlose Schnitte und blaue Flecken – waren am Straßenrand von Notfallsanitätern versorgt worden, doch das Schleudertrauma verwandelte den Sprung von der Fahrerkabine des Abschleppwagens in eine äußerst schmerzhafte Angelegenheit. Ihr Hals fühlte sich an, als wäre er in einen Schraubstock gezwängt worden.

Sheriff Reed kam ihr entgegen, mit entsetztem Blick, als er sah, wie der zerstörte Dodge vom Abschleppfahrzeug geladen wurde. Riley hatte ihn von unterwegs angerufen, um ihm von ihrem Unfall zu berichten, aber er schien dadurch nicht weniger aufgebracht zu sein.

»In mein Büro, Sergeant.«

Die Nachtschicht hatte begonnen, in der Abteilung herrschte hektische Betriebsamkeit – Telefone klingelten, Beamte eilten die Flure entlang, überall brannte Licht. Die Menschenjagd auf Charles Moore war eröffnet.

Reeds Sekretärin kam ihnen auf der Treppe entgegen. »Sir, da ist ein Anruf für Sie. Bürgermeisterin Roberts.«

»Sagen Sie, ich rufe zurück.«

Riley spürte, wie ihre Besorgnis wuchs, als sie sein Büro betrat und er die Tür hinter ihr schloss. Ihr Kopf hämmerte. Reed ging um seinen Schreibtisch herum, hielt einen Moment inne und betrachtete den Kreuzstich seiner Frau mit dem Motto der Abteilung: *Das Gesetz liegt fest in unserer Hand.*

Riley beobachtete ihn, den Kopf voller schwerer Sorgen. Es gab noch keine Neuigkeiten von Ethan, Sadie oder Rose, die alle auf der Suche nach Maddie waren. Sie fühlte sich krank vor Trauer um Cam. Das Gesicht des Detectives hatte sie die ganze Heimfahrt über verfolgt, und sie wollte unbedingt erfahren, wie die Jagd nach Charles Moore verlief. Aber Riley zügelte sich, wohl wissend, wie prekär die Situation für sie war.

Reed blieb stehen. »Ich warte, Sergeant.«

»Sir, wie ich bereits am Telefon sagte, war ich gestern Abend in Des Moines, um eine Spur zu verfolgen.«

»Und auf dem Rückweg hatten Sie einen Unfall?«

»Ja, Sir. Da war ein Baum auf die Straße gestürzt.« Diese Erklärung hatte sie bei der State Police direkt nach dem Unfall abgegeben. Sie hatte das Risiko nicht eingehen wollen, die Wahrheit preiszugeben – nicht, solange sie die Konsequenzen nicht kannte. Riley dachte an den schwarzen Geländewagen, der langsam an dem Diner vorbeigefahren war, in dem sie Jess Cook getroffen hatte, an den Mann, der ihr sein Handy entgegengehalten hatte. War sie beschattet worden? Sie war sich sicher, dass sie es ungesehen zum Versteck der Senatorin geschafft hatte. Aber zu dem Zeitpunkt war sie davon ausgegangen, dass sie es mit Reportern zu tun hatte, nicht mit bewaffneten Männern, die keinerlei Skrupel kannten, wenn es darum ging, etwas zu beschützen – was auch immer es war, in das Cook und ihre Schwester hineingestolpert waren. Nach Thornes Geschichte über den Mann von Hamiltons Security, der auf sie geschossen hatte, war es für Riley selbstverständlich gewesen, der Senatorin eine Nachricht zu hinterlassen und sie zu warnen, dass ihr Haus wahrscheinlich nicht länger sicher war.

»Und bei dieser Spur, von der Sie mir bedauerlicherweise nichts erzählt haben? Worum geht es da?«

Diesbezüglich fiel ihr das Lügen noch schwerer, aber sie konnte ihm nicht alles sagen. Nicht, bevor sie wusste, wie weitreichend das Ganze war. Die Männer, die Riley gefolgt waren, hatten den Unfall nicht absichtlich herbeigeführt, aber es war ihnen völlig egal gewesen, dass sie im Wagen eingeklemmt und verletzt gewesen war. Wenn sie zum Dunstkreis des Gouverneurs gehörten, hielt dieser womöglich seine schützende Hand über sie. Riley hatte keine Ahnung, in was genau sie hineingeraten war. Aber es überstieg unter Garantie alles, mit dem sie – oder Sheriff Reed – je zu tun gehabt hatte. Die Spur, der sie bei James Miller gefolgt war, hatte sich zu einem Abgrund ausgeweitet. Zunächst war sie lediglich dem Verdacht nachgegangen, er halte einen Hinweis auf den Mord an Chloe zurück, doch dann war sie zu der Erkenntnis gelangt, dass er vielleicht bis zum Hals in einer Verschwörung auf Staatsebene steckte. Wenn sie ihre Quellen und den Beweis – den kleinen, gefährlichen USB-Stick, der in ihrer Tasche steckte – schützen wollte, musste sie wirklich sehr vorsichtig sein.

»Ich bin einer Information über James Miller nachgegangen, und zwar mit jemandem, der ihn von der Arbeit kennt.«

»Nachdem ich Sie ausdrücklich gewarnt habe, in Bezug auf ihn etwas vorsichtiger zu sein?«

»Sir, Miller ist immer noch ein Verdächtiger, soweit es meine Ermittlungen betrifft. Ja, wir hatten aktivere Spuren, aber ich wollte auch dieser nachgehen.«

»Sie sind also bloßen Vermutungen nachgegangen?«, sagte Reed mit kalter Stimme. »Während Ihr Team damit beschäftigt war, den tatsächlichen Mörder aufzuspüren?«

Lag da ein Vorwurf in seiner Stimme? Wegen Schmidt? *Er hat recht*, sagte ihr eine innere Stimme. *Wenn du dort gewesen wärst, wäre es vielleicht nicht so weit gekommen. Cam wäre vielleicht noch am Leben.* Ihre Gedanken blieben bei ihm hängen. Sie sah den alten Polizisten an seinem Schreibtisch vor sich, wie er mit Stäbchen in seinen gebratenen Nudeln herumstocherte und dabei auf seinen Computermonitor starrte. Cam, wie er lächelte und ihr auf ihrer Beförderungsparty ein Bier reichte. Cam mit seinen Landkarten, wie er ihr eine neue Tour zeigte, die er und Sue mit ihren Fahrrädern unternehmen wollten.

O Gott! Sue.

»Sir, ich wusste, dass die Agenten Klein und Gooch die Situation hier im Griff hatten. Charles Moore war einer von mehreren Ex-Freunden von Sarah Foster. Er stand auf unserer Kontaktliste, aber er war nur kurze Zeit mit ihr zusammen, und sie hatten sich vor Monaten getrennt. Bis gestern hatten wir keinen Grund, ihn zu verdächtigen. Keiner von uns konnte ahnen, wie schnell sich die Dinge entwickeln würden.«

»Aber das liegt in der Natur dieses Jobs, Fisher. Das wissen Sie ganz genau.«

Da lag nicht nur Wut in seiner Stimme, das wurde ihr jetzt klar. Es war auch Enttäuschung. Sie hatte ihn im Stich gelassen. Sie hatte alle im Stich gelassen.

»Sir, ich weiß, ich hätte hier sein sollen. Ich wünschte bei Gott, ich wäre hier gewesen.« Sie gab sich einen Ruck. »Aber bitte, lassen Sie mich die Jagd nach Moore leiten.«

»Nein. Ich koordiniere die Suche von jetzt an. Alle örtlichen Strafverfolgungsbehörden sind informiert, und ich werde zuallererst eine Pressekonferenz geben. Agent Klein hilft uns bei der Strategie.« Reed beugte sich über seinen Schreibtisch. »Wir werden Moores Gesicht überall plakatieren. Bis zum morgigen Nachmittag wird der Mistkerl keinen Muskel mehr regen können, ohne entdeckt zu werden. Die Polizei von Waterloo hilft uns auf der Farm. Sie haben zwei ihrer CSIs geschickt, um Nolan zu helfen. Der Tatort soll ja ein wahres Schlachthaus sein.«

»Nolan ist draußen auf der Moore-Farm?«

Reed nickte. »Mit den meisten aus Ihrem Team.«

»Ich könnte jetzt sofort hinfahren. Mit einem Streifenwagen ...«

»Fisher, ich ... «

»Ich bin arbeitsfähig, Sir. Es ist lediglich ein leichtes Schleudertrauma.«

»Ich beurlaube Sie hiermit.«

Der Schock ließ Riley einen Schritt zurücktreten. Sie schüttelte den Kopf und zuckte kurz zusammen, weil ihr Nacken sich verkrampfte. »Sir, ich weiß, ich hätte Ihnen sagen sollen, dass ich nach Des Moines fahre. Aber ich hatte einen Unfall, und niemand konnte ahnen, was auf der Farm passieren würde.«

»Ich habe vorhin mit einigen aus Ihrem Team gesprochen, Riley.«

»Ach?«, sagte sie heiser.

»Jackson Cole hat mir erzählt, dass er neulich Abend bei Ihnen zu Hause war. Er sagte, Sie seien wegen irgendetwas sehr aufgebracht gewesen.«

»Sir, Cole ist immer noch sauer, dass ich statt seiner befördert …«

»Er sagte, Sie hätten ihn mit einer Waffe bedroht.«

Dieser Dreckskerl.

Reed seufzte. Er sah erschöpft aus. »Ich habe Sie von Anfang an gewarnt, dass ich Ihnen den Fall entziehe, wenn Ihre Verbindung zu Chloe Miller Sie in irgendeiner Weise kompromittieren würde. Ich fürchte, die Ereignisse der letzten Tage haben das bewiesen.«

»Sir, ich …«

»Ich übernehme ab jetzt. Die Agenten Klein und Gooch werden mich dabei unterstützen.« Er richtete sich auf. »Wir können die Sache in ein paar Tagen neu bewerten. Ihre Dienstmarke und Ihre Waffe, Sergeant.«

Ihre geprellte Hand, deren Verband mit Schlamm von der Straße verschmutzt war, zitterte, als sie ihr goldenes Sternabzeichen abnahm und es auf dem Schreibtisch platzierte. Die Glock legte sie daneben.

»Gehen Sie nach Hause, und ruhen Sie sich aus, Riley.«

Es gab keinen Grund mehr für weitere Diskussionen.

Benommen machte sie sich auf den Weg die Treppe hinunter.

Riley ging an der Ermittlungsabteilung vorbei, als sie Amy Fox sah, die am Fotokopierer stand, den Blick auf Schmidts Arbeitsplatz gerichtet. Auch Rileys Blick blieb an dem Schreibtisch hängen, und sie hielt inne. Verstreute Akten, zwei Kaffeetassen und eine Donut-Schachtel befanden sich darauf. Irgendwie schien der Tisch mehr Raum einzunehmen, als ihm zustand, als wäre sämtliche Schwerkraft auf ihn konzentriert. Fox schaute auf, und sie sahen sich an.

Riley ging hinein. »Hallo.«

»Sarge.« Fox wandte sich ab, aber nicht rechtzeitig, um ihre vom Weinen geschwollen Augen vor Riley verbergen zu können. Nach einem kurzen Moment schniefte die junge Frau und strich sich die Bluse glatt.

Riley ging zum Fotokopierer, der soeben Blätter auswarf. Sie nahm eines davon in die Hand. Es war ein Fahndungsplakat. Der Name von Charles Moore stand oben, darunter eine Telefonnummer und der obligatorische Warnhinweis:

ACHTUNG! BEWAFFNET UND GEFÄHRLICH

Sie starrte auf das kantige Kinn, den Mund, der niemals zu lächeln schien, das schüttere Haar über den sturmgrauen Augen. Ihr Kannibale. Sie fragte sich, ob er auf der Website, die sie durchforstet hatte, auftauchen würde. Eine weitere Bestie in Menschengestalt, über die sich die Neugierigen und Faszinierten hermachen konnten.

Fox starrte erneut auf den Schreibtisch, die Augen auf das Foto von Schmidt und Sue gerichtet. »Er war so ein netter Mensch.«

»Das war er.« Riley legte ihr die Hand auf die Schulter. »Wir werden Moore schnappen. Er wird dafür bezahlen.«

Fox drehte sich um und sah sie an. »Das ist nicht genug.«

»Ich weiß. Aber mehr können wir nicht tun.«

»Ich habe gehört, Sie hätten einen Unfall gehabt.« Fox musterte Rileys Gesicht, als sähe sie die Schnittverletzungen und blauen Flecken erst jetzt. »Sind Sie okay?«

Nein, wollte Riley sagen. *Meine Nichte wird vermisst, ich habe Informationen erhalten, für die Leute anscheinend zu töten bereit sind, und ich wurde suspendiert.* Da fiel ihr Blick auf die Autoschlüssel auf Fox' Schreibtisch. Ein Gedanke formte sich in ihrem erschöpften Hirn. »Sind Sie gerade an was dran?«

»Ich habe gewartet, bis die Plakate fertig sind. Sheriff Reed hat gesagt, ich solle nach Hause gehen und ein paar Stunden schlafen.« Fox' Blick wanderte zurück zu Schmidts Schreibtisch. »Aber ich glaube nicht, dass ich schlafen kann.«

»Ist Logan am Tatort?« Als Fox nickte, hob Riley die Schlüssel auf und hielt sie ihr hin. »Mögen Sie mich mitnehmen?«

Auf dem Weg zur Moore-Farm stellte Riley eine Verbindung mit den Special Services her, um ein Update zu erhalten. Sie hatte sie bereits auf dem Rückweg von Des Moines angerufen und sie gebeten, Maddies Handy zu orten.

»Bleiben Sie dran, Sarge«, sagte die Vermittlung. »Ja. Wir haben einen Standort.«

Rileys Herz machte einen Sprung. »Wo?«

»Okay, das ist von letzter Nacht. Zehn Minuten nach Mitternacht.«

Als der Beamte die Adresse vorlas, sank Rileys Hoffnung. »Das ist ihr Zuhause. Seitdem nichts mehr?«

»Tut mir leid, nein. Das bedeutet, dass entweder ihr Akku leer war oder sie ihre SIM-Karte entfernt hat. Ich könnte eine Anfrage an den Dienstanbieter stellen, aber Sie wissen ja, wie das normalerweise abläuft.«

»Nichts?«, fragte Fox, als sie das Gespräch beendet hatte.

Riley lehnte sich kopfschüttelnd im Sitz zurück. Ihr Nacken und ihre Schulter pochten, aber sie wollte die Schmerzmittel, die die Sanitäter ihr gegeben hatten, nicht nehmen. Die Schmerzen hielten sie zumindest wach. Der Himmel war wolkenverhangen, kein einziger Stern war zu sehen. In der Ferne schimmerte es, wo sich die Gewitterzelle nach Westen bewegte. Der Wetterbericht sagte, der Sturm werde Sioux City bis zum Morgengrauen erreichen. Auch Trichterwolken seien über der südlichen Hälfte des Staates zu sehen.

»Ich bin sicher, dass es Maddie gut geht«, sagte Fox, aber ihre Stimme klang etwas gequetscht.

Nichts und niemandem ging es heute Abend gut.

Während Fox die von Schlaglöchern durchsiebte Straße hinauffuhr, wurden in der Ferne die weitläufigen Gebäude der Moore-Farm sichtbar, die geradezu festlich von Scheinwerfern beleuchtet wurde. Zwei Deputys der Motorradpatrouille standen am Tor. Einer hielt eine Taschenlampe hoch und winkte sie durch. Der andere trug ihre Namen ins Logbuch des Tatorts ein. Riley fragte sich, wie lange es wohl dauern würde, bis Leute wie Sean Taylor hier draußen anrückten und versuchten, ein gutes Foto oder ein paar grausige Details zu erhaschen. Die gruselige alte Farm wäre perfekt für die Titelseiten. Ein weiterer Ed Gein, direkt vor der Haustür.

Als Fox in der Nähe einiger anderer Streifenwagen anhielt, holte Riley ein Paar Schutzhandschuhe und Überzieher für die Schuhe aus dem Handschuhfach. »Danke, Fox. Versuchen Sie, ein bisschen zu schlafen. Morgen werden Sie dringend gebraucht.«

»Wann kommen Sie wieder zurück, Sarge?«

Riley zögerte. Sie hatte Fox gesagt, sie sei wegen des Unfalls beurlaubt worden. Vielleicht würde man ihrem Team morgen etwas anderes erzählen. Wie auch immer, sie hatte im Moment keine Antwort parat.

Außerhalb des Farmgebäudes bewegten sich Dutzende von Gestalten im grellen Licht der Scheinwerfer, einige stöberten auf dem Boden herum, andere packten Gegenstände in Asservatentüten. Die meisten von ihnen waren durch ihre weißen Overalls mit Kapuzen und Masken nicht zu identifizieren, aber hinten bei der Scheune erkannte sie Jackson Cole und Chad Becker. Beim Anblick von Cole verspürte sie einen Anflug von Wut, aber da sie weitere Konfrontationen vermeiden wollte, machte sie sich schnell auf den Weg zum Farmhaus.

Auf dem Hof blitzten Kameras auf und beleuchteten grelle Blutflecken. Cams Blut – das erkannte sie an den Handschuhen, Spritzen und zerrissenen Verpackungen, die die Sanitäter, die ihn behandelt hatten, zurückgelassen hatten. Sie entdeckte Bob Nolan bei einem Pick-up, der einen Labortechniker dabei beaufsichtigte, wie er den Griff und die Tür nach Abdrücken absuchte. Ein anderer fotografierte die Reifen. War Chloe in diesem Lastwagen gelandet? War sie Moore entkommen und verletzt vor ihm davon- und in die Felder gelaufen?

Im Farmhaus fand sie endlich Logan mit einem von Nolans Technikern, der in der Küche Beweisstücke einpackte. Der Gestank trieb einem die Tränen in die Augen. Das helle Licht machte es noch schlimmer, indem es jede verschmierte und verkrustete Oberfläche schonungslos sichtbar werden ließ. Fliegen summten, und Kakerlaken krabbelten in dunklen Ecken. Auf der Arbeitsfläche in der Küche lagen Schneidebretter und Fleischermesser, rostig von getrocknetem Blut. Tierisches oder menschliches – diese Frage würden nur Tests beantworten können. Jedenfalls freute sich Riley nicht auf die Ergebnisse.

Der Techniker sah sie zuerst. »Willkommen in der Hölle, Sergeant!«

Logan richtete sich auf, einen Beutel mit Beweismitteln fest in der Hand. Sein Overall und die Stiefel starrten vor Dreck, und seine Maske verunzierte ein schwarzer Fleck. Seine Augen waren hohl. Riley stellte sich vor, wie er mit Cam hier draußen allein war und auf Hilfe wartete. Sie hätte hier bei ihnen sein sollen.

»Das war ja ein ganz schöner Crash«, sagte Logan und starrte auf ihr Gesicht.

Rileys Blick suchte den Raum ab. »Was haben wir?«

Logan hielt den Beutel mit den Beweismitteln hoch. Darin befand sich eine weiße Schachtel. »Eine ganze Menge Drogen.« Er trat zur Seite und zeigte ihr einen Tisch, auf dem sich weitere Tüten stapelten, gefüllt mit Pillen und Päckchen. Er reichte ihr die Tüte, die er in der Hand hielt.

Riley nahm sie. »Fenozen«, murmelte sie und las das Etikett.

»In rauen Mengen.«

»Aus derselben Apotheke?«

Logan nickte. »Anscheinend hat es Sarah Foster gestohlen, damit Moore es auf der Straße verkauft. Ich schätze, er brauchte das Geld, nachdem er entlassen worden war. Sieht so aus, als hätte er das Zeug auch selbst genommen. Passt alles zum Profil. Gooch und Klein sagten, es gebe Drogenmissbrauch. Fosters Schwester sagte, sie habe Moore vor ein paar Monaten den Laufpass gegeben. Vielleicht war das der Auslöser – der Stressfaktor oder was auch immer –, der das Fass zum Überlaufen gebracht hat? Vielleicht die Kombination, dass er seine Freundin los war und er Zugang zu Drogen hatte?«

»Ist sie noch hier? Sarah?«

»Ja. Nolan wollte zuerst die Reifen des Lastwagens analysieren lassen, in dem Moore entkommen ist, damit wir versuchen können, nach ihm zu fahnden. Ich habe einen Teil des Kennzeichens, aber ...« Er schüttelte den Kopf.

»Das ist okay.«

»Sobald Nolan draußen fertig ist, wird er sich dranmachen, sie rauszuholen. Webb steht ebenfalls bereit.«

»Zeig es mir.«

Logan führte sie durch das Chaos zu einer Tür. Riley folgte ihm die dahinterliegende Treppe hinunter. Eine nackte Glühbirne hing von der Decke und tauchte den Keller in mattes gelbes Licht.

»Habt ihr hier irgendwo eine Drohne gefunden?«

»Du denkst an die, die John Brown in der Nacht von Chloes Tod gesehen hat?« Logan schüttelte den Kopf. »Noch nicht. Aber – na ja – du siehst, was für ein Chaos hier herrscht.« Er führte sie in einen Sturmschutzkeller.

»Mein Gott«, murmelte Riley und starrte auf das schmale Bett an der Wand. Handschellen hingen am Gestell, und die Matratze war blutbefleckt. Kleidungsstücke lagen auf dem Betonboden verstreut.

»Wir gehen davon aus, dass Moore auch Gracie hier festgehalten hat. Das sind die Kleider, die sie trug, als sie verschwand. Oben haben wir Sarahs Handy entdeckt. Einer der Techniker konnte es entsperren und hat eine Nachricht gefunden, die Moore vor neunzehn Tagen geschrieben hat. Darin deutet er an, er wisse etwas über Gracie. Dass Sarah auf die Farm kommen solle. Ihr Auto steht in der Scheune.«

Riley stellte sich vor, wie Moore Sarah überwältigte und hier runterbrachte. Wie sich die Hoffnung der Frau, etwas über den Verbleib ihrer Tochter zu erfahren, in Entsetzen auflöste. Hatte sie die Kleider ihrer Tochter gesehen? Hatte sie gewusst, dass sie Grace verloren hatte? Hatte sie gewusst, was auf sie selbst zukommen würde? Das Grauen nagte an Rileys Verstand. Sarahs Schreie, das Rütteln an den Ketten. Moores Schritte auf der Treppe. Dem Blut nach zu urteilen, hatte er eine oder beide Frauen angegriffen, als sie noch am Leben waren. Sie mahlte mit den Zähnen und verdrängte die Bilder.

Logan deutete auf den hinteren Teil des Kellers, wo Stufen zu einer Falltür hinaufführten. »Moore ist dort nach oben geflohen.« Dann zeigte er auf eine alte Gefriertruhe, die an einer kahlen Wand stand. »Sarah ist da drin.«

Riley ging rüber. Sie wappnete sich, dann öffnete sie den Deckel.

Zwischen in Plastikfolie verpackten braunen Steaks und blassen Hähnchen mit Gänsehaut befanden sich Stücke menschlichen Fleisches. Ein Arm, sauber am Ellbogen abgetrennt, das zerschnittene Gewebe mit roten Eiskristallen überzogen. Eine schlanke

Hand, auf deren Nägeln noch der Lack schimmerte. Ein Herz, leberfarben, umhüllt von einer faltigen Zellophanhülle. Das Schockierendste war jedoch der abgetrennte Kopf von Sarah Foster: blaue Lippen, vereiste Augen, gefrorene Haarsträhnen wie brüchige blonde Zweige. Er lag inmitten der vielen Stücke von ihr, ein Puzzle aus menschlichen Teilen.

»Nolan sagte, wir sollten den Deckel geschlossen halten«, sagte Logan leise.

Riley schloss den Deckel, aber das Bild blieb in ihrem Gedächtnis haften. Sie bezweifelte, dass es jemals verschwinden würde.

»Es könnten noch weitere Überreste da drin sein. Möglicherweise auch anderswo auf dem Grundstück, vor allem, wenn wir davon ausgehen, dass diese Landstreicher recht hatten – dass dieser weiße Lieferwagen Leute von der Straße einsammelt. Die Polizei von Waterloo bringt einen ihrer Leichenspürhunde mit.«

Riley schwieg einen langen Moment. Sie fühlte sich, als stünde sie im Auge eines Sturmes. Hier unten war alles ruhig, still wie in einem Grab, aber dort oben in der Welt brodelte es. Hier unten herrschte stilles Grauen. Aber irgendwo dort oben war Maddie verschwunden. Irgendwo war Charles Moore auf der Flucht. Und irgendwo waren auch die Männer, die sie von der Straße gedrängt hatten.

»Logan, ich brauche deine Hilfe.«

50

Die Morgendämmerung hatte den östlichen Himmel bereits blau gefärbt, als Riley zu Ende sprach. Im Haus war es still – Scrounger bei Rose und Lori, Ethan auf der Suche nach Maddie. Sie sah Logan an, der die letzte Stunde mit ihr am Küchentisch gesessen und ohne Unterbrechung zugehört hatte. »Was denkst du?«

»Dass ich etwas Stärkeres als Kaffee brauche«, sagte er und lehnte sich zurück. »Du glaubst also, dass diese Männer, die dich verfolgt haben, zu Gouverneur Hamiltons privatem Sicherheitsdienst gehören?«

»Davon gehe ich aus.«

»Und du glaubst, sie waren hinter dem USB-Stick her, den dir die Schwester von Senatorin Cook gegeben hat?«

»Sie dachten jedenfalls, ich hätte irgendwas von großer Wichtigkeit bei mir. Wichtig genug, um eine Waffe auf mich und den Trucker zu richten, der helfen wollte.«

»Also, was steht in diesen Akten? Du hast von einem Vertrag gesprochen.«

Riley griff in ihre Hosentasche und legte den USB-Stick auf den Tresen. »Ich hatte noch keine Gelegenheit nachzusehen.«

»Funktioniert dein Laptop noch?«

Sie stand vom Hocker auf und kramte in ihrer Reisetasche, die sie aus dem Kofferraum des Dodge gerettet hatte. Der Laptop hatte den Unfall unversehrt überstanden, gepolstert durch die Kleidung. Sie legte ihn auf den Tresen und zog eine Grimasse, weil ihr die Bewegung unangenehm war. Beim früheren Blick in den Spiegel hatten ihr die blauen Flecken, die sich über ihre Brust zogen, einen ordentlichen Schreck versetzt.

Logan kam um den Tresen herum, als sie den Deckel anhob und den USB-Stick reinsteckte. Sie konnte seinen Schweiß riechen. Seine sonst makellosen Nägel waren eingerissen, seine Hände schwarz vor Schmutz und getrocknetem Blut. Ihre Gesichter leuchteten im Licht des Bildschirms, während sich das Dateifenster mit Ordnern und Dokumenten füllte. Riley überflog sie, als sie aufblinkten und zum Leben erwachten. Wahlkampfmaterial, Finanzberichte.

»Mein Gott!«, murmelte Logan. »Das sind seine persönlichen Akten, Sarge. Die persönlichen Akten des Gouverneurs.« Er ließ die Worte im Raum stehen, sodass beide ihr Gewicht spürten.

»Da«, sagte sie, als ein Ordner ganz unten auftauchte. *»Red Lance.«* Sie klickte darauf, und es erschienen zwei Dokumente. Sie öffnete eins. Es waren seitenweise Kalkulationen, die wie Gleichungen aussahen – Listen von Buchstaben und Zahlen in Tabellen. Das Einzige, was sie verstand, war die E-Mail-Adresse, von der aus die Seiten verschickt worden waren. Es war James Millers Privataccount.

»Hat das was mit Millers Job bei GFT zu tun?«, überlegte Logan und blickte stirnrunzelnd auf die Seiten. »Du meintest, bei seinem Anruf hätte Hamilton Miller für seine Arbeit dort gelobt?«

Riley nickte. »Cook dachte, es könnte etwas mit Mais zu tun haben.« Sie überflog die Gleichungen. »Aber wir bräuchten einen Cornell-Abschluss, um irgendetwas davon zu verstehen.«

»Wenn es mit Millers Arbeit zu tun hat, warum wird dann so viel Aufwand betrieben, um sie geheim zu halten? Ich meine, ich weiß, dass landwirtschaftliche Technologie extrem viel wert ist. Aber auf einen Teenager zu schießen und einen Polizisten von der Straße zu drängen ...?«

»Kommt drauf an, was auf dem Spiel steht, schätze ich.« Riley klickte auf das andere Dokument. Es war der Vertrag, von dem die Senatorin gesprochen hatte. Hamiltons Name stand ganz unten, unter seiner Unterschrift. Dort stand außerdem die Zahl, die Cook erwähnt hatte. Riley deutete darauf. »Hundert Millionen Dollar sind ein ziemlich großer Einsatz.«

Der Rest der Seiten war auf Chinesisch, durchsetzt mit einem wirren Durcheinander von Symbolen, Zahlen und Buchstaben.

»Was ist das alles?«

»Thorne sagte, dass einige der Dateien beschädigt wurden.«

Riley öffnete einen weiteren Ordner. Dieser enthielt eine Reihe heruntergeladener Nachrichten, die bis zu acht Monate alt waren und dem Postfach von Hamiltons privater Mailadresse entstammten. Sie blätterte sie durch. Die meisten Absender und Adressaten schienen Familie und Freunde zu sein: Einladungen zu Partys, Einzelheiten zu einem Golfausflug, Kreditkartenrechnungen, Glückwünsche für die Kampagne. Dann, im März, eine Mail von James Miller.

> Red Lance bleibt instabil. Wir können erst dann zur nächsten Phase übergehen, wenn die Dinge unter Kontrolle sind. Wenn ich verstehe, was das bedeutet. Wir müssen es aufschieben.

Die Antwort von Hamilton war ähnlich kurz.

> Es muss zum vereinbarten Termin fertig sein. Das Geschäft muss pünktlich über die Bühne gehen. Ich werde mehr Geld überweisen, aber es muss geliefert werden. Pünktlich.

Riley blätterte weiter durch die Nachrichten, und ihre Augen wurden glasig, als die Mails hypnotisierend über den Bildschirm rollten.

»Da«, sagte Logan und streckte den Zeigefinger aus. Noch eine von Miller.

Es ist was passiert. Wir müssen reden.

»Sieh dir das Datum an«, murmelte Logan.

»Fünfundzwanzigster Juni.« Riley schaute ihn an. »Der Tag, nachdem wir Chloe gefunden hatten.« Ihre Aufmerksamkeit wurde abgelenkt, als ihr Handy klingelte. Sie griff danach, und Hoffnung flatterte in ihr auf, als sie sah, dass es ihr Bruder war. »Habt ihr sie gefunden?«

»Nein.« Ethan klang, als wäre er am Boden zerstört. »Ich war überall, Riley. An allen Orten, die sie kennt. Orte, an denen wir immer waren.«

Riley teilte ihm die schlechte Nachricht vom Sonderdienst mit. Sie hatte ihrem Bruder nicht gesagt, dass sie suspendiert worden war. Auch Logan hatte sie davon noch nichts erzählt. »Ich bin bald bei dir.«

Es gab eine lange Pause. »Das fühlt sich wie Karma an, Riley. Gott bestraft mich dafür, dass ich ein beschissener Vater bin. Wenn ihr etwas zustößt ...«

»Maddie war verärgert, Ethan. Ich denke, das ist ein Akt der Rebellion. Nichts Schlimmes.« *Aber du weißt ja, was mit einem verschwundenen Mädchen passieren kann.* Sie ignorierte die Stimme. »Warum kommst du nicht heim? Schläfst ein paar Stunden? Ich kann übernehmen.«

»Nein. Ihre Freundinnen werden bald aufwachen. Ich will ein Haus nach dem anderen abklappern. Den Kindern in die Augen sehen. Ob eins von ihnen lügt.« Er klang wütend und hilflos.

»Ethan, ich ... «

»Wir sprechen uns später.« Das Gespräch wurde beendet.

Logan beobachtete sie. »Immer noch nichts?« Er sah betrübt aus. »Ich weiß nicht, wie ich dir helfen kann, aber wenn du was brauchst – egal was.«

Riley spürte, wie die Müdigkeit an ihrem Körper zerrte, bis in die Knochen. Sie stützte die Ellbogen auf den Tresen und ihren schmerzenden Kopf auf die Hände, während sie auf die E-Mails starrte. »Ich bin zu müde, um zu denken.« Sie sah Logan an: seine blutunterlaufenen Augen, den Staub in seinem Haar, den Schmutz auf seiner Kleidung und das Blut – Cams Blut –, das unter seinen Nägeln getrocknet war. »Es tut mir leid. Ich weiß, dass es dir auch leidtut.«

Logan blätterte wieder durch Hamiltons Mails.

Riley zog ihre Tasche zu sich heran und holte die Packung mit den Schmerzmitteln heraus. »Kann man damit fahren?«, murmelte sie und las die Rückseite des Etiketts. Etwas blitzte in ihrem Kopf auf. »Du hast auf der Farm gesagt, dass du glaubst, Charles Moore würde Fenozen nehmen. Und es nicht nur verkaufen?«

»Ja. Es gab offene Packungen in seinem Badezimmer, leere im Müll.«

»Moore war also auf der Droge? Dennis Packer, der Landstreicher, bei dem Webb die Autopsie durchführte, der mit Pellagra, hatte das Zeug auch im Blut. George Anderson ebenfalls, laut Tom und den Kriegsjungs.« Sie rieb sich den Kopf und zwang ihr Gehirn zu arbeiten. »Tom sagte, dass Packer und Anderson nicht sie selbst waren – dass sie sich seltsam verhielten.«

»Aber du hast Fenozen überprüft? Du hast gesagt, es gebe keine Berichte über andere als die üblichen Nebenwirkungen. Außerdem ist es eine Sache, wenn ein paar Landstreicher mit Drogenproblemen sich seltsam verhalten. Moore ist eine ganz andere Liga. Der Kerl ist ein verdammter Psychopath.«

»Was ist mit dem Glas in Chloes Hand? Ich hab dir doch erzählt, was Webb gesagt hat. Dass es aus einem Krankenhaus oder einem Labor stammen könnte?«

»Du hast die vielen Medikamente in Moores Wohnung selbst gesehen. Spritzen wären nichts Ungewöhnliches gewesen.«

Riley schüttelte den Kopf. »Ich kann mir nicht vorstellen, dass Chloe lebend von dort entkommen ist, und selbst wenn – Zephyrs Maisfelder liegen auf der anderen Seite der Stadt, etliche Kilometer von der Moore-Farm entfernt. So weit hätte sie es nicht geschafft, nicht mit ihren Verletzungen.«

»Moores Pick-up also? Er könnte sie gepackt und versucht haben, sie zu betäuben? Chloe wehrt sich, die Spritze zerbricht in ihrer Hand? Sie flieht aus dem Fahrzeug auf die Felder?«

»Vielleicht. Ich habe nur das Gefühl, dass wir was übersehen.« Sie tippte mit dem Finger auf den Bildschirm. »Wer – oder was – ist Red Lance? *Red Lance bleibt instabil.*«

»Warte mal.« Logan lehnte sich vor und sah auf den Bildschirm.

»Was?« Riley folgte Logans Finger zu einer der E-Mails.

In der Betreffzeile stand *Pressemitteilung*. Aber es war der Name des Absenders, der Logans Aufmerksamkeit erregte. Die Mail war Bill Hamilton von einem gewissen John Brown geschickt worden.

Riley klickte. Der Bildschirm füllte sich mit einem Bild von drei gelben Ähren vor einer roten aufgehenden Sonne.

ZEPHYR FARMS

Es handelte sich, wie die Kopfzeile verriet, um eine Pressemitteilung: mehrere Seiten mit Fakten und Zahlen über die Genossenschaft, die ihr neues Hybridmaissaatgut vorstellte und ihre Erfolge in der Gemeinde Black Hawk hervorhob. Riley überflog den Text. »Sie sprechen über den Iowa Food Prize – und begründen, warum sie gewinnen sollten.« Sie dachte an das, was sie bei Cook gespürt hatte: Die Wellen in diesem Fall begannen aufeinanderzuprallen.

»Sie könnten Einfluss auf ihn nehmen?«, schlug Logan vor und las über ihre Schulter. »Vielleicht kann Hamilton ein Wörtchen mitreden, wenn es um den Preis geht?«

Sie schaute ihn an. »Wir haben hier eine Menge Verbindungen. Bill Hamilton und James Miller. Irgendwas mit Mais und einem Geschäft mit China. Zephyr und ihr Saatgut.« Sie schüttelte den Kopf und betrachtete wieder den Bildschirm. »Ich weiß nur nicht, *wie* all das miteinander verbunden ist.«

»Dann lass uns Miller fragen.« Logan sah auf seine Uhr. »Wir haben Zeit. Nolan hat auf der Farm alles im Griff. Reed wollte, dass wir vor der Pressekonferenz noch einmal zu einem Briefing kommen. Aber das ist noch vier Stunden hin.«

Sie richtete sich auf. »Was genau sollen wir Miller fragen?«

»Nun, es wird nicht mehr lange dauern, bis Charles Moore in den Nachrichten auftaucht, oder?«

»O Gott, du hast recht.« Riley fragte sich, ob Reed in all dem Chaos überhaupt daran gedacht hatte.

»Wir gehen hin und sagen Miller, dass wir im Mordfall seiner Frau einen Verdächtigen haben und eine Fahndung läuft. Und wenn wir schon mal da sind, schauen wir, welche Knöpfe wir bezüglich Bill Hamilton drücken können. Dann –« Er brach ab und sah, wie sie den Kopf schüttelte. »Was ist los?«

»Ich muss dir was sagen.«

51

In der Dämmerung war der Bach blass wie Milch, die Oberfläche ruhig. Maddie drückte ihre Knie an ihre Brust. Sie konnte Brandons Aftershave in ihrem Haar riechen, wo sie während der dunklen Stunden an ihn geschmiegt gelegen hatte, ohne ein anderes Geräusch als ihre Atemzüge und das Trillern der Nachtvögel und Frösche. Er war vor einer Stunde losgefahren, zu einer Schicht in der Autoreparaturwerkstatt seines Onkels in Waterloo. Er hatte angeboten, heute Abend wiederzukommen, aber Maddie hatte sich noch nicht entschieden, ob sie eine weitere Nacht im Bibelcamp bleiben würde. Sie war sich nicht sicher, was sie tun oder wohin sie gehen sollte.

Die raue Stimme ihres Vaters hallte in ihren Gedanken wider.

Ich würde ihn umbringen für das, was er dir angetan hat. Ich würde diesen Drecksvergewaltiger mit bloßen Händen umbringen.

Diese Worte hatten sie in ihrem Innersten erschüttert. Riley war ihr Fels. Ihre Sicherheit. Wenn es zwischen ihrer Mutter und Mason Lee richtig schlimm war, wenn es Streit gab und die Fäuste flogen oder sie den Alkohol im Atem ihres Vaters riechen konnte, wenn er sie zur Schule fuhr, wusste sie, dass sie Riley hatte, die Frau, zu der sie aufschaute, die Polizistin mit der Waffe und der Marke, die Unrecht in Recht verwandelte. Sie hatte es kaum glauben können, als ihr Vater ihr verriet, dass Riley mal von zu Hause weggelaufen war. Diese neue Enthüllung hatte sie sprachlos gemacht. Als sie ihre Tante auf den Knien weinend in den Armen ihres Vaters sah, wurde ihr klar, dass Riley genauso kaputt sein könnte wie all die anderen Erwachsenen in ihrem Leben.

Sie war hergekommen, um weit weg von ihnen allen zu sein. Aber jetzt bekam sie Angst vor den Konsequenzen. Sie begann sich schuldig zu fühlen, weil sie wusste, wie sehr sich zumindest Riley um sie sorgen würde. Wenn sie bald nach Hause käme, würden alle erleichtert sein. Wenn sie noch länger wartete, könnte diese Erleichterung in Wut umschlagen, und wann würde sie Brandon dann wiedersehen können?

Sie hatten gestern Abend ein Feuer angezündet, in dem geschwärzten Kreis in der Mitte der alten Hütten. Er hatte ihr seine Jacke um die Schultern gelegt. Sie hatten bis in die frühen Morgenstunden geredet und sich die Biere und Snacks geteilt, die er im Kum & Go gekauft hatte. Er hatte ihr von Memphis erzählt, von seiner alkoholkranken Mutter und seinem vom Glück verlassenen Vater. Und er hatte sie ausgefragt – Dinge, die sie nie zuvor gefragt worden war, nicht von ihrem Vater oder ihrer Mutter, nicht einmal von Riley: was sie glücklich und was sie traurig machte, wen sie bewunderte und was sie sein würde, wenn sie irgendjemand oder irgendetwas sein könnte.

Schließlich, als sie sich an seine Schulter geschmiegt hatte, unfähig, die Augen offen zu halten, schläfrig vom Bier, hatte er ihre Hand genommen und sie in eine der Hütten geführt, mit seinem Stiefel das tote Laub vom Boden gekratzt und die mitgebrachten Decken ausgebreitet, die schwach nach Benzin rochen. Sie war an der Tür zurückgeblieben, das ganze Ausmaß ihrer Lage plötzlich deutlich vor Augen – hier draußen allein im Wald mit einem achtzehnjährigen Jungen, den sie kaum kannte. Sie hatte sich den ganzen Abend gewünscht, dass er sie küsste, hatte beobachtet, wie sich seine Lippen bewegten, während er sprach, und wie sein Gesicht im Licht des Feuers golden schimmerte. Aber mit einem Mal hatte sie Angst bekommen.

Sie hätte sich keine Sorgen machen müssen. Er hatte seinen

Arm um sie gelegt, sein Jeanshemd sanft an ihre Wange gedrückt, und so war sie aufgewacht, als sein Handywecker klingelte.

Maddie gähnte und nahm einen Schluck warme Limonade. Als sie die Flasche in ihrer Tasche verstaute, fiel ihr Blick auf ihr Telefon in den Falten. Sie widerstand dem Drang, die SIM-Karte wieder einzulegen, da sie nicht bereit war, diese Seifenblase platzen zu lassen. Noch nicht. Sie war überrascht, dass keine ihrer Freundinnen geredet, unter dem Druck nachgegeben und Riley oder ihrem Vater von diesem Ort erzählt hatte. Aber dann würden sie zugeben, dass sie auch hier gewesen waren und nach diesem dummen Foto immer noch in Schwierigkeiten steckten.

Ein Vogelschwarm stürzte aus den Bäumen am anderen Bachufer. Als sie über den Wald flogen, hörte Maddie Stimmen. Sie erstarrte. Brandon konnte es eigentlich nicht sein. Die Stimmen wurden von dem Knacken von Ästen begleitet, die unter ihren Füßen brachen. Seit sie in den letzten Wochen hierhergekommen war, hatte sie niemanden mehr gesehen – nur diese Drohne, die über den Baumwipfeln nach Norden flog.

Maddie schnappte sich ihre Tasche und schlüpfte ins Innere der Hütte. Sie ging zum vergitterten Fenster und spähte hinaus. Sie fluchte, als sie an ihr Fahrrad dachte, das am Zaun stand. In einiger Entfernung fiel ein Steg, dessen morsche Bretter grün vor Moos waren, vom Ufer ins Wasser.

Zwischen den Bäumen tauchten drei Männer auf. Einer, älter als die anderen, mit lockigem hellem Haar, ging voran und schob sich energisch durch das Unterholz. Die beiden anderen trugen etwas, das offenbar in Müllsäcke eingewickelt war. Es war lang und schien schwer zu sein, und die beiden Männer mühten sich ordentlich ab. Sie konnte ihre Atemzüge hören.

Die zwei Männer legten das Ding am Ufer ab. Der eine bückte sich, die Hände auf den Knien. Der andere saß in der Hocke, den Blick auf das Paket gerichtet. Der ältere Mann prüfte den Steg mit seinem Stiefel.

»Scheiße!« Das kam von dem jungen Mann, der sich hingehockt hatte. Er schien verzweifelt. »*Scheiße!*«

Der ältere Mann drehte sich zu ihm um. »Hör auf, Jacob. Das ist nicht der richtige Zeitpunkt.«

»So hätte es nicht laufen müssen, Pa! Warum hat Hoyt ihn erschossen?«

»Dein Bruder hat mich beschützt.« Der ältere Mann hob sein Gesicht in den dämmrigen Himmel. Er sah völlig fertig aus. »John wollte zu den Bullen. Ich konnte es ihm nicht ausreden.«

»Wir müssen irgendwas tun. Jemandem Bescheid sagen.«

»Wem?«

»Du weißt genau, wen ich meine.«

Der dritte Mann richtete sich auf. »Halt die Klappe, Jacob!«

»Warum nicht?«, verlangte der Jüngere zu wissen und erhob sich seinerseits. »Er kann uns hier rausholen.«

»Er kann uns auch den Wölfen zum Fraß vorwerfen. Weißt du, womit er gedroht hat?«

Der Mann namens Jacob schüttelte den Kopf und schaute zum Alten. »Hoyt ist am Arsch, Pa. Schon seit diesem Tag mit Lizbeth. Hätte dir sagen können, dass er irgendwann durchknallt.«

»Wir müssen durchhalten«, sagte der andere Mann barsch »Wir können dieses Monster nicht länger im Silo einsperren. John wird nicht der Einzige sein, der Fragen stellt. Jetzt, wo der ganze verdammte Staat nach dem Van sucht.«

Der ältere Mann fuhr sich mit den Händen durchs Haar, bevor er nickte. »Wir lassen den Lieferwagen hier draußen stehen. Fahrt mit eurem Truck zu den Silos zurück. Wenn es dunkel ist, bringen wir ihn zu Miller, dann entsorgen wir den Van.«

»Himmelherrgott«, murmelte Jacob. »Dieser Scheißbulle? Jetzt John?«

»Der Bulle war ein Unfall!«, schnarrte der ältere Mann. »Das Arschloch kam aus dem Nichts. Ich hatte keine Wahl!« Er atmete schwer aus und deutete dann auf das eingewickelte längliche

Ding am Ufer. »Holt ein paar Steine, okay? Wir müssen ihn beschweren.«

Als die beiden im Unterholz verschwanden, sah Maddie, wie der ältere Mann hinter seinen Rücken langte. Was er aus dem Bund seiner Jeans zog, war eine Pistole. Maddie wollte sich im Dunkel zusammenkauern, konnte aber den Blick nicht abwenden. Der Mann betrachtete die Waffe einen Augenblick, bevor er ausholte und sie in den Bach warf.

52

Logan stoppte den Crown Ford Victoria in der Nähe des Miller-Hauses. Der Himmel färbte sich rot. Die Sonne ging auf. Logan stellte den Motor ab und überlegte, was er sagen könnte, um Miller dazu zu bringen, sich zu öffnen – etwas über diese Verbindung zu Bill Hamilton zu erzählen. Er hatte seit Gott weiß wann nicht mehr geschlafen und nichts mehr gegessen, sein Geist war erschöpft, und jetzt war auch noch Riley weg und suspendiert.

Logan wusste, dass es noch andere Dinge gab, die sie ihm nicht gesagt hatte. Ihre bandagierte Hand, dieser distanzierte Blick, den er in ihren Augen gesehen hatte, seit sie Chloe Miller gefunden hatten – Dinge, die von mehr als nur der Trauer um eine alte Freundin sprachen. Er wusste, dass hinter alldem etwas anderes steckte. Etwas, das Riley von der kontrollierten, konzentrierten und manchmal reservierten Frau, mit der er anfangs zusammengearbeitet hatte, in eine neue, verletzlichere, weniger solide – und, ja, realere Person verwandelt hatte. Vielleicht konnte er ihr sagen, dass er für sie da war, wenn sie ihn brauchte, wenn all das hier vorbei war.

Als er nach seinem Ausweis griff, sah Logan, wie schmutzig seine Hände waren. Dreck und Blut.

Holt Sue, hatte der alte Detective in seinen letzten Momenten gehaucht. *Holt Sue.*

Aber es war keine Zeit mehr dafür gewesen.

Es war noch früh. Die Straße lag ruhig da. Millers Auto war nirgendwo zu sehen. Ein Logan unbekanntes Fahrzeug parkte vor dem Haus. Ein schwarzer Chevrolet Suburban, schmutzig von der Straße. Hatte Miller Besuch?

Seit sie das letzte Mal hier gewesen waren, hatte sich die Lage weiter verschlechtert: Der Rasen war zugewachsen, die Blumen am Wegesrand gingen ein oder waren schon tot. Logan stieg die Verandastufen hinauf und blieb stehen, als seine Füße auf Glasscherben knirschten. Eines der bunten Fenster neben der Tür war zerbrochen, die Tür selbst stand einen Spalt offen. Drinnen waren Geräusche zu hören – Männerstimmen, ein dumpfer Aufprall.

Logan entfernte sich von der Tür, zog seine Waffe und ging um die Hauswand herum. Er kannte den Grundriss gut genug, um zu wissen, dass er die Küche erreichen konnte, ohne gesehen zu werden. Auf der Rückseite lag der Garten größtenteils im Schatten, nur die Spitzen der Bäume färbten sich scharlachrot. Durch die Fliegengittertür fiel Licht. Er ging um einen Schaukelstuhl und einen Tisch herum, auf dem drei Sturmlaternen standen, und näherte sich dem Küchenfenster. Die Jalousien waren heruntergelassen, aber wenn er sein Gesicht an den Rahmen drückte, konnte er einen schmalen Ausschnitt der Küche dahinter sehen.

Ein Mann stand am Tresen. Nicht Miller. Er war klein und stämmig, bekleidet mit einer Cargohose und einem schwarzen Poloshirt. Sein kahler Kopf glänzte. An seiner Hüfte steckte ein Colt in einem Holster. Logan musste an sein Gespräch mit Riley denken und an ihre Behauptung, dass die Männer, die sie auf der Straße verfolgt hatten, der private Sicherheitsdienst des Gouverneurs gewesen waren. Alles an diesem Mann – die Waffe, die Art, wie er sich verhielt – schrie förmlich Militär. Er blickte auf einen geöffneten Laptop hinab, wobei seine Masse den Bildschirm verdeckte.

Logan hörte Geräusche aus einem der Zimmer im Obergeschoss – das schwere Ziehen von Möbeln. Wenige Augenblicke später betrat ein Mann vom Flur aus die Küche. Er war ähnlich gekleidet wie der Mann mit der Glatze, trug Handschuhe sowie eine große Kiste in den Armen. Auch er war bewaffnet. Logan schaute in die Dunkelheit des Flurs, aber von James Miller war nichts zu sehen.

Der glatzköpfige Mann blickte auf, als der andere Mann die Kiste auf dem Tresen abstellte. Sie schien voll mit Akten und Notizbüchern zu sein, die aussahen, als wären sie hastig hineingestopft worden. »Ist das alles?«

Der Mann mit der Kiste nickte. »Jensen bringt den Rest in den Wagen. Sieht aus, als wäre das meiste davon im Labor.«

Das Labor? Millers Arbeitsstelle bei GFT? Logan holte sein Handy aus der Tasche, behielt jedoch die beiden Männer im Auge.

»Wir dürfen keine Spuren hinterlassen. Nicht einen verdammten Krümel.«

»Wir haben alles, Walker«, betonte der Mann. »Es ist sauber. Was ist mit der Polizistin?«

»Larson hat angerufen.« Der Glatzkopf klappte den Laptop zu. »Er und Jones sind auf dem Weg zu ihrem Haus. Was auch immer Cook ihr gegeben hat, sie werden es zurückholen.«

Der andere Mann sprach wieder, aber Logan hörte nicht mehr zu. Sein Herz klopfte, als er nach Rileys Nummer scrollte. Hinter ihm ertönte ein Schritt. Er drehte sich ruckartig um und sah eine Gestalt dort stehen. Logans Blick wanderte vom Gesicht des Mannes zum dunklen Lauf der Waffe, die auf ihn gerichtet war.

***

Riley lotste den Taxifahrer durch die Straßen des Wohnviertels, die zum Haus von Maddies Freundin Tanisha führten. Die Sonne war aufgegangen, aber es war noch zu früh, um an Türen zu klopfen. Trotzdem konnte sie nicht zu Hause bleiben und nichts tun. Ein Teil von ihr wollte bei Logan sein und der Spur folgen, die direkt zu James Miller zu führen schien, aber sie hatte keine Befugnisse mehr und ihre Nichte Vorrang.

Der Taxifahrer war neu im Bezirk und kannte den Weg nicht. Er hatte besorgt dreingeschaut, als sie eingestiegen war. Nachdem Logan gegangen war, hatte sie schnell geduscht, das Blut abgewaschen und sich den Straßenstaub aus den Haaren gebürstet, aber sie sah immer noch aus, als hätte sie einen Kampf hinter sich. Der Fahrer hatte ihre bandagierten Knöchel beäugt, die blauen Flecken an ihrem Hals vom Sicherheitsgurt, die Schnitte auf ihren Wangen, sich dann aber ziemlich bald entspannt und war gesprächig geworden.

»Haben Sie von dieser Schießerei gehört?« Er betrachtete sie im Rückspiegel. »Da war was im Radio über einen getöteten Polizisten.« Er schüttelte den Kopf. »Diese Frauenmorde? Ich und meine Frau sind von Chicago hierhergezogen. Wir wollten einen sicheren Ort, an dem unsere Kinder aufwachsen können. Sie erwartet im Herbst unser erstes Baby.«

»Es ist sicher, Sir«, murmelte Riley und blickte aus dem Fenster auf die ruhigen Straßen, die von der goldenen Sonne beschienen wurden. Die Straßen, auf denen sie, Chloe und Mia gespielt hatten. Sie sah jemanden, der am grünen Rand des State Park entlangradelte, und fühlte einen scharfen Stich der Trauer, als sie an Cam dachte.

»Sir?« Der Mann gluckste. »Ich glaube nicht, dass mich jemals ein Fahrgast so genannt hat.«

»Macht der Gewohnheit. Ich bin Polizistin.« Doch ihr Gürtel fühlte sich so leicht an ohne das Gewicht ihrer Marke und ihrer Waffe. Was, wenn diese Suspendierung dauerhaft wäre?

»Jesus! Kannten Sie ihn? Den Mann, der erschossen wurde? Waren Sie dabei? Sind Sie deshalb so übel zugerichtet?« Als sie nicht antwortete, schüttelte er den Kopf. »Tut mir leid. Ich wollte nicht rumschnüffeln.«

»Ich hatte einen Autounfall. Der Sturm.«

Während der Fahrer das Gespräch auf das Wetter im Mittleren Westen lenkte, kehrte Riley zu dem Gedanken zurück, der sich im

Abschleppwagen auf dem Weg zurück nach Black Hawk gebildet hatte. Sie war auf derselben Straße verunglückt, auf der ihre Eltern vor zwölf Jahren den Unfall gehabt hatten. Eis und Novemberdunkelheit. Ein rasender Lastwagen, der nicht langsamer wurde. Es war ein Gedanke, der sie erschaudern ließ.

Es hatte nie einen Grund gegeben, den Tod ihrer Eltern für etwas anderes als einen Unfall zu halten, auch wenn der Fahrer des Lastwagens nie gefunden worden war. Der einzige Zeuge hatte sich kein Nummernschild gemerkt; er war zu sehr damit beschäftigt gewesen, ihnen zu helfen. Fahrerflucht. Ein betrunkener Fahrer? Ein illegaler Einwanderer, der in Panik geraten war? Das kam vor. Aber ihr Vater hatte für Bill Hamilton gearbeitet – einen Mann, der jetzt möglicherweise in eine große Verschwörung verwickelt war und dessen Männer auf ein Mädchen geschossen und sie in den Unfall getrieben hatten –, und dieser Gedanke hatte sie den ganzen Heimweg über begleitet.

Das Klingeln ihres Handys riss sie in die Gegenwart zurück. Der Name auf dem Display ließ sie aufatmen. »Maddie! Gott sei Dank! Wo bist du? Geht es dir gut?«

»Ich bin bei dir.« Maddies Stimme war ein verängstigtes Flüstern.

»Madison? Was ist los?«

»Riley ... da sind Männer im Haus.«

53

»Können Sie bitte hier warten?«, fragte Riley den Taxifahrer und wies ihn an, kurz vor ihrer Hauseinfahrt zu halten.

Er antwortete mit gequälter Miene. »Ich verpasse den morgendlichen Ansturm. Könnten mindestens sechs Fahrgäste werden.«

»Sie können den Zähler laufen lassen, Sir.«

Abermals brachte die Anrede ihn zum Lächeln. »Ich heiße Gabriel. Okay, ich warte.«

»Danke!« Riley hielt inne, die Hand an der Tür. »Gabriel, wenn ich in zwanzig Minuten nicht zurück bin, rufen Sie bitte das Black Hawk County Sheriff's Office an. Sagen Sie, es gebe einen Code 2 bei meiner Adresse.«

»Code 2«, wiederholte er und nickte ernst.

Riley ging den Weg zu ihrem Haus hinunter, wobei sie sich im Schatten der Platanenbäume hielt. Sie blieb stehen, als sie den schwarzen Geländewagen – einen Chevrolet Suburban – in der Mitte des Weges parken sah. Wieder verfluchte sie sich bitterlich für das Versäumnis, das ihr in dem Moment klar geworden war, als sie Maddies Anruf erhalten hatte. Auf dem Rückweg von Des Moines hatte sie ihre Kreditkarten sperren lassen, eher aus Selbstverständlichkeit als der Befürchtung, die Männer, die ihre Handtasche gestohlen hatten, könnten irgendwas damit anstellen. Aber sie hatte den Führerschein in ihrer Brieftasche völlig vergessen.

Auf dem Heimweg im Taxi, bei dem sie ihre Nichte so lange wie möglich am Telefon gehalten hatte, erfuhr sie, dass mindestens zwei Männer im Haus waren. Sie hatte Maddie gesagt, sie solle sich verstecken. Sie hatte erwogen, Verstärkung zu rufen, aber ihr Instinkt riet ihr, vorsichtig zu sein. Wenn dies Hamiltons Männer waren, dann waren sie Profis. Sie hielt es für unwahrscheinlich, dass sie Maddie ohne Grund etwas antun würden, aber sie wusste nicht, wie eine Auseinandersetzung mit der örtlichen Polizei ausgehen würde, und sie wollte heute Morgen nicht das Leben weiterer Kollegen riskieren.

Die Luft des sonnenbeschienenen Morgens war feucht. Die einzigen Geräusche waren das Summen von Insekten und das ferne Dröhnen des Verkehrs auf der Interstate. Riley trat an den SUV. Schweiß perlte auf ihrer Haut. Das Fahrzeug war leer.

Sie richtete ihre Aufmerksamkeit auf das Haus – ihre alte viktorianische Schachtel – und wurde sich zum ersten Mal bewusst, wie viele Fenster es gab. Es blieb ihr nichts anderes übrig, als das offene Gelände zu überqueren, um alles überblicken zu können. Sie tat es schnell. Maddies Fahrrad lag neben den Stufen der Veranda. Riley lief zum Schuppen und schlüpfte hinein. Ein Bild der Klapperschlange, die sich mit ihrem dicken Körper unter den morschen Türen hindurchschlängelte, schoss ihr durch den Kopf. Sie wusste, was der Biss einer Klapperschlange anrichten konnte – sie hatte von erwachsenen Männern gehört, die innerhalb von Minuten Blut erbrachen und an inneren Blutungen starben. Sie ließ ihre Augen sich an die Dunkelheit gewöhnen, ignorierte den Schauer der Angst und ging tiefer hinein.

Die Tasche mit ihrer alten Winchester hing an einer der Wände. Mit einer Staubwolke fiel sie ihr in die Hände. Rasch öffnete sie die Tasche und holte die Flinte heraus. Sie hatte sie schon lange nicht mehr benutzt. Sie überprüfte sie und hoffte, dass sie vielleicht noch geladen war, aber dank ihrer steten Vorsicht war die Kammer leer. Was die Eindringlinge immerhin nicht wissen konnten. Sie bewahrte die Patronen im Safe auf. Sie musste nur an sie herankommen.

Mit der Waffe in der Hand rannte sie zum Haus, die Verandastufen hinauf, drückte sich an die Wand und betete, dass Scrounger bei Rose und Lori war. Sie riskierte einen Blick durch die Gittertür. Die Küche war leer. Maddies Rucksack lag auf dem Tresen, aber sonst gab es kein Lebenszeichen.

Sie trat vorsichtig ein, wartete auf das Knarren der Tür und schlüpfte dann hindurch. Sonnenlicht schimmerte auf den Küchenwänden. Schubladen waren herausgezogen worden, der Inhalt durchwühlt. Der Flur lag im Halbdunkel. Sie hob die Schrotflinte. Ihre Erschöpfung war verschwunden, weggeblasen vom Adrenalin, aber sie spürte, wie ihr Körper gegen die Bewegung protestierte. Sie hielt in der Tür inne und hörte das Quietschen der Dielen im oberen Stockwerk. Es war unheimlich, wie ein so vertrauter Ort sich so fremd anfühlen konnte – die Schatten unheilvoll, die Räume voller Bedrohung. Als sie näher kam, hörte sie weitere Geräusche aus dem Esszimmer.

Riley trat auf den Flur, der Schweiß rann ihr über die Wangen. Eine Gestalt kam aus dem Esszimmer – ein kräftig gebauter Mann in Cargohose und T-Shirt. Eine schwarze Skimaske war über sein Gesicht gezogen.

»Keine Bewegung!« Auf ihren Ruf hin drehte der Mann sich um. Er griff nach seiner Waffe, erstarrte jedoch beim Anblick der Schrotflinte. Oben waren weitere Geräusche zu hören – stampfende Schritte, ein gedämpfter Schrei.

Riley richtete ihre Aufmerksamkeit auf den Mann vor ihr. »Umdrehen! Legen Sie die Hände auf den Kopf!«

Der Mann drehte sich um, die Hände nach oben gestreckt, als zwei Gestalten auf der Treppe hinter ihm erschienen. Rileys Augen starrten entsetzt auf einen zweiten maskierten Mann, der Maddie festhielt. Ein Arm lag über der Brust des Mädchens und drückte es an sich, seine behandschuhte Hand war auf Maddies Mund gepresst. In der anderen hielt er eine Pistole. Der Lauf war gegen Maddies Schläfe gedrückt.

»Legen Sie Ihre Waffe weg!« Die Stimme des Mannes klang entfernt vertraut. Als Riley zögerte, drückte er Maddie fester an sich, sodass das Mädchen durch seine Finger wimmerte. »Jetzt!«

»Okay!« Riley hielt die Schrotflinte hoch. Langsam ging sie in die Hocke und legte sie auf den Boden.

»Gegen die Wand.«

Als Riley sich an die Wand drückte, wurde ihr klar, woher sie die Stimme des Mannes kannte. Es waren seine Hände gewesen, die sie durchsucht hatten, als sie in dem umgestürzten Dodge gefangen war.

Sein Kamerad trat vor, um die Waffe aufzuheben. Er wollte das Patronenlager leeren, dann lachte er kurz auf. »Das Ding ist nicht einmal geladen.« Er legte sie ab und zog seine eigene Waffe, die er auf Riley richtete, während der andere Mann die letzten Stufen hinunterstieg und Maddie weiter festhielt.

»Senatorin Cook hat Ihnen einige Akten gegeben. Ich will sie haben.«

Riley wollte lügen, ihm sagen, dass sie keine Ahnung hatte, wovon er sprach. Aber sie würde es nicht riskieren – nicht mit dem Lauf an Maddies Schädel. »Im Safe.«

»Wo?«

Riley zeigte unter die Treppe.

»Aufmachen!«

Der andere Mann hielt seine Waffe auf sie gerichtet, während sie zum Tresor ging. Sie bückte sich und tippte den Code ein. Als Logan aufgebrochen war, hatte sie ihren Laptop hineingestopft. Der USB-Stick ragte noch immer heraus. Sie wollte ihn abziehen und verfluchte sich dafür, die Dateien nicht kopiert zu haben, doch der Mann hielt sie zurück.

»Legen Sie es auf den Boden, und gehen Sie zurück zur Wand.«

Der Mann trat zum Laptop und klappte es auf. Riley hatte die Dokumentdateien offen gelassen. Er überflog die Seiten mit einem Nicken. »Wir haben es.«

»Haben Sie diese Dateien verschickt? Mit jemandem geteilt?«

»Nein.«

Maddie stieß einen Schrei aus, als der Mann seinen Griff verstärkte und die Waffe in ihre Haut drückte. »Überprüf ihre E-Mails«, sagte er zu seinem Kameraden.

Der Mann tippte auf die Tasten. »Die letzte Mail wurde vor zwei Tagen gesendet. Nichts angehängt.«

»Ich sage die Wahrheit.«

Der Mann, der Maddie festhielt, musterte Riley noch einen Moment lang. »Bleiben Sie, wo Sie sind.« Er durchquerte den Flur und hielt das Mädchen dicht bei sich. Sein Kamerad nahm den Laptop und folgte ihm. Als sie die Küchentür erreichten, ließ der Mann Maddie los und schob sie in Richtung Riley. Als das Mädchen nach vorne stolperte, verschwanden die beiden Männer durch die Tür.

Riley hielt Maddie fest, als die Eingangstür zuschlug. Sie zog das Mädchen an sich. Ihre Nichte zitterte. »Es ist alles in Ordnung. Du bist in Sicherheit.«

Ein schriller Schrei von draußen ließ sie beide zusammenzucken.

Riley versteifte sich. »Warte hier.«

»Riley, nein!«

Riley befreite sich aus Maddies Griff und ging in die Küche. Durch die Fliegengittertür sah sie, wie einer der Männer auf halbem Weg zwischen Schuppen und Bach auf dem Boden zusammenbrach. Der Laptop lag im Gras neben ihm.

Sein Kamerad rannte zurück auf ihn zu. Dann blieb er plötzlich stehen. »Was zum Teufel?«

Riley sah eine Bewegung im Gras neben dem am Boden liegenden Mann. Ein schwarz-goldener Schimmer, der sich durch das Gras in Richtung Bach schlängelte.

Der Mann umklammerte seine Wade. »Sie hat mich gebissen, Larson! Eine verdammte Schlange! Sie hat mich *gebissen!*«

Sein Kamerad griff sich den Laptop und zog den Verletzten auf die Beine, der mit ihm zum Chevrolet humpelte.

Riley wählte bereits das Büro des Sheriffs an, als der Geländewagen rückwärtsfuhr. Sie kehrte in den Flur zurück und nickte vor Maddie Richtung Safe. »Da drin ist eine Schachtel Patronen, Schätzchen. Hol sie mir bitte.« Die Zentrale antwortete nach einer gefühlten Ewigkeit. »Sergeant Riley Fisher, erbitte sofortige Unterstützung. Zwei bewaffnete Männer verlassen mein Grundstück. Verdächtige sind in einem schwarzen Chevrolet unterwegs.«

»Sergeant?« Es war Joan, die älteste der vier weiblichen Disponenten. »Sie sind nicht unterwegs zum Tatort?«

»Tatort?«

»Charles Moore wurde gesichtet.« Joans übliche Gelassenheit war angekratzt. »Bei der Cedar Falls High.«

Riley wurde bewusst, dass sie in der Ferne Sirenen hören konnte.

Scheiße!

Sie beendete das Telefonat, nachdem sie Joan die Fahrzeugdaten mitgeteilt hatte, und griff dann nach der Winchester. Maddie war in der Küche und drückte ihren Rucksack an sich. Die Schachtel mit der Munition stand auf dem Tresen. Als Riley zu ihr hinüberging, trat sie auf etwas. Es war eine Gabel, die bei der Suche der Männer nach dem USB-Stick aus einer der Schubladen gefallen war. Es lag noch weiteres Essbesteck herum. Ihr Blick fiel auf etwas, das dazwischen golden glitzerte. Es war ihre Halskette. Sie bückte sich und hob sie auf. Sie wollte sie in die Schublade legen, doch dann steckte sie sie in die Tasche ihrer Jeans.

»Okay«, sagte sie und lud die Schrotflinte. »Los geht's.«

»Riley«, sagte Maddie mit leiser Stimme. »Ich muss dir was sagen.«

»Nicht hier. Wir müssen gehen.« Riley rechnete nicht damit, dass die Männer zurückkommen würden, wollte aber keinerlei Risiko eingehen. »Bleib hinter mir.«

»Aber –«

»Wir müssen los. Jetzt.«

Riley ging mit erhobener Flinte auf die Veranda hinaus, Maddie dicht hinter ihr. Der SUV war verschwunden. Die Sirenen heulten lauter, nur wenige Blocks entfernt. Sie hielt ihre Augen offen und suchte das Gras ab. Von der Schlange war nichts zu sehen. Aber etwas anderes zog ihren Blick auf sich – Silber im Sonnenlicht. Sie holte tief Luft. Es war der USB-Stick. Sie vermutete, dass der Mann ihn verloren hatte, als er den Laptop fallen ließ. Als sie sich bückte, um ihn aufzuheben, schlug ihre Siegesfreude in Angst um. Wie lange würde es dauern, bis sie es bemerkten?

Während sie den Weg hinuntereilte und Maddie hinterherlief, sangen in der ganzen Stadt die Sirenen ihr schrilles Lied. Erleichterung durchflutete Riley, als sie das Taxi unter den Bäumen parken sah. »Komm schon.«

»Riley, halt!« Maddie packte sie am Arm. »Ich muss dir was sagen!«

54

Das Taxi fuhr los, und Riley geleitete Maddie zur Haustür. Ihre Nichte war weiß im Gesicht und erschüttert. Riley wollte ihr sagen, dass alles gut werden würde, aber der Trost musste warten. Als sie an der Tür klingelte und Scroungers Gebell im Haus hörte, zog sie den USB-Stick aus ihrer Tasche und sah sich um, obwohl sie sich verdammt sicher war, dass ihnen niemand gefolgt war. »Maddie, du musst das hier nehmen.« Sie drückte dem Mädchen den USB-Stick in die Hand. »Sag niemandem etwas davon. Weder Rose noch Lori noch deinem Vater. Versteck ihn einfach, bis ich zurück bin. Und geh nicht nach draußen. Ich meine es todernst.«

»Wann kommst du zurück?«, fragte Maddie, und ihre Finger schlossen sich um den Stick.

»Nicht lange. Wart einfach ab.«

Die Tür öffnete sich, und Lori erschien. Sie trug ihren dicken Flanellmantel über dem Nachthemd, trotz der morgendlichen Wärme. Ihre Pupillen waren geweitet, und sie starrte sie ein bisschen zu lange an. Oben weinte Ben. »Riley?«

»Ist Rose da?«

»Nein, sie ist bei Ethan.« Loris Blick richtete sich mühsam auf Maddie. »Sie sucht nach Madison.«

»Du musst sie anrufen. Sag ihnen, dass Maddie hier bei dir ist. Und dass ich mir dein Auto leihen muss.«

»Mein Auto?« Lori schaute verwirrt, aber sie griff hinter die Tür, wo die Schlüssel an einem Haken hingen.

Riley nahm ihr die Schlüssel ab und drückte Maddie durch die Tür hinein. »Ich bin so schnell wie möglich wieder da.«

»Riley?«, rief Lori. »Was ist denn los? All die Sirenen?«

»Ich erklär's später«, sagte Riley über ihre Schulter. »Ruf einfach Rose und Ethan an. Und bleib drinnen.«

Loris Auto war am Straßenrand geparkt. Ein blauer Ford Focus mit einem Kindersitz auf der Rückbank. Riley schob die Schrotflinte in die Vertiefung des Beifahrersitzes und stieg ein. Als sie weitere Sirenen hörte, die durch die Stadt heulten, biss sie die Zähne zusammen und trat aufs Gas, um zurück nach Cedar Falls zu rasen.

Nach dem, was Maddie ihr erzählt hatte, hatte Riley kaum Zweifel daran, dass die Männer, die ihre Nichte im Wald gesehen hatte, zu Zephyr Farms gehörten. Das Mädchen hatte die Namen Hoyt und Jacob gehört. Der ältere Mann, den sie beschrieb, klang nach Frank Garret, dem Vater. Maddies Beschreibung legte nahe, dass sie eine Leiche entsorgt hatten.

Sie wusste von dem alten Bibelcamp. Es lag in der Nähe von Zephyrs Land, nicht weit von den Feldern entfernt, auf denen Chloe gefunden worden war. Zephyrs Felder. Ihr Maissaatgut. John Browns E-Mail an Hamilton. Die Puzzleteile sammelten sich vor ihr, blieben aber verstreut und unklar. Eine Sache war jedoch sicher. Mit Hamiltons privatem Sicherheitsdienst hier in Black Hawk und James Miller, der anscheinend im Mittelpunkt der ganzen Sache stand, hatte sie Logan direkt in die Gefahrenzone geschickt.

Logans Auto war vor Millers Haus geparkt. Riley hielt daneben an, und ihre Anspannung ließ etwas nach. Vielleicht waren ihre Befürchtungen – die sich verstärkt hatten, als er nicht auf ihre Anrufe reagiert hatte – unbegründet? Vielleicht war Logans Handy tot? Von Millers Auto war nichts zu sehen. Aber sein Nachbar kniete im Vorgarten und schnitt Blumen ab. Er hielt mit dem Beschneiden inne und sah zu, wie sie den Weg hinauflief.

Riley blickte nach unten, als etwas unter ihren Stiefeln knirschte. Ihre Erleichterung schwand, als sie sah, dass ein Fenster zerbrochen und die Tür offen war. Sie rief in die Dunkelheit des Flurs. »Mr Miller? Black Hawk County Sheriff's Office.« Als sie keine Antwort erhielt, trat sie vorsichtig ein. »Logan?«

Sie ging durch den Flur in die Küche. Es war niemand da, aber die Hintertür stand offen. Auf der Veranda lag ein umgestürzter Tisch. Riley ging nach draußen. Sie fand Spritzer einer dunklen Flüssigkeit auf der Veranda. Sie ging in die Hocke und berührte einen davon mit dem Finger. Blut. Sie stellte fest, dass weitere Tropfen um die Veranda herum nach vorne führten. Sie folgte ihnen, aber sie endeten in der Einfahrt.

»Entschuldigen Sie, Sir!«, rief sie, eilte zum Nachbarn und kniete sich zwischen seine Blumen. »Sergeant Riley Fisher. Büro des Sheriffs von Black Hawk County.« Sie griff nach ihrer Dienstmarke, dann fiel ihr ein, dass sie fehlte. Sie tat, als zückte sie das Blech und hoffte auf sein Desinteresse. »Haben Sie Mr Miller gesehen?«

Der Mann erhob sich. Kurze weiße Beine lugten unter den Shorts hervor. Seine Brille beschlug in der Hitze. »Nicht seit gestern, Ma'am. Ich habe es vorhin bei ihm versucht, aber er war nicht da.«

Riley erinnerte sich daran, dass James gesagt hatte, keiner seiner Nachbarn habe ihn seit Chloes Tod besucht. »Haben Sie irgendwas gehört?«

»Es gab ein ziemliches Tohuwabohu, Ma'am. Hat mich und meine Frau geweckt.«

»Sie meinen, es gab eine Art Unruhe, Mr ...?«

»Erickson, Ma'am. Wally Erickson. Hörte sich ganz danach an. Dinge gingen zu Bruch. Menschen schrien.«

»Sie haben nicht daran gedacht, die Polizei zu rufen?« Sie war sich ziemlich sicher, dass Wally Erickson der Typ war, der bei der geringsten Störung in seiner wohlhabenden Straße am Telefon hing.

»Nun, Ma'am, um ehrlich zu sein, dachte ich, es *wäre* die Polizei.«

»Wie kamen Sie darauf?«

»Einer von ihnen war Ihr Kollege, mit dem ich Sie hier gesehen habe. Es sah aus, als hätte es eine Art Streit gegeben. Ihr Kollege schien verletzt zu sein. Sein Gesicht war blutig.«

Ihr drehte sich der Magen um.

»Die anderen vier habe ich noch nie gesehen.«

»Vier?«, sagte Riley schroff.

»Ja, sie kamen mit Kisten und einem Computer raus und brachten alles in ein Fahrzeug vor dem Haus. Ich dachte eigentlich, sie wollten Mr Miller verhaften, aber ich habe ihn nicht gesehen, als sie wegfuhren.«

»Um welche Uhrzeit war das?«

»Wie ich schon sagte, es war früh.« Er schaute auf seine Uhr. »Vor gut einer Stunde.«

»Was für einen Wagen fuhren sie?«

»Einen schwarzen Chevrolet Suburban. Mir unbekannt.«

Genau wie der, der sie von Des Moines aus verfolgt hatte. Genau wie der vor ihrem Haus. »Sie haben sich nicht zufällig das Kennzeichen gemerkt?«

Wally Erickson wurde rot. »Tja, ich habe ein Foto gemacht, Ma'am.« Er griff in die Tasche seiner Shorts und holte sein Handy heraus. Er zeigte ihr das Bild.

Riley fluchte, als sie feststellte, dass das Nummernschild ein anderes war als das des Fahrzeugs, mit dem die beiden Männer ihr Haus verlassen hatten. Es gab also sechs Männer in Black Hawk, mindestens. Zwei, die zu ihrem Haus gekommen waren. Vier hier bei Miller. Sie vergrößerte das Bild mit den Fingern. Die Scheiben des Chevrolet waren getönt, aber sie konnte die Gestalten im Inneren erkennen. Sie hatten Logan.

Als sie zu ihrem Auto zurückkehrte, rief sie erneut die Zentrale an, um eine dringende Fahndung rauszugeben.

Joan nahm ab und klang gestresst.

»Joan, ich muss ein weiteres Kennzeichen zurückverfolgen lassen. Dieselbe Marke, dasselbe Modell. Anderes Nummernschild. Ich glaube, Deputy Wood wurde gegen seinen Willen in diesem Fahrzeug entführt.«

Joans Tonfall wurde noch ernster. »Ich schicke die Angaben sofort weiter.«

Riley drehte den Schlüssel im Zündschloss, doch als der Motor aufheulte, hielt sie inne und legte die Hände auf das Lenkrad. Die Tatsache, dass sie Logan mitgenommen und ihn nicht einfach auf der Stelle erledigt hatten, ließ Hoffnung aufkommen, aber es war nicht abzusehen, was sie mit ihm vorhatten. Es schien ums Aufräumen zu gehen: die zwei, die wegen der Akte gekommen waren, die Thorne ihr gegeben hatte, diese Männer, die Sachen aus James Millers Haus mitnahmen, Frank Garret und seine Söhne, die etwas im Bach versenkten. Ihre Kollegen würden zügig auf eine Bedrohung eines der ihren reagieren, aber jetzt waren alle Augen auf Charles Moore gerichtet. Es war ihre Schuld, dass Logan in Schwierigkeiten steckte. Es lag in ihrer Verantwortung, ihn rauszuholen.

James Miller. Bill Hamilton. Zephyr Farms.

Und Chloe – tot in den Maisfeldern.

Sie blickte zu dem Haus hinauf, in dem ihre Freundin gewohnt hatte, dann griff sie in ihre Tasche und holte die goldene Sternenkette hervor. Als sie sie an der zerbrochenen Kette hochhielt, erinnerte sie sich an die kleine rote Schachtel, die ihr Großvater ihr an ihrem Geburtstag überreicht hatte, und an sein faltiges Lächeln, als sie sie öffnete. An das Gefühl des Stolzes, das sie verspürte, als sie die Kette heraushob. Es war nicht nur ein hübsches Schmuckstück. Schon damals, mit vierzehn, hatte sie gewusst, dass sie in seine Fußstapfen treten wollte. Gleichzeitig hatte sie gewusst, dass Joe Fisher – der Sheriff von Black Hawk County mit den goldenen Sternen – das auch so sah. Für sie war die Halskette das Geschenk seines Vertrauens gewesen.

Sie stellte sich Chloe vor, wie sie am Morgen danach auf dem Jahrmarkt unter den Bäumen kniete, die Hände im Dreck. Sie suchte. Sie stellte sich vor, wie sie die Halskette fand, sie zurückbrachte und sicher aufbewahrte. Dieses verlorene Stück von ihr. Ein Geschenk, das man ihr genommen hatte. Tränen stachen ihr in die Augen, als sie an Chloe dachte, wie sie durch diese Felder lief. Sie ließ sich auf den Boden fallen, um sich vor Schmerz zu krümmen, und ihre Hände gruben sich wieder einmal in die trockene Sommererde. Es spielte keine Rolle, dass sie ihre Dienstmarke verloren hatte. Hier ging es nicht mehr um den Job. Sie musste die Sache zu Ende bringen. Das war sie Chloe schuldig.

Riley drückte aufs Gas und raste aus der gepflegten Nachbarschaft am Einkaufszentrum vorbei, während das Heulen der Sirenen hinter ihr verklang und ihre Kollegen sich Charles Moore näherten. Sie überquerte den Cedar bei den Bahngleisen, vorbei an den Fabriken und den dunklen Fäden der Bäche, und fuhr auf die Nebenstraßen hinaus in die hügelige Weite der Maisfelder, die zu Gold reiften, der Wasserturm in der Ferne aufragend, die Schrotflinte geladen neben sich.

55

Charles Moore stand auf dem Schulsportplatz. Die Sonne ging in seinen Augen auf. Seine Haut schien vor Hitze enger zu werden, trotzdem schlotterte er. Seine Arme kribbelten. Es fühlte sich an, als ob Insekten in seinem Fleisch wühlten. Überall um ihn herum kreischten Sirenen. Lichter blitzten rot und blau. Er taumelte im Kreis und versuchte zu verstehen.

Er erinnerte sich an Männer, die ihn die Kellertreppe hinaufschleppten. Grelles Tageslicht, dann ein Lieferwagen, der ihn verschluckte und fortbrachte. Die Männer hatten ihn in die widerhallende Schwärze eines leeren Getreidesilos gesperrt. Er hatte ihre Stimmen von jenseits der stählernen Mauern gehört. Irgendwann das Rumpeln eines sich nähernden Fahrzeugs. Gebrüll. Das heftige Krachen von Schüssen. Das böse Knurren eines leiser werdenden Motors.

In den Stunden der Stille, die darauf folgten, hatte er sich von dem Strick befreit, mit dem sie ihm die Hände gefesselt hatten, und war über die Leiter aus dem Silo geklettert. Draußen in der Finsternis der Welt war er ohne Orientierung kilometerweit durch Maisfelder gestolpert, verloren und verwirrt. Er hatte vorgehabt, in den dünnen, warm beleuchteten Kokon seines Farmhauses zurückzukehren. Doch als die Morgendämmerung anbrach und ihm die Dächer der Stadt jenseits des Maisfeldes enthüllte, hatten ihn seine Füße hierhergeführt – zum Footballfeld der Highschool.

Es war, wie er sich erinnerte, der letzte Ort, an dem er glücklich gewesen war, seit er seinen Job verloren hatte. Dreißig Jahre lang war er Schlachter gewesen. Er wusste nicht, was er sonst hätte sein sollen. Zuerst kamen der Alkohol und die Schlägereien, dann die Drogen. Und dann – Sarah Foster.

Ja, er hatte sie anfangs wegen ihres Jobs umworben und sie überredet, ihm Dinge aus der Apotheke mitzubringen. Nur ein Päckchen von diesem oder jenem. Keine große Sache. Gerade genug, um ihre Samstagnächte etwas angenehmer zu gestalten. Aber irgendwann, in diesen pillengeschwängerten Tagen, hatte er sich in die Frau verliebt. Sie hatte ihm das Gefühl gegeben, ein Mann zu sein. Ihr Beschützer. Er und sie und Gracie. Alles durcheinander, aber trotzdem das Zeug zu einer Familie.

Als die Sonne die leere Tribüne mit ihrem Gold übergoss, konnte Charles Moore die Jubelrufe in seinem Kopf hören. Konnte sich selbst dort oben zwischen Sarah und Gracie sitzen sehen. Wie er in der Halbzeitpause Hotdogs verteilte.

Hotdogs. Süßes Fleisch. Der Duft. Der Geschmack. Dieses irre Verlangen, das er nicht stillen konnte, was immer er auch aß. Hackfleisch und rohe Steaks. Leber und Blutwurst. Der schreckliche, überwältigende, alles verzehrende Hunger, der nicht gesättigt werden konnte. Die Gier, die an seinem Verstand nagte.

Gracie, die aus heiterem Himmel mit geröteten Augen an seiner Tür klopfte und ihm erklärte, sie habe sich mit ihrer Mom gestritten, ihn um Geld bat, da sie bei Freunden unterkommen wolle. Ihre aufsteigende Angst, als sie das Elend seiner Behausung sah – seinen Abstieg in den Wahnsinn. Obwohl er sie angefleht hatte zu bleiben, war sie rückwärts hinausgestolpert.

An den Rest erinnerte er sich in groben, kurz aufblitzenden Einzelbildern. Ihre Hände, die über sein Gesicht kratzten. Schreie. So viele Schreie. Er hatte nach dem Kissen auf der Veranda gegriffen, um die schrecklichen Geräusche zu ersticken, fest zugedrückt, um sie abzuwürgen. Sie hatte wie ein Lamm unter ihm gebockt.

Dann hatte sie sich endlich nicht mehr bewegt, schlaff und leblos. Nachdem es vorbei gewesen war, hatte er stundenlang zusammengekauert am feuchtkalten Stein der Kellerwand gelehnt.

Schließlich hatte sein Schlachterhirn übernommen und ihm warnend eingeflüstert, wie schnell Fleisch verderben konnte. Er hatte sich gezwungen, das Mädchen auszuziehen und von seinem Leib zu schneiden, was er brauchte, bevor er es behutsam in einer der Gefriertruhen ablegte, die Treppe hochkroch und so viele Pillen schluckte, wie er runterbekam. Doch er war nicht in der Lage gewesen, sie bei sich zu behalten. Ihr Gesicht – eingefroren in diesem allerletzten Ausdruck des Entsetzens einer Erwürgten – verfolgte ihn.

Einige Tage später war er mit ihrer steifen Leiche in den Armen von seinem Pick-up zur Dunkelheit des Bachs gestolpert – eins der vielen Flüsschen, von denen Black Hawk County übersät war, gespeist vom Wasser des Cedar River. Regen prasselte auf sein Gesicht und die Plastikfolie, in die er sie eingewickelt hatte. Die mitgebrachten Gewichte glitschig von Schlamm, als er sie mit Seil an ihre Arme und Beine band, dort unten im Schilf. Das Platschen und Gurgeln des Wassers, das sie in die Tiefe zog.

Zurück auf der Farm, hatte er, während der Schlamm schwarz an seinen Händen trocknete, am Lauf seiner Pistole gewürgt, aber nicht abdrücken können. Nur die Drogen hatten geholfen, kleine weiße Krankenschwestern, die auf seiner Zunge perlten und ihm Frieden brachten. Bis sich der Hunger wieder zu regen begann. Tick, tick! Und er hatte Sarah eine Textnachricht geschickt, sie gebeten zu kommen. Ihr mitgeteilt, er wisse, wo Gracie sei.

Lieber Gott, steh mir bei!

»Charles Moore!« Die Stimme dröhnte durch ein Megafon und hallte über das Feld. »Nehmen Sie die Hände über den Kopf!«

Er wirbelte herum und sah hinter Motorhauben und Autotüren in Deckung gegangene Männer. Konnten sie ihm helfen? Konnten sie dem Ganzen ein Ende setzen? Er machte einen Schritt auf sie zu. Öffnete seinen Mund.

***

Special Agent Elijah Klein eilte über den Parkplatz. Sirenen heulten, als sich weitere Streifenwagen zu denen gesellten, die auf dem Sportplatz der Cedar Falls High geparkt waren. Blaulicht blitzte, Türen schwangen auf. Deputys und Polizeibeamte gingen in die Hocke und richteten Dutzende von Waffen auf die Gestalt, die im Gras neben der Tribüne stand.

Klein steuerte direkt auf das Fahrzeug von Sheriff Reed zu, auf dessen Seiten ein goldener Stern prangte. Von Riley Fisher gab es keine Spur. Reed hatte ihm zuvor eine Nachricht hinterlassen, dass sie nach Hause geschickt worden war und er die Ermittlungen übernahm.

Der Sheriff wandte sich mit dröhnender Stimme über die Lautsprecheranlage seines Wagens an die entfernte Gestalt. »Charles Moore! Nehmen Sie die Hände über den Kopf!«

»Sheriff.«

Reed blickte sich um, als Klein neben ihm auftauchte, abgeschirmt durch die offene Tür des Fahrzeugs, und richtete dann seinen Blick wieder auf die Gestalt auf dem Feld. »Charles Moore, Sie sind umstellt!«

Moore drehte sich taumelnd um die eigene Achse. Er sah kaum noch wie der Mann auf den Fahndungsplakaten aus. Er war hager und schmutzig, hatte einen dichten Bart und wirkte, als wäre er aus der Wildnis gekommen. Klein erkannte seltsame Läsionen an seinen Armen und am Hals – Schorf, der fast wie Schuppen aussah. So etwas hatte er noch nie gesehen.

Klein schaute nach oben und sah mehrere dunkel gekleidete Männer, die sich über die Dächer der Schulgebäude duckten. Das SWAT-Team ging in Stellung. Sein Kiefer spannte sich, als sein

Blick zu den vielen Streifenwagen mit ihren verschiedenen Abzeichen und Mottos wanderte – Black Hawk County und Waterloo, State Patrol und Cedar Falls. Alle waren gekommen, um den Mann zur Strecke zu bringen, der einen der ihren getötet haben sollte. Einen Mann, der vier Frauen in ihrem Bezirk brutal ermordet hatte. Ein Ungeheuer, das ihre Städte terrorisiert hatte. Sämtliche Augen nahmen das Ziel ins Visier. Finger juckten am Abzug. Klein wusste, wie die Sache ausgehen würde.

»Sheriff Reed!«, versuchte er es erneut und schrie über die herannahenden Sirenen hinweg. »Moore ist labil. Diese Art der Bedrohung wird ihn nur noch labiler machen. Wenn Sie Ihre Männer zurückhalten und mich mit ihm reden lassen, kann ich die Lage vielleicht beruhigen. Wir können ihn lebend kriegen.«

Reed schüttelte den Kopf. »Ihr Job ist erledigt, Agent. Lassen Sie mich meinen machen.« Er sprach wieder in die Lautsprecheranlage. »Zeigen Sie mir Ihre Hände, Moore! Sofort!«

Moore trat einen Schritt vor und rief etwas.

Kleins Schreie gingen im Donner der Gewehre unter.

***

Amy Fox saß an ihrem Schreibtisch und betrachtete die Schachtel mit den Donuts, die auf Cam Schmidts Schreibtisch stand. Der Detective hatte zwei von ihnen gegessen. Die anderen waren matschig geworden. Cams Sakko hing noch immer über der Lehne seines Stuhls. Warum war es da und er nicht?

Sie fühlte sich erschöpft, aber hellwach. Sie war nach Hause gefahren, nachdem sie Riley auf der Moore-Farm abgesetzt hatte, hatte sich aber noch nicht einmal ausgezogen, als der Anruf kam, dass Moore gesichtet worden war. Als sie das Büro erreicht hatte, waren alle Streifenwagen weg, und so war sie hierhergekommen, um zu warten.

Ihr Computer zeigte an, dass eine Nachricht eingegangen war.

Sie öffnete sie, in der Hoffnung auf ein Update. Es war eine E-Mail von der Arztpraxis, die sie wegen Lizbeth Garret kontaktiert hatte. Im Anhang fand sie eine Notiz des Arztes und Lizbeths Krankenakte. Das Dokument sah wie eine ganz normale Akte aus – gebrochenes Handgelenk vor zwei Jahren, Grippe, Magengeschwür, Biopsie eines verdächtigen Leberflecks. Lizbeth litt an Epilepsie und nahm Medikamente, um sie zu kontrollieren.

Fox' müde Augen überflogen den nächsten Eintrag und wanderten dann zurück. Vor sechs Monaten war Lizbeth ein neues Medikament gegen ihre Epilepsie verschrieben worden. Fox legte ihren Finger auf den Bildschirm und verfolgte die Notiz des Arztes bis zu ihrem Ende.

FENOZEN

56

Riley ließ Loris Auto am Straßenrand stehen, nahm ihr Handy und die Schrotflinte und duckte sich, Maddies Anweisungen folgend, durch ein Loch im Maschendrahtzaun. Sie bahnte sich ihren Weg durch das Unterholz. Das Zirpen der Insekten war laut unter dem Blätterdach. Das Laub flüsterte in der warmen Luft. Ein Knurren ertönte, als ein Mähdrescher oben vorbeizog.

Es dauerte nicht lange, bis sie die alten Hütten erreichte, die verstreut im Wald standen. Dort gab es eine geschwärzte Feuerstelle. Sie hielt inne und ließ ihren Blick über die zerbrochenen Bierdosen und verbrauchten Feuerwerkskörper schweifen. Maddie hatte nicht gesagt, mit wem sie hier draußen gewesen war, aber es würde ein Gespräch geben müssen, wenn das alles vorbei war. Eine Menge Gespräche.

In der Ferne – zwischen den Bäumen – glitzerte das Wasser. Riley ging hinunter zum Bach, wo ein gebrochener Steg aus dem Ufer ragte. In der Nähe des Ufers befanden sich Fußabdrücke im Schlamm. Sie achtete darauf, nicht auf sie zu treten, und machte ein paar Fotos. Ihr Handy hatte hier draußen keinen Empfang. Die Oberfläche des Baches war mit Algen bedeckt. Sie würden Taucher schicken müssen – was oder wer auch immer in den Tiefen versenkt worden war, konnten nur sie ergründen.

Riley verließ das Ufer und ging nach Norden in jene Richtung, aus der laut Maddie Frank Garret und seine Söhne gekommen waren. Es gab noch mehr Fußspuren, von schweren Stiefeln zertretene Knopfbuschblüten und Seggenriede. Ein Teil von ihr fühlte sich, als wäre sie wieder mit ihrem Großvater auf der Jagd: das Gewicht der Winchester in ihren Händen, die leise Verfolgung ihrer Beute. Aber das Gefühl war ein ganz anderes, wenn die Beute höchstwahrscheinlich ihrerseits Gewehre trug.

Nach einer kurzen Strecke kam sie an den Zaun. Sie ging daran entlang, bis sie eine Lücke fand und sich hindurchzwängte, wobei sie die Zähne gegen den Schmerz in ihrem Nacken zusammenbiss. Als sie weiterging, mündeten die Bäume in einen Feldweg. Die Seiten waren überwuchert, Giftefeu schlängelte sich über den Weg, doch der Erdboden war von der jüngsten Aktivität aufgewühlt. Die Reifenprofile legten nahe, dass es eine Menge davon gab. Riley hielt sich im Schutz der Bäume und lief weiter.

Vor ihr erblickte sie Gebäude – ein baufälliges Bauernhaus, dessen Fenster mit Brettern vernagelt waren und eine Aermotor-Windmühle mit verrosteten Flügeln, die eine verfallene rote Scheune überragte. Sie hielt inne und spürte ein seltsames Gefühl des Wiedererkennens. Sie hatte diesen Ort schon einmal gesehen. Nach einem Moment wurde ihr klar, woher sie ihn kannte – es war das Foto im Haus von James Miller. Das Foto, das er ihr aus den Händen gerissen hatte. Auf den abgesackten Stufen vor dem Farmhaus hatten James und seine Familie für das Foto posiert. Die Scheune war die Stelle, an der, wie er gesagt hatte, sein Vater sich die Pistole in den Mund geschoben und abgedrückt hatte. Dahinter verschwanden verrostete Getreidespeicher und zwei riesige Schuppen aus Wellblech im Schatten der Bäume.

Zu ihrer Linken lichtete sich der Wald und gab den Blick auf Maisfelder frei, die sich in flirrendem Hitzedunst ausdehnten. In der Ferne war der Wasserturm zu sehen, an dem sie auf der Straße vorbeigefahren war, in der Nähe einer Werbetafel mit dem Logo von Zephyr.

Von den Ufern des Cedar bis zur Bezirksgrenze, hatte John Brown ihr gesagt, als sie ihn gefragt hatte, wie viel von diesem Land der Genossenschaft gehörte. Die alte Familienfarm von James Miller lag im Herzen von Zephyrs Land. Nicht weit von der Stelle, an der Chloes Leiche gefunden wurde.

Riley huschte zwischen den Bäumen hindurch und machte sich auf den Weg zu den Gebäuden. Sie konnte keine Lebenszeichen erkennen, aber dort, wo die unbefestigte Straße bei einer Reihe verrosteter Ölfässer endete, stand ein Fahrzeug. Sie blieb im Schatten stehen, die Hände fest um ihre Schrotflinte geschlungen. Es war ein weißer Ford Cargo Van.

***

Charles Moore lag auf dem Feld, von Kugeln durchsiebt. Die Luft war dunstig von Pulverdampf. Reed brüllte heiser Befehle durch die Lautsprecheranlage und befahl den Beamten, sich zu bewegen. Rund um das Feld zogen die Männer ihre Waffen. Mehrere Hilfssheriffs waren vorgerückt und richteten ihre Waffen auf Moores ausgestreckten Körper. Jenseits des Schulgeländes blitzten die Scheinwerfer der Streifenwagen an den Absperrungen auf und hielten Nachrichtensender und Anwohner zurück.

Agent Klein beobachtete, wie Reed den Sanitätern ein Zeichen gab. Sie liefen hinter den Hilfssheriffs auf das Feld und hatten eine Trage bei sich.

»Jesus!«

Klein, dem noch immer die Ohren von den Schüssen klingelten, drehte sich bei der Stimme um und erblickte Gooch.

Der Agent schwitzte in der Hitze, seine Augen huschten durch das Chaos und nahmen alles in sich auf. »Wer hat den Befehl zum Schießen gegeben?«

Als Klein den Kopf schüttelte, fluchte Gooch. »Verdammte Cowboys.«

Sie beobachteten, wie einer der Sanitäter sich erhob, die Handschuhe mit Moores Blut befleckt. Er suchte Reed in der Menge. Schüttelte den Kopf.

»Ich habe gehört, dass Moore etwas gerufen hat, bevor sie ihn erschossen haben?«, fragte Gooch.

»Er sagte: ›Helft mir!‹«

Gooch grunzte und zog seinen Notizblock hervor. »Interessant.« Er atmete aus. »Wir hätten die Gelegenheit haben sollen, ihn zu befragen.«

Klein zückte sein klingelndes Handy. Er kannte die Nummer. »Quantico«, erklärte er Gooch und wandte sich ab, um zu antworten, die Hand gegen den Lärm über das Ohr gepresst.

Das Gespräch dauerte nur wenige Minuten.

»Das war das Labor«, murmelte Klein und wandte sich wieder Gooch zu, der auf seinen Notizblock schrieb. »Sie haben die DNA-Ergebnisse von Chloe Miller und Nicole King.«

»Schätze, wir hätten sie gar nicht erst aufstacheln müssen.« Gooch hob den Blick, als Klein nicht antwortete. »Was ist los?«

»Es ist nicht die DNA von Charles Moore.«

»Was meinen Sie damit? Ich dachte, Moore wäre im System erfasst? Seine Vorstrafen?«

»Ja. Aber die DNA-Spuren bei Miller und King stammen nicht von Moore. Sondern von George Anderson.«

»Ernsthaft?« Gooch runzelte die Stirn. »Könnten sie zusammen gemordet haben? Moore und Anderson?«

»Es gibt noch mehr. Das Labor hat bei Chloe Miller DNA aus *zwei* verschiedenen Quellen gefunden – Anderson und eine andere, die mit niemandem im System übereinstimmt.«

»Gottverdammt!«

Klein nickte, und sein Blick wanderte zurück zu Moores blutiger Leiche. »Das Labor sagt, wir hätten es mit mehreren Mördern zu tun.«

57

Riley bewegte sich von einem Punkt zum anderen, tauchte hinter den Ölfässern unter, um sich zu vergewissern, dass die Luft rein war, und huschte dann den weißen Lieferwagen entlang. *Echo, November.* Es war das Fahrzeug, das von der Moore-Farm gerast war, nachdem man Cam erschossen hatte. Das Fahrzeug, über das ihrer Vermutung nach Tom und die Kriegsjungs Gerüchte gehört hatten, es würden Obdachlose darin verschwinden. Es war ihr schleierhaft, was es hier draußen zu suchen hatte. Hatte Charles Moore es zurückgelassen? Oder jemand anders es von seiner Farm gefahren? Jemand anders, der Cam erschossen hatte? Sie zog ihr Handy hervor. Immer noch kein Signal.

Das Gestrüpp war dicht – hohes Gras, um die trommelartigen Getreidespeicher wucherndes Unkraut, das Farmhaus emporschlängelnder Efeu. Sie erinnerte sich, dass James Miller ihr erzählt hatte, sein Vater habe Schweine und Sojabohnen gezüchtet. Sie vermutete, dass die zwei massiven Wellblechhütten für die Tiere gebaut worden waren.

Als sie sich der roten Scheune näherte, wurde unter dem skelettartigen Schatten der Aermotor-Windmühlen-Wasserpumpe mehr von dem Gelände sichtbar. Sie duckte sich hinter einem Stapel Traktorreifen und erblickte ein schwarzes Fahrzeug, das vor einem der Schweineställe geparkt war. Als sie das Nummernschild des Chevrolet las, klopfte ihr Herz vor Erwartung.

Der Kofferraum des Geländewagens stand offen, und sie konnte darin gestapelte Kisten sehen. Sie schlich sich zur Scheune, als zwei Männer aus dem Schuppen kamen und weitere Kisten trugen. Sie rannte die letzten paar Meter und schlüpfte in das muffige Innere der Scheune. Beide Männer waren schwarz gekleidet und trugen Pistolen im Halfter an der Hüfte. Sie beobachtete, wie sie die Kisten in das Fahrzeug luden.

Riley schreckte auf, als sie ein Geräusch hinter sich hörte. Sie ruckte herum und hob die Schrotflinte. Das Geräusch wiederholte sich. Es war nur eine Taube, die über die zerbrochenen Dachsparren flog. Tief in den Schatten der Scheune erkannte sie ein Auto. Die Marke, das Modell, das Nummernschild – alles war ihr aus den Akten bekannt. Es war das Auto von Chloe. Jetzt schlug ihr das Herz bis zum Hals.

Riley schaute nach draußen. Die beiden Männer waren verschwunden, aber sie konnte Geräusche vernehmen, die aus den Schweineställen kamen. Sie spannte sich, trat hinaus aufs offene Gelände und eilte in Richtung der rostigen Gebäude. Außerhalb der Ställe befanden sich ein großer Generator und ein Propantank. Drähte und Rohre schlängelten sich von ihnen in die Schuppen. Sie sahen neu aus und passten nicht zu den verfallenen Gebäuden.

Riley schlüpfte zwischen den Schuppen hindurch, wo das verworrene Gestrüpp guten Schutz bot. Sonnenlicht glitzerte auf Metall. Es gab Stellen, an denen sich der Rost durchgefressen hatte und Einblicke ins Innere gewährte. Sie kauerte sich ins Gras und drückte ihr Gesicht an ein zerklüftetes Loch. Es dauerte einen Moment, bis sich ihre Augen an die Düsternis im Inneren gewöhnt hatten. Staub wirbelte in Lichtpfeilen auf, schoss durch das Dach und die Seiten des Schuppens und traf auf den rissigen Betonboden. Rileys Blick richtete sich zuerst auf das Ding in der Mitte des hangarartigen Raums.

Ein riesiger Glaskasten, groß wie ein Zimmer, stand allein. Er wurde von Scheinwerfern beleuchtet, welche die Schreib- und

Stahltische darin erhellten. Es sah aus wie eine Art rudimentäres Labor. Es gab Computer, Kühlschränke, Mikroskope, Tabletts mit Reagenzgläsern und Petrischalen, die sich auf Metallregalen stapelten. Auf einem anderen Regal stand eine große Drohne mit Spinnenbeinen. Im Inneren des Bauwerks stapelte ein weiterer bewaffneter Mann gefüllte Petrischalen in einen Behälter. Von Logan oder James Miller war nichts zu sehen.

Hinter dem Labor, am anderen Ende des Schuppens, sah Riley Dutzende von Pflanzen in verschiedenen Wachstumsstadien, die in Schalen unter schlafenden Wärmelampen und einem improvisierten Sprinklersystem ausgebreitet waren. Cannabis, dachte sie, bis sie die gelben Ähren sah, die schwer herabhingen. Die Pflanzen waren Mais. Sie dachte an die Dokumente mit Zahlen und Gleichungen in der *Red-Lance*-Akte und an Jess Cooks Vermutung, dass sie etwas mit Mais zu tun hatten.

Als Riley hörte, wie sich ein Fahrzeug näherte, schlich sie zurück zur Vorderseite der Schuppen und kauerte sich dort nieder. Ein zweiter Chevrolet tauchte auf. Es war derjenige, der bei ihrem Haus gewesen war. Die beiden Männer, die sie beim Tragen der Kisten beobachtet hatte, gingen ihm entgegen. Bei ihnen war noch ein dritter Kerl. Er war glatzköpfig und muskulös. Seine Gesichtszüge wirkten grob und brutal. Es war der Mann, der während des Sturms durch das Autofenster eine Waffe auf sie gerichtet hatte.

Die Fahrertür öffnete sich, und der Mann, der Maddie bedroht hatte, kletterte heraus. Seine Skimaske war verschwunden, seine Miene besorgt.

»Und?«, sagte der Glatzkopf und ging zu ihm hinüber. »Hatte sie die Akten?«

»Da war ein USB-Stick.« Der Kiefer des Mannes spannte sich. »Aber wir haben ihn verloren.«

»Wie war das, Larson?«

Der Mann nickte Richtung Wagen. »Jones wurde von einer verdammten Schlange gebissen. Er muss das Ding fallen gelassen haben. Wir sind zurück, um danach zu suchen, haben aber nichts gefunden.« Er schüttelte den Kopf. »Der Bulle war weg. Es hätte überall sein können. Oder vielleicht hat sie es mitgenommen. Wir konnten nicht ewig suchen.«

Die Beifahrertür öffnete sich, und ein weiterer Mann kämpfte sich heraus. An seinem aschfahlen Gesicht erkannte Riley, dass er derjenige war, den die Klapperschlange gebissen hatte.

Nach einem angespannten Moment der Stille ging der Glatzkopf, den alle anderen anstarrten, zum Schuppen. »Wir kümmern uns um diesen Scheiß, wenn wir hier fertig sind.«

»Walker?«, rief der mit dem Schlangenbiss.

Der glatzköpfige Mann drehte sich um. »Was?«

Der Mann zuckte zusammen, als er einen Schritt machte und auf sein Bein deutete. »Ich brauche einen Arzt.«

»Wenn wir fertig sind.«

Als sie drinnen verschwanden, hörte Riley ein rasselndes Geräusch aus dem anderen Schuppen, gefolgt von einem verzweifelten menschlichen Schrei. Das unheimliche Geräusch jagte ihr einen Schauer über den Rücken. Sie tastete die gewellten Seiten ab, aber es gab keine Löcher in erreichbarer Höhe. Alle sechs Männer befanden sich jetzt in dem Schuppen mit dem Labor darin. Sie ließ sich keine Zeit zum Nachdenken und eilte zur Vorderseite des zweiten Gebäudes. Die Türen waren angelehnt.

Der Stall hatte die gleiche Größe wie der andere und konnte tausend oder mehr Schweine beherbergen. Riley konnte sich den Lärm und Gestank vorstellen. Das Innere war groß und düster. Sie konnte die zerbrochenen Überreste von Schweineställen erkennen, die an den Seiten aufgestapelt waren. Es herrschte ein strenger, muffiger Geruch. Als sich ihre Augen an das Halbdunkel gewöhnt hatten, sah Riley ein blasses Gebilde, das sich in der Dunkelheit erhob. Als sie darauf zuging, erkannte sie, dass es sich um eine Art großes Plastikzelt handelte.

Mit der Flinte in der Hand näherte sie sich der seltsamen Konstruktion. Ihr Fuß landete auf etwas Dickem. Sie zuckte zurück und dachte einen Moment lang, sie sei auf eine Schlange getreten. Es war ein Draht – einer von mehreren –, der vom Zelt herabhing. Die Drähte kreuzten sich, als sie durch die Seite des Schuppens verschwanden. Vielleicht waren sie mit dem Generator verbunden. An der Vorderseite des Zelts befand sich ein Reißverschluss. Ein Weg hinein. Sie hielt inne, als sie abermals das Stöhnen hörte. Es kam von drinnen. Nachdem sie sich vergewissert hatte, dass die Luft rein war, zog sie den Reißverschluss hoch. Die Plastikflügel schlugen auf und gaben den Blick auf das Innere frei. Riley stand für einen langen, atemlosen Moment da.

Das Zelt war mit zwei Reihen von Betten gefüllt, insgesamt zwölf an der Zahl. Sechs der Betten, die wie die einfachen Metallbetten eines Feldlazaretts aussahen, waren leer. In den sechs anderen lagen Menschen. Sie konnte ihre Umrisse unter den Decken ausmachen. Die meisten waren still. Nur die leichten Atembewegungen zeigten, dass sie noch lebten, aber in einem Bett in der Mitte tat sich etwas, ein langsames Rascheln unter der Decke. Ein weiteres Stöhnen und das Geräusch von klapperndem Metall auf Metall.

Sie trat ein, der Schweiß rann ihr übers Gesicht. Die Luft war schwer von Leibesdünsten und Reinigungschemikalien. Ihr Herz pochte weniger heftig, aber ihr Verstand raste und versuchte, sich einen Reim auf das zu machen, was sie sah. An den belegten Betten hingen mit Flüssigkeit gefüllte Infusionsbeutel, unter den Decken schlängelten sich Schläuche. Fliegen summten in der Düsternis. Das einzige Licht kam von der Sonne, die durch die Lücken in der rostigen Halle dahinter schien und durch die Plastikplane in einen düsteren Schleier gehüllt wurde. Es gab einen Rollwagen, auf dem sich Spritzen stapelten, mehrere Abfallbehälter, die mit abblätternden Aufklebern für biologische Gefahren beklebt waren, und ein paar Kühlschränke voller Ampullen. Die Worte von Kristen Webb gingen ihr nicht aus dem Kopf.

Borosilikat … ein hitzebeständiges Glas. Man findet es häufig bei medizinischer Ausrüstung oder Laborgeräten …

Wieder dieses klirrende Geräusch. Sie trat auf die sich bewegende Gestalt zu. Als sie sich näherte, musterte sie die Umrisse unter den Decken. Ihr Blick fiel auf einen Heiligenschein aus blondem, lockigem Haar im Bett gegenüber des sich regenden Patienten. Es war eine junge Frau, deren Gesicht aus den Falten der Decke lugte. Ihre Augenlider flackerten, als wäre sie in einem Traum gefangen, ihr Atem ging schnell und flach. Ihr blondes Haar war verfilzt und ihr Gesicht schweißnass. Riley kannte dieses Gesicht. Sie hatte diese Frau schon einmal gesehen. Ein Gesicht auf einem Foto, sommersprossig und lächelnd. Der Schock des Wiedererkennens traf sie. Die Frau war Lizbeth Garret – Tochter von Frank und Maryanne, Schwester von Hoyt, Ryan und Jacob. Mutter dreier Kinder.

Riley ging zu ihr hinüber und sah, dass einer von Lizbeths Armen außerhalb der Decke lag. Er war mit einem Tropf versehen, der von einem schmutzigen Pflaster zusammengehalten wurde, aber es war ihre Haut, die Rileys Aufmerksamkeit erregte. Lizbeths Arm war mit seltsamen roten Läsionen übersät, die wie Verbrennungen oder Schürfwunden aussahen, und an einigen Stellen schälte sich die Haut. An Lizbeths Hals waren weitere schuppige Flecken zu erkennen.

Die Betroffenen leiden unter starker Blasenbildung und Rissen in der Haut, insbesondere an den Stellen, die der Sonne ausgesetzt sind – also Arme, Hände, Hals und Gesicht. Pellagra?

Riley beugte sich vor, um mit Lizbeth zu sprechen, hielt dann aber vor Schreck inne. Ihre Hand war mit einer gepolsterten Manschette an die Gitterstäbe des Betts gefesselt. An anderen Stellen ragten Riemen und Schnallen hervor, die ihr verrieten, dass die junge Frau unter der Bettdecke vollständig fixiert war. Der Anblick der Frau, die dort festgeschnallt war – an diesem gottverlassenen Ort, an dem kein Mensch sein sollte, geschweige denn einer, der so offensichtlich litt –, weckte in ihr den verzweifelten Wunsch, die Fesseln unverzüglich abzureißen. Aber ob krank, betäubt oder beides, Lizbeth war eindeutig nicht in der Lage, sich zu bewegen, und es war ein langer Weg zurück zu ihrem Auto.

Riley griff gerade nach ihrem Handy, als ein Stöhnen sie aufschrecken ließ. Der Patient, der sich gerührt hatte, war teilweise aus der Decke aufgetaucht. Es war ein Mann mit dünnem kastanienbraunem Haar und ungepflegtem Bart. Dieser Mann trug nicht nur gepolsterte Fesseln, sondern auch Handschellen. Die Ketten rasselten gegen die Gitterstäbe des Betts. Der Mund des Mannes weitete sich, und seine Zunge glitt heraus, um die Luft zu lecken. Sie war geschwollen und von dunkelvioletter Farbe. Eine Fliege zuckte über seine Wange. Riley sah entsetzt zu, wie die Zunge des Mannes zu ihr wanderte und sich die Muskeln in seinem Nacken anspannten. Die Fliege hob ab, und der Mann versuchte, die Hand auszustrecken, um sie zu fangen. Seine Hand endete in einem verknoteten Fleischstumpf, wo zwei seiner Finger hätten sein sollen.

»Anderson.«

Ihr Flüstern ließ George Andersons Kopf in die Höhe rucken. Er strampelte, die Adern am Hals traten hervor. Seine Augen, weit und wild, waren auf sie gerichtet. Die Ketten, die ihn fesselten, klirrten geräuschvoll gegen die Gitterstäbe. Seine Lippen zogen sich zurück und enthüllten verrottende Zahnstummel, von denen einer in der Mitte abgebrochen war. Riley taumelte zurück, als er seinen Mund öffnete und sie anschrie, wobei ihm Speichel von den rissigen Lippen tropfte. Weiterer Lärm ertönte, als sich die anderen Gefangenen zu rühren begannen. Wimmern und Schreie hallten durch den Raum.

Als sie durch das Zelt zurücklief, vorbei an den Bettenreihen, verfolgten Andersons Schreie sie. Riley drängte sich durch die

Plastikklappe, durch die sie eingetreten war, nach draußen, als sich die Türen am anderen Ende des Schuppens öffneten. Sonnenlicht und raue Rufe strömten ihr entgegen. Der glatzköpfige Mann und die anderen kamen mit erhobenen Gewehren auf sie zu.

***

Maddie saß unten am Fenster und schaute durch die Vorhänge hinaus. Scrounger lag neben ihr, die Pfoten auf der Fensterbank. Sie streichelte ihm ablenkend den Kopf und hielt Ausschau nach einem Zeichen von ihrem Vater oder Rose. Es war schon fast eine Stunde her. Warum waren sie nicht gekommen? Sie griff nach ihrer Tasche, aber ihr fiel ein, dass sie ihr Handy nicht dabeihatte. Sie hatte es bei Riley gelassen, wo sie sich vor den Männern unter ihrem Bett versteckt hatte, bevor einer von ihnen sie fand. Sie kannte die Nummer ihres Vaters nicht auswendig, also konnte sie ihn nicht über das Haustelefon anrufen.

»Komm und hol mich«, murmelte sie, den Tränen nahe. Sie konnte immer noch die Kälte des Pistolenlaufs an ihrer Schläfe spüren. Sie konnte immer noch die fleischige Hand des Mannes riechen, die sich über ihren Mund und ihre Nase gelegt hatte. Sie fühlte sich krank, wenn sie daran dachte. Lori war in einer seltsamen Stimmung, bot ihr wenig Trost, hatte sich oben mit Benjamin zurückgezogen, der seit ihrer Ankunft ununterbrochen weinte. Maddie konnte die Schritte im Kinderzimmer über sich hören, als Lori auf und ab ging und ihn zu beruhigen versuchte.

Oben öffnete sich eine Tür, und Loris dünne Stimme drang nach unten. »Maddie?«

Sie hüpfte von der Fensterbank und ging zum Fuß der Treppe.

Lori stand oben und hielt Ben im Arm, dessen verzweifeltes Wimmern an ihrer Schulter gedämpft wurde. Ihr bleiches Gesicht war verkniffen. »Maddie, mir geht's nicht gut. Kannst du mir meine Pillen holen?«

»Wo sind sie?«

Lori runzelte unsicher die Stirn. »Ich ... ich glaube, sie sind in der Küche. Rose holt sie immer für mich. In einem der Schränke?« Sie schüttelte den Kopf. »Ich weiß es nicht.«

»Ist schon gut. Ich werde sie finden.«

Maddie ging in die Küche, froh über etwas, das sie von ihren Gedanken ablenkte. Das Telefon lag auf dem Tisch neben einem Adressbuch. Ein Stift und ein aufgeschlagener Block mit Namen und Nummern fanden sich ebenfalls dort. Maddie hatte es vorhin gesehen, als sie den USB-Stick, den Riley ihr in die Hand gedrückt hatte, in einer Tupperdose mit selbst gebackenen Keksen versteckt hatte. Sie hatte sich schrecklich gefühlt, als sie die Namen all ihrer Schulfreunde sah, einen nach dem anderen von Rose' Hand durchgestrichen.

Sie öffnete die Schränke und suchte nach etwas, das wie Medizin aussah. Sie durchwühlte Tüten mit Maismehl und Becher mit Kuchen und Muffins, entdeckte eine Flasche Bourbon, die fast leer war. Keine Spur von irgendwelchen Pillen. Sie wusste, dass Lori Epilepsie hatte. Wenn sie sich unwohl fühlte, bedeutete das, dass ein Anfall kommen würde? Das war zu viel.

Moment, Rose würde doch sicher die Nummer ihres Vaters haben? Sie drehte sich um, ging zurück zum Adressbuch und blätterte es durch. *Fisher, Ethan.*

Sie wählte hastig, ihre Finger zitterten. »Dad?«

Ethans Stimme kam erschrocken aus der Leitung. »Maddie? Gott sei Dank! Wo zum Teufel bist du?«

»Hat ... hat Lori dich nicht angerufen?«

»Was? Nein! Wo bist du?«

»Hast du sie gefunden, Maddie?«

Maddie schaute sich um und sah Lori in der Tür stehen, geisterhaft in ihrem langen Bademantel. Benjamin weinte im Obergeschoss. Am anderen Ende der Leitung hörte Maddie ihren Vater noch immer rufen.

58

»Wo ist der USB-Stick?« Der glatzköpfige Mann, den die anderen als Walker bezeichneten, stellte die Frage, während derjenige, der Larson genannt wurde, in ihren Taschen kramte.

Einer der anderen hatte ihr Handy und ihre Schrotflinte bei sich. Riley konnte immer noch George Andersons verzweifelte Schreie aus dem Inneren des Schweinestalls hören. »Woher soll ich das wissen? Ihre Männer haben ihn mitgenommen.«

Walker sah aus, als wollte er noch etwas sagen, aber ein anderer schaltete sich ein.

»Wir haben vielleicht nicht viel Zeit. Wenn sie herkommt ...?«

Walkers Kiefer mahlte. »Bringt sie zu den anderen rein. Jones.« Er wies auf den Mann, der von der Schlange gebissen worden war. »Übernehmen Sie von Michaels. Wenn einer von ihnen etwas versucht, erschießen Sie ihn.«

Riley zuckte zusammen, als Larson ihren Arm ergriff und sie in Richtung des alten Miller-Farmhauses führte. Jones, der stark schwitzte, hinkte ihnen hinterher.

Die Stufen der Veranda gaben unter ihren Füßen nach, als sie vorwärtsgetrieben wurde und durch die aus den Angeln gehobene Tür des Bauernhauses trat. Drinnen war es schmuddelig und roch nach Schimmel. Teile der Decke hingen herab, die Luft war neblig vor Staub. Pilze wucherten auf abblätternden Tapeten. Ein sechster bewaffneter Mann trat aus den Überresten einer Küche hervor und musterte Riley mit zusammengekniffenen Augen.

»Was zum Teufel ist hier los?«

»Walker braucht Sie«, sagte Larson.

Der Mann ging hinaus und überließ es Jones, seine Waffe zu ziehen, während Larson Riley in die Küche drängte. Die Reste der Schränke klebten an den Wänden. Der Putz bröckelte unter ihren Stiefeln.

Larson näherte sich einer Tür. »Ich öffne jetzt! Bleiben Sie zurück, oder ich schieße!« Er schob den Riegel zurück und öffnete die Tür, während Jones seine Waffe auf die Tür richtete.

Riley schaffte es, nicht zu fallen, als Larson sie hineinschob und die Tür zuschlug, wobei der Riegel einrastete. Ihre Finger ertasteten etwas, das sich nach Regalen anfühlte. Einen Moment lang war alles atemlos schwarz, dann, als sich ihr Blick schärfte, erkannte sie, dass noch etwas Licht durch das Schlüsselloch und unter der Tür hindurchschimmerte. Sie befand sich in einer Art Vorratskammer. Larsons Schritte entfernten sich. Sie richtete ihren Blick auf das Loch und sah Jones, der an der bröckelnden Küchenwand lehnte, die Waffe in den Händen, das Gesicht blass wie Kitt.

»Riley?«

Die Stimme ließ sie aufschrecken. Eine Gestalt tauchte vor ihr auf. »Logan! Dem Himmel sei Dank!« Als er näher kam, sah sie dunkle Flecken auf seinem Hemd und eine schwarze Wunde auf seiner Stirn. »Du bist verletzt?«

Er berührte mit einem Finger seinen Kopf. »Einer dieser Wichser hat mich mit der Pistole geschlagen.« Seine Augen leuchteten hell im trüben Licht. »Woher zum Teufel wusstest du, dass du hierherkommen musst?«

»Maddie, sie ...« Riley brach ab, als hinter Logan eine weitere Gestalt erschien. Es war James Miller.

»Was machen die da draußen?«, fragte er ungeduldig.

»Euer Chaos aufräumen, wie's aussieht.« Ihre Stimme wurde schriller. »Mein Gott, diese *Leute?*«

»Sarge ...« begann Logan.

»Hast du sie gesehen, Logan? Lizbeth Garret? George Anderson? Er hat sie in einem gottverdammten Schweinestall angekettet!«

»Riley, er ist ... «

»Ich habe versucht, ihnen zu helfen«, schaltete sich James ein.

Als Miller näher trat, enthüllte das schwache Licht, das durch die Tür fiel, sein Gesicht. Seine Lippe war aufgeplatzt, Blut verkrustete die Stoppeln an seinem Kinn, und ein Auge war stark geschwollen. Riley überkam ein erneuter Angstschauer. Wenn Walker und die anderen das einem Mitarbeiter Hamiltons angetan hatten, verhieß das nichts Gutes. Das Gefühl einer Säuberung? Könnte es jetzt auch sie betreffen?

»Ihnen zu *helfen?*«

James sackte gegen die Regale der Speisekammer. Der Mann, mit dem sie nur wenige Wochen zuvor zum ersten Mal gesprochen hatte, war kaum wiederzuerkennen. In dieser kurzen Zeitspanne hatte er sich in einen Schatten seiner selbst verwandelt.

»Bitte.« Sie milderte mühsam ihren Tonfall. »Ich muss es verstehen. Was ist hier passiert? Dieses Labor? Dieser Deal mit Gouverneur Hamilton?«

James' Kopf ruckte hoch.

»Wir wissen alles darüber«, sagte Riley und nickte. »Einhundert Millionen Dollar für einen Vertrag mit China?«

»Das war nicht meine Idee.« James' Stimme erhob sich. »Das war nie mein Plan!«

»Haltet die Klappe da drin!« Der Schrei kam von Jones aus der Küche.

James fuhr fort, jetzt ruhiger. »Ich hatte nie die Absicht, dass das alles passiert. Mein einziges Verbrechen war der Diebstahl des Samens.« Er fuhr sich mit den Händen durch die Haare. »Und ich wünschte bei Gott, ich hätte es nicht getan. Herr Jesus, wenn ich doch nur alles zurücknehmen könnte ...«

»Des Samens?«, fragte Riley.

»Sag es ihr«, meinte Logan mit Blick auf James. »Was du mir gesagt hast.«

Nach einer Pause sprach James weiter. »Vor einigen Jahren habe ich eine neue Maishybride gezüchtet.«

»Während Ihrer Arbeit bei GFT?«, fragte Riley und sah zwischen ihm und Logan hin und her.

»Ja. Es war eine Sorte, die schneller und stärker wuchs als alle anderen, die ich bis dahin gesehen hatte. Ein Supersamen.«

Sie erinnerte sich an die Worte von John Brown. *Eine neue Sorte. Wir haben über drei Jahre daran gearbeitet.* »Sie haben sie Zephyr Farms gegeben?«

James nickte. »Als ich die Universität verließ, glaubte ich, dass das, was ich gelernt hatte, für die Welt von echtem Nutzen sein könnte – und dass Länder, die Schwierigkeiten haben, genügend Nahrungsmittel anzubauen, die Möglichkeit hätten, ihre Nutzpflanzen an ihre Umwelt anzupassen. Sogar in Amerika. Wenn sich das Klima ändert, werden wir uns alle anpassen müssen. Das gilt auch für unsere Nutzpflanzen. Meine Arbeit bei GFT war niemals nur ein Job. Sie bedeutete mir etwas. Verstehen Sie?«

Riley dachte an Mia, die ihr erzählt hatte, James wolle wie Henry A. Wallace sein – der Mann mit dem Plan zur Lösung der globalen Nahrungsprobleme. Sie nickte.

»Als ich dort anfing, war GFT ein unabhängiges Unternehmen, aber nach ein paar Jahren wurde es an Agri-Co verkauft. Danach waren sie nur noch ein weiteres Rädchen in dieser gigantischen Maschine. Ich sah aus erster Hand, wie in der industriellen Landwirtschaft gearbeitet wird. Die Verwüstung, die ihre Praktiken anrichten. Der Wunsch, um jeden Preis Gewinn zu erzielen. Die Hinterzimmergeschäfte und Bestechungen. Das hat mich angewidert. Ich wusste, dass der Erfolg meines Saatguts nur ein anderer Weg für Agri-Co sein würde, auf Kosten von weiteren Farmen und Familien ein Vermögen zu machen. Menschen wie meinem

Vater.« James zuckte mit den Schultern. »Es wurde in ihrem Labor entwickelt, ja. Aber es war meine Arbeit, die es zum Erfolg führte. Eine Arbeit, die meine ganze Zeit, mein gesamtes Leben in Anspruch nahm. Also fälschte ich meine Forschungsergebnisse – schrieb die Saat als unbrauchbar für GFT ab – und nahm sie mit.«

»Warum Zephyr?«

»Nach dem Selbstmord meines Vaters zogen wir zu unserer Familie nach Waterloo, aber wir behielten den Hof. Vor zehn Jahren habe ich einen Teil des Landes an John Brown verkauft. Er war ein Freund meines Vaters gewesen. Der Verkauf ermöglichte es ihm zu expandieren, und er gründete Zephyr. Ich habe das Saatgut der Genossenschaft gegeben, weil ich wusste, dass sie es für mich testen können. Es hier zu säen, auf dem Land meiner Familie ...?« James atmete aus. »Es war, als würde ich meinen Vater wieder zum Leben erwecken.«

»Red Lance, Sarge«, mischte sich Logan ein. »Das ist der Name der Maissorte.«

James nickte. »Lance, wie der Name meines Vaters. Rot für die Farbe des Samens.«

»Und Hamilton?« Riley blickte zur Tür, vermutete aber, dass Jones das leise Murmeln ihrer Stimmen nicht hören konnte. »Wie kommt er ins Spiel?«

»Ich hatte eine neue Maissorte entwickelt, aber die Entwicklung von Saatgut braucht Zeit und Geld. Ich hatte das Land von Zephyr, auf dem ich es anbauen und testen konnte. Aber ich brauchte Geld für mein eigenes Labor. Ich kannte Hamilton durch meine Arbeit bei GFT. Ich wusste, dass er über das Kapital und die Kontakte verfügte, um Red Lance zu dem Erfolg zu verhelfen, den ich mir erhoffte, wenn ich die Möglichkeit dazu hätte. Letztes Jahr habe ich mich an den Gouverneur gewandt. Ich hoffte, ihn davon überzeugen zu können, seinen Einfluss geltend zu machen, damit das Saatgut für den Iowa Food Prize angemeldet wird. Das ist eine Auszeichnung, die einem kleinen Unternehmen zum

Durchbruch verhelfen kann. Sponsorenverträge, Werbung, Publicity. Zephyr und ich stellten uns vor, dass unser Mais in ganz Amerika in den Regalen stehen würde. Endlich bekämen auch die kleinen Leute ein Stück vom Kuchen ab. Immer mehr Menschen in diesem Land *wollen* nachhaltige Landwirtschaft. Sie sehen, wie die Großindustrie sie im Stich lässt und Löhne und Standards senkt, um den Profit zu maximieren. Sie sehen, wie ihre Städte ausgesaugt werden, wie Lebensgrundlagen und Arbeitsplätze verloren gehen.«

»Wusste Hamilton, dass Sie das Saatgut von GFT gestohlen hatten?«

»Er hat nie gefragt.«

»Und Zephyr?« Riley dachte an John Browns Hass auf Agri-Co. »Wussten sie es?«

»Ja. Aber in der zweiten Anbausaison war Red Lance genetisch gesehen wirklich *unser* Saatgut. Ich hatte etwas entwickelt, von dem ich dachte, dass es eine perfektionierte genetische Sequenz sei, indem ich Elternsamen aus der ersten Ernte verwendete. Wir waren auf dem Weg zu einem wirklich außergewöhnlichen Produkt. Hamilton investierte in uns, und ich konnte hier mein eigenes Labor einrichten. Als der neue Mais zu Maismehl und Maisstärke gemahlen war, begann Zephyr, ihn in der Gemeinde zu verkaufen und einen Teil davon an Wohltätigkeitsorganisationen zu verschenken, um seine Marke in Black Hawk aufzubauen. Es erwies sich als beliebt. Sie kämpften ums Überleben, und plötzlich bekamen sie Presse und Lob von der Bürgermeisterin. Hamilton schlug Red Lance für den Iowa Food Prize vor, wie wir gehofft hatten. Es funktionierte alles perfekt. Aber dann fingen die Probleme an.« Es dauerte einige Augenblicke, bis James fortfuhr. »Nach der zweiten Ernte von Red Lance bemerkten wir bei einigen Leuten etwas, das wir für eine Allergie hielten. Es begann bei Mitgliedern der Kooperative, die alle das Produkt selbst verzehrten. Einige reagierten empfindlich auf Sonnenlicht, bekamen leichte

Hautausschläge, andere klagten über Darmprobleme. Nach dem Ende der Anbausaison verschwanden diese Beschwerden, und wir dachten uns nichts weiter dabei. Aber als sie nach der dritten Ernte wieder auftraten, wurde mir klar, dass Red Lance die Ursache sein könnte. Der Mais wuchs zwar schneller, enthielt aber viel weniger Nährstoffe.«

»Pellagra«, murmelte Riley. Sie dachte an Lizbeth Garret, die an die Pritsche gefesselt war, ihre Haut rot von Läsionen. Sie dachte an Dennis Packer, der in dieser verfallenen Kirche an den Folgen von Niacinmangel starb. »Haben Sie es jemandem erzählt? Den Mais zurückgeordert?«

»Anfangs dachte ich nicht, dass es ein Problem sei. Wir hatten nach der Ernte alles gemahlen, was wir hatten, und ich wusste, dass es auf dem lokalen Markt nicht genug davon gab, um der Gesundheit der Leute langfristig zu schaden. Ich verbrachte so viel Zeit wie möglich hier und versuchte, das Saatgut zu verändern. Ich hoffte, die Fehler in seiner genetischen Sequenz ausbügeln zu können – um sicherzustellen, dass der Mais für die Auszeichnung bereit war.«

Riley erinnerte sich an etwas, das Webb ihr erzählt hatte. »Augenblick mal! Wird Niacin nicht Cerealien beigemischt, damit es nicht zu Pellagra kommt?«

»Normalerweise fügt man es Weißmehl hinzu. Zephyrs Maismehl hätte eigentlich keine Zusätze nötig haben sollen. Sie verwenden das volle getrocknete Korn, das die volle Menge erforderliches Niacin liefert, wenn man es richtig verarbeitet. Doch bei Red Lance war das nicht der Fall.«

Riley dachte an Mias Andeutung, James' Behauptung, er mache Überstunden, sei nur ein Vorwand für eine Affäre. »Sie haben Chloe nie etwas davon erzählt, oder?«

James zuckte zusammen. »Nein. Ich wollte nicht, dass sie in Schwierigkeiten gerät.«

Riley hörte Jones vor der Tür husten, richtete ihre Aufmerksamkeit aber weiterhin auf James. »Sie sagten, Sie hielten es für kein Problem – zunächst?«

»Nach der dritten Ernte war die Tochter von Frank Garret, Lizbeth, eine der am schlimmsten Betroffenen. Sie entwickelte alle klassischen Symptome von Pellagra. Ihre Haut schlug Blasen, wenn sie dem Sonnenlicht ausgesetzt war. Sie wurde aggressiv und paranoid. Zeitweise war sie im Delirium. Dann verschlechterte sich ihr Zustand. Dramatisch. Dann begann der Heißhunger. Sie suchte nach Nahrungsmitteln, die reich an Niacin waren – rotes Fleisch und Leber. Ihre Mutter fand sie beim Verzehr von rohem Hackfleisch. Nachdem sich einer ihrer Brüder in die Hand geschnitten hatte, hat sie –« James holte tief Luft. »Nun, sie hat in die Wunde gebissen. Frank musste sie zurückhalten.«

Die faltige Narbe auf Hoyt Garrets Hand. »O mein Gott!«

»Das ist keine Pellagra, Sergeant.« James' Tonfall war ernst. »Was Lizbeth und die anderen hier haben. Vielleicht hat es so angefangen oder zumindest die gleichen Symptome verursacht, aber bei ihnen hat es sich in etwas anderes verwandelt. Es übersteigt alles, was mir als Wissenschaftler je begegnet ist. Was sie haben ...?« Er schüttelte den Kopf. »Es ist etwas Neues. Ich weiß nicht, was zum Teufel es ist.«

Riley dachte an Maryanne Garrets Aufregung, als sie von ihrer Tochter sprach und ihr sagte, dass sie im Krankenhaus sei. »Mein Gott, sie wissen es, nicht wahr? Die Garrets wissen, dass Lizbeth hier draußen ist?« Sie starrte James ungläubig an. »Was machen Sie mit ihr? Mit allen von ihnen? Ist das ein großes Experiment für Sie?«

»Nein!« James senkte mühsam seine Stimme. »Nein. Ich habe sofort mit Hamilton gesprochen, als Lizbeth krank wurde. Ich sagte ihm, dass mit meiner Hybride was nicht stimmt. Ich bat ihn, das Zeug aus dem Food Prize zurückzuziehen. Ich hatte vor, die ganze Sache zu verwerfen und meine Forschung zu zerstören. Ich wollte nicht riskieren, dass noch mehr von meinem Mais in die

Welt gelangt. Aber da hatte Hamilton die Sache schon selbst in die Hand genommen. Ohne mein Wissen hatte er mit einem großen Agrarunternehmen in China gesprochen. Er hatte ein Geschäft für Red Lance abgeschlossen.«

»Hundert Millionen«, murmelte Riley.

»Mein Mais ist auf den ersten Blick ideal für den chinesischen Markt, wo es weniger Anbauflächen und viel schwierigere Entwicklungsbedingungen gibt.«

»Aber Sie haben Hamilton von den Problemen erzählt? Von Lizbeth?«

»Ja. Aber er hat sich geweigert, einen Rückzieher zu machen. Es ging nicht nur ums Geld. Das Geschäft bot ihm Zugang zu wichtigen Geschäftsmöglichkeiten und Kontakten in China. Die Art von Möglichkeiten, die die Karriere eines Mannes bestimmen können. Auf der State Fair will Hamilton ein umfangreiches Programm für chinesische Investitionen in unserem Staat ankündigen. Alles gesichert durch dieses Geschäft.«

Riley nickte. Die Delegation, die Hamilton auf eine große Tour durch Iowa mitgenommen hatte. »Er glaubt, dass ihm das helfen wird, die Wahl im November zu gewinnen?«

»Ja. Vielleicht bekommt er nach seiner nächsten Amtszeit sogar eine Chance aufs Weiße Haus.«

Riley dachte an Walker und seine Männer draußen, die auf Thorne geschossen, sie selbst auf der Straße verfolgt und Maddie eine Waffe an den Kopf gehalten hatten. »Hamilton unternimmt außergewöhnliche Anstrengungen, um all das geheim zu halten. Es ist kein Verbrechen, amerikanische Produkte im Ausland zu verkaufen.«

»Ja, Amerika verkauft seine Produkte – zum Beispiel Maismehl als Viehfutter. Aber nicht seine Technologie. Die genetische Sequenzierung von US-Hybridsaatgut – einschließlich Red Lance – ist anderen Ländern um Jahrzehnte voraus – die Daten sind Milliarden wert. In den letzten Jahren wurden chinesische Spione dabei erwischt, wie sie Saatgut von Farmen in Iowa stahlen und dem Boden entnahmen, in der Hoffnung, die genetischen Codes zu entschlüsseln. Das FBI betrachtet den Diebstahl von Agrartechnologie als eine der größten Bedrohungen für unser Land, gleich nach dem Terrorismus. Hamiltons Geschäft, mit dem Saatgut selbst, ist höchst illegal.«

»Und er war immer noch bereit, es zu verkaufen, obwohl Sie es entdeckt hatten?« Riley fragte sich, wie ihr Vater für diesen Mann arbeiten konnte. Hatte er gewusst, wozu Hamilton imstande war?

»Er wollte, dass ich versuche, das Problem zu lösen. Er bot mehr Mittel an. Alles, was ich brauchte.«

»Sie haben angenommen?«

»Am Anfang nicht.« James begegnete ihrem Blick. »Der Scheißkerl hat mir gedroht, okay? Er sagte, er würde meinen Diebstahl des Saatguts von GFT auffliegen lassen. Dass er jeden von Zephyr vor Gericht stellen würde, weil er mit gestohlener Ware hantierte. Er sagte, keiner von uns würde je wieder arbeiten. Dass er uns alles nehmen würde. Meine Familie hat schon einmal Armut erlebt, Sergeant. Knochenzermürbende Armut. Ich könnte ihnen das nicht noch einmal zumuten. Meine Mutter?« Er schüttelte den Kopf.

Riley dachte an das Familienfoto – die abgemagerte Familie in schlecht sitzender Kleidung, die vor dem verfallenen Bauernhof aufgereiht war. »Wusste der Rest von Zephyr, was vor sich ging?«

»Nur die Garrets. Ich wollte nicht riskieren, dass noch jemand reingezogen wird. Ich hatte Angst, Hamilton könnte mich beobachten. Mein Telefon. E-Mails. Den Eindruck hatte ich jedenfalls. Die Garrets waren einverstanden, Lizbeth zu Hause zu behalten. Ich konnte von meiner Schwester Margaret Medikamente besorgen, um sie ruhigzustellen.«

Seine Schwester – die Krankenschwester im Waterloo Hospital. »Sie haben sie nicht zu einem Arzt gebracht?«

»Ich erzählte ihnen, was Hamilton angedroht hatte. Wir hatten alle Angst.« James machte eine Atempause. »Ich arbeitete wieder an dem Saatgut und versuchte, es zu korrigieren. Kurze Zeit später erfuhr ich von den Wohlfahrtsverbänden, mit denen Zephyr zusammengearbeitet hatte, von einer Zunahme seltsamer Symptome unter den Landstreichern – Hautkrankheiten, psychische Störungen. Ich begann, freiwillig in Suppenküchen zu arbeiten, um ein Auge darauf zu haben. Zunächst schien es sich um einzelne Fälle von Pellagra zu handeln. Geringfügige Beschwerden, die verschwinden würden, wenn unser Maismehl zur Neige ging, wie wir es bei der Kooperative gesehen hatten. Aber dann ...« Er schluckte heftig. »Ich entdeckte, dass es da draußen noch andere gab, die ähnlich zu leiden hatten wie Lizbeth.«

»George Anderson hat Nicole King getötet, Sarge«, sagte Logan leise.

»Wenn ich das gewusst hätte!« James stieß zischend die Luft aus. »Ich habe mit Frank Garret gesprochen und ihn dazu gebracht, so viel wie möglich von dem Maismehl einzusammeln und zu vernichten. Wir haben uns nicht getraut, das, was bereits kursierte, zurückzurufen, falls Hamilton es herausgefunden hätte. Frank und seine Söhne halfen mir, die besonders schlimm Betroffenen aufzuspüren.«

Riley erinnerte sich an den weißen Lieferwagen draußen. »Die Verschwinder«, murmelte sie. »Sie haben die Leute entführt?«

»Ich habe sie durch meine Freiwilligenarbeit gefunden. Die Garrets haben sie von der Straße geholt. Sie brachten sie hierher. Mit dem Geld, das Hamilton mir gegeben hatte, habe ich versucht, es ihnen so angenehm wie möglich zu machen, bis ich mit Margarets Hilfe ein Heilmittel entwickeln konnte.«

»Moment mal«, unterbrach Logan. »Die Garrets? Sie meinen ...?« Seine Stimme klang gepresst. »Einer von ihnen hat Cam getötet?«

James schaute verwirrt, sein Blick wanderte von Logan zu Riley. »Cam?«

»Haben Sie die Garrets in den letzten vierundzwanzig Stunden gesehen?«, fragte Riley ihn, während ihr die Gedanken an Cam und die Garrets durch den Kopf schossen, an ihre Kollegen, die Charles Moore verfolgten.

»Nein. Als ich vorhin ankam, habe ich ihren Wagen gesehen, aber den lassen sie oft hier stehen. Ich wollte Frank anrufen.« James' Blick wanderte zur Tür, als Jones erneut hustete. »Aber dann ist Walker gekommen.«

»Fahren Sie fort«, sagte Riley, als er in Schweigen verfiel.

»Als wir versuchten, Lizbeth zu behandeln, entdeckten Margaret und ich, dass ein Medikament, das sie eingenommen hatte, einen starken Abfall ihres Niacinspiegels verursacht hatte, der sich noch weiter verringerte, und zwar in gefährlicher Weise, als sie unseren Mais aß. Bei dem Medikament handelte es sich um ein Barbiturat, das Menschen verschrieben wird, die unter Angstzuständen oder Schlafstörungen leiden. Frank war einem Mann auf der Spur, von dem wir gehört hatten, dass er dieses Medikament auf der Straße verkaufte.«

»Fenozen«, sagte Riley.

»Genau. Diese Droge scheint die Fähigkeit des Körpers zu stören, lebenswichtige Aminosäuren, wie man sie in Fleisch, Eiern, Fisch und anderen Nahrungsmitteln findet, in Niacin umzuwandeln. Meiner Ansicht nach wirkte Fenozen in Kombination mit Red Lance verstärkend auf diesen extremen Effekt. Der Verzehr von Red Lance verursachte bei fast jedem, der es in großen Mengen konsumierte, Pellagra-Symptome, aber diejenigen, die außerdem Fenozen einnahmen? Sie verwandelten sich in ...«

»... Kannibalen«, beendete Riley für ihn und konnte kaum glauben, dass dieses Wort aus ihrem Mund kam.

»Wie ich schon sagte, so ganz verstehe ich es nicht. Aber es ist nicht das erste Mal in der Geschichte, dass so etwas passiert. Hoher Maiskonsum, vor allem bei unsachgemäßer Zubereitung, wird mit Aggression, Selbstmord und ja, sogar Kannibalismus in

Verbindung gebracht.« Er seufzte schwer. »Natürlich haben wir sie alle von der Droge abgesetzt, aber das hat an ihrem Zustand nichts geändert. Die Niacin-Behandlung schien ein wenig zu helfen, aber wir haben zwei durch eine Überdosis verloren. Ich bin kein Mediziner, und das übersteigt das Fachwissen meiner Schwester bei Weitem. Alles, was ich Ihnen sagen kann, ist, dass es anscheinend mit einem körperlichen Verlangen beginnt – der Körper verlangt verzweifelt nach dem Niacin, das er zum Überleben braucht. Zunächst wird dieses Verlangen durch Essen gestillt. Aber im späteren Stadium, wenn das Delirium einsetzt, wird das Verlangen – irgendwo im Gehirn – zu einem sehr spezifischen Verlangen nach menschlichem Fleisch.«

Riley sah sie vor ihrem geistigen Auge – die gehäutete Gracie, Nicole King auf dem Boden der Schlachthalle, Sarah Fosters abgetrennten Kopf zwischen ihren übrigen Körperteilen in Moores Gefrierschrank. Und Chloe, zusammengerollt zwischen den Wurzeln.

»Was ist mit Ihrer Frau passiert, James?« Sie sah, wie er den Kopf hängen ließ.

»Ich habe gelogen, als ich sagte, dass ich dachte, Chloe hätte eine Affäre. Ich glaube, sie dachte, ich würde sie betrügen, und deshalb ist sie in dieser Nacht hergekommen. Sie muss mein Telefon geortet haben oder mir gefolgt sein. Sie hat gesehen, was Sie gesehen haben, Sergeant. Sie können sich vorstellen, was sie gedacht haben muss. Ich denke, sie könnte George Anderson erkannt haben, vielleicht aus dem Secondhandladen? Ich weiß es nicht, aber ich schätze, deshalb hat sie seine Fesseln entfernt. Es gelang ihr, ihn und einen der anderen aus ihren Betten zu holen. Anderson war erst seit ein paar Tagen da drin. Er war – durchgedreht. Wir konnten ihn kaum ruhigstellen.« James' Stimme war heiser. »Ich arbeitete im Labor, als ich die Schreie hörte.«

Riley spürte, wie sich ihre Haut zusammenzog. Sie dachte an die Wunden an Chloes Körper.

Ein barbarischer Angriff. Zerfetzte Muskeln.

»Frank Garret war hier. Er war gekommen, um Lizbeth zu besuchen. Ich habe versucht, Anderson eine Betäubungsspritze zu geben.« James' Ausdruck war reine Qual. »Wir mussten ihn zu zweit von Chloe wegziehen. Sie war verwundet, schwer. Sie rannte weg, bevor ich bei ihr war, floh in die Maisfelder.« Er sprach zögernd, seine Stimme war kurz davor zu brechen. »Ich besitze eine Drohne, mit der ich die Ernten kontrolliere. Ich habe sie hochgeschickt. Versucht, sie zu finden. Frank hat seinen Pick-up genommen und ist ihr nachgefahren.«

»Und John Brown und Ed Wilson haben die Drohne von der Straße aus gesehen«, murmelte Logan. »Aber es war Brown, der die Leiche Ihrer Frau gefunden hat. Wusste er nicht, wer sie war?«

»Sie hatten sich nie getroffen. Wie ich schon sagte, ich habe mit Chloe nicht über meine Arbeit gesprochen. Natürlich hat John davon erfahren, als es in der Zeitung stand, aber er hatte keinen Grund, es mit unserem Mais in Verbindung zu bringen. Ich glaube, er ahnt inzwischen, dass etwas nicht stimmt. Frank sagte, er habe Fragen gestellt.«

Riley dachte daran, was Maddie am Bach gesehen hatte.

James' Blick war noch immer auf sie gerichtet. »Ich schwöre, Sergeant, ich hatte keine Ahnung, dass Chloe auf den Feldern war. Ich dachte, sie wäre einfach weggelaufen – vor dem, was sie gesehen hatte, vor mir. Ich hatte keine Ahnung, wie schwer sie verletzt war.«

Die grausame Ironie traf Riley wie ein Schlag – seine Frau, die in dem Mais starb, den er geschaffen hatte.

»Ich weiß, ich hätte es jemandem sagen sollen. Aber ich hatte keine Ahnung, was Hamilton tun würde. Sie haben gesehen, mit was für Männern er sich umgibt.«

»Was glauben Sie, was diese Männer hier machen?«

»Sie sind mit Ihrem Partner aufgetaucht«, sagte James und schaute Logan an. »Haben mich angegriffen und uns hier reingeworfen. Meine Vermutung? Hamilton ist es leid, auf seinen Samen zu warten. Ich vermute, dass sie gekommen sind, um ihn zu holen.«

»Ist jeder, der Red Lance verzehrt, in Gefahr? Wie weit könnte sich das Problem ausbreiten, wenn Ihre Saat in Umlauf gerät? Die Obdachlosen können nicht die Einzigen sein, die Ihr Maismehl essen und Fenozen einnehmen. Lizbeth hat es auch getan.«

»Die meisten Menschen ernähren sich abwechslungsreich genug und beziehen das benötigte Niacin aus anderen Quellen. Margaret hat Zugang zu den Krankenakten des Bezirks. Wir haben alle Anwohner überprüft, denen Fenozen verschrieben wurde. Keiner hatte sich mit schweren Symptomen gemeldet. Wir denken, dass Lizbeths Zustand die Wirkung irgendwie verschlimmert haben könnte.«

»Ihr Zustand?«

»Der Grund, warum sie das Medikament nahm. Wie ich schon sagte, es wird gegen Schlafstörungen und Angstzustände verschrieben, aber manchmal auch als Antikonvulsivum eingesetzt. Lizbeth hat Epilepsie.«

»Mein Gott!«

Logan richtete sich auf. »Sarge? Was?«

»Lori! Sie ist Epileptikerin.«

»Nimmt sie das gleiche Medikament?«

»Ich weiß es nicht. Aber sie war schon seit Monaten nicht mehr sie selbst.« Riley dachte an die Tüten mit Zephyrs Maismehl, die sie in Rose' Schränken gesehen hatte, dachte an Loris seltsames Verhalten. Sie hämmerte gegen die Tür. »Lasst mich raus! Bitte! Ich muss mit Walker reden!«

James war ebenfalls auf den Beinen. »Wie ist ihr vollständiger Name?«

»Lori Bell.«

»Auf Margarets Liste stand dieser Name nicht.«

»Das könnte auch gar nicht sein. Sie benutzt in offiziellen Unterlagen nicht ihren richtigen Namen.« Riley schüttelte den Kopf. »Ihr Ex-Mann – egal!« Sie schlug gegen die Tür, jetzt noch fester. »Gottverdammt!«

Logan schnupperte plötzlich. »Was ist das für ein Geruch?«

Riley richtete ihren Blick aufs Schlüsselloch. Jones war an der Wand zusammengesunken. Sein Kinn lag auf der Brust. Blut hatte die Vorderseite seines T-Shirts durchtränkt und lief ihm aus dem Mund. Seine Waffe lag neben ihm auf dem Boden.

James schnupperte jetzt ebenfalls. Er schob Riley zur Seite und hielt sein Gesicht vors Schlüsselloch. Hastig richtete er sich auf. »Das ist Propangas.«

Logan starrte ihn an. »Wie bitte? Sie werden doch nicht …?« Er sah Riley an. »Scheiße!«

James' Augen wurden groß. »Die Wärmelampen im Schuppen! Sie schalten sich automatisch ein. Wenn ein Funke von ihnen überspringt …« Er beendete den Satz nicht, sondern begann, mit den Fäusten gegen die Tür zu hämmern.

59

Lori Bell stand in der Küche, ohne zu wissen, wie sie dorthin gekommen war. Maddie drückte sich gegen die Spüle, die Augen vor Schreck weit aufgerissen.

»Maddie?« Lori ging auf sie zu, aber das Mädchen wich zurück. Sie sah nach unten, als etwas unter ihren Füßen knirschte. Auf dem Linoleum waren Pillen verstreut, außerdem rollte eine weiße Plastikflasche über den Boden. Hatte sie sie fallen lassen? Sie geworfen? »Maddie, was ist los?« Ihre Stimme klang heiser. »Habe ich geschrien? Es tut mir leid.« Ihre Hand zitterte neben ihrem Gesicht. »Ich fühle mich nicht gut. Ich brauche nur meine Medizin.«

Als sie näher kam, sprang das Mädchen zur Seite und rannte aus dem Zimmer. Lori hörte, wie die Tür zum Wohnzimmer zugeschlagen wurde. Dumpfes Schluchzen ertönte dahinter, unterbrochen von Scroungers Bellen. Lori ging zum Waschbecken und nahm ein Glas vom Abtropfbrett. Sie ließ den Wasserhahn laufen und füllte es, dann bückte sie sich, um eine der Pillen aufzuheben. Sie ließ Maddie weinend im Wohnzimmer zurück, schlich wieder nach oben und fühlte sich schlecht, ohne zu wissen, warum.

Die Morgensonne fiel durch die Vorhänge des Kinderzimmers und schien auf das Mobile, das über Benjamins Bettchen hing. Daran hingen Bauernhoftiere, die in der Brise, die durch das Fenster hereinwehte, hin und her schaukelten. Sie wollte das Fenster weiter öffnen, um frische Luft hereinzulassen, aber die Sonne tat ihr in den Augen weh, also blieb sie zurück, damit sie nicht geblendet wurde.

Ben hatte aufgehört zu weinen und gab gurgelnde Laute von sich. Sie hielt inne und sah auf ihn hinab: ihr kleines Wunder mit den rosigen Wangen und dem flaumigen blonden Haar. Das Baby, von dem sie kaum zu träumen gewagt hatte, dass sie es einmal bekommen würde. Das Kondenswasser auf dem Wasserglas schwitzte kalt an ihrer Handfläche. Ihr Lächeln verblasste. Warum fühlte sie sich so unbehaglich, jetzt, wo sie besaß, was sie immer gewollt hatte? Warum weinte Ben so oft? Manchmal spürte sie, wie er sich wegdrehte, wenn sie ihn im Arm hielt, als wäre sie eine Fremde. Manchmal fühlte sie sich nicht mehr mit ihm verbunden. Mehr als einmal hatte sie mit dem schrecklichen Gedanken gespielt, dass im Krankenhaus etwas schiefgelaufen war – dass man ihr vielleicht das falsche Kind überreicht hatte.

Lori drehte sich vom Bettchen weg und legte die Pille auf ihre Zunge. Sie schluckte sie mühsam herunter. Das Wasser schmeckte seltsam. Als die Flüssigkeit in einer Welle auf ihren Magen traf, spürte sie, wie er sich verkrampfte. Sie konnte sich nicht erinnern, wann sie das letzte Mal etwas gegessen hatte, aber trotz der Schmerzen fiel ihr nicht ein, was sie essen sollte. Nichts befriedigte sie, und doch nagte der Hunger an ihr.

Sie stellte das Glas auf ein Regal und betrachtete sich im Spiegel, wobei sie den hohen Ausschnitt ihres Nachthemds runterzog. Der Ausschlag war immer noch da. Sie hatte in den letzten Wochen im Internet nachgeschaut, als er schlimmer geworden war, aber es schien, als gäbe es tausend Diagnosen. Sie hatte es Rose zeigen, sie aber bei all dem, was mit Riley los war, dann doch nicht belästigen wollen.

Als Ben einen markerschütternden Schrei ausstieß, kehrte sie zu seinem Bettchen zurück und hob ihn in ihre Arme. Er ballte die Fäuste, sein Gesicht verzog sich. »Sei still, kleiner Mann. Sei jetzt still.« Sie drückte ihn trotz seines Plärrens an sich und spürte, wie sich sein winziger Körper zappelnd und heiß an sie schmiegte. Sie konnte sein haferiges Haar riechen, seine süße, warme Haut, seinen milchigen Atem.

Draußen knurrte ein Pick-up und hielt an. Eine Tür wurde zugeschlagen, Schritte polterten auf dem Weg. Sie hörte, wie sich die Haustür öffnete, dann Maddies Aufschrei.

»Daddy!«

Lori schloss ihre Augen und strich mit ihren trockenen Lippen über Bens weiche Wange.

***

Gage Walker hatte seinem Team befohlen, die Rohrleitung des Tanks zu unterbrechen und den Schweinestall, in dem sich das Labor befand, mit Propan zu füllen. Sobald sie sich in sicherer Entfernung befanden, wollten sie eine Leuchtrakete an der Drohne befestigen, die sie aus Millers Labor entwendet hatten, und sie einfliegen. Sie hatten alles mitgenommen, was sie brauchen konnten und sie belastete. Und der Rest? Nun, es würde nicht genug übrig bleiben, um herauszufinden, was hier passiert war oder wer die Schuld daran trug. Jetzt musste er die Polizistin nur noch zwingen, ihm zu sagen, wo dieser USB-Stick mit den Akten war. Dann würde er sich um die drei kümmern. Keine offenen Fragen mehr.

Während seine Männer das letzte Saatgut des Red Lance in Behälter luden und zusammen mit den Kisten mit Millers Forschungsergebnissen in den Geländewagen verstauten, wandte sich Walker dem Farmhaus zu und lud seine Waffe.

Er war auf halbem Weg über das Gelände, als die Wärmelampen in dem Schuppen, in dem sich das Labor befand, ansprangen. Das war der Funke, den die mit Propan angereicherte Luft brauchte. Die daraus resultierende Explosion zerriss die Metallkonstruktion und sprengte sie auseinander. Stahl- und Glasstücke flogen wie Granatsplitter in alle Richtungen. Die Druckwelle warf Walker zu Boden, riss die Seite des zweiten Schuppens auf, sprengte die Fenster der Geländewagen, zerstörte eine Seite des Farmhauses und schickte einen blendenden Feuerball in den Himmel.

***

Nach der Explosion war es gespenstisch still. Überall waren kleine Brände entstanden, die durch den Feuerball entzündet worden waren. Blätter fielen wie brennendes Konfetti zu Boden. Die Flammen tanzten durch das trockene Gras und bahnten sich ihren Weg an den Seiten der Scheune hinauf.

Riley öffnete ihre Augen. Sie lag auf dem Rücken im gleißenden Sonnenlicht. Um sie herum wirbelten Dinge zur Erde – zu Asche gewordene Holzstücke, schwelende Maiskolben, Fetzen verbrannter Kleidung. Ihre Ohren klingelten. Sie schmeckte Blut. Langsam drehte sie sich um. Ihr ganzer Körper war zerschrammt. Die Welt schwamm in ihrem Blickfeld. Sie drückte ihre Handflächen in den bröckelnden Boden und richtete sich schwankend auf. Das Bauernhaus lag in Trümmern, Sparren und Dielen waren zersplittert wie Knochen. Eine Sekunde lang dachte sie, sie sei in einen Tornado geraten. Dann – erinnerte sie sich. Der Geruch des Gases. Ihre verzweifelten Schreie.

Logan.

Sie taumelte auf die Beine. Überall lagen zerknitterte Bleche und verbogene Metallteile. Flammen loderten hell auf. Rauch kräuselte sich in der Luft. Ganz in der Nähe sah sie einen gebräunten, muskulösen Arm, der unter einem Stück Gipskarton hervorragte, das noch mit Tapete bedeckt war. Sie stolperte zu ihm. Logan regte sich bereits, als sie ihn erreichte. Sie zog die Trümmer von ihm herunter und keuchte vor Schmerz.

Logan setzte sich auf und schüttelte sein weißes, staubiges

Haar. Er hustete und spuckte. Aus der klaffenden Wunde über seinem Auge floss frisches Blut über seine Wange, aber abgesehen von den Schrammen und Schnitten schien er weitgehend unverletzt zu sein. »Sarge?«, krächzte er und hustete erneut.

»Mir geht es gut.« Riley half ihm auf die Beine. Ihre Ohren klingelten noch immer, und sie hatte das Gefühl, schreien zu müssen, um sich Gehör zu verschaffen.

Logan wischte sich das Blut aus dem Auge und betrachtete die Verwüstung. »Wo ist Miller?«

»Ich weiß es nicht.« Riley deutete auf den zweiten Schuppen, der in der Mitte aufgerissen war. »Lizbeth. Und die anderen. Wir müssen sie rausholen.«

Die beiden wankten über die rauchenden Ruinen. Die Grasbrände breiteten sich aus und leckten an der Basis des Propantanks, der noch intakt war – nur das Gas im Inneren des Schuppens hatte sich entzündet. Nach ein paar weiteren Metern entdeckten sie das erste Opfer, das teilweise unter einer Schicht Wellblech sichtbar war. Es war Larson. Aus seiner Brust ragte ein Metallsplitter, um den herum Blut floss. Seine Augen waren offen und starrten in den Himmel. Logan bückte sich und zog Larsons Waffe aus seinem Halfter. Auf der anderen Seite des Geländes, in der Nähe der SUVs, kroch ein weiterer von Walkers Männern auf Händen und Füßen. Blut strömte aus seinem Kopf, an dem ein Hautlappen herunterhing. Als sie ihn sahen, brach er zusammen. Von James Miller gab es keine Spur.

Im Inneren war der verbleibende Schuppen mit Trümmern übersät – Überreste von Schweineställen, zerbrochenes Glas und verbrannte Maisreste. Metallträger bogen sich aus dem Dach, Stahlplatten hingen bedenklich herab. Das Plastikzelt war durch die Explosion teilweise verdampft, der Rest hing in Fetzen. In dem verkohlten Kokon lagen mehrere umgestürzte Betten. George Anderson heulte, gefangen in seinen Fesseln.

Riley machte sich auf den Weg zum nächstgelegenen Bett, als

eine Gestalt aus dem Dunst auftauchte. Es war James Miller. Er umklammerte Lizbeth Garret. In seinem Nacken steckte ein Stück Schrapnell, und sein zerrissenes Hemd war blutgetränkt. Lizbeth schien unverletzt zu sein, obwohl sie stark sediert war und kaum gehen konnte.

»Nimm sie!«, stöhnte er.

Riley hielt die Frau fest, während Logan Miller zurück in die rauchigen Tiefen folgte. Sie zog Lizbeth Garrets Arm über ihre Schulter und biss die Zähne gegen den Schmerz zusammen. Einen Moment lang erschauderte sie bei dem Gedanken an die hässliche Narbe an Hoyt Garrets Hand. Sie stählte sich und zerrte Lizbeth hinaus ins Sonnenlicht. Die rote Scheune brannte, und die Flammen schossen über die Bäume hinweg. Das Feuer um den Propantank hatte sich ausgebreitet, und aus den Ventilen auf dem Dach drang ein unheilvolles Kreischen.

Riley setzte Lizbeth in der Nähe der Baumgrenze ab, sodass sie dem Feuer nicht in die Quere kam. Während sie im Gras zusammensackte, eilte Riley zurück zum Gebäude. Ein lautes Ächzen ertönte von den Trägern, und ein Blech löste sich vom Dach. Es fiel mit einem gewaltigen Krachen herab, und Staub wirbelte auf. Logan kam keuchend aus der Wolke hervor und stützte zwei weitere Gestalten – eine Frau und einen Mann. Riley half ihm, sie zu den Bäumen zu schleppen. Sie kehrten zum Schweinestall zurück, husteten den Rauch aus, und der Schweiß brannte in den Augen, als sie Walker sahen, der durch die Trümmer auf sie zutaumelte.

Als Walker seine Waffe hob, sah Riley den Blitz und hörte den Knall. Sie spürte, wie etwas in ihrer Schulter einschlug. Sie kippte nach hinten und knallte hart auf den Boden. Als sie versuchte, Luft zu holen, durchzuckte sie ein Schmerz, wie sie ihn noch nie erlebt hatte. Sie konnte nicht einmal schreien. Sie lag da, blinzelte in den Himmel und spürte, wie ihr T-Shirt durch das Blut warm wurde.

Logan brüllte, seine Stimme erhob sich über das Kreischen der Ventile des Gastanks. Sie spürte, wie er sich neben ihr duckte, sah, wie er Larsons Waffe zog und zielte. Schüsse zerfetzten die Luft. Riley hörte das Aufheulen eines Motors. Als sie den Kopf drehte, sah sie, wie einer der Geländewagen durch die Ruinen davonraste. Durch die zerbrochenen Frontscheiben erkannte sie zwei Gestalten – Walker saß am Steuer.

Logan steckte seine Waffe ein und riss einen Streifen seines T-Shirts ab. Er rollte ihn zusammen und drückte ihn fest gegen ihre Schulter. Sie schrie auf. »Du musst es festhalten, Sarge! Halt es!«

Mit zitternden Händen gehorchte sie, die Welt verschwamm. Sie keuchte, als er sie auf die Beine zog und sie um die Taille packte.

James Miller war in Sichtweite und kämpfte darum, zwei weitere Männer herauszuziehen. Sein Gesicht war knochenbleich zwischen den Blutflecken. »Bringt sie ins Auto!«, brüllte James über die schreienden Ventile hinweg. »Der Tank wird explodieren!« Er brachte die beiden halb bewusstlosen Männer zu dem verbliebenen Geländewagen und manövrierte sie hinein. »Ich gehe zurück und hole Anderson.«

Während James zurück in den Schuppen rannte, trug Logan Riley halb im Schlepptau, halb auf dem Rücken zum Fahrzeug.

Sie hielt sich am Armaturenbrett fest, als sie es erreichten, und ihre Stiefel knirschten auf dem Glas. »Los! Mir geht's gut!«

Während Logan zu Lizbeth und den anderen rannte, die reglos im Gras lagen, wo sie sie zurückgelassen hatten, zog sich Riley auf den Beifahrersitz zurück und stieß einen Schrei aus. Sie konnte die Kugel spüren. Sie steckte in ihrer Schulter und knirschte gegen den Knochen.

Logan verfrachtete zwei der anderen in das Fahrzeug und ging dann zurück zu Lizbeth Garret. Er trug sie gerade über die Trümmer, als ein weiteres erschütterndes Ächzen ertönte und der verbleibende Schuppen mit lautem Getöse in sich zusammenstürzte. Logan duckte sich durch die aufziehende Wolke und legte Lizbeth im Kofferraum ab.

Er sprang auf den Fahrersitz und drehte den Schlüssel, der noch im Zündschloss steckte. Er sah Riley an, als er den Motor startete. »Wir haben keine Zeit mehr.«

Sie nickte, dann ließ sie ihren Kopf zurück auf den Sitz sinken.

Sie hatten den Feldweg erreicht, der durch den Wald führte, als der Tank explodierte. Die Explosion war viel größer als die erste. Ein riesiger roter Feuerball, der über den Maisfeldern in den Himmel schoss. Riley schloss die Augen und spürte, wie das Blut ihre Kleidung durchtränkte. Sie rutschte im Sitz nach unten und konnte sich nicht mehr aufrecht halten. Sie spürte, wie Logans Hand fest auf die Wunde in ihrer Schulter drückte, während seine andere noch immer das Lenkrad umklammerte.

»Bleib bei mir, Riley. Bleib bei mir, verdammt!«

60

Die Morgensonne drang durch die Jalousien und malte weiße Lichtleitern an die Wände. Maschinen surrten leise. Draußen auf dem Korridor kamen und gingen Krankenschwestern und Pfleger, hielten Akten und schoben Rollstühle. Telefone dröhnten.

Riley bewegte sich im Bett und verzog das Gesicht, weil die Bewegung schmerzte. Die Medikamente hatten in den letzten Tagen nach der Operation dafür gesorgt, dass es ihr gut ging, aber die Wunde war gerade erst verheilt. Laut dem Chirurgen hatte sie Glück gehabt. Die Kugel hatte das weiche Gewebe beschädigt, aber die Nerven nur minimal verletzt. Mit Ruhe und Physiotherapie würde sie sich vollständig erholen. Sie würde immer noch in der Lage sein, Auto zu fahren und eine Waffe zu benutzen. Sie würde immer noch in der Lage sein, ihren Job zu machen.

Es klopfte an der Tür. Rose trat ein und trug einen Strauß Pfingstrosen. Maddie folgte ihr.

»Meine Güte, du könntest einen Blumenladen eröffnen!« Rose lächelte, als sie die Blumen neben all die anderen auf den Tisch legte.

Ein Strauß war von Logan und seiner Familie, ein anderer von Kristen Webb, und ein kleiner von Sue Schmidt hatte Riley zum Weinen gebracht. Es gab Luftballons und eine Karte von der Dienststelle, wo alle unterschrieben hatten, mit Sheriff Reeds *Gute Besserung* in leicht verkrampfter Handschrift.

Reed war nach ihrer Operation einer der ersten Besucher gewesen. Er hatte niedergeschlagen gewirkt, zermürbt von allem, was passiert war: Schmidts Tod und die schockierenden Enthüllungen über James Miller und Hamilton. »Es war richtig, dass Sie ihn verfolgt haben«, hatte er ihr leise gesagt. »Es tut mir leid, dass ich nicht zugehört habe. Wann immer Sie bereit sind, Ihre Dienstmarke wartet auf Sie.«

Rose küsste sie auf die Stirn. »Ethan sagte, er würde versuchen, später vorbeizukommen.«

Maddie stand mit dem Rücken zur Tür und stellte sich von einem Fuß auf den anderen.

»Komm her, mein Schatz.« Riley tätschelte das Bett. Sie betrachtete das Mädchen, als es sich auf die Kante hockte. »Geht es dir gut?«

Maddie nickte, ließ aber den Kopf hängen, und ihr Haar fiel wie ein dunkler Vorhang über ihr Gesicht.

»Ich weiß, wir haben viel zu besprechen.« Riley streckte ihre unversehrte Hand aus, um ihrer Nichte das Haar hinters Ohr zu streichen. »Aber ich möchte, dass du weißt, dass du jetzt in Sicherheit bist. Diese Männer können dir nicht wehtun.«

»Du hast ein Geschenk für Riley, stimmt's, Schatz?«, drängte Rose.

Maddies Miene hellte sich auf. Sie griff in die Tasche ihrer Jeans und zog etwas heraus. Es war ein Freundschaftsarmband. »Ich habe dir ein neues gemacht.«

»Es ist wunderschön.« Riley hielt ihrer Nichte die Hand hin, damit sie es ihr umbinden konnte, neben ihrem Krankenhausarmband. Es war schwarz und goldfarben, säuberlich in kleine Chevrons geflochten. Einen Moment lang musste sie an die Klapperschlange denken, aber sie lächelte den Gedanken weg. »Danke! Hey, schau doch mal, ob du noch eine Vase für diese Blumen findest. Die Schwestern haben bestimmt eine.«

»Klar.« Maddie hüpfte vom Bett und lief hinaus.

»Wie geht es ihr?«, fragte Riley Rose. »Wirklich?«

»Ich glaube, sie wird wieder gesund. Wir Fishers sind ziemlich unverwüstlich.« Rose lächelte. »Wie du weißt.«

»Und wie geht es Lori?«

Rose atmete ein. »Sie sagten mir, dass sie in den letzten Tagen die Kurve bekommen hat. Die Behandlung scheint zu wirken. Die Ärzte sagen, sie sei zumindest über den Berg.« Rose nickte tapfer. »So Gott will, haben wir sie bald wieder.«

»Das ist großartig.«

Logan hatte ihr bei seinem gestrigen Besuch erzählt, dass die Männer und Frauen, die sie von der Farm gerettet hatten, auf die Behandlung ansprachen, wenn auch langsam. Das Krankenhaus hatte Spezialisten aus New York herbeirufen müssen, die verblüfft waren über das, was sie bei diesen Patienten vorfanden – ihre Gehirnscans zeigten Anomalien, die sie noch nie gesehen hatten. Lizbeth Garret lag noch immer auf der Intensivstation, aber ihr Zustand war stabil. Logan hatte sie über die laufenden Ermittlungen informiert, von denen nur Ausschnitte in den Nachrichten erschienen waren, die von Charles Moores Tod und seinem Haus des Schreckens berichteten und ihn in den Schlagzeilen als den Schlächter von Black Hawk County bezeichneten.

Agent Gooch war von der BAU zu einem anderen Serienmörderfall gerufen worden, aber Klein war zurückgeblieben, um bei den Aufräumarbeiten zu helfen. Vor zwei Tagen waren Taucher in den Bach gestiegen und hatten die Leiche von John Brown geborgen. Die Ermittlungen zu Browns Tod dauerten noch an, aber Frank Garret war des Mordes an Schmidt angeklagt worden.

Cam würde nächste Woche auf demselben Friedhof beigesetzt werden, auf dem auch Rileys Eltern begraben lagen. Es würde die erste von vielen Beerdigungen in den kommenden Wochen sein.

Die Miller-Farm war abgesperrt worden, und Spezialisten wurden hinzugezogen, um die Ruinen, in denen vier von Walkers Team, James Miller selbst und George Anderson umgekommen waren, nach Beweisen zu durchsuchen.

Die Tür öffnete sich, als Maddie mit einer Vase zurückkam. Ein Mann erschien hinter ihr. Es war Agent Klein.

Er nickte erst Riley, dann Rose zu. »Verzeihen Sie, Ma'am. Kann ich mit Sergeant Fisher sprechen?«

Rose küsste Riley auf die Stirn, dann nahm sie Maddies Hand. »Lass uns ein Eis in der Kantine holen.«

Klein sah ihnen hinterher und ging dann zu Riley hinüber. »Wie geht es Ihnen, Sergeant?«

»Es wird mir viel besser gehen, wenn ich hier raus bin.« Sie setzte sich mühsam auf und biss die Zähne zusammen. »Gibt es was Neues? Über Hamilton? Die Ermittlungen?« Sobald sie nach der Operation wieder zu sich gekommen war, hatte sie Logan angerufen und ihn gebeten, den USB-Stick aus Loris und Rose' Haus zu holen. Sie hatte ihn gebeten, ihn an Klein weiterzugeben, in der Hoffnung, dass er sich als wichtig erweisen könnte, wenn so viele Beweise bei der Explosion zerstört worden waren, seitdem aber nichts mehr gehört.

»Das Fahrzeug, mit dem Gage Walker entkam, wurde gestern Abend gefunden. Es stand verlassen in einem Maisfeld in Clayton County. Auf dem Beifahrersitz befand sich eine Leiche. Deputy Wood identifizierte den Toten als einen der Männer, die mit Walker auf der Farm waren. Er war erschossen worden. Waschechte Hinrichtung.«

»Walker?«

»Keine Spur von ihm. Ihr Augenzeugenbericht vom Beladen des Fahrzeugs legt allerdings nahe, dass einige der Container entwendet wurden.«

»Millers Forschung?«, murmelte sie. »Das Saatgut? Wir dürfen nicht zulassen, dass der Mais nach draußen gelangt.«

»Walker steht auf der Liste der Meistgesuchten des FBI. Wir werden ihn finden.«

»Und Hamilton? Wurde er verhaftet? Wurde die Untersuchung eingeleitet?«

»Wurde sie. Zwei meiner Kollegen, die auf den Diebstahl von Agrartechnik spezialisiert sind, haben es übernommen. Sie sind jetzt hier, wären Sie bereit, ein paar Fragen zu beantworten?«

»Ja, natürlich. Alles, was ich tun kann.«

»Ich rufe sie.« Klein hielt inne. »Es tut mir leid um Deputy Schmidt. Ich weiß, wie schwer es ist, einen Beamten zu verlieren, besonders einen so engagierten.« Klein ging zur Tür, drehte sich dann kurz um und sah sie an. »Ihr Team ist ein Zeugnis für Sie, Sergeant Fisher.«

»Danke, Agent!«

61

Der erste Schnee war letzte Woche gefallen. Er hatte sich noch nicht gesetzt, aber der Winter hatte gerade erst begonnen. Kürbislampions verrotteten auf den Türschwellen, und Laubhaufen zitterten auf den Einfahrten, als Riley in Cams altem Dodge heim nach Cedar Falls fuhr. Als sie ihn das erste Mal gefahren hatte, hatte sie in der Sonnenblende ein Bild von Cam und Sue gefunden. Sie standen auf einem Berg, mit rosigen Wangen und vom Wind zerzaust, neben ihnen Fahrräder im Gras. Sie hatte es dort gelassen.

Scrounger kam ihr entgegen, als sie auf den Hof fuhr, und sprang um sie herum, als sie ausstieg. Der Schuppen hatte neue Türen, die Ritzen waren abgedichtet, damit nichts eindringen konnte. Der Schädlingsbekämpfer hatte keine Anzeichen für eine Klapperschlange gefunden, aber ihr war geraten worden, zur Sicherheit das ganze verrottete Gebäude abreißen zu lassen. Sie hatte den Rat nicht beherzigt. Das Haus mochte verfallen, aber es war noch immer voller Erinnerungen. Ein Denkmal für die Geschichte ihrer Familie.

Der alte Pick-up war noch nicht da, was bedeutete, dass Ethan Schicht an der Kum-&-Go-Tankstelle schob. Er hatte gesagt, er werde pünktlich mit dem Kuchen zu Hause sein. Sie wollte ihm vertrauen, aber es war schwer. Ihr Bruder hatte den letzten Drogentest nicht bestanden, und seine Bewährungszeit war verlängert worden.

Riley kraulte Scrounger an den Ohren, als er ihr ins Haus folgte. In der Küche herrschten laute Musik und Stimmengewirr. Rose saß am Tresen und unterhielt sich mit der Mutter von Maddies Freundin Tanisha. Lori rührte etwas auf dem Herd um. Riley roch Maisbrot und Rinderbrust.

»Willkommen zu Hause, mein Schatz!« Rose' Wangen waren gerötet. Sie hob die Flasche Bourbon und schüttelte sie anzüglich.

»Ich nehme ein Bier.«

»Kommt sofort. Alles ist fast fertig.«

Riley verstaute ihre Glock im Safe. Als sie am Wohnzimmer vorbeikam, sah sie Maddie mit Tanisha auf der Couch sitzen. Sie schaukelte Baby Benjamin auf ihrem Schoß. Der kleine Junge, der jetzt einen vollen blonden Haarschopf trug, gluckste glücklich. In der Ecke lag ein Stapel Geschenke auf dem Boden und wartete darauf, geöffnet zu werden. Riley konnte kaum glauben, dass ihre Nichte heute fünfzehn wurde. Sie sah immer noch so jung aus. Eigentlich zu jung für den Jungen, der auf dem Stuhl saß und für Ben Grimassen schnitt. Riley hatte versucht, die Freundschaft zwischen Maddie und Brandon zu unterbinden, aber am Ende hatte sie eingesehen, dass es sicherer war, sie in ihrer Nähe zu behalten. Außerdem schien ihre Nichte so glücklich zu sein wie schon lange nicht mehr.

Riley ging nach oben in ihr Zimmer und legte den Mantel ab, wobei sie das Stechen in der Schulter schmerzte. Es war viel besser als früher, obwohl man ihr gesagt hatte, dass die Narbe von der Kugel bleiben würde. Als sie ihr Haar aus dem Knoten löste, fiel ihr Blick auf die Ausgabe des *Des Moines Register* auf dem Nachttisch. Unter der Schlagzeile prangte ein Bild von Jess Cook, der neuen Gouverneurin von Iowa, wie sie in die Kameras grinste und winkte, während sich eine Schar von Anhängern in einem Sturm aus rot-weiß-blauem Konfetti um sie scharte. Der Kandidat, der in letzter Minute für die Nachfolge von Bill Hamilton aufgestellt worden war, hatte keine Chance gehabt.

Cooks Sieg war jedoch von dem nationalen Skandal um den ehemaligen Gouverneur überschattet worden. Riley hatte Hamilton in verschiedenen Nachrichtensendungen gesehen – wie er auf den Rücksitz eines Autos gelotst oder in Regierungsgebäude geführt wurde, sein glattes Gesicht ohne Lächeln. Sie hatte zwar erfahren, dass Cooks Schwester Thorne angesichts der von ihr aufgedeckten Beweise Immunität vor Strafverfolgung gewährt worden war, aber abgesehen davon wusste Riley wenig über die laufenden Ermittlungen, die ihr von dem Moment an entzogen worden waren, als der USB-Stick dem FBI übergeben wurde. Sie hatte nicht herausfinden können, ob man Gage Walker festgenommen oder die Red-Lance-Samen aufgespürt hatte. Sie überprüfte regelmäßig die Nachrichten und achtete vor allem auf entsprechende Neuigkeiten aus China.

Sie nahm ihre Dienstmarke ab und legte sie auf den Waschtisch, neben das Foto ihres Großvaters in seiner Sheriffsuniform. Sie küsste ihren Finger und berührte ihn an seiner Wange. Sie würde morgen nach ihrer Schicht zu ihm gehen und ihn besuchen. Eine Krankenschwester hatte ihr letzte Woche leise mitgeteilt, dass es nicht mehr lange dauern würde.

Neben dem Foto ihres Großvaters stand ein Bild von ihr, Mia und Chloe. Mia hatte es ihr bei Chloes Beerdigung geschenkt – sie drei kuschelten sich auf der Veranda aneinander, die Arme um die Schultern gelegt. Sie und Mia hatten auf der Beerdigung darüber gesprochen, etwas trinken zu gehen, aber sie war sich nicht sicher, ob sie es tun würden.

Die goldene Sternenkette hatte sie jedoch behalten und zu einem Juwelier gebracht, kurz nachdem sie aus dem Krankenhaus nach Hause gekommen war. Die zerbrochene Kette war ersetzt und der Stern gereinigt worden. Seitdem hing sie um ihren Hals, eine glitzernde Linie, die über ihre Narbe verlief. Ein zurückgewonnenes Geschenk. Sie hatte Bob Nolan gebeten, diese Spur mithilfe des Fotos aus Chloes Album zu verfolgen. Aber Nolan hatte keine Aufzeichnungen über Hunter finden können, seit er die Universität verlassen hatte. Sie hatte die Sache nicht weiterverfolgt. Noch nicht.

Unten nahm Riley das Bier, das Rose ihr reichte, und ging nach draußen. Es war eine lange Woche gewesen, und sie brauchte ein wenig Ruhe, bevor sie sich in Partystimmung versetzen konnte. Sie ging hinunter zum Bach. Ihr Atem vernebelte die Luft. Die Blätter hatten sich von Gold zu Rotbraun verfärbt und bedeckten das Gras. Es wurde bereits dunkel.

Zu dieser Jahreszeit musste sie immer an ihre Eltern denken. In diesen Tagen dachte sie häufiger an sie. Nach ihrer Rückkehr zum Job hatte sie die alten Berichte über ihren Tod gesichtet. Es sah immer noch nach dem Unfall aus, als der er eingestuft worden war, aber die Saat des Zweifels war gepflanzt worden. Dennoch weigerte sie sich, ihn zu gießen, ihn wachsen zu lassen. Die Vergangenheit war ein anderes Land, und sie wollte weitermachen. Zu diesem Gefühl gesellte sich eine Unruhe, eine Art Zischen in ihrem Kopf, das sich seit Chloes Beerdigung verstärkt hatte. Sie verspürte das Bedürfnis, zu verreisen, in ihr Auto zu steigen und wegzufahren. Aber sie hatte keine Ahnung, wohin.

»Hey!«

Sie drehte sich um und sah Logan über den Rasen laufen. Dahinter, durch die Gittertür, sah sie Carol und Callie. Seine Nichte und Maddie hatten sich angefreundet, beide waren jetzt Erstsemester an der Cedar Falls High. Letzten Monat war Logan offiziell zum Ermittler befördert worden. Amy Fox half weiterhin aus, aber jetzt suchten sie einen weiteren festen Detective, der Cam ersetzen sollte. Jackson Cole war der Kandidat für diese Stelle.

Logan hatte zwei Dosen Bier dabei. Er reichte ihr eine davon. »Lori macht einen Tofu-Eintopf.«

»Ich habe mich schon gefragt, was so komisch riecht.«

Er grinste. »Ich werde noch eine Veganerin aus dir machen.«

Ihr Lächeln verblasste. Beide drehten sich um und blickten auf den Bach hinaus, der im letzten Licht schwarz dalag.

»Komm schon«, sagte Logan nach einer Weile. Er nickte in Richtung Haus. »Bevor Rose und Carol sich über den Bourbon hermachen.«

Riley lachte und folgte ihm nach oben. Sie war auf halbem Weg dorthin, als ihr Handy klingelte. Sie kannte die Nummer auf dem Display nicht, aber sie erkannte die Vorwahl. West Virginia.

Quantico.

DANKSAGUNG

Wie man so schön sagt: Es braucht ein ganzes Dorf.

Zunächst möchte ich meinem britischen Agenten Antony Topping von Greene & Heaton dafür danken, dass er mir eine Chance gegeben und von Anfang an sofort an dieses Buch geglaubt hat – schon damals, als das Ganze wahrscheinlich noch ein wenig seltsam klang. Antony, deine Unterstützung und Leitung war wirklich unfassbar wertvoll. Danke, dass du so geduldig bist. Ich verspreche dir, du wirst mich eines Tages lehren, entspannter zu sein und mehr im Augenblick zu leben. Mein Dank gilt auch dem Rest des fantastischen Teams, insbesondere Kate Rizzo und Imogen Morrell.

Ein großes Dankeschön an meinen US-Agenten Dan Conaway von Writers House, New York. Dan, ich habe die ersten ermutigenden Gespräche während unseres Mittagessens, wie ich meine verrückte Idee zu etwas bringen kann, und all deine ausgezeichneten Ratschläge und Hinweise auf dem Weg dorthin sehr zu schätzen gewusst. Vielen Dank auch an den Rest deines großartigen Teams, insbesondere an Lauren Carsley.

Danke an Rupert Heath für deine Unterstützung auf unserem unglaublichen Weg hierher und dafür, dass du mir die Verantwortung zugetraut hast. Und danke an Sylvie Rabineau von WME, die sich schon so früh für das Buch eingesetzt hat.

Meinem Lektor Nick Sayers bei Hodder & Stoughton gilt mein Dank. Nick, es war mir ein Vergnügen und ein Privileg, mit dir zusammenzuarbeiten. Ich bin dir sehr dankbar, dass du mir erneut einen Vertrauensvorschuss entgegengebracht hast. Es war eine wirklich schöne Reise, die durch deinen Humor und deine Großzügigkeit noch mehr Spaß gemacht hat. Vielen Dank, wie immer, für deine aufschlussreichen Kommentare.

Meine aufrichtige Anerkennung gilt auch meinem Lektor Zachary Wagman von Flatiron. Zack, vielen Dank für deinen Enthusiasmus und deine prägnanten Vorschläge. Ich bin begeistert, dass ich dieses verrückte Jahr mit einem solchen Dream-Team hinter mich gebracht habe! Ein großes Lob an den Rest der Flatiron-Crew, insbesondere an Maxine Charles. Ich bin dankbar, dass ich mit euch allen zusammenarbeiten darf.

Es gab einige Leute, die mir bei bestimmten Aspekten des Romans geholfen und dafür ihre wertvolle Zeit geopfert haben. So danke ich Michael Buckmaster, der mir den Weg zu Jim Lanas wies. Ich bin Jim sehr dankbar, dass er mich mit Anthony Montiel in Kontakt gebracht hat, dem ich jede Frage über das Leben eines Ermittlers in einem US-Sheriffbüro stellen konnte (Jegliche Irrtümer über polizeiliche Verfahren sind ausschließlich meine eigenen!). Ein großes Dankeschön geht auch an Andy Clark für seine fachkundige Hilfe bei der technischen Seite der Dinge.

Ich möchte den Menschen in Iowa für ihren bemerkenswerten Charme danken, der so typisch für den Mittleren Westen ist. Sie gehören zu den herzlichsten und großzügigsten Menschen, die ich je kennengelernt habe. Angefangen bei den hilfsbereiten Mitarbeitern im State Capitol in Des Moines und dem Ausbilder auf dem Schießstand, der mir gezeigt hat, wie man mit einer Glock schießt (ohne sich selbst zu erschießen), über die Polizisten, die meine Fragen auf der State Fair beantwortet haben, und die Farmer, die wir dort getroffen haben, bis hin zum Team im Black Hawk Hotel in Cedar Falls und all den Menschen in Bars und Restaurants, bei Ballspielen und Tankstellen von Waterloo bis Okoboji, die mir so viel Lokalkolorit für dieses Buch gegeben haben. Aber ein besonderes Lob geht an Karl von der Erdbeerfarm in Muscatine, der mich zu einem Treffen mit dem Bürgermeister mitnahm, damit ich etwas über die wirklichen Probleme der Einwohner Iowas und die Herausforderungen erfahre, denen sie sich in ihren Gemeinden im Kampf gegen große Unternehmen stellen müssen.

Eine herzliche Umarmung geht an meine Freunde und meine Familie, die es ertragen haben, dass ich in den letzten Jahren immer wieder über dieses Buch gesprochen habe. Ein besonderer Dank geht an David und Daniel von Goldsboro Books, die mich in ihrer Kurzgeschichten-Anthologie vorgestellt haben. An Anthony und Helen Riches, die so großartige Gesprächspartner waren. An Alex von Tunzelmann und Imogen Robertson dafür, dass sie mich immer bestärkt haben. Und an Imogen und Laura Shepherd-Robinson für die Novel Clinic (mit guten Freunden, weisen Worten und Seifenblasen wird ein Schreibtag zu etwas ganz Besonderem). Und an den Rest von euch – ihr wisst, wer ihr seid – ich liebe euch.

Und schließlich, wie immer, meine Liebe und Dankbarkeit an Lee. Danke, dass du mein treuer Forschungsbegleiter bist und mich durch ganz Iowa gefahren hast – durch Superstürme und Tornadowarnungen, zu Spelunken mit Fireball und Corn Dogs. Wir haben es nicht geschafft, alle einhundertzwanzig Biere vom Fass zu probieren, aber wir haben unser Bestes gegeben.

Das Böse im Menschen schneidet tief …

Coveränderungen vorbehalten

John McMahon

Cold Detective

Thriller

Aus dem amerikanischen Englisch
von Sven-Eric Wehmeyer
Piper Taschenbuch, 400 Seiten
ISBN 978-3-492-31711-5

Unter einem erbarmungslos weiten Himmel leben die Einwohner der Kleinstadt Mason Falls. Doch Detective P. T. Marsh weiß, dass die Abgründe oft näher sind, als man glaubt. Und dann zieht Düsternis in Mason Falls ein. In einem Maisfeld wird ein toter Teenager gefunden: sein Körper ist geschunden, um seinen Hals liegt eine Schlinge. Die Medien stürzen sich auf den bizarren Mord, und Detective Marsh muss unter höchstem Druck ermitteln. Nach und nach offenbaren sich die Schattenseiten der Gemeinde, die Marsh ins Zentrum des Bösen ziehen …

PIPER

Leseproben, E-Books und mehr unter **www.piper.de**